Chester Himes

Regrets sans repentir

Traduit de l'anglais
par Yves Malartic

Gallimard

Titre original.

THE QUALITY OF HURT — MY LIFE OF ABSURDITY

La clémence ne se commande pas.
Elle tombe du ciel comme une pluie douce
Sur le lieu qu'elle domine; double bénédiction :
Elle fait du bien à qui donne et à qui reçoit.
Elle est la puissance des plus puissants; elle sied
Au monarque sur son trône mieux que sa couronne.
Son sceptre représente la force du pouvoir temporel
Il est l'attribut d'épouvante et de majesté
Dont émanent le respect et la terreur des rois;
Mais la clémence est au-dessus de l'autorité du sceptre;
Elle trône dans le cœur des rois,
Elle est l'attribut de Dieu même;
Et le pouvoir terrestre qui ressemble le plus à Dieu
Est celui qui tempère la justice par la clémence.

Le Marchand de Venise
(acte IV, scène 1) Shakespeare
Traduction de François-Victor Hugo

Le prix de la souffrance

LIVRE PREMIER

1

J'eus sans doute bien des raisons pour venir en Europe mais je ne me les rappelle pas clairement. Il en va de même pour les cicatrices profondément marquées dans mon subconscient par sept années de travaux forcés. J'ai presque complètement oublié la prison, comment elle était et ce que j'étais lorsque j'y vivais. Je n'en conserve qu'une certitude : tout être humain, quelles que soient sa race, sa nationalité, sa foi religieuse ou son idéologie, est capable de tout et de n'importe quoi.

Noir, né et élevé en Amérique, j'y vivais ; le préjugé de race fut donc un des motifs pour lesquels je quittai mon pays. Mais j'en avais bien d'autres et je le sais. L'un fut peut-être que j'avais assez d'argent pour partir. Un autre, fut que j'étais à deux doigts de tuer Vandi Haygood, la Blanche avec qui j'avais vécu, et ça m'épouvantait.

Mais il est temps d'en dire plus sur ma vie aux États-Unis. Je suis né le 29 juillet 1909, à Jefferson City, capitale du Missouri, en face de l'institut Lincoln où mon père, le professeur Joseph Sandy Himes, enseignait ferronnerie et charronnerie en qualité de chef du département de mécanique. J'étais le plus jeune de trois enfants, tous des garçons. Ma mère était octavonne et peut-être encore plus blanche. Je la revois pareille à une Blanche qui aurait souffert d'une longue maladie; elle avait les yeux noisette, le teint brouillé et les cheveux acajou. Ses parents, les Bomar, étaient issus du côté paternel d'une esclave et d'un propriétaire d'esclaves et, du côté maternel, d'une esclave indienne. Je me rappelle avoir vu dans ma petite enfance ma grand-mère Bomar; elle ressemblait à quelque squaw profondément ridée et qui fume la pipe, dans les films de Hollywood. De mon grand-père je n'ai vu qu'un portrait; c'était un homme de haute taille, blanc, au teint clair, à la longue barbe blonde; il tenait les rênes du cheval d'un cavalier de la Confédération : son maître, et demi-frère selon ma mère, qu'il avait accompagné à la guerre en qualité de valet.

Ma mère prétendait que le père de mon grand-père descendait en ligne directe d'une famille d'aristocrates anglais et elle en était très fière. Si elle nous a tellement tracassés, grondés, punis, tournés en bourriques, c'est parce qu'elle souhaitait faire de nous des hommes dignes de nos aïeux. Tous les Bomar que j'ai connus étaient très clairs et certains avaient même franchi la ligne.

J'étais encore tout jeune quand nous quittâmes le Missouri pour le Mississippi où mon père assura la direction du département de mécanique de l'Alcorn A. & M., collège d'État du Mississippi à l'usage des Noirs. Fondé à l'origine à l'intention des Blancs, Alcorn fut abandonné aux Noirs quand les Blancs passèrent à Oxford : l'« Ole Miss » que William Faulkner et James Meredith ont rendu célèbre.

Mon père était diamétralement opposé à ma mère. De petite taille, très noir, les jambes torses, le crâne parfaitement ellipsoïdal et le visage d'un Arabe, il avait un grand nez crochu.

Quant à moi, j'ai les cheveux crépus et un teint de sépia; mes traits seraient beaux si je n'avais pas un nez trop menu et j'ai le crâne plat; les élèves de mon père disaient volontiers qu'il m'avait forgé sur l'enclume.

Le père de mon père était le forgeron esclave d'un propriétaire juif qui s'appelait probablement Heinz et dont il prit le nom lors de son émancipation. Ce serait ainsi que je m'appelle Himes. Je ne me souviens pas avoir jamais entendu parler de la mère de mon père. Il avait deux sœurs, Fanny et Leah, qui se rendirent à Cleveland, dans l'Ohio, avec leurs maris et un frère, Andrew, que j'ai connu; je crois me rappeler en outre qu'il avait un autre frère, Tom, que je n'ai jamais vu.

Ma tante Fanny était mariée à un « ingénieur en papeterie » qui entretenait la chaudière d'une raffinerie de la Standard Oil à Cleveland; énorme, ossu, très foncé, il entonnait d'énormes quantités d'aliments sans se soucier de ce qu'il mangeait pourvu qu'il y en eût beaucoup. Je l'ai vu dévorer un plateau de riz bouilli, une poêlée de poumon de bœuf, un gallon de haricots verts et un pain blanc tout entier en un seul repas. Fanny et Wade avaient un fils, Gerald, plus jeune que moi de quelques années; il était gras, et très gâté parce que enfant unique. Mon oncle Wade subit une opération de la vésicule biliaire. Il ne s'en remit jamais. Son épouse mourut d'un cancer quelque deux ans plus tard. Peu après, mon cousin Gerald tira deux balles dans la tête de sa bien-aimée et une seule dans la sienne. Elle survécut, il mourut.

Ma tante Leah épousa un ancien professeur, Rodney Moon, qui devint inspecteur fédéral des vivres, après leur installation à Cleveland. Quand je les connus, ils étaient les seuls Noirs vivant dans un quartier blanc qui depuis est devenu un ghetto noir. À ce titre, ils jouissaient d'un grand prestige. Ils avaient deux enfants beaucoup plus âgés que moi. Le garçon, Henry Lee, termina ses études à l'université Howard de Washington D. C., je crois, et devint à la fois journaliste et enseignant. Sa sœur, Ella, enseignait aussi, en qualité d'institutrice. Pour autant que je m'en souvienne, Henry fut professeur à l'université Talladega, en Alabama, puis rédacteur en chef des nouvelles locales au journal de Harlem *Amsterdam News*. Il fit partie d'un groupe d'intellectuels invités par le gouvernement russe durant les années trente pour faire un film sur l'émancipation des esclaves par Lincoln. Ces « frères et sœurs d'âme » parmi lesquels on comptait Ted Poston, Langston Hughes, Loren Miller, Arabel Thompson et Mollie Lewis — une des fondatrices de l'Urban League Guild, actuellement épouse de mon cousin Henry — se chamaillèrent entre eux et furent réexpédiés au pays par les Russes. Cette équipée date d'assez longtemps pour qu'il soit permis d'en parler. Henry Moon avec Ted Poston, actuellement reporter au *Post* de New York, et Robert Weaver, ancien directeur de l'H.U.D., ainsi que quelques autres frères d'âme, firent partie du « ministère noir » de Franklin Roosevelt : assortiment de visages ostensiblement noirs chargés de fonctions fédérales. Il fut aussi un des dirigeants du comité d'action politique Sidney Hillman lorsque Roosevelt brigua son quatrième mandat. Aux dernières nouvelles Henry Moon siège au bureau exécutif national de l'Association pour l'avancement des gens de couleur et il est rédacteur en chef de *The Crisis*.

Ma tante Leah, mes oncles Roddy, Andrew et le problématique Tom ainsi que mon père sont morts : toute une génération. Mes deux frères sont encore vivants mais aucun de nous trois n'a d'enfants si bien que notre nom s'éteindra avec nous. Sociologue de réputation internationale, Joseph enseigne au collège de la Caroline du Nord à Durham. Mon aîné, Edward, fut serveur dans un restaurant huppé de Lexington Avenue; aux dernières nouvelles il faisait partie de la direction du syndicat de son métier. J'ai entendu des garçons noirs de Harlem l'appeler « Monsieur Himes » avec un grand respect, ce qui ne leur est jamais arrivé lorsqu'ils s'adressent à Joe ou à moi. Edward doit donc être un personnage, lui aussi.

Je dois avouer que je ne me rappelle pas grand-chose d'Eddie en sa jeunesse et mon enfance. Il a une dizaine d'années de plus que moi et je l'ai peu connu. Nous n'avons guère vécu ensemble qu'à Jefferson et j'étais alors tout petit. Ensuite, quand nous vécûmes dans le Mississippi, il n'était plus avec nous : d'abord il suivait des cours à l'université d'Atlanta et plus tard il travaillait comme garçon de wagon-restaurant. Mais Joe et moi étions inséparables. Nous n'avions guère qu'un an de différence.

Épouvantée par les écoles élémentaires réservées aux Noirs dans le Mississippi, ma mère nous fit la classe jusqu'au niveau de la septième ou de son équivalent dans les écoles noires du Sud. La première école que nous fréquentâmes fut l'institut Haines d'Augusta ; j'avais huit ou neuf ans et nous débutâmes ensemble en huitième. Nous étions tous deux avancés dans nos études et nos camarades de classe furent toujours plus âgés que nous.

Mes souvenirs de l'institut Haines sont fort limités. Miss Lucy Laney, la forte femme noire fondatrice et principale de l'établissement, me fouetta un jour à cul nu avec une planchette de pin ; je grinçais des dents à en faire craquer l'émail plutôt que de crier ou de pleurer.

Un terrible incendie ravagea un bas quartier proche de chez nous et bien des gens restèrent sans logis. Je tombai amoureux de mes cousines Mabel et Margaret Bomar qui avaient plus de deux fois mon âge. Il y avait aussi Maud, la mule qui me mordit grièvement au nez parce que je lui volais son maïs que je faisais rôtir pour le manger.

Mon père acheta une Studebaker d'occasion à Memphis durant la dernière année de la Première Guerre mondiale et devint ainsi le seul propriétaire d'automobile de notre comté dans le Mississippi. Ma mère nous emmenait volontiers parcourir la campagne en voiture. Elle confiait le volant à un élève. Malheureusement nous eûmes bien des algarades avec les minables culs-terreux du voisinage parce que nous effrayions leurs attelages de mules. Mère ne partait jamais en auto sans s'armer d'un pistolet et, quand un muletier mettait la main sur son fusil de chasse, elle braquait son arme sur lui la première.

Il en résulta que mon père fut licencié de l'école et banni de l'État. Il trouva une situation équivalente au Branch Normal College de Pine Bluff, dans l'Arkansas. Plus tard, cet établissement devint l'Arkansas A. & M. Selon toute apparence, c'était la « branche » noire d'un collège « normal » blanc.

Joe et moi entrâmes dans ce qu'on appelait la première année de collège. Il avait treize ans, moi douze et nos camarades de classe plus de vingt ans. On faisait l'appel au début de chaque classe. Un élève, nommé Jerry Ramsey, m'annonça un jour qu'il n'irait pas à l'école le lendemain et me demanda de dire au professeur qu'il était allé à Memphis faire la chasse aux putains. Ne connaissant pas ce mot j'entendis « hoers » au lieu de « whores ». Je savais fort bien ce qu'étaient les « hoers » : des journaliers employés pour travailler le coton à la houe ou pour étêter le maïs. Quand on appela Jerry le lendemain matin, je me levai et clamai à pleine voix : « Il est allé à Memphis, faire la chasse aux *hoers*. » Le professeur fit l'erreur inverse et comprit *whores*. Croyant que je savais ce que je disais il m'appela au tableau et chercha à m'infliger un châtiment physique. Je rendis coup pour coup. Il me jeta par terre. Mon frère bondit à mon secours. L'incident fit scandale à l'école.

Je me rappelle aussi que nous habitions une maison proche de la voie ferrée, à quelque distance de l'école. Quand un train de marchandises passait à une heure propice, nous sautions dessus et allions ainsi jusqu'au passage à niveau contigu à l'école.

Dès notre première année à Pine Bluff, Joe et moi eûmes la petite vérole et faillîmes en mourir. Des pustules apparurent sur tout notre corps, jusque sur la paume des mains, sur la plante des pieds, les paupières et à l'intérieur des narines. Notre père était à l'école lorsqu'on découvrit que notre forte fièvre était due à cette maladie. La maison fut placée en quarantaine. Notre mère et nous y restâmes enfermés. Notre père ne put franchir la palissade pendant toute notre maladie. La plupart des gens qui ont été atteints par la petite vérole ont le visage et tout le corps grêlé de petites cicatrices parce qu'ils grattent les pustules qui les démangent. Notre mère nous épargna cette disgrâce en nous liant les mains dans des coussins de plume et en nous couvrant d'un onguent phénolé. Quand nous fûmes guéris, elle brûla toute la literie, y compris les matelas, tous nos vêtements et tout ce qui s'était trouvé dans notre chambre pendant notre maladie.

Comme tous les établissements scolaires en ce temps-là, le nôtre s'étendait sur un vaste domaine. Seul le président habitait sur le campus. Outre l'instruction professionnelle qu'il donnait, mon père devait enseigner une matière académique : l'histoire noire. Il se servait de plusieurs ouvrages de référence sur ce sujet. Je n'en ai jamais retrouvé aucun. Vers la fin de chaque année scolaire les élèves offraient aux parents une fête au cours de laquelle ils donnaient en spectacle les diverses matières enseignées à l'école. Ainsi les parents se faisaient-ils une idée de ce qu'apprenaient leurs enfants. Les meilleurs élèves récitaient des extraits de pièces de théâtre, répétaient les discours de grands éducateurs noirs, voire quelques vers d'Homère, montraient comment on pétrit la pâte du pain, comment on arrache les mauvaises herbes autour des jeunes plants de coton, comment on doit tenir la jambe d'une mule pendant qu'on la terre, péroraient sur l'avenir du moteur à explosion ou sur la pérennité du cheval. Le programme se terminait toujours par une controverse publique sur le même sujet : est-ce le feu ou l'eau qui est l'élément le plus destructeur ?

En 1922 ou 1923 on désigna Joe et moi pour la démonstration de chimie et on nous permit de présenter l'expérience à notre gré. C'était peu après la Première Guerre mondiale et nous avions appris à fabriquer des « torpilles » en mélangeant du salpêtre (nitrate de potassium), du charbon de bois (carbone) et du verre pilé (silice). Nous placions cette mixture sur la voie du chemin de fer et, quand la locomotive passait dessus, l'explosion faisait un bruit terrible. Nous pulvérisions chaque composant séparément avec un pilon, dans un mortier, et c'est ensuite seulement que nous mélangions les poudres avec la plus grande prudence.

Je ne me rappelle plus pourquoi nous choisîmes cette expérience-là qui n'avait guère de rapport avec notre cours de chimie. Ce fut sans doute moi qui en décidai car j'étais déjà l'épateur aventureux. Or il se trouve que pour me châtier de quelque méfait dont j'ai perdu le souvenir, ma mère m'interdit de participer à la démonstration. Des années plus tard, alors que je purgeais ma peine de prison, je voyais sans cesse des affiches : *Interdiction de cracher par terre... Interdiction de parler la nuit... Interdiction de sortir des aliments du réfectoire... Interdiction de siffler...* Cela me rappelait infailliblement les interdictions de ma mère.

Mon frère avait besoin de moi car il s'agissait

d'une expérience délicate et dangereuse. Dès qu'il commença à mêler le verre pilé aux autres composants, opérant tout seul, le contenu du mortier lui éclata à la figure.

Rien ne m'a blessé plus cruellement que cet accident. J'en souffre encore un demi-siècle plus tard. J'aimais mon frère. Nous ne nous étions jamais quittés. Cette explosion me choqua, me brisa, me terrifia. Je me souviens vaguement du brouhaha qui s'ensuivit. Je bondis au secours de Joe et tombai de toute la hauteur d'une volée d'escalier. Ensuite, on nous assit, serrés côte à côte, sur la banquette arrière d'une voiture : ma mère, mon père, Joe et moi ; nous fonçâmes dans la nuit. D'autres voitures nous suivaient, phares allumés. Mes parents entrèrent dans la salle des admissions d'urgence d'un hôpital pour Blancs. Médecins et infirmiers de blanc vêtus apparurent. Je me rappelle être resté assis dans l'auto auprès de Joe et avoir assisté à la scène muette éclairée par les phares : un homme blanc refusait, mon père suppliait. Dépité, mon père pivota sur lui-même ; il pleurait comme un enfant. Ma mère fouilla son sac à main. J'espérais qu'elle en tirerait son pistolet, mais elle cherchait seulement un mouchoir. Joe restait étrangement muet. Nous le conduisîmes à l'hôpital pour Noirs. Apparemment personne n'y savait que faire. Enfin on lui banda les yeux et le visage, et on le mit au lit. Mon frère n'était pas défiguré mais aveugle. Cinq jours plus tard, ma mère l'emmena à Saint Louis pour le faire soigner à l'hôpital Barnes.

Vinrent l'été et la fin de l'année scolaire. Les cours de vacances pour instituteurs commencèrent. Mon père assura alors l'intérim du président. Il me permit de conduire le tracteur Fordson de la ferme de l'école. C'est cette année-là que j'eus mes treize ans. Les jeunes institutrices noires m'évaluaient du regard. Je m'épris passionnément d'une ou deux d'entre elles mais platoniquement.

Mon père disposait de la Ford de l'école et chaque dimanche nous allions en voiture à l'église baptiste dont il était diacre et où il donnait des cours de Bible. La classe finie, j'allais m'asseoir dans l'auto, à l'ombre d'un arbre, et j'y accueillais mes admirateurs. J'étais un personnage parce que j'allais au collège, j'en conduisais le tracteur en semaine et parfois la Ford le dimanche. Les petites filles noires m'offraient leur corps. Dans le Sud elles atteignent la puberté vers neuf ou dix ans et, à treize ans, elles s'accouplent comme des lapines. Peu leur importait que cela se sût, pourvu que leurs parents et les « grandes personnes » n'en apprissent rien. Si bizarre que cela soit, ce n'est pas cet été-là que je perdis ma virginité. Ces fornications exemptes de tout sentiment m'écœuraient. J'ai sans doute été un puritain toute ma vie.

Mon père acheta une maison sur la Taylor Avenue à Saint Louis. C'est ainsi que je retournai dans le Missouri. Nous avions quitté Jefferson City quand j'avais quatre ans. Durant les neuf années suivantes nous avions vécu successivement à Cleveland, à Alcorn (Mississippi), à Augusta (Géorgie) et à Pine Bluff (Arkansas). On m'admit en deuxième année d'école secondaire. Joe allait tous les jours à l'hôpital Barnes où les médecins s'efforçaient d'enlever les tissus cicatriciels qui couvraient la cornée de ses yeux; il était entré à l'école pour aveugles du Missouri où il apprenait le braille et à jouer de la clarinette. À Saint Louis la ségrégation la plus stricte régnait dans les écoles publiques. Cependant Blancs et non-Blancs, mâles et femelles fréquentent l'école pour aveugles. N'est-ce pas révélateur ?

Je garde de Saint Louis le souvenir d'une grande ville étrange où je jouais avec une violence suicidaire au football, au base-ball, au rugby, au basket-ball. Sur le terrain, les autres gars se liguaient contre moi ou bien refusaient de m'admettre parmi eux. Le professeur de gym m'interdit tous ces jeux sur les terrains de l'école. Je m'étais brisé l'omoplate droite qui se ressouda de travers et semble encore difforme. J'avais eu l'oreille droite à moitié arrachée de la tête et toutes mes dents étaient fendues ou abîmées. Je fis l'école buissonnière, errai à travers l'étrange grande ville, passai des heures à la gare où je regardais arriver et repartir les trains. Peu sympathique aux professeurs, détesté par les élèves, j'étais esseulé, timide et agressif.

Il fit terriblement froid le premier hiver que je passai à Saint Louis. Mais nous avions le chauffage central par bouches à air à la maison ; on livrait le charbon dans une ruelle derrière l'immeuble, sur laquelle ouvrait une remise et c'est moi qui le transportais de cette remise à la cave. Le froid ne me gênait pas. Souvent j'emmenais Joe en luge et nous dévalions ensemble la colline depuis le museum jusqu'à Forest Park. Une fois nous restâmes dehors si longtemps que j'eus les orteils gelés. Il s'en fallut de peu que je les perde, mais finalement d'épaisses couches de tissu nécrosé tombèrent d'elles-mêmes. Plus tard j'appris qu'à cette époque-là mon père travailla comme serveur dans une grande brasserie.

Au bout de deux ans les médecins de l'hôpital Barnes déclarèrent qu'ils ne pouvaient en faire plus pour les yeux de mon frère. Les tissus cicatriciels oblitéraient complètement la cornée d'un œil mais il y voyait encore un peu avec l'autre : il discernait la différence entre l'obscurité et la lumière et percevait des grosses masses en mouvement à proximité, telles que des gens en marche. Mieux encore, il distinguait les gros chiffres d'un bracelet-montre s'il l'approchait à quelque cinq centimètres de son œil. Les ophtalmologues redoutaient de le priver de ce reste de vision, peut-être de ses deux yeux s'ils continuaient à enlever du tissu. Rien ne nous retenait donc plus à Saint Louis. Mon père nous emmena à Cleveland (Ohio) où vivaient ses deux sœurs mariées, ainsi qu'un de ses frères.

En 1913, au départ de Jefferson City, il nous avait confiés pendant six mois à ses sœurs, cependant qu'il s'assurait une situation à Alcorn. Je gardais un souvenir agréable de Cleveland où j'avais fréquenté l'école maternelle avec Joe. Quant à mon père, il avait travaillé avant ma naissance dans cette ville pour une fabrique de wagons-lits. Ce qu'il s'en rappelait lui donnait de l'espoir. Mais dès que nous fûmes installés à Cleveland, il constata que la situation des Noirs y était à peu près la même qu'à Saint Louis.

C'est la première ville du « Nord » où j'ai vécu. Je ne me souviens d'aucune ségrégation légale en fait de logement ou d'instruction, mais la plupart des Noirs vivaient dans des taudis et envoyaient leurs enfants dans des écoles de ghetto. Presque tous les emplois de manœuvre dans les usines et les aciéries étaient occupés par des ouvriers importés de Pologne, de Hongrie et d'autres pays européens.

Ma mère s'entendait mal avec la famille de son mari. Quand mon père enseignait dans divers collèges noirs du Sud, il avait aidé ses sœurs et beaux-frères à émigrer vers le Nord et à s'y installer. Elle estimait donc qu'ils lui devaient beaucoup. Or ils le traitaient de haut parce qu'il était en chômage. Et puis, il y avait la question de couleur. Même au temps de l'esclavage les domestiques au teint clair engendrés par les maîtres ou contremaîtres se jugeaient supérieurs aux esclaves noirs qui travaillaient aux champs. Ils attribuaient cette supériorité à leur sang blanc et ils se voyaient plus beaux, plus intelligents et membres d'une élite. Ils considéraient l'union d'un Noir foncé avec une Noire au teint clair comme une sorte de mariage interracial admis par la loi. Les parents de mon père soupçonnaient ma mère de les mépriser parce qu'ils étaient noirs et peut-être les méprisait-elle, en effet. Ils la détestaient. Elle les détestait. Mon père était entre le marteau et l'enclume. Pauvre papa ! Ma mère quitta le foyer des Wiggins et alla habiter à l'autre bout de la ville. Je crois que mon père ne le lui pardonna jamais. Tel fut le premier motif des rancœurs qui les conduisirent au divorce.

Mon père se mit au travail comme charpentier et eut plusieurs emplois sur des petits chantiers de construction. Puis ma mère et lui achetèrent ensemble une maison dans un quartier blanc de Glenville, pas loin de chez l'oncle Roddy, juste en face de l'école secondaire de Glenville. Maintenant ghetto noir, c'était en ce temps-là un quartier habité par des juifs de la classe moyenne.

Nous emménageâmes dans notre nouvelle maison à l'automne. Comme je n'avais plus qu'un trimestre de secondaire à faire, je restai à l'East High School proche de chez les Wiggins. J'avais seize ans et j'étais encore vierge. Je me rappelle que je me masturbais derrière les rideaux du salon en regardant les jeunes juives aux poitrines opulentes qui sortaient de l'école en face de chez nous. Joe fréquentait une institution pour aveugles afin d'entrer dans une école secondaire au trimestre suivant. L'État payait des lecteurs qui l'aidaient dans ses études.

À l'examen final je n'eus que cinquante-six en latin, mais on m'attribua quatre-vingt-six par erreur. J'eus donc droit à mon diplôme en janvier 1926. Plus tard seulement on constata qu'il m'était accordé à tort. Le professeur de latin écrivit à mes parents pour les presser de m'envoyer revoir mon cours pendant le trimestre suivant. Mais je refusai et les choses en restèrent là.

En Ohio tous ceux qui obtenaient leur diplôme d'études secondaires étaient admis à l'université de l'État. Je me proposais de m'inscrire en septembre pour étudier la médecine. Mes parents n'avaient pas les moyens de m'entretenir pendant mes études; afin de payer mon inscription et de subvenir à mes besoins j'entrai comme chasseur au Wade Park Manor, hôtel chic en bordure du parc Wade. Tout le personnel de la salle à manger était noir. De petite taille, vif, le teint clair, M. Smith, le maître d'hôtel, fréquentait la même église que mon père et avait sans doute le même âge. Ma tâche consistait à monter dans les chambres et les appartements pour y reprendre vaisselle et couverts sur des tables roulantes quand les clients avaient fini leur petit déjeuner ou leur déjeuner. Je poussais ces petits chariots par deux ou trois à la fois jusqu'au monte-charge par lequel je les ramenais à la cuisine.

Assises dans une guérite de verre en face des ascenseurs, deux jolies jeunes Blanches vérifiaient ce que les garçons emportaient vers les chambres sur leurs plateaux. La plupart des garçons noirs leur faisaient la cour et elles flirtaient volontiers avec certains. Je ne sais pas si l'un d'entre eux eut jamais le moindre succès auprès d'elles, mais en tout cas ce ne fut pas faute de tenter leur chance. Dès le premier jour elles flirtèrent avec moi. Cela m'excita tellement que la masturbation ne me suffit plus. J'allai au ghetto noir et payai à son tarif une vieille putain grosse et laide que je trouvai assise devant son antre de Scovil.

Scovil Avenue allait de la 55ᵉ à la 14ᵉ Rue, en bordure du ghetto noir. Je n'ai jamais vu une artère urbaine d'une dégradation aussi répugnante. La police évaluait à quelque mille cinq cents le nombre des prostituées qui y évoluaient. Les Noires avaient presque toutes dépassé la trentaine; c'étaient des filles vulgaires, balafrées, débiles mentales. Bon nombre d'entre elles n'avaient plus de dents. Bref, en général, des miséreuses malades. Bon nombre de Noirs du quartier vivaient de proxénétisme et d'entôlage. Ils jouaient des sommes infimes, se battaient entre eux, buvaient de la « Mule Blanche » : un véritable poison; ils s'entre-tailladaient au couteau et souvent on trouvait des cadavres dans les ruisseaux. Le spectacle d'un Noir allongé au bord du trottoir, ivre, sanglant et mourant n'avait rien d'exceptionnel. « Le touche pas, mec, le touche pas ! On croirait que c'est toi qui as fait le coup », disaient les gens du quartier. Le « on » qui aurait cru cela désignait généralement la police, mais il pouvait aussi s'agir de la putain dont vivait le moribond, de sa famille, de ses amis s'il en avait.

Et voilà où je perdis ma virginité quand les deux belles blanches de Wade Park Manor m'eurent trop excité. Je travaillais à cet hôtel depuis une quinzaine et je m'étais adapté à mon travail, lorsqu'un matin je m'arrêtai devant la porte fermée de l'ascenseur pour bavarder avec les « contrôleuses » ainsi qu'on appelait les deux jeunes Blanches. Je faisais appel à tout mon courage car j'avais l'intention de demander rendez-vous à l'une d'elles. Comprenant où je voulais en venir, elles firent dévier la conversation sur des riens et me racontèrent ce qui s'était passé lorsque le célèbre chien de Hollywood Rin Tin Tin habitait un appartement de l'hôtel. Conscient d'être éconduit, j'ouvris la porte de l'ascenseur et, fixant sur les deux belles un œil accusateur, je fis un pas en arrière.

J'atterris douze ou quinze mètres plus bas sur le disque d'acier monté sur ressorts qu'on trouvait au fond de toutes les fosses d'ascenseur. Je ne perdis pas conscience. Je me rappelle encore la sensation que j'éprouvai pendant la chute et le choc contre la plaque d'acier. Il me sembla alors que tout mon corps éclatait comme une pastèque trop mûre. Je me rappelle aussi avoir appelé au secours d'une voix grêle. Il me semblait avoir la bouche pleine de cailloux. Plus tard je constatai que c'étaient mes dents. Mon menton avait heurté quelque chose qui avait traversé la chair, brisé la mâchoire inférieure et fait sauter toutes mes dents. Les deux os de mon avant-bras gauche étaient brisés, juste au-dessus du poignet. Ils avaient crevé la peau et pointaient, d'une blancheur fantomatique avec des gouttes de sang aux points de fracture. Enfin, j'avais les trois dernières vertèbres brisées.

Les autres garçons vinrent à mon secours. Je revois leurs visages penchés au-dessus de moi, à la hauteur du rez-de-chaussée. Ils écarquillaient les paupières, effarés, et leurs yeux me semblaient blancs. Je me rappelle avoir hurlé quand ils me saisirent par mon bras brisé. Alors quelques-uns se laissèrent tomber au sous-sol et me levèrent avec autant de ménagements que s'ils avaient manipulé un nouveau-né. Je revois aussi le visage bouleversé de monsieur Smith et les larmes couler sur les joues des deux jeunes Blanches. Une ambulance arriva. On me conduisit à l'hôpital le plus proche — un grand hôpital moderne, tout neuf — sur la 105e Rue, en face du parc.

Je me rappelle l'expression de regret sur les traits aquilins des deux médecins de service qui avançaient lentement vers l'ambulance en secouant la tête alors que le chauffeur congestionné leur parlait en gesticulant. Il me sembla à cet instant revoir la scène qui s'était déroulée à l'hôpital blanc de Pine Bluff, dans l'Arkansas, lorsque les médecins avaient refusé d'admettre mon frère. Trois ans plus tard, en 1926, à Cleveland, on m'éconduisit, moi aussi, parce qu'il n'y avait pas de place disponible, pas de lit libre. Mais on m'injecta une forte dose de morphine.

Alors on me déposa à l'Huron Road Hospital

sur l'avenue Euclid, près de la 80e Rue. On m'accorda un lit dans une grande salle bondée et on en appela aux médecins de la Commission industrielle de l'État. J'avais une hémorragie interne, mais on prit d'abord soin de mes fractures en m'immobilisant tout le corps dans un corset. On mit des attelles à mon bras gauche, on anesthésia mes gencives et on rafistola ma mâchoire avec des fils de métal. Je me rappelle encore les noms des trois médecins de la Commission industrielle. Le docteur Eisenbray était le spécialiste des os; le docteur Steele le diagnosticien et le docteur Castle le spécialiste des lésions internes, si mes souvenirs sont exacts.

Dès la première nuit je constatai que j'étais incapable d'uriner. Ma vessie enflait dangereusement. Le Dr Castle m'opéra à quatre heures du matin alors que tout le monde dormait à l'hôpital. Il m'ouvrit jusqu'à l'urètre et y inséra un tube de caoutchouc qui remontait jusqu'à ma vessie, laquelle se vida dans une bouteille posée auprès de mon lit. Il ne toucha ni au corset, ni aux attelles.

Quelques jours plus tard Joe vint me voir avec ma mère. Il s'efforça de me réconforter. M. Smith et mes camarades de travail me rendirent visite de même que divers directeurs de l'hôtel, que je n'avais encore jamais vus.

La Commission industrielle de l'État de l'Ohio prit en charge tous les frais d'hospitalisation et de soins et m'accorda une pension de soixante-quinze dollars par mois pour incapacité totale, à courir jusqu'au moment où les médecins me jugeraient partiellement rétabli. La direction de l'hôtel promit de continuer à me payer les cinquante dollars par mois que je gagnais comme chasseur.

L'enquête de la Commission industrielle conclut que l'hôtel était entièrement responsable de l'accident parce que les portes de l'ascenseur étaient défectueuses. J'appris plus tard qu'en refusant la pension que me donnait la Commission industrielle j'aurais pu réclamer des dommages et intérêts considérables à mon employeur. Mais lorsque cette commission m'offrit la pension et que l'hôtel promit de continuer à payer mon salaire, mon père m'incita à signer un document par lequel je me désistais de toute revendication ultérieure. Ma mère le désapprouva et cette question devint une nouvelle pomme de discorde entre mes parents.

Mon père était né et avait été élevé dans les traditions des Oncle Tom du Sud qui conservent une mentalité d'esclaves et admettent en principe que les Blancs ont toujours raison, que les Noirs doivent accepter ce qu'ils leur offrent et leur en être reconnaissants ; ma mère, qui semblait blanche et pensait qu'elle aurait dû l'être, nourrissait des opinions diamétralement opposées. Cette femme de petite taille était exceptionnellement combative.

Les médecins croyaient que je ne serais plus jamais capable de marcher. Je stupéfiai tout le monde un matin en quittant mon lit sans permission. Alors on prit mes mesures pour un corset de cuir à baleines d'acier inoxydable. On retira aussi le tube de caoutchouc de mon urètre. L'opération fut douloureuse.

On ignorait toute ségrégation à l'Huron Road Hospital, mais la majorité du personnel était blanc et il lui déplaisait de soigner des Noirs. Les bâtiments vétustes étaient laids mais le parc, tout autour, me sembla superbe et verdoyant.

Mon plus proche voisin de lit ressemblait vaguement à mon oncle Wade Wiggins bien que ce fût un homme presque décharné. Il se remettait d'une congestion pulmonaire. Sa jolie épouse lui rendait visite tous les jours. Un matin elle lui apporta ses vêtements et lui annonça qu'il rentrerait chez lui l'après-midi même. Tout à coup, il mourut d'une crise cardiaque après le déjeuner.

Mon autre voisin, un Noir aussi, souffrait d'un empoisonnement du sang. Son bras gauche, affreusement enflé, était piqueté de drains et reposait dans un récipient de verre contenant un médicament. Un caillot de sang quitta une veine du bras empoisonné et entreprit un long voyage vers le cœur. Les médecins ne pouvaient pas l'arrêter. Le soir, vers neuf heures, il se mit à réciter le Notre Père d'une voix que l'angoisse rendait rauque et il mourut peu avant le lever du jour.

Enfin je quittai l'hôpital et je fus heureux de regagner notre nouvelle maison dans le quartier blanc. Joe était entré à l'école secondaire que je venais de quitter. Ce n'était pas celle de notre quartier mais je crois qu'on lui permettait de choisir son établissement parce qu'il était aveugle. Je passais le plus clair de mon temps à me masser le poignet gauche pour lui rendre sa souplesse et je m'entraînai aussi à marcher avec mon corset dans lequel j'avais l'impression d'être une volaille troussée pour la broche. Cependant le dentiste de la Commission industrielle me refaisait une denture. C'était un praticien consciencieux et extrêmement habile. D'abord il utilisa de l'or pour couronner les dents qui me restaient mais son prix était trop élevé pour que l'État en fît les frais et on lui enjoignit de recourir à un alliage. Il refusa. On m'affecta à un autre dentiste. Le travail qu'il avait accompli dura bien des années.

J'économisais mon argent pour entrer à l'université de l'État en automne. Mon père travaillait de-ci, de-là. Voilà tout à coup ma mère qui revient sur le passé : estimant qu'on avait abusé de ma jeunesse, de mon inexpérience et de ma race, elle alla à l'hôtel et fit un scandale ; la direction cessa de me payer cinquante dollars par mois. Cela provoqua une furieuse querelle entre elle et mon père. Elle le traita de lèche-bottes invertébré, ce qu'il était sans doute. L'atmosphère de la maison devint intolérable. C'est donc avec soulagement que j'entrai à l'université, à Columbus, en septembre.

C'était en 1926. Le diplôme de fin d'études conféré par n'importe quelle école secondaire de l'État suffisait pour s'inscrire à l'université. On n'en passait pas moins des tests assez compliqués pour déterminer notre quotient intellectuel. Plus tard j'appris que j'étais à ce point de vue le quatrième des entrants de l'année et je dois avouer que j'en fus fier.

Les étudiants noirs n'étaient pas admis dans les dortoirs des collèges et la même ségrégation régnait dans les pensions des associations d'étudiants éparses autour du campus. Les nôtres n'étaient admis dans leurs locaux qu'en qualité de plongeurs ou de serveurs. Mais bien des propriétaires noirs des environs nous logeaient et quelques-uns tenaient pension. Je m'installai dans l'une d'elles, à proximité de l'université, avec quelques autres étudiants et étudiantes. Il y avait quelque six cents élèves noirs à l'université.

J'achetai un pardessus en peau de raton laveur qui me coûta trois cents dollars, un complet à pantalon de golf, une pipe à long tuyau et une Ford araignée. Alors, j'eus conscience d'être étudiant. Mon état physique m'épargna les cours de préparation militaire, obligatoires pendant les deux premières années, et je n'eus pas à acheter un uniforme pareil à ceux que portaient tous les nouveaux. Ils devaient aussi arborer un calot aux couleurs de l'université et les anciens y veillaient. Mais comme je ne portais jamais l'uniforme ils ne savaient pas que j'étais un bleu. Bien des élèves, d'ailleurs, me prenaient pour un ancien.

Je ne tardai pas à faire connaissance avec les prostituées du ghetto. Ce n'étaient pas du tout les mêmes que celles que j'avais connues à Cleveland. Certaines filles de Columbus étaient jeunes et belles, tout au moins, c'est ce qu'il me semblait. L'une d'elles notamment, Rose, que je fréquentai assidûment me disait volontiers : « T'as une pression terrible pour un petit gars. » C'était vrai.

Des deux associations fraternelles noires — Alpha Phi Alpha et Omega Phi Psi — les Alpha étaient plus populaires dans le Nord et les Omega dans le Sud. Je prêtai serment aux Alpha. Au cours de la cérémonie d'initiation on me banda les yeux et on me précipita dans le bassin du parc situé à l'extrémité de Long Street, dans le quartier des Noirs aisés. Dès lors, je fus un sphinx comme les autres et l'année suivante je serais devenu membre à vie de cette fraternité. Les associations de jeunes filles, Kappa et Delta, groupaient les élégantes à teint clair qui faisaient souvent des mariages enviables ou se distinguaient dans leurs études.

Ces fraternités et sororités régissaient la vie mondaine des étudiants noirs. On se rassemblait chez les uns et les autres. La plupart des étudiantes étaient émancipées et bienveillantes. Grâce à mon auto et mon manteau de raton laveur, j'aurais eu du succès. Mais mon corset me rendait timide. J'en restais donc aux professionnelles.

J'assistais à toutes les représentations de music-hall des Noirs, Warren Street, l'artère située au-delà de Long Street et qui traversait le pire quartier de taudis de Columbus. Nos frères d'âme s'entre-assassinaient pour n'importe quel motif ou sans raison dans cette rue. Il y avait deux cinémas au ghetto. Je me rappellerai toute ma vie un grand artiste à peau brune et aux cheveux aplatis qui chantait *Clair de Lune sur le Gange* pendant les entractes au cinéma. Bien des étudiants s'efforçaient de l'imiter. Quant aux autres salles de spectacle de Columbus, elles étaient situées dans les quartiers blancs. Ou bien on y refusait les gens de couleur à l'entrée, ou bien on les reléguait au poulailler. On ne servait les Noirs dans aucun restaurant blanc de la ville, pas même à proximité de l'université d'État. J'étais toujours crispé quand je passais devant un de ces établissements.

Les étudiants blancs ne savaient pas comment se conduire envers moi. Je m'habillais et me conduisais exactement comme les plus gommeux d'entre eux, avec mon pardessus de raton, ma pipe à long tuyau et ma Ford T; pourtant j'étais noir. Je leur parlais rarement et ne leur adressais jamais la parole le premier. S'ils m'observaient, je n'en tenais pas compte. Sans les détester, je n'avais pas besoin d'eux et ne voulais pas les connaître. Ils ne pouvaient pas me dédaigner plus que je ne les méprisais moi-même.

J'emmenais de jolies étudiantes noires en promenade dans ma voiture. Je conduisais si vite que le tuyau d'échappement passait du rouge au blanc. J'allais voir de sveltes artistes noires au spectacle : Joséphine Baker et Ethel Waters, dans *Running Wild* et d'autres, tombées dans l'oubli après un temps de célébrité et de prospérité.

Je ne réussissais pas très bien dans mes études. À notre université l'année scolaire se divisait en trimestres et non en semestres. Le premier se terminait peu avant Noël. Je m'étais déjà colleté avec le moniteur du laboratoire et je n'y allais plus; je remis une copie blanche à l'examen d'allemand, j'eus des notes inférieures à la moyenne dans toutes les autres matières; je manquais d'assiduité, j'avais une mauvaise attitude, rien ne m'intéressait. Les étudiants de première année qui échouaient à l'examen en fin du premier trimestre étaient généralement éliminés. Je m'attendais à l'être lorsque je fis mes bagages pour aller passer la Noël à Cleveland. Or voilà que je fus reçu par miracle à cet examen. Il me fallait donc continuer mes études. Mais j'en avais assez de l'université de l'État de l'Ohio, de la discrimination, de la ségrégation, de la condescendance. J'étais dégoûté de moi-même parce que je fréquentais des putains. J'étais incapable de jouer le jeu, je refusais d'instinct toute amitié et des impulsions de schizophrène me rendaient à la fois secret et tapageur.

La Noël fut un désastre. Mes parents se querellaient furieusement. Joe passa les fêtes en visite chez des amis. Eddie n'était pas revenu à la maison depuis cinq ans. Il y régnait une ambiance intolérablement sinistre. Ma mère s'imaginait que le Seigneur la châtiait dans sa progéniture. Je n'avais plus d'amis à Cleveland. Je revis M. Smith, maître d'hôtel du Wade Park Manor; il se montra bienveillant mais gêné parce que l'hôtel ne me versait plus mon salaire. Mes tantes et mes oncles tenaient des propos si venimeux sur ma mère que je répugnai à retourner chez eux. En fait de dérivatif je n'eus que la vie nocturne du ghetto de Cleveland. Je n'oublierai jamais l'effet sur les femmes des solos de trompette de Bud Jenkins dans *Bugle Blues*. Elles sautaient sur les tables et retroussaient leurs jupes, exhibant ainsi de solides jambes noires et des pilosités encore plus noires, comme jadis sur le billot où l'on exposait les esclaves à l'encan. Lever une Noire ne présentait pas de difficultés; elles faisaient des compagnes de lit agréables. La passion stupide que manifestaient leurs yeux bourbeux m'ensorcelait. Pendant ces vacances je terminai à peu près toutes mes nuits avec l'une ou l'autre à l'hôtel. Mes sorties nocturnes faisaient tempêter ma mère mais mon père, las et vaincu, me défendait et croyait ou feignait de croire aux prétextes que j'inventais pour couvrir mon inconduite. J'étais maussade et aigri. Mes parents se chamaillaient tellement que la fin des vacances fut un soulagement.

J'avais perdu tout intérêt pour mes études. La prétention des Noirs au teint clair et leur tendance à la discrimination m'exaspéraient. J'avais d'ailleurs tort parce que, pour eux, j'étais sans doute un élu. J'avais la peau assez claire pour faire un mâle acceptable, j'appartenais à une « bonne » famille, j'arborais les attributs de la richesse : pardessus de fourrure, vêtements coupés à l'anglaise, automobile, pipe à long tuyau ; et j'étais membre de la fraternité Alpha. Mais, dès cette époque-là, je n'éprouvais que du mépris pour ces métis qui manifestaient plus de préjugés que bien des Blancs à l'encontre des Noirs foncés. Or, ces derniers me plaisaient. Ils m'acceptaient parmi eux comme n'importe lequel d'entre eux, ce qui me mettait à l'aise.

Les Alpha, autrement dit les Sphinx, organisèrent un bal peu avant la fin du second trimestre. Il eut lieu en plein cœur du ghetto, parce que c'est là que se trouvait la seule salle assez vaste, accessible aux Noirs. J'y allai en smoking, avec une fille que je connaissais à peine et ne tardai pas à perdre de vue. Les jeunes Noirs « bien » qui s'efforçaient de singer les Blancs m'ennuyèrent. Soudain il me vint une lubie : inviter une bande de ces innocents jeunots chez George où travaillait mon amie Rose. Je rassemblai six couples et leur promis de les conduire à un club tranquille où ils pourraient boire en écoutant de la musique. Notre arrivée surprit George qui nous reçut pourtant avec une politesse obséquieuse. Toutes les filles étaient au lit et sa femme resta invisible. Il n'y avait heureusement plus d'autres clients. Nous bûmes un peu de la bière que fabriquait George, puis fîmes tourner des disques et dansâmes joyeusement. Mes invités croyaient naïvement que nous étions chez des amis à moi. Tout alla bien jusqu'à l'instant où Rose apparut soudain en chemise de nuit sur le seuil de la porte. Elle frotta ses yeux ensommeillés et considéra les jeunes gens avec un air de jaunisse. Puis elle m'aperçut et me brailla les injures les plus ordurières, saisit le disque sur le phono, le brisa puis jeta tous les autres sur mes invités ahuris et effarés.

George, qui s'était retiré discrètement dans la cuisine pour nous laisser le champ libre, arriva en trombe, ceintura Rose et s'efforça de la calmer. Les jeunes couples s'enfuirent en proie à la panique. Écœuré, je fixai un regard accusateur sur Rose. Venimeuse et vindicative, elle s'écria : « J'ai bien arrangé ta petite fête, petit couillon, morveux ! » George la gifla si violemment qu'elle tomba sur le tapis. « Ne lui faites pas de mal », suppliai-je en secouant la tête. Je pris mon chapeau et retournai chez moi.

Certaines des jeunes filles — toutes, peut-être — rapportèrent cet incident au doyen des hommes. Il me convoqua à son bureau et m'annonça qu'il m'autorisait à quitter l'université pour « raisons de santé et difficulté dans mes études ». Il ne fit pas allusion à ce qui s'était passé la nuit précédente mais je compris.

De retour à Cleveland, j'étais malade, vraiment malade, physiquement mal en point. J'avais le dos ankylosé et le Dr Eisenbray m'ordonna deux bains chauds par jour. Mes parents continuaient à se chanter pouille. La vie au foyer me déprimait et penser à ce que j'avais fait m'affectait encore plus. Quand vint l'été, je rencontrai par hasard Ramsey, un jeune chasseur de Wade Park Manor, qui me conduisit chez Bunch Boy.

Bunch Boy avait transformé en maison de jeu

l'étage unique d'une maison de Cedar Avenue. Dans la pièce donnant sur la façade il avait disposé une table en forme de rognon autour de laquelle une dizaine de pontes pouvaient jouer au vingt-et-un. Dans celle qui donnait sur la cour, une chaîne séparait en deux une table de billard, offrant ainsi la possibilité de conduire à la fois deux parties de dés. Enfin la troisième chambre à coucher, garnie de tableaux noirs et équipée de téléphones, était l'antre du bookmaker. Un « syndicat » du centre de la ville lui communiquait instantanément le résultat des courses. C'est ce gang qui avait financé toute l'installation.

On comptait alors trois tripots clandestins plus ou moins mal famés dans le ghetto noir de Cleveland. Farouchement adversaire de toute violence, Bunch ne recevait comme clients que les « braves gens », les « bons » Noirs employés à un titre quelconque par les Blancs. Proxénètes, joueurs professionnels et malfrats n'étaient pas admis chez lui.

Vieux et très petit, l'air desséché, Bunch avait le teint clair, les cheveux plats, d'étranges petits yeux d'un bleu délavé et une expression de cynisme. Il me plaisait. Je contractai rapidement l'habitude d'aller tous les jours à son tripot et d'y rester jusqu'à la fermeture, presque toujours avec Ramsey. Bunch nous appelait les « Katzi Kids », d'après les personnages alors célèbres de bandes dessinées : les Katzenjammer Kids. Ramsey était Grand Katzi et moi, Petit Katzi. Il nous aimait bien, sans doute parce que nous l'amusions. Quand il sut que je touchais une pension de la Commission industrielle de l'Ohio, il me prêta de l'argent sans barguigner.

Ramsey travaillait toujours à l'hôtel où il me remplaçait dans mon emploi. Nous avions tous les deux la passion du vingt-et-un et souvent c'est nous qui lancions la partie. Sans doute était-ce une des raisons pour lesquelles nous plaisions à Bunch. Bel homme, épris de beau langage, Johnny Perry régnait sur la table de vingt-et-un en qualité d'arbitre et de changeur; il tenait la banque quand aucun ponte ne la réclamait. Au bout d'un certain temps, il me confia les sacs de monnaie et de jetons pour que je tienne la banque. Val, grand diable d'un brun rougeâtre aux dents irrégulières et proéminentes et au regard trouble, veillait sur la partie. Il passait les cartes que distribuait celui qui « faisait », veillait à ce que les mises soient exhibées à temps, ramassait celles des perdants, payait les gagnants. Quand la banque l'emportait, il réclamait sa part en clamant : « Jeu bien dirigé, la banque a gagné ! »

Je me sentais à l'aise dans ce tripot. Pour mettre un terme aux tracasseries de ma mère, je lui racontais que j'avais trouvé du travail à l'hôtel Gilsy, dans la 9e Rue, où je remplaçais le garçon de nuit qui montait des verres d'eau glacée dans les chambres. Je prétendis que j'économisais mon argent pour retourner à l'université. Craignant qu'elle se livre à une enquête pour vérifier mes dires, je la mis en garde contre les conséquences d'une indiscrétion : si la Commission industrielle apprenait que je travaillais elle me couperait les vivres comme l'avait déjà fait mon ancien patron. Je ne sais si elle me crut; toujours est-il qu'elle se tint tranquille. Quant à mon père, il ne me posa pas de questions. Ni l'un ni l'autre n'avait jamais entendu parler de Bunch Boy ni de son tripot et ils n'avaient pas la moindre idée d'un genre de vie comme celui que je menais. Je leur dis que je travaillais de cinq heures de l'après-midi à deux heures du matin. Je sortais donc peu après déjeuner et ne rentrais chez moi que vers trois ou quatre heures de la nuit.

En ce temps-là mon père remplaçait l'homme de peine d'une boîte de nuit d'Euclid Avenue. Il y travaillait de minuit à huit ou neuf heures du matin. Sa tâche consistait surtout à faire le ménage après le départ des clients. De temps en temps je passais le voir à sa boîte en sortant du tripot. Je grignotais ce qui restait dans le réfrigérateur. Mon père croyait que je rentrais du travail.

L'été où je passai mon temps à jouer au vingt-et-un chez Bunch Boy fut un des meilleurs de ma vie pour autant que je m'en souvienne. J'avais la vocation du jeu. Val nous emmenait volontiers, Ramsey et moi, chez ses amis. Je fis ainsi la connaissance de maquereaux et maquerelles prospères et j'eus un aperçu du milieu. Une tenancière de Scovil Avenue, grande haridelle aux cheveux courts et raides et au visage balafré, offrit cinq mille dollars à Val s'il parvenait à me mettre en ménage avec elle. Elle portait toujours des robes de satin noir tombant jusqu'aux chevilles et des chaussures d'homme. Elle me répugnait, mais elle me traitait avec toute la tendresse d'une nounou noire cajolant un bébé blanc. Val m'offrit de partager les cinq mille dollars avec moi pourvu que je passe un mois avec cette maquerelle. « Qu'est-ce que tu risques, Katzi ? Au bout d'un mois tu te tires et puis c'est tout », insistait-il. Propriétaire d'immeubles et de terrains dans le ghetto, la dame était un personnage important et respecté, bref : un beau parti ! Mais je ne marchai pas.

Je pris l'habitude de boire le whisky de contrebande du temps de la Prohibition : la foudre blanche et la mule blanche. On en servait à la cruche dans les bordels. À demi aveugles, malades, en loques et malodorantes, les putains et leurs hommes, tout aussi répugnants, mâchaient une certaine racine en guise de contrepoison.

À l'automne, mon frère Joe entra dans sa dernière année de secondaire à l'East High School. Je n'avais pas revu mon aîné, Eddie, depuis que nous avions quitté le Mississippi. Je ne fréquentais plus du tout mes tantes, oncles et cousins du côté paternel, et je ne pensais même plus à eux.

Cet hiver-là, un gars que je connaissais vaguement et qui travaillait à l'hôtel Gilsy tomba malade et je le remplaçai. Le Gilsy était connu de l'Atlantique au Pacifique comme repaire de prostituées itinérantes. Chacune n'y passait qu'une semaine ou deux et cédait la place à d'autres. Leurs souteneurs s'inscrivaient comme époux et partageaient leur chambre puis ils passaient le mot au brigadier des chasseurs. Les filles ne devaient jamais recevoir de clients dans leur propre chambre. Un chasseur les conduisait à celle du miché moyennant deux dollars. Le tarif minimum était fixé à cinq dollars, mais les filles en obtenaient souvent plus. La passe durait une demi-heure. Au-delà, le chasseur touchait un dollar par quart d'heure. C'était rare. En général, l'affaire durait moins longtemps. Dès qu'elle était terminée, on sonnait pour que le chasseur ramène la fille à sa chambre.

Cette industrie bien organisée fonctionnait avec la précision d'un mouvement d'horlogerie et ne donnait guère lieu à contestation. Si l'une des putains refusait de nous payer, nous la dénoncions immédiatement à la réception et l'hôtel l'expulsait pour prostitution. Il me semble invraisemblable que la direction et les employés de la réception aient ignoré ce trafic. Dans sa publicité le Gilsy se targuait d'être un « hôtel de congrès ». La plupart des clients qui y logeaient venaient en effet assister à un des nombreux congrès qui avaient lieu à Cleveland à peu près en toute saison de l'année.

Nous avions d'autres ressources que la dîme sur les prostituées car nous vendions aux caves du whisky fabriqué et mis en bouteille par le portier chef. Il nous le vendait au prix courant du marché de gros : deux dollars cinquante la pinte et cinq dollars le quart (environ un litre). Nous devions le céder au prix de détail, soit exactement le double. Vendre de l'alcool ne provenant pas de lui, c'était s'exposer au licenciement immédiat. Avant que je travaille au Gilsy deux gars s'étaient fait pincer pour trafic de drogue et ils avaient été condamnés. Le brigadier des chasseurs interdisait formellement ce commerce et on le soupçonnait d'avoir dénoncé lui-même les deux lascars à la police. Les patrons nous versaient un salaire de soixante dollars par mois, mais nous le remettions intégralement au chef, maître de notre emploi. Nous étions six. En cumulant nos redevances avec le bénéfice sur le whisky, cet homme se faisait une belle pelote. Quant à moi, j'occupai cet emploi pendant un mois et, pour autant que je m'en souvienne, je n'ai jamais gagné moins de cinquante dollars par nuit et vingt par jour.

Un tel afflux d'argent acheva de me dévoyer : je quittai le tripot de Bunch pour celui de Johnson l'Intrépide et je passai des cartes aux dés. Je jouais gros jeu parce que je n'y connaissais pas grand-chose. Mais avec la chance des innocents il m'arriva de rafler jusqu'à cinq cents dollars en un quart d'heure. Tout le monde me volait. Il m'arrivait de laisser mes mises sur la table et n'importe qui se servait. En fin de compte, si je ne quittais pas la table à temps, je perdais mes gains aussi vite que je les avais faits. Je me rappelle parmi les habitués de ce tripot Abie le Juif, Johnny le Rouquin, Quatre-Quatre, Charlie le Chinetock, un bougre qu'on appelait le Connard et quelques autres que j'ai utilisés comme personnages dans mes romans policiers.

Parfois je quittais le tripot les poches pleines et le lendemain j'allais dans le centre de la ville pour y acheter des vêtements. J'étais d'une vanité outrancière. Je m'aplatissais la chevelure avec une pommade blanche (ainsi définie dans le dictionnaire Webster : « Onguent parfumé pour les cheveux ou le cuir chevelu. »). J'achetais tout très cher, très chic, mais pas extravagant, dans des magasins où les Noirs osaient rarement s'aventurer. Je me demande maintenant quel effet ma tenue et mon comportement avaient alors sur les femmes en général, mais je me rappelle n'en avoir fréquenté aucune plus de quelques jours.

Au printemps j'achetai une Nash d'occasion. Pour que mes parents n'en sachent rien, je la laissai toujours à bonne distance de chez moi. Grâce à un ami — je crois que c'était Grand Katzi — je fis la connaissance de deux sœurs au teint de sépia, originaires de Géorgie. Mary, l'aînée, était mariée à un Noir qui travaillait comme domestique. Maud, la plus jeune, vivait avec le ménage. Elle me plut dès que je la vis. C'était une mulâtresse douce, plaisante, au visage plat, à la grande bouche charnue, à la voix grave et caressante. Elle avait aussi des yeux de chambre à coucher. Je ne tardai pas à prêter ma voiture à Mary et à son époux pour rester seul avec Maud le dimanche après-midi. Ce fut la première femme saine et passionnée que je connus. Je crois l'avoir aimée d'amour et je sais qu'elle m'aima. Mais dès qu'elle me dit qu'elle était enceinte, je l'évitai, craignant qu'elle aspire au mariage. Plus tard j'appris qu'elle était retournée dans sa famille en Géorgie. Je me demande si j'aurais été heureux en l'épousant.

Cette rupture me laissa dans un état d'agitation extrême. Bunch Boy fit venir de Chicago un de ses anciens associés : Œildechat. Ils montèrent ensemble une loterie clandestine qu'ils baptisèrent Tijuana. Elle prospéra tant que des truands, joueurs, maquereaux, tenanciers de tripots noirs et même des gens d'affaires jusqu'alors irréprochables lui emboîtèrent le pas. Leurs affaires marchèrent si bien que des gangsters italiens s'y introduisirent de force.

Je vécus alors une phase extraordinaire de mon existence. Je donnais l'impression d'être en transes. Sans doute était-ce dû à trop de chocs moraux successifs. Les querelles entre mes parents tournaient à la bagarre. Parfois mon père frappait et ma mère lui rendait coup pour coup.

Quand j'étais à la maison je les séparais. Peu après le départ de Maud je démolis ma voiture en cognant en plein dans la pile de béton d'un pont de chemin de fer passant au-dessus de Cedar Avenue. Joe termina ses études secondaires au printemps. La ville de Cleveland lui offrit une médaille d'or. Il se préparait à entrer au collège Oberlin à l'automne. Nous n'avions aucune nouvelle d'Eddie depuis des années.

Je ne me rappelle ni où ni quand je fis connaissance de Benny : un voleur à la tire. Solide gaillard au teint marron clair et à l'esprit assez simple, Benny se prit d'admiration pour moi. Afin de la mériter j'appris à fumer l'opium et à voler des voitures. J'emmenais volontiers mon acolyte dans les magasins chics que j'avais fréquentés et, pendant que je discutais avec le vendeur, Benny volait briquets ou boutons de manchettes. Il logeait dans un deux-pièces en sous-sol. Il y avait toujours des jolies filles chez lui. C'est ainsi que je rencontrai la plus belle jeune femme à peau brune que j'eusse jamais vue jusqu'alors : Jean Johnson. Elle ressemblait vaguement à Lena Horne jeune, mais en plus foncé. Sa peau avait le brun rougeâtre et chaleureux de la dinde parfaitement rôtie au moment où on la sort du four. Elle avait un visage en forme de cœur, des lèvres chaudes et épaisses et les yeux marron. Je ne sais pas ce qui l'attira vers moi, mais elle tomba follement amoureuse de mon âme immortelle. Cela semble puéril et excessif, je le sais. Huit ans plus tard, je l'épousai et j'ai passé quatorze ans de ma vie avec elle. Mais quand nous fîmes connaissance, je la traitai avec la plus grande désinvolture. Il m'est arrivé de la quitter « pour un instant » au coin d'une rue et de l'y laisser droguer pendant des heures ou de l'abandonner inopinément dans une chambre que nous avions louée pour la nuit et de ne la revoir que plusieurs jours après.

Je présentai Jean à une parvenue de Short Scovil, Margaret, dont j'avais fait la connaissance grâce à Val. Au bout d'un certain temps Margaret m'offrit de gérer le débit clandestin qu'elle avait monté dans une ruelle, derrière le tripot de Bunch Boy. Elle insista : « Jean serait barmaid, dit-elle. Vous pourriez vivre ensemble et, quand tu serais fauché, ta nana ne manquerait pas de clients. » J'acceptai de tenir le bistrot, Jean y fut serveuse mais je ne l'ai jamais prostituée. Malheureusement tous les hommes voulaient coucher avec elle; j'en étais tellement furieux que j'achetai un pistolet, un Owl's-Head 8 mm. Par bonheur je vise mal. Mais je tirai si souvent que Margaret nous mit à la porte. J'étais dans la dèche. J'essayai d'emprunter de l'argent à Bunch mais en échange il voulut emmener Jean en voyage à Detroit.

J'avais tant besoin d'argent que je prêtai l'oreille à Benny lorsqu'il me proposa un cambriolage qu'il projetait de commettre avec un ami plus âgé qui possédait une conduite intérieure Nash assez neuve et occupait un emploi — je ne sais lequel — au quartier général de la garde nationale de l'Ohio. Il savait donc qu'une certaine quantité d'armes et de munitions était entreposée au siège de la section noire du YMCA, à l'angle de la Cedar Avenue et de la 66e Rue. Il s'agissait de voler une caisse de Colts 11,5 mm avec des cartouches, arme relativement facile à vendre. Je ne me rappelle plus le nom du complice de Benny et je l'appellerai John dans la suite de cette histoire. Il fournirait le véhicule et c'est Benny et moi qui pénétrerions au YMCA pour y rafler le butin.

Nous entendions vendre les armes à Warren et à Youngstown où les ouvriers noirs des aciéries les achèteraient volontiers. Le cambriolage se déroula sans accroc et nous partîmes aussitôt pour Warren. En route, les deux pneus arrière crevèrent. Il nous fallut marcher jusqu'au plus proche village pour prendre le premier autobus du matin afin d'aller chercher un garagiste à Warren et faire remorquer la voiture. Mes camarades repartirent avec le mécanicien et me laissèrent à Warren où je devais chercher des chambres.

C'était jour de paye aux aciéries. On jouait aux dés un peu partout dès onze heures du matin. Je m'étais déjà rendu dans cette localité avec Val et je savais que la plupart des ouvriers noirs itinérants vivaient dans des chambres louées au ghetto. Il suffisait de frapper à n'importe quelle porte et de demander un logement. Mes premières tentatives furent vaines. Je sortais d'une maison lorsqu'une jolie mulâtresse m'interpella. Elle portait une assez triste robe de cotonnade, mais son visage aux traits mongoloïdes m'attira, de même que ses yeux prometteurs et ses longs cheveux crépus et gras. Je crus d'abord que c'était une prostituée et regrettai de ne pas avoir d'argent. Mais elle me proposa de me reposer quelques heures chez elle si j'en avais envie parce que « ses hommes » iraient jouer aux dés. « *Vos* hommes ? » demandai-je. Elle m'expliqua qu'elle en avait quatre : un gentil garçon à peu près de mon âge et trois autres qui se relayaient dans son lit car ils appartenaient à des équipes différentes travaillant selon le système des trois huit. Elle précisa que les trois « boulots » ne trouveraient rien à redire à ma présence mais que le petit mignon pourrait faire des histoires.

Un peu plus tard j'eus la chance de trouver une chambre dans l'unique hôtel de la ville réservé aux Noirs. J'y conduisis John et Benny lorsqu'ils arrivèrent en voiture. La chambre était au deuxième étage. Sa fenêtre ouvrait sur un toit de lattes en bois qui descendait en pente douce jusqu'à une cour. Dès que nous eûmes monté notre butin, John retourna à Cleveland. J'ouvris les caisses, pris un pistolet, le chargeai et le glissai dans ma ceinture. Puis je sortis pour aller rôder dans les salles où l'on jouait. Je devais repérer les gagnants et leur proposer ma marchandise. Mais je ne pensais qu'à la jeune mulâtresse au visage mongoloïde.

Je la retrouvai cette nuit-là dans une bande de buveurs à laquelle je me joignis. C'étaient des Noirs et ils sifflaient de la mule blanche comme si c'était du petit lait. Chaque fois que j'en eus l'occasion, je lui fis discrètement une cour chuchotée. Je lui montrai aussi mon 11,5 mm. J'eus l'impression que ça l'effrayait. Hommes et femmes me regardaient d'un air bizarre. Tout à coup je constatai que la pièce était vide. Il ne restait plus que la jeune femme et moi. Et voilà que soudain apparaît un gaillard de haute taille à la peau brune, aux traits réguliers et à la chevelure aplatie. Il portait un complet de toile bleue et une chemise rouge vif. Un 9 mm à canon long pendait au bout de son bras droit. Glacé, mon cuir chevelu se contracta à m'en dresser les cheveux sur la tête. La belle fonça en avant, enlaça le nouveau venu et lui expliqua à la hâte qu'elle m'aidait à trouver un logement pour moi et mes amis. J'en profitai pour prendre mon colt, appuyer sur le cran de sûreté et le braquer sur ce jeune homme : sans doute le petit mignon dont elle m'avait parlé. Nous nous regardâmes en chiens de faïence. S'il avait fait le moindre geste menaçant, je lui aurais injecté à distance le contenu du chargeur. Je n'avais plus peur, je n'éprouvais même rien du tout et je n'avais conscience que d'une chose : la nécessité de tirer le premier en cas de besoin. Je ne pensais ni à sa vie, ni à sa mort, ni aux miennes, ni à la loi qui interdit de tuer, ni à la femme, mais seulement à tirer le premier. Elle le poussa jusqu'à la porte. Selon toute probabilité quelques amis l'attendaient dehors et le retinrent. Cependant la patronne du bistrot me fit filer par une porte de derrière.

Cette nuit-là on nous arrêta, Benny et moi. Il dormait sur une couchette près de la porte et moi sur une autre, placée au-dessous de la fenêtre qui ouvrait sur le toit en pente. La police nous ramena à Cleveland. Les journaux de la ville avaient déjà annoncé le vol des armes et attribuaient le méfait à un gang de distillateurs clandestins. Ils en déduisaient qu'une guerre couvait dans le milieu. Leur erreur fut la seule note comique de l'affaire. Mes parents apprirent mon arrestation et ma mère vint me voir. Elle était bouleversée. Je lui racontai que je ne savais rien du cambriolage et que j'avais seulement accompagné Benny et son ami pour passer le temps. Elle en était beaucoup plus affectée que moi. D'une part elle estimait que je méritais un châtiment et d'autre part elle craignait qu'il fût trop sévère. Elle s'en prit à mon père qui ne m'avait pas élevé avec assez de fermeté. Peut-être avait-elle raison.

Je passai seul devant un magistrat. Je n'avais pas revu Benny depuis notre arrestation, ni John — l'instigateur du coup — depuis qu'il nous avait quittés à Warren. Le juge était une femme. Ma mère déposa que j'avais été dévoyé par de mauvaises fréquentations parce que mon père n'avait pas fait son devoir envers moi. Le juge l'interrogea au sujet de la situation de mon père et de son passé. Ma mère lui parla aussi de l'accident survenu à mon frère ; elle expliqua que mon père avait abandonné sa « chaire » de professeur dans un collège du Sud pour amener Joe dans le Nord afin de lui faire soigner les yeux. Elle parla aussi de l'accident dont j'avais été victime à l'hôtel et de mon expulsion de l'université. Cette dame juge me sembla extrêmement émue par les malheurs de notre famille. Considérant que la police avait récupéré armes et munitions, que le cambriolage avait eu lieu sans violence et qu'il ne s'en était suivi aucun dommage, elle m'accorda le bénéfice du sursis malgré les protestations tapageuses du procureur. Ma mère me ramena à la maison et je me couchai aussitôt. Beaucoup plus tard j'appris que Benny avait écopé de trente jours de prison et que si je n'avais pas bénéficié du sursis il aurait été condamné plus sévèrement. Je n'ai jamais su ce qui arriva à John.

Mes parents continuaient à se quereller et cela m'était insupportable. D'abord ma mère chercha à mettre la main sur ma pension, puis à me faire enfermer dans une institution pour jeunes gens incorrigibles. Mais pour cela il lui aurait fallu l'approbation de mon père et il la refusa. D'ailleurs il n'existait pas alors à Cleveland d'établissement tel qu'elle le concevait. Alors, faute de mieux, elle demanda le divorce. L'indifférence glaciale des gens du Nord avait alors achevé de vaincre mon père. J'aimais passionnément ma mère et j'étais très proche d'elle; j'avais toujours été son préféré et nous étions unis par un lien qui ne se rompit jamais. D'autre part je m'entendais d'autant mieux avec mon père qu'il avait toujours été indulgent avec moi. Pourtant, à la réflexion, j'estimais que, s'il avait été plus énergique, mon frère ne serait pas aveugle. Une nuit, alerté par le tapage, je dévalai l'escalier et trouvai mes parents en train de se battre dans la salle à manger. Mon père saignait d'une blessure que ma mère lui avait faite au front d'un coup de fer à repasser. Il la tenait par la gorge, et la poussait contre le mur. Je les séparai. Ma mère s'affala sur une chaise et éclata en sanglots. Mon père monta faire sa valise. Je ne leur en voulais pas mais j'avais affreusement honte. Le pauvre Joe se démenait autour de nous, incapable de faire quoi que ce soit. Je crois que, fou de pitié pour ma mère, il détestait notre père. Papa s'en alla cette nuit-là et ne revint jamais à la maison. Je partis à mon tour le lendemain retrouver Benny dans son appartement en sous-sol qu'il avait réintégré en sortant de prison. Jean vivait dans une des deux chambres. Je m'installai avec elle.

Je retournai une seule fois voir ma mère. Mon frère faisait ses bagages pour aller au collège Oberlin. Cela me rappela que nous étions en septembre et je réalisai que je ne reprendrais jamais mes études. Une semaine plus tard j'empruntai l'auto d'un patron de tripot et je circulai avec Benny dans le quartier résidentiel blanc, au-delà d'Euclid Avenue, pour y choisir une voiture à notre goût afin d'aller à Columbus. Je m'assis au volant et Benny poussa l'auto jusqu'au ghetto où nous pourrions trafiquer le circuit de contact en toute quiétude. Ce n'est pas sans crainte que nous passâmes à proximité d'un flic sur l'avenue Euclid. Mais il se contenta d'arrêter la circulation pour nous laisser passer.

Quand nous arrivâmes à Columbus le premier trimestre en était à sa seconde semaine. Il y avait bal ce soir-là dans une espèce d'auberge-grange d'un hameau aux rues de terre battue, à quelques kilomètres au-delà du campus et ça surexcitait les étudiants. Nous fîmes connaissance de quelques filles au dîner. J'en invitai une pour le bal, pris une chambre dans une pension de famille et conseillai à Benny d'en faire autant mais il n'était pas dans son assiette : l'atmosphère de cette agglomération universitaire lui était étrangère. Il décida donc d'aller visiter le ghetto et d'y coucher à l'hôtel.

Pendant le repas, un chauffeur blanc heurta « ma » voiture et endommagea le pare-chocs arrière. Il allait fuir mais des étudiants l'arrêtèrent. En ce temps-là l'assurance automobile n'était pas encore obligatoire. En cas d'accident, il fallait donc appréhender sur-le-champ le responsable et le traîner en justice. Quand le Blanc apprit que nous étions tous étudiants à l'université d'Ohio, il offrit de payer les dégâts immédiatement pourvu que je ne m'adresse pas à la police. J'acceptai, évidemment. Je ne me rappelle pas combien il me versa mais plusieurs billets de cinq dollars changèrent de main, ce qui impressionna les étudiants noirs.

En montant dans la voiture pour aller au bal avec deux autres couples je perdis l'argent que je venais de toucher avec le peu que j'avais emporté en quittant Cleveland mais je ne m'en aperçus pas sur-le-champ. C'est au moment d'entrer à l'auberge-grange que je me trouvai sans le sou. Je sautai dans la voiture et fis à toute vitesse les huit kilomètres qui me séparaient de la pension de famille. Je retrouvai la liasse de billets dans la rue, là où je l'avais laissé tomber. Ce coup de chance me monta à la tête. Quand je retournai au bal je devais porter une espèce d'auréole de triomphe. Je suis certain qu'à ce moment-là j'exsudais un parfum de sexualité comme il m'est arrivé d'en percevoir auprès d'autres personnes à l'occasion. Les filles y furent sensibles. On charlestonna et on s'entre-frotta le ventre.

De retour à la pension de famille le lendemain matin, je trouvai un billet de Benny m'annonçant qu'il retournait à Cleveland. À cet instant je remarquai qu'un étudiant de première année avait laissé sa carte verte sur le dressoir. Les élèves recevaient cette carte à leur inscription. Les commerçants de Columbus s'y fiaient pour faire crédit ou accepter des chèques ou encore pour toute autre transaction où la vérification d'identité est nécessaire. Les étudiants ne devaient pas s'en départir et la présenter à toute requête. D'un mouvement impulsif je me saisis de la carte et filai au ghetto en voiture. Je m'arrêtai chez George pour effacer la signature et y substituer la mienne. Me revoir l'étonna mais, quand il remarqua la carte, il crut que c'était la mienne et me félicita d'être revenu à l'université. Il m'apprit aussi que Rose était tombée malade et avait dû quitter sa maison.

En partant de chez George avec ma carte falsifiée proclamant ma qualité d'élève de l'université de l'État d'Ohio, je remarquai que le réservoir d'essence de « ma » voiture fuyait, sans doute du fait de la collision de la veille au soir. Je confiai l'auto pour réparation à un garagiste et allai à une banque de Long Street pour y toucher un premier chèque. Par prudence je me contentai de vingt dollars. Il me fallut utiliser l'omnibus mis à la disposition des clients qui n'ont pas de carnet de chèques sur eux. J'inscrivis le nom d'une banque de Cleveland. Au vu de ma carte verte le caissier me versa les vingt dollars sans poser la moindre question.

Enhardi par mon succès j'allai au centre de la ville, à High Street, la rue la plus commerçante. J'entrai successivement dans plusieurs magasins fréquentés par les étudiants et j'y achetai de menus objets : stylo, cravates, boutons de manchettes, chaussettes. Je payai avec des chèques d'un montant assez élevé pour que chaque commerçant me rende une quinzaine de dollars de monnaie. À proximité du campus, j'achetai une paire de chaussettes en laine dans un magasin pour hommes chic, à une jolie vendeuse blanche. Je ne sais ce qui éveilla ses soupçons, mais elle me demanda si j'avais vraiment un compte dans une banque de Cleveland. Je répondis que tous les autres magasins avaient accepté mes chèques. « Alors, qu'est-ce qui vous prend à vous ? » m'exclamai-je, outré. Ma colère sembla la ravir.

« Quels autres magasins ? » me demanda-t-elle narquoise. Je vociférai : « Celui d'en face !

— Un instant, s'il vous plaît », me dit-elle. Elle passa dans l'arrière-boutique et téléphona au magasin d'en face. Je restai sur place sottement. J'aurais pu fuir, mais hélas ! je n'ai jamais fui. Peut-être cette mésaventure m'a-t-elle fourni le thème de *Run Man Run* (*Dare-Dare*, Série Noire), roman que j'écrivis trente-deux ans plus tard.

Un employé du magasin d'en face accourut. Ils comparèrent les chèques, téléphonèrent à la police. Des agents arrivèrent et m'embarquèrent. Je restai à la prison du canton jusqu'au premier novembre, date à laquelle je comparus. Cette fois, c'est mon père qui vint m'assister en justice. Je plaidai coupable. Compte tenu de toutes les circonstances atténuantes le juge — un homme cette fois — me condamna à deux ans de prison avec sursis et cinq ans de probation. Si je commettais le moindre méfait, même un délit mineur, avant cinq ans, je serais obligé de purger ma peine. Je n'ai jamais su ce qu'il est advenu de la voiture que j'avais volée.

Mon père me ramena à Cleveland. Mes parents avaient divorcé. Ils vivaient en loyer dans des secteurs éloignés l'un de l'autre et notre maison était à vendre. Joe s'était prononcé en faveur de mère, mais il était au collège Oberlin. Père avait emporté mes affaires dans sa chambre où nous devions coucher dans un lit à deux places. Dès que je vis ce logis je le pris en grippe et n'y allai que le moins possible. Mon père ne me fit aucun reproche. J'appris que Benny était en prison pour un autre méfait et que Jean partageait avec sa maîtresse son appartement en sous-sol. Je me remis en ménage avec elle et traînaillai dans l'ancien tripot de Bunch mais il périclitait depuis que le patron avait lancé son affaire de loterie. Je fréquentai Val et, épisodiquement, Grand Katzi. Je fréquentai aussi les bordels de Scovil, de Central et de la 50e Rue.

Prêt à tout pour ne pas vivre dans la chambre d'hôtel qui empestait la terreur et la défaite de mon père, j'étais devenu très violent. Je m'en rendis compte en discernant une lueur de crainte dans les yeux de la plupart des gens que je fréquentais, aussi bien les truands que les caves. Je troquai mon 8 mm contre un revolver Colt 11 mm, genre Far West, qui avait l'air d'une pièce d'artillerie portative et dont les projectiles étaient capables d'estourbir une statue.

Je me rappelle qu'un jour on refusa de me servir au comptoir d'un restaurant à l'angle de la 105e Rue et de Cedar Avenue, à la lisière du ghetto et à deux pâtés de maisons de l'église baptiste que fréquentait mon père. Je sautai sur le comptoir, écrasai ou jetai par terre à coups de pied tout ce qui s'y trouvait : assiettes entamées des clients, verres, tasses de café, tout ! Puis je frappai la barmaid blanche sur l'épaule avec mon revolver, une seule fois, et cognai à plusieurs reprises sur la tête du patron. Les clients s'enfuirent. Je sortis tranquillement. L'affaire n'eut aucune suite.

Un soir, chez Bunch Boy, je prêtai l'oreille à un chauffeur qui vantait les grosses sommes d'argent que son patron, un certain M. Miller, avait toujours chez lui, dans un des quartiers les plus riches de l'agglomération, à Cleveland Heights, au sommet de Cedar Hill. Intarissable, le cave pérorait avec admiration sur la montre en platine, la chaîne de montre ornée de diamants et les liasses de billets de cent dollars que M. Miller conservait dans un coffre-fort astucieusement dissimulé derrière l'étagère aux chapeaux, dans l'armoire de sa chambre à coucher; sur les bijoux merveilleux que Mme Miller arborait lorsqu'elle sortait, sur les deux Cadillac du ménage, la petite que M. Miller pilotait lui-même et la grande limousine que conduisait le chauffeur. Val lui conseilla d'être plus discret mais c'était un bavard impénitent et j'appris ainsi tout ce qu'il fallait savoir sur l'argent, les bijoux, les habitudes de M. et Mme Miller.

J'aspirais alors à quitter Cleveland, l'Ohio et les États-Unis pour m'en aller n'importe où je ne serais pas hanté par l'image de mes parents et de mon frère et où les Noirs ne seraient pas considérés comme la lie de la terre. Il me fallut quarante ans pour réaliser qu'un tel refuge n'existe pas. La saison hippique avait commencé à Tijuana, au Mexique, ou bien elle était sur le point de commencer. J'eus envie d'y aller pour tirer parti de l'habileté que j'avais acquise au jeu et pour coucher avec de chaudes señoritas.

Peu avant le Thanksgiving Day, le chauffeur des Miller annonça qu'il aurait congé la veille de cette fête parce qu'il serait de service le lendemain. Alors je décidai sur-le-champ que j'irais à Tijuana. Comme bien des ménages de leur classe, les Miller n'avaient que deux domestiques à demeure : le chauffeur-maître d'hôtel-valet et la femme de chambre-cuisinière-bonne à tout faire. Jardiniers, blanchisseuses et un valet de plus les soirs de réception n'y travaillaient que dans la journée.

La veille du grand jour, j'allai reconnaître les environs de chez les Miller à Cleveland Heights. Ils habitaient une vaste maison à l'ancienne, en brique blanche et planches, à bonne distance du trottoir, derrière un jardin impeccable, au carrefour de deux rues. Arbres et buissons dissimulaient le bâtiment auquel on accédait par un sentier. Mais l'entrée principale était une chaussée circulaire passant sous un portique ouvrant sur une autre rue, derrière la propriété. C'est à proximité du portail que se trouvait le garage pour deux voitures, aux portes vitrées à petits carreaux. La courbe que décrivait cette allée encerclait un bouquet d'arbustes qui dissimulait l'entrée de service et les portes du garage, invisibles de la grande rue.

Le lendemain soir, à dix heures et demie, je sonnai à la porte des Miller. Je portais un complet bleu, un pardessus bleu, des souliers et un chapeau noirs. J'avais mis mon revolver dans la poche plaquée de mon manteau. Je prévoyais que la bonne à tout faire ouvrirait la porte, que je demanderais alors à parler au chauffeur qui serait absent, je le savais, et que, braquant mon arme sur elle, je l'obligerais à me laisser entrer. Mais cette domestique était seule à la maison et craignit d'ouvrir la porte. C'était une grosse Noire soupçonneuse qui ressemblait à n'importe quelle mémère de couleur des films de Hollywood. Elle alluma la lumière du porche et m'observa à travers la vitre. Sans doute jugea-t-elle que je n'avais pas l'aspect d'un ami du chauffeur. Elle me déclara donc qu'il était en congé et me conseilla de revenir le lendemain. Je la remerciai et m'en allai. Je me demande encore ce qui éveilla ses soupçons car je suivis l'allée jusqu'à la rue et elle ne me vit sûrement pas quand je revins m'accroupir dans les buissons. J'en suis réduit à conjecturer que ma silhouette aurait dû apparaître sur le trottoir si je m'étais dirigé vers le ghetto, ou bien elle avait vainement attendu de percevoir le bruit que ferait ma voiture en démarrant.

Elle téléphona à la police, sûrement pour obéir à la consigne de ses patrons : « Dans le doute, adressez-vous à la police. » Un car de flics ne tarda pas à arriver. La bonne les fit entrer. Je restai dans les buissons d'où j'observai tout ce qui se passait. Ils allumèrent toutes les lumières de la maison et du garage ainsi que les projecteurs qui balayaient le jardin. Par miracle j'avais choisi la seule cachette qu'ils n'éclairèrent pas. Je vis les policiers fouiller la maison puis parcourir la propriété. L'un passa sur l'allée à quelques pieds de moi. Enfin, ils abandonnèrent leurs recherches, éteignirent les lumières et s'en allèrent.

Je restai tapi où j'étais. Je vis à plusieurs reprises le visage de la bonne apparaître à une fenêtre au-dessus du garage. Je n'osais pas bouger. J'avais enfilé des gants et relevé le col de mon pardessus. Au bout d'un moment de gros flocons tombèrent paresseusement et couvrirent tout le décor. Lorsque les Miller revinrent dans leur coupé Cadillac, la nuit était vêtue de blanc.

Ils allèrent tout droit au garage qui communiquait sans doute avec la maison car peu après je vis la grosse bonne noire les accueillir dans le vestibule de derrière avec force gesticulations et en secouant vigoureusement la tête. Je devinai aussitôt qu'elle leur parlait de ma visite et des recherches faites par la police. Ses patrons n'y prêtèrent sans doute pas grande attention car peu après ils passèrent dans les pièces de devant et échappèrent donc à ma vue. Je quittai ma cachette et allai au garage. Les deux portes étaient fermées. D'un coup de crosse, je brisai un petit carreau et passai la main à l'intérieur pour ouvrir. J'aperçus aussitôt la porte donnant sur la maison. Elle n'était pas fermée à clé. J'entrai dans l'arrière-vestibule. Il était éclairé. Je le traversai à grands pas et entrai au salon où se trouvaient les Miller. Ils avaient jeté leurs manteaux sur un canapé. Tous deux étaient debout : elle auprès de la cheminée et lui devant le bar. Il portait une jaquette et une cravate blanche ; elle, une robe de lamé.

« Haut les mains ! » m'exclamai-je. Ils se tournèrent vers moi, écarquillèrent les paupières et devinrent aussi blancs que la neige couvrant le jardin. Pendant un moment nous n'entendîmes que la bonne qui allait et venait en fredonnant au fond de la maison. Puis elle entra au salon en portant une tasse sur un plateau. Quand elle me vit l'arme au poing, sa peau passa du noir à un grisâtre moucheté ; elle laissa tomber le plateau et s'enfuit.

« Que personne ne bouge ! » m'écriai-je et je la poursuivis. Je la rattrapai dans le vestibule et l'enfermai dans un cabinet qui se trouvait là pour arranger mes affaires. Cependant les Miller grimpaient quatre à quatre le large escalier couvert de tapis. « Halte ! » vociférai-je. Ils s'arrêtèrent pile et se tournèrent vers moi, toujours aussi livides. J'avisai un appareil téléphonique au pied de l'escalier et en arrachai les fils. Puis je rejoignis les Miller et leur ordonnai de me conduire à leur chambre à coucher. Ils tremblaient. Je dépouillai l'épouse de tous les bijoux qu'elle portait : collier, bracelets, bagues. Puis je pris la montre en platine du monsieur, sa chaîne de montre ornée de diamants, son argent et un trousseau de nombreuses clés. Alors j'ouvris le placard, retirai de l'étagère plusieurs cartons à chapeau et découvris la porte du coffre. J'ordonnai à Miller de l'ouvrir. Il me parut abasourdi.

Le coffre contenait cinq ou six liasses de coupures de vingt et de cent dollars, encore entourées de la bandelette d'une banque. Je fourrai tout mon butin dans la poche extérieure gauche de mon pardessus, tout en vrac, joyaux et argent. Puis j'enfermai les Miller dans leur chambre à coucher, descendis l'escalier et sortis de la maison par le garage, comme j'y étais entré. Ils avaient probablement plusieurs moyens de se libérer et la bonne aurait pu briser la porte des cabinets d'un coup d'épaule. Mais ils avaient tous les trois trop peur pour s'y risquer.

Je mis en route le coupé Cadillac et sortis du garage à reculons. La neige tombait plus dru, ce qui limitait la visibilité. En arrivant dans la rue je remarquai qu'on ne distinguait plus les limites de la chaussée. J'aperçus vaguement une voiture qui faisait demi-tour devant l'entrée du jardin au-delà du carrefour. C'est par là que je devais passer. La voiture en question dérapa en travers de la rue. Au même instant j'entendis des coups de feu. Aussitôt je compris que c'était un car de police. Peut-être avais-je déclenché un signal d'alarme en arrachant les fils du téléphone. Des lueurs étincelèrent aux portières et la sirène se mit à hululer. La rue sur laquelle je me trouvais s'étendait en ligne droite à perte de vue. Je supposai qu'elle me conduirait à Shaker Heights que je connaissais suffisamment pour m'y débrouiller. Durant un été précédent j'avais travaillé comme chasseur au Country Club de ce quartier et j'avais conduit les voitures des membres de ce club en ville pendant qu'ils jouaient au golf.

J'écrasai l'accélérateur sur le plancher et la Cadillac fonça sur la chaussée couverte de neige. Je me rappelle avoir éprouvé un sentiment d'euphorie insensée à filer au doux ronron de cette voiture de luxe sur le tapis vierge de la neige; les flocons translucides tombaient autour de moi comme des rideaux immaculés. Bientôt la fusillade s'éteignit et je ne vis plus dans le rétroviseur le car qui m'avait poursuivi. Je continuai à foncer dans une blancheur complètement déserte et silencieuse. Aucune trace de vie à portée de vue. Les flocons réfléchissaient la lumière des phares et raccourcissaient la visibilité. J'avais l'impression de filer dans un nuage fantomatique.

Soudain je sentis que la voiture franchissait une bosse. Elle ralentit et cahota. Je roulai sur un terrain différent. Une haute haie surgit tout à coup dans l'éclat laiteux des phares. Je passai aussitôt à travers et la voiture s'arrêta lentement. Je descendis de l'auto pour me rendre compte. Mon pied traversa la neige et plongea dans une boue spongieuse. Je me retournai pour regarder la haie et compris enfin que j'avais quitté la chaussée, que je n'étais plus en ville et que l'auto s'était engagée sur une prairie enneigée. En 1928, les faubourgs de Cleveland conservaient une part de vie rurale. Pâturages et vaches n'y étaient pas rares.

Je remontai derrière le volant, essayai d'avancer ou de reculer mais les roues s'enfoncèrent dans la boue. Je glissai d'abord les tapis de l'auto sous les pneus arrière. Ce fut en vain. J'y mis alors les banquettes. Tout s'enfonça dans la boue. J'abandonnai la partie et éteignis les lumières. Pas la moindre maison ni aucun bâtiment en vue. Mais les lumières du centre de la ville éclairaient le ciel d'une lueur rose pâle dans le lointain. Tel fut le phare vers lequel je pataugeai dans la boue. Plusieurs heures plus tard j'arrivai à un restaurant routier ouvert toute la nuit. Une gangue de boue enrobait mes chaussures ; mon pardessus et mon chapeau étaient couverts de neige. Je décrottai mes souliers du mieux que je pus, secouai mes vêtements et entrai.

Un barman chauve jouait aux cartes sur le comptoir avec son unique client : un flic en uniforme à moitié soûl. « Où est le téléphone ? demandai-je. Je veux appeler un taxi. » Tous deux tournèrent lentement la tête vers moi, m'examinèrent de la tête aux pieds et restèrent muets. « Je pourrais aussi boire un whisky, sans doute », dis-je en plongeant la main dans ma poche et j'approchai du bar. Quand je ressortis ma main, la bague en platine de Mme Miller, ornée d'un diamant de quatre carats, tomba sur le plancher. Le flic la ramassa et l'examina attentivement. Je retins mon souffle. Il la passa au barman qui l'examina à son tour. « Zircon ? » Le flic secoua la tête. « Les zircons coûtent cher. » Je tendis la main, le flic garda la bague pour me tracasser. « Tu l'as chipée à ta poule ? C'est pas gentil », dit-il. Je craignis d'éclater de rire. Admirable connard, pensai-je, tu ne sauras jamais combien tu es drôle ! « Elle me l'a donnée, lui dis-je.

— Petit mac de merde, dit-il méprisant. Si jamais je te pince par ici à baiser les bonnes et à les voler, je te viderai de ta merde à coups de botte dans le buffet.

— Faudra me pincer, justement », rétorquai-je avec un petit rire piteux où tintait la culpabilité.

Il jeta la bague sur le comptoir et se retourna vers le barman. Je la mis dans ma poche et sortis. Un instant la conscience du danger m'avait coupé le souffle mais je ne sentis pas le frisson de la panique que j'aurais dû éprouver. Sans doute est-ce pour cela que je me conduisis d'une manière aussi stupide.

Il me fallut parcourir des kilomètres à pied pour atteindre Kinsman Road où je trouvai un taxi. Je me fis conduire chez Clark, un café situé à côté du Gilsy Hotel. Pourquoi ? Parce que le décor m'était familier et que j'avais envie de café. D'ailleurs à une heure aussi matinale je ne risquai guère de rencontrer quelqu'un qui me connaissait. En outre c'était assez près de la gare de l'Union pour que j'y aille à pied.

L'horloge électrique accrochée derrière le comptoir indiquait cinq heures vingt-cinq du matin quand j'entrai. Il faisait encore nuit noire dehors, mais il ne neigeait plus. Il n'y avait personne dans la salle. Je m'assis au comptoir. La serveuse quitta la table devant laquelle elle était assise au fond de la pièce. Dans bien des cafés de Cleveland on refusait de servir les Noirs. Mais le personnel de couleur de l'hôtel Gilsy fréquentait chez Clark. On y était donc habitué à voir des visages noirs.

La serveuse était jeune, blanche, jolie. Avec ses cheveux bruns et sa peau huileuse, c'était exactement ce que les truands appelaient un « piège à taule » ou une « poulette à bagne ». Je commandai du café et des pets-de-nonne. Comme nous étions seuls, elle resta auprès de moi. Pendant un moment nous nous observâmes sans rien dire.

« Venez donc à Chicago avec moi, lui proposai-je.

— Non, je ne suis pas une fille de ce genre-là », répondit-elle.

Je tirai de ma poche une liasse de billets. « Je ne vous ferai pas travailler, j'ai plus d'argent qu'il nous en faut. »

À la vue de mon trésor elle écarquilla les paupières et son visage exprima successivement plusieurs émotions. Elle passa sa langue sur ses lèvres. « Quand ? demanda-t-elle.

— Tout de suite.

— Non, ce n'est pas possible », décida-t-elle sèchement.

Aussitôt je pensai à Jean et me sentis coupable. Je bus mon café, finis mes beignets, payai et laissai un dollar de pourboire. En me regardant partir ses yeux exprimèrent plusieurs sentiments contradictoires.

Je suivis la 9ᵉ Rue jusqu'à la gare de l'Union et pris un billet pour Chicago. Tout mon butin — bijoux et argent — était encore dans la poche extérieure de mon pardessus. Ralph, un ancien camarade de classe de l'université, m'aborda sur le quai. Il portait la casquette rouge des porteurs et travaillait dans l'équipe « funèbre » : de minuit à huit heures du matin. Ses études ne lui servaient guère. Il me trouva une place libre. Lui donner un pourboire me gêna. Aux États-Unis il y a deux fauteuils de chaque côté de l'allée centrale et tous les voyageurs sont tournés dans le sens de la marche. Quand on n'a personne à côté de soi on est parfaitement tranquille. Grâce à Ralph je bénéficiai de ce confort.

J'allai aux cabinets et répartis mon butin dans les poches de mon complet. De retour à ma place, je retirai mon pardessus, le pliai et le posai sur le fauteuil à côté de moi. Puis j'ajustai siège et dossier dans une position de détente et m'endormis. Le trajet durait une dizaine d'heures. Il était quatre heures et demie de l'après-midi et la nuit tombait quand j'arrivai à Chicago.

Je descendis à un hôtel « convenable » pour Noirs aux confins du ghetto de South Side. Je n'avais rien à faire qu'à manger et me coucher. Comme je n'avais pas dormi du tout la nuit précédente, j'espérais avoir sommeil mais j'étais trop surexcité. Je sonnai le garçon et lui dis que je voulais d'abord une mulâtresse et ensuite une Blanche. Il me les procura. Quand j'en eus fini avec ces deux-là, je demandai la Noire la plus élégante et la plus experte pour toute la nuit. En arrivant, elle me déclara que ce n'était pas son métier, qu'elle travaillait comme secrétaire, qu'elle était fiancée et allait se marier. Aujourd'hui encore je n'arrive pas à comprendre sous le coup de quelle lubie je tirai de mes poches tous les bijoux que j'avais volés et les répandis sur le lit. Elle en ramassa plusieurs successivement et les examina. Comme elle s'y connaissait en joaillerie elle prit peur. Je lui offris de choisir tout ce qui lui plairait. Elle refusa et se rhabilla précipitamment. Terrifiée, elle me promit de ne rien dire et me conseilla de ne montrer ces bijoux à personne. Je me contentai de ricaner. Elle s'en alla en m'adjurant d'être prudent. Le garçon arriva peu après son départ et me demanda ce qui s'était passé. Je lui dis que j'avais changé d'idée et préférais dormir seul. Je lui donnai un pourboire et bouclai la porte quand il fut parti.

Le lendemain matin j'allai à la boutique d'un prêteur sur gages, Sam le Juif, bien connu comme receleur. Bunch Boy, Œildechat et d'autres truands en disaient le plus grand bien. J'offris d'abord la bague au diamant de quatre carats pour cinq cents dollars. Il me demanda quelques minutes afin de l'estimer et l'emporta dans son arrière-boutique. Je le soupçonnai aussitôt de s'isoler pour appeler la police. J'aurai dû filer en lui abandonnant la bague. Mais, cette fois encore, j'en fus incapable.

Comme je l'avais prévu deux flics en civil arrivèrent. Ils me fouillèrent, trouvèrent dans mes poches les autres joyaux et l'argent. Ils m'embarquèrent. Quatre ou cinq inspecteurs m'interrogèrent. Je soutins que les bijoux m'appartenaient. Ils se mirent à me rosser. Un de leurs capitaines arriva et interrompit l'interrogatoire pour me parler seul à seul.

Il me déclara qu'une femme habitant le Blackstone Hotel avait été dépouillée la nuit précédente, qu'elle venait d'arriver au bureau de la police où elle avait reconnu ses bijoux et qu'elle consentait à ce que je sois condamné à une peine légère pourvu que j'avoue, afin qu'elle puisse récupérer son bien et s'en aller. Je répondis que j'étais resté dans ma chambre d'hôtel toute la nuit précédente et que je pourrais le prouver.

« Tu aurais bien tort », dit le capitaine. Il me laissa avec les autres détectives en leur enjoignant d'obtenir des aveux signés en bonne et due forme. Ils me menottèrent les chevilles et m'accrochèrent par les pieds au sommet d'une porte, les poignets liés derrière le dos. Puis ils me frappèrent les côtes et les testicules avec la crosse de leurs pistolets enveloppés dans leurs chapeaux de feutre. J'aurais voulu m'évanouir, mais je ne perdis pas conscience. La douleur était trop vive mais sans lésion grave. Enfin je bredouillai que j'allais avouer. Consternés lorsque je leur dis que j'avais dévalisé un ménage de Cleveland Heights, dans l'Ohio, ils refusèrent de me croire. Ils tenaient à ce que j'avoue avoir volé la cliente du Blackstone Hotel. Je devinai que c'était la maîtresse du capitaine et qu'ils espéraient se partager le butin. Mais le cambriolage à main armée de Cleveland Heights leur avait été signalé. Force leur fut donc de me croire. Ils demandèrent à la police de Cleveland d'envoyer quelqu'un reconnaître les bijoux. Ce fut un des directeurs de la compagnie d'assurances des Miller qui se présenta. Il s'appelait Frieberg et plus tard devint un de mes amis.

Un détective de Cleveland Heights était venu s'assurer de ma personne. J'aurais pu exiger une procédure d'extradition mais je m'en désistai. Nous retournâmes donc tous les trois à Cleveland. Les bijoux étaient assurés pour un total de vingt-huit mille dollars et j'avais volé en outre un peu plus de vingt mille dollars en espèces. M. Frieberg fit les frais d'un wagon-salon pour que nous soyons seuls pendant le voyage.

Il me posa maintes questions. Qui étaient mes complices? Qui avait organisé le cambriolage? Qui m'avait renseigné sur les aîtres? Était-ce mon premier cambriolage ? Je l'assurai que j'avais tout fait tout seul, que personne ne m'avait aidé ni fourni un renseignement quelconque. Je prétendis avoir repéré une maison habitée vraisemblablement par des gens riches et y être retourné la nuit pour faire le coup. Il secoua la tête d'un air incrédule. Ma jeunesse le stupéfiait et il fut encore plus étonné lorsqu'il apprit que j'avais fréquenté l'université d'État de l'Ohio. Apparemment les cambrioleurs ne pouvaient être à ses yeux que des gens sans instruction sinon totalement illettrés. Il me demanda pourquoi j'avais agi ainsi et si j'avais déjà volé quelqu'un d'autre. Je répondis que c'était mon premier méfait et que je l'avais commis pour m'en aller. Vous en aller où ? demanda-t-il. D'ici, répondis-je. Il parut intrigué et me demanda si j'avais tant à me plaindre de la vie que je menais. Oui, répondis-je. En me quittant à la gare de l'Union il me dit son chagrin de me voir dans un tel pétrin.

On m'emmena au poste de police de Cleveland Heights pour m'interroger. Les détectives me posèrent à peu près les mêmes questions que M. Frieberg : qui étaient mes complices ? qui avait eu l'idée du coup ? qui m'avait renseigné sur les Miller ? comment avais-je appris où se trouvait le coffre ? Ils me demandèrent aussi par quel miracle je savais que le chauffeur serait absent cette nuit-là, alors que, selon toute vraisemblance, aucun autre domestique de Cleveland Heights n'avait congé la veille du Thanksgiving Day. Avais-je jamais travaillé pour les Miller ou pour l'un quelconque de leurs voisins ? Je répondis à peu de chose près comme à M. Frieberg : pas de complice, opération de solitaire, aucun renseignement; j'avais choisi cette maison au petit bonheur la chance parce qu'elle me semblait bonne à cambrioler.

Les détectives ne me crurent pas plus que Frieberg. Les intriguait surtout comment j'avais regagné Cleveland. Ils avaient retrouvé la Cadillac abandonnée en pleine campagne et il avait neigé abondamment cette nuit-là. Comment m'en serais-je tiré si je n'avais pas eu rendez-vous avec un complice? Ils firent de leur mieux pour que je compromette le chauffeur. Qui d'autre aurait pu être mon complice? J'affirmai que je ne connaissais pas le chauffeur des Miller et que si je le voyais je ne le reconnaîtrais pas. Il était déjà bouclé. On nous confronta. Il était jaune de peur. Je le regardai droit dans les yeux et répétai que je ne l'avais jamais vu. Sans doute se souilla-t-il de soulagement.

Je dois au moins rendre une grâce aux habitants de Cleveland Heights : ils ne permettaient pas à leurs flics de passer les suspects à tabac. Il me sembla que les détectives m'auraient volontiers rossé à m'en faire jaillir les yeux de la tête, mais ils finirent par abandonner l'interrogatoire. On me conduisit à la prison cantonale de Cuyahoga en attendant que le grand jury statue sur mon inculpation.

Ma mère me rendit visite. Elle pleura et dit : « Mon pauvre garçon, tu étais si brillant. » Elle parlait déjà de moi au passé. C'est mon père qui me procura un avocat et il m'apporta mon corset orthopédique que je ne portais plus depuis des mois. Je ne vis pas Joe et je m'en réjouis. Les journaux de Cleveland menaient grand bruit sur mon cambriolage. S'ils tombèrent par hasard sous les yeux de mon frère Eddie, il ne donna pas signe de vie.

J'eus d'abord plusieurs entretiens hors de la prison avec des responsables du service de probation. Mon avocat était optimiste : il pensait que je bénéficierais peut-être de la liberté sous contrôle judiciaire. Je refusai de m'en soucier ou de réfléchir à quoi que ce fût. Je m'abstins de penser, tout simplement. À un point de ma mésaventure, mon cerveau s'était bloqué, probablement lorsque les détectives me torturaient à Chicago. Je m'étais retiré mentalement de toute réalité, ne me rappelais rien de mon passé et ne me préoccupais ni du présent ni de l'avenir. Je refusais de réaliser la peine que j'infligeais à mes père et mère et à mes autres parents, ni le mal que je m'étais fait à moi-même.

Je comparus le 27 décembre 1928, surlendemain de Noël, pour entendre ma condamnation. C'était par un matin gris et froid. Au-delà des fenêtres du palais de justice la neige noircissait déjà dans les rues. Hormis M. et Mme Miller, emmitouflés dans d'épais manteaux foncés, dans un coin de la salle, aussi livides que s'ils avaient porté des masques, il n'y avait personne à l'audience, pour autant que je me le rappelle. Ni mon père ni ma mère ne vinrent ; plus tard j'appris qu'ils n'étaient pas au courant de ma comparution. Si mon avocat m'assista, je ne m'en souviens pas car il me semble que personne ne parla sauf le juge. Ce magistrat s'appelait MacMahon. C'était un vieil homme aux yeux gris et vitreux et à l'expression implacable.

En réalité je n'espérais ni sursis, ni probation puisque j'étais déjà en probation. Le juge Mac-

Mahon déclara : « Je vous condamne à une peine de travaux forcés d'une durée de vingt à vingt-cinq ans, au pénitencier de l'État d'Ohio, parce que vous avez raccourci de dix ans la vie de chacune de vos victimes. »

2

C'est à la maison centrale de l'Ohio que je passai de l'adolescence à l'âge adulte. J'y entrai à dix-neuf ans et en sortis à vingt-six. J'appris sans aide tous les systèmes de comportement nécessaires à la survie, sinon je n'aurais pas survécu. Pourtant ceux qui m'entouraient durent avoir l'impression que je souhaitais mourir.

Pendant ces sept ans et demi, mon père me rendit visite une seule fois, et ce fut pour me demander de l'argent. La grande crise économique commença peu après ma condamnation et, grâce à ma pension d'invalide, j'étais le mieux pourvu de ma famille.

Ma mère vint me voir souvent. Je lui avais demandé de s'installer à Columbus pour me protéger car j'étais en proie à une crainte paranoïaque : le médecin de la prison voulait m'empoisonner, croyais-je, parce que j'avais lacéré avec un vieux clou le corset que la Commission industrielle lui avait ordonné de me donner. Ma mère veillait aussi sur mon frère aveugle, Joseph, qui préparait un doctorat de sociologie à l'université d'État. Je lui fis verser directement ma pension.

Au bout d'un certain temps, le monde extérieur me devint indifférent et je ne souhaitai même plus y retourner. Les sept ans et demi auxquels se limita ma peine ne me firent d'ailleurs aucun tort. Je ne me rappelle pas avoir jamais souffert d'une manière aiguë en prison. Je n'y appris rien non plus. Principal passe-temps des détenus, le jeu fournissait des ressources à quelques-uns. Je ne tardai pas à constater que mon apprentissage au tripot de Bunch Boy faisait de moi un expert.

En prison la vie sexuelle se limite à la masturbation et à la sodomie. Or j'avais connu d'innombrables homosexuels à Cleveland.

Les pédales racoleuses appelaient ça de la « chatte sans os ». J'ai toujours préféré la chatte avec tous ses os pelviens intacts pointants ou enrobés de chair. Les « gars-filles » de la centrale ne différaient guère des prostituées du monde extérieur. Les « loups », c'est-à-dire les homosexuels du type mâle, auraient en liberté fait des souteneurs, des « amants de cœur », voire tout simplement des époux de prostituées. Quant aux « louves » qui appartenaient aux deux catégories à la fois, ils ressemblaient fort aux ambivalents de partout. Rien de nouveau.

Les gars-filles m'offraient à l'œil leur chatte sans os ; les louves me proposaient des trocs et les loups me faisaient leurs propositions habituelles, tout cela parce que j'étais jeune et beau gosse. Mais aucun n'essaya jamais de me violer. Peut-être fut-ce parce que j'étais trop instruit. Or la plupart des détenus sont extrêmement ignorants et l'instruction leur en impose. Peut-être parce que j'étais devenu capable de violences illimitées. Par comparaison à la plupart des détenus noirs de la centrale, avec une taille d'un mètre soixante-treize et un poids de soixante-quatorze kilos, j'étais presque un nabot. Mais j'étais sujet à des accès de rage tellement forcenés que des hommes deux fois plus forts que moi en prenaient peur. Souvent j'aurais pu y laisser ma peau. Il arriva aussi parfois que d'autres me sauvèrent la vie. Il est vrai que j'étais devenu indispensable à certains : patron des jeux, je contribuais à les faire tolérer. J'étais capable de m'exprimer. J'évitais aussi les abus. J'avais mis un terme aux tricheries, je protégeais les caves, et pour éviter la bagarre, il m'arrivait parfois de payer de ma poche les mises contestées.

Parce que j'étais instruit on me choisissait toujours pour négocier avec les matons et pour les soudoyer. À mes yeux, mes compagnons de détention étaient pareils à des enfants attardés, comme le géant débile mental de *Des souris et des hommes* de Steinbeck. D'une gratitude excessive pour de petits services, ils étaient aussi incroyablement redoutables pour des riens. Il ne fallait jamais cesser de les tenir à l'œil et toujours les manipuler avec la plus grande prudence. De temps à autre je partageais la cellule des infirmes et je m'entendais assez bien avec eux, malgré leur réputation de duplicité.

J'étais toujours armé d'un couteau. J'en eus plusieurs à lame de longueur variée selon la manière dont je me les procurais, mais elle n'avait jamais moins de quinze centimètres. Cette arme me servait surtout à intimider. Les détenus se poignardaient, se lacéraient, se défonçaient le crâne, se mutilaient et se tuaient les uns les autres presque quotidiennement et pour les raisons les plus stupides. Ainsi, deux de mes compagnons noirs périrent tous deux d'une bataille au couteau née du fait que selon l'un Paris est en France et, selon l'autre, la France est à Paris. J'en ai vu un en tuer un autre parce qu'il n'avait pas fait passer le pain à table. Dans le dortoir de l'école pénitentiaire un détenu se glissa sous les lits jusqu'à mon voisin et lui trancha la gorge jusqu'aux vertèbres pendant son sommeil; un cri gargouillant me réveilla. Pourtant ils étaient capables d'un grand héroïsme. Ce fut le cas lors de l'incendie du lundi de Pâques 1930 au cours duquel trois cent trente détenus environ périrent brûlés vifs dans leurs cellules. Quand il devint impossible de maîtriser le feu, les détenus des autres bâtiments, libres dans la cour, bravèrent la mort, l'asphyxie et les blessures en gravissant les escaliers abrupts du secteur incendié à travers une fumée noire, dans une chaleur étouffante et parmi les flammes qui jaillissaient autour d'eux, pour se porter au secours de leurs camarades enfermés dans l'enfer des cellules. Dans ma nouvelle *To What Red Hell*, publiée dans le numéro d'octobre 1934 d'*Esquire*, j'écrivis : « Quelqu'un lui cogna l'épaule, il tomba à genoux et sa tête heurta la rambarde en fer de la galerie. Puis il entendit un grondement sourd qui crût comme un rugissement. C'était seulement une voix braillant : "À la passerelle ! Un vivant !" Quatre hommes apparurent à la lumière sur l'escalier de l'infirmerie. Ils portaient un corps qui se tordait sur lui-même : un vivant... Ces hommes travaillaient en heures supplémentaires dans l'héroïsme, fonçaient dans la fumée avec une hâte intrépide... Quelque chose à faire : rupture terrifiante mais exaltante dans la monotonie de la vie quotidienne. » Plus tard, j'écrivis au sujet des morts : « Quoi qu'ils eussent été, ou qu'ils eussent rêvé d'être, quels que fussent leur race, leur passé, leur nationalité, la vomissure verte qui pendait de leurs dents les rendait tous semblables. » La presse du monde entier fit grand bruit au sujet de cet incendie. Il s'en fallut d'une semaine pour que je fusse parmi les victimes. Huit jours auparavant, en effet, je faisais partie d'une compagnie de discipline dont bien des membres furent victimes du feu.

Je jouissais d'une supériorité sur les autres détenus noirs, parce que je savais ce que je voulais. Je pouvais les persuader de faire des choses dont les motifs et les buts leur échappaient. Au pénitencier de l'État d'Ohio la plupart des détenus noirs étaient stupides, dénués de toute instruction, pratiquement analphabètes, à peine supérieurs à des bêtes. Pour la plupart, voleurs et meurtriers étaient les moins intelligents. En général les meurtriers noirs avaient tué au cours d'une crise de rage insensée et les voleurs noirs avaient volé d'une manière encore plus stupide que je l'avais fait moi-même. D'autre part, je n'ai jamais vu un véritable joueur professionnel perdre son sang-froid en prison.

C'est aussi en prison que je commençai à écrire. Cette activité contribua à me protéger tant des autres détenus que des gardiens. Un individu capable d'écrire des choses qui paraissaient dans les journaux et les revues du monde extérieur inspirait respect et peur instinctifs aux détenus noirs.

Mes premières nouvelles parurent dans des hebdos et des revues publiés par des Noirs : *Atlanta World, Pittsburgh Courier, Afro-American, Bronzeman, Abbott's Monthly* et d'autres du même genre. Je vendis ma première nouvelle à *Esquire, Crazy in the Stir,* en 1934. La même année cette revue publia également mon histoire sur l'incendie de la prison : *To What Red Hell.* Je crois qu'*Esquire* avait commencé à publier des fictions au début de cette année-là ; auparavant ce n'était qu'un magazine de mode masculine.

Je dois avouer que mes œuvres n'impressionnèrent guère mes camarades de détention ; la plupart ne les lurent même pas. Mais voir mon nom imprimé dans un magazine de réputation internationale que Mack — un condamné à la détention perpétuelle — colportait de dortoirs en cellules, voilà ce qui leur en imposait. Quant aux matons ils ne pouvaient pas se permettre d'assassiner un détenu connu du public (sinon ni Malcolm X ni Eldridge Cleaver ne seraient jamais sortis vivants de prison).

Ils ne pouvaient pas non plus m'obliger à travailler puisque la Commission industrielle de l'État me versait une pension pour incapacité totale. Mais ils avaient bien des moyens de me punir. J'ai passé nombre de mois au trou et j'ai encore sur le crâne des cicatrices de coups de cravache. Il m'est arrivé de rester si longtemps au cachot avec des rations de famine que mes cheveux et mes ongles tombèrent et que je ne pesais pratiquement plus rien.

Les nouvelles que j'écrivis en prison n'étaient pas engagées au point de vue racial. Je ne traitais pas de la vie des Noirs dans un monde blanc, mais de crimes, de criminels et surtout de détenus : *Crazy in the Stir, To What Red Hell, The Visiting Hour, Every Opportunity, The Night's for Crying, Strictly Business*, et d'autres du même genre. Je fus aussi capitaine de l'équipe de *softball* (base-ball joué avec une balle moins dure et plus volumineuse) qui gagna le championnat de la prison. Je n'eus donc guère le temps de broyer du noir.

Enfin on me libéra sur parole en me confiant à la garde de ma mère, à Columbus, et j'allai vivre avec elle ainsi qu'avec mon frère Joe. On cessa de me verser ma pension quelques semaines avant mon élargissement, comme si les directeurs de la Commission industrielle pensaient que la liberté me donnerait vigueur et santé. Quand je m'installai avec ma mère et Joe j'étais sans le sou et n'avais aucune ressource pour la première fois depuis mon adolescence. Je ne sais pourquoi, mais sans doute était-ce l'effet de la liberté de mouvements, je devins plus forcené que jamais.

Il me fallait des femmes, beaucoup de femmes, et tout de suite. Séduire prend trop de temps ; je m'adressai donc aux prostituées de tout acabit. Faute d'argent j'étais obligé de m'en tenir à celles qui m'offraient gratuitement leurs faveurs. Il y avait un grand nombre de putains blanches dans les ghettos noirs de Columbus en ce temps-là et j'avais du succès auprès d'elles parce que je les sortais en qualité de chevalier servant, pourvu qu'elles paient. Évidemment il fallait que je me méfie de leurs souteneurs. Plusieurs fois les propriétaires de nos lieux de rencontre me sauvèrent la vie.

Il m'arriva de rencontrer une bande d'anciens

détenus qui m'incitèrent à aller avec eux « en Géorgie » avec une jeune putain noire. Cette pratique consistait à promettre le prix de la passe et à s'éclipser ensuite sans payer. Le chef de notre bande était un grand diable au visage grêlé et aux allures de brute. Il s'appelait Storey. C'est dans sa chambre que nous conduisîmes une grosse fille sotte à laquelle nous avions promis cinq dollars pour nous satisfaire tous. Bien qu'elle n'eût guère plus de quinze ans elle accepta volontiers. Les deux premiers lui dirent que le suivant paierait. C'est seulement après le troisième qu'elle comprit qu'on l'emmenait en Géorgie. J'étais le quatrième. Quand vint mon tour, elle pleurait et je répugnai à abuser d'elle. Ne comprenant pas ce donquichottisme, elle me soupçonna d'impuissance, mais je n'y perdis rien car j'appris plus tard qu'elle avait contaminé mes trois prédécesseurs de la blennorragie.

À rentrer tard la nuit, empestant la putain, je mettais ma mère hors d'elle. Comme j'étais confié à sa garde, elle menaça de me renvoyer en prison. Nos querelles étaient si violentes que Joe dut intervenir à plusieurs reprises. Enfin quand je me mis à fumer du chanvre, elle s'adressa au fonctionnaire chargé de me surveiller. Je ne sais ce qu'elle lui dit mais la semaine suivante je fus confié à mon père à Cleveland.

J'étais encore en liberté sous condition pour une durée égale à la fin de ma peine, c'est-à-dire un peu plus de dix-sept ans. À Cleveland, je retrouvai Jean avec qui j'avais vécu avant d'aller en prison. Elle m'aimait encore et, à mon tour, je l'aimai passionnément. Je l'épousai avec la permission de la justice et quittai mon père. Jean et moi vécûmes dès lors dans toute une succession de taudis meublés.

Si peu vraisemblable que cela puisse paraître, mon hostilité envers la société n'avait encore eu aucun rapport avec ma race. Mon mariage changea tout. Jean était une femme extrêmement jolie et j'entendais l'entretenir comme n'importe quel bon mari doit le faire. Je travaillai à mi-temps dans un country club comme garçon et je fis des remplacements dans de grands hôtels. Je m'échinai à écrire pour des revues populaires mais seuls *Esquire* et *Coronet* m'achetèrent quelques nouvelles. Je ne voulais pas que Jean travaille et la plupart du temps nous avions faim. Apparemment elle acceptait la misère de bon gré parce qu'elle m'aimait et avait foi en moi.

Aucun membre de ma proche famille n'avait les moyens de m'aider. Mon père travaillait comme moniteur dans un centre d'enseignement du New Deal. À Columbus mon frère aveugle avait un emploi à la section locale de la Ligue urbaine. Restaient les Moon qui avaient la meilleure situation de tous. Ils nous invitaient de temps à autre à dîner et nous donnaient des paquets de victuailles à emporter chez nous quand ils le pouvaient. Mais ils avaient encore leurs deux enfants à charge. Malade, leur fille Ella était en chômage. Agent de propagande de l'Association nationale pour l'avancement des gens de couleur, Henry ne gagnait pas de quoi se suffire à lui-même.

Finalement le New Deal m'accorda aussi un emploi, d'abord comme terrassier. J'ai creusé des tranchées d'égout et curé des lits de ruisselets dans la neige et la glace des faubourgs de Cleveland, à des kilomètres de chez moi. Puis, je fus assistant de recherches à la bibliothèque publique de la ville; enfin, j'ai collaboré à une étude démographique sur Cleveland.

Tout en participant à ce travail de groupe, j'écrivis une série de vignettes descriptives pour « égayer » la page des éditoriaux du *Daily News* de Cleveland. Le rédacteur en chef du journal, N. R. Howard, ne m'accorda pas les honneurs de la signature et mes billets ne portaient que mes initiales : C.H. Craignant des ennuis avec le syndicat il me les payait de sa poche un dollar pièce. En ce temps-là les quotidiens de Cleveland n'employaient pas de Noirs, sûrement parce qu'il n'y avait pas de places disponibles. Louis B. Seltzer, rédacteur en chef de la *Press* de Cleveland, m'expliqua : « Je ne pourrais pas vous embaucher, même si vous étiez Jésus-Christ réincarné. » Quoi qu'il en soit, j'ai toujours considéré M. Howard comme un de mes meilleurs amis. Il me savait repris de justice, il avait lu plusieurs de mes nouvelles dans *Esquire*. Je l'entends encore me dire : « Chester, vous avez payé le crime que vous avez commis contre la société et vous ne lui devez plus rien. Alors, oubliez-le. » J'adoptai cette attitude et je m'y suis tenu depuis lors.

En collaborant au *Writers' Project*, je ne ressentais guère le tourment de ma race. J'étais chargé d'écrire l'histoire de la ville pour un guide et cette tâche m'absorbait. Je menais une vie conjugale heureuse et, pendant cette grande crise économique, tous les écrivains de ce « projet », aussi bien blancs que noirs, constituaient une famille humaine unie par la quête désespérée du pain quotidien.

Puis la guerre éclata en Europe. L'industrie américaine revint à la vie. La crise se termina et le New Deal aussi. Je pris ma place dans les longues files de chômeurs en quête d'emploi dans l'industrie privée. Alors j'appris ce que sont les préjugés raciaux. Chaque jour il me fallut faire le plus grand effort pour conserver mon sang-froid et ne pas écraser la face de quelque chef du personnel blanc. J'éprouvai un besoin impérieux de quitter Cleveland. Je persuadai le fonctionnaire chargé de me surveiller jusqu'à la fin de ma liberté sur parole de demander ma grâce au gouverneur Harold Burton et de me rendre mes droits de citoyen. En réalité, ayant été condamné pendant ma minorité, je n'avais encore jamais été citoyen des États-Unis et ne le devins que lorsque je reçus le parchemin attestant ma réhabilitation. Je m'inscrivis au parti démocrate à Cleveland.

J'allai écrire à Malabar, la ferme de Louis Bromfield, à Pleasant Valley, dans l'Ohio. Les Jeliffe, un ménage de Blancs qui géraient l'immeuble de rapport et le cinéma Karamu, dans le ghetto noir, étaient intervenus en ma faveur et Bromfield était au courant de mon passé ainsi que de mes ambitions. Il prit la peine de lire un long roman, fruit de ce que j'avais observé en prison et auquel j'avais donné le titre de *Black Sheep* (mouton noir : brebis galeuse). Il m'offrit de m'aider à le publier.

Ce roman était le résultat de mes tourments personnels, tels que je viens de les narrer succinctement, et ne contenait aucune allusion aux avanies que j'avais subies du fait de ma race. Les éditeurs le refusèrent. Depuis, j'ai appris que, pour les éditeurs américains, l'écrivain noir ne présente d'intérêt que s'il saigne sous la torture des Blancs. Je commençais à saigner, mais pas depuis assez longtemps, quand j'écrivis ce livre. À ce point de vue-là, d'ailleurs, la plupart des lecteurs blancs d'Amérique ont la même attitude que les éditeurs. Je n'ai jamais entendu dire « c'est un beau livre » au sujet d'une œuvre d'un Noir, sauf si les personnages noirs y souffrent horriblement. J'ai souvent entendu des Blancs dire d'*Un enfant du pays* et de *Black Boy* de Richard Wright que ce sont de « beaux livres ». C'est ce que je pense moi aussi. Mais cette expression n'a pas le même sens pour les Blancs que pour moi. La souffrance des autres ne me donne aucune satisfaction spirituelle. À ce point de vue je ne suis peut-être pas bon chrétien car les souffrances du Christ m'inspirent de l'horreur et, pour moi, sa crucifixion n'est qu'un acte de brutalité sadique. Je n'y vois rien d'admirable ni d'exaltant.

J'avais espéré qu'à Malabar s'atténuerait la tension dont j'étais affligé depuis que j'endurais les horreurs des préjugés de race. Mais je ne tardai pas à découvrir que je fuyais en vain. J'allai donc à Columbus où je demandai à ma femme de me rejoindre et nous partîmes en autocar pour la Californie.

J'ai souffert de ma race à Los Angeles plus que dans aucune autre ville où j'ai vécu. Beaucoup plus que dans les agglomérations du Sud dont je me souviens. Me cuisait surtout l'hypocrisie des Blancs. Ils traitaient les Noirs à peu près de la même façon que dans les villes industrielles du Sud. La ségrégation du corbeau noir régnait en fait de logement, d'emploi et de facilités publiques telles que les hôtels et les restaurants. Mais ce qu'il y avait de particulier à Los Angeles c'est qu'ils semblaient toujours nous dire : « Alors, négros, pas vrai qu'on est bons pour vous ici ? » Si les émeutes raciales de Watts en 1965 m'étonnèrent, c'est parce qu'elles se produisirent si tard. Nous sommes des gens vraiment très patients.

Los Angeles me blessa dans ma race. La guerre me blessa dans ma race. Et l'armée me blessa dans ma race. Je ne fus pas mobilisé durant la Seconde Guerre mondiale. Au début j'étais trop vieux et, quand on appela les gens de ma classe à subir un examen physique, en 1943, on constata que j'étais affligé d'une « fracture non réduite » d'une des vertèbres brisées en 1926 et que tout mon bassin était déplacé par rapport à la colonne vertébrale. Mais j'ai connu bien des Noirs qui ont fait la guerre. Tous m'ont assuré que les préjugés de race sévissaient dans les forces armées vouées à combattre le racisme dans une autre partie du monde.

Pour résumer au plus court mes relations avec l'industrie de la côte ouest, je dirai que durant les trois premières années de la guerre j'ai eu vingt-trois emplois différents, tous dans des entreprises indispensables à la défense nationale. Étant donné que mon père avait dirigé les départements mécaniques de plusieurs écoles du Sud durant les quinze premières années de ma vie, j'avais acquis quelques connaissances : je savais lire un bleu, je comprenais au moins en partie les éléments essentiels du bâtiment : charpente, plomberie, installation électrique, maçonnerie, couverture; je connaissais le fonctionnement du moteur à explosion; je savais me servir de certaines machines-outils : tour, perceuse, dégauchisseuse; j'étais aussi dactylographe assez compétent. Durant les trois années en question je n'occupai que deux emplois exigeant une certaine capacité : l'un comme apprenti charpentier de marine; l'autre comme aide-plombier. Partout ailleurs je travaillais comme manœuvre. J'ai pelleté gravier et sable, bourré de sable à coups de masse des tubes à couder, manutentionné des rouleaux d'essuie-mains en papier. Et je ne cite que quelques-unes de ces tâches. La loi fédérale me permettait de changer d'emploi tant que je ne travaillais pas au maximum de mes aptitudes. J'étais donc parfaitement libre de bourlinguer autant qu'il me plaisait.

Ma femme était codirectrice des services féminins des œuvres sociales de l'armée pour la région de Los Angeles. J'étais vexé parce qu'elle avait un emploi meilleur que le mien, parce que ses camarades de travail blancs la respectaient et l'admettaient parmi eux, parce qu'elle fréquentait assidûment des notabilités de la classe moyenne noire qui ne m'auraient pas touché avec des pincettes. Tel fut le premier ver qui rongea notre union. Je constatai que je n'étais plus un époux et que, moins bien payé qu'elle, j'étais plutôt son souteneur. Elle ne s'en souciait pas et ça me vexait encore plus.

Les avanies que me valait ma race me donnèrent la matière d'un roman de protestation indignée : *S'il braille, lâche-le*. Doubleday l'accepta. J'allai à New York pour sa publication.

Quand j'étais arrivé à Los Angeles, j'avais déjà souffert moralement, spirituellement et physiquement autant qu'il se peut en trente et un ans d'existence : j'avais vécu dans le Sud, j'étais tombé dans un puits d'ascenseur, on m'avait expulsé de l'université, j'avais fait sept ans et demi de prison et subi cinq années d'humiliation pendant la grande crise économique à Cleveland ; pourtant je fonctionnais encore tout entier ; j'avais l'esprit vif, de bons réflexes et je n'étais pas aigri. Mais les préjugés de race à Los Angeles eurent un effet tellement corrosif qu'en quatre ans ils me saturèrent de haine et qu'à trente-cinq ans j'étais brisé quand j'allai à New York ; mes tourments m'avaient rendu malade.

À cette même époque j'appris que ma mère était morte à Columbus, chez Joe et sa femme Estelle. Bien qu'elle eût réprouvé mon mariage avec Jean, je l'aimais passionnément et cette nouvelle contribua à me désaxer. Elle qui avait tant rêvé à mon sujet et que j'avais tellement déçue ne vivait pas assez longtemps pour voir paraître mon premier livre. Je trouvai ça d'une injustice désespérante.

C'était en 1944, pendant la quatrième campagne électorale du président Roosevelt. Elle m'emporta dans un tourbillon vaguement politique et étrangement religieux. Les New-Yorkais qui militaient pour la réélection de Roosevelt n'étaient pas des politiciens mais des croyants. Que l'on fût communiste, syndicaliste, fasciste, espion, noir ou blanc, juif ou gentil, vieux ou jeune, mâle ou femelle, on était pour ou contre Roosevelt. Tout servait à piper des suffrages : le corps des femmes blanches, des femmes noires, des femmes mariées, des célibataires ; l'argent, l'éloquence et l'intrigue. À ce moment-là bien des

Blanches s'offrirent à moi et je les pris. Elles n'appartenaient d'ailleurs pas aux plus basses classes sociales. Il y avait parmi elles quelques intellectuelles, mais surtout des mondaines. Ce que j'ai observé pendant cette période de ma vie m'a plus tard servi à écrire mon roman *Pinktoes*[1].

Je me noyai dans le stupre et l'alcoolisme et je ne votai même pas pour Roosevelt en fin de compte car je n'étais pas électeur dans l'État de New York. J'ai aussi failli perdre ma femme. Elle vint à New York et me trouva tellement accaparé par tant de liaisons qu'elle tenta de se suicider. Le choc me ramena au peu de vie normale qui m'est accessible. Quand je revins à moi, *S'il braille, lâche-le* avait été publié et bien accueilli. Le comité de lecture de Doubleday, Doran et Compagnie le mit sur la liste des ouvrages pouvant mériter le *George Washington Carver Memorial Award*, prix littéraire de trente-cinq mille dollars. Mais une femme du jury le fit éliminer parce que ce livre lui donnait la nausée, disait-elle, et c'est un roman intitulé *Mrs. Palmer's Honey* qui eut le prix. Pour ajouter l'affront au dommage, la publicité pour *Mrs. Palmer's Honey* dans la *Saturday Review of Literature* faisait allusion à *S'il braille, lâche-le* en ces termes : « Une série d'injures ponctuée de crachats. »

Cette péripétie m'aigrit beaucoup. Lorsqu'on m'invita, avec quatre autres écrivains, en 1945 à collaborer à la chronique « Les auteurs répondent » de la *Saturday Review of Literature*, je fustigeai les ergotages des critiques blancs. Pour ceux qui s'étaient plaints des expressions contes-

1. En français : *Mamie Mason.*

tables utilisées dans mon livre, j'écrivis qu'ils me rappelaient la prostituée qui, après avoir passé la nuit à exécuter tous les exercices les plus écœurants de son métier, fait le lendemain un scandale parce qu'elle trouve une mouche dans son riz au restaurant chinois. Pour ceux qui me reprochaient de n'offrir aucune solution au problème que présentait mon livre, j'écrivis que j'étais citoyen d'un pays qui, après une crise économique grave, avait perdu sa flotte à Pearl Harbor et s'était trouvé entraîné dans une guerre à laquelle il n'était pas prêt, sans armes ni armée, mais avait fait appel à sa volonté, son énergie et ses capacités pour constituer en cinq courtes années la plus puissante marine et la plus puissante armée de l'histoire du monde et avait appris à scinder l'atome pour en faire l'arme la plus redoutable que puisse concevoir un homme d'intelligence moyenne; par conséquent, me demander, à moi, écrivain occasionnel, d'une instruction limitée et sans aucune situation sociale, de résoudre le problème de ce pays, était grotesque.

J'étais tellement furieux que je souhaitais changer d'éditeur. Carl Van Vechten, dont Richard Wright m'avait fait faire la connaissance quelque temps auparavant, l'apprit et persuada son éditrice et amie, Blanche Knopf, de racheter mon contrat à Doubleday, Doran et Compagnie.

Ma femme et moi décidâmes d'aller vivre au ranch de son frère Hugo dans le nord de la Californie, où j'écrirais mon second livre. Nous achetâmes un coupé Mercury et traversâmes les États-Unis d'une côte à l'autre, de New York à San Francisco par l'autoroute Lincoln. Je n'aurais pu imaginer un moyen plus sûr d'apprendre la brutalité et la férocité des préjugés raciaux au nord des États-Unis. Ce n'était pourtant certainement pas mon but. À coup sûr nous aurions pu trouver le vivre et le couvert dans tous les ghettos noirs des grandes villes, mais notre itinéraire ne traversait que des agglomérations trop peu peuplées pour comporter des ghettos se suffisant à eux-mêmes. Cela nous livra à la merci des Blancs dont bon nombre étaient issus d'immigrants. Nous traversâmes Pennsylvanie, Ohio, Illinois, Iowa, Nebraska, Colorado, Utah et Nevada ; pas un seul, littéralement pas un, des Blancs qui géraient hôtels, motels, restaurants et même maisons d'accueil de la YMCA, sur notre route, ne consentit à servir un ménage de Noirs propres, convenablement vêtus, arrivant dans une Mercury neuve. Jusqu'au moment où nous franchîmes le col Donner et arrivâmes en Californie, nous ne trouvâmes pas un seul endroit où nous pûmes nous attabler pour faire un repas. La Californie elle-même n'était certainement pas « la terre des hommes libres ».

À ce moment-là mon beau-frère Hugo Johnson était chef de la patrouille à terre sur l'Embarcadero de San Francisco. Nous le trouvâmes dans un café au bord de l'océan. Il obtint une permission de quelques jours et nous conduisit à son ranch au bord du lac Honey, à cent vingt kilomètres au nord de Reno, mais du côté californien de la ligne de démarcation entre la Californie et le Nevada.

Sa propriété consistait en quelque deux cent quarante hectares de sol arable en bordure du lac et environ quatre mille hectares de landes sur la montagne s'élevant jusqu'à une altitude de deux mille mètres. C'est du côté montagneux de la grand-route que se trouvait l'habitation : une maison d'un étage à la peinture écaillée et dont l'entretien avait été négligé, ainsi qu'une cabane en bois de trois pièces, mal bâtie et dans laquelle vivaient des milliers de lézards des sables de tous âges et de toutes tailles. Les mulots habitaient au grenier et, pendant la nuit, ils rongeaient les murs. Des granges qui ne servaient à rien et l'abreuvoir se trouvaient du côté du lac. La terre n'était plus cultivée depuis des années et tout le domaine, à l'abandon.

Le métayer, un Portugais nommé Joe Mello, qui aurait dû travailler la terre à mi-fruit, était parti dès qu'il avait appris que des Noirs, sœur et beau-frère du propriétaire, allaient venir sur le domaine. Alors, un couple de Blancs qui vivait de l'assistance d'État s'était installé dans la maison principale. L'homme était un vieux Texan gâteux qui prétendait avoir plus de quatre-vingt-dix ans et les paraissait bien d'ailleurs. La femme, dans la quarantaine, était la putain locale. On la surnommait Myrte Féconde parce qu'elle avait eu onze enfants, chacun d'un père différent. À ce moment-là le vieux Texan et elle n'élevaient qu'un unique rejeton délicat, de quelque cinq ans. Le nonagénaire se targuait d'en être le père. C'était une gamine anémique aux longs cheveux roux. La famille vivait dans une crasse incroyable et crevait à peu près de faim. Il y avait l'eau courante dans la cuisine, mais aucun autre confort.

Ordures, vieilles boîtes de conserve, bouteilles jetées par les fenêtres pendant des années par Joe Mello jonchaient la cour.

En plus mauvais état, notre baraque était au moins propre, tout simplement parce que personne n'y avait vécu depuis longtemps. Nous apprîmes que Joe Mello l'avait louée épisodiquement à des familles en migration, sans en demander la permission à Hugo ni le mettre au courant. Ce qui nous inquiétait, c'est qu'elle n'offrait aucune sécurité. Il n'y avait ni verrou ni serrure aux portes délabrées. La plupart des vitres manquaient aux fenêtres. Rats, serpents et lézards entraient et sortaient à leur gré par de nombreux trous dans les murs, le plafond, le plancher. Hugo avait planté des arbres fruitiers dans une dépression séparant les deux bâtiments, mais ils étaient tous morts faute de soins. Heureusement notre baraque était séparée de la maison par quelques grands chênes qui nous donnaient de l'ombre, et un bosquet de pins plantés en bordure de la fosse aux ordures.

Nous allâmes, Hugo et moi, conférer avec le vieux Texan. Il acceptait volontiers le voisinage d'un ménage de « bougres » pourvu qu'il n'eût rien à payer. Il n'avait jamais payé de loyer d'ailleurs. Les vingt-quatre ans que Hugo avait passés dans la marine lui avaient donné une bizarre sympathie pour les indigents et il les laissa vivre dans la grande maison.

Dès qu'il fut reparti pour San Francisco j'allai à Suzanville, à quelque trente kilomètres au nord. C'était l'agglomération la plus proche. J'achetai des écrans pour les fenêtres, une solide porte à écran pour la cuisine, une serrure neuve pour la vieille porte, des outils et des tôles pour boucher les nombreux trous. En un rien de temps la baraque fut en état. J'enfonçai un solide pilier près du grand chêne qui ombrageait notre arrière-cour sablonneuse, derrière le porche de la cuisine, et j'accrochai un confortable hamac avec des cordes solides, des ressorts de sommier et un mince matelas pour une personne.

Lorsque notre logement devint vraiment habitable, nous allâmes acheter des vivres au supermarché de Suzanville. Nous rapportâmes même de la glace que nous conservâmes sous des journaux dans la baignoire. Mais nous étions totalement isolés. Les cabinets étaient à quelque cinquante mètres de la maison. Le sentier qui y conduisait était envahi par les broussailles qui frémissaient et bruissaient au passage des lézards de sable fuyant devant nous. Les arbres nous dissimulaient la route nationale qui passait en face de chez nous. Derrière la cabane, la vue s'étendait sur des terres arides semées de rochers, d'arbres sectionnés par la foudre, de ravins et de monticules. On avait construit un petit réservoir pour recueillir l'eau d'un ruisseau et l'amener aux deux maisons par des buses. De grands cerfs et de gros chats sauvages abondaient dans cette désolation. Myrte Féconde et son vieux Texan étaient nos seuls proches voisins. Nous n'en avions pas d'autres à moins de huit kilomètres.

Je plantai de gros clous dans le mur à la tête de mon lit pour y accrocher ma carabine Savage. Elle était toujours chargée et à portée de ma main pendant mon sommeil. Par bonheur aucun vagabond innocent ne s'approcha de la maison après la tombée de la nuit car je lui aurais fait éclater la tête sans sommation.

C'est là-bas que j'écrivis le premier jet de mon second roman *La Croisade de Lee Gordon*. Les rats nous tracassaient tant que j'appliquai une échelle au mur pour atteindre le grenier par l'extérieur et y semai du poison sur le plancher. Ils crevèrent, leurs cadavres enflèrent et pourrirent. Avant peu l'odeur de charogne devint tellement insupportable que je rassemblai mes victimes et les brûlai.

Débarrassés des rats, au moins momentanément, il nous fallut subir l'invasion des serpents à sonnette qui sortaient d'hibernation. Le premier que j'aperçus venait de sous la cabane et traversait notre petite cour de sable. Je courus chercher ma carabine et coupai le reptile en deux du premier coup. Je l'achevai avec une pelle à long manche. Myrte Féconde entendit le coup de feu et accourut, inquiète. Quand elle vit les restes du serpent elle nous conseilla de le brûler sans quoi, disait-elle, son conjoint viendrait le chercher. Nous le brûlâmes donc mais le conjoint vint quand même le rejoindre.

Jean était assise, les jambes nues, sur les marches au seuil de la cuisine et moi au bord de mon hamac. Nous bavardions. Le serpent sortit de sous la cabane et s'engagea entre les jambes de Jean. Elle ne bougea pas. Je ne soufflai mot de crainte qu'elle ne sursaute en apprenant la présence du reptile. Il me sembla que ce serpent mettait dix-sept mille ans à passer sous ses jambes. Alors je me précipitai sur Jean et l'attirai au milieu de la cour.

Un appentis derrière la maison avait dû abriter autrefois un chariot ou quelque machine agricole. Mais ne s'y trouvaient plus qu'une vieille porte en bois et un assortiment d'outils rouillés. Je saisis la pelle à long manche dont je m'étais déjà servi. Le serpent s'était engagé lentement et paisiblement dans la traversée de la porte allongée par terre quand je frappai du bout arrondi de la pelle et ratai mon coup. Le bruit de la pelle frappant la porte m'affola. J'étais debout sur les marches du porche à quelque soixante centimètres au-dessus du reptile. Je n'avais jamais vu un serpent à sonnette au combat. Je m'étais toujours imaginé qu'il se lovait et que, pour mordre, il se détendait comme un ressort. Celui-ci se dressa en forme d'S sur un tout petit bout de sa queue et sa tête arriva à la hauteur de ma ceinture. Il mordit le manche de la pelle à peu près en son milieu avec une telle violence qu'il l'entailla comme un coup de hache. Il y brisa un de ses crocs. Puis il s'écarta en sifflant. Du sang coulait au coin de sa bouche du côté du croc brisé. Il me regardait droit dans les yeux. Je ne sais si c'est le sifflement ou l'acuité de son regard qui me paralysa. Pendant un instant fugace je perdis toute vigueur et sombrai dans un abîme d'épouvante. Mais je me repris aussitôt et frappai aveuglément. De nouveau il donna de la tête contre la pelle, mais cette fois c'est la cuillère qu'il frappa et j'en entendis le tintement. Enfin je le coupai en deux. Affolé et encore terrifié, je le taillai en pièces. Puis je fis un feu de bois et le brûlai. L'odeur nauséabonde acheva de m'hébéter. J'emmenai Jean dans la maison que j'inspectai méticuleusement. Je fermai les portes à clé, vérifiai la charge de ma carabine. Puis nous nous mîmes au lit tous les deux jusqu'au lendemain matin. Cette aventure me fournit l'essentiel de la nouvelle *The Snake* qui parut dans le magazine *Esquire* en 1955.

Je tuai bien d'autres crotales après ces deux-là. Mais mes combats furent moins impressionnants. Je les tirai à six mètres ou plus avec des balles à bout rond de cent quatre-vingt-dix points.

Je ne cessais de fouiller la cabane de fond en comble, de déplacer le lit, retourner le matelas, de plonger le canon de ma carabine dans tous les trous où un reptile aurait pu se dissimuler. Je procédais à ces inspections particulièrement au retour d'une absence, même quand j'étais seulement allé faire des commissions à Suzanville.

Vers la fin de notre séjour, quand j'eus terminé le premier jet de *La Croisade de Lee Gordon* et que nous nous préparions à retourner sur la côte est, Hugo prit une permission de quinze jours et nous allâmes le chercher à Oakland. C'est là qu'il était affecté désormais en qualité de chef de la patrouille à terre dans la Septième Rue et le ghetto noir avoisinant.

Les quelques incidents qui se produisirent durant ces quinze jours me reviennent toujours à l'esprit quand je pense à Hugo. C'était un solide gaillard au visage plat et marron, comme ceux des Philippins. Une oreille en chou-fleur rappelait qu'il avait été champion des poids moyens de la marine. Son bel uniforme bleu aux manches ornées de six galons d'or impressionnait tellement que même les contre-amiraux lui rendaient son salut dans les rues. Hugo était si à cheval sur les principes qu'aucune femme ne voulut de lui, en dépit de son ranch et de la sécurité de sa retraite, quand nous nous efforçâmes de lui trouver une épouse parmi les amies de Jean au temps où nous vivions à Los Angeles. Il imposait le respect à tout le monde, même aux tenanciers de bordel et aux truands de la terrible Septième Rue à Oakland, une des artères du ghetto noir les plus tapageuses, violentes, traîtresses et dangereuses du pays.

Nous passâmes toute une semaine à peindre. Avec des leviers nous soulevâmes un angle de la cabane et construisîmes un pilier pour remettre le plancher à l'horizontale. La peinture sécha assez bien sur la grande maison qui brilla toute blanche au soleil. Quant aux vieilles planches de notre baraque, elles n'avaient jamais été peintes et elles étaient si sèches qu'elles absorbaient la peinture comme des buvards. La couleur n'apparaissait que par taches comme si le temps, le vent et la pluie l'avaient délavée pendant des dizaines d'années. Mais cela chassa les lézards qui vivaient dans les murs et tint probablement les serpents à l'écart. Heureux d'avoir accompli une bonne action, nous espérions que nos efforts préserveraient la maison. Malheureusement, moins d'un mois après notre départ, Hugo nous écrivit qu'un incendie l'avait rasée.

Durant une de ses permissions Hugo avait fait la connaissance de quelques hommes qui travaillaient à une usine d'État sévèrement gardée, à une trentaine de kilomètres de chez nous, dans le Nevada. C'est là que s'était rendu Joe Mello quand il avait quitté le ranch. Le personnel de l'usine était logé dans des maisons grises préfabriquées et leurs familles trouvaient tout ce qu'il leur fallait dans un magasin de l'État. Ce petit village construit d'urgence était entouré de fils de fer barbelés. Peut-être était-ce simplement une centrale électrique, mais ça présentait plutôt l'aspect des camps de concentration nazis tels que nous les avons vus en photo plus tard.

Un jour Hugo prit la voiture pour aller voir un cultivateur des environs car il cherchait un métayer pour l'année suivante. Je le mis en garde contre l'état des routes mais il m'assura qu'il y était habitué. C'était son ranch, il était chez lui, il connaissait donc la question mieux que moi et je n'avais rien à dire. Il est temps d'expliquer que tous les chemins de campagne conduisant à la route n'étaient que sable et gravier aplanis au bulldozer. Lorsqu'il pleuvait, l'eau s'écoulait de droite et de gauche, entraînant le peu de sable et, quand la terre séchait, la surface de la route était aussi bosselée qu'une planche à laver. À n'importe quelle vitesse le dérapage était aussi probable que sur la glace.

C'est ce qui arriva à Hugo. La voiture donna sur un amas de grosses pierres. Quand il recula, c'était trop tard. Une pierre s'était introduite entre le moteur et le radiateur, et bloquait le ventilateur. Quand Hugo remit en route il entendit les pales du ventilateur se déchirer sur la pierre qui tomba. Tordues et courbées elles mirent le radiateur en miettes. Il crut sans doute qu'avec un moteur aussi puissant il surmonterait tous les obstacles et accéléra, détruisant ainsi tout le système de refroidissement.

Nous allâmes voir le concessionnaire Ford à Suzanville, mais nous étions en 1946. L'industrie automobile américaine n'avait plus construit de voitures ni fabriqué de pièces détachées depuis le début de la guerre. Celles qui nous manquaient n'étaient pas disponibles en Californie. Si nous avions eu le temps d'attendre on nous les aurait peut-être expédiées de l'usine Ford à Dearborn au bout de deux ou trois mois.

Il faisait nuit quand nous arrivâmes chez nous. Jean n'y était pas. Nous l'appelâmes, fouillâmes la baraque, et parcourûmes les environs. Je redoutais une morsure de serpent. Nous demandâmes aux voisins s'ils l'avaient vue ou si quelqu'un était venu dans nos parages en auto ou à cheval. Autrefois des cavaliers erraient sur les collines. On n'avait vu personne. Alors nous prîmes vraiment peur en nous rappelant les histoires de Klan qu'on nous avait racontées. Nous vivions très isolés. N'importe qui aurait pu arriver à proximité par la route et repartir sans être remarqué.

Je m'armai de ma carabine et nous parcourûmes les environs en criant son nom. Nous continuâmes notre battue en nous éclairant avec des torches. Nous traversâmes la route pour inspecter les granges abandonnées proches de la grande maison. Ce fut en vain. À minuit, toujours rien. Enfin nous la trouvâmes à quelque cinq kilomètres. Elle titubait sur la route de Janesville en sanglotant. Elle se jeta dans les bras de son frère et le supplia de l'emmener avec lui. Mais elle assura que personne ne l'avait attaquée. Nous n'y comprenions rien. Elle ne voulait plus vivre avec moi, disait-elle.

Enfin Hugo l'amadoua pour la ramener à la maison. Il n'y parvint d'ailleurs qu'en lui expliquant qu'ils ne pourraient pas partir cette nuit-là. L'autocar de Reno ne passerait pas avant neuf heures et demie le lendemain matin et, l'automobile étant hors d'usage, il n'y avait plus d'autre moyen de transport.

Nous découvrîmes enfin la raison de sa soudaine animosité contre moi. Elle avait lu une partie de mon manuscrit que je ne voulais pas lui montrer. Le personnage principal de *La Croisade* s'appelle Lee et sa femme Ruth. Leurs relations constituent à mes yeux une des plus belles histoires d'amour de la littérature américaine, mais les deux protagonistes ont tous deux un complexe aigu de race et de couleur. Cette histoire n'a rien d'autobiographique. Lee n'est pas moi et Ruth n'est pas Jean. Je n'ai décrit aucune personne de ma connaissance. Mais Jean crut que j'avais modelé d'après elle le caractère de Ruth. Que j'eusse cette opinion d'elle, après tant d'années de vie conjugale, la peinait et la vexait. Peut-être était-ce surtout à cause du complexe de couleur dont j'avais affligé Ruth. Très belle femme et consciente de l'être, Jean ne pouvait pas admettre que je lui attribue un sentiment d'infériorité en raison de sa couleur. Pour être précis, je ne le lui attribuais pas du tout. J'avais connu bien des Blanches qui enviaient le visage et le teint de Jean. Mais Lee Gordon n'avait rien de commun avec moi non plus. Après tout, j'avais tiré sept années et demie de prison, je ne croyais plus que personne, ni Blanc, ni Noir, pût être sublime, je ne croyais pas non plus à la dépravation de quiconque. Je croyais seulement que tout le monde est capable de n'importe quoi. Mais le thème de mon roman m'obligeait à donner à ce couple une foi dans l'intégrité des Blancs et en même temps certaines craintes et des complexes résultant de leur race. Cela faisait horreur à Jean.

Quand il apprit tout cela, Hugo éclata d'un rire que ma femme trouva peu fraternel, je crois. J'ai passé bien des heures à ce moment-là et pendant des années par la suite à essayer de lui démontrer par tous les moyens que je n'avais jamais pensé à elle en écrivant l'histoire de Ruth. Je crains qu'elle ne m'ait jamais cru tout à fait. Souvent depuis lors, je me suis demandé si je n'avais pas décrit un personnage réel que je ne connaissais pas.

Impossible de vivre au ranch sans voiture. Nous la vendîmes là où elle était, au bord de la route, et nous prîmes l'autocar pour Reno puis le train pour New York où nous arrivâmes quelques jours plus tard, réconciliés, heureux et enthousiastes.

Je me rappelle cet été au ranch comme un des plus agréables de notre vie. Malgré les serpents et les rats et d'autres nuisances mineures, nous avons joui d'une période de calme propice à la création. Notre isolement complet nous permettait de nous aimer à n'importe quelle heure du jour et de la nuit, au bruit constant du vent dans les feuilles de l'énorme chêne qui nous ombrageait. Chacun avait passionnément besoin de l'autre, ce qui était bon. J'assumais la fonction du pourvoyeur : c'est moi qui faisais vivre notre ménage. Nous nous en réjouissions.

J'achevai mon livre pendant l'hiver 1946 à Wading River (Long Island) dans un tout petit appartement au-dessus d'un garage pour une seule voiture sur le domaine du docteur Safford, un médecin new-yorkais qui en avait fait une colonie d'été à l'usage des artistes. Y venaient surtout les écrivains qui collaboraient au magazine *The New Yorker*. Mais l'hiver où nous y vécûmes nous étions seuls sur la propriété avec le gardien sourd et presque tout le temps ivre.

Notre logement se composait de quatre petites pièces et nous vivions presque tout le temps dans la plus grande, en façade, chauffée par un poêle à bois, sauf lorsque Jean faisait du feu dans la cuisine. Cohabitait avec nous la chienne du docteur, une setter anglaise, Susie. Elle était grosse et passait toutes ses nuits et la plus grande partie de la journée devant le poêle ouvert. Son ventre était si volumineux que nous nous attendions à tout instant à la voir mettre bas. Elle dormait si profondément qu'elle ne bougeait pas quand des escarbilles de cèdre rouge, que je glanais dans le parc, tombaient sur son pelage et y creusaient des trous. Nous avions promis au Dr Safford de nourrir Susie et de lui annoncer la naissance des petits. Nous voyions rarement le gardien, ni personne d'autre d'ailleurs. Perchée sur une colline en bordure d'une forêt, loin des sentiers battus, la propriété était admirablement isolée, ce qui me convenait. On pourrait croire que la prison m'avait dégoûté à jamais de la solitude, mais les détenus ne sont pas isolés du tout. Le pire dans la vie carcérale, c'est qu'on a toujours trop de monde autour de soi.

Susie m'enchantait. C'était vraiment la chienne dans tous les sens du mot. Tous les matins nous lui donnions une énorme écuelle de gruau de maïs cuit dans un consommé d'os à moelle. Elle l'entonnait, y compris les os, puis elle sortait. Ainsi que nous l'apprîmes plus tard, bien des habitants de Wading River s'indignèrent parce que nous la laissions crever de faim, croyaient-ils. Chaque matin, en effet, après son premier déjeuner, la bonne chienne du Dr Safford faisait le tour de toutes les maisons du voisinage, y mendiait et dévorait tout ce qu'on lui donnait. Si le soleil brillait quand elle revenait, elle se couchait dehors dans la neige et y dormait jusqu'à l'heure de son second repas, après lequel elle se couchait devant le poêle ouvert.

Je travaillais à souhait et même trop bien, comme je l'appris plus tard.

Nous avions à notre disposition une vieille voiture. Nous nous en servions pour aller aux magasins et à la poste du village. À l'occasion nous poussions jusqu'à Riverhead. Mais la plupart du temps nous marchions. Nous faisions de longues promenades dans les bois où nous ramassions les branches mortes tombées des cèdres rouges. Il y avait un champ de choux-fleurs au-delà du bois; tous ceux qui étaient comestibles avaient déjà été récoltés. En janvier, quand le soleil brillait, l'odeur de ces légumes montait jusqu'au ciel. Au-delà s'étendait une culture de pommes de terre qui allait presque d'une côte à l'autre de l'île. C'étaient de longs tubercules d'une espèce particulière à Long Island. On avait aspergé les plants de pétrole pour les rendre impropres à la consommation en vertu d'un programme fédéral de contrôle des prix. En 1947, alors que tant de gens souffraient de la faim en ce monde, nous nous demandions pourquoi on ne leur expédiait pas ces milliers de tonnes de légumes. Mais au hasard d'une lecture j'appris que le prix du transport était trop élevé. Je vis là un trait caractéristique de mon pays qui prodiguait de l'argent aux gouvernements des pays dévastés par la guerre mais ne donnait rien aux populations affamées.

Les habitants de Wading River m'étonnèrent par leur manque de curiosité. Je crois qu'ils étaient à la fois trop bien élevés et trop sûrs d'eux pour se soucier d'un ménage noir habitant dans les parages. Ni amicaux ni hostiles, ils ne nous voyaient pas, tout simplement, et nous ne faisions rien pour nous faire remarquer.

Deux événements importants à nos yeux se produisirent à peu près simultanément : je terminai la version définitive de *La Croisade* et Susie mit bas. Une seule chose nous retenait : nous n'avions pas trouvé de logement, même temporaire, en ville. Une semaine s'écoula avant notre départ. Nous passâmes quelque temps à l'hôtel Theresa, à Harlem. Jean trouva un emploi comme directrice des divertissements dans un camp de jeunes délinquantes à Welfare Island. Plus tard nous louâmes un logement, toujours à Harlem.

Mon livre plut à Blanche Knopf mais elle me suggéra d'en discuter avec un des lecteurs de la maison pour nous assurer qu'il ne contenait rien de diffamatoire. Les inquiétait le personnage de Foster, le pédégé de l'usine d'aviation, dont les ouvriers s'organisent en syndicat dans mon livre. Il présentait une certaine ressemblance avec un vice-président de la National Steel qui avait démissionné pendant la guerre pour assumer une vice-présidence dans une usine d'aviation de la côte ouest. En réalité je ne m'étais pas du tout servi de cet homme pour bâtir Foster, mais de Louis Bromfield qui n'avait, quant à lui, aucune relation avec une compagnie d'aviation quelconque de la côte ouest. Le lecteur ne se soucia pas des communistes de mon livre. Or, pour eux, je m'étais vraiment servi de militants authentiques que j'avais connus à Los Angeles. Afin d'apaiser ses inquiétudes je me procurai à la bibliothèque du magazine *Time* un portrait et une biographie de l'industriel en question. Ces pièces à conviction emportèrent la partie et mon livre alla à l'imprimerie.

Lurton Blassingame était alors mon agent littéraire. Mon livre plaisait tant à Mme Knopf qu'il en profita pour lui faire signer sur-le-champ un contrat avec avance de deux mille dollars pour mon prochain livre dans lequel je devais utiliser ce que j'avais vu et appris à Hollywood pendant la guerre. Je n'en avais encore que le titre : *Immortal Mammy*. Peut-être vaut-il mieux que je n'aie jamais écrit ce roman car mes frères d'âme détestèrent déjà assez *La Croisade de Lee Gordon*.

Ce livre sortit le 8 octobre 1947, date que je n'oublierai jamais. La supérieure immédiate de Jean, Alice Overton, était en vacances pendant le mois d'octobre et elle nous avait prêté son appartement à Welfare Island, tout près du camp. Mon père était venu de Cleveland en l'honneur du grand événement et vivait avec nous. Je devais être interviewé à la radio par Mary Margaret McBride et paraître à une émission littéraire de la CBS. En outre, je devais m'entretenir avec les vendeurs du rayon de librairie de chez Macy et de chez Bloomingdale, le jour de la parution.

Je me levai de bonne heure pour prendre le ferry de la 69e Rue, ce qui me permettrait d'arriver chez Macy à huit heures trente, comme prévu. Je devais retourner chercher Jean et mon père ensuite, sur l'île, et les ramener à Manhattan aux studios d'où serait diffusé le programme de Mary Margaret McBride.

Quand j'arrivai à l'entrée du personnel de chez Macy, sur la 35e Rue, le chef du rayon de librairie m'attendait sur le trottoir pour m'accueillir. Il me dit que plusieurs de ses vendeurs n'étaient pas là et m'offrit de prendre un café dans les environs en les attendant. J'en avais déjà bu mais, pensant qu'il en avait envie, j'acceptai. Or ce n'était pas pour cela qu'il voulait s'entretenir avec moi tête à tête, mais pour me dire qu'ils avaient réfléchi à leur projet d'entretien avec les vendeurs. Certains membres de la direction craignaient qu'on les accuse de favoritisme. D'autres séances de ce genre avaient irrité les écrivains qui n'en avaient pas bénéficié et Macy avait décidé d'y mettre un terme définitif. Il regrettait énormément que cette décision s'applique pour la première fois à moi. Il était d'autant plus désolé que mon livre lui plaisait et il était sûr que j'aurais parlé de choses très intéressantes.

J'avais déjà entendu si souvent des éditeurs me dire exactement les mêmes phrases que je compris. C'est bien moi qui étais visé. Je lui serrai chaleureusement la main pour lui montrer que je ne lui en tenais pas rigueur. Mais s'il le crut, c'est un idiot. Je filai aussitôt chez Bloomingdale, 59e Rue.

Le magasin était ouvert. J'entrai mais n'allai pas plus loin que la première vendeuse de livres. Elle m'assura qu'elle n'avait pas entendu parler de moi, ni de mon livre qui n'était pas en vente mais elle alla interroger le directeur. Quand elle revint, il me suffit de voir son visage pour comprendre.

Incapable d'imaginer ce qui se passait, je téléphonai à Jean pour qu'elle vienne me rejoindre au studio car je craignais de n'avoir pas le temps de faire l'aller et retour jusqu'à Long Island. Elle me répondit qu'elle avait essayé de me joindre chez Macy et chez Bloomingdale pour me dire de ne pas aller au studio d'où on lui avait téléphoné que mon interview était annulée.

Écœuré, je rentrai chez nous. C'est alors que mon père prononça une déclaration mémorable : « Fils, n'oublie pas qu'il y a des gratte-ciel ailleurs qu'à New York. Nous en avons aussi un à Cleveland : la gare de l'Union. »

Cette journée fut décisive. Tout le monde détestait mon livre. La revue communiste *The New Masses* apparut dans les kiosques illustrée par la silhouette d'un Noir brandissant un drapeau blanc avec la légende : Himes porte le drapeau blanc. Suivait un article au vitriol de trois pages par un militant communiste noir. Le *Daily Worker* et la *People's Voice* m'attaquèrent également. La revue *Ebony* publia un éditorial intitulé « Il est temps d'inventorier notre bonheur », et dans lequel on lisait cette phrase : « Le personnage, Lee Gordon, est un psychopathe, comme son auteur, Chester Himes. » L'*Atlantic Monthly* publia : « La haine coule dans ce livre comme un filet de bile jaune. » Dans *Commentary*, journal juif, un professeur du Brooklyn College comparait dans une longue diatribe mon livre aux « graffiti sur les murs de lieux d'aisances publics ». James Baldwin écrivit une chronique pour le journal socialiste *New Leader* intitulée : « L'histoire sous forme de cauchemar. » J'avais entendu Willard Motley promettre à Blanche Knopf, à une réception chez Van Vechten, qu'il écrirait une bonne critique dans le *Times* de Chicago, journal de Marshall Field. Or il s'en prit personnellement à moi en m'attribuant les propos de mes personnages... Et ainsi de suite.

Carl Van Vechten me dit qu'à son avis *La Croisade* était un grand livre mais que tous mes frères d'âme à qui il en avait parlé le condamnaient.

Lurton Blassingame apprit que le parti communiste s'en prenait aux librairies qui le vendaient. Les militants en achetaient plusieurs exemplaires, les endommageaient, les ramenaient au magasin et en réclamaient le remboursement sous prétexte que c'était une ordure. Enfin, je ne me rappelle plus dans quel journal je lus un article dont l'auteur se plaignait du format, de la qualité du papier et du prix trop élevé.

La gauche le détestait, la droite le détestait, les juifs le détestaient, les Noirs le détestaient. Je dirai quand même que Richard Wright écrivit une préface élogieuse pour la traduction française que les éditions Corrêa publièrent en 1952. Mais en 1947, lorsque l'original parut aux États-Unis, il ne trouva rien à dire quoiqu'il eût écrit dans *P.M.* quelques années plus tôt une critique dans laquelle il traitait en même temps de *S'il braille, lâche-le* et *Focus* d'Arthur Miller.

J'avais essayé d'être totalement loyal. J'avais écrit une histoire dans laquelle je croyais exposer les craintes qui hantent l'esprit de tous les Noirs vivant aux États-Unis : crainte du communisme, de l'industrialisme, du syndicalisme, de la guerre, des Blancs. Je ne m'étais pas attaqué à une tâche excessive. Il s'agissait de notre vie quotidienne pendant la guerre. Tous les événements de ce roman étaient authentiques ; les personnages vivaient ou avaient vécu, les situations étaient banales. Il se peut que le style fût critiquable, mais aucun critique que j'ai lu n'en parla. Ce qui déplaisait le plus au chroniqueur de *Commentary*, c'était le personnage d'Abie qu'il traitait de « Juif aux allures de Christ ». Les frères d'âme n'admettaient pas la théorie avancée par Lee Gordon et selon laquelle les Noirs ne demandent pas l'égalité mais une considération particulière ; or selon moi, cette revendication était logique et j'estimais nécessaire qu'elle soit satisfaite.

Bien des critiques des grands hebdomadaires étaient surtout hérissés par le personnage de l'industriel Foster auquel j'attribuais ces propos sur le président Roosevelt : « Un fumier d'infirme ! Il a toute la lâcheté et l'ignominie des stropiats ! » Or j'avais entendu exactement cette phrase dans un country club de Cleveland. Les critiques avaient dû entendre des choses de ce genre-là, eux aussi, mais ce qui leur déplaisait c'est que j'aie l'audace de les répéter. Il me semblait pourtant évident que je n'avais pas cherché à manifester de l'audace. Mais ce qui est évident pour l'un ne l'est pas pour l'autre. Les Américains en général m'en voulaient, je crois, parce que j'avais serré la vérité de trop près. Les réactionnaires haïssent la vérité et tous ceux qui gouvernent en ce monde la redoutent ; en outre elle embarrasse les libéraux parce qu'ils ne peuvent rien faire à son sujet. De tous les tourments que j'avais endurés jusqu'alors — l'accident de mon frère, le mien, mon exclusion de l'université, le divorce de mes parents, mes années de prison, l'enfer que j'avais vécu sur la côte ouest du fait de ma race — et ceux que j'ai endurés depuis, l'hostilité déchaînée par *Lonely Crusade* fut celui qui m'atteignit le plus durement. Mon expérience aurait dû me rendre plus sage. J'avais essayé d'être loyal. Or c'est la seule chose que personne ne pardonne jamais, ni les communistes, ni les fascistes, ni les gens de droite, ni ceux de gauche, ni les racistes blancs ni les racistes noirs. En tout cas, la loyauté n'a rien de diplomatique.

J'allai voir Blanche Knopf pour lui demander de soutenir mon roman en citant les attaques les plus féroces et contradictoires dans une publicité. Elle jugea préférable de laisser courir en me disant que tout écrivain doit s'attendre à des critiques hostiles. Peut-être agissait-elle ainsi pour mon propre bien. Pourtant à cet instant-là j'avais, précisément, grand besoin d'être soutenu.

3

C'est alors que je décidai de quitter les États-Unis. Je ne pouvais pas être communiste parce que je n'ai pas l'esprit grégaire. Je ne pouvais pas être réactionnaire même si je l'avais souhaité parce qu'on n'aurait pas voulu de moi dans ce camp. Les Blancs me repoussaient, les Noirs ne voulaient pas de moi. Je me sentais apatride et je l'étais. Pendant les cinq années suivantes je fus incapable d'écrire. Je remaniai *Black Sheep*, roman que m'avait inspiré mon séjour en prison. J'essayai aussi de tirer une pièce de théâtre de *S'il braille lâche-le*. Mais ce n'étaient là que des réflexes conditionnés d'un homme habitué à écrire.

Directrice des services récréatifs d'un plan fédéral de l'habitat à New York, Jean circulait dans tous les quartiers de la ville. Quant à moi, j'acceptais tous les boulots qui se présentaient : plongeur, aide-chauffeur de chauffage central, éboueur assistant lors des chutes de neige et bien d'autres corvées que j'ai oubliées. Nous vivions dans une chambre meublée au Bronx et ne nous voyions pas beaucoup. Jean souhaitait que je reste à la maison pour écrire. Si j'en avais été capable, j'aurais peut-être accepté, mais je ne pouvais tout de même pas rester assis à ma table, à ses frais, sans rien faire.

On m'invita à Yaddo, colonie d'écrivains de Saratoga Springs, en mai et juin 1948. Je méditais d'écrire une histoire sur un prédicateur idiot condamné à la prison et qui, devenu indicateur, provoque la mort de quelques-uns de ses codétenus. Dès que j'eus écrit quelque cinquante pages, on m'invita à faire une conférence à l'université de Chicago sur « le dilemme de l'écrivain noir ». J'acceptai et parlai devant une assistance où dominaient les Blancs. Deux pilules de benzédrine et une demi-bouteille de champagne me donnaient une glaciale clarté d'esprit. J'exposai sans détour la question telle que je la concevais. S'ensuivit un silence de mort. Cette fois je n'avais pas essayé d'être impartial mais de dire la vérité. Le résultat fut le même. Mais je m'en foutais.

Je passai la semaine suivante à Chicago où j'essayai de noyer mon indignation dans l'alcool et le stupre. Mais la vieille blessure s'était rouverte. Je retournai à Yaddo et y fus ivre jusqu'à la fin de mon séjour. Je rejoignis ma femme à New York où je continuai à boire. Elle eut pitié de moi et me suivit dans des troquets minables et me ramena à la maison chaque fois que j'étais trop ivre pour marcher. L'emploi de Jean fut purement et simplement supprimé, ce qui sauva notre union et me sauva aussi moi-même. Pourvoir aux besoins du ménage m'incomba; il me fallut assumer ma fonction d'homme et d'époux.

Je trouvai d'abord un travail comme gardien de la résidence estivale qu'un promoteur immobilier d'Hoboken, Frank Bucino, possédait dans le New Jersey. Il l'avait achetée quelques années plus tôt aux enchères publiques. Lorsque la guerre en était à son début, en Europe, la German-American Bund l'employait comme camp d'entraînement. Je me rappelais avoir vu aux actualités cinématographiques les nazis américains y parader. Tous les bâtiments utilisés par le Bund s'y trouvaient encore : des petits cottages d'une pièce, admirablement construits. Des caravanes en aluminium étaient dispersées dans les bois autour d'un lac. En façade, en bordure de la route, se dressait la vieille taverne en bois, antérieure à l'installation des nazis. Elle était flanquée de deux chaussées pénétrant dans la propriété. L'une allait au bâtiment central et au-delà jusqu'aux logis épars dans les bois. L'autre conduisait au terrain d'entraînement bien entretenu sur lequel avaient défilé les nazis. M. Bucino avait converti cette propriété en camp de vacances pour les Italo-Américains. Nous occupions trois pièces au-dessus de la cuisine et du bar de l'ancienne taverne.

Nous y passâmes un bon hiver en compagnie de trois chiens. Frank Bucino nous payait cent cinquante dollars par mois, plus tous nos frais sauf la nourriture. C'est moi qui devais veiller sur la fournaise du chauffage central au charbon qui envoyait de l'air dans les bouches de chaleur du bâtiment. Jean disposait d'une grande cuisinière et nous prenions nos repas dans la cuisine, entourés de nos chiens gourmands. Pour les transports d'urgence nous avions le châssis d'une ancienne voiture de pompiers Mack sur lequel ne restait que la cabine du chauffeur. Nous nous en servîmes pour parcourir la campagne environnante. Le temps fraîchit et il neigea abondamment à la fin de novembre. Nos promenades dans les bois enneigés nous enchantèrent. J'écrivais une adaptation théâtrale en trois actes de *S'il braille, lâche-le*. Nous nous passions facilement de tous autres contacts avec le monde. Notre isolement nous ravissait mais il ne dura pas car au printemps le camp de vacances commença à se peupler et mon temps de gardiennage toucha à sa fin.

L'été suivant je travaillai pour la première fois dans une station estivale juive de Sullivan County. Il y faisait très chaud. Il y avait des hôtels d'une somptuosité fabuleuse dans les parages et quelques vedettes les plus réputées du show business y donnaient des représentations pendant la saison. Levé tôt, tard couché, je n'avais pas le temps d'écrire. Outre les menues courses pour les clients, j'étais chargé de nettoyer le vestibule, remplacer l'opératrice du téléphone, assister le plongeur en cas de besoin, servir le thé l'après-midi, aider les femmes de chambre à faire le ménage des « cabanas » éparses autour du bâtiment principal. Je ramassais le crottin des chevaux mis à la disposition des clients et j'en faisais des paquets pour ceux qui voulaient en emporter chez eux. J'aidais Joe, l'autre chasseur noir, à laver le fond de la piscine quand elle était vide, à réparer les chaînes assujettissant les fauteuils au sol de la terrasse et à cirer la piste de danse.

Pendant le grand week-end du Quatre-Juillet, six autres membres du personnel et moi souffrîmes d'un empoisonnement à la ptomaïne et en fûmes malades pendant trois jours. C'était un hôtel strictement kascher. On y servait de la viande certains jours, des œufs et des laitages d'autres jours et dans des couverts différents. Le personnel mangeait en deux équipes sur la grande table de la cuisine. Le patron — petit, trapu, l'air fruste, les cheveux gris coupés ras et le regard féroce — présidait ces repas, soit pour s'assurer que nous respections les règlements, soit pour veiller à ce que nous eussions assez à manger. J'appris plus tard que c'était un brave homme, toujours honnête avec son personnel. Peut-être est-ce pour cela qu'il gagna tout juste sa vie pendant vingt ans dans cet hôtel.

Je ne me sentais nullement chargé de mission dans cet emploi et je l'avais pris pour en tirer le maximum d'argent. C'est peut-être la raison pour laquelle je lui plus et il me demanda de revenir à la saison suivante. L'empoisonnement à la ptomaïne, le surmenage qui ne me laissait pas le temps de lire, encore moins d'écrire, ne me donnaient pas envie d'y retourner.

Cependant, cet emploi m'avait habitué aux usages des Juifs new-yorkais. C'est donc tout naturellement que l'hiver venu je me trouvai de nouveau employé par des Juifs, cette fois comme gardien du Copake Country Club, au bord du lac Copake, appartenant à deux frères de Jersey City : Sam et Sidney Zazuly.

Je n'avais encore jamais travaillé dans un établissement aussi luxueux. Les Zazuly s'intéressaient à l'art et à la littérature. Quelques critiques de *La Croisade de Lee Gordon* leur étaient tombées sous les yeux, mais ni l'un ni l'autre ne l'avaient lu. Ils s'attendaient à ce que je sois capricieux mais ils m'embauchèrent de préférence à quelqu'un du voisinage dont les relations se seraient introduites dans la propriété pour s'y livrer à des chapardages.

Le domaine du country club s'étendait principalement sur une île du lac reliée à la côte par un pont. Les bungalows des clients bordaient les routes qui encerclaient le bâtiment principal comportant surtout la grande salle à manger et qui était bâti sur une élévation du terrain au centre de l'île. Il y avait un casino, une salle de danse avec terrasse, des terrains de jeux pour les enfants, des terrains de sport pour les grandes personnes et un grand garage. Le club s'alimentait lui-même en eau. Au-delà du pont, d'un côté de la route, un terrain de golf à dix-huit trous faisait l'orgueil et la joie de Sidney. C'est là aussi que se trouvaient de plus vastes bungalows. De l'autre côté il y en avait encore de petits, à moins cher.

Les frères Zazuly nous accordèrent l'usage d'une DeSoto et un logis dans le bâtiment du personnel. Durant l'hiver le club était fermé. Mais Sam et Sydney y venaient de temps en temps avec des amis. Jean leur faisait alors la cuisine. Théoriquement je devais effectuer de menus travaux d'entretien exigés par les intempéries mais ma mission consistait surtout à garder la propriété, tant sur l'île qu'autour du lac, pour empêcher les gens du cru de voler le mobilier et tout ce qu'ils auraient pu emporter.

Il fit très froid cet hiver-là. Le lac gela en décembre. En janvier, un des pires ouragans qu'on eût subi dans l'État de New York nous obligea à chercher refuge dans le bungalow de Sam Zazuly, bâtiment assez bas, donc moins vulnérable. Nous y passâmes une nuit de terreur avec une caisse de whisky irlandais que je m'étais fait expédier de chez Macy une semaine plus tôt. Le vent soufflait et rugissait; à tout instant nous craignions de nous envoler avec le bungalow. Il tint bon pourtant, mais bon nombre d'autres furent détruits. Le vent déracina une rangée de vieux chênes qui traversait l'île et tous les pylônes des lignes à haute tension du voisinage. Il en résulta des court-circuits tant sur l'île que sur la terre ferme. Les pompes arrêtées faute de courant, l'eau envahit le sous-sol du bungalow et éteignit le chauffage central. Nous fîmes un feu si vif dans la cheminée qu'un incendie commença sous le plancher. Les pompiers de Hillsdale — agglomération où arrivait le courrier du club — foncèrent sur les routes jonchées de fils électriques. On aurait cru une charge de policiers contre des gangsters.

Nous nous transportâmes sur la terre ferme dans la maison de Sidney, proche de l'entrée du domaine. Nous allâmes à Albany pour y acheter des pompes afin de vider la cave de Sam. Pendant cette opération nous découvrîmes un fût plein d'un vin de fabrication artisanale, à peine doré, qui avait un petit goût de muscat bien qu'il fût sec. Cette trouvaille nous tint à l'abri du besoin jusqu'à notre départ.

Il eut lieu au retour du beau temps qui mettait fin à ma mission de gardien. Ce travail m'avait rapporté une petite pelote. J'en investis une partie dans une vieille Plymouth qui datait de quinze ans et nous allâmes à Bridgeport (Connecticut) où nous louâmes une chambre chez une veuve qui travaillait comme domestique. Pourquoi Bridgeport ? Pourquoi pas Yonkers ? Ou New Haven ? Peut-être parce que cette ville avait élu un maire socialiste et qu'elle m'avait semblé très agréable lorsque je l'avais traversée une seule fois.

Chaque matin j'allais au parc Barnum, je choisissais un endroit ombragé pour garer ma voiture, je m'asseyais sur la banquette arrière, la machine à écrire sur les genoux et je travaillais en paix au bruit du ressac et aux criailleries des mouettes qui pêchaient sur les hauts-fonds rocheux.

Nos économies durèrent jusqu'au milieu de juillet. Nous décidâmes de retourner à New York où Jean cherchait à s'employer dans l'assistance sociale. Je fis passer une petite annonce dans un journal local du soir : « Le premier qui donne cent dollars aura une solide conduite intérieure Plymouth à moteur flottant. » Le jour où parut l'annonce, Jean prit nos derniers douze dollars pour aller à New York remplir une demande d'emploi. Elle entendait revenir le soir même, aussi ne me laissa-t-elle que cinquante cents pour mes cigarettes. À onze heures et demie, ce matin-là, je vendis ma voiture à un jeune ouvrier noir de la General Electric qui devait venir la chercher et la payer dès qu'il aurait quitté son travail, à quatre heures.

À trois heures et demie j'allai acheter des cigarettes au coin de Fairfield Boulevard. Quand je repartis, à l'instant où ma voiture s'écartait du trottoir, mon pare-chocs avant accrocha celui d'une Buick toute neuve qui passait sur ma gauche, et l'arracha. Cette voiture était conduite par une Blanche vêtue d'un tailleur de tweed mauve qui me parut avoir coûté à lui seul plus que ne m'avait rapporté mon second roman. Sans doute était-ce une personnalité car elle envoya chercher un agent pour me faire arrêter bien qu'elle eût conduit dans la mauvaise direction d'une voie à sens unique et que d'excellents cocktails parfumassent son haleine. Plus tard j'appris qu'elle n'agissait pas ainsi parce qu'elle détestait les Noirs ou parce qu'elle cherchait à m'humilier ou à me nuire d'une manière quelconque mais parce que son mari, médecin chef d'un hôpital d'anciens combattants, ne cessait de la mettre en garde contre ses imprudences au volant; elle entendait donc lui prouver, constat en main, qu'elle avait raison.

Je ne m'inquiétai pas. Je n'avais enfreint aucun règlement. Comment aurait-on pu m'arrêter? La suite immédiate des événements me prouva que mon arrestation exigeait bien peu d'aptitudes et seulement de l'autorité. L'agent me dit : « Suivez-moi » et enfourcha sa motocyclette. J'obtempérai. Le sergent de service au poste fixa ma caution à vingt-cinq dollars. « Mais je suis un écrivain américain bien connu, lui dis-je. Vous pouvez me relâcher sur simple constat d'identité. » Il me répondit que la loi ne le permettait pas. J'aurais dû prétendre que j'étais portier, pensai-je. Portiers noirs et nourrices noires inspirent confiance à tous les Américains blancs qui leur confient leurs précieux enfants.

C'était le mardi et notre propriétaire ne devait rentrer chez elle que le jeudi. Je ne connaissais personne d'autre à Bridgeport. Le sergent m'autorisa à téléphoner à ma femme à huit heures du soir, heure à laquelle je prévoyais qu'elle serait rentrée de New York. Mais il quitta son service à six heures et celui qui le remplaça ne me permit pas de téléphoner parce qu'il n'avait pas d'instructions à ce sujet. J'étais donc bouclé pour la nuit et je devinai combien Jean devait s'inquiéter. « Ne te laisse pas abattre, me dis-je. Le désespoir est une caractéristique de la race noire. »

Je comparus le lendemain matin à onze heures. La conductrice de la Buick avait été tellement choquée par l'accident qu'elle ne se présenta pas. L'audience fut remise à huitaine. On me permit pourtant de téléphoner. J'appelai d'abord Jean. Elle ne répondit pas. Alors je m'adressai à mon beau-frère Andrew, aumônier militaire ayant le grade de chef de bataillon, affecté au Pentagone, mais qui habitait Baltimore. Il me promit de m'envoyer sur-le-champ un mandat de cent dollars à la prison de Bridgeport.

Il se trouve que Jean avait dû passer la nuit à New York et n'était arrivée à Bridgeport qu'à onze heures du matin. Le téléphone sonnait quand elle ouvrit la porte mais cessa avant qu'elle eût décroché. Elle remarqua que la voiture n'était plus là et pensa que je l'avais vendue. Elle ne commença à s'inquiéter qu'à onze heures et demie quand le jeune homme qui l'avait achetée revint avec ses cent dollars pour en prendre possession. Elle remarqua que le lit n'était pas défait et pensa à un accident. Elle téléphona aux hôpitaux. C'est seulement à une heure de l'après-midi qu'elle soupçonna une arrestation pour infraction aux règlements de la circulation. Elle téléphona à la police et apprit que j'étais incarcéré sous inculpation d'imprudence au volant.

Au moment même où Jean s'entretenait avec le sergent de service, on m'embarquait dans le panier à salade pour me conduire à la prison cantonale car on ne peut rester plus de vingt-quatre heures à la maison d'arrêt municipale. À cette prison, on me photographia, on releva mes empreintes digitales, on me donna un bleu de travail en guise d'uniforme avec un numéro frappé au pochoir sur la chemise et on me boucla dans une cellule du troisième étage. Je ne cessais de me répéter que l'argent de la caution arriverait d'un instant à l'autre et je m'efforçais de ne pas penser à ma femme.

Cependant Jean s'était rendue immédiatement au palais de justice. Elle y apprit que faute d'avoir versé caution, j'avais été envoyé à la prison du canton. Elle télégraphia d'abord à son frère Andrew pour lui demander vingt-cinq dollars et fila à la prison où j'étais enfermé. On lui déclara que les détenus ne recevaient de visites que le mardi et le jeudi, et seulement si un magistrat l'autorisait. Nous étions alors le mercredi. Elle retourna aussitôt chez nous pour voir si son frère lui avait envoyé les vingt-cinq dollars qu'elle lui demandait. Elle y trouva un télégramme dans lequel Andrew disait avoir télégraphié cent dollars à la prison municipale.

Elle se précipita donc à la prison municipale. Elle y apprit que l'argent était bien arrivé mais, étant donné que le détenu avait été transféré à la prison cantonale, on avait renvoyé le mandat au bureau de poste.

Elle alla demander une permission de visite au parquet, puis elle se rendit au bureau de poste pour toucher le mandat. Mais le télégramme était adressé à mon nom. On refusa donc de le lui payer. Elle expliqua que son mari était en prison et qu'il attendait cet argent pour verser caution. On lui dit qu'il faudrait que je lui signe un pouvoir contresigné par le gardien chef. Elle se précipita à la prison cantonale et eut la chance d'être reçue par le gardien chef. Il lui dit qu'à son grand regret les détenus n'étaient pas autorisés à recevoir de l'argent de l'extérieur et qu'il ne pouvait pas non plus lui permettre de s'entretenir avec son mari avant le jour de la visite. Alors elle pleura.

Il était déjà quatre heures de l'après-midi et le bureau du télégraphe fermait à cinq heures. Entre-temps on m'avait conduit au réfectoire où j'avais pris un repas de pain moisi, macaroni et chou bouilli et on m'avait ramené à ma cellule.

Par bonheur le gardien chef ne pouvait pas supporter de voir une femme pleurer. Il constata sûrement que Jean avait l'air convenable et se demanda sans doute pourquoi des Noires aussi correctes qu'elle s'acoquinaient toujours avec des négros qui ne valaient rien. Alors, il céda. Après lui avoir répété avec insistance qu'il enfreignait le règlement, il fit taper un pouvoir et le fit porter à ma cellule par un gardien. Je le signai. Il le contresigna. Il était alors cinq heures moins le quart. Jean dévala l'escalier et fila en regardant autour d'elle dans l'espoir de trouver un taxi en maraude. Elle en héla un après le deuxième carrefour et arriva à la poste une minute avant la fermeture, prit l'argent et retourna à la prison pour verser ma caution. Dès que j'arrivai dans le vestibule, je vis qu'elle avait pleuré. Elle tremblait de la tête aux pieds. L'angoisse rendait ses yeux plus grands et plus noirs sur son petit visage en forme de cœur.

« Partons d'ici », lui dis-je.

Nous retournâmes au commissariat devant

lequel j'avais laissé ma voiture. Un avis de contravention pour stationnement nocturne était glissé entre l'essuie-glace et le pare-brise. Je le mis dans ma poche et démarrai pour retourner chez nous.

Le brave garçon qui voulait acheter ma voiture nous attendait sur le perron. Je lui accordai une réduction de vingt-cinq dollars parce que le pare-chocs et une aile étaient endommagés et il s'en alla satisfait.

Jean prépara un dîner de fortune et nous mangeâmes sans rien dire.

« Faisons nos bagages », dis-je ensuite.

Nous possédions deux malles-armoires et trois valises mais elles ne suffisaient pas pour emporter toutes nos affaires. Nous laissâmes donc quelques vêtements et des tableaux dans la cave. Nous trouvâmes un transporteur pour emmener nos bagages à la gare et, à huit heures le lendemain matin, nous embarquâmes sur le New Haven Limited pour New York.

Cette mésaventure me bouleversait. Elle réveillait des angoisses qui s'étaient quelque peu atténuées. Elle brisa le fil continu de mes souvenirs et probablement aussi de mes pensées. C'est à peu près le dernier événement de ma vie aux États-Unis que je me rappelle avec exactitude dans tous ses détails.

Après ça, tout se brouille et je ne suis pas sûr de ma mémoire. Ce que je prends pour des souvenirs d'événements réels pourrait n'être que des vestiges de rêves et de cauchemars. Entre mon départ de Bridgeport et mon embarquement pour l'Europe, il me semble que ma conscience fut fréquemment oblitérée. Comment appelle-t-on ça ? L'effet de choc, peut-être.

Nous vécûmes à Harlem, mais je ne sais plus où. Nous vécûmes à coup sûr, mais je ne sais pas de quoi. Je ne me rappelle pas avoir travaillé, sauf une seule semaine comme portier d'un hôtel juif chic en bordure des planches, à Long Beach (L.I.) et encore quelques jours un peu plus tard dans un autre hôtel juif de la même localité, au moment où la clientèle célébrait une des plus importantes fêtes religieuses de l'année. Mais ce que je gagnais dans ces deux places ne nous aurait pas permis de subvenir à nos besoins pendant longtemps.

C'est à ce moment-là, je crois, que Lurton Blassingame, qui était encore mon agent, vendit ma nouvelle *The Snake* à *Esquire*. Je me rappelle aussi avoir rendu visite à Richard Wright, Charles Street à Greenwich Village. Il revenait d'un séjour d'une année en France. La maison qu'il habitait lui appartenait. Pendant son absence il l'avait confiée à une agence de location qui avait loué l'appartement en sous-sol à deux jeunes filles qui se présentaient comme des étudiantes. L'agence ne s'en soucia plus. Il semble que les deux jeunes filles se dédoublèrent et s'installèrent dans l'appartement du rez-de-chaussée que Dick s'était pourtant réservé en vue de son retour. Elles y accueillirent également deux jeunes soldats qui venaient d'être démobilisés. Je dois préciser que toute cette jeunesse était blanche. Au retour de Dick les jeunes filles disparurent. Mais le *Daily Worker*, journal du parti communiste qui avait pris Dick dans son collimateur, publia en première page un article intitulé « La maison de Richard Wright est une soue à cochons » et dans lequel il dénonçait la prostitution à laquelle on se livrait chez lui.

Quand nous arrivâmes chez Dick, ma femme et moi, les deux jeunes gens qui y avaient vécu avec ces filles y étaient revenus de leur propre chef. Ils se répandaient en excuses, manifestaient un respect presque terrifié à *mister* Wright et lui offraient toutes les compensations possibles.

Ellen Wright, extrêmement indignée, allait et venait en clamant qu'elle n'avait jamais tenu une maison mal famée et elle semblait accuser ces deux garçons, respectueux jusqu'à l'abjection, de l'en soupçonner.

J'aurais dû partager l'irritation des Wright. Mais un souvenir l'atténuait chez moi. Peu avant de partir pour la France, Ellen avait parcouru tout le village avec Jean qui cherchait un appartement. Puis elle avait confié le sien à une agence. Or, leur sous-sol nous aurait parfaitement convenu. Comme j'étais venu emprunter de l'argent, je ne leur rappelai pas ce détail.

J'ai fait la connaissance de Dick peu après la publication de *S'il braille, lâche-le*. Dès cet instant jusqu'à sa mort, il y eut entre nous deux une entente tacite : je ne lui demanderais jamais un service qu'il n'aurait pas envie de me rendre et qu'il ne me rendrait pas. Or, ce jour-là, j'étais poussé par une nécessité impérieuse. Peut-être m'étais-je attelé à *La Troisième Génération*, mais je n'en suis pas certain. En tout cas, je lui demandai cinq cents dollars.

Dick me dit qu'il n'avait jamais autant d'argent liquide sous la main, que tout ce qu'il possédait était placé au nom d'Ellen sauf les versements des capitalisations qu'il faisait pour ses filles. Mais il me proposa de me procurer un prêt de l'Authors' League Fund et téléphona à son agent littéraire

Paul Reynolds. Ce dernier prit contact avec la League et rappela Dick pour me dire que je pouvais aller au bureau de la 39e Rue où un chèque m'attendait.

Ce même après-midi, peut-être pendant que nous attendions l'appel de Reynolds, on livra à Dick un paquet de chez Harper & Brothers contenant des exemplaires reliés en cuir noir de ses trois romans : *Les Enfants de l'Oncle Tom, Un enfant du pays* et *Black Boy*, avec une lettre d'Edward Aswell, directeur littéraire de cette maison d'édition et ami de Dick, qui le félicitait en lui annonçant que les ventes de *Black Boy* atteignaient à cette date deux cent trente-neuf mille exemplaires (sans compter, évidemment, ceux du Club du livre du mois).

C'est ce même été que je présentai mon roman sur la prison à un jeune lecteur de Rinehart dont j'avais fait la connaissance lors d'une réception chez la nièce de Van Vechten. Je l'avais réduit de moitié et récrit à la première personne. Désormais le protagoniste était un jeune Blanc du Mississippi. Tous les éléments du livre avaient pourtant un caractère autobiographique puisque je les tirais de ce que j'avais vécu à la centrale de l'Ohio. Si mes souvenirs sont bons, ce lecteur de Rinehart s'appelait Bill Raney. L'histoire qu'il me raconta m'impressionna. Il avait accepté un ouvrage qui soulevait de graves inquiétudes chez ses supérieurs mais il jouait sa situation sans crainte parce qu'il était sûr du succès. Ce roman n'était autre que *Les Nus et les Morts* de Norman Mailer. Il me sembla que cet homme était l'éditeur qu'il me fallait.

Ses supérieurs chez Rinehart éprouvèrent aussi

des doutes sérieux au sujet de mon livre. Puis Bill passa chez Henry Holt, en qualité de directeur littéraire, avec un ami, Ted Amussen, comme directeur administratif. Bill me conseilla de retirer mon manuscrit de chez Rinehart et de le présenter à Holt qui n'avait rien d'intéressant à publier l'année suivante, me dit-il.

Je dus évidemment me remettre à écrire à cette époque-là bien que je n'en aie aucun souvenir. Peu importe ce que je faisais, où j'étais et comment je vivais. Je me considérais comme écrivain depuis la publication de ma première nouvelle par *Esquire*, alors que j'étais encore en prison en 1934. Premièrement, écrivain. Écrivain avant tout. Ce fut mon salut et ce l'est encore. On peut me refuser tout autre emploi, me lapider comme repris de justice, comme négro, comme individu désagréable, mais je suis écrivain. Tant que j'écris, que mes œuvres soient publiées ou pas, je suis écrivain et personne ne peut me priver de cette qualité. « Un boxeur boxe, un écrivain écrit », j'ai donc sûrement écrit à ce moment-là.

Je redevins lucide en partant pour une ferme du Connecticut au-delà de Stamford, quelque part, à proximité de la Wilburg Cross Parkway, où se trouve l'école d'agriculture de l'université du Connecticut. Cette ferme appartenait à un avocat de Madison Avenue, maître Halperin, qui comptait bon nombre de cinéastes parmi ses clients.

C'était une belle propriété qui avait auparavant servi à l'élevage et à l'entraînement de pur-sang. Au temps où j'y vécus, Me Halperin entreprit d'élever des poules leghorn. Il commença par exterminer à coups de fusil les dix-sept canards qui occupaient le poulailler. Par erreur, je donnais aux deux douzaines de poulettes de la nourriture pour cochons. Elles pondirent des œufs difformes à coquilles molles. Quand Me Halperin les vit, au week-end suivant, il déclara catégoriquement que ce phénomène était dû au coq qui les montait. Je compris mal comment le coq, qui vivait dans l'ancienne soue à cochons, à quelque huit cents mètres du poulailler, aurait pu féconder et déformer les œufs des poulettes. Mais le patron tapa sur la table du plat de la main, tel un général qui ordonne une charge. « Chester, tuez le coq », dit-il. Telle est la manière dont les êtres humains résolvent tous leurs problèmes.

Mon frère Joseph s'arrangea pour que je dirige en juin un séminaire de deux semaines à l'université de l'État de la Caroline du Nord pour les Noirs, à Durham. Quand j'annonçai notre départ à Me Halperin, il prit cela assez mal car il espérait nous garder comme cuisinière et maître d'hôtel pendant l'été. C'est le premier désagrément que j'eus en quittant un emploi de domestique car j'avais toujours déclaré dès le début que j'étais avant tout écrivain. Si Me Halperin n'en tint pas compte, c'est peut-être parce qu'il n'avait guère d'estime pour la littérature noire.

Joe enseignait la sociologie à l'université de la Caroline du Nord depuis qu'il avait quitté son emploi à la Ligue urbaine, section de Columbus, Ohio, dans les années quarante. Je n'étais pas retourné dans l'Extrême-Sud depuis l'âge de douze ou treize ans quand notre père enseignait au Branch Normal College de Pine Bluff, l'année où Joe perdit la vue.

Joe avait terminé ses études à Oberlin avec la

mention *magna cum laude* et il avait aussi obtenu sa maîtrise. Pendant que j'étais en prison, il avait suivi des cours de l'université d'État de l'Ohio où il avait passé son doctorat qui lui valait une clé Phi Beta Kappa.

Il avait travaillé à sa thèse de philosophie pendant la grande crise économique. Outre les lecteurs que lui fournissait la société d'assistance aux aveugles de l'État d'Ohio, le New Deal avait mis à sa disposition trente étudiants de première année. Ma mère prenait soin de lui et lisait à son intention. Elle étudiait avec une telle application qu'elle aurait pu passer un doctorat en sociologie, comme elle le disait volontiers.

Il avait épousé Estelle Jones quand il travaillait pour la Ligue urbaine. Mais mère vécut avec le jeune ménage parce qu'elle se croyait chargée de mission auprès de son fils et n'entendait pas partager ses devoirs avec Estelle. La situation était donc toujours tendue chez eux et je suis certain que Joe en souffrit.

Les études de mon frère terminées, notre mère n'ayant rien de mieux à faire orienta son besoin incoercible d'activité vers l'histoire des Bomar, Noirs à demi blancs libérés de l'esclavage. Plus tard ses notes me donnèrent l'idée de mon roman quasi autobiographique, *La Troisième Génération*. L'idée seulement et non la matière. Elle était si étroitement apparentée aux Bomar et aux Cleveland, des planteurs blancs, que les lecteurs américains n'auraient pas pu supporter ce livre. Maintenant je le regrette car les Américains ont appris que notre histoire fait partie de celle des États-Unis. Puis Mère mourut avant que paraisse mon premier livre.

Je me demandais comment Jean et moi pourrions vivre dans le Sud avec Joe et Estelle en juin 1950. Mais tout se passa parfaitement bien. Joe habitait une maison de six pièces à un étage, Formosa Street. Elle avait appartenu au président du collège qui y avait vécu avant de s'installer dans le « manoir de fonction ». Derrière s'étendait une pelouse propice au jeu de croquet. Estelle fut très accueillante.

J'étais une célébrité sur le campus. On aurait cru que tous les membres de la faculté avaient lu des critiques sur mon dernier livre, *La Croisade de Lee Gordon*. Peu importait que ce fussent des critiques hostiles car, pour la plupart, ils n'avaient pas lu le livre lui-même. Ceux qui l'avaient fait le trouvaient bien et il leur semblait normal que les Blancs soient hostiles à un bon roman écrit par un auteur noir.

Les États-Unis étaient engagés dans la guerre de Corée. L'Association pour l'avancement des gens de couleur était en procès avec la ville de Durham à laquelle elle réclamait l'égalité scolaire entre Noirs et Blancs, conformément aux lois de l'État. Ma présence à l'université offrit aux journaux blancs un moyen de manifester leur impartialité, tout en esquivant le sujet de la guerre et du procès. Chaque jour les deux quotidiens accordaient à mon séminaire une place hors de proportion avec son importance.

Les cours d'été au North Carolina College sont suivis surtout par les instituteurs des écoles élémentaires de l'État. Ce sont des adultes qui possèdent de grosses voitures et ont des moyens d'existence. Ils considèrent plus ou moins les professeurs d'université comme des collègues. Apparemmment Joe leur plaisait. Ils le respectaient peut-être en raison de ses brillants succès universitaires, mais peut-être aussi — je ne peux m'empêcher de le soupçonner — parce qu'il est aveugle. Les gens de notre race éprouvent une vive sympathie pour les malheurs et infirmités d'autrui. Parfois je pense que c'est notre défaut. Mais la sympathie et le respect qu'ils vouaient à Joe s'étendaient à moi, son frère. C'était assez étonnant car ils savaient tous que j'avais subi une peine de prison. La plupart des Noirs américains de mon âge ou de ma génération, qui ont un tant soit peu entendu parler de moi, savent que je suis un repris de justice mais, s'ils en parlent, ils disent : « Les ennuis qu'il a eus dans sa jeunesse. » Pour les Noirs, la prison, même pour crime, n'implique pas autant de honte que pour les Blancs. En Europe où tant de gens ont fait de la prison pour des motifs politiques, ça ne compte absolument pas.

Nous visitâmes aussi la North Carolina Mutual Insurance Company appartenant à des Noirs et n'employant que des Noirs dans son propre building au centre du quartier des affaires blanc, à Durham. Cette compagnie d'assurances s'assortissait d'une banque avec laquelle la plupart des Noirs de Durham étaient en affaires. On comptait de nombreux Noirs riches dans cette ville : ceux qui étaient en relations avec la Mutuelle, ceux qui spéculaient dans l'immobilier et la construction ainsi que les pompes funèbres. D'autres exerçaient des professions libérales, dirigeaient des entreprises de travaux publics ou diverses affaires. Même ceux qui travaillaient à l'usine de Chesterfield étaient à l'aise. On nous promena dans des quartiers noirs bien tenus dont les grandes maisons de brique avaient coûté de trente-cinq mille à soixante-quinze mille dollars à la construction. Joe travaillait alors à un essai sur la famille noire de Caroline du Nord. De nombreux instituteurs l'assistaient dans ses recherches. Un jour je le conduisis à l'université d'État pour Blancs située à Chapel Hill. Il y faisait traiter certaines données par un ordinateur. Je constatai qu'on lui accordait autant de respect qu'à n'importe quel professeur de n'importe quelle race dans des circonstances analogues. Cela devrait prouver que la solution réside dans l'instruction, mais il faut toujours tenir compte du fait que Joe est aveugle.

Ni Jean ni moi n'éprouvâmes le moindre désagrément pendant notre séjour. Un jour nous allâmes dans une laiterie pour acheter de l'ice-cream et Jean but à la fontaine publique, ce qui épouvanta Estelle, mais il ne se passa rien, peut-être parce que personne ne la vit.

Joe et moi nous entendions bien, mais il n'y avait plus d'intimité entre nous. Trop de choses s'étaient passées depuis notre séparation. Chacun avait souffert seul des tourments que l'autre ne pouvait partager. Chacun traitait l'autre avec autant de ménagements qu'un objet de cristal. Estelle ne cessait de nous sourire, comme si elle se forçait à être agréable quoi qu'il advînt. Mais peut-être ne se forçait-elle pas du tout et était-ce son comportement normal. Jean semblait la plus à l'aise.

Je reçus une lettre de Bill Raney. Je crus comprendre que Holt acceptait mon roman *Black Sheep*. Aussitôt je retournai à New York.

Le voyage se passa bien et il se termina encore mieux. Nous étions heureux. Nous descendîmes à l'hôtel Theresa et eûmes tout juste le temps d'acheter douze bouteilles de whisky irlandais avant la fermeture des magasins, puis nous téléphonâmes à tous ceux que nous connaissions à New York pour les inviter à venir boire un verre le lendemain. Le cœur en fête, nous avions rarement eu l'occasion de nous réjouir ainsi. Bien des amis vinrent nous voir le dimanche et notre réunion fera date dans l'histoire de l'hôtel Theresa qui en a pourtant vu d'autres !

J'avais télégraphié à Bill que je serais à son bureau le lundi. Le matin, j'avais la gueule de bois mais cela ne m'empêcha pas de filer chez Holt, 4e Avenue, pour signer mon contrat et prendre le chèque de l'à-valoir. Aussitôt entré dans le bureau de Bill, j'avisai mon manuscrit bien enveloppé sur son bureau et je sentis que ça tournait mal. Il fut aussi franc que le permettaient les circonstances. Personnellement il avait accepté mon roman depuis le printemps avant que Jean et moi allions vivre chez les Halperin. Il m'avait à cette époque-là présenté au chef de la publicité et avait dit que Holt publierait *Black Sheep*. Mais son supérieur et ami Ted Amussen, directeur administratif, l'avait refusé catégoriquement, et les autres directeurs de la maison l'avaient approuvé. Bill me dit qu'il avait failli en venir aux mains avec Ted à ce sujet, mais cela ne m'intéressait déjà plus : un refus est un refus même s'il est bien enveloppé.

Nous avions commis une folie en croyant que mon roman était accepté et que l'à-valoir nous permettrait de nous installer quelque part en meublé. Quand nous eûmes payé notre note d'hôtel il ne nous resta que douze dollars. Nos malles étaient encore à la consigne de la gare Grand Central où nous les avions laissées en partant pour Durham.

Je télégraphiai à mon vieil ami Bill Smith pour lui annoncer que nous arriverions à Burlington (Vermont) à dix heures du matin le mardi pour vivre chez lui jusqu'à ce que nos affaires s'arrangent.

Bill était un de ces Noirs, blancs à quatre-vingts pour cent, à la limite de la démarcation entre les deux races, et qui sont en général originaires des États frontières entre le Nord et le Sud. Né à Kansas City, d'un père putatif noir, médecin et chef du personnel d'un hôpital pour Noirs, il avait en réalité pour père un Blanc riche. Il avait été élevé entre deux races et deux pères par une mère qui l'adorait et qui était elle-même presque blanche. Ces circonstances lui avaient fait mener une existence saugrenue, aventureuse, dénuée de sécurité et de buts. Il portait des moustaches rases, avait l'air d'un Blanc et, bien qu'il eût dépassé la cinquantaine à ce moment-là, il était en pleine forme avec la carrure d'un boxeur poids moyen, ce qu'il disait avoir été dans sa jeunesse, entre bien d'autres choses. Il avait travaillé au *Call*, journal noir de Kansas City, en même temps que Roy Wilkins, secrétaire exécutif de la NAACP, ce qui lui permettait de se dire journaliste.

Bill était allé vivre à Los Angeles à peu près à la même époque que nous. Il y avait épousé Helen, une sémillante mulâtresse qui tenait le carnet mondain de *Sentinel*, hebdomadaire noir de cette ville. Ils avaient acheté neuf cents dollars une petite maison au perron délabré. Bill n'hésitait pas à travailler de ses mains mais à son propre usage seulement; il avait donc remis lui-même sa maison en état et avait reconstruit le perron. Puis il l'avait repeinte avant la naissance de leur premier enfant. Helen mit cet enfant au monde à la maternité de l'hôpital public. C'était une petite fille blanche aux yeux bleus dont la tête était déjà couverte d'un duvet blond. Le personnel de l'hôpital s'en amusa tant que cela agaça Helen. Bill alla voir sa femme armé d'un pistolet et menaça d'abattre quiconque se permettrait la moindre plaisanterie sur l'origine de l'enfant. C'est alors que Bill prit conscience de sa race. Il ne s'en était encore jamais soucié mais il devint extrêmement susceptible à Los Angeles, comme cela arrive tôt ou tard aux Noirs qui y séjournent et comme cela m'était arrivé à moi-même.

La Seconde Guerre mondiale avait commencé et l'afflux de population sur la côte ouest augmentait de jour en jour. Il en résulta une crise du logement et une montée en flèche devenue légendaire des prix dans l'immobilier. Bill vendit sa maison quinze cents dollars; il les investit en totalité dans une autre qu'il revendit trois mille six cents dollars. De nouveau il en investit la totalité dans une maison qu'il remit en état et réaménagea puis vendit neuf mille dollars. Alors il en acheta une grande, sur un terrain assez vaste où était bâti un petit bungalow qui était loué. Helen avait conservé sa situation au journal. Cependant Bill faisait n'importe quoi. Il avait entre autres vendu les produits d'une ferme au marché de Beverly Hills, puis il avait acheté plusieurs boisseaux de déchets de peaux de mouton à un fourreur et les avait découpés pour en faire des houppettes; il avait aussi acheté un cruiser de douze mètres au superbe moteur marin fabriqué par Chrysler mais dont la coque d'aluminium était éventrée. Il l'avait réparé et remis à flot à San Pedro Harbor. Il serait alors devenu pêcheur si la marine n'avait pas interdit la sortie du port à ceux qui ne possédaient pas un permis de navigation datant d'avant la guerre. Bill loua son bungalow à un couple mixte qui donnait des réceptions tapageuses. Le mari, un Noir, jouait du piano dans une boîte du Strip. Bill construisit un autre pavillon sur son terrain pour ses beaux-parents.

Cependant, Bill écrivait des dialogues pour quelques scénaristes d'Hollywood et en tirait de bons revenus auxquels s'ajoutaient le salaire d'Helen à *Sentinel* et le loyer du bungalow. Ils étaient donc fort à l'aise. Mais les Blancs de leur quartier toléraient mal leur présence parmi eux. D'après ce que j'ai compris, les voisins en voulaient surtout au couple mixte. Mais c'est la maison de Bill qui donnait sur la rue et c'est donc lui qu'on voyait le plus souvent. Il considéra l'attitude de ses voisins comme une offense personnelle. C'est alors qu'il se mit à collectionner des armes à feu. Il envoya au tapis deux Blancs dans la rue et reçut la visite de la police qui lui donna un avertissement. Quelques voisins jetèrent des bouteilles de lait vides et des ordures sur son perron la nuit. Si Helen ne l'avait pas retenu, il aurait fait un massacre. Bill était un de ces Noirs à peau claire capables de tuer un Blanc pour un oui ou pour un non.

À ce moment-là ils avaient déjà un petit garçon pour distraire leur fille aînée Anne et ils attendaient un troisième enfant. Helen souhaitait liquider leurs affaires à Los Angeles et aller s'installer dans l'Est. Mon père vivait avec nous lorsque Bill eut des ennuis avec ses voisins et, si bizarre que cela soit, il avait une bonne influence sur mon ami. En unissant nos efforts, nous l'empêchâmes de commettre un meurtre mais il continua à rosser ses voisins blancs l'un après l'autre.

Quand leur troisième enfant — un garçon — naquit, *S'il braille, lâche-le* avait paru et nous étions partis pour New York. Le premier roman de Bill allait aussi bon train. Je crois que c'est notre départ qui le décida à liquider tout à coup ses biens, acheter une vieille Cadillac et traverser le pays de bout en bout jusqu'au Vermont. La vente de ce qu'il possédait lui rapportait vingt-trois mille dollars comptant. Au moment de toucher le chèque il eut des désagréments. Le caissier de sa banque lui dit qu'il n'avait pas autant d'argent liquide dans sa caisse un vendredi après-midi. Bill fit intervenir la banque sur laquelle le chèque était tiré, si bien qu'on le paya, de mauvais gré et en vieilles coupures de cinq dollars. Il resta sur place jusqu'à onze heures du soir pour les compter, il dut les entasser dans un carton d'épicerie pour les ramener chez lui. Ce carton resta dans le coffre de sa voiture pendant tout le voyage jusqu'au Vermont.

Dans cet État, au village de Westlake, il acheta une petite maison en façade sur l'unique place publique et devint immédiatement un sujet de controverses. Il déplut à certains habitants dès qu'ils le virent, mais il se lia d'amitié avec d'autres. Tel était Bill. Quant à Helen et les enfants, tout le monde les aimait bien. Ils avaient choisi le Vermont en se fiant à un article de Dorothy Canfield Fisher qui vantait le libéralisme des habitants de cet État envers les Noirs.

Nous étions déjà allés les voir à Westlake une ou deux fois auparavant et nous étions avec lui lorsqu'il avait visité pour la première fois la ferme qu'il se proposait d'acheter à quinze ou vingt kilomètres de Westlake. Depuis lors il en avait fait l'acquisition et c'est là que nous nous rendions.

Entre-temps Bill avait terminé un roman qui avait paru sous le pseudonyme de Will Thomas. Il y racontait les amours passionnées d'une octavonne dans le Sud, et les désirs qu'elle éveillait autour d'elle avant la guerre. Je soupçonnai l'intrigue de comporter au moins une partie autobiographique. Le livre se vendit mal mais il attira l'attention des Fisher qui les invitèrent à dîner. Ainsi naquit une de ces amitiés entre Blancs et Noirs dont les États-Unis font si grand cas. Ce roman plut aussi à *Ebony* qui publia un article illustré de photographies sur la famille Smith et sa ferme au Vermont.

Les enfants avaient grandi depuis que nous les avions vus. Les deux aînés allaient à l'école où Helen s'était mise à enseigner parce que leurs fonds s'épuisaient. Bill s'affairait de son mieux mais ne gagnait pas grand-chose. Il était en train d'écrire une histoire sur le Vermont, comme le lui suggérait Dorothy Canfield, grâce à qui il espérait avoir le prix du Livre du mois. Mais Dorothy avait souhaité que ce fût Helen qui écrivît. Parallèlement Bill dirigeait à la radio de Burlington un débat bihebdomadaire sur l'actualité. Il élevait aussi des poules leghorn blanches comme le lui avait conseillé le directeur d'un supermarché de Burlington qui lui avait promis de les vendre.

La première fois que Bill lui apporta des poulets, le directeur du supermarché lui dit de les mettre sur la balance. Bill lui demanda ironiquement comment faire rester des poulets vivants sur une balance. « Endormez-les, lui répondit l'autre.

— Mais comment ? demanda Bill.

— Allons donc ! vous savez fort bien comment endormir des poulettes. »

Bill soupçonna aussitôt une malveillance raciste dans cette réflexion et s'exclama indigné : « Qu'est-ce que c'est que cette histoire ? Pourquoi saurais-je endormir des poulettes ? »

Le directeur du magasin s'aperçut de sa colère. Or les gens de Burlington se gardaient bien de se frotter à Bill quand il était de mauvaise humeur. « Diable ! je n'ai jamais connu personne d'aussi susceptible que vous. Je n'avais aucune intention de vous vexer. Je croyais tout simplement que tous les gens de couleur savent endormir les poulets.

— Eh bien, moi je ne sais pas, dit Bill en fusillant du regard son interlocuteur. Montrez-moi comment faire.

— D'accord, regardez. » Le commerçant saisit un poulet et lui glissa la tête sous une aile puis le posa sur la balance. L'animal resta tranquille, comme paralysé, pendant qu'on le pesait. Il en alla de même pour les autres poulets puis le directeur du supermarché paya Bill qui s'en alla outré et retourna hors de lui jusqu'à sa ferme.

Il traversa la cour à toute vitesse sans klaxonner pour annoncer son arrivée, contourna la maison et s'arrêta devant le poulailler. Il saisit une par une les vingt-huit poulettes qui lui restaient, leur glissa la tête sous l'aile et les laissa couchées sur le dos.

Jean et Helen étaient en train de bavarder dans la maison. Helen entendit caqueter les poulets et alla voir ce qui les inquiétait. À ce moment-là Bill était retourné à la voiture pour y prendre ce qu'il avait acheté et le porter dans la maison. Helen ne nous vit donc pas. Mais elle constata que les poulets étaient couchés sur le dos les pattes en l'air, comme s'ils étaient tous morts subitement. Elle poussa un cri, rentra aussitôt et dit à Jean : « Il faut que je joigne Bill à Burlington. Il est arrivé malheur à nos poulets. Il n'en reste plus un seul vivant. »

Malgré les colères de Bill notre séjour dans le Vermont fut agréable. Avant l'hiver je reçus sans doute de l'argent, je ne sais pas d'où ni pourquoi, mais je me rappelle avoir payé notre pension à Bill. Je préciserai que je l'obligeai à grand-peine à accepter mon argent. Je me rappelle aussi avoir embrassé Helen au moment des adieux et m'être demandé pourquoi elle prit alors un air terrifié. Jean m'expliqua plus tard qu'à son mariage Bill avait envoyé au tapis ceux qui avaient essayé d'embrasser la mariée.

C'est sans doute à cette époque, je ne me rappelle pas quand, que Margot Johnson devint mon agent littéraire. Elle s'efforçait de placer *Black Sheep*, roman tiré de ma vie en prison, et elle devait avoir eu entre les mains une version de *La Troisième Génération*. Mais aucun éditeur ne voulait risquer son argent sur mes œuvres à ce moment-là. Le problème sans cesse récurrent de ma vie conjugale ne tarda pas à se poser . *comment vivre ?*

Grâce à l'expérience qu'elle avait acquise au camp de redressement de jeunes filles de Long Island, Jean fut embauchée comme directrice des loisirs organisés d'une maison de détention pour femmes de l'État de New York, à Mount Kisco. Elle y eut une chambre dans le bâtiment où habitaient les gardiennes et eut droit à deux jours de liberté par semaine. Quant à moi, j'en louai une chez une vieille demoiselle, fille d'un évêque protestant, dans une petite agglomération contiguë à White Plains. N'y habitaient que des Noirs à l'aise de la classe moyenne, notamment Gordon Parks, le photographe de *Life*.

La maison dans laquelle je vécus alors était la plus vieille du village. C'était aussi celle qui avait le plus de charme à mon avis. Mais elle était malheureusement très petite et très froide. Lorsqu'elle avait congé, Jean arrivait vers midi et partait le lendemain à vingt-trois heures trente. Cela nous donnait à peu près trente-quatre heures de vie conjugale par semaine et c'est seulement alors que j'avais chaud dans cette maison. Ma logeuse appartenait à la catégorie des gens pauvres mais fiers et nous considérait comme ses inférieurs ainsi que l'aurait sûrement fait ma mère à sa place et c'est pourquoi je le lui pardonnais.

Comme je logeais à proximité de Pleasantville (N.Y.) je sollicitai un emploi à la rédaction du *Reader's Digest*. Il me semblait que cette revue était endettée envers moi puisqu'elle avait réimprimé l'éditorial dans lequel *Ebony* censurait *La Croisade de Lee Gordon*. Le *Digest* avait lui-même censuré cet article en supprimant la phrase dans laquelle on me traitait de psychopathe, prévoyant sans doute que je pourrais gagner un procès en diffamation contre une publication blanche. Il n'offrait évidemment aucun débouché pour un homme de ma capacité. Mais en quittant les services de rédaction, je parcourus la salle des expéditions et on m'embaucha sur-le-champ pour taper sur un adressographe des adresses d'abonnés. Force m'est d'avouer que j'ai gâché plus de plaques de métal que je ne réussis de bonnes adresses, et je dus faire des heures supplémentaires dès le premier jour. Le chef de service constata que la revue économiserait de l'argent en se passant de moi et il me licencia. C'était juste avant Noël et cet emploi éphémère me rapporta au moins de quoi acheter un cadeau à bon marché pour Jean.

Ma logeuse prit une autre pensionnaire : une forte femme noire au teint foncé qui arborait un manteau de fourrure — d'un animal qui m'est inconnu — et une queue de cheval en cheveux dont il me fut aussi impossible de déterminer l'origine. Notre fille d'évêque invita sa nouvelle pensionnaire et son ami ainsi que Jean et moi à dîner pour Noël.

Jean devait travailler à peu près à toutes les fêtes. Je n'avais aucune nouvelle du monde de l'édition, pas même une carte de fin d'année de mon agent, et je commençais à perdre confiance en moi.

Le YMCA de White Plains, où régnait alors la ségrégation la plus stricte, avait un besoin impérieux d'un portier de jour qui nettoierait aussi et cirerait le linoléum des salons et de la salle de télévision, laverait les cabines de douche, ferait le ménage des deux salles de gymnastique et de la terrasse autour de la piscine. Il m'embaucha. Quand je le quittai, fin mars, trois mois plus tard, le directeur me dit qu'il me regretterait parce qu'il n'avait jamais eu un aussi bon portier. Il me promit de me donner une bonne lettre de recommandation. Je lui dis que j'entendais consacrer mon temps à écrire. « Mais de quoi vivrez-vous ? » me demanda-t-il. Telle était la question, en effet.

J'avais économisé un peu d'argent. Je louai une chambre Convent Avenue, à Harlem. Jean passa une nuit par semaine avec moi et je me sentis très seul à cette époque-là. Mal remis du choc que j'avais reçu lors de la publication de *La Croisade de Lee Gordon*, je n'adressais plus la parole depuis des années à mes cousins Henry et Molly Moon et ne tenais pas à revoir mes anciennes relations. Comme un animal, quand je suis blessé et esseulé, je veux rester dans mon trou pour lécher mes blessures. J'ai horreur d'exhiber mes plaies et mes cicatrices, et je me demande pourquoi je le fais en ce moment. Sans doute est-ce pour en laisser un témoignage écrit avant qu'il ne soit trop tard.

Je revis mon frère aîné Eddie à cette époque. Peu après la publication de *S'il braille, lâche-le*, nous avions appris qu'il vivait à Harlem. Il y avait alors plus de vingt ans que je n'avais aucune nouvelle de lui. Mère m'avait toujours répété qu'Eddie avait gâché sa vie en épousant une Noire sans instruction et en travaillant comme garçon de wagon-restaurant. Tout repris de justice que j'étais, et bien que j'eusse fait les pires boulots imaginables, je me considérais comme supérieur à lui parce que j'étais écrivain de mon état et marié à une fonctionnaire de l'Assistance publique. J'ai toujours été snob et je le reste en dépit des épisodes calamiteux de ma vie. Je crois que ce travers m'a aliéné bien des gens. Il n'a aucun rapport avec ma race. J'adopte facilement les mêmes attitudes envers des Blancs. Une bonne part de mes sentiments de supériorité s'effondrèrent durant cette période de solitude à Harlem où je logeai dans une maisonnée de pervers, entretenu par ma femme qui, malgré son titre de directrice des loisirs, n'était rien d'autre qu'une geôlière. Je fus reconnaissant à Eddie qui m'invitait à jouer au poker chez lui avec ses amis et à manger le poulet que sa femme faisait frire à la manière du Sud. Nous regardions aussi les séances de catch à la télévision, ce que j'ai toujours considéré comme le passe-temps favori des imbéciles.

Les manuscrits de *La Troisième Génération* et de *Black Sheep* circulaient d'une maison d'édition à l'autre mais je ne m'y intéressais presque plus. Cet été-là j'en arrivai à me considérer comme un raté au point de vue littéraire. Pauvreté, solitude, séparation forcée d'avec ma femme m'amenaient aussi à me considérer comme un raté au point de vue conjugal. Après quatorze ans d'amours, nous nous étions perdus l'un l'autre. Ni l'un ni l'autre n'en était responsable. Nous étions restés ensemble plus longtemps que tout le monde l'avait prévu. Il est permis de supposer que je commençais à payer mes vieux péchés d'orgueil et d'insolence. Jean cessa de venir me voir et de m'entretenir. Il fallut que je subvienne à mes besoins.

4

Le besoin purement animal du vivre et du couvert m'obligea à retourner au charbon. Je m'étais juré de ne jamais plus travailler au New Prospect Hotel de Sullivan County où j'avais subi un empoisonnement à la ptomaïne. Mais le propriétaire m'avait dit qu'il me regrettait. Il m'embaucha donc. Vaincu et vulnérable, j'exécrais tous ceux que je n'osais injurier par crainte de perdre mon emploi. Je ne savais pas encore comment vivre sans ma femme et je me disais que, si j'échouais comme écrivain — et il me semblait bien que c'était fait — je glisserais rapidement sur la pente savonnée et j'en avais peur. Le crime ne m'offrait plus de débouché. En réalité je n'avais jamais été apte à cette activité. Comme devait me le dire des années plus tard mon traducteur français : « Himes, vous êtes un puritain. » Eh bien, c'est vrai : j'ai toujours été un puritain. Toute forme de crapulerie et d'obscénité me répugne. (C'est délibérément que je me suis entraîné à prononcer le mot « motherfucker » qui m'a choqué et outré la première fois où je l'ai entendu.) Lascivité et pratiques sexuelles fantaisistes me faisaient horreur bien que Jean et moi ayons satisfait tous nos caprices. Incapable de mettre sur pied et d'accomplir un crime ou un délit rémunérateur quelconque, j'aurais été ravalé au dernier rang de manœuvre dans l'illégalité comme ailleurs.

À ce moment-là, l'emploi de chasseur-factotum au New Prospect Hotel était ma seule ressource.

Je remplaçais l'opératrice du téléphone dans le vestibule de l'hôtel lorsque arriva un télégramme de William Targ, vice-président et directeur littéraire de la World Publishing Company qui acceptait de publier *La Troisième Génération* et m'offrait une avance de deux mille dollars. J'avais économisé sur mes pourboires de quoi me payer le voyage jusqu'à New York. J'allai donc aussitôt à la cuisine annoncer à l'associé du patron que je m'en allais puis je traversai la cour jusqu'à ma chambre où je fis ma valise. J'attendais devant le portail un taxi en maraude lorsque le patron sortit de l'hôtel, me paya ce qu'il me devait et me fit conduire à la gare dans le vieux break par Joe, l'autre chasseur.

Margot Johnson était toujours mon agent. C'est chez elle que j'allai prendre mon chèque de mille huit cents dollars. J'avais toujours une chambre Convent Avenue, mais puisque j'avais de l'argent je désirais d'abord et avant tout coucher avec une Blanche. Or je n'en connaissais qu'une à New York, qui devait vraisemblablement m'accorder ses faveurs : Vandi Haygood. J'avais passé un week-end avec elle durant un bref séjour à Chicago bien des années plus tôt, alors que j'habitais Los Angeles avec Jean. Pendant la guerre elle avait assuré l'intérim de son mari, William

C. Haygood, directeur du service des bourses à la fondation Rosenwald. J'en avais obtenu une pour terminer mon roman *S'il braille, lâche-le*. Je m'étais rendu à New York pour un motif dont je ne me souviens plus et m'étais arrêté à Chicago sur le chemin du retour. Ivres l'un et l'autre pendant plusieurs jours et plusieurs nuits, Vandi et moi nous étions livrés à toutes sortes d'extravagances sexuelles et elle m'avait sincèrement aimé pendant quelque temps par la suite.

Elle fut heureuse de me revoir. Arrivée à la fin d'une liaison, elle avait besoin d'un homme. Je me mis en ménage avec elle et nous vécûmes dix-huit mois d'ardente passion orgiaque et de macération alcoolique. Mon roman, *La Fin d'un primitif*, écrit quelques années plus tard, relate l'essentiel de nos amours. J'ai élagué tout ce qu'une cohabitation aussi longue peut comporter de fastidieux mais l'histoire est à peu près exacte, à ceci près que je ne l'ai pas tuée.

Mais il s'en fallut de peu que je la massacre. Durant la dernière semaine de l'année suivante, 1952, il ne me restait plus rien de mes mille huit cents dollars et Vandi se lassait de moi. Lorsqu'elle alla retrouver un de ses anciens amants à Chicago après m'avoir dit qu'elle se rendait pour affaires à Washington, je la rossai affreusement. Dès qu'elle avoua la vérité, je la giflai. Toutes les rancœurs que j'accumulais depuis le début de ma vie m'assaillirent, je perdis la tête et continuai à la gifler farouchement. Puis, tout à coup, en voyant son visage gonfler, je revins à la raison. La danse avait commencé alors que nous étions au lit et c'était le samedi soir après Noël. Je l'avais tellement satanée que pendant un instant je la crus morte.

Elle ne pouvait pas aller travailler; en outre, elle avait perdu le sens de l'équilibre. Elle titubait et, avec son visage couvert de bleus, on l'aurait crue ivre. La honte l'empêcha de se montrer à son propre médecin. Il fallut que je téléphone à un docteur de Harlem pour lui demander quoi faire. Il refusa d'indiquer un traitement sur consultation téléphonique mais, moi aussi, j'eus honte de la montrer à ce médecin.

Elle resta enfermée chez elle pendant quinze jours. Je lui tins compagnie, perclus de remords. Je la soignai, la baignai, la dorlotai, la nourris. J'allais faire les commissions et je cuisinais. Pour que sa femme de ménage ne la voie pas, je la remplaçai.

À ma connaissance et avec mon consentement (elle s'en serait d'ailleurs passée) Vandi couchait épisodiquement avec un sexagénaire qui était soit un industriel de la côte ouest, soit un politicien démocrate du gouvernement Roosevelt, soit encore les deux. Souvent je quittais la maison lorsqu'il arrivait à New York et n'y retournais qu'après son départ. Alors je trouvais en général Vandi tout habillée, allongée sur le lit, l'œil lugubre fixé au plafond et il y avait une jolie liasse de billets de cent dollars sur la table de chevet. Ce que Vandi pouvait offrir ne m'avait jamais semblé valoir autant mais elle devait plaire au vieux zigue.

Elle n'était pas encore tout à fait remise de la raclée que je lui avais donnée quand le barbon vint à New York et voulut passer un après-midi avec elle. Respectueux de la consigne, j'allai à un cinéma de la 42e Rue. À mon retour, la liasse de billets était à sa place habituelle et Vandi allongée sur le lit, l'air encore plus déprimée qu'à l'ordinaire; une légère ombre bleutée transparaissait sur sa peau lisse et blanche. Je m'emparai d'un billet, m'amusai un moment à jouer le souteneur, puis retournai à ma chambre de Convent Avenue à Harlem et je téléphonai à mon ami Bill Smith, au Vermont, que j'allais chez lui.

Pendant ces dix-huit mois, je m'étais vêtu. J'avais acheté un superbe complet de flanelle bleue, un autre en gabardine, un troisième en tweed gris, un pardessus style anglais de même couleur. Je m'étais pourvu en chemises, cravates et souliers importés d'Angleterre et en diverses bricoles telles que complet d'été, pyjamas, bref tout ce qu'il faut à un homme soucieux d'élégance.

Je donnai congé à mon logeur, mis toutes mes affaires dans ma valise, ma malle-armoire et une autre du même genre, et c'est en cet équipage, avec en outre ma machine à écrire, que je me rendis chez les Smith dans le Vermont. Que je sois séparé de Jean affligeait Bill et Helen, mais cette dernière se réjouissait, non sans malice, parce que j'avais abandonné ma maîtresse blanche.

Il fit très froid au Vermont cet hiver-là. Le thermomètre tombait à quelque trente-deux degrés au-dessous de zéro la nuit et ne remontait guère que jusqu'à dix degrés au-dessous de zéro vers midi. J'avais subi des températures tellement rigoureuses durant les hivers où je gardais des propriétés à la campagne que je m'étais adapté au froid. Les Smith avaient un calorifère à deux foyers fonctionnant au mazout au-dessous de l'escalier dans la pièce située au centre de la maison et qui servait à la fois de salon et de salle à manger. Il y faisait bon. Les bureaux, les machines à écrire, les ouvrages de référence et les manuscrits de Bill en occupaient un coin. C'est là qu'il écrivait et fumait de la marijuana en méditant sur l'injustice du racisme quand Helen et les gosses étaient à l'école. Il remaniait son histoire sur le Vermont à ce moment-là. L'éditeur avait déjà refusé une première version. Pour rédiger la seconde il suivait les conseils de cet éditeur avec qui il n'était pas d'accord. Je m'appliquai à l'aider. Chaque matin je dactylographiais en corrigeant simultanément pendant une ou deux heures avant de faire une promenade à pied sur les chemins de campagne durcis par le gel.

Auprès de Vandi j'avais contracté l'habitude de prendre une drogue — en vente libre — qui aiguisait d'une manière incroyable la fine pointe de l'esprit et permettait de se concentrer mais ralentissait les réflexes physiques et diminuait l'appétit. Vandi et moi ne parvenions à dormir que lorsque nous étions ivres morts et, en plus de l'alcool, elle prenait des barbituriques. Je crois que c'est ce qui a fini par la tuer. Il n'y avait pas assez à boire chez les Smith et je comptais sur la marche à pied pour dormir la nuit.

C'est pendant mon séjour dans le Vermont que mon père s'éteignit à Cleveland. Dès que je l'appris je téléphonai à Vandi afin de lui emprunter de l'argent pour aller à l'enterrement. Ça ne lui plut pas du tout. Elle estimait que j'abusais d'elle parce que je savais qu'en de telles circonstances elle ne me refuserait pas son aide. Elle avait raison. Je pris l'avion pour Cleveland. L'entrepreneur de pompes funèbres était un homosexuel qui chercha à me peloter. Jean ne vint pas. J'étais affligé mais je m'étais attendu à la mort de mon père ; gravement malade depuis une dizaine d'années, il avait subi plusieurs opérations au cours desquelles on lui avait enlevé des morceaux d'intestin et de foie. Puis, au début de l'hiver, il avait fait une chute dans l'escalier de la maison où il logeait, s'était brisé la cuisse et ne s'en était pas remis. L'enterrement fut lugubre et déprimant. Ensuite je pris un repas avec mes frères et leurs épouses avant de retourner au Vermont en avion.

Je réalisai alors que rien ne me retenait plus aux États-Unis ; mes père et mère étaient morts, ma femme m'avait quitté ; le seul ami que j'avais dans le monde de l'édition, William Targ, ferait tout ce qu'il pourrait pour *La Troisième Génération*, que je sois sur place ou non.

Un seul lien me retenait : le manque d'argent. Mais voilà que Margot Johnson vend le roman que j'avais tiré de ma vie en prison — *Black Sheep* dont j'avais remplacé le titre par *Cast the First Stone* — à Coward McCann pour un à-valoir de mille deux cents dollars. Alors je résolus de tenter ma chance à l'étranger avec ce viatique.

Je n'étais pas inconnu en Europe. *S'il braille, lâche-le* avait paru en France, en Angleterre et dans les pays scandinaves. *La Croisade de Lee Gordon* était en vente en Angleterre et depuis 1952 en France aussi où le jury du prix des Critiques l'avait désigné comme un des cinq meilleurs ouvrages américains traduits en français cette année-là. Les quatre autres étaient des œuvres d'Herman Wouk, William Faulkner, Ernest Hemingway et Scott Fitzgerald. J'avais correspondu avec le traducteur, Yves Malartic, pendant la traduction en 1951, et il m'avait vivement conseillé d'aller à Paris.

Je retournai à New York, fis une demande de passeport et réservai une place classe touriste pour partir le 3 avril sur le paquebot *Ile-de-France*. Nous n'étions encore que fin février mais il fallait s'y prendre d'avance pour voyager au printemps. Évidemment mon départ dépendait de l'obtention d'un passeport en temps voulu, mais on m'avait assuré que je le recevrais par la poste, au Vermont, en une semaine ou une dizaine de jours. Ensuite, j'achetai un cours de français selon la méthode linguaphone, assez coûteux, et retournai chez les Smith avec les disques. Bill étudia avec moi. Nos oreilles n'entendaient pas les mêmes sons et très souvent nous demandâmes aux Canadiens français des environs, particulièrement à un commerçant, de régler nos différends au sujet de la prononciation. J'ignorais alors deux choses qui compliquaient beaucoup la question : les Canadiens français ne parlent pas le français de France, ni celui des Parisiens, ni celui des provinciaux; quant à moi, je ne distingue pas plus le son des voyelles françaises que les daltoniens ne distinguent les couleurs. Ignorant ces deux petits facteurs, importants pourtant, j'étudiai assidûment et composai des phrases insensées dont je ne devais jamais me servir mais que je répétais de travers comme l'aurait fait un perroquet.

Certain qu'à mon arrivée je parlerais français comme un Français, j'écrivis à Richard Wright, à Yves Malartic et à mon vieil ami Dan Levin, habitant alors à Paris, que je m'embarquais le 3 avril et que j'arriverais à Paris le 10 au soir. Je leur demandai noms et adresses d'hôtels où je pourrais loger pendant quelque temps.

J'avais fait la connaissance de Dan à Cleveland au temps où j'appartenais à un groupe d'écrivains payé par le New Deal. Il publiait alors une de ces petites revues littéraires comme on en trouvait partout aux États-Unis. Je l'avais retrouvé à New York après la guerre et il travaillait comme interprète aux Nations unies. Dan avait fait la guerre sur le front du Pacifique et en avait tiré un des premiers romans sur la Seconde Guerre mondiale. À certain point de vue, ce livre fut un précurseur. Par la suite plusieurs écrivains juifs traitèrent le thème de la guerre, notamment : *Les Nus et les Morts* de Norman Mailer. Ces écrivains juifs n'ont jamais glorifié la guerre comme les auteurs de l'école Hemingway. Tout en écrivant ceci, je me rappelle que Dan avait combattu auparavant en Espagne. Cette aventure lui avait fourni le thème d'une nouvelle que je n'oublierai jamais. Elle racontait l'histoire d'un jeune poète qui allait être fusillé par les soldats de Franco. Il souhaitait écrire un poème pour que le monde connaisse son destin. Il espérait le faire passer au dernier de la file des condamnés à mort parce qu'en bons catholiques les soldats de Franco manifestaient toujours leur charité en épargnant un certain nombre, voire un seul, des prisonniers à exécuter. Notre poète se procure donc un morceau de papier, un bout de crayon et écrit son poème puis le fait passer dans la file. Alors se pose cette question : « Et si nous sommes tous fusillés ? » Il hausse les épaules et répond : « Si nous y passons tous, il n'y a plus d'espoir en ce monde, alors peu importe. »

En réponse à mes questions, Dick m'envoya un déluge de lettres. D'abord, il vanta les agréments de Paris et de son ambiance stimulante; puis il me montra combien la vie y était bon marché. Tel fut mon premier contact avec les expatriés noirs qui se chargent spontanément d'une mission de syndicat d'initiative pour leur capitale européenne préférée. Il m'annonça aussi qu'il avait écrit une préface pour l'édition française de *La Croisade de Lee Gordon*. C'est alors que j'en appris le titre car en anglais ce roman s'appelle *La Croisade solitaire*. Ensuite il m'adressa une liste des divers articles — notamment un ouvre-boîte et un réchaud à alcool — sans lesquels on ne saurait vivre confortablement et à bon marché sur la rive gauche où les hôteliers permettent à leurs clients de préparer leurs repas dans les chambres. Il me suggérait de transformer mon argent en traveller's checks qui convenaient le mieux aux opérations de marché noir. En outre, il me promettait sa reconnaissance si j'allais voir John Fisher, alors directeur littéraire de Harper & Brothers, afin de lui demander les exemplaires d'auteur de son dernier roman *The Outsider (Le Transfuge)* qui devait paraître ce mois-là.

À peu près au même moment je reçus un mot de Bill Targ m'annonçant que World Publishing Company avait vendu à la New American Library les droits de réimpression de *La Troisième Génération* moyennant une avance de dix mille dollars et que je pouvais toucher sur-le-champ ma part du premier versement de cinq mille dollars, soit deux mille cinq cents pour moi. Je repris soudain confiance. Je ne sais pas quel effet l'argent fait sur les autres mais rien ne me donne plus d'assurance.

Vint ensuite une longue lettre dans laquelle

Dan Levin me donnait les mêmes conseils que Dick. Puis une autre de Malartic me disant qu'il avait pris contact avec Wright (comme il a toujours appelé Dick) et qu'ils m'attendraient tous les deux gare Saint-Lazare à l'arrivée de mon train. Je le reconnaîtrais à ce qu'il tiendrait mon livre, *La Croisade de Lee Gordon*, dans sa main droite, face aux voyageurs.

Mais je n'avais pas encore reçu mon passeport. Trois semaines s'étaient écoulées depuis que j'en avais fait la demande et on m'avait dit que je le recevrais au bout de dix jours au maximum. Le temps commençait à presser. Je téléphonai à New York et j'appris qu'on avait transmis mon dossier pour décision au ministère des Affaires étrangères à Washington. En ce temps-là l'administration refusait d'accorder des passeports à quiconque était affilié au parti communiste. Néanmoins je pensai d'abord que l'administration avait eu vent de mon passé judiciaire dont je n'avais soufflé mot dans ma demande. Je m'étais contenté d'indiquer que j'étais citoyen des États-Unis. Craignant qu'on me refuse mon passeport parce qu'on m'aurait considéré comme repris de justice, je fouillai mes archives pour retrouver le certificat par lequel le gouverneur Burton m'avait restitué mes droits de citoyen. Burton était alors juge à la Cour suprême. Pour plus de prudence, j'ajoutai à ce document des coupures d'articles de la presse communiste qui me vilipendaient. J'envoyai le tout à la division des passeports du ministère des Affaires étrangères. Une semaine plus tard, je reçus mon passeport signé par le secrétaire d'État John Foster Dulles en personne.

Aussitôt je pris mes cliques et mes claques et

filai sur New York où je descendis à l'Albert Hotel qui, depuis lors, me sert d'adresse aux États-Unis.

Je n'avais plus qu'une semaine devant moi et beaucoup à faire. J'allai d'abord au bureau de la Compagnie Générale Transatlantique, South Street, pour confirmer ma réservation et payer mon billet et je retournai à mon hôtel avec les étiquettes que je devais coller sur mes bagages. Alors je compris que c'était vrai. Jusqu'alors, je croyais rêver. Puis je rendis visite à Margot Johnson et y pris mon chèque de deux mille cinq cents dollars. De là je me rendis à l'American Express pour les convertir en traveller's checks. Ce soir-là, j'invitai Vandi à dîner et nous nous réconciliâmes. Elle était heureuse parce qu'elle partait pour l'Europe deux semaines plus tard et se réjouissait surtout d'apprendre qu'elle y trouverait un amant à sa disposition quand elle y arriverait. Ensuite je ne pensai plus qu'aux détails de mon départ. Quitter les États-Unis à quarante-trois ans n'est pas une petite affaire, surtout pour un Noir qui n'est jamais allé plus loin que Montréal.

J'achetai ce que Dick m'avait conseillé d'emporter. Chez Harper & Brothers j'avisai *The Outsider* dans la vitrine du vestibule et John Fisher me remit les six exemplaires d'auteur. De là, je me rendis chez un quincaillier de Broadway pour acheter mon réchaud à alcool. Je n'en trouvai pas. Je parcourus Manhattan et Brooklyn, à pied et en métro pendant deux jours et appris que les Américains n'utilisent pas de tels réchauds. Enfin quelqu'un me suggéra de tenter ma chance dans un magasin d'articles de sport. J'achetai un primus à deux brûleurs qui me coûta cinquante dollars et devint légendaire au quartier Latin où l'on trouve des lampes à alcool pour quelques francs.

À ce moment-là j'avais déjà bouclé ma malle-armoire qui pesait à peine moins des deux cent cinquante livres autorisées pour les bagages de cale. C'était un samedi et je devais embarquer le lundi. Je l'envoyai au quai de la CGT. Le soir j'allai chez Vandi en espérant rester avec elle jusqu'au dimanche. Mais l'altercation habituelle éclata, je ne me rappelle pas à quel sujet. En voulant lui donner un coup de mon pied nu, je me brisai le gros orteil sur la marche marquant le seuil de son salon. Il enfla tant que je ne pus me chausser. Je ne connaissais aucun médecin disponible à cette heure de la nuit pour rafistoler un orteil cassé et ne pensai même pas à aller à l'hôpital. Je passai la nuit dans la cuisine, assis, le pied dans un bassin d'eau froide et j'attrapai un rhume. Le dimanche matin, avant que Vandi quitte son lit, j'allai voir un médecin blanc de Harlem, que je connaissais et qui habitait au-dessus de son cabinet de consultations, St Nicholas Avenue; je le soupçonnais de traiter surtout les maladies vénériennes. L'examen de mon orteil aux rayons X confirma la fracture. Ce docteur me conseilla un plâtre pour éviter la formation d'un cal, particulièrement gênant au pied. Mais comme je prenais la mer le lendemain matin, il me fit une piqûre de cortisone, me donna des pilules et me conseilla de voir un de ses confrères parisiens dès mon arrivée.

Un taxi me ramena à l'Albert Hotel, le pied dans une pantoufle de feutre. Je passai ma dernière nuit aux États-Unis seul dans ma chambre à soigner mon orteil brisé et à maudire Vandi.

LIVRE II

1

J'arrivai à bord le lundi 3 avril 1953 au matin, par un temps froid et couvert. Je portais mon beau pardessus gris et un chausson de feutre. J'avais chargé un porteur de mes bagages de cabine : ma valise noire en peau de poulain datant de 1941, ma Remington portative de 1931 et un magnétophone tout neuf. Quand j'y réfléchis aujourd'hui, je ne parviens pas à me rappeler quel était mon état d'âme. C'était la première fois que j'embarquais sur un paquebot et tout ce qui m'entourait me paraissait étrange. Je crois que je n'étais ni heureux ni malheureux; totalement absorbé par la nouveauté du décor, je n'avais sans doute pas le temps de m'abandonner à mes sentiments. Peut-être avais-je peur sans redouter rien de précis, mais seulement l'inconnu. Je ne sais pas ce qu'éprouvent les astronautes lorsqu'ils s'aventurent dans l'espace pour la première fois, mais je sais qu'à leur place j'aurais la même impression que ce matin-là sur l'*Ile-de-France*. Ma pensée se limitait à peu près à ceci : j'étais à bord et ne savais qu'y faire.

La plupart des passagers grouillaient sur le

pont supérieur et saluaient à grands gestes la foule alignée sur le quai. Mais personne n'était venu me dire au revoir. J'avais perdu contact avec Jean et elle ne savait sans doute pas que je m'expatriais. Notre dernière rencontre avait eu lieu la veille de Noël 1952. J'avais apporté une bouteille de scotch à l'appartement qu'elle partageait avec une amie blanche. Complètement dans le cirage, j'avais brisé le nez de son amie. La seule chose que je me rappelle, c'est que je m'étais bagarré avec un flic, que j'avais fait un plongeon sur toute une volée d'escalier, que je m'étais réveillé le lendemain matin tout habillé sur mon lit, les vêtements couverts de sang, dans ma chambre de Convent Avenue, avec une blessure au-dessus de la tempe gauche. Depuis, je ne l'avais pas revue. Je n'espérais pas que Vandi viendrait au port après notre querelle du samedi soir. Je n'avais pas annoncé mon départ à mon frère Edward. Joe était en Caroline du Nord. Qui donc se serait dérangé pour moi ?

Je descendis à ma cabine située entre les turbines et les abysses océaniques, comme je l'appris plus tard. Aucun de mes trois compagnons de chambre n'était là. Je m'assis au bord de la couchette supérieure sur laquelle on avait placé mes bagages. Un steward entra, sembla s'étonner de me trouver là tout seul et me remit une bouteille de champagne envoyée par mon éditeur Bill Targ. Il existait donc au moins une personne qui me savait vivant.

Je sortis de la cabine pour remonter sur le pont et rencontrai aussitôt James Putnam que j'avais connu lorsqu'il était secrétaire du Pen Club des États-Unis. Il était avec une femme aux cheveux gris, jolie et élégante : l'épouse dont il avait divorcé et qu'il me présenta. Elle avait une cabine ouvrant sur la même coursive que la mienne et ne connaissait personne à bord. Il avait vu mon nom sur la liste des passagers et souhaitait que nous fassions connaissance.

On m'affecta à une table que je partagerais surtout avec des jeunes femmes blanches. Froidement cordiales elles ne tardèrent pas à se désintéresser de moi. Les premiers jours de la traversée ne me laissent guère de souvenirs sinon que j'étais toujours à la limite du mal de mer et que je buvais beaucoup de vin pour faire passer la riche nourriture du bord. Le petit déjeuner à la française se limitait à du café et du pain. Mais déjeuners et dîners étaient excellents et s'assortissaient de plusieurs bouteilles de vin. J'en buvais abondamment, ce qui fit bonne impression sur le garçon français qui me servit toujours les meilleurs morceaux.

Je fis évidemment connaissance de mes compagnons de cabine mais j'ai beau me creuser la tête, je n'en retrouve qu'un seul dans ma mémoire : un jeune violoniste autrichien aux grands yeux foncés derrière des lunettes aux verres non cerclés, et aux épais cheveux noirs frisés. Il m'arriva à plusieurs reprises de le surprendre en train de jouer du violon dans la cabine, tout seul, et nous nous liâmes plus qu'avec nos autres compagnons de passage.

J'abordais Mme Putnam chaque fois que je la trouvais seule dans les salles ouvertes au public. Je lui offrais à boire et bavardais avec elle. Elle m'accueillait toujours gentiment et prenait grand soin de ne rien dire ou faire qui aurait souligné mon manque d'expérience en fait de voyages transatlantiques.

Le troisième matin, je crois, je titubais dans la coursive en proie à un mal de mer du diable. Je voulais regagner ma cabine et me coucher. J'avisai une femme pétrifiée contre le mur, comme si elle était en proie au vertige. Je l'avais déjà vue à la salle à manger mais ne lui avais guère prêté attention. À cet instant je l'observai aussi attentivement que me le permit l'agitation de mon estomac. À peu près quarante ans, plutôt mince, pas très grande, les cheveux bruns coupés court et qui semblaient plutôt négligés, elle portait une robe longue assez moulante, passée de mode, qui mettait en valeur un ventre plat et une silhouette dans son ensemble gracieuse. Son visage à l'expression mutine suggérait qu'elle avait été jolie. Mais depuis sa gorge et son cou s'étaient décharnés : stigmate caractéristique des Américaines insatisfaites. En fin de compte, ce n'était pas une femme du genre qui m'aurait intéressé normalement mais, en la voyant apparemment en détresse, je me précipitai à son secours. Son regard se fixa sur moi avec une telle intensité que j'en éprouvai un choc. Je lui touchai le bras. Elle se précipita contre moi, en clamant : « Ne m'abandonnez pas ! Je vous en prie, ne m'abandonnez pas ! » C'est une folle, pensai-je. Aussitôt, elle s'écarta de moi et sembla se reprendre. D'une voix plus normale, elle s'excusa : « Je suis désolée, mais toutes ces portes fermées m'ont terrifiée. Je suis sujette à des crises de claustrophobie. Pardonnez-moi, je vous en prie.

— Ce n'est rien », bougonnai-je, plus agacé que cet incident ne le méritait. Mais je parcourus la coursive du regard et constatai que les deux longues rangées de portes closes de chaque côté de la moquette miteuse étaient aussi sinistres que celles des cellules dans une prison. Je souris pour lui montrer que je la comprenais.

Elle devint écarlate et parut mortellement gênée. Il me sembla qu'elle aurait voulu disparaître sous le plancher. Qu'est-ce qui lui prend encore ? me demandai-je. « Ça va, je suis tout à fait remise, dit-elle en détournant la tête. Merci beaucoup. »

Elle se serait enfuie mais je lui saisis fermement le bras et lui dis : « Permettez-moi de vous conduire à votre cabine. » Je l'escortai jusqu'à sa porte aussi gracieusement que l'aurait fait un flic. Aussitôt après je grimpai quatre à quatre l'escalier conduisant au pont de troisième classe, m'accrochai au bastingage et m'abandonnai au pire mal de mer de ma vie, par un froid glacial.

À la salle à manger j'épiais son arrivée, mais elle ne regarda pas de mon côté. Plus tard, je la retrouvai sur le pont, emmitouflée comme dans un cocon, sur une chaise longue, et je me laissai tomber sur le siège voisin du sien. J'appris qu'elle s'appelait Mme Alva Trent Van Olden Barneveldt, qu'elle revenait de chez sa tante à Philadelphie et rejoignait son mari et ses quatre filles à Kerkrade, en Hollande, dans l'espoir de négocier un divorce à l'amiable. Tant de noms à la queue leu leu suggéraient une telle prétention que je perdis aussitôt toute sympathie pour elle. Un joueur de basket-ball noir qui mangeait à sa table lui avait dit mon nom et le titre d'un roman de moi qu'il avait lu : *S'il braille, lâche-le*. Lorsqu'elle m'en fit part, je me mis à pérorer sur *La Croisade de Lee Gordon*.

Mais y penser suffit à réveiller mon mal de mer. Je me levai d'un bond au milieu d'une phrase et m'éloignai aussi rapidement que me le permirent mes jambes flageolantes.

Lorsqu'elle reparut à la salle à manger, nos regards se croisèrent et nous sourîmes. Je bus abondamment pour éviter une autre crise de mal de mer. J'avais donc la tête un peu vide lorsque je la retrouvai dans le salon de troisième classe. Elle m'offrit de me conduire à la pharmacie des troisièmes où je pourrais acheter des pilules efficaces contre le mal de mer et m'indiqua aussi qu'elle connaissait un moyen de pénétrer dans le secteur réservé aux passagers de deuxième classe.

Le salon à deux étages où elle me conduisit impressionnait par sa somptuosité : bar et piste de danse se trouvaient en bas et, au-dessus, des tables le long d'un balcon en forme de fer à cheval offraient plus d'intimité. Les fresques et tout le décor imitaient, disait-on, un café célèbre à Paris avant la Première Guerre mondiale. L'orchestre jouait, des couples dansaient, les stewards en veste blanche sillonnaient la foule pour apporter à boire aux passagers attablés. Alva voulut danser mais j'arguai de mon orteil blessé qui me faisait pourtant moins mal et je pouvais déjà chausser mes deux pieds. Nous montâmes nous asseoir au balcon et regardâmes évoluer les danseurs en buvant des whiskies à l'eau de Seltz.

« Pourquoi allez-vous en Europe ? me demanda-t-elle.

— Pour devenir riche et célèbre », répondis-je, à tout hasard.

Elle éclata d'un rire sonore, masculin, rauque, et rougit. Des larmes lui vinrent aux yeux. D'un bout à l'autre du balcon tout le monde se tourna vers elle. Nous restâmes à bavarder jusqu'au matin. Elle me raconta sa vie.

En 1938, elle suivait les cours de l'université de Bonn, en vertu d'un programme d'échange d'étudiants avec Bryn Mawr lorsqu'un Hollandais, Jan Van Olden Barneveldt, lui fit une cour pressante. Vierge naïve de dix-huit ans et très jolie d'après ce qu'on lui disait, elle avait peur de cet étranger passionné et jaloux. Toutefois la présence de sa sœur auprès d'elle la rassurait. Mais quand vint l'été, cette sœur s'en alla rejoindre des amis dans le sud de la France et Jan Van Olden Barneveldt l'invita dans sa famille à Kerkrade. Profitant de son ignorance, le galant avait déjà fait publier les bans. Elle ignorait encore ce que cela signifiait lorsque sa future belle-mère lui offrit de l'accompagner dans le magasin où elle achèterait sa robe de mariage. Affolée, Alva télégraphia à sa tante de Philadelphie pour lui demander que faire.

Son père avait été un personnage important dans le monde de l'instruction publique. Sa mère était issue d'une famille très riche et réputée au point de vue mondain. Elle avait trois sœurs d'âges très rapprochés, connues comme les « filles Trent ». Cette famille n'avait vécu que du traitement du père jusqu'à la mort de ce dernier. La mère avait suivi son époux dans la tombe avant que les jeunes filles eussent terminé leurs études secondaires. Leur tutelle avait été confiée à une tante du côté paternel. Mais elles avaient aussi du côté maternel une tante fort riche qui, à la mort de leurs parents, avait placé soixante-quinze mille dollars en fidéicommis pour chacune des trois jeunes filles. Selon les normes européennes, elle était donc fort à l'aise. Sa sœur aînée avait épousé un acteur de cinéma et vivait à Hollywood.

Lorsque le télégramme arriva à Philadelphie, sa tante était en voyage. Alva se trouvait dans un pays étranger qui lui semblait étrange, entourée d'étrangers, tous parents ou amis de Jan, favorables à son mariage avec la jolie héritière américaine. Désemparée, elle épousa Jan.

Son récit s'engagea alors dans des détails sexuels d'une précision que je n'ai depuis lors retrouvée que dans un seul livre : *The Group* de Mary McCarthy. En me fiant à ces deux exemples, je suppose que seules des femmes qui sont passées par une de nos vieilles universités aux murs couverts de lierre se permettent tant de franchise. En tout cas, lorsqu'elle racontait les aspects désolants de son mariage, Alva semblait plus jeune et plus jolie, et moi, vieux repris de justice qui avais planté mon fanion sur tant de monts de Vénus, qui avais fréquenté maquereaux et putains et mondaines de Harlem, j'étais choqué jusqu'à la moelle de mes os.

Elle avait pris le train avec son mari pour Paris, en voyage de noces. Dès leur arrivée il avait loué une chambre dans un petit hôtel de la rive gauche mais n'était pas parvenu à consommer le mariage. Une opération chirurgicale s'imposait. De jeunes étudiants en médecine, amis de Jan, y procédèrent dans la chambre où elle se trouvait pratiquement prisonnière. Il lui faisait porter ses repas, ne lui rendait visite que pour faire l'amour et l'abandonnait aussitôt. Enfin, il la ramena à Kerkrade où elle constata qu'elle était enceinte.

Elle s'enfuit et retourna chez sa tante à Philadelphie.

Jan la rejoignit aux États-Unis avant la naissance de leur enfant et réclama le patrimoine de son épouse qu'elle ne devait pourtant toucher qu'à l'âge de vingt et un ans. La tante refusa d'abord mais son avocat lui conseilla de céder. Selon lui, quoi qu'il dût en advenir, les jeunes mariés devaient disposer de toutes leurs ressources pour commencer leur vie commune. Jan s'inscrivit à l'école dentaire de l'université de Berkeley.

Leur première fille naquit aux États-Unis. Ils retournèrent à Kerkrade et Jan reprit la clientèle de son père, également dentiste. Dès le début de leur vie conjugale, il fréquenta d'autres femmes. Néanmoins ils restèrent ensemble et elle mit au monde une seconde fille avant la guerre, puis une troisième pendant la guerre.

Quand les Allemands occupèrent Kerkrade, Jan collabora avec eux et devint chirurgien-dentiste au quartier général allemand de Maëstricht. Alva parlait couramment l'allemand. Elle ne fut pas internée parce que son mari collaborait. Mais, comme il passait la plus grande partie de son temps à Maëstricht, elle partagea les difficultés des Hollandais de Kerkrade.

Elle eut une première crise de dépression nerveuse pendant la guerre. Sa vie conjugale était devenue orageuse et elle avait pris l'acte sexuel en horreur. Néanmoins elle avait déjà trois jolies fillettes en bonne santé lorsqu'elle entra à la maternité de Maëstricht pour mettre au monde la quatrième. La sous-alimentation et d'autres rigueurs physiques l'avaient affaiblie à tel point que l'enfant mourut avant de naître. Or elle tenait à ce bébé. D'ailleurs elle avait désiré tous ses enfants qui lui donnaient une raison de vivre. La veille du jour où elle devait quitter l'hôpital, voilà que le soir une infirmière lui apporte un bébé dans sa chambre en lui disant que c'est le sien. À cette maternité on portait les enfants à leur mère avant de les mettre au lit pour la nuit. L'infirmière en chef s'aperçut de l'erreur et vint reprendre le bébé. Alva ne voulut pas le rendre. Convaincue que c'était bien le sien, elle pleura, vociféra et se démena tant qu'il fallut lui mettre une camisole de force. Son mari arriva de Maëstricht pour la calmer et, pour assurer sa sécurité, il l'emmena avec ses trois filles dans un petit village au-delà de la frontière et les fit passer pour des Allemandes sans logis.

À l'approche de l'armée Patton, elle prit contact avec des unités d'avant-garde pour leur fournir des renseignements utiles sur les concentrations de troupes allemandes et les installations militaires. Cela lui valut d'être citée à l'ordre de l'armée des États-Unis, et la presse de Philadelphie vanta son héroïsme. Mais, dès la Libération, son mari passa en justice et fut condamné à un an de prison pour avoir collaboré avec les nazis.

Sa peine purgée, Jan retourna à Maëstricht où vivait sa femme parce que leur maison de Kerkrade avait été bombardée. Il voulait lui reprendre leurs filles. Alors Alva s'enfuit avec les deux aînées dans un command car avec deux officiers américains. Son mari la poursuivit dans sa voiture américaine datant d'avant la guerre, avec des membres de la police hollandaise. Après une fuite éperdue en pleine nuit, elles franchirent la frontière allemande et les officiers américains l'embarquèrent avec ses filles dans un bombardier qui repartait pour les États-Unis. Au moment du décollage elle aperçut la voiture de son mari qui arrivait sur le terrain. Les journaux de Philadelphie annoncèrent en gros titres : HÉROÏNE DIVORCE DE SON ÉPOUX NAZI. Mais le divorce américain n'avait pas de valeur en Hollande où elle avait épousé un enfant du pays, aussi Jan garda-t-il leur plus jeune fille.

Il lui envoya lettre sur lettre pour lui répéter combien il l'aimait, combien elle manquait à sa fille, combien elle agissait méchamment en séparant leurs trois enfants et en interrompant leurs études. Il l'assurait qu'il regrettait tout ce qu'il avait fait. Elle retourna auprès de lui. Ses filles adoraient leur père, homme beau et charmant. Elle demanda une allocation pour faire reconstruire leur maison détruite et remettre en état le cabinet dentaire de Kerkrade. L'affaire tourna bien, ils eurent une luxueuse habitation moderne et une clinique dentaire. De nouveau son mari lui fit une cour passionnée. Elle redevint son épouse. Mais pour surveiller ses relations et s'éviter des humiliations, elle travailla auprès de lui en qualité de réceptionniste, assistante et technicienne.

Lorsqu'elle fut enceinte pour la cinquième fois, son mari séduisit sa meilleure amie et elle fit une nouvelle dépression nerveuse. Elle était alors dans un tel état qu'il aurait pu la faire interner. Mais le mari de sa sœur, qui s'était lié d'amitié avec Jan, insista pour qu'il l'envoie en vacances après la naissance de leur quatrième fille vivante. Jan accepta. Elle partit donc faire du ski en

Suisse, eut un accident qui provoqua une nouvelle dépression nerveuse et retourna aux États-Unis pour que son mari ne la fasse pas enfermer en maison de santé.

Sa sœur avait divorcé et son ancien beau-frère avait émigré pour les États-Unis où il s'était fait une clientèle à Atlantic City. Quand Alva fut remise, elle chercha du travail afin de ne pas être entièrement à la charge de sa tante. Son beau-frère lui rendit alors visite et lui offrit une place d'assistante. Elle accepta. Quand je fis connaissance avec elle sur l'*Île-de-France*, elle retournait en Hollande pour divorcer et revoir ses enfants.

Nous étions attablés face à face au balcon du grand salon de première classe sur l'*Île-de-France* ce matin d'avril 1953. Elle rayonnait l'innocence et je n'avais encore jamais connu de femme innocente. Je suppose que ma mère l'était mais je l'avais toujours considérée comme une femme implacable, à la volonté de fer et aux ambitions dévorantes, ce qui ne laisse guère de place pour l'innocence. Ma femme non plus n'était pas innocente bien qu'elle m'eût aimé farouchement. Aucune des autres femmes que j'avais connues auparavant ne l'était non plus.

Alva pleurait, le cœur accablé par trop de déceptions. « Mon mari m'a fécondée cinq fois, mais je n'ai jamais éprouvé d'orgasme, vous savez. À quoi attribuez-vous cela ? »

Diable ! je n'en savais rien. Je n'étais pas habitué aux femmes frigides. J'étais tout aussi innocent qu'elle, mais à ma façon et à ceci près qu'elle était une femme bonne et que je n'avais jamais été un homme bon. À ce moment-là je fus surtout frappé par sa bonté. L'impression que j'eus ce matin-là n'a jamais changé. Dès cet instant et maintenant encore, je la trouvai aussi un peu folle.

La perspective du retour en Hollande la terrifiait. Il lui suffisait d'y penser pour trembler de la tête aux pieds. Son mari voudrait la reprendre. Il la cajolerait et userait de tous les moyens pour qu'elle reprenne la vie commune. Leurs quatre enfants étaient avec lui et il ne les lui céderait jamais ; peut-être même ne lui permettrait-il pas de les voir. Il avait besoin d'elle. Peut-être lui appartenait-il autant qu'elle lui appartenait et elle redoutait affreusement de se laisser reprendre. « Dites-moi que faire, supplia-t-elle. Vous êtes écrivain. Vous devriez savoir. »

À cet instant-là je me vis idiot. Qu'aurais-je pu savoir qu'elle n'avait pas déjà appris à dure école ? Pourtant je me rappelle avoir dit gravement, pompeusement sans doute, et maintenant je suis certain que c'était comique : « Les communistes pratiquent une technique du refus toujours efficace. Continuer à répéter "non" sans cesse et toujours, mais en changeant de ton chaque fois. Soyez énergique, puis féroce, prononcez ce mot avec regret, parfois avec une note d'espoir, parfois d'un air encourageant, mais qu'en fin de compte ce non signifie toujours non. »

Le soleil se levait quand nous descendîmes à nos cabines. Mes compagnons dormaient. Je prélevai sur ma bouteille personnelle une bonne ration de whisky, me déshabillai dans la pénombre et grimpai jusqu'à ma couchette. Je pensai à Alva pendant longtemps. Je la revis lorsqu'elle arriva à la salle à manger pour déjeuner. Elle me salua de la main, je lui rendis son salut, la rejoignis au moment où elle quittait sa table et lui offris d'aller boire un verre ensemble au bar de première classe. Elle me parut assez réticente, comme si elle regrettait d'avoir trop parlé durant la nuit, mais elle promit de me rejoindre une heure ou deux plus tard. Tous les livres que j'emportais en France, sauf la version française de *La Croisade*, se trouvaient dans ma malle. Je descendis à ma cabine, en pris un exemplaire et en trouvai aussi un du *Transfuge*. Je les emportai en me demandant quand elle aurait le temps de les lire.

Je l'attendais, assis à « notre » table, au bord de « notre » balcon, lorsque survint Mme Putnam. Nous bavardâmes pour passer le temps. Alva arriva au bout de quelques heures. Elle était passée au salon de coiffure et avait changé de robe mais, selon toute évidence, la présence de Mme Putnam la gênait. Cette dernière nous quitta peu après en disant qu'elle avait à faire. Plus à l'aise aussitôt, Alva s'anima d'une manière extraordinaire. Voir un de mes livres l'impressionna. J'appris plus tard qu'elle s'efforçait d'écrire, elle aussi, à ce moment-là. Nous parlâmes de ma carrière jusqu'à l'heure du dîner. Lorsque nous eûmes tout dit à ce sujet, je fis l'éloge de mon célèbre ami Richard Wright. Quand elle alla se pomponner dans sa cabine, j'insistai pour qu'elle emporte *Le Transfuge* : un grand livre.

Nous passâmes la soirée à peu près comme la précédente mais sans nous attarder autant. De nouveau elle parla de son passé, de ses enfants, de son mari et de son avenir qui était la question capitale, m'avoua-t-elle. Même si elle parvenait à divorcer, elle n'aurait pas droit à une pension alimentaire parce que Jan avait découvert qu'elle avait vécu aux États-Unis avec son ami dentiste et il avait engagé une action reconventionnelle.

Au bout de deux jours j'avais envie de coucher avec elle et d'en finir. J'avais dit tout ce que j'avais à dire au sujet de son mari et je ne voulais plus entendre parler de lui. À vrai dire je la désirais moins que j'avais envie de la faire taire. Elle était lasse. Je la conduisis au long de la coursive mal éclairée jusqu'à la porte de sa cabine et acceptai facilement le baiser qu'elle me donna en me souhaitant bonne nuit. Je remontai prendre quelques boissons fortes avant de me retirer dans ma cabine où je bus encore de mon whisky. Le jeune violoniste autrichien n'était pas encore couché. Il m'annonça que le capitaine du paquebot lui avait demandé de jouer lors du concert qui aurait lieu pour les trois classes dans le grand salon des premières, celui où Alva et moi avions passé tant d'heures ensemble. Comme il pouvait inviter qui lui plaisait à sa table il me demanda d'être son hôte et d'amener avec moi l'amie avec qui il m'avait vu.

Le soir suivant, avant le concert, je l'attendis au bar. J'avais mis mon complet bleu et des souliers noirs. Je bus tristement plusieurs scotches. L'orchestre jouait. On dansait. La foule affluait rapidement : passagers de troisième classe en tweed et veston de sport ; de seconde, en bleu ou en noir ; de première en tenue de soirée avec cravate noire. Quant aux femmes, elles arboraient presque toutes des robes de soirée, mais on distinguait aisément celles de première classe à leurs bijoux et à la surface de peau qu'elles exhibaient. Faire la différence entre les deux classes inférieures n'était pas aussi facile parce qu'il y avait en troisième bon nombre d'étudiantes issues de familles très riches, d'épouses d'instituteurs, journalistes, fonctionnaires et hommes d'affaires vivant en Europe, qui économisaient sur le prix du voyage pour acheter des choses plus importantes. Quoi qu'il en soit, tout le monde était en proie à une vive excitation, sauf moi : mon orteil brisé m'interdisait de danser et j'en étais réduit à Alva, alors que j'aurais pu trouver des partenaires appétissantes et complaisantes parmi celles qui entendaient visiblement ne pas finir la nuit toutes seules.

Puis Alva arriva. Elle portait un manteau de rat musqué traité en vison sur une robe du soir noire. Son expression d'anxiété m'enchanta. Je me sentis beaucoup mieux. J'aime que mes partenaires aient l'air anxieux. Nous traversâmes discrètement la brillante cohue des danseurs pour aller à la longue table contiguë à l'estrade de l'orchestre, qui était réservée aux artistes et à leurs invités. J'étais fier de ma cavalière; elle s'était reprise, semblait sûre d'elle et de son élégance. Le jeune violoniste autrichien nous avait gardé deux places à côté de lui.

Chacun des artistes qui se produisaient ce soir-là avait droit à une bouteille de champagne frappé. Le steward me prit pour un musicien de jazz et déboucha la bouteille alors que le violoniste était absent. Nous l'attendîmes un moment, puis Alva me suggéra de servir et de me procurer une autre bouteille pour lui. Nos voisins nous aidèrent à vider la première. Ajouté au scotch que j'avais bu auparavant, ce champagne me rendit plutôt gai. Lorsque le violoniste revint sous un tonnerre d'applaudissements, après avoir joué, le garçon vint servir son champagne. Il trouva la bouteille vide, se mit en colère et s'en alla hors de lui. Je le suivis à l'office. D'abord nous nous braillâmes à la figure, chacun en sa langue — ça m'est arrivé souvent pendant les années que j'ai passées en France — jusqu'à ce qu'un steward comprît que j'entendais *acheter* une bouteille de champagne. Je tendis un billet de vingt dollars. L'atmosphère devint aussitôt cordiale. Le garçon me tapota paternellement le dos. Le steward me montra l'étiquette d'une bouteille. Quelqu'un d'autre apporta un seau d'argent empli de glace pilée et nous retournâmes à notre table avec le champagne, fiers comme des conquérants. Pour autant que je me rappelle cela m'avait coûté cinq dollars et je me disais : en voilà une affaire pour si peu d'argent! Mais j'avais trop attiré l'attention sur moi et gâché la soirée d'Alva.

Je la persuadai de m'accompagner à ma cabine où je prendrais mon pardessus, après quoi nous nous promènerions au clair de lune sur le pont. Elle devina à coup sûr ce que j'avais en tête car ma cabine était tout au fond du paquebot et les portes du grand salon ouvraient directement sur le pont. Elle me suivit. Nous trouvâmes ma cabine aussi déserte que je l'avais prévu.

Je fermai la porte au verrou, retirai son manteau à Alva et me mis à l'embrasser. Elle me rendit mes baisers sans rien dire et se serra contre moi. Tout à coup l'intensité de mon désir devint telle que je m'en étonnai. « Oh non! » s'écria-t-elle. Elle éclata en sanglots, saisit son manteau et s'enfuit. Je restai un moment seul, à m'interroger sur ce que signifiait son attitude. Puis j'allai à sa cabine où je la trouvai allongée sur son lit. Elle pleurait comme si son cœur allait éclater. Je m'agenouillai auprès d'elle, lui baisai les yeux, la bouche, la gorge. Quand j'arrivai aux mains, elle me releva la tête et me regarda droit dans les yeux.

« Je vous aime, lui dis-je.

— Oh, mon chéri, attendons que j'aie divorcé, sanglota-t-elle.

— Oui, oui », répondis-je.

Je doute d'avoir su ce que je disais à ce moment-là. Peut-être ne la compris-je pas, peut-être n'avais-je pas envie de ce qu'elle remettait à plus tard. Je dois avouer que j'ai toujours été stupide avec les femmes mais je ne me suis jamais senti aussi ridicule que lorsque sa compagne de cabine — une femme âgée — entra un instant plus tard et me surprit à genoux au chevet d'Alva. Qu'on ne s'y trompe pas. Je n'éprouvai rien de comparable à la panique du Noir surpris dans la chambre à coucher d'une Blanche. J'imaginai comment cette dame me voyait : un Noir quadragénaire, à moitié soûl, agenouillé dans son meilleur complet bleu, sur le plancher sale de la cabine, en train de couvrir de baisers une mère de famille, épouse hystérique, déjà empêtrée dans une situation domestique calamiteuse. (Je ne doutais évidemment pas que cette compagne de cabine fût au courant de toute la vie d'Alva.) Je me hâtai de prendre congé en m'excusant et promis à Alva de la revoir le lendemain matin. Mais voilà que quelques minutes plus tard elle arrive dans ma cabine, parfaitement remise de ses émotions et me suggère d'aller nous promener sur le pont.

Nous montâmes faire le tour du bateau sous un clair de lune glacial en nous jurant un amour éternel jusqu'à ce qu'il fît trop froid pour échanger des baisers. Alors nous retournâmes au grand salon, trouvâmes une place libre au balcon, au-dessus des danseurs, et fîmes fiévreusement des projets d'avenir. À ce moment-là j'étais totalement libéré de tout contact avec la réalité mais cela ne devait pas se voir. Je me suis souvent trouvé dans des situations de ce genre, au cours desquelles je « vole au secours de damoiselles en détresse ». C'est un vestige de mes rêves d'enfance. Je perds complètement de vue mon propre bien-être devant une demoiselle en détresse, même si ce n'est pas une vraie demoiselle et si elle n'est pas vraiment en détresse.

Elle me promit de me rejoindre le premier mai, quoi qu'il advînt. Je lui donnai l'adresse de Richard Wright et lui demandai de m'indiquer la date et l'heure de son arrivée. Si je n'avais pas éprouvé un tel besoin de la secourir, j'aurais essayé de discerner si elle entendait surtout quitter son mari ou bien revenir à moi. Mais l'ambiance qui régnait sur le paquebot était propice aux crises passionnelles extravagantes et je crois que la nôtre ne fut pas plus absurde que celle de bien d'autres passagers cette nuit-là.

En toute sincérité je puis dire que le lendemain je vécus presque en état de choc. Nous ne nous étions séparés que longtemps après le lever du jour et j'avais trop à faire pour essayer de dormir. À la gueule de bois physique s'ajoutait une espèce de malaise passionnel qui me rendait groggy. J'éprouvais la panique et l'angoisse instinctive de l'inconnu dont j'avais déjà souffert en m'embarquant. Je m'inquiétais pour Alva, me demandais si elle aurait la force de supporter l'épreuve qui l'attendait et si je lui avais donné en la quittant quoi que ce fût qui pût la soutenir. Elle ignorait à peu près tout de mon passé. Je ne lui avais pas dit que j'étais marié et elle ne me l'avait même pas demandé. Je m'interrogeais sur ce qu'elle avait vu en moi pour m'accorder ainsi sa confiance et m'aimer au point de vouloir revenir à moi quand elle serait libre. Et puis, est-ce que je souhaitais vraiment qu'elle me revînt ? mes sentiments ne changeraient-ils pas après quelques semaines de vie à Paris ? et surtout, que ferais-je d'elle quand elle arriverait ?

Je croyais avoir quitté les États-Unis en partie pour échapper aux Américaines blanches et voilà que j'avais déjà rendez-vous avec l'une d'elles en France.

J'avais en outre beaucoup à faire, ce qui ne m'était pas facile dans l'état de débilité physique et morale où j'étais. Il fallait que je boucle mes bagages et que je les fasse monter sur le pont A d'où on les transporterait jusqu'au train. Il fallait aussi que je distribue des pourboires aux stewards et je ne savais pas combien leur donner. Je cherchai Alva au déjeuner, mais sa compagne de cabine me dit qu'elle était malade et se faisait apporter un plateau. Il me fallut prendre la file dans le salon pour subir les formalités de la douane et cela dura des heures. Quand je fus libre enfin, j'eus à peine le temps de dire un dernier adieu à Alva avant qu'un steward la fasse monter sur le pont d'où débarquaient les passagers qui ne prenaient pas le train. J'y montai à mon tour dès que j'y eus accès et je la vis une dernière fois :

petite silhouette en manteau de fourrure, qui descendait la passerelle, menton haut, épaules rejetées en arrière, courageusement. Je pensai aux risques qu'elle allait courir, à l'incertitude qui pesait sur son avenir. Un homme à forte carrure, en chapeau noir et imperméable gris, l'accueillit sur le quai et ils disparurent. Personne ne saura ce que je souffris alors. Au point de vue sentimental, je suis un cave.

2

J'arrivai en retard pour acheter mon billet de chemin de fer. Il n'en restait plus pour le premier convoi et ce fut pour moi le début d'une succession d'ennuis et de tracas. Étant donné que j'étais obligé de prendre le second train, je me dis que je pouvais aussi bien voyager en première classe pour jouir de plus de confort parce que j'étais très fatigué et mon orteil brisé me faisait mal. Ignorant tout des trains du Continent, je supposai que le wagon de première m'offrirait assez de place pour étendre ma jambe et même pour m'allonger afin de faire un somme pendant le trajet. Mais auparavant j'eus ma première altercation en Europe et ce fut avec un porteur. Il voulait cinq cents francs pour transporter ma valise et mon magnétophone — je me chargeais personnellement de ma machine à écrire — depuis le bateau jusqu'au train tout proche. Le dollar valait alors trois cent quarante-huit francs. L'avidité de ce porteur me sembla outrancière, étant donné ce que j'avais appris des pauvres Français affamés. Je n'arrivais pas dans ce pays en ambassadeur de la charité américaine, je ne souhaitais pas m'assurer la sympathie de ses habitants et je ne voulais pas qu'ils m'estampent. Homme de mauvais caractère, querelleur, je réagis aussi vivement que je l'avais toujours fait aux États-Unis, mais le porteur tenait le bon bout : ou bien je cédais ou bien je coltinais mes bagages moi-même.

Aussitôt arrivé dans mon compartiment, je perdis tout espoir de dormir. Nous y étions huit : moi et sept inconnus, tous trop gros ou tellement vêtus que ça les rendait volumineux, assis face à face à quatre par banquette, tellement proches l'une de l'autre qu'il fallait manœuvrer adroitement pour ne pas se marcher sur les pieds. Nos bagages à main s'amoncelaient au-dessus de nos têtes sur des filets qui ne m'inspiraient pas confiance.

Il était neuf heures du soir, le 11 avril, quand je quittai Le Havre. Le train roula dans une nuit noire et froide. De temps à autre un essaim de maisons à peine éclairées jaillissait de l'obscurité et y replongeait. Je pensai à toutes les guerres qui s'étaient déroulées sur le sol de ce pays, aux cadavres qui fécondaient ces ténèbres et je me demandais ce que j'étais venu y faire. Soudain, le mot FORD apparut en néon rouge flamboyant et me rassura. Pourtant ce nom ne m'avait jamais apporté aucun réconfort aux États-Unis. Après un voyage qui me parut durer de longues heures, le convoi entra lentement dans une caverne sinistre, plus petite, plus vieille, plus lugubre que la vieille gare du Pennsylvania Railroad, 35ᵉ Rue à New York. D'après le manuel de français que j'avais étudié au Vermont, un porteur de gare devait s'appeler *facteur*. Quelques-uns se précipitèrent vers les wagons de première classe et des passagers tendirent leurs bagages par les fenêtres. Ceux de mon compartiment descendaient leurs valises des filets et se glissaient dans les couloirs. J'abaissai la vitre, me penchai au-dessus du quai et braillai : « *Facteur!* » Personne n'y prit garde. Je tendis le cou pour regarder vers l'avant du convoi en espérant apercevoir Richard Wright ou un Français qui brandirait un exemplaire de *La Croisade de Lee Gordon.* Mais ni l'un ni l'autre n'était là. Enfin, quand il fut plus facile de remuer dans le compartiment, je descendis mes bagages sur le quai en deux opérations successives. Toujours pas de Dick ni d'Yves Malartic.

Mon wagon était le premier du convoi, le plus proche de l'extrémité du quai. Une foule attendait au-delà des portillons et, de temps à autre, quelqu'un gesticulait en accueillant un ami ou un parent. Je coinçai ma machine à écrire sous un bras et, ma valise d'une main, mon magnétophone de l'autre, je suivis les autres voyageurs dans la grande gare sinistre. Rien ne m'indiqua qu'il existait une salle d'attente et si j'avais vu une inscription je n'aurais pas su ce qu'elle signifiait. Je m'arrêtai à un endroit que je crus propice dans la salle caverneuse des pas perdus en espérant qu'un de mes amis m'apercevrait. J'attendis longtemps. Quand il me sembla que tous les passagers avaient débarqué, je supposai que Dick et Malartic étaient venus au premier train comme ils l'avaient promis et que, ne me voyant pas, ils étaient retournés chez eux où ils attendaient sans doute un coup de téléphone. J'avais leur numéro mais je ne savais pas comment me servir des appareils publics français et je jugeai plus simple de prendre un taxi pour aller chez Dick. Le mot taxi flamboyait au néon au-dessus d'une sortie latérale. Je ramassai mes bagages et titubai dans cette direction. Dehors, pas de taxi. Je déposai mes affaires sur le trottoir et attendis. Je boutonnai mon pardessus jusqu'au cou et en relevai le col. Enfin, un énorme vieux Renault, cubique, s'arrêta près de moi et le chauffeur parut m'interroger du regard. Je fis quelques pas vers lui et dis : « *Quatorze, Rue Monsieur-le-Prince.*

— *Pas compris* », répondit-il en haussant les épaules.

Je déboutonnai mon pardessus et tirai de ma poche une lettre de Dick et une de Dan Levine dont je m'étais muni en prévoyant une telle situation. Je montrai du doigt l'en-tête de la lettre de Dick. Le visage du chauffeur s'éclaira. « *Ah, m'suh luh Prance.* » Il attendit patiemment que j'aie posé mes bagages sur le siège arrière qui me parut presque aussi vaste que le compartiment d'où je sortais.

Il devait être à peu près minuit. L'éclairage me parut beaucoup trop faible pour une grande ville ; c'est à peine si on distinguait un signe de vie de-ci, de-là dans les rues. Mon taxi était la seule voiture qui roulait. Quand nous passâmes sous les guichets du Louvre, en pleine obscurité, je crus que nous entrions dans une place forte.

« *Louvre* », jeta le chauffeur par-dessus son épaule alors que le gros taxi, pareil à un corbillard, décrivait une courbe périlleuse sur les pavés. J'entrevis vaguement la silhouette de ce qui me parut être une ancienne forteresse. « *Ah, oui* », lui répondis-je.

Après être passés par plusieurs étroites rues

obscures qui auraient pu servir de décor au *Bossu de Notre-Dame* tourné à Hollywood, nous passâmes devant le premier café éclairé et vivant que je vis à Paris. Peu après le taxi s'arrêta devant l'énorme porte cochère d'une maison en brique dont une seule fenêtre était éclairée au quatrième étage. Je donnai un billet de mille francs au chauffeur et il me rendit deux coupures sales de cent francs. Je lui en laissai une en guise de pourboire. Il attendit patiemment que je débarque mes bagages. Quand j'eus porté successivement la valise, la machine à écrire et le magnétophone jusqu'à la porte cochère, sur le trottoir mouillé, je cherchai une ouverture pour piétons. Par bonheur le chauffeur était resté sur place pour voir comment je me débrouillerais. Manifestant une condescendance grandiose, il descendit de son siège, traversa le trottoir et appuya sur un bouton qui déclencha l'ouverture de la porte. Par l'entrebâillement, j'aperçus une caverne obscure. D'un air excédé, le chauffeur tendit la main à l'intérieur et appuya sur un autre bouton. Alors m'apparut une chaussée pavée entre deux trottoirs étroits, qui conduisait à un large escalier incurvé au bout d'un des trottoirs. Je saluai le chauffeur et entrai mes bagages. Je cherchais autour de moi une pancarte indiquant les noms des habitants de l'immeuble, quand j'entendis la porte claquer derrière moi. J'eus l'impression d'être emprisonné et la panique me saisit, mais cela ne dura qu'un bref instant parce que j'avais pris des pilules de tranquillisant. Je compris qu'il me faudrait monter l'escalier jusqu'au moment où je verrais le nom de Dick sur une porte. En face de cet escalier une fenêtre protégée par des rideaux me suggéra l'idée d'un café fermé pour la nuit. Je pris mes bagages de mon mieux et entrepris l'ascension. J'avais à peine gravi quelques marches quand la lumière s'éteignit. Je sacrai, déposai mes bagages et allumai mon briquet. Je me dirigeais lentement vers le bouton électrique de l'entrée en brandissant mon briquet comme une torche lorsque la lumière s'alluma derrière les rideaux de la fenêtre et un monstre comme je n'en avais jamais vu fonça dans ma direction. Ce spécimen préhistorique de la race humaine était sûrement une femelle à en juger d'après les énormes mamelles qui pendaient devant son corps à grosses hanches, enveloppé dans une robe de chambre violette, et aussi aux trucs qu'elle avait dans les cheveux. Elle semblait enragée. J'eus d'abord envie de fuir, mais la porte était fermée et, avant que j'eusse trouvé comment l'ouvrir, le monstre était sur moi. Je plongeai la main dans la poche pour en tirer la lettre de Dick en souhaitant qu'elle ne se méprenne pas sur mes intentions. Je brandis l'enveloppe sous ses yeux.

« *Allez !* vociféra-t-elle. *Allez ! Allez ! Vite ! Vite ! Vite !* »

Je compris à peu près ce qu'elle voulait dire, mais j'étais devenu enragé à mon tour et je braillais en anglais que mister Wright m'attendait. Elle appuya sur le bouton qui déclenchait l'ouverture de la porte et chercha à me pousser dans la rue. Je résistai. Pendant un moment nous nous colletâmes devant la porte cochère. L'odeur rance de son corps en sueur et de ses cheveux mal lavés m'écœurait. « *Mes bagages !* » m'écriai-je. Et j'admirai ma présence d'esprit. « *Mes bagages !* » J'entrevis une autre ombre derrière la fenêtre éclairée. Cependant le monstre fonçait vers l'escalier, raflait mes bagages comme s'ils ne pesaient rien, revenait vers moi et les jetait sur le trottoir. Quand j'entendis la machine à écrire et le magnétophone heurter le bitume, j'eus un instant de fureur. Si elle avait jeté ainsi les biens les plus précieux d'un frère d'âme à Harlem, elle se serait fait trancher la gorge. Mais elle ne savait pas. Alors je ne résistai plus quand elle me poussa hors de la maison. La porte claqua. J'avais l'impression d'avoir échappé au cabanon d'un fou furieux. Navré, je rassemblai mes bagages une fois de plus et descendis péniblement vers le seul café éclairé de Paris. Il était bondé d'Américains ivres et j'eus soudain la conviction de vivre un cauchemar.

Quelqu'un me dit avec un accent du Sud des États-Unis que je trouverais peut-être un taxi à mi-chemin du carrefour suivant. J'emportai mes bagages jusqu'à un panneau indiquant taxi. J'attendis une demi-heure dans la nuit froide jusqu'à ce qu'un autre taxi, grand comme un corbillard, s'arrête au bord du trottoir et je lui dis de me conduire à la gare Saint-Lazare.

Cette fois, je trouvai la *salle d'attente, première classe*. Mais elle était si obscure, piteuse et mal tenue que je n'y entrai pas. Je ne sais même pas si le public y avait accès. J'attendis dans le vestibule, mes bagages à mes pieds, espérant contre toute vraisemblance qu'un fonctionnaire de la compagnie des chemins de fer sachant l'anglais s'aviserait de ma détresse et m'offrirait son aide. Quelques hommes en uniforme passèrent; je fis un pas vers eux en bredouillant « *excusez-moi, monsieur* », mais ils continuèrent leur chemin.

Au bout de quelque temps plusieurs prostituées convergèrent vers moi. Elles s'éloignèrent et revinrent sans rien dire, comme dans une pantomime qui se serait intitulée : *La nuit où les putains de Saint-Lazare sortirent pour tenter le nègre de New York.*

Une seule resta fermement sur place, espérant peut-être que les autres lui céderaient le client et qu'elle finirait par l'emporter à force de patience. Je me souviens de son manteau de sport serré à la ceinture et de ses jambes nues. Puis je me rappelai ce que Dan Levin m'avait écrit au sujet d'un hôtel de la Vigne, dirigé par un officier américain et où je pourrais toujours demander une chambre en cas d'urgence. J'avais dépensé tout mon argent français et il ne me restait que quelques dollars. Mais je parvins, vaille que vaille, à un accord avec le dernier chauffeur de taxi qui restait auprès de la gare : un vieillard au volant de la plus petite voiture que j'eusse jamais vue — j'appris plus tard que Citroën n'en construisit jamais de plus petites — avec un chien serré contre lui. Il accepta de me transporter pour un dollar et je lui confiai la lettre pour qu'il y lise l'adresse. Arrivé à destination il me laissa dans l'auto et alla demander s'il y avait une chambre libre. Il revint un instant plus tard, rayonnant, et m'aida à transporter mes bagages. La gérante, qu'il avait dû réveiller, me dit en excellent anglais que je devais cinq cents francs au chauffeur. Je lui dis que je n'avais plus d'argent français mais que j'étais un ami de Richard Wright et qu'elle pouvait avoir confiance en moi. J'exhibai la lettre de Dick pour appuyer cette prétention.

« Ah ! vous êtes monsieur Chester Himes, dit-elle. Monsieur Wright a réservé une chambre pour ce soir à votre intention. » Elle paya le taxi et me conduisit à ma chambre. Comme il n'y avait pas de téléphone à ma disposition je décidai de n'appeler Dick que le lendemain matin. Je bus la demi-pinte de whisky qui me restait, grimpai dans le grand lit froid à deux places et m'endormis.

Cependant Dick et Malartic étaient arrivés à la gare avant le premier train. Après s'être assurés que je n'y étais pas, ils étaient allés attendre l'heure du second convoi dans un café, de l'autre côté de la rue d'Amsterdam. Puis ils étaient passés sur le quai et avaient pris position chacun à une extrémité de la fraction du quai où s'arrêteraient les wagons de deuxième classe mais, comme j'étais en première en tête du convoi, j'étais descendu sans qu'ils me voient alors qu'ils me cherchaient à l'autre bout du quai. Avec une impatience tout américaine, j'avais pris un taxi pour aller chez Dick. Or il se trouve que la cadette de ses filles, Rachel, était malade. N'imaginant pas que j'arriverais seul, il avait demandé à la concierge de ne laisser personne monter chez lui, ce qui explique l'attitude de la mégère.

Ma disparition inquiéta Dick. Yves Malartic lui raconta d'affreuses histoires de voyageurs étrangers volatilisés dans les gares de Paris et retrouvés seulement des mois, parfois des années plus tard, dans le pire dénuement si c'étaient des hommes ou bien vendues à des proxénètes quelque part en Afrique du Nord si c'étaient des femmes. Comme tous ses amis le savaient, Dick était doué d'une imagination exubérante et se laissait aller à de telles exagérations qu'il lui arrivait de prendre le bourdonnement d'une mouche pour un typhon. De plus en plus alarmé, il retourna précipitamment chez lui et déclara à sa femme qu'il m'était sûrement arrivé quelque chose d'épouvantable et qu'il lui fallait avertir immédiatement la police. Ellen suggéra qu'une affaire de femme expliquait peut-être tout le mystère et le mit en garde contre trop de précipitation qui risquait de faire découvrir une situation embarrassante. À peu près à ce moment-là, Alva téléphona de quelque part en Belgique, pour demander si j'étais arrivé. Elle se dit tout aussi inquiète que Dick. Alors Ellen lui posa une question qu'Alva ne lui pardonna jamais : « Est-ce que Chester était ivre ? »

Des coups violents frappés à ma porte me réveillèrent le lendemain matin. En route pour le commissariat de police, Dick s'était arrêté à l'hôtel afin d'annuler la réservation de ma chambre. Je vis aussitôt que la curiosité le dévorait. Ma vie l'intriguait. Il était au courant de mon séjour en prison, il avait connu Jean et me soupçonnait de mener une existence tumultueuse. Je crois qu'il n'a jamais connu un homme plus tranquille que moi mais nous n'avons jamais été assez intimes pour qu'il s'en rende compte. Quand nous eûmes tiré au clair l'imbroglio de la nuit passée, je m'habillai et descendis avec lui jusqu'au Monaco pour y prendre un *petit déjeuner* à la française : café à goût de chicorée avec un croissant. C'est dans ce café que j'avais fait escale durant la nuit, alors qu'il était bondé d'Américains ivres. Le matin il y avait encore des Américains et ils avaient la gueule de bois. Dick salua tout le monde avec une cordialité condescendante et brillante ; selon toute évidence, c'était le caïd du bistrot. Il logeait à proximité et aussi tout près de mon hôtel ; en ce temps-là le Monaco était le repaire le plus connu des Américains au quartier Latin.

Wright s'attendait à un rassemblement des frères d'âme qui avaient tous appris que je devais arriver la nuit précédente. Mais il n'en vint aucun. Comme je le constatai plus tard, les Noirs américains qui vivaient à Paris et partout ailleurs en Europe répugnaient à laisser supposer au frère nouveau venu qu'ils lui accordaient la moindre importance.

Nous consacrâmes donc le reste de la matinée à chercher une chambre d'hôtel où je pourrais m'installer en permanence. Dick avait espéré que nos frères d'âme nous y aideraient. Il avait hâte de voir les exemplaires du *Transfuge* que je lui apportais et qui, se trouvant dans ma malle, n'avaient pas encore passé la douane. Avant midi nous trouvâmes une chambre en façade, au premier étage de l'hôtel Scandinavie, rue de Tournon, en face du café Tournon que fréquentaient des réfugiés de guerre juifs, ainsi que quelques Noirs américains. Quand nous arrivâmes chez Dick pour déjeuner, Ellen m'étonna : elle avait minci, était devenue blonde, se fardait beaucoup, semblait épuisée et mécontente. Une des premières choses qu'elle me dit, c'est que Dick était devenu tout à fait français. Son mari ne fit aucun commentaire mais prit un air timide et niais.

Le déjeuner de spaghetti avec boulettes de viande ne me parut guère français. Ellen me mit au courant du coup de téléphone d'Alva et me demanda de qui il s'agissait. Je répondis que je la rappellerais et ne lui donnai aucune explication. Au cours de la conversation je dis à Dick que j'avais vu le film tiré de son roman *Un enfant du pays* — il en avait écrit le scénario, avait participé à la production et joué le rôle de Bigger Thomas — et qu'au moment où j'étais parti il passait à New York dans une chaîne de quelque vingt cinémas de quartier. Aussitôt son visage s'éclaira, il se frotta les mains avec jubilation et dit qu'il rentrerait peut-être dans ses fonds. Il m'avoua qu'il avait perdu beaucoup d'argent au début de la production et qu'il lui avait consacré une année. Sa femme et lui me demandèrent s'il me plairait d'aller passer quelque temps dans une colonie d'écrivains à La Ciotat sur la Méditerranée ; un de leurs amis, Daniel Guérin, la dirigeait et il souhaitait me compter parmi ses hôtes. Je répondis que j'y réfléchirais.

Dick m'aida à transporter mes bagages de l'hôtel de la Vigne à l'hôtel Scandinavie. Il était tellement pressé d'avoir ses livres qu'il m'offrit de me conduire à Saint-Lazare dans sa traction-avant. Il se faisait tard et la douane n'allait pas tarder à fermer. Devant le comptoir de la douane, après avoir présenté mon bulletin de bagages, je constatai que j'avais laissé les clés de ma malle dans une valise, à l'hôtel. Nous n'avions pas le temps de retourner les chercher avant la fermeture et déjà le douanier arrivait en poussant ma grosse malle-armoire aux serrures incrochetables, sur un petit chariot. Dick joua habilement la comédie pour me tirer d'affaire. Ma malle tenait entre les deux banquettes de sa *traction*. Suant et soufflant nous la montâmes au premier étage de l'hôtel Scandinavie et, sans me laisser le temps de reprendre haleine, Dick me pressa de lui donner ses livres. Puis il m'emmena, par des rues étroites et obscures (la nuit était tombée), à The English Book Store, tenu par une jeune Française blonde nommée Gaït, afin qu'elle mît ces livres en vitrine.

N'ayant encore rencontré aucun frère d'âme, je dînai seul ce premier soir. Ma première semaine à Paris fut excessivement morne. Le samedi soir je dînai avec Yves Malartic et sa femme Yvonne et une douzaine de leurs amis. Nous avions rendez-vous aux Deux Magots à Saint-Germain-des-Prés. Je me croyais élégant avec mon complet bleu, mes souliers noirs, et mon manteau gris car il faisait froid. En prenant la main que me tendait Yves, je mis mon français à l'épreuve. « *Je suis très content de vous avoir*. » Nous avions correspondu très amicalement pendant qu'il traduisait *La Croisade de Lee Gordon*. Lorsqu'il entendit la phrase que j'avais mise au point minutieusement et répétée tout le long du chemin, il sembla abasourdi et me dit : « Himes, excusez un Français aussi peu cultivé que moi, mais je vous avoue que je ne comprends pas tellement bien l'anglais. » Je ne me hasardai plus à prononcer un seul mot de français ce soir-là.

Nous allâmes tous ensemble dîner dans un restaurant des environs où l'on me mit dans la main un menu écrit en français. Comme je n'y comprenais rien, je laissai Yves commander pour moi. Ensuite, on m'interrogea sur ce que j'avais dit à Yves en me présentant et on me demanda si tous les Américains noirs parlaient l'anglais comme moi. J'avouai que j'avais cru m'exprimer en français. Cela dégela l'atmosphère. Après le repas ils me révélèrent que je venais de manger du cheval et me demandèrent si cela m'était déjà arrivé. Je leur dis qu'à Harlem nous mangeons non seulement du cheval mais aussi des hamburgers à la viande de chat et des ragoûts de chien. La conversation se poursuivit fort cordialement, entrecoupée d'éclats de rire, et nous nous séparâmes en bons termes. Je promis à Yves d'aller le voir avant peu.

Je passai quelques après-midi au Monaco, à la terrasse où donnait parfois le soleil. Mais en général il fit froid ce mois d'avril. J'y revis quelques frères d'âme mais je n'avais pas grand-chose à leur dire; sans que je sache pourquoi, nous ne parlions plus le même langage. Ce que je sus d'eux, je l'appris par Dick, au cours de bavardages à bâtons rompus dans les cafés. Il me fit faire la connaissance de William Gardner Smith. Je considérais son roman *The Last of the Conquerors* comme largement aussi bon que *L'Adieu aux armes* d'Hemingway. Il en avait écrit un autre dont je n'avais pas encore entendu parler, *Anger at Innocence*, dont la traduction en français paraissait alors dans un club de livres.

Une journaliste française, Mme Annie Brierre, m'invita à lui rendre visite chez elle, près de l'Étoile, pour m'interviewer. Peu après, Mme Putnam vint me chercher dans une infime petite voiture pour m'emmener dîner à Montmartre. En la quittant, je me demandai pourquoi des femmes d'un certain âge prenaient soudain tant de place dans ma vie : d'abord Alva, puis Annie Brierre et enfin Mme Putnam. Sans doute parce que je me faisais vieux.

À peu près la même semaine, je me liai quelque

peu avec le peintre noir Walter Coleman qui vivait alors avec une gaillarde du Texas à cheveux roux et grande gueule. Quand ils se motherfuckaient à pleine voix au Monaco, nul n'aurait distingué la blanche Texane du Noir de Baltimore. Il leur arrivait d'échanger des gnons à s'envoyer au tapis et il la traînait de temps en temps par les cheveux jusqu'au trottoir. Walter n'en était pas moins un homme au cœur léger et plein de charme.

Je rencontrai d'autres frères d'âme : Ish Kelly dont Dick a fait le Fish Belly (Ventre de Poisson) de son *The Long Dream* ; le fils de Mercer Cook, qui fréquentait la Sorbonne ; le Dr Franklin Frazier, alors chef de la Mutual Security Agency, et sa femme que j'avais connue au temps où je vivais à Harlem chez mes cousins Henry et Molly Moon ; les Haines qui revenaient de Monrovia où ils avaient travaillé pour une quelconque agence américaine ; Ruth, une célibataire qui revenait aussi du Liberia et me fit connaître le restaurant de Leroi et Gaby Haynes, rue Manuel.

J'ignorais tout alors de l'hôpital américain. Dick m'avait recommandé un médecin du quartier pour faire traiter mon orteil brisé. Je crois qu'il s'appelait J. Schiller. Plusieurs chats siamois châtrés hantaient l'appartement sinistre où il donnait ses consultations et je leur attribuai la mauvaise odeur qui y régnait jusqu'au jour où j'appris qu'il était spécialiste des maladies vénériennes. Il me fit une piqûre de cortisone à l'orteil, et une autre de pénicilline à la fesse. Après cela, il me fut presque impossible de marcher.

Je n'étais à Paris que depuis une semaine lorsque Vandi arriva. Elle avait loué une chambre, hôtel des Saints-Pères, rue des Saints-Pères, à proximité du boulevard Saint-Germain. En rentrant chez moi je trouvai un télégramme qu'elle m'avait envoyé du paquebot juste avant de débarquer : « VIENS VITE, TU SAIS POUR QUOI. » Elle était dans sa baignoire quand j'arrivai chez elle. J'attendis dans le jardin qui était ouvert à cette heure-là. Elle n'avait pas changé : elle entendait que nous allions avant toute chose nous coucher chez moi.

Elle resta une semaine. Nos amours furent plus affectueuses qu'elles ne l'avaient jamais été. La rapidité avec laquelle les Américaines se libèrent de toutes leurs inhibitions sexuelles dès qu'elles arrivent à Paris m'amusait. Je la conduisis chez Dick et Ellen qu'elle avait connus tous les deux lorsqu'elle était à la fondation Rosenwald. Nous trouvâmes Dick en train de taper diligemment le roman qui parut plus tard sous le titre de *Savage Holiday*.

Un matin j'allai rue Montparnasse et je gravis les sept volées d'escalier pour inviter Yves et Yvonne Malartic à prendre leur petit déjeuner avec Vandi et moi. Comme il faisait frisquet, nous allâmes à la terrasse fermée du Dôme, au coin des boulevards Raspail et Montparnasse, et nous nous assîmes près du calorifère à mazout. Vandi et moi prîmes chacun un énorme cognac. Les Malartic s'en amusèrent, en furent consternés et s'en tinrent à leur habituel café-crème avec croissant. Pour eux, Vandi resta toujours l'Américaine qui buvait du cognac au petit déjeuner. Nous restâmes à bavarder jusque vers midi et allâmes dans une crêperie au rez-de-chaussée de leur immeuble. Vandi leur plaisait, comme à tous les

Français, par son teint clair, ses épaules superbes, sa poitrine ferme que n'opprima jamais un soutien-gorge, sa chevelure claire et bouclée et surtout, peut-être, son sourire entendu et sensuel.

Parce qu'elle avait eu affaire avec la fondation Rosenwald, l'Institut international pour l'éducation, le monde des écrivains, des éditeurs et des Noirs de New York et de Chicago, Vandi était aussi célèbre à sa façon que Richard Wright parmi les Américains de la rive gauche; mais elle n'avait guère envie de voir qui que ce soit, n'aspirait qu'à de bons repas et un bon lit. Mes frères d'âme en conçurent un dépit jaloux car ils me soupçonnaient de la garder délibérément pour moi seul.

L'événement le plus marquant du séjour de Vandi se produisit alors que nous étions en train de faire l'amour dans ma chambre d'hôtel. Une jeune Française, qui se disait étudiante, occupait la chambre voisine et la cloison qui nous séparait était si mince que chacun pouvait entendre l'autre tourner la page d'un livre. Vandi était toujours plus bruyante qu'il ne sied au lit, et le fait qu'elle était à Paris la rendait encore plus tapageuse, comme si elle voulait que l'univers entier apprenne ce qu'elle faisait. Un soir, alors que nous étions allongés nus, côte à côte sur le lit, on tapa fermement à ma porte.

Avant d'aller plus loin, je dois présenter la propriétaire de l'hôtel : une méchante vieille, mal peignée, au nez pointu et tombant sur un menton aussi pointu; elle dissimulait son vieux corps tordu sous des espèces de longs linceuls noirs; elle me faisait toujours penser aux sorcières qui jadis chevauchaient des balais. Tout le quartier la savait méchante et on la détestait dans sa rue. Elle passait pour avoir collaboré avec les nazis pendant l'occupation mais tout le monde en disait autant des voisins qui lui déplaisaient.

Entendant frapper, je me levai et entrebâillai la porte. La sorcière était là, l'air menaçant. Elle me parlait de gendarmes. Ma timide petite voisine m'observait de ses grands yeux marron (je ne l'avais encore jamais vue). Je demandai en anglais de quoi il s'agissait. La jeune Française répondit : « Mademoiselle criait et je ne pouvais pas dormir. »

Vandi, folle de rage, bondit hors du lit, entièrement nue et ouvrit la porte toute grande, comme si elle allait gifler ma voisine. Je préciserai que Vandi était une solide jeune femme, bien bâtie. En nous voyant tous deux côte à côte, aussi nus qu'à notre naissance, la jeune Française fit demi-tour et s'enfuit vers l'escalier. La sorcière en fit autant, mais pas sans nous avoir toisés de la tête aux pieds. Puis toutes deux descendirent au rez-de-chaussée.

L'incident ayant atténué notre passion, nous nous rhabillâmes et je reconduisis Vandi. Il n'y avait personne en bas, mais nous vîmes s'écarter légèrement le rideau de la chambre de la patronne quand nous passâmes sur le trottoir devant sa fenêtre.

Le lendemain matin, quand Dick arriva, la vieille garce l'attendait pour lui dire qu'il me faudrait déménager parce que je dérangeais ma voisine, jeune fille très nerveuse, que mon agitation mettait dans tous ses états.

Dick grimpa aussitôt à ma chambre bouillonnant de curiosité. « Qu'est-ce que tu faisais donc à ton amie, Chester? Tu te servais d'une arme secrète? »

Dick n'avait pas grand effort à faire pour m'agacer; il comprit que j'en avais assez et cessa de plaisanter. Pour préserver la sensibilité de la jeune étudiante, la patronne m'offrit une chambre sur cour, pour sept cents francs alors que je payais cinq cents francs ma chambre en façade. Nous allâmes la voir. C'était une vaste pièce en T, à deux niveaux de plancher, meublée de trois lits à une place, une table de cuisine et un buffet. L'idée de me mettre en quête d'un autre hôtel et d'y transporter toutes mes affaires me répugna. J'acceptai donc cet arrangement et versai une semaine d'avance à la vieille garce, comme elle l'exigeait.

L'histoire de la nuit précédente était déjà connue dans tout l'hôtel. Quand nous descendîmes, les deux lesbiennes qui habitaient au-dessous de ma chambre sortirent sur le palier en nous souriant avec sympathie.

Le soir venu, toute la communauté américaine du quartier Latin parlait du scandale de l'hôtel Scandinavie.

Vandi échappa aux railleries parce qu'elle partit le soir même pour Madrid. Quant à moi, ma réputation monta en flèche. Chaque fois que je levais la tête dans un café de la rive gauche, je surprenais une fille qui m'observait d'un air appréciateur. Quand je rentrais à l'hôtel, tard le soir, je trouvais quelque inconnue qui attendait sur le trottoir devant mon hôtel et je n'avais même pas besoin de parler, il me suffisait de hocher la tête pour qu'elle me suive dans ma chambre. Mais je suis sûr que le lendemain elles étaient déçues. Ce qui m'agaça surtout dans cette histoire, c'est que certaines de ces inconnues faisaient encore plus de tapage au lit que Vandi — peut-être était-ce leur principal plaisir. Les deux lesbiennes de l'étage au-dessous et nous donnions souvent un concert incroyable de cris d'amour, jusqu'au lever du soleil, et l'hypocrite vieille sorcière ne disait plus rien. Après que j'eus quitté Paris, bien des Américains parlaient encore de « l'homme expulsé de sa chambre sur rue parce qu'il faisait l'amour ».

Un jour, alors que Dick et moi étions assis à la terrasse des Deux Magots, Mme Putnam nous invita à un cocktail qu'un peintre offrirait le dimanche après-midi suivant. Dick possédait quelques toiles de cet artiste. Le dimanche en question, il me téléphona aussitôt après déjeuner et me demanda de le rejoindre chez lui où nous passerions le temps ensemble avant l'heure du cocktail parce qu'il était seul. Nous étions dans son cabinet de travail quand on sonna à la porte. Dick alla ouvrir et fit entrer un homme blond, de haute taille, qui se présenta sous le nom de Schine. En ce temps-là David Schine et Roy Cohn enquêtaient pour le compte de la Commission sénatoriale d'enquête sur les activités antiaméricaines, présidée par Joseph McCarthy. Ce M. Schine recueillait des renseignements au sujet d'un certain Jarrel qui occupait une certaine situation au ministère des Affaires étrangères. Il demanda à Dick de déclarer que Jarrel avait appartenu au Club John Walter Reed à Chicago, en même temps que lui. Dick répondit qu'il n'avait jamais appartenu à ce club, qu'il ne connaissait aucun de ses membres et ne se rappelait pas avoir jamais rencontré un nommé Jarrel. Schine parut furieux et raconta comment Cohn et lui avaient obligé Langston Hughes à déclarer devant la Commission sénatoriale qu'il regrettait certaines de ses œuvres et activités antiaméricaines. Tout à coup Dick demanda à Schine s'il avait lu mon roman *La Croisade de Lee Gordon*. Schine répondit qu'il n'avait jamais entendu parler ni de moi, ni de mon livre. Dick lui conseilla de le lire. Schine conseilla à Dick de rafraîchir sa mémoire au sujet de Jarrel. Quand l'enquêteur de la Commission sénatoriale fut parti, Dick me dit : « Cet abruti s'imagine que ses menaces me font de l'effet ; je ne déposerai jamais à cette enquête. J'ai écrit tout ce que j'avais à dire au sujet de mes relations avec les communistes. » Je n'avais rien à répondre.

Un peu plus tard, alors que nous nous préparions à aller au cocktail du peintre, le téléphone sonna. Dick alla répondre dans une autre pièce. À son retour il avait un air de satisfaction malicieuse. « Connais-tu James Baldwin ? me demanda-t-il.

— Non. Mais j'ai beaucoup entendu parler de lui par un vieil ami de collège, Jesse Jackson, qui le considère comme un génie. »

J'avais aussi lu la critique de *La Croisade de Lee Gordon* que Baldwin avait publiée dans *New Leader*, journal du parti socialiste. Mais je ne l'avais jamais rencontré. Dick m'expliqua alors que, grâce à lui, Baldwin avait obtenu une bourse de mille huit cents dollars plus neuf cents dollars de Harper & Brothers, afin d'écrire son premier roman que par la suite Edward Aswell, directeur littéraire de Harper, éditeur de Dick, avait refusé.

Finalement Baldwin avait publié son ouvrage chez Beacon Press, sous le titre de *Go Tell It on the Mountain*. Baldwin, me dit Dick, avait « manifesté son ingratitude » en l'attaquant dans plusieurs articles dont un récent publié par *New Directions*. J'avais lu cet article au verso d'un texte dans lequel un jeune écrivain noir, Richard Gibson, parlait de moi d'une manière péjorative. « Et maintenant Baldwin a le culot de me téléphoner pour m'emprunter cinq mille francs ! » dit Dick en jubilant.

Il lui avait donné rendez-vous aux Deux Magots et insista pour que je l'accompagne. Je pensai à ce moment-là que Dick tenait à ce qu'il y eût un témoin à leur entretien. Je lui rappelai l'invitation au cocktail et lui conseillai de téléphoner à Mme Putnam que nous ne pourrions pas y aller parce qu'il apportait des modifications à un manuscrit qu'il devait mettre à la poste le lendemain matin. Il le fit.

Ensuite, nous nous précipitâmes aux Deux Magots où nous trouvâmes Baldwin attablé à la terrasse, en face de l'église Saint-Germain-des-Prés. L'aspect de Baldwin m'étonna ; c'était un homme jeune, de petite taille, à l'expression passionnée et d'une vive sensibilité. Dick s'assit à la manière d'un grand seigneur et attaqua sur-le-champ Baldwin qui se défendit fiévreusement ; il en bégayait, tremblait de tout son corps et les muscles de son visage frémissaient. Je m'assis entre eux et les observai à tour de rôle. Dick jouait le rôle du gros matou et imposait à Baldwin celui de la souris terrifiée. Ce n'était pas drôle, mais il faut bien dire que Dick ne l'était jamais. Il m'a toujours été plus facile de rire de lui qu'avec lui. Il reprochait à Baldwin de l'avoir récompensé de sa générosité en le dénigrant grossièrement. Baldwin se défendait en disant que Dick ayant déjà publié ne laissait plus rien à écrire aux autres Américains noirs.

J'avoue qu'à ce moment-là je me désintéressai de leur discussion. Le temps passa et voilà tout à coup un groupe nombreux qui nous entoure. Je lève la tête et vois Mme Putnam auprès de nous. Elle était en compagnie de l'artiste qui avait offert le cocktail cet après-midi-là, de sa femme et de quelques invités. Je prétextai aussitôt que nous venions à peine de finir de travailler. Dick et Baldwin continuèrent à se chamailler sans se soucier de ce que je disais. Mme Putnam et tous ses amis ne tardèrent pas à intervenir dans le débat et à prendre parti. Toutes les femmes et la majorité des hommes, y compris l'artiste, se rangèrent dans le camp de Baldwin. Sans doute fût-ce parce qu'il était si petit, qu'il avait l'air si fébrile et vulnérable alors que Dick semblait sûr de lui, condescendant et cruel. Au bout d'un certain temps ils nous quittèrent pour aller dîner. Baldwin et Dick continuaient à discuter. Je regardais les gens aller et venir. Plus tard nous allâmes à un café martiniquais sur le boulevard. Il était près de minuit, nous n'avions pas mangé. La querelle continuait. Il me semble qu'à longueur de temps Baldwin arrivait à épuiser Dick et, moi, je devenais tout à fait ivre. Au moment de les quitter j'entendis cette dernière phrase de Baldwin : « Les fils doivent tuer leur père. » À ce moment-là j'eus l'impression qu'il perdait la raison mais récemment j'ai mieux compris : les puissances qui règnent sur la scène littéraire américaine ne tolèrent qu'un seul écrivain noir en vedette et, pour conquérir ce rôle convoité, les jeunes écrivains doivent détrôner le dieu régnant. C'est lamentable mais vrai. J'ai compris en même temps que Dick disait vrai lorsqu'il accusait bien des gens de lui nuire. Dans la société américaine, les Noirs ne s'élèvent qu'en se marchant les uns sur les autres. Mais après cette rencontre je taquinai Dick en lui disant « ton fils » quand je parlais de Baldwin.

Quelques jours plus tard, Ben Zevin, président de la World Publishing Company, et sa femme Lillian arrivèrent à Paris et descendirent à l'hôtel Meurice. Il devait publier à l'automne mon roman autobiographique *La Troisième Génération* et m'avait écrit qu'ils aimeraient faire connaissance avec Dick.

Je lui téléphonai au Meurice et nous prîmes des dispositions pour dîner ensemble avec sa femme, Dick et Ellen, le soir même. J'allai le chercher à son hôtel, avec Dick, à sept heures. Je me rappelle que le confort intérieur de la traction-avant Citroën stupéfia les Zevin. Nous les conduisîmes aux Deux Magots où Ellen nous attendait.

Zevin déclara que c'était lui qui invitait et demanda à Dick de choisir le restaurant. Dick désigna La Méditerranée où j'avais dîné plusieurs fois avec Vandi, place de l'Odéon. Je compris la raison de son choix : le patron le connaissait et lui manifestait une grande déférence. Il nous installa à la meilleure table de la terrasse vitrée. Dick nous conseilla de prendre de la bouillabaisse, ce que nous fîmes tous, sauf Zevin qui, à l'étranger, ne mangeait que du filet mignon.

Dick glissa un coin de sa serviette dans son col,

à la française, et pérora d'une voix forte, ce qui attira l'attention de tout le monde. Quelques Américains qui dînaient à l'autre bout de la terrasse appelèrent le patron et lui demandèrent qui était ce personnage. Avec la rosserie dont seuls les Français sont capables le patron répondit : « C'est le président des États-Unis. »

Ce repas, agréable et animé, coûta quelque trente-cinq mille francs (1953) à Zevin. Nous serrâmes la main du patron et nous nous préparâmes à partir. La voiture de Dick était garée de l'autre côté de la place, en face de ce qui était alors la salle Luxembourg de la Comédie-Française. Le patron envoya tout son personnel en tenue — cuisinier, garçons, portier, etc. — former la haie sur la place et nous les passâmes majestueusement en revue.

Tant d'honneurs accordés à Dick vexa un peu Zevin, je crois, car lorsque nous arrivâmes chez les Wright, après une escale à La Romance, le ton monta entre eux. Zevin accusa Dick d'avoir déserté la cause du peuple pour devenir « une grosse grenouille dans une petite mare ». Il ajouta qu'il en faisait plus lui-même pour l'intégration des Noirs car il en avait embauché dans son imprimerie de Cleveland, Ohio. Dick répondit vivement : « Vous êtes de ceux qui se targuent de petits gestes sans importance alors qu'il faudrait attaquer directement les préjugés américains à leur source. » Zevin rougit. Pour ramener la paix je m'empressai de dire qu'il se faisait tard et qu'il vaudrait mieux remettre à un autre jour une discussion aussi épineuse. Comme d'habitude on ne prêta guère attention à ce que je disais, mais heureusement Ellen et Lillian estimèrent qu'on s'était assez heurté pour cette nuit et nous nous séparâmes.

Dick et Ellen invitèrent les Zevin à dîner le lendemain soir et ils se réconcilièrent. Je l'appris plus tard lorsque Ellen me dit qu'elle avait vendu à Zevin un roman de Simone de Beauvoir. Je savais que depuis un certain temps déjà elle avait monté une agence littéraire avec une Française qui était l'épouse d'un ministre. C'est la vente de ce roman qui m'incita à lui confier les droits de traduction en français de mes livres.

Un jour j'avais rencontré sur les Champs-Élysées un jeune homme, Frederick Morton, qui avait écrit une critique de *Cast the First Stone* dans la *New York Herald Tribune's Book Week*. Je l'invitai à déjeuner avec Zevin, près de Pigalle, au restaurant afro-américain tenu par Leroy Haynes et son épouse française Gabrielle. Morton promit à Zevin un article sur *La Troisième Génération* quand le livre paraîtrait. Ce fut à peu près tout ce que nous eûmes d'intéressant à nous dire. Je ne les ai plus revus, ni l'un ni l'autre.

Ellen m'emmena voir Buchet et Chastel, codirecteurs des éditions Corrêa qui avaient publié *La Croisade de Lee Gordon*. Ils m'apprirent que ce livre avait eu un bon succès de presse et me montrèrent des coupures. Mais les ventes ne couvraient pas les deux cent cinquante dollars d'à-valoir que j'avais touchés. Ils prirent mon étonnement pour un affront et envoyèrent chercher les comptes. Une jeune femme apporta donc un énorme registre en cuir noir et ces messieurs m'invitèrent à l'examiner moi-même. Cet incident gênait visiblement Ellen. J'ouvris le registre, mais les écritures compliquées à l'encre rouge et à l'encre noire, avec des rubriques en français, ne me disaient rien et j'avouai que je ne comprenais pas. Les éditeurs m'assurèrent que je pouvais les croire sur parole. C'est ce que je fis parce que je n'avais pas d'autre solution. Le lendemain, une Martiniquaise m'aborda au café Tournon et me dit que M. Buchet serait heureux de me voir au cocktail qu'il offrait l'après-midi même dans sa maison d'édition en l'honneur d'Henry Miller dont *Le Monde du sexe* et *Plexus* avaient paru dans leur collection « Le chemin de la vie », comme *La Croisade de Lee Gordon*. Telle fut ma première occasion d'assister à un cocktail d'éditeur français.

Les deux premières salles des éditions Corrêa, situées rue de Condé, à proximité de la place de l'Odéon, étaient bondées d'intellectuels français des deux sexes avec la maîtresse ou l'amant du moment. Une Martiniquaise et sa fille, aussi ravissantes l'une que l'autre, étaient chargées, soit par la direction, soit de leur propre chef, de veiller sur moi dans cette cohue de francophones agités et insolents. Peut-être était-ce parce que la mère parlait un peu l'anglais. Il y avait tant de monde qu'on pouvait à peine bouger. Nous restâmes donc agglutinés les uns aux autres, sans pouvoir atteindre le buffet pour prendre un amuse-gueule ou un apéritif. Mon hôtesse personnelle me désigna quelques célébrités. C'est ainsi que je vis arriver Jean-Paul Sartre mais il me semble que personne ne lui adressa la parole et il disparut au bout de quelques minutes. J'eus la vision fugace du crâne chauve d'Henry Miller mais nous restâmes très loin l'un de l'autre et nous n'eûmes pas l'occasion de nous parler. Quelques inconnus jouèrent du coude pour m'approcher et me débitèrent quelques mots en français, à toute vitesse et, voyant que je ne comprenais pas, s'éloignèrent aussitôt. Une rousse, entre deux âges, fardée avec une extrême recherche, me donna sa carte en m'invitant à un cocktail qu'elle offrait le vendredi dans son appartement quai de la Mégisserie devant l'île de la Cité. Peu après je m'éclipsai pour aller boire un verre au Tournon.

Quelqu'un m'expliqua ensuite — je crois que ce fut Mme Putnam — que cette femme rousse était une courtière en objets d'art très connue et l'homme, dont le nom hollandais figurait avec le sien sur la carte, un célèbre négociant en objets d'art d'Amsterdam. J'allai à ce cocktail. Comme d'habitude il me fut difficile de repérer mon chemin dans cet étrange immeuble d'habitation français. Enfin j'avisai un ascenseur avec une cabine pour trois personnes debout, caché à l'intérieur du colimaçon d'un escalier à l'ancienne. Il me conduisit au troisième étage avec une lenteur majestueuse. L'hôtesse se trouvait auprès d'un piédestal à l'extrémité d'un long vestibule, seule, pareille à une statue, les épaules nues dans une robe de gala. Elle m'accueillit avec cordialité en me tendant la main paume en bas; je m'inclinai et la baisai, comme je croyais séant. Elle accepta cet hommage avec grâce et me demanda de coucher une marque de mon passage dans le livre d'or, relié de cuir, posé sur un lutrin; elle l'ouvrit à une page vierge. Je signai en petites lettres et pénétrai au salon où quelques invités étaient déjà divisés en plusieurs groupes, parmi des meubles d'époque. Ne connaissant personne, je m'assis sur une chaise Louis XV et regardai autour de moi.

Pour la plupart ceux qui m'entouraient étaient venus par couples. Ils avaient environ quarante ans. Les femmes arboraient des robes élégantes et les hommes des complets foncés ou des smokings. Il y avait aussi un vieillard à l'abondante chevelure de neige et à l'incroyable barbe tout aussi blanche, en jaquette et cravate blanche, avec un ruban tricolore en travers de son plastron blanc. Je n'avais encore jamais rencontré quelqu'un à l'aspect aussi distingué. Comme moi, assis à l'écart, il regardait les autres ; des gens fashionables continuaient à entrer dans le salon.

Au bout d'un moment des portes coulissantes s'ouvrirent, révélant un buffet qui occupait tout le fond de la salle à manger. Quatre barmen en veston blanc trônaient derrière un assortiment d'amuse-gueule. À un signal donné, qui m'échappa malheureusement, les invités jaillirent de leurs sièges et foncèrent sur le buffet comme un vol de sauterelles. Lorsque je me levai à mon tour, ils étaient déjà alignés sur trois ou quatre rangs de profondeur et je ne parvins pas à mettre la main sur un sandwich au caviar. Je désignai un verre de Martini à un barman qui me fit passer le breuvage par-dessus les épaules de quelques femmes. Je rompis vers la porte pour boire en paix. À ce moment-là je me trouvai auprès d'un jeune homme au visage lunaire orné de lunettes sans monture. Il portait un complet bleu minable, une chemise blanche froissée avec une lisière grasse autour du col. « Voulez manger quelque chose ? » me demanda-t-il en anglais, mais avec un léger accent. Ne l'ayant pas encore vu, je le pris pour un domestique mais je réalisai aussitôt qu'il était trop sale pour servir dans ce temple du bon goût, et je le classai dans la catégorie des intellectuels excentriques. « Volontiers », lui répondis-je. Il plongea parmi les invités comme un pickpocket en fuite et revint presque aussitôt avec des canapés et deux dry martini sur un plateau. Je n'ai jamais compris comment il avait réalisé cet exploit. L'attention de tout le monde était concentrée sur le buffet et chacun s'emparait de petits sandwiches et de petits fours, les engloutissait et les faisait passer à grandes rasades de champagne, si bien que personne ne s'occupa de nous et que nous mangeâmes et bûmes en paix. Je remarquai le vieux gentilhomme à l'allure distinguée ; le ventre collé contre le buffet, il enfournait dans sa bouche tout ce qu'il pouvait rafler à une vitesse incroyable. On avait l'impression d'assister à un gag de cinéma sur la gloutonnerie, et j'avais peine à y croire. Mon minable compagnon me dit : « Ils sont tous comme ça, maintenant. Ça leur vient des Américains.

— Quoi ? demandai-je.

— Les cocktails », dit-il. Il poursuivit en me disant qu'il n'était pas invité mais qu'il avait vu des gens bien mis descendre de taxis devant la porte et que, devinant où ils allaient, il leur avait emboîté le pas. « Je vais à tous les cocktails de Paris sans y être jamais invité. » Un moment plus tard il ajouta : « Tous les garçons de café fréquentent les cocktails de chez Gallimard ; ils ont des tenues de soirée. » Comme personne d'autre ne s'occupait de moi, je résolus de m'en aller. Ne trouvant pas l'hôtesse, je ne pris pas congé. Je ne l'ai jamais revue.

Le lendemain matin j'allai avec Dick chez son trafiquant de marché noir aux Champs-Élysées. À ce moment-là, le dollar valait 348 francs au taux officiel mais on pouvait en tirer 500 à 550 francs au marché noir. C'est pour cela que Dick m'avait conseillé de me munir de traveller's checks de l'American Express Company en coupures de vingt dollars, plus faciles à écouler que des chèques d'autres montants ou même que des espèces. Le trafiquant de Dick, Pops, était un homme de petite taille au visage plat, aux cheveux ondulés. Ses yeux bleus au regard juvénile rendaient peu vraisemblable une sinistre histoire d'évasion d'entre les mains des nazis qu'il me raconta dès cette première rencontre. Il nous reçut dans une pièce unique, au troisième étage d'un appartement sans ascenseur, à proximité de l'arcade contiguë au cinéma George V. Pour atteindre cette espèce de cellule, il fallait parcourir un labyrinthe de corridors. Pops ne décrochait ses loquets antivol qu'après avoir examiné à loisir à travers un judas invisible ceux qui se trouvaient devant sa porte. Dans un coin, un divan faisait corps avec une étagère sur laquelle se trouvait une collection fabuleuse de poupées vêtues en femmes, assises côte à côte sur plusieurs rangs. Des liasses de billets de dix mille francs jonchaient la moquette près du divan. Il ne semblait pas plus s'en soucier que s'il s'était agi de vieux journaux ou de papier brouillon. Des années plus tard, Pops dans sa chambre avec ses liasses de billets et sa collection de poupées me suggéra l'idée d'un roman policier que je n'ai d'ailleurs jamais écrit.

Ce jour-là, Dick voulait que je change mes traveller's checks afin de m'emprunter les cent mille francs dont il avait besoin pour son voyage au

Ghana. Il nous fallut attendre, assis près de la porte, pendant que Pops s'entretenait avec un Français à mine patibulaire. À première vue, je supposai que cet homme était un des courriers qui emportaient devises et chèques de voyage en Suisse pour les convertir en or.

Pour passer le temps, Dick me mit au courant de ses relations avec les éditeurs européens, surtout français et italiens. « Exige le maximum d'à-valoir, mon vieux, parce qu'ils ne te donneront jamais rien de plus. » Aucun de ses livres ne lui avait jamais rien rapporté de plus que l'à-valoir. Il lui était même arrivé d'aller en Italie chercher son dû et de faire le siège de l'éditeur pendant deux jours. « Quand quelqu'un entrait dans le vestibule, je lui demandai : "Vous aussi, vous essayez de toucher votre argent ?" On m'a payé pour se débarrasser de moi. »

L'attente se prolongeant, Dick perdit patience. Pour écourter la conversation des deux autres, il me raconta à pleine voix qu'il avait vendu des milliers de dollars à Pops et qu'au début il les lui payait cinq cent cinquante et même six cents francs. Pops lui jeta un ou deux coups d'œil réprobateurs mais ne souffla mot jusqu'au départ de l'autre client. Ensuite Pops lui dit : « Monsieur Wright, il faut vous habituer à parler moins en France. Mes affaires ne sont pas tout à fait légales et l'homme qui vient de me quitter est un inspecteur de police. » D'un geste puéril qui lui devint habituel, Dick couvrit vivement sa bouche avec sa main.

Il parlait toujours inconsidérément et à pleine voix en anglais comme s'il croyait que personne ne le comprenait en France, mais il ne pouvait s'y tromper à ce point-là. Je me rappelle qu'un soir nous fîmes escale à un café près de chez lui pour prendre rapidement l'apéritif avant de nous quitter afin d'aller dîner chacun de son côté. Il se lança alors dans une description pittoresque des orgies du Quartier. Il était tard. Le patron, sa femme et sa fille dînaient tranquillement au fond de la salle. Nous étions les seuls clients. Dick devint tellement précis sur la description de diverses pratiques sexuelles que même moi j'en fus gêné et lui conseillai de parler plus bas, mais il répondit simplement : « Ces gens-là ne comprennent pas l'anglais. » Quand nous partîmes, le père, la mère, la fille dirent tous les trois « Bonsoir, monsieur Wright », en anglais. Dick se donna une tape sur la bouche et, arrivé sur le trottoir, me demanda : « Tu crois qu'ils ont compris ?

— Et comment ! Pourquoi diable crois-tu qu'ils t'écoutaient si attentivement ? Ces braves gens s'instruisaient. »

Dès que j'eus touché mon argent et que j'eus donné cent mille francs à Dick nous filâmes des Champs-Élysées jusqu'à l'agence Cook place de la Madeleine. Nous passions place de la Concorde près du coin où se trouve l'ambassade des États-Unis quand un Blanc aux allures d'intellectuel préoccupé nous aborda et salua chaleureusement « mister Wright ». Dick me le présenta en disant qu'il était en rapport avec l'ambassade. Il me serra distraitement la main et ne se soucia plus de moi. « Je crois savoir que vous avez deux filles, monsieur Wright ? demanda-t-il.

— C'est exact.

— Je me demande si vous leur permettriez de

venir à l'ambassade demain après-midi. Nous les enverrions chercher en voiture. »

Dick demanda en quel honneur on invitait ses filles. Sans doute pensait-il qu'on allait leur conférer quelque diplôme à titre honoraire. Mais l'autre le déçut. « Il nous arrive des gens importants des États-Unis, dit-il, et nous nous efforçons de rassembler un chœur d'enfants de couleur pour chanter des spirituals. »

Je vis la colère gonfler Dick et me détournai pour qu'il ne me voie pas sourire. « Mes filles ne parlent pas l'anglais », dit-il d'un ton cassant. Il était outré. Mais dès que nous arrivâmes chez Cook il oublia cette blessure d'amour-propre car un des employés qui se trouvait derrière le comptoir s'approcha de lui et dit : « Je viens de lire votre livre, monsieur Wright. Il est très bon. » Dick parut satisfait. Mais je dois avouer qu'adressé en ces termes ce compliment me met hors de moi et je réponds : « Lequel de mes livres ? »

Dès lors Dick s'affaira à préparer son voyage. Il acheta une machine à écrire portative, un appareil photographique, des conserves, des vêtements pour pays chauds et se fit vacciner contre les maladies tropicales.

Ellen me proposa d'aller avec elle « à la campagne » le dimanche chez un couple que nous avions rencontré au restaurant de couscous de la rue de la Huchette. J'acceptai. Elle vint me chercher à l'hôtel avec un jeune journaliste blanc. Le trajet fut agréable. Nous allâmes jusqu'à Saint-Germain. Elle laissa sa voiture sur l'allée de ce qui me sembla être un château modèle réduit, au milieu d'un jardin entretenu avec le plus grand soin.

Notre hôte et sa femme, qui était enceinte, avaient rassemblé des intellectuels juifs venant de toute l'Europe, me sembla-t-il. Nous nous assîmes sagement parmi eux au grand salon. Comme il arrivait toujours en ce temps-là, la conversation s'orienta vers Richard Wright et ces intellectuels se mirent à le tailler en pièces. Ellen rougit et parut extrêmement mal à l'aise. Comme j'étais le seul Noir présent, tout le monde me jetait des coups d'œil furtifs. Enfin un professeur autrichien me demanda à brûle-pourpoint ce que je pensais de Richard Wright.

« C'est un grand homme, répondis-je.

— Nous parlons de lui en tant qu'écrivain, précisa le professeur.

— C'est un grand écrivain », répondis-je.

Le professeur me considéra avec une condescendance indulgente et demanda : « Est-ce que vous fondez votre opinion sur les valeurs littéraires de notre monde ?

— Et vous, sur quoi fondez-vous vos prétentions à m'interroger ? »

S'ensuivit un lourd silence. Entendre médire de Dick m'indignait. Quels que fussent ses défauts et ses faiblesses, Richard Wright n'en était pas moins le premier écrivain américain noir qui avait atteint une renommée mondiale. Il avait ainsi prouvé que les descendants d'esclaves noirs d'Amérique peuvent posséder assez de talent et de capacités intellectuelles pour apporter leur contribution à la littérature mondiale.

LIVRE III

1

Je lisais avec ferveur les lettres quotidiennes d'Alva et lui répondais tendrement. Pourtant je ne voyais plus en elle une femme de chair et d'os, qui aime et se confie : elle se désincarnait. Voilà soudain que je l'entends au téléphone. Elle m'annonce qu'elle quitte foyer, mari, enfants pour me rejoindre le 1er mai, comme convenu.

Avec une hâte fébrile, je me mis en quête de deux chambres contiguës avec salle de bains. Dick m'aida mais ma considération pour cette femme qui abandonnait ses enfants l'agaçait. Nous fîmes la tournée des hôtels à bon marché, sous des averses épisodiques. Nous portions tous deux un trench-coat serré à la ceinture et des lunettes de soleil vert foncé. L'expression d'inquiétude d'une femme qui tenait un hôtel au mois me suggéra que nous devions avoir l'air de deux gangsters. Mais Dick exhibait la carte d'une société d'écrivains français, traversée en diagonale par une bande tricolore. Elle impressionna certains patrons d'hôtel.

En désespoir de cause, je pris deux chambres à l'hôtel Michelet au sud des jardins du Luxembourg : une petite au troisième étage pour moi et une plus vaste au premier pour Alva. Ni l'une ni l'autre n'avait de salle de bains et la porte de la plus vaste fermait mal, mais je ne trouvai rien de mieux et Alva arrivait le soir même. Joviale, grande fille brune aux yeux de chambre à coucher et au sourire séduisant, la patronne parut intriguée. Son regard demandait : vous ne pourriez pas vous contenter d'une seule chambre ?

Dick m'aida à déménager puis revint me chercher en voiture pour me conduire à la gare de l'Est. Sans doute était-il curieux de cette femme pour laquelle je me mettais tellement en frais.

Nous la vîmes descendre du wagon et venir vers nous, derrière un homme qui portait sa grosse valise américaine. Elle me parut tellement petite, frêle, vulnérable, dans un tailleur gris tout neuf et mal coupé, un petit chapeau perché avec insolence sur sa chevelure fraîchement mise en plis, que mon cœur cessa de battre. À cet instant j'éprouvai une compassion infinie pour elle. Elle ne sait pas dans quoi elle s'engage, pensai-je. Mais je fonçai vers elle et l'étreignis.

Le galant inconnu nous abandonna la valise que je portai jusqu'à la voiture de Dick. Elle lui mit entre les mains deux bouteilles de vin de la Moselle. Peut-être lui faisait-elle cette offrande parce qu'il avait l'air réprobateur. Je regrettai de lui avoir permis de m'accompagner mais il était trop tard. Nous nous serrâmes tous les trois sur la banquette avant et filâmes droit à l'hôtel. Alva ne voulut pas monter dans sa chambre. Elle dit qu'elle préférait aller prendre l'apéritif dans un café. Nous laissâmes donc la valise au bureau de l'hôtel.

Alva semblait mal à l'aise, inquiète, peu sûre d'elle. J'aurais voulu la prendre dans mes bras pour la réconforter. La présence de Dick nous gênait. Il affectait une attitude de jovialité grossière qui proclamait clairement : c'est une rien du tout, mais je la tolère parce que tu tiens à elle. Elle s'en rendit compte, prit cela pour un affront cuisant et devina que j'en souffrais. Plus tard, elle me déclara qu'elle se serait enfuie sur-le-champ si elle n'avait pas eu pitié de moi. J'étais furieux mais je ne voulais pas rompre avec Dick à cause d'une femme. Il nous conduisit au Monaco. Un coup d'œil suffit à Alva pour qu'elle refuse d'entrer. Je suggérai d'aller au café de la Suisse, en face de l'Odéon. Attablés raides et gênés, nous échangeâmes des propos ineptes. Dick se leva brusquement et nous quitta en disant qu'Ellen l'attendait.

Au moment même où je l'excusais. Alva s'excusait de s'être imposée entre nous deux. Nous parlions comme si nous étions étrangers l'un à l'autre. Elle me demanda de la conduire à un endroit où il y aurait de la musique. Je n'en connaissais qu'un dans les parages : une gargote minable où un gitan jouait de la guitare. C'était l'heure du dîner. Mal à l'aise et soucieux de passer inaperçus, nous traversâmes rapidement la longue salle de bout en bout pour nous attabler tout au fond. Bien que nous n'eussions pas mangé, nous commandâmes du cognac. Le patron en bras de chemise fit signe au gitan qui vint jouer auprès de notre table. Les autres clients nous regardèrent d'un air hostile, mais le patron rayonnait avec toute la bienveillance que manifestent les bistrots français envers les amoureux.

Son sourire nous fit du bien. Je me penchai vers Alva, l'étreignis et l'embrassai sous les yeux de toute la salle. Elle se serra passionnément contre moi et un instant plus tard elle me dit, rassérénée : « Allons chez nous. » Personne n'a jamais donné un aussi gros pourboire au guitariste que je le fis en quittant ce café, j'en suis sûr.

En voyant sa chambre, elle parut déprimée et voulut monter partager la mienne qui convenait peut-être mieux, en raison même de son exiguïté : à peine la place de remuer autour du lit. Il ne restait donc plus d'espace pour les regrets ni pour les idées noires. Alva tremblait si fort qu'elle semblait grelotter. Je débouchai une bouteille de whisky. Elle en but un grand verre. Nous n'avions pas encore mangé. Le temps d'aller me soulager et, à mon retour, je la trouve au lit. Seule sa tête dépassait des couvertures. Elle me dit avec un petit sourire bizarre : « Couche-toi et prends-moi dans tes bras. »

Je me déshabillai, me glissai entre les draps, étreignis son petit corps tremblant. Elle avait tellement froid que la chair de poule rendait sa peau rugueuse ; lorsque je l'embrassai je sentis claquer ses dents. J'éteignis la lumière. Alva se serra contre moi comme si elle avait voulu pénétrer sous ma peau. Bientôt son corps se réchauffa et cessa de trembler. C'est elle qui m'étreignit alors.

Nous nous unîmes dans l'obscurité chaude et passionnée et nous ne fîmes plus qu'un seul corps ; le reste du monde ne comptait plus. À cet instant chacun surmonta sa solitude et se libéra de ses regrets ; c'est ensemble que nous devînmes forts. Dès le début nous savions qu'il en irait ainsi, que nous serions unis contre le monde entier, sans avoir besoin de personne. Et nous avions pensé que cela durerait toujours. « En même temps que moi, criait-elle. En même temps que moi, chéri. » Mais je fus toujours en retard sur elle et c'est elle qui arriva infailliblement au bout du chemin. Mais peu importait. Ce qui comptait pour elle, c'est qu'elle s'était perdue dans l'obscurité de ma race. Elle échappait à toutes ses vexations et humiliations. D'une manière étrange et curieuse elle s'était libérée en devenant la maîtresse d'un homme qui n'avait jamais été tout à fait libre. Ainsi donc, nous sommes capables de libérer les femmes des Blancs et elles peuvent trouver la liberté en nous, bien que nous ne puissions pas être libres nous-mêmes. Chaque glande de son corps se relâcha, comme si un barrage s'était rompu en elle. Elle m'assura n'avoir jamais connu jusqu'alors une telle extase. Il en allait de même pour moi.

Ensuite je lui demandai si elle voulait aller manger. Elle n'avait pas faim mais j'étais affamé. Je me levai, m'habillai et me rendis jusqu'à un restaurant chinois proche du boulevard Saint-Michel. J'y pris un chop suey au poulet. De retour à la chambre, je constatai qu'Alva avait vomi dans le lavabo, mais le lendemain matin elle se leva, fraîche et pimpante.

Après avoir erré toute la journée en quête d'un hôtel plus confortable, nous allâmes rue Montparnasse pour inviter les Malartic à dîner. Rien dans leur comportement ni leurs propos ne laissa soupçonner qu'ils m'avaient vu avec une autre femme. Ils accueillirent donc Alva comme mon seul et unique amour et cela la mit à l'aise. Voilà tout à coup Yves qui me dit : « Himes, vous n'êtes pas heureux ici. » Et il met à ma disposition sa villa d'Arcachon sans qu'il m'en coûte rien, pour la durée qu'il me plaira, sauf juillet et août, mois où la famille de sa femme y passait les vacances. Cette proposition était si soudaine que nous demandâmes le temps d'y réfléchir.

Le lendemain je reçus un mot de Dick qui me demandait de passer prendre chez lui l'argent qu'il me devait. J'y allai l'après-midi même et le trouvai au lit. Il me remit une liasse de billets, et m'annonça qu'il partait le lendemain pour le Ghana. Je lui souhaitai bon voyage et ne le revis plus de plusieurs années.

Le même soir nous allâmes dire aux Malartic que nous acceptions leur offre. Yvonne avait déjà tapé à la machine ce *rôlet :*

ADRESSE : Villa Madiana, rue Jules-Michelet — L'Aiguillon, ARCACHON (département : Gironde)... chez M. Lamour (Yves s'appelle en réalité Jean Lamour), en face de chez M. Cabarrou, presque au coin de la rue Alexandrine.

AUTOCAR : Un autocar va deux fois par jour directement de la gare à l'Aiguillon. Pour la villa Madiana, descendre au terminus.

LES CLÉS : Demander à Mme Besnard qui est la grand-mère de notre excellent ami Louis-Gérard Bégaud, graveur, aquarelliste et grand marin.

En cas d'absence de Mme Besnard qui habite chalet Fleurette, rue Jules-Michelet, à l'Aiguillon, demander les clés à Mme Moulliets, notre plus proche voisine.

Mme Moulliets a la permission d'entrer pour prendre de l'eau à sa discrétion. Je suis sûre que vous vous entendrez très bien avec elle. Elle est charmante. Sa belle-fille, Mme Moulliets jeune, a aussi la permission de venir chercher de l'eau.

COMPTEURS : ATTENTION ! Il y a deux compteurs électriques — tous deux probablement fermés. L'un est dans la grande pièce, au milieu d'un rayonnage de livres. L'autre est dans une pièce que nous appelons la salle de bains et où vous trouverez à peu près tout sauf de l'eau. Vous les repérerez facilement.

EAU : Le compteur est près de la grille, à l'entrée. Nous ne le fermons pas pour que Mmes Moulliets puissent prendre de l'eau. Mais il y a une vanne qui contrôle le débit à l'intérieur de la maison, elle se trouve sous le petit évier de la véranda-cuisine (la lumière s'allume dans la grande pièce).

Vous trouverez un réchaud butagaz sur une vieille table dans la grande cuisine.

COUVERTURES : Je ne sais pas où je les ai rangées. Si elles ne sont pas sur les lits, cherchez dans l'armoire. Et si vous ne les y trouvez pas, regardez dans la dernière chambre en façade. Elles pourraient même être dans le « camp de concentration » avec les affaires des enfants.

DRAPS : Il y en a sûrement une ou deux paires qui ne sont pas déchirées, dans l'armoire. Il vous faudra sans doute acheter serviettes de toilette et de table, mais Arcachon est une grande ville où l'on trouve de tout, et même trop de choses.

ORDURES MÉNAGÈRES : En toutes saisons les éboueurs ne passent que trois fois par semaine. Il faut mettre la poubelle devant le portail. Si vous avez quelque difficulté, interrogez les voisins, s'il vous plaît.

AMIS : En cas de maladie grave, adressez-vous à

notre bon ami le docteur Thé qui vous soignera avec un dévouement incomparable. Vous pouvez lui exposer votre mal en anglais ou en français. Son fils, Jacques, connaît fort bien la maison et ira vous voir. Dr Thé, Villa Nemo. Allée Sainte-Marie, Arcachon (Quartier La Chapelle). (Il raffole des olives vertes.)

Le propriétaire de la librairie, M. Bernoud (Librairie Générale — juste en face des Nouvelles Galeries) est un bon ami. En réalité sa femme n'est pas sauvage mais seulement très timide. Je demanderai à sa sœur (qui habite La Teste) d'aller vous voir. Elle connaît parfaitement la grammaire et le français classique. (*Signe particulier :* elle ne crache pas sur le rhum.)

ÉPICIERS : Il y en a sept ou huit dans les parages. La plupart vendent aussi pain, vin, légumes. La plus proche, Mlle Cancalon est charmante.

BOUCHERS : M. Dutin (à l'angle de la rue Alexandrine et du boulevard de la Plage) vend une excellente viande. C'est une très gentille famille : Deux grandes filles dont une a un certificat d'anglais ; l'autre prépare ses examens pour être institutrice. Si elles ont besoin de livres, laissez-les en prendre.

LIVRES : Vous pouvez aussi prêter des livres à Gérard Bégaud, au Dr Thé et à son fils.

BUTAGAZ : Quand la bonbonne est vide, demandez à Michel Lepicart, un grand jeune homme qui habite en face de chez nous, d'aller vous en chercher une autre. Il est tout à fait habitué à cette opération.

FACTEUR : Dès le jour de votre arrivée indiquez-lui les noms sous lesquels vous recevrez votre courrier car actuellement il nous fait suivre le nôtre à Paris.

LESSIVE : Mme Lepicart, qui habite en face de chez nous, fera la lessive, soit chez vous, soit chez elle.

Quitter Paris, même dans un wagon étuve de troisième classe, fut un soulagement. Je n'avais annoncé mon départ à personne. Je ne m'étais pas lié avec mes frères d'âme. Je n'avais guère passé de temps qu'avec Dick. Mais je dois dire que je n'ai jamais aimé de Noirs américains sans autre raison que la communauté de race ; je n'avais apprécié que ceux qui m'intéressaient : ma femme, quelques truands à Cleveland et des environs, quelques camarades d'études à l'université, quelques camarades de détention, quelques camarades de travail rencontrés ici et là, au cours de mes nombreuses occupations, et Richard Wright. Dick me plaisait. J'estimais que je n'avais pas besoin d'aimer les Noirs pour me prouver mon identité. Je n'avais d'ailleurs rien besoin de prouver en parlant de mes périodes de vache enragée, de mes tourments et de toute cette merde. Parfois mes frères d'âme m'agaçaient en exhibant leurs cicatrices, en se vantant de leur peu d'instruction et de leur enfance malheureuse, afin de s'assurer de la sympathie et quelque chatte blanche, voire de l'argent. En tout cas j'étais heureux d'aller à Arcachon et de quitter Paris.

Nous arrivâmes vers sept heures du soir. Je ne me rappelle pas si nous avons changé de train à Bordeaux. Un porteur m'aida à empiler ma malle et nos bagages à main sur un taxi délabré. Je crus qu'il allait s'effondrer ou capoter sous une telle charge, mais nous parvînmes à la villa sans encombre. Nous n'eûmes même pas besoin de chercher les clés. En voyant le taxi du quartier avec sa charge de bagages américains amener un étrange couple noir et blanc, les voisins sortirent en force. C'était juste avant l'heure du dîner, par une belle journée chaude et ensoleillée. Une forte femme au visage grave, typiquement français, apparut à la porte de la maison voisine, se présenta sous le nom de Mme Moulliets et nous remit les clés sans que nous ayons demandé quoi que ce soit. Cependant, plusieurs hommes vigoureux que je crois n'avoir jamais revus depuis s'emparèrent de tous nos bagages et les portèrent dans la maison.

Nous dînâmes dans un bar-restaurant, tout près, dans la même rue. Quand nous retournâmes à la maison, il faisait nuit et nous nous mîmes en devoir de faire le lit. C'est alors que se présenta le premier visiteur : Mme Lune, un petit félin svelte, noir, à plastron, gants et souliers blancs, aux grands yeux verts limpides, incroyablement suggestifs, en état avancé de gestation. On nous avait dit que la maison et elle formaient un tout. Elle entra dans la chambre, s'installa au beau milieu du lit que nous venions de border et se mit à faire sa toilette. Nous vîmes avec horreur les puces quitter son pelage pour se coucher avant nous. Elles nous dévorèrent pendant toute la nuit que nous consacrâmes à faire l'amour faute d'autres divertissements. Néanmoins nous nous levâmes tôt, assez frais et pleins d'enthousiasme. Nous avions au moins une maison pour nous tout seuls, même si ce n'était que pour une durée limitée, pour le meilleur et pour le pire.

Dès le début de la matinée nous reconnûmes les aîtres.

À l'origine, la villa Madiana était un agréable petit pavillon de briques enduites de plâtre, comportant une chambre à coucher, un salon-salle à manger sur rue, avec, en outre, un appentis sur l'arrière servant de porche cuisine ; l'office, le cellier et les cabinets. À l'extrémité de l'allée se trouvait un garage servant aussi de resserre à outils. Dans l'ensemble, c'était la petite maison du genre qui convient à une famille française économe. Chaque propriétaire successif y avait ajouté qui une chambre, qui un chai, qui un cellier. Ces dépendances entouraient complètement la cour, laquelle avait été cimentée sauf l'espace réservé au centre à un petit arbre. À l'époque de notre arrivée l'ensemble présentait l'aspect typique d'un bâtiment de camp d'été au Sullivan County (N.J.), à ceci près qu'il y avait au salon un grand bureau à tambour, plusieurs fauteuils de cuir usagés et que des rayons de livres en plusieurs langues couvraient les murs.

Un voisin avait opéré sur le compteur électrique pour nous la veille pendant que nous étions au restaurant et, ce matin-là, je découvris la bonbonne de butagaz. Je la branchai sur le réchaud. Je tirai aussi mon Primus à deux brûleurs de ma malle et le fis fonctionner. Nous pouvions ainsi cuire quatre plats à la fois, ce qui nous permettrait de préparer tous les repas possibles. Alva alla à l'épicerie de Mlle Cancalon et en revint avec deux filets à provisions bien garnis. Désormais nous pouvions vivre sans demander aucune assistance. Plus tard, nous allâmes acheter de la viande chez M. Dutin. Yvonne nous avait dit qu'il y avait une glacière dans le garage, mais je ne vis rien qui y ressemblât. Nous prîmes notre temps, rangeâmes à loisir le contenu de nos valises et nous installâmes.

Le quartier de l'Aiguillon, village de pêcheurs, est situé à bonne distance du centre de la ville, au-delà duquel se trouvent les secteurs chics. Les rues n'étaient pas pavées et il n'y avait de trottoirs devant les maisons que si le propriétaire l'avait aménagé. Rares étaient les familles qui disposaient d'eau courante et du gaz de ville mais dans la plupart des jardins on soignait des arbres fruitiers pour la consommation familiale. C'est là que mouillait la flotte de pêche. Le soir, à marée basse, les petits bateaux s'alignaient, échoués dans la boue noire. Quant aux embarcations de pêche hauturière qui restaient plusieurs jours au large, elles s'ancraient plus près de la ville, devant les conserveries. Les casiers dans lesquels on élevait les huîtres étaient plantés sur les hauts-fonds dans une eau trouble où grouillait la vie marine.

Les bateaux des riches — à voile ou à moteur diesel — passaient l'hiver dans des hangars où on les peignait et réparait. On en construisait même dans certains de ces hangars. Par l'intérêt qu'Arcachon porte à la pêche et aux yachts, ce port présente une nette similitude avec Newport (Rhode Island).

Le soir, les pêcheurs fatigués parcourent les rues de terre battue à pas lents et se rassemblent dans les tristes bistrots du quartier. À force de boire du gros rouge ils parlent de plus en plus fort et deviennent querelleurs. Les innombrables bateaux à l'ancre se balançant lentement au rythme de la houle et, de-ci, de-là, quelques coques abandonnées émergeant en biais de leur tombe de sable, offraient un spectacle extraordinaire. À la nuit tombée, les amoureux passaient sous les arbres au bord des rues de terre battue. Ils chuchotaient; chacun de leurs mots semblait gros d'avenir.

Par beau temps, nos voisins du côté de la plage dînaient dans leur cour séparée de notre allée par un haut mur de bois. Après le repas qu'ils terminaient dans l'ombre, ils allumaient une ampoule extérieure qui n'éclairait guère et buvaient en silence pendant quelque temps; on n'entendait alors que le tintement de la bouteille contre les verres. Puis ils se querellaient, d'un commun accord, semblait-il. Le bruit de leurs voix hargneuses s'élevait et retombait jusque vers minuit.

Arcachon nous plaisait. Nos voisins étaient curieux mais sans malice. Quand nous allions jusqu'à une plage de sable propre au bord du bassin pour nous allonger au soleil, les enfants du voisinage se rassemblaient autour de nous, les yeux écarquillés par l'étonnement, comme si nous étions des phénomènes échappés d'un cirque. Mais dès qu'Alva leur parlait en français, ils devenaient timides. En fin d'après-midi nous partions en direction de la ville par la rue Alexandrine; à cette heure-là, le soleil semblait plonger à l'extrémité de la rue qui se transformait en une rivière fantastique d'or fondu. Ensuite, nous bifurquions par le boulevard de la Plage et nous poursuivions notre marche jusqu'à l'église Saint-Ferdinand. Au sommet du clocher un christ de pierre aux bras en croix semblait veiller sur les hommes partis en mer. Enfin nous arrivions à la promenade du front de mer, bordée de parcs et de jardins abondamment fleuris. Des petits arbustes décoratifs, dont le feuillage d'aigue-marine pâlissait aux extrémités des branches jusqu'à la clarté de la lavande, avec la délicatesse de plumes d'autruche, s'alignaient le long du trottoir. Alva les trouvait suggestifs.

Nous nous installions à la terrasse d'un restaurant au bord de la plage pour déguster à bon marché des fruits de mer en guise de dîner et boire du vin blanc en regardant la lune se lever sur le bassin. J'appris à manger les coquillages à la française. Le garçon que je préférais, un petit Algérien aux cheveux crépus et aux allures sournoises de pickpocket, me regardait d'un air rusé et entendu comme si nous avions été en prison ensemble. Il nous amusa jusqu'au jour où, alors que j'étais aux w.c., il proposa à Alva de partager ce qu'il me compterait en trop sur la note.

Alva ignorait encore que j'avais fait de la prison. Lorsqu'elle lut *Cast the First Stone,* elle refusa de croire que j'en étais l'auteur. Elle n'en fut convaincue que lorsque je lui eus raconté tout ce qu'elle voulait savoir au sujet de mon crime et de mon châtiment. Cela ne l'affecta pas ; peut-être me respecta-t-elle un peu plus en tant qu'écrivain à cause de ce livre.

La ville offrait des divertissements variés : nombreux cafés, restaurants excellents, natation, yachting, excursions, jeu, bal tous les soirs au casino sur le quai et une nuée de jeunes gens des deux sexes prêts à distraire et se distraire. Mais nous restions presque toujours entre nous. Les puritains se révèlent souvent d'humeur paillarde dans leur vie privée et, à ce point de vue, Alva n'était pas une exception. Elle avait perdu toute inhibition et se lançait sans retenue dans l'exploration sexuelle. Nous achetâmes un baril de bordeaux rouge et nous lançâmes dans des expériences culinaires parfois assez réussies. Alva reçut de Kerkrade une malle pleine de vêtements. Je constatai alors combien ses filles lui manquaient. Elle pleura pendant deux jours. Je m'efforçai de la consoler au lit et je m'y épuisai en vain. Elle recevait régulièrement des nouvelles de sa tante de Philadelphie, mais elle aspirait surtout à l'amour et au respect de ses filles.

Si nous n'étions pas réveillés à des heures indues par le cri *poisson ! poisson !* vociféré d'une voix plaintive par les femmes de pêcheurs, les tourterelles de Mme Moulliets se promenaient bruyamment sur le toit et se penchaient à la lucarne de la salle-de-bains-sans-eau pour essayer de voir ce que nous faisions au lit. Nous les comparions aux chroniqueurs mondains de la presse new-yorkaise.

Il y avait deux marchandes de poisson à l'Aiguillon. L'une poussait sa marchandise sur une voiture à bras et l'autre dans une boîte accrochée au guidon de sa bicyclette. Souvent elles se disputaient furieusement notre clientèle et en appelaient à l'arbitrage des voisins. Une fois, pour nous prouver la fraîcheur d'une énorme anguille grise, la marchande à la voiture à bras la posa sur le ciment de la cour. L'animal passa à travers la grille et s'enfuit dans la rue. Alors, chats, chiens, enfants, ménagères se lancèrent à sa poursuite et le rattrapèrent avant qu'il atteignît le bassin. Pour mettre un terme aux querelles entre les deux marchandes, nous cessâmes d'acheter du poisson. Mais elles convoquèrent toutes les dames du voisinage à une enquête publique et nous fûmes obligés de capituler.

À ce moment-là j'avais fini par découvrir la glacière. Chaque jour à midi un camion nous livrait un pain de glace. Si nous n'entendions pas le livreur ou si nous étions absents à son passage, nous ne trouvions plus qu'une tache humide sur le ciment.

Mme Lune nous avait admis et nous autorisait à la nourrir, voire à la cajoler lorsqu'elle ne s'affairait pas à distraire tous les matous du voisinage ou bien à inventorier malles, armoires, tiroirs, et tous autres endroits qu'elle jugeait propices à sa prochaine mise bas. Les Français manifestent une idolâtrie fétichiste pour la multiplication des êtres vivants. Les voisins qui rechignaient à nous vendre du lait pour notre propre usage n'hésitèrent pas à nous en céder pour notre chatte parce qu'elle était grosse. À toute heure du jour, lorsqu'elles passaient devant le jardinet, les ménagères des alentours jetaient des bouts de viande et de poisson à l'intention de Mme Lune. Cette abondance attirait tous les chats du quartier. Sentant qu'on l'observait, Alva levait souvent la tête pendant qu'elle cuisinait et voyait alors plusieurs chats qui la surveillaient silencieusement par la lucarne entrouverte de la cuisine.

Vieux matou insolent, M. Berdoulas était l'époux légitime de Mme Lune. Des plaques de chair rose, sans doute marques de combats nocturnes, parsemaient son pelage blanc sale taché de roux. Toutes les dents d'un côté, sauf l'incisive, lui manquaient. Il ne fréquentait guère la maison durant la grossesse de sa femme. Je fis connaissance avec lui quelques jours après notre arrivée.

Il mangeait tranquillement, à l'ombre du petit érable au milieu de la cour, un filet de sole blanc et luisant que nous avions laissé dans la cuisine. Je fonçai sur lui furieux en criant : « Hey ! » Il me jeta un coup d'œil cynique et continua à manger sans s'émouvoir. Je le cinglai avec un bambou, il fila dans le garage et grimpa au grenier sans lâcher sa proie. Il revint le lendemain et vola des sardines fraîches.

J'en vins à éprouver un grand respect pour M. Berdoulas. Il s'emparait de tout ce qu'il trouvait de comestible et acceptait philosophiquement mes raclées. Il pensait sûrement que si le rouer de coups me donnait autant de plaisir qu'il en éprouvait à dévorer nos meilleurs morceaux, nous étions quittes. Au bout d'un certain temps, il se prit d'amitié pour moi. Alors il frotta ses flancs écorchés contre mes jambes et me sourit de sa gueule édentée.

Ignorant totalement la peur, il fonçait tout droit sans pousser le moindre cri sur les rivaux qui rôdaient autour de la villa ou qui épiaient par-dessus les toits. Mais dans l'ensemble il ne se souciait guère des flirts de son épouse. Souvent il somnolait sur le toit de la maison d'en face, à l'abri de la cheminée, et épiait Mme Lune avec une indulgence cynique.

Comme l'indiquait Yvonne dans son *rôlet*, il n'y avait pas d'eau à la salle de bains, mais nous trouvâmes dans le chai à bois un tub de tôle galvanisée, pareil à ceux dont se servent les animaux dans les livres d'enfants pour naviguer sur mer. Nous le posâmes dans la cour, sous l'érable, et c'est là que nous prîmes nos bains. Quand nous avions envie d'une douche, j'emplissais d'eau le réservoir de mon réchaud Primus, je pompais pour la mettre sous pression et je dévissais les brûleurs pour obtenir de minces filets grâce auxquels nous nous rincions. Nous courions le risque d'être surpris par ceux qui entreraient par l'allée, mais il nous sembla qu'ils risqueraient autant que nous. Lorsque nous nous baignions ainsi, nous entendions nos voisins — les querelleurs — chuchoter et ricaner derrière le mur de planches fendillées. Mais le Tout-Puissant les châtiait sans doute car ensuite ils se chamaillaient plus furieusement que jamais. De l'autre côté de la cour, nous étions abrités par la file des dépendances et les chambrettes du « camp de concentration ».

Yvonne nous avait conseillé de répartir nos achats entre les divers commerçants du quartier mais Alva en réservait l'exclusivité à l'épicerie d'en face parce que Mlle Cancalon, vieille fille desséchée qui semblait issue d'un roman de Zola, prenait la peine de corriger ses fautes de français. Alva bavardait aussi volontiers avec notre voisine Mme Moulliets dont le mari pêchait en haute mer cinq jours par semaine. Alva était douée d'un talent surprenant pour faire face à la curiosité des Français : elle marchandait avec ruse tous les renseignements qu'elle leur donnait à notre sujet et cela plaisait aux ménagères.

Yves avait habitué les voisins aux excentricités permises aux écrivains. Mlle Moulliets confiait à voix basse qu'il lui arrivait d'écrire dans sa véranda pendant toute la nuit, de circuler dans les rues sans autre vêtement que son caleçon de bain et de ne regarder ni à gauche ni à droite ni de parler à personne pendant plusieurs jours de suite. Lorsqu'on apprit que j'étais non seulement américain noir mais en plus écrivain, on me traita donc avec la déférence admirative due à un zombie. Personne ne m'adressait la parole et ça valait mieux. Toutes les remarques qui m'étaient destinées étaient faites à Alva en espérant qu'elle me les transmettrait. En parlant de moi les gens disaient toujours *le monsieur*. « Est-ce que le monsieur ne se nourrit que de sandwiches ? Le monsieur est-il chrétien ?... Bon !... Est-ce que le monsieur a de l'argent ?... » Cette question faisait toujours rougir Alva.

Gérard Bégaud, le graveur qui vivait avec sa grand-mère dans la même rue que nous, fut le premier ami d'Yves qui nous rendit visite. Beau garçon, svelte, à l'abondante chevelure noire, au teint aussi clair que celui d'un enfant et au regard naïf, c'était un célibataire timide qui semblait fasciné par Alva.

Mobilisé le 10 juin 1940, fait prisonnier le 19 du même mois, il avait passé trois ans de captivité dans une ferme de Haute-Autriche où il avait failli crever de faim et de froid. Libéré plus mort que vif, il s'était établi graveur à Arcachon dès que sa santé le lui avait permis et gagnait bien sa vie. Comme bon nombre des Français qui habitent au bord de la mer, Gérard peignait, mais avec plus de talent que la plupart. Ses paysages, tant à l'aquarelle qu'à l'huile, avaient un charme obscur mais je leur préférais ses épaves abandonnées au bord du bassin auxquelles j'attribuais une qualité d'émotion et de désolation sincères.

Gérard était aussi un yachtman enthousiaste et expert. Il avait construit lui-même un petit bateau à voile étroit et très rapide. Il nous emmena une fois naviguer sur un lac de l'intérieur que son club préférait au bassin plus vaste mais où les vents sont trop violents et irréguliers. Après la promenade nous assistâmes aux régates. Il gagna la première après avoir parcouru onze fois un circuit balisé par des bouées. Son club possédait une vaste bâtisse de bois assez négligée, comportant salle de réunions, restaurant, café et terrasse qui avançait au-dessus de l'eau. Il nous apparut que Gérard était le membre le moins riche de son club : lui seul avait fait son canot lui-même et sa voiture — une petite punaise Renault — était la plus petite de toutes. Les autres possédaient des embarcations pimpantes et des autos de luxe. Les accompagnaient en outre des épouses élégantes appartenant à l'espèce hautement compétitive des jeunes Françaises. Quant à Gérard, il n'avait d'autre compagne que sa grand-mère : Mme Besnard, femme replète et énergique d'une curiosité agressive. Elle ne voyait que Gérard et n'éprouvait qu'une aigre indifférence envers les membres plus opulents du club.

Nous invitâmes Gérard à dîner seul avec nous. Après le repas, nous enregistrâmes au magnétophone une conversation brillante à laquelle nous donnâmes le titre de « Ah Oui, par Chester Himes ». Dès que les bobines tournèrent et que le micro fut en place, Gérard parla en français. À la fin de son discours il interrogea Alva du regard. Elle répondit d'une voix hésitante, comme si elle aurait préféré se réfugier derrière le Cinquième Amendement et ne dit que quelques mots, d'une toute petite voix. Puis ils se tournèrent tous les deux vers moi. N'ayant pas la moindre idée de ce qu'ils avaient dit, je m'éclaircis la gorge et clamai joyeusement avec mon fort accent américain :

« Ah oui ! » Ce processus se répéta jusqu'à ce qu'Alva fût prise de fou rire.

Le docteur Thé, le plus jeune de ses fils, Jacques, et leur énorme et gras boxer Voulou, vinrent nous rendre visite inopinément un matin, vers dix heures. Je suis certain que nous leur fîmes l'impression d'être des gens intéressants. La veille j'avais reçu les épreuves de *La Troisième Génération*. J'avais passé toute la nuit à m'efforcer de lui donner une fin sensationnelle, comme me le conseillait mon éditeur Bill Targ. Mais je n'avais rien fait de bon. J'étais encore en pyjama, avec une vieille sortie de bain en guise de robe de chambre par-dessus. Alva venait de se lever et j'allais me coucher à mon tour, mais auparavant nous cherchions à venir à bout d'une bouteille de cognac. Nous n'avions déjeuné ni l'un, ni l'autre. Le portail du jardin était fermé avec une chaîne et un cadenas parce que nous n'avions pas trouvé la clé. Les Thé passèrent par l'allée et entrèrent par la cuisine. Ni l'un ni l'autre ne parut le moins du monde étonné en nous trouvant tous deux en train de boire du cognac avant de déjeuner et en tenue de nuit. Ils crurent sans doute que tel était le comportement naturel des Américains. Solidement bâti, de carrure lourde et visiblement bien nourri, le docteur me sembla le type même du riche Français de province. Son chien présentait les mêmes caractéristiques. J'appris plus tard qu'il avait un autre fils plus âgé et une épouse charmante, élégante, primesautière. Sa principale motivation dans l'existence n'était autre qu'une vive curiosité pour tout ce qui concerne l'animal humain. Il manifestait un intérêt sincère pour tout individu doué de talent créateur. D'autre part j'avoue qu'il ne put cacher son étonnement en constatant combien je suis dénué de tendances artistiques. Quand je me rappelle avec quelle vaillance il consomma notre épouvantable cognac à cette heure matinale, je ne peux m'empêcher de considérer le Dr Thé comme un gentilhomme.

Je ne sais pourquoi les exemplaires de mes livres dans leur édition américaine l'intriguèrent. Il les prit, l'un après l'autre — *S'il braille, lâche-le, La Croisade de Lee Gordon, Cast the First Stone* —, les soupesa et les tourna dans tous les sens, comme s'il s'agissait de gadgets qu'il n'aurait pas connus. « *If he hollers let him go*, lut-il en anglais. Cela l'amusa beaucoup. Il feuilleta le livre et lut une ligne : « Je suis belle, n'est-ce pas ? dit-elle. Une Blanche, pure Blanche. » Il rugit : « Hahhaha ! *Pure Blanche !* »

Jacques se prit d'amitié pour nous mais d'une manière dictatoriale, c'est-à-dire qu'il nous fallait accepter ses propositions immédiatement et sans hésiter. Il nous conduisit en voiture à l'extrémité chic de la ville, le long des chaussées pittoresques qui bordent le bassin. Jacques conduisait sa 203 Peugeot d'une manière typiquement française : allure modérée sur route droite et libre ; pleine vitesse dans les embouteillages, les carrefours et les virages.

Par une matinée caniculaire, peu après leur visite, j'envoyai Alva à la plage, m'enfermai dans la bibliothèque, tirai les rideaux et écrivis le dernier chapitre de *La Troisième Génération*. Quand elle revint et me trouva dans cette pièce obscure où régnait une chaleur étouffante, elle crut que j'étais tombé fou et éprouva un instant de panique que je compris fort bien. Penser qu'elle avait quitté son foyer et sa famille pour un homme qui perdait la raison quelques semaines plus tard dut lui inspirer une terrible épouvante. Lorsqu'elle consentit à considérer cela comme une excentricité propre aux esprits créateurs, elle me confia qu'elle s'efforçait, elle aussi, d'écrire un livre. Elle en avait même déjà tapé quelque deux cents pages qui pouvaient être considérées comme des notes et les avait montrées à Donald Friede lorsqu'elle était aux États-Unis. (Je ne me rappelle pas de quelle maison d'édition il faisait partie à ce moment-là, mais plus tard il devint directeur littéraire de la World Publishing, sous la direction générale de Bill Targ.) Friede lui avait dit qu'à son avis on pouvait tirer un très bon roman de son schéma. Je le lus, fus séduit et promis de l'aider. En fin de compte, ce roman fut un lien de plus entre nous. Elle tenait à écrire un livre à succès pour conquérir l'admiration et le respect de ses filles, et pour se justifier d'avoir quitté son mari.

Gérard lut *La Croisade de Lee Gordon* et vint en discuter avec nous. En dépit de mes dénégations les plus solennelles, Gérard resta convaincu qu'il s'agissait d'un roman autobiographique et soupçonna gravement Alva d'être la Jackie de cette intrigue imaginaire. Alva avait toujours exécré ce personnage plus que tous les autres dans tous mes livres. Je vis le sang monter à son visage sous le regard sceptique de Gérard. Pendant un bref instant, ils échangèrent quelques remarques lourdes de sens mais Alva refusa de me les traduire par la suite. À ce moment-là elle commençait à tricher en traduisant et à passer sous silence ce qu'elle jugeait embarrassant. À force d'habileté, elle engagea Gérard sur un sujet moins épineux : la navigation à voile.

Yves avait un canot en assez mauvais état dans son garage. Nous le fîmes calfater et peindre en jaune citron, puis nous le mîmes à flot sur le Bassin. Mais il fallut écrire à Yves pour lui demander où étaient les voiles. Il chargea immédiatement un jeune homme du quartier d'aller les chercher chez un artisan — dont le métier consistait à confectionner des voiles, les laver et les conserver au sec —, de nous les apporter et de veiller sur nos débuts. Ce garçon, que les nièces d'Yvonne appelaient Bonaf, nous pilota sur le Bassin. C'était un expert.

Facile pour lui, la manœuvre du *Turlupin* nous était impossible. Dès notre première sortie sans lui, empêcher le canot de chavirer nous préoccupa tant que sa direction devint un souci mineur. Au bout de quelque temps nous constatâmes avec horreur que la coque défonçait la clôture d'un parc à huîtres, crime impardonnable sur le bassin. Nous n'eûmes pas le temps de changer de cap que déjà la marée descendante échouait l'embarcation sur les tuiles incrustées d'infimes huîtres. Il fallut pousser et tirer dans la vase des chenaux qui a tout à fait l'aspect de poussier imbibé d'eau. Par bonheur, personne ne remarqua notre méfait. Mais ce diable de bateau était lourd comme du plomb. Il faisait nuit noire quand nous atteignîmes la côte en titubant, couverts jusqu'à la ceinture d'une boue qui sentait le poisson pourri.

Tout compte fait, les deux mois que nous passâmes à Arcachon nous apportèrent un bonheur extrême. Pendant quelque temps je m'étais senti complètement à l'écart de mes frères d'âme, de leurs envies, leurs jalousies, leurs intrigues et du « problème noir » qui obsède mes compatriotes. Alva était d'autant plus exempte de préjugés raciaux qu'elle ne pensait jamais aux questions de couleur et de politique et se souciait plutôt d'affaires personnelles : les études de ses filles, les infidélités de son mari, la santé de sa tante et de son oncle et sa propre valeur en tant que femme. La pitié qu'elle m'avait inspirée s'était muée en une admiration et un respect sincères. En général on ne considère pas la vaillance comme une vertu féminine, mais je ne trouve pas d'autres mots pour désigner ce qui m'en imposait chez elle. Courageuse, prompte à s'adapter aux circonstances, bienveillante, elle ne se plaignait jamais.

Quitter Arcachon nous navrait, mais nous savions que la présence d'autres gens dans la maison nous gâcherait notre petit paradis. Nous décidâmes donc de partir à l'arrivée d'une sœur d'Yvonne avec deux de ses enfants. C'est alors que nous envisageâmes d'aller à Majorque. William C. Haygood, ex-mari de Vandi, habitait alors à Puerto de Pollensa, avec sa seconde épouse et un jeune fils.

Je lui écrivis pour me renseigner sur les possibilités de passer quelque temps là-bas avec Alva. Il me répondit promptement une longue lettre, d'une part pour me déconseiller les Baléares pendant la saison touristique coïncidant avec le plein été et les vacances scolaires, d'autre part me combler de toutes les informations imaginables. Je ne sais ce qui m'irrita dans cette missive pourtant cordiale. Je crois que nous ne nous étions jamais beaucoup plu. Nous n'avions eu que de rares contacts personnels. Le meilleur souvenir que j'aie de lui, c'est une réunion à Chicago, alors qu'il était directeur du service des bourses à la fondation Julius Rosenwald. Il en avait offert une à ma femme Jean pour qu'elle écrive ma biographie. Si sa lettre me fit l'effet d'une douche froide, c'est peut-être parce qu'il me semblait interpréter mes désirs. Or je n'aime pas que qui que ce soit essaie d'orienter mes pas dans une direction quelconque et il en a toujours été ainsi. Ce travers ne m'a pas facilité la vie. Comment diable quelqu'un prétendait-il deviner ce que moi — un paria, un Noir américain, une ivraie, ainsi que m'avait défini le magazine *Time* — souhaitai en ce monde, en cette vie. Toujours est-il que nous décidâmes d'aller à Londres. Pourquoi Londres, demandera-t-on ? Surtout parce que nous parlons tous les deux l'anglais.

Nous reçûmes une lettre, en anglais de petite fille, écrite par une nièce d'Yvonne, âgée de treize ans et demi. Elle nous annonçait que sa mère, son petit frère et elle arrivaient le 5 juillet et qu'ils avaient hâte de nous connaître. Nous décidâmes de les attendre mais une lettre de Malartic précipita notre départ. Il me suppliait « à deux genoux » d'exterminer dès leur naissance les petits que Mme Lune allait mettre bas ou d'en charger une certaine dame du voisinage, toujours volontaire pour ce genre d'abomination.

Même pour mériter « la gratitude éternelle » de Malartic, nous étions incapables de commettre ce meurtre, ni de le faire commettre. Nous devinions que dès la naissance des petits, dès que nous les verrions se tortiller, aveugles, accrochés aux mamelles de leur mère, nous ne pourrions plus nous défaire d'eux. Il nous faudrait donc rester villa Madiana et les élever nous-mêmes ou bien nous imposer le tracas de payer quelqu'un qui veillerait sur eux ou jurerait solennellement de les massacrer dès que nous serions partis. Nous laisserions alors aux Français fermement parcimonieux du voisinage une impression d'imbécillité dépassant de beaucoup celle que nous leur avions déjà donnée.

Nous exposâmes la situation à Mlle Cancalon, l'épicière d'en face, laissâmes une lettre adressée à Mme Carmen Duprat sur le bureau d'Yves et partîmes de bonne heure, le lendemain matin, « emportant notre foyer sur notre dos comme des colimaçons » ainsi que devait nous le dire Yves plus tard.

Après avoir transporté notre formidable malle-armoire, la malle d'Alva et quatre bagages à main de la gare d'Austerlitz à la gare du Nord, nous louâmes une chambre à notre cher vieil hôtel Michelet, au quartier Latin pour la nuit et passâmes la soirée avec Yves et Yvonne, pour les mettre au courant des derniers événements de la villa Madiana.

En sortant de notre hôtel, le lendemain, vers midi, nous nous trouvâmes face à face avec William Gardner Smith et une grosse fille à l'air ensommeillé, au café Suisse, en face de chez nous. Bill nous présenta sa compagne, une Canadienne. Quand je le présentai à Alva, Bill lui jeta un coup d'œil et dit : « Tiens, il y a tout un tas d'Américaines blanches au quartier Latin. » Elle poussa un éclat de rire qui nous stupéfia tous les trois. Bill dit à Heather que j'avais écrit *S'il braille, lâche-le* et elle enchaîna : « Eenie meenie, ninie, moe...

— Ne va pas plus loin ! intervint aussitôt Bill, peut-être en plaisantant[1].

Quand Bill apprit que nous étions en route pour Londres, il me donna l'adresse d'une pension de famille de Sussex Gardens, à proximité d'Edgeware Road, où il avait vécu, et nous conseilla d'y descendre en attendant de trouver un logement permanent. Richard Wright était encore au Ghana et je ne me souviens pas d'avoir vu un autre frère lors de ce bref passage à Paris.

Je téléphonai à Ruth à l'ambassade et lui demandai si elle pourrait me procurer des cigarettes et du whisky. Elle me donna rendez-vous pour l'après-midi au Café Royal, à quelques pas de Maxim's. Elle m'y apporta trois bouteilles de whisky, du Old Grand-Dad, du Pinch et du Haig & Haig, ainsi que deux cartouches de Lucky Strike. De retour à l'hôtel, nous débouchâmes les bouteilles et y goûtâmes assez abondamment pour qu'elles passent la douane en qualité de provisions de route. Puis nous les mîmes dans un filet à provisions avec notre nécessaire de nuit et nous allâmes à la gare du Nord d'où nous partîmes par le train de quatre heures et demie.

1. *S'il braille, lâche-le* termine une comptine : Eenie, meenie, minie moe / Attrape un négro par l'orteil / Fais-lui payer cinquante dollars par jour / Mais s'il braille, lâche-le.

2

Perclus de fatigue, hébétés par une rude traversée de la Manche, nous arrivâmes à Londres, gare Victoria, à onze heures du soir. Je récupérai nos bagages et laissai tout en consigne sauf deux valises que je confiai à la garde d'Alva dans la salle d'attente caverneuse et me mis en quête d'un appareil téléphonique.

J'avisai une rangée de cabines dans la salle des pas perdus. Des annuaires se trouvaient sur une étagère à proximité. Pour chercher le numéro de la pension de famille de Sussex Gardens dont Bill m'avait parlé, je posai sur cette étagère la mallette en peau de porc jaune clair contenant nos passeports, sept livres sterling et mon carnet d'adresses. J'omis de la reprendre lorsque je pénétrai dans la cabine la plus proche. J'expliquerai cette négligence téméraire par mon manque de méfiance et aussi par le fait qu'il n'y avait personne en vue dans la salle des pas perdus à ce moment-là. Puis, en lisant le mode d'emploi de l'appareil automatique à sous, je pensai à ma mallette et sortis de la cabine pour la reprendre. Elle avait disparu. Il n'y avait d'ailleurs toujours personne en vue.

Je ne suis guère accessible à la panique parce que mon existence m'a conditionné à toute espèce de catastrophes. Alva avait assez vécu en Europe pour savoir l'importance du passeport et la gravité de sa perte. Dès qu'elle apprit ce qui s'était passé, elle blêmit et se mit à trembler. Il me fallut du temps pour trouver le bureau du chef de gare. Il était fermé.

Cependant Alva avait interpellé un flic. Je lui racontai ma mésaventure. Il me recommanda d'aller porter plainte pour vol au poste de police de la gare. Je repartis et trouvai ce bureau à l'extrémité d'un long couloir désert et obscur qui évoquait l'ambiance des romans de Dickens. J'exposai en détail notre arrivée en Angleterre, le vol de nos passeports et le pétrin dans lequel nous nous trouvions faute de pièces d'identité, d'argent anglais et de chambre d'hôtel; un policier en uniforme mais sans coiffure nota mes déclarations, debout derrière un comptoir de bois. Il m'écouta attentivement puis me demanda les numéros de nos passeports. Que je fusse incapable de les lui dire me rendit suspect. Un autre policier, vêtu celui-là d'un complet civil en tweed et coiffé d'une casquette usagée du même tissu, sortit d'un bureau ouvrant sur la salle réservée au public et je pensai : voilà le fils de Sherlock Holmes. Le visage enluminé des moustaches rousses pareilles à celles d'un phoque, les yeux d'un bleu glacial, il serrait entre ses fortes dents le tuyau incurvé d'une pipe éteinte. Il me posa toutes les questions auxquelles j'avais déjà répondu à la douane.

Je dois expliquer ici que mes deux premiers

romans — *S'il braille, lâche-le* et *La Croisade de Lee Gordon* — avaient été publiés à Londres par Falcon Press dont le patron avait escroqué sept millions de livres à son oncle, ce qui lui valait sept ans de prison et la mise sous séquestre de ses biens, y compris ses maisons d'édition. Au moment de la saisie, Falcon Press me devait cent quatorze livres de droits d'auteur. J'expliquai donc au policier ce que j'avais déjà dit à la douane : je venais en Angleterre pour toucher les cent quatorze livres qu'on me devait.

Il m'observa sans rien dire.

Je me crus obligé de lui exposer qu'hormis les sept livres volées avec ma mallette, tout l'argent que nous possédions consistait en traveller's checks de l'American Express et que nous ne pourrions pas les toucher sans passeport. En outre nous n'avions pas de logis, ni de quoi payer notre nourriture : « Eh bien, vous êtes dans un joli pétrin », dit-il, et il ajouta que, selon toute vraisemblance, je ne recouvrerais pas nos passeports cette nuit-là, ni même jamais.

Le policier en uniforme intervint dans la conversation pour m'enjoindre d'aller déclarer le vol au commissariat du secteur dont le bureau se trouvait dans une rue voisine, à quelque six carrefours de la gare. Il écrivit l'adresse exacte sur un morceau de papier qu'il me remit. Le détective en tweed me prit par le bras et me conduisit jusqu'au milieu de la chaussée devant la gare et me montra au loin l'enseigne au néon rouge de l'hôtel Wilton. « Quand vous reviendrez du commissariat, dit-il, la dame et vous pourrez y porter vos valises et y louer une chambre pour la nuit. À cette heure-ci, il n'y reste plus que le gardien de nuit. Personne ne vous demandera donc vos passeports jusqu'à demain matin. Vous aurez alors eu une nuit de repos et vous aurez déjeuné, tout ira donc mieux. Mais ne manquez pas de dire à ce gardien de nuit que vous êtes mariés tous les deux. »

La perspective de dormir dans un lit rasséréna Alva. À mon retour du commissariat nous traînâmes nos valises jusqu'à l'hôtel Wilton comme deux voyageurs mourant de soif dans le désert s'approchent d'une oasis. Homme entre deux âges, efflanqué, vêtu d'un uniforme rouge à galons dorés et boutons de cuivre, le gardien de nuit vint au-devant de nous. Je crus naïvement que c'était pour nous aider à porter les bagages et lui demandai une chambre pour deux. Il devint cramoisi et vociféra qu'il n'avait pas de chambre vacante, fit demi-tour et rentra dans l'hôtel. Une crise de rage soudaine m'aveugla. Si Alva ne s'était accrochée à mon bras, j'aurais poursuivi cet abruti pour le rosser. Mais la fureur ne dure que chez ceux qui ont mangé et dormi. Il en va ainsi de toutes les émotions humaines, sauf peut-être du désespoir.

Alors, de plus en plus las et écœurés, nous nous dirigeâmes vers une enseigne lumineuse : hôtel. Pas de chambre libre mais, par bonheur, cet hôtel faisait partie d'une chaîne dont le propriétaire habitait là. Il nous embarqua dans sa voiture pour nous conduire à un autre établissement. On nous y donna une chambre étonnamment vaste, propre et confortable, au premier. La fenêtre ouvrait sur une ruelle baptisée King's Scholars Pass, où se trouvait une école élémentaire. Nous en avions pour trente-cinq shillings à nous deux, petit déjeuner compris. On ne nous demanda ni de remplir notre fiche, ni de payer d'avance.

Pour achever cette soirée de cauchemar, un psychopathe poursuivit Alva lorsqu'elle sortit des toilettes, à l'extrémité du couloir. Alerté par le cri qu'elle poussa, je me précipitai hors de notre chambre et la vis retourner précipitamment vers les cabinets. Il me sembla, en effet, qu'un gaillard, vêtu d'un pantalon foncé et d'une chemise blanche, la poursuivait. Je criai quelque chose, je ne me rappelle plus quoi. L'inconnu jeta un coup d'œil par-dessus son épaule et gravit précipitamment l'escalier. Hors de moi, je le poursuivis, mais il s'enferma dans la chambre située immédiatement au-dessus de la nôtre. Je cognai à sa porte et braillai : « Sors de là, que je te tranche la gorge ! » Je ne réalisai pas sur-le-champ l'incroyable absurdité d'une telle proposition.

« Descends, je t'en prie. Laisse-le tranquille », me supplia Alva qui tremblait d'émotion et de fatigue sur le palier de l'étage au-dessous.

Nous retournâmes à notre chambre où je préparai deux verres de notre bon vieux Haig & Haig. Nous étions à peu près remis de nos émotions quand on frappa à notre porte. La gérante de l'hôtel, vieille dame réservée, des bigoudis dans la chevelure, vêtue d'une épaisse robe de chambre grise, nous demanda ce qui s'était passé. Parlant de femme à femme Alva le lui expliqua sans mâcher ses mots et ajouta, en prime, la mauvaise impression que lui faisait Londres.

La gérante nous présenta des excuses d'un ton catégorique et monta sans hésiter à l'étage au-dessus pour réprimander le psychopathe. Les fenêtres étant ouvertes nous l'entendîmes menacer cet homme d'appeler la police. Il répondit en couinant qu'il était seulement passé dans le couloir pour retourner à sa chambre et que « la dame a pris peur ». Quand la gérante redescendit, notre homme se mit à chanter des ballades d'une voix de baryton ample et belle. Tout à coup, il se pencha à sa fenêtre et annonça à la ville de Londres que les cigarettes américaines contenaient un goudron et qu'elles engendraient le cancer des fumeurs. Je ne répondis rien, évidemment. « Salauds d'étrangers ! » vociféra-t-il. Puis, Dieu sait pourquoi, il se mit à jeter ses vêtements par la fenêtre. Émerveillés, nous les vîmes passer en flottant et tomber dans la cour de l'école. Ensuite, une grosse valise noire tomba bruyamment sur le pavé. J'espérai qu'il plongerait à son tour, mais il n'était pas fou à ce point-là.

Nous allions enfin nous endormir quand des policiers arrivèrent. Ils admonestèrent le détraqué qui finit par se tenir tranquille et nous nous endormîmes. Le lendemain matin nous le vîmes récupérer ses affaires dans la cour de l'école, sous les yeux des enfants.

Je téléphonai à mon agent littéraire anglais, M. Innes Rose, de l'agence John Farquarson Ltd. Il était absent mais son associé, George Greenfield, me dit de prendre un taxi pour aller à son bureau et m'assura que sa secrétaire réglerait la course. Le palais Buckingham, le mémorial de la reine Victoria au bord du parc St James, le Strand me donnèrent un aperçu de la pérennité britannique. Puis je pénétrai dans un quartier ravagé par les bombardements. Huit ans après la fin des hostilités, les carcasses éventrées des immeubles avaient quelque chose de fantomatique et de terrifiant. La secrétaire m'attendait sous la pluie pour payer le taxi. Greenfield me prêta quatre livres et dix shillings : tout ce que contenait la petite caisse du bureau. Il me remit aussi cette lettre de recommandation :

John Farquarson, Ltd
8, Hasley House
Red Lion Square
Londres W.C.1

A qui lira, salut.

Par la présente je vous recommande M. Chester Himes, ancien et estimé client américain de notre firme, à qui je remets cette lettre.

Sa signature figure ci-dessous :

Chester Himes

Nous répondrons volontiers à toute question le concernant. 8 juillet 1953

George Greenfield

À l'American Express, on ne me demanda heureusement pas de pièce d'identité pour me payer quelques chèques de voyage. Quant à nos passeports, un employé de l'ambassade me conseilla de rappeler quelques jours plus tard si nous ne les retrouvions pas. Puis il s'agit de trouver un gîte. Pour cela il fallait consulter une agence de location, en Angleterre : « bureau d'accommodation ». J'en choisis une au hasard.

On nous installa à une table avec des paquets de fiches décrivant des logements vacants. Sept cartes sur dix portaient la mention « no col ». C'était au temps de la révolte des Mau-Mau au Kenya. Je crus naïvement que « no col » signifiait « no colonials » car les propriétaires anglais craignaient de loger des terroristes africains. Sans me soucier de ces vétilles, je payai trois livres pour frais de dossier et Alva indiqua quelques logements qui nous intéressaient. Une employée solidement corsetée décrocha aussitôt son téléphone.

Selon toute évidence pour répondre à une question d'un propriétaire, elle nous toisa du regard et dit avec un sérieux imperturbable : « La dame est blanche mais le monsieur, un peu foncé. » Alva poussa un cri de joie tellement insolent que tout le monde sursauta. La secrétaire rougit et me demanda : « Vous êtes bien un peu foncé, n'est-ce pas ? » Je lui assurai que ses yeux ne la trompaient pas. Des larmes coulaient sur les joues d'Alva.

En dépit de mon teint, on nous envoya prendre contact avec une dame Mather, Randolph Crescent, pas loin de l'agence. Elle offrait de louer un appartement de quatre pièces en sous-sol dans un immeuble de trois étages lui appartenant en totalité. L'entretien eut lieu dans un salon glacial, obscur et qui sentait le moisi. De lourds rideaux l'isolaient des effets corrosifs du jour grisâtre et le mettaient hermétiquement à l'abri de l'air extérieur empoisonné.

Grande et maigre, très osseuse, avec des cheveux et un visage extraordinairement blancs, Mme Mather nous annonça que feu M. Mather — dont le portrait agrandi était accroché, disait-elle, au-dessus de la cheminée qu'il nous était impossible de distinguer dans l'ombre — était de son vivant un des avocats les plus respectés de Fleet Street et que, par conséquent, elle ne désirait loger que des gens parfaitement respectables.

Nous lui assurâmes que nous étions vraiment aussi respectables qu'il est possible de l'être et, pour le prouver, nous lui montrâmes la lettre de M. Greenfield. Je doute que mon passeport signé par John Foster Dulles personnellement eût fait meilleure impression. D'ailleurs Mme Mather ne demanda heureusement pas à voir nos passeports.

Il lui restait quand même une inquiétude et elle l'exprima en ces termes : « Vous êtes vraiment très foncé, monsieur Himes. » Je me demande encore comment elle put s'en apercevoir dans cette pièce caverneuse. Alva la rassura aussitôt. « Nous avons beaucoup vécu au soleil ces temps derniers, dit-elle, et mon mari a peut-être un lointain ancêtre de couleur. Vous savez qu'en Amérique nous jouissons du plus gros et du plus chaud soleil du monde entier. »

Enfin nous tombâmes d'accord sur un loyer de cinq livres par semaine payable au mois le mois et d'avance, à condition d'occuper l'appartement pendant au moins trois mois. Je versai dix livres d'arrhes et promis de compléter le trimestre à notre installation. Le lendemain matin nous allâmes chercher nos bagages à la consigne de la gare Victoria. À notre arrivée chez elle, peu avant midi, Mme Mather nous présenta un contrat écrit à l'encre de Chine sur papier japon format ministre. En vertu de ce document nous devions payer un supplément de deux livres, neuf shillings et trois deniers pour le blanchissage, l'usage du téléphone et de deux couvertures, ainsi que les services d'une femme de ménage deux fois deux heures par semaine. Je signai et payai, en partie parce que le temps maussade nous incitait à nous calfeutrer et en partie aussi parce que nous avions hâte de nous remettre au travail sur notre livre.

Notre appartement comprenait une petite chambre à coucher contiguë à un vaste salon dont les portes-fenêtres ouvraient derrière l'immeuble sur une pelouse bien entretenue, une grande chambre à coucher en façade au-dessous du niveau de la rue, ses fenêtres ouvraient sur une sorte de puits dans lequel tous les locataires conservaient leurs poubelles méticuleusement cadenassées; une longue cuisine sans fenêtre, éclairée par un toit vitré. Ajoutons à ces pièces le palier d'où partait l'escalier conduisant à l'appartement de Mme Mather, les cabinets situés sous l'escalier et la salle de bains, à côté de la petite chambre à coucher.

Lorsque nous nous installâmes, le 10 juillet, ce logement, humide, glacial, sentait le moisi comme s'il avait été hermétiquement clos pendant des siècles. En plein midi il y régnait une obscurité complète. Les radiateurs à gaz — un par pièce — ne fonctionnaient qu'au compteur : il fallait y glisser des pièces d'un shilling ou de six deniers. La première semaine, le chauffage nous coûta une livre par jour, faute de quoi nous aurions gelé sur place.

Mme Mather nous avait priés de ne pas nous asseoir sur le divan et deux fauteuils également en cuir qu'elle considérait comme ses plus chers trésors, de même que la lourde table d'acajou du salon. Lorsqu'il nous arrivait d'ouvrir une fenêtre pour ne pas asphyxier, la propriétaire descendait sur la pointe des pieds un instant plus tard pour la refermer afin de protéger son mobilier. Lorsqu'il pleuvait elle fermait les fenêtres par crainte de l'humidité; par beau temps, pour empêcher les chats d'entrer et, par belles éclaircies, pour barrer la route aux rayons du soleil qui détériorent plus que toute autre chose les meubles anciens. Nous subissions docilement sa tyrannie, peut-être parce que le temps nous rendait inaptes à la rébellion.

Un matin une lettre de l'ambassade américaine nous annonça qu'un homme d'affaires avait trouvé nos passeports sur un banc de Hyde Park. L'argent avait disparu, évidemment, de même que la mallette. Mais les passeports étaient en parfait état et secs malgré les fortes pluies des derniers jours.

Tous les matins nous embarquions dans un autobus à impériale. Nous débarquions à Piccadilly Circus d'où nous allions à pied jusqu'à Haymarket Street et nous faisions la queue devant l'American Express qui recevait notre courrier. C'était surtout un moyen de nous réchauffer. Ces voyages sur l'impériale de l'autobus nous offraient aussi notre meilleure distraction. Il nous arrivait d'explorer Saint John's Wood Road au-delà du terrain de cricket des Lords et du paisible petit cimetière où les mères poussent leurs landaus, où les écolières batifolent parmi les tombes et où les vieillards attendent leur tour, assis sur des bancs de marbre. D'autres fois nous allions à Regent's Park nous allonger, comme des Anglais, sur des chaises longues, sous la pluie, en regardant les amiraux en herbe qui faisaient naviguer leurs petits bateaux sur les vagues tempétueuses du bassin.

À la fin de notre première semaine de séjour, au moment où nous étions enfin résignés aux misères de la vie à Londres, Mme Mather flotta jusqu'en bas de l'escalier pour nous raconter une histoire invraisemblable : après avoir vécu quinze ans en Nouvelle-Zélande sans jamais quitter ce pays, son fils et sa belle-fille revenaient à Londres et elle souhaitait évidemment les loger auprès d'elle. Étant donné que tous les autres locataires étaient là depuis des années, elle était obligée de nous demander, à nous, de la quitter. « Je suis certaine que vous comprendrez », dit-elle. J'avais compris, en effet : Mme Mather avait enfin constaté que je suis un peu foncé. Je m'étais demandé jusqu'alors combien de temps cela lui prendrait.

Je refusai catégoriquement de quitter les lieux en arguant du contrat qu'elle m'avait obligé à signer avant de me laisser ouvrir mes valises. D'abord elle supplia, en appela à Alva qui devait comprendre, évidemment, mieux que moi les exigences de l'amour maternel. Puis elle offrit de payer nos frais de déménagement et de nous rembourser la moitié de ce que nous avions versé à l'agence de location. Je restai intraitable.

Elle me dit que feu son mari avait de nombreux amis parmi les juristes et qu'ils l'aideraient à nous faire déguerpir. Je lui répondis que notre contrat me suffisait.

Dès lors toutes les occasions lui furent bonnes pour descendre en flottant jusqu'à notre sous-sol afin de nous tracasser. Si j'emploie le mot flotter, c'est parce que aucun autre ne convient mieux. Elle portait toujours d'amples robes floues, d'un gris blanchâtre, qui se confondaient totalement avec sa chevelure et son visage également grisâtres. Chaussée de pantoufles en feutre, elle descendait sans bruit. Sa robe se gonflait comme un parachute. Cette femme était le dernier fantôme shakespearien. En notre absence ou quand nous dormions, elle tirait nos rideaux, fermait nos fenêtres, éteignait nos radiateurs, fermait nos armoires que nous laissions ouvertes pour en aérer le contenu et lisait assidûment notre courrier.

Des bureaux d'accommodation dont nous n'avions jamais entendu parler jusqu'alors se mirent à nous téléphoner des listes de logements vacants; des cartons décrivant d'autres logements libres apparurent miraculeusement sur nos tables. Un beau matin, elle descendit fermer les fenêtres du salon et tirer les rideaux. C'était le premier jour de beau temps. Je gravis l'escalier quatre à quatre, pénétrai en trombe dans son appartement sans prendre la peine de frapper et lui déclarai tout de go d'abord que nous ne déménagerions à aucun prix, ensuite que si elle se permettait de violer notre domicile une fois de plus, elle aurait besoin de tous les amis de feu son mari car je la traînerais en justice.

La pauvre vieille dame n'eut sans doute jamais aussi peur de sa vie. Une demi-heure plus tard, elle frappa vigoureusement à notre porte et entra avec un plateau chargé de gâteaux et de thé bien qu'il ne fût pas l'heure d'en prendre. L'après-midi, en notre absence, elle eut une longue conversation téléphonique avec Innes Rose, mon agent littéraire. Le soir elle nous annonça qu'elle venait de recevoir un télégramme de son fils : tout compte fait, il ne rentrerait pas en Angleterre cet été-là, elle devrait attendre encore un an pour le revoir... par conséquent, nous pouvions rester.

Je décidai immédiatement de déménager. Une seule visite à une autre agence me prouva que la discrimination raciale était aussi stricte à Londres que dans mon pays. Mais deux jours plus tard nous trouvâmes, grâce à une annonce de l'*Evening News*, un appartement au premier étage d'une maison appartenant à deux sœurs très âgées, Glenmore Road, à Hampstead. Je rappelai à Mme Mather qu'elle nous avait promis de payer notre déménagement et de nous rembourser la moitié de ce que nous avions versé à l'agence de location. Elle tint parole et le bureau d'accommodation nous en rendit l'autre moitié. Notre nouveau logement comportait deux pièces au premier étage et une cuisine dans le grenier d'une vieille maison particulière identique à toutes celles de la même rue.

Le quartier présentait un grand intérêt et nous convenait fort bien. Le centre commercial, au carrefour de Haverstock Hill Road, offrait une extrême variété de magasins. En juillet 1953 le rationnement survivait officiellement mais il approchait tellement de sa fin que nous n'eûmes même pas besoin de demander des cartes d'alimentation pour acheter sans la moindre difficulté tout ce que nous voulions. On trouvait des vivres en abondance et à des prix très inférieurs à ceux de Paris qui regorgeait pourtant de produits alimentaires. On achetait de la viande de première qualité — bœuf, mouton, agneau, porc — coupée à notre gré, des œufs, du beurre, des fromages, du poisson, de la volaille, du gibier, des fruits secs ou frais, des légumes en boîte ou frais, toutes sortes de céréales, du café, du thé, du sucre.

Nous habitions tout près de la station Belsize de la ligne de métro nord-sud qui conduit tout droit à Leicester Square c'est-à-dire à quelques minutes à pied de l'American Express. Une demiheure de marche nous conduisait à Hampstead Heath, Parliament Hill, Ken Wood, Chalk Farm, les stations de métro de Hampstead Heath, Swiss Cottage, la mare de Whitestone et le Jack Straw's Castle sur Spaniards Road — point culminant de Londres, dit-on, en passant par Primrose Hill et la bibliothèque publique centrale de Hampstead, Finchley Road.

Selon Alva, Londres est une ville complète. Si vous n'êtes pas bon marcheur vous ne comprendrez pas ce qu'elle voulait dire ainsi. Le vrai Londonien circule à pied. C'est ainsi que nous parcourûmes Soho la nuit, en faisant escale dans plusieurs bars. Nous allâmes aussi au spectacle dans le West End. Mais pour apprécier la vie nocturne de Londres, il faut des amis car elle consiste essentiellement en conversations, de même que la vie des clients de pubs, à ceci près que la nuit tout se passe dans la pénombre, dans une ambiance plus intime et à beaucoup plus grands frais. Ce qui nous amusa le plus, ce furent les promenades à Heath. Nous jetions aux cygnes et aux canards du pain imbibé de gras de bacon et nous regardions les amateurs jouer au cricket, ainsi que des matches de football. À Parliament Hill, c'étaient d'autres amateurs : ceux qui font voler des cerfs-volants. Nous explorions aussi la jungle humide de Ken Wood et le jardin zoologique de Regent's Park. Le dimanche nous allions à l'Everyman's Theatre voir de vieux classiques du cinéma. En août, quand le temps s'améliora, nous gravîmes volontiers Heath High dont les expositions artistiques en plein air nous rappelaient la foire de mai à Greenwich Village, New York.

Nos vieilles logeuses étaient venues de Pologne peu après 1930. Leur sœur, l'élégante Mme Galewska, aussi âgée, possédait une maison dans la rue voisine et donnait des leçons de piano. À en croire nos propriétaires, les récitals qu'elle donnait sur le Continent, cinquante ans plus tôt, avaient eu un grand succès. Nous allions parfois prendre le thé chez elle. J'enregistrai au magnétophone les morceaux qu'elle jouait sur son piano et elle en fut aux anges. Pour nous remercier, elle nous donna des billets de faveur pour divers concerts à l'Albert Hall. Nous en usâmes peu.

Nous nous inscrivîmes à la librairie publique de Belsize où j'eus le plaisir de voir mes romans *S'il braille, lâche-le* et *La Croisade de Lee Gordon*.

Cependant nous travaillions au roman autobiographique dans lequel Alva racontait ses déboires amoureux et sa dépression nerveuse : *The Golden Chalice* (*Le Calice d'or*). Lorsque nous n'étions pas occupés à faire des achats ou à préparer les repas ou que nous ne nous promenions pas, nous écrivions. Pour nous divertir, nous faisions l'amour. Au début nous n'avions ni amis ni relations, et ils ne nous faisaient pas défaut. En août le temps devint supportable, puis en septembre, très chaud et agréable.

Nous travaillions aux mêmes heures mais séparément. Alva rédigeait une première version dans notre petit salon. Je la remettais en forme et la divisais en chapitres, à l'étage au-dessus, dans la cuisine. En suivant l'histoire de son amour, de sa culpabilité et de la démence qui s'en était suivie, je fus repris de pitié pour elle.

Alva avait dix-neuf ans quand elle quitta Bryn Mawr College pour l'université de Bonn. C'était alors une puritaine d'Amérique tout à fait innocente. Elle avait été littéralement capturée et légalement asservie, pas seulement par son mari, mais aussi par la famille de ce dernier, sa classe, la société dans laquelle il vivait et toute la culture cannibale d'un continent entier. J'acquis la conviction qu'une jeune Américaine blanche, riche, en bonne santé, jolie et naïve est aussi vulnérable sur le continent européen qu'une jeune Américaine noire dans le Sud des Blancs. Pas étonnant que les Américains se soient constitué une tradition de violence car ils n'avaient pas d'autre moyen de se défendre contre leurs propres traditions européennes. L'histoire d'Alva me captivait, me fascinait et je fis appel à tous mes moyens pour lui donner la forme d'un roman. Parallèlement, j'en souffrais.

Nos visas d'entrée, valables pour trois mois, expirèrent vers la première semaine d'octobre mais le ministère de l'Intérieur nous accorda une prolongation de trois mois. L'argent commença à me faire défaut et Alva n'en avait pas du tout. Alors notre travail prit la cadence d'une course contre la montre. Alva m'avoua qu'elle m'avait cru riche. Nous fondions de si grands espoirs sur notre livre qu'elle ne fut pas trop déçue d'apprendre que j'étais pratiquement sans le sou. Tout ce qui se passait autour de nous nous devint indifférent. Notre existence se réduisit au trantran élémentaire : manger, travailler et dormir. Mais même pour cela il faut de l'argent. Quand le temps fraîchit, il fallut nous procurer du charbon pour l'hiver et il était encore rationné. Nous fîmes du feu sur une grille dans la cheminée de notre pièce principale : la chambre à coucher-salon et il me fut désormais impossible de travailler dans la cuisine.

Vers la mi-décembre *The Golden Chalice* par Alva Trent et Chester Himes fut là, sur notre table : un gros manuscrit de cinq cent vingt feuillets dactylographiés. Nous en éprouvâmes une merveilleuse satisfaction de tâche accomplie. J'y voyais une histoire touchante offrant les qualités des best-sellers américains. À mon avis il soutenait largement la comparaison avec le livre alors le plus en vogue aux États-Unis : *Dinner at Antoine's*.

Mais au même moment nous fûmes tout à fait à court d'argent. Je me rappelle être allé au Pen Club de Londres dans l'espoir d'en emprunter. J'appris que cette organisation a pour but de mettre les auteurs en contact les uns avec les autres, mais pas de les assister financièrement. Je n'avais aucune envie d'entrer en contact avec des écrivains ; j'en connaissais assez et même trop. Considérant que si le Pen Club ne pouvait me tirer d'affaires en cas d'urgence il était vain d'en faire partie, je donnai ma démission sur-le-champ et m'en allai du même pas voir Innes Rose, mon agent. Il me donna vingt livres contre la promesse de lui confier la gestion du copyright de notre roman. Il savait que nous l'avions écrit mais ne l'avait pas encore lu. Je sollicitai aussi une avance de mon agent new-yorkaise, Margot Johnson. Elle m'écrivit qu'une agence littéraire n'est pas une banque et je lui répondis que je me passerais désormais de ses services.

Rien n'est plus terrifiant que de se trouver seul, sans amis et sans moyens dans un pays étranger. Je portai notre manuscrit à Innes Rose et il promit de le lire aussitôt que possible. Alva prit langue avec l'éditeur londonien Macmillan et voulut que je reprenne le manuscrit à mon agent qui désirait le garder parce qu'il n'en avait pas terminé la lecture. Aussi inconsidérés que des amateurs, nous n'en possédions qu'un unique exemplaire. Pour éviter une brouille, je le laissai à Rose en promettant à Alva de le lui remettre si mon agent ne trouvait pas immédiatement un éditeur pour le publier. Cependant je mis au clou ma machine à écrire et la bague de fiançailles d'Alva, ce qui nous assura la pitance pour peu de temps. Enfin, je vendis mon magnétophone à Mme Galewska pour quarante-neuf livres.

Il neigeait abondamment et voilà qu'arriva la Noël. La ville prit selon la tradition l'aspect qu'elle a dans les romans de Dickens. Peu auparavant j'avais fait la connaissance d'un couple sympathique, Karl et Phyllis, qui dirigeaient un bureau d'accommodation d'Edgware Road : l'Agence K. Nous avions passé quelques moments ensemble à diverses reprises et nous nous étions liés d'amitié. Comte hongrois réfugié en Angleterre, Karl jouissait d'un grand prestige parmi ses compatriotes en raison de sa résistance aux nazis. Il s'habillait avec toute la recherche du Brummel qui doit des milliers de livres à son tailleur mais paie les soucoupes au bistrot du coin. Quant à sa femme, Phyllis, elle appartenait à cette catégorie de Gallois pour qui seuls les Romains sont leurs égaux dans l'histoire des hommes. Ils nous invitèrent à dîner pour la Noël.

Parmi les convives il y avait un ménage hindou, un couple de Chinois, des nuées de Hongrois dont bon nombre ne savaient pas l'anglais. Selon la tradition britannique, on servit de la dinde rôtie et du pudding. Quelques caisses d'un vin hongrois léger et sec, que Karl s'était procuré chez un importateur de ses amis, nous épargnèrent l'asphyxie par le maudit pudding de Noël que Phyllis nous obligea à avaler alors que nous étions déjà rassasiés.

Un Américain à peau foncée, qui se prétendait maya, nous offrit le clou de la soirée en tempêtant à pleine voix et en termes injurieux contre la présence des Hindous, des Chinois et de moi-même dans une réunion de Blancs. Ceux qui comprenaient l'anglais en furent éberlués.

J'aurais pu expliquer que tout Américain dont le teint foncé n'est pas dû à une ascendance africaine se croit obligé de se différencier bruyamment des autres gens de couleur par crainte d'être traité de bougnoule. Mais il me sembla que l'assistance aurait encore moins bien compris mon exposé que la conduite du Maya.

Durant la soirée quelques-uns d'entre nous se transportèrent chez d'autres Hongrois pour continuer la fête. On y consomma encore de la dinde et du pudding de Noël que je refusai. Mais je me rappelle avoir bu quelque chose et avoir dansé furieusement avec une forte fille en costume folklorique. Elle avait un visage ravissant et les yeux les plus bleus que j'aie jamais vus. Ces quelques minutes de danse restent si bien gravées dans ma mémoire que je la revois encore et que je me demande si je n'ai pas rêvé cet épisode.

Noël passé, les lampions de la fête éteints, nous nous retrouvâmes à peu près sans le sou. Je demandai de l'argent à Innes Rose mais, selon lui, il fallait encore beaucoup revoir le manuscrit pour le rendre vendable et il répugnait à le présenter tel quel à un éditeur. Je repris notre texte et le remis à Alva pour qu'elle tente sa chance auprès de Macmillan dont le jugement fut à peu près le même que celui de Rose : ce livre, histoire d'une femme, exposée d'un point de vue féminin, ne donnait pas l'impression d'être l'œuvre d'une femme. Je n'étais pas de cet avis.

La validité de notre visa expirait le 7 janvier. J'obtins à grand-peine une prolongation d'un mois. Le lendemain je téléphonai à Bill Targ à New York en utilisant l'appareil de nos propriétaires. Je lui demandai de m'envoyer cinq cents dollars à valoir sur le *Golden Chalice* s'il acceptait de le publier ou bien sur ce que je devais encore toucher de Signet pour l'édition en livre de poche de *La Troisième Génération*. Bill me répondit qu'il m'envoyait sur-le-champ un mandat télégraphique et me demanda de lui expédier le manuscrit au sujet duquel il nous ferait connaître sa décision le plus tôt possible.

Nous croyant sauvés, Alva et moi fîmes la fête, mais hélas trop tôt. Bill envoya l'argent, certes, et je le reçus dès le lendemain. Mais par la suite il refusa le manuscrit. Il estimait, lui aussi, que ce livre ne donnait pas l'impression d'être l'œuvre d'une femme, bien qu'une femme y racontât son histoire à la première personne.

En ce mois de janvier 1954 il fit un froid de loup à Londres. Nous consommâmes tant de charbon que je craignis de ne pas en avoir assez pour l'hiver. Comme notre cuisine n'était pas chauffée, nous descendions nos repas au salon pour manger devant la cheminée. Nous dormîmes fenêtres closes au risque de nous asphyxier. Dans cette rue, les tuyaux d'adduction d'eau et de vidange des étages supérieurs se trouvaient hors des maisons. Certains éclatèrent sous l'effet du gel. Pour éviter cette catastrophe, nous laissâmes l'eau couler en permanence dans la cuisine. Il faisait beaucoup trop froid pour se baigner dans notre salle de bains non chauffée. Les nécessités les plus terre à terre de l'existence nous empêchèrent de trop penser à notre roman.

Tout à coup, nous décidâmes d'aller à Majorque. Je ne me rappelle pas exactement combien nous possédions alors mais il ne me restait certainement pas plus de quatre cents dollars sur les cinq cents que Bill m'avait envoyés. Peut-être Alva reçut-elle un petit mandat de sa tante de Philadelphie qui se faisait du souci à son sujet. Ce fut certainement peu de chose et je ne me rappelle pas qu'Alva ait jamais eu de l'argent tant que nous vécûmes ensemble.

3

Nous partîmes le 31 janvier, par une matinée si froide que les autos soulevaient des gerbes de glace pilée. Nous avions donné à nos logeuses ce qui nous restait de charbon et rêvions déjà au chaud soleil et au sable doré de Majorque. La traversée de la Manche fut pénible et j'eus le mal de mer, encore plus que sur l'Atlantique. Quant à celle de la France, je n'en ai aucun souvenir.

J'ignorais que l'écartement des voies n'est pas le même en Espagne et en France. Le nombre des voyageurs qui quittaient le train à la douane de Port-Bou nous intrigua donc mais, forts de nos billets pour Barcelone, nous restâmes dans notre compartiment. Un employé de la ligne monta dans le train et nous enjoignit avec force gestes de prendre nos bagages et de débarquer. Tous les porteurs étaient déjà occupés. Il me fallut trouver un chariot et pousser nos bagages jusqu'au hangar où se déroulaient les formalités de la douane. Alva ne m'aida guère; elle s'était retirée en elle-même et j'avais perdu contact avec elle.

Le train espagnol nous emporta dans le crépuscule du matin le long des Pyrénées. Puis le soleil émergea du fond d'une mer d'or en fusion, illumina d'abord le sommet des montagnes et descendit progressivement sur des rangs de vignes bien alignées. Un paysan espagnol, assis entre la vitre et moi, fredonna d'une voix aiguë une mélodie qui flotte, descend, monte et tombe brusquement comme la tête du taureau dans l'arène. J'y vis un hymne de gloire, de sang et de mort qui m'émut étrangement. L'Espagne reste dans mes souvenirs un lever de soleil doré au son de cette chanson, la mer, les montagnes et le retrait d'Alva : souvenir douloureux, ahurissant et d'une beauté à fendre le cœur.

Le refus de son manuscrit coïncidant étroitement avec notre dénuement atterrait Alva. C'en était trop pour elle qui ne s'était jamais trouvée aussi démunie. Nous autres, Noirs d'Amérique, y sommes habitués mais, pour une Blanche de sa classe, c'était bouleversant. Je m'efforçai de rester gai et de me rendre utile. L'attitude des Espagnols me facilita les choses. Pour eux je devais être ignorant; ils tenaient à ce que je le sois pour me rendre service. Les Français auraient peut-être agi de même mais je ne l'avais pas remarqué, sans doute parce que je n'en avais pas eu besoin chez eux.

Arrivé à Barcelone j'appris que ma malle était restée à Port-Bou où j'aurais dû la présenter personnellement aux douaniers. Le public s'agglutina autour de moi et me combla de conseils auxquels je ne compris rien, cependant qu'Alva restait assise tranquillement à l'écart. Enfin un employé de l'Agence Cook me dit en anglais que si je lui remettais la clé et l'ordre de faire dédouaner la malle par l'agence, elle me l'expédierait directement à Majorque et je paierais le transport à Cook à Palma. Cette affaire réglée, nous louâmes une chambre d'hôtel pour la nuit. La journée du lendemain se passa en formalités. Il fallut encore présenter nos bagages à une nouvelle douane avant d'embarquer pour les Baléares.

La traversée nous prit douze heures. À l'arrivée au lever du jour, nous fûmes accueillis par la neige qui tombait à gros flocons. C'était ça le soleil de Majorque? Pour échapper à la foule grelottante des pisteurs d'hôtel qui se disputaient les rares arrivants avec une rage désespérée, je hélai le premier taxi que j'aperçus et fis poser nos bagages sur la galerie comme si j'avais réservé une chambre à un hôtel. Le chauffeur crut aussi que je savais où j'allais et il démarra sans me demander d'instructions. Nous roulâmes pendant des kilomètres, me sembla-t-il, au long de larges rues bordées d'érables et couvertes de neige fondante. De chaque côté, des villas aux murs blanchis à la chaux, avec chacune quelques palmiers dans leur jardin et des vignes qui fleurissaient sous la neige. Enfin nous arrivâmes à un hôtel construit récemment au milieu d'un terrain vague mais le bâtiment de cette TANGER RESIDENCIA avait bonne apparence; le gravier de l'allée semblait assez épais et la palissade peinte en vert apportait une note de gaieté. Notre chauffeur fit appel à tout ce qu'il savait d'anglais. « Vous aimez? Oui? »

Alva qui n'avait pas dit un seul mot jusqu'alors se tourna vers moi comme si elle se demandait ce qui se passait. « Au moins ça paraît propre », murmura-t-elle.

« Nous aimons, oui », dis-je au chauffeur. Une nuée de gens sortit de l'hôtel pour s'emparer de nos bagages et le propriétaire — solide jeune homme, fringant dans un complet espagnol et chaussé de souliers rouges — nous clamait la bienvenue en un anglais volubile.

L'intérieur était aussi attrayant que la façade. On nous donna une chambre glaciale au premier étage. Le plâtre y était encore frais. Mais la *señora* nous monta un ballot de couvertures et fit porter des bouteilles d'eau chaude en guise de bouillottes pour la nuit. Pendant qu'on préparait un bain pour Alva dans un autre secteur du bâtiment, je filai subrepticement jusqu'au plus proche marchand d'alcool. J'achetai deux bouteilles d'eau-de-vie de vin espagnol à cinquante *cents* chacune. Ce soir-là, on nous servit des *calamares romanos*, mets convenant à qui aime le pneu frit.

Chambre, repas, service, pourboires, extras nous revenaient à deux cents pesetas par jour. Il fallut donc consulter l'agence Vich que Billy Haygood m'avait conseillée avant notre départ pour Londres. Pour y aller nous prîmes un tramway de dessin animé, en compagnie de Majorquains et de leur bétail. Petit gros, vêtu à la dandy, le señor Vich me rappelait un chef d'orchestre des îles Vierges, Eddie Bonelli, avec qui nous avions partagé un logement au Bronx, Jean et moi. Il disposait de nombreuses villas mais toutes trop chères pour nous.

Force nous fut de recourir à Billy Haygood. Notre hôtelier téléphona à Puerto de Polensa et apprit qu'*el señor* Haygood n'y était plus et que seul *el señor* Short pourrait nous dire où il se trouvait. Nous repérâmes le bureau de Short et Fils sur l'avenida Antonio Maura et M. Short nous apprit que les Haygood étaient retournés aux États-Unis mais que leurs amis, les King, qui habitaient Cala San Vicente, à l'autre extrémité de l'île, nous fourniraient tous les renseignements que nous pourrions souhaiter.

Faute de pouvoir atteindre les King par téléphone, nous décidâmes d'aller les voir chez eux. Pour parcourir quatre-vingt-dix kilomètres, il fallait prendre le train jusqu'à Inca, un autocar d'Inca à Pollensa et un autre autocar de là à Cala San Vicente. Impossible de faire l'aller et retour dans la journée. Pour les Majorquins, ce voyage implique des adieux en larmes, l'embrassade de toute la famille et force agitations de mouchoirs. Ils n'ont d'ailleurs pas tort.

Selon notre habitude nous prîmes des billets de troisième classe. À notre grand désarroi nous nous trouvâmes dans un minuscule wagon de marchandises aux bancs de bois non rembourrés. Y grouillaient des Majorquins à l'air sinistre et douloureux, avec leur bétail : chèvres, porcs, poulets, agneaux, moutons. Le convoi consistant en sept ou huit fourgons pareils au nôtre était traîné par une petite locomotive chauffée au bois. À sept heures trente du matin, le train glissa lentement devant le quai de bois sur lequel une foule nombreuse saluait fiévreusement les voyageurs aventureux. La locomotive peinait et sifflait à tue-tête. Et voilà qu'il se met à neiger. De gros flocons couvrent le paysage à perte de vue. Nous nous serrions l'un contre l'autre parmi les paysannes en robes de laine noire qui empestaient la fornication, la sueur et le suint humide.

Les paysans vêtus de complets noirs, humides, s'accrochaient à leurs chèvres humides dans une odeur de campagnards humides, de volaille humide, de chèvres humides, presque asphyxiante dans le wagon glacial.

Quand le train dévala une côte à la vitesse fulgurante de quelque trente kilomètres à l'heure, les femmes de noir vêtues se signèrent et marmonnèrent des prières. Laissant Palma derrière nous, nous abordâmes une vallée plate de terre rouge bordée de montagnes aux sommets couverts de neige. Alors sur des kilomètres et des kilomètres des amandiers plantés en quinconce pivotèrent paresseusement à notre passage. Leurs jeunes feuilles d'un vert brillant et leurs fleurs blanches et roses donnaient l'impression de fantastiques houppettes qui tournaient lentement sous le soleil et sur la neige comme une superbe dentelle d'Espagne. Je n'oublierai jamais la pureté de ce décor animé qui effaça notre déception au sujet du livre. Je serrai doucement la main d'Alva. Les paysans s'en aperçurent et sourirent malicieusement.

Le train s'arrêta à Inca et la plupart des voyageurs débarquèrent avec leur bétail. Nous en fûmes tellement soulagés que nous restâmes dans le wagon jusqu'au terminus de Puebla. Arrivés là nous fûmes surpris de trouver la gare déserte et aucun autocar en vue. La neige avait cessé de tomber, mais il pleuvait des hallebardes de glace. Nous cherchâmes quelqu'un qui aurait pu nous renseigner, mais c'était l'heure du déjeuner et l'unique guichet était fermé. Quelques-uns des paysans qui étaient allés jusqu'au bout de la ligne nous observaient avec curiosité. Alva les interrogea en français, mais aucun ne la comprit. Je tentai ma chance en anglais ce qui provoqua chez eux une vive excitation. Ils se mirent à jacasser et gesticuler. Ni leurs mimiques ni leurs propos n'avaient ni queue ni tête pour nous. D'autres arrivèrent de la rue. Le bruit courait certainement en ville qu'un Martien était tombé du ciel. Avant peu il y eut tant de monde dans la salle d'attente qu'on pouvait à peine y remuer. « Norteamericano ? demanda quelqu'un.

— *Si, si señor.* » Ayant épuisé tout mon vocabulaire espagnol, je m'écriai en désespoir de cause : « Taxi. »

Leurs sombres visages s'éclairèrent d'un sourire. « Taxi. Si, taxi. » J'en conclus que ce mot a le même sens en toutes langues.

Quelques-uns sortirent de la gare et plongèrent sous la pluie. Une demi-heure plus tard les éclaireurs reparurent avec un quidam qu'ils semblaient avoir arraché à sa table du déjeuner. « Vous voulez taxi ? J'appelle taxi. Vous aurez taxi d'Inca. »

Alva estima qu'il était temps d'entrer dans le débat. « Nous prendrons un autocar pour Pollensa », dit-elle.

Le chef de gare haussa les épaules et écarta ses deux mains ouvertes. « Pas de car avant six heures. »

Alva consulta sa montre. Il n'était guère plus de midi. « Qu'il appelle un taxi », dis-je.

Le chef de gare sourit, satisfait.

Toute l'assistance avait écouté la conversation sans y rien comprendre. Les regards allaient d'un visage à l'autre, observant chaque changement d'expression. Quand le chef de gare sourit, ils en firent tous autant et l'un s'écria même : « Olé ! »

Le chef de gare passa derrière le guichet où il officiait d'ailleurs personnellement parce qu'il n'y avait pas d'autre employé dans cette station. Il appela un taxi à Inca par téléphone, ressortit du bureau, referma soigneusement la porte à clé derrière lui, nous dit que le taxi ne tarderait pas à arriver et s'excusa de nous quitter pour aller finir son déjeuner. Nous le remerciâmes abondamment. Au bout d'une heure un klaxon retentit d'un ton qui semblait s'excuser. Plusieurs voix clamèrent « Taxi ! ». La voiture nous attendait à une cinquantaine de mètres, dans une rue bourbeuse. Cette bagnole me rappela la première que mon père avait achetée en 1917. « De toute façon, ça vaut mieux que de faire le trajet à pied », dis-je à Alva, effarée.

Nous suivîmes nos guides sous la pluie torrentielle et embarquâmes dans le taxi. Les ressorts des sièges étaient défoncés. La tapisserie tombait en loques; il n'y en avait plus au plafond et la vitre manquait à une des portières. Je m'assis de ce côté-là, relevai le col de mon pardessus et dis au chauffeur : « Cala San Vicente. » Il hocha la tête et appuya sur le démarreur, comme s'il faisait ce trajet tous les jours. Le moteur toussa, cafouilla et la voiture démarra en tremblant de tous ses os. Debout sous la pluie dans la rue fangeuse, notre public salua de la main notre départ.

Presque immédiatement nous nous trouvâmes en pleine campagne sur une route de terre molle, enserrée entre deux murets de pierre, tellement étroite que nous n'aurions pu croiser un piéton. Aucun danger de déraper car les roues étaient coincées dans les ornières plus sûrement que sur des rails.

Au-delà des murs s'étendaient des lopins de terre rouge fraîchement labourés, séparés les uns des autres par d'autres murs de pierre aussi bas. Désormais la chaîne de montagnes se dressait droit devant nous. Des coulées de neige s'étendaient des sommets jusqu'aux oliviers épars dans les champs. Pas le moindre signe de vie d'un horizon à l'autre.

Alva venait à peine de remarquer que nous étions en plein désert quand le moteur s'arrêta. Le chauffeur sortit sous la pluie, pataugea dans la boue, souleva le capot, regarda le moteur, secoua quelque chose, vint prendre un tournevis sous son siège, retourna à l'avant de l'auto et bricola pendant un certain temps. Il avait la tête nue. La pluie collait ses cheveux à son crâne et coulait sur son visage. Son mince pardessus de coton était complètement imbibé d'eau. Enfin, il abandonna la partie, revint vers nous, ouvrit la portière sans fenêtre et dit : « *Mecánico.* » Il partit en trottant vers le village que nous avions quitté un moment auparavant.

Je me serrai contre Alva dans le coin le plus sec. Nos vêtements étaient trempés. Le regard perdu sur la terre rougeâtre, nue, arrosée par une pluie torrentielle, nous ne trouvions rien à nous dire.

Il nous sembla que l'attente durait des heures mais en réalité une heure et dix minutes plus tard, d'après la montre d'Alva, notre chauffeur revint en trottant entre les deux ornières.

Un autre homme vêtu d'une salopette crasseuse le suivait à bicyclette. Il appuya sa machine au muret de pierre, ouvrit la portière sans fenêtre, passa la tête dans le taxi, sourit et annonça « *mecánico* » en pointant son index sur sa poitrine. Puis il referma soigneusement la portière et alla examiner le moteur.

Stupéfait, je constatai qu'il n'avait pas d'autre outil qu'un marteau à panne ronde, dans sa poche revolver. Après avoir examiné le moteur pendant quelques minutes, il brandit son marteau et frappa quelques coups sonores sous le capot. Puis il ouvrit la portière avant et appuya sur le bouton du démarreur. Rien ne se produisit. Il donna encore quelques coups de marteau sur le tableau de bord et appuya de nouveau sur ce même bouton. Alors le moteur toussa, cafouilla et ronronna. Le *mecánico* se tourna vers nous avec un large sourire. « Cette auto n'avait besoin que d'une bonne raclée », dit Alva.

Nous arrivâmes à Cala San Vicente sans autre mésaventure et sans apercevoir âme qui vive. Les rues de ce pittoresque petit village étaient aussi désertes que la campagne environnante, balayées par le vent et la pluie. Il nous sembla que les habitants avaient fui le nord de l'île à l'approche d'un raz de marée. Nous entendions le ressac tonner contre les rochers, plus sonore que le tambourinement constant de la pluie diluvienne. Bien que trempé jusqu'aux os, notre chauffeur semblait étrangement joyeux. Il descendit de voiture, trotta sous la pluie et revint peu après avec un autre homme qui nous indiqua en *pidgin English* la *residencia* où logeait « un ménage américain avec une petite fille ». Notre chauffeur nous y conduisit.

Le propriétaire de la *residencia*, qui parlait anglais, révéla que les King n'étaient restés là que quelques jours avant d'aller s'installer dans la *casa* d'un de leurs amis, un certain Haygood, à Puerto de Pollensa et que nous les retrouverions facilement au café *The Sands*.

Notre chauffeur était encore là. Il nous conduisit à Puerto de Pollensa pour deux cents pesetas. À notre arrivée la ville était déserte, sans personne en vue. Mais quand le taxi s'engagea sur le quai, j'avisai toute une succession de bars, de cafés, de restaurants, côte à côte. Hélas, tout était clos et la pluie tombait toujours à torrent. Nous finîmes par distinguer l'enseigne THE SANDS.

Je descendis de la voiture dans l'espoir de réveiller quelqu'un. Les volets n'étaient pas bouclés. Je les entrouvris et me trouvai devant une salle bondée de danseurs qui se trémoussaient furieusement au tintamarre d'un juke-box. Je me crus halluciné et restai sur le seuil, bouche bée, comme un crétin.

Une jeune femme blonde aux joues roses et au visage ravissant vint vers moi. Elle souriait d'un air si engageant que j'en fus gêné. « Entrez, dit-elle, n'ayez pas peur.

— Je cherche les King. Je n'espérais trouver personne dans ce pays qui m'a paru désert.

— Je suis madame King, dit-elle. Entrez, prenez un verre et dites-moi ce que vous voulez.

— Quelqu'un m'attend dehors. Nous cherchons un logement à Majorque.

— Alors, venez chez moi, dit-elle. Ici on fête un mariage. Nous habitons la *casa* où logeait Bill. » Elle monta dans le taxi avec nous. Le chauffeur nous déposa derrière leur maison dont la façade donnait sur la mer.

M. King, homme jeune et qui semblait démobilisé depuis peu, et sa femme discutèrent de notre situation. Une certaine Catalina possédait à peu près tous les logements à louer de la ville. Ils l'appelèrent au téléphone. Elle offrit un appartement au rez-de-chaussée d'une maison dont le premier étage était loué à un couple d'Anglais : un capitaine en retraite et sa femme. Loyer : 750 pesetas, plus le gaz et le téléphone. Je demandai à visiter. Nous partîmes tous rejoindre Catalina à la *casa* en question. Tout en marchant auprès de Mme King, je lui pris la main machinalement. Alva s'en aperçut.

Doña Catalina nous fit visiter l'appartement, assez neuf, de trois chambres, un grand salon, cuisine et cabinet de toilette-salle de bains à l'américaine. Tout cela me parut agréable, intime. Je louai sur-le-champ.

Doña Catalina Rotger Amengual était une forte quinquagénaire, grande pour une Espagnole, aux cheveux noirs à reflets roux et au sourire sensuel. Elle était veuve. J'appris plus tard que son frère, Don Ignacio Rotger Amengual, tenait le grand magasin (*vaqueraía*) fréquenté par tous les étrangers. Je n'ai jamais connu d'autre Espagnole catholique aussi cosmopolite; elle avait beaucoup voyagé et ce qu'elle ignorait ne valait pas la peine d'être connu. Elle ne crut pas le moins du monde qu'Alva et moi étions mariés, mais ne parut guère y prêter attention. Nous devions nous installer le lendemain (début de février 1954). Mme King nous offrit de passer cette nuit-là chez elle, mais Alva refusa. Il nous fallut donc nous contenter d'une chambre glaciale dans une pension près de la *vaquería*. Alva fut malade. À plusieurs reprises je dus aller à la cuisine remplir une bouteille d'eau chaude pour la poser sur son estomac et quand nous partîmes chercher nos bagages à Palma le lendemain matin, elle était livide. Trop mal en point pour participer au déménagement, elle m'en laissa la charge.

Aussitôt arrivés « chez nous », j'allumai un feu d'enfer dans la cheminée du salon, puis j'allai acheter des vivres à la *vaquería*. Ensuite je fis un feu de charbon de bois dans la cuisine. Peu après la tombée de la nuit, alors que nous étions assis devant la cheminée, Alva blêmit et hoqueta : « Chester, je m'en vais, je meurs, Chester. » Je me levai d'un bond et la saisis juste au moment où elle allait tomber de sa chaise. Je la portai dans la chambre à coucher du fond. Elle était tellement blanche que, pendant un instant, je la crus morte. Mais sans prendre le temps de m'en assurer, je courus au vestibule et téléphonai tout de go à Catalina que ma femme était en train de mourir. En quelques minutes elle arriva avec un médecin. Ce petit gros homme, chauve, ne parlait pas un mot d'anglais. Catalina servant d'interprète, il me posa quelques questions au sujet de la santé d'Alva en général et me demanda en particulier si elle souffrait de troubles cardiaques. Puis il pénétra dans la chambre afin de l'examiner. Catalina me dit de l'accompagner car tel était l'usage en Espagne. Je m'exécutai. Le médecin ausculta Alva avec son stéthoscope et lui releva les paupières, puis il rangea ses instruments et rejoignit Catalina. Ils échangèrent quelques mots en espagnol. Tous deux m'observaient avec curiosité. « Il me semble que c'est un cas d'autohypnotisme. » Tel fut le diagnostic du médecin qui prescrivit des pilules de nitroglycérine à placer sous la langue et me recommanda de maintenir ma femme au lit pendant plusieurs jours.

Pendant le premier mois nous ne fréquentâmes presque personne. Le capitaine anglais et sa femme qui logeaient au-dessus de nous passaient des vacances en Angleterre. D'après Catalina ils avaient emporté toute une cargaison d'oranges pour les vendre. Une femme de ménage continuait à aller chez eux deux fois par semaine. Alva lui confia notre blanchissage. Mme King vint la voir. Ensuite Alva me déclara : « Je lui ai réglé son compte une fois pour toutes. » Elle m'étonna en me révélant que je l'avais rendue jalouse lorsque j'avais pris la main de cette femme le soir de notre arrivée à Puerto Pollensa. En tout cas, Mme King ne donna plus signe de vie.

Depuis que Bill Targ avait refusé *The Golden Chalice*, le manuscrit était devenu odieux à Alva. Elle ne voulait pas le voir et il n'était pas question de le présenter de nouveau à un agent ou à un éditeur. Ne sachant que faire de ce livre, je me mis à la tâche sur un roman de mon cru auquel je donnai provisoirement le titre de *La Fin d'un primitif*. Alva finit par se consacrer à notre ménage et je passai mes journées à écrire dans notre petit patio. Des rosiers grimpants couvraient entièrement les murs et parfois une douzaine de chats assis côte à côte au faîte de ces murs m'observaient pendant mon travail. Au début, je m'écartais souvent de mon sujet mais Alva me ramenait toujours à l'histoire essentielle, celle de Jess et de Kriss. Ma manière d'écrire la fascinait et elle suivait attentivement l'évolution de cette liaison entre un Américain noir et une Américaine blanche. Je ne sais ce qu'elle en pensait et il ne me vint jamais à l'esprit de l'interroger à ce sujet. Je ne lui dis pas non plus qu'il s'agissait presque d'un roman autobiographique : l'histoire de mes relations avec Vandi. Je me pris de passion pour ce travail qui m'absorba entièrement et n'avança pourtant que lentement. Sans cesse Alva me pressait d'atténuer mes expressions et d'édulcorer les scènes car elle craignait de le voir tomber dans la pornographie.

Or aux États-Unis, toute relation entre un Noir et une Blanche prend un caractère sexuel qui frise la pornographie. Décrire un Noir, la noirceur de sa peau, la noirceur de ses organes sexuels, la noirceur de ses jambes, l'épaisseur de ses lèvres, sa chevelure crépue qui a quelque chose d'aphrodisiaque, auprès des seins blancs, des mamelons roses, des cuisses blanches et de la pilosité pubique soyeuse d'une Blanche, même dans les intentions les plus sérieuses, prend inévitablement un aspect lubrique aux yeux des Américains.

Depuis quelques mois, précisément, les airs de respectabilité hypocrite des Blancs qui feignaient d'être outrés en nous voyant ensemble, Alva et moi, me rendaient d'autant plus furieux que leurs sourires et leurs regards dépravés révélaient combien ils étaient jaloux de l'orgie constante qu'ils imaginaient. J'avais aussi un autre but : exprimer mon étonnement devant leur attitude; les Blancs qui continuent à croire l'Américain noir affligé de tous les vices ne sont que des idiots par autosuggestion. Selon toute évidence, et c'est inévitable, le Noir d'Amérique est le spécimen humain le plus névrosé, complexé, inanalysable de l'histoire humaine. Il appartient à une nouvelle catégorie d'hommes : la seule nation née à l'époque contemporaine. Les durs à cuire aux idées surannées qui en sont restés à un racisme datant du temps de l'esclavage et continuent à considérer le Noir des États-Unis comme un primitif commettent la pire des erreurs. Il n'est d'ailleurs guère besoin d'être intelligent pour savoir que ce Noir est un homme nouveau, compliqué, intrigant et pas particulièrement aimable. Il m'est difficile à moi-même d'aimer les Noirs américains; mais je sais pourtant que nous n'avons rien de primitif et que l'Africain le plus sophistiqué l'est beaucoup plus que nous. Mais comment expliquer cela ? Telle était la question à laquelle je m'efforçais de répondre dans *La Fin d'un primitif*.

Parallèlement, pendant que je peinais à cette tâche, une odeur de sensualité émana de mon corps et je fus entouré par une espèce de halo sexuel. C'était pareil à un miasme. Toutes sortes de pervers blancs s'en aperçurent et furent attirés. Des puritains aussi, je dois le dire.

Un jour, un jeune homme de haute taille, brun et velu, arborant l'uniforme classique du mondain des États-Unis retournant à la Nature — espadrilles en loques, pieds sales, pantalon de coton élimé et en tire-bouchon, chemise de sport ouverte jusqu'au nombril —, se présenta chez nous. Il semblait porter une pancarte gigantesque clamant : je suis homosexuel. Il s'assit dans le patio en tremblant comme si on l'avait enfermé dans la cage d'un gorille mâle et il nous invita à dîner avec lui et son amant. Nous avions déjà entendu parler de ce couple. À Puerto tout le monde les appelait Bob et Mog. D'après les anecdotes qui circulaient sur eux, c'étaient les pédérastes les plus exhibitionnistes de toutes les îles méditerranéennes.

Et pourquoi n'aurions-nous pas accepté ? Nous dînâmes donc chez eux, sur une terrasse, en face de la baie. Bob appartenait à une famille opulente et très cotée dans la haute société de Boston. Il avait fini ses études à Harvard, comme le riche homosexuel, personnage secondaire du roman auquel je travaillais. Je crus comprendre que c'était l'élément femelle du couple et Mog le mâle. Il avait le type du grand Aryen blond cher à Hitler et descendait directement d'immigrants allemands. Il était passé par Princeton puis par Cambridge (ou Oxford ?) et était retourné à Princeton, mais pour y enseigner la littérature anglaise et enfin entrer au service du ministère des Affaires étrangères. Chargé d'affaires dans une quelconque ambassade américaine en Europe, il avait été révoqué lors de la chasse aux sorcières par la commission d'enquête du sénateur McCarthy. C'est alors qu'il avait fait connaissance avec Bob et ils étaient venus ensemble passer une longue lune de miel à Majorque.

Les « gars », comme je les désigne toujours mentalement quand je pense à eux, achetaient leur gin dans d'énormes bonbonnes pareilles à celles qui trônaient autrefois sur les fontaines réfrigérantes des bureaux américains. Ils ne manquaient évidemment pas de citrons dont ils se procuraient une bonne partie dans le jardin des King. Nous étions en train de boire des Tom Collins dans de grands verres quand je tombai dans un cirage opaque. Ainsi que je l'ai déjà expliqué, personne ne remarque mon état quand cela m'arrive car mon attitude ne change pas, tout au moins je le crois. Quant à moi je ne m'en rends compte que lorsque je reviens à la réalité parce que j'ai perdu toute notion de ce qui vient de se passer.

Je me rappelle avoir joué au monopoly avec Alva et les gars sur la terrasse, puis être revenu à moi après le coucher du soleil ; l'appartement était alors bondé et j'étais debout devant Mme King, assise sur un canapé, qui s'ingéniait à faire manger un petit sandwich au caviar à la chatte des gars, une siamoise enceinte. J'admirais les seins de cette belle blonde. S'ensuivit une série d'autres obscurcissements complets au cours desquels des gens disparaissaient et je continuais à me faire épisodiquement des idées au sujet de Mme King qui s'éclipsa à son tour, je ne sais ni quand, ni comment. Enfin, j'aidai Alva à descendre prudemment de périlleux escaliers puis à retourner à pied le long de la baie jusque chez nous. Nous pataugeâmes sûrement dans l'eau car, lorsque nous arrivâmes en lieu sûr, ses bas et mon pantalon étaient trempés. À trois heures du matin j'étais en train de faire cuire des rognons dans la cuisine quand Alva fit une chute dans la salle de bains, se disloqua l'omoplate et se fit une grosse bosse à la tête. Le lendemain elle avait les deux yeux pochés.

Je la conduisis chez le Dr Gomez. Son cabinet de consultation était heureusement situé dans notre rue et nous y parvînmes sans rencontrer trop de monde. Pourtant le bruit courut aussitôt à Puerto de Pollensa que j'avais rossé Alva.

Le médecin l'examina avec son appareil de radioscopie et déclara qu'elle avait l'épaule fracturée. Il attribua l'enflure du visage et les yeux pochés au coup qu'elle s'était donné sur la tempe et il nous assura que ces stigmates disparaîtraient en quelques jours. Aussi ivre que moi à ce moment-là, elle avait probablement trébuché dans sa jupe en la retirant et était tombée contre le lavabo. Le Dr Gomez lui mit le bras en écharpe dans un linge noir, lui plâtra l'épaule et nous recommanda de revenir le voir au bout d'une semaine.

Catalina nous procura une bonne pour s'occuper de notre ménage. Plusieurs membres de la colonie anglo-américaine vinrent nous assurer de leur sympathie et surtout satisfaire leur curiosité. D'abord, ce furent les gars qui semblaient contrits et s'excusèrent. Puis vint une femme âgée que nous n'avions encore jamais vue. Elle se répandit en louanges sur le Dr Gomez qui traitait son fils atteint de leucémie. Riche veuve, elle était venue du Texas à Majorque rien que pour le consulter car elle avait appris qu'aucun autre médecin au monde ne pouvait sauver son rejeton qui mourut d'ailleurs peu après.

Je ne me rappelle pas quelle était alors exactement notre situation financière, mais elle n'avait rien de désespéré. World m'avait consenti plusieurs petites avances et un à-valoir de huit cents dollars sur un livre de nouvelles qui devait être intitulé : *Black Boogie Woogie*. À un certain moment j'avais aussi emprunté cent ou deux cents dollars à mon frère Edward qui vivait à Harlem. Je les lui avais fait rembourser par World. Il m'avait écrit pour me conseiller de faire un rapide aller et retour aux États-Unis afin de mettre de l'ordre dans mes affaires et il concluait par l'adage classique : tout bon soldat doit savoir se tenir sur ses propres jambes. Je cessai de lui écrire et le perdis de vue pour neuf ans.

L'épaule d'Alva ne guérissant pas au bout d'une semaine, le Dr Gomez nous envoya la faire radiographier à Pollensa : une vingtaine de kilomètres du Puerto. La radiographie révéla qu'elle n'avait rien du tout. Gomez retira le plâtre, la libéra de son écharpe et, quelques jours plus tard, elle était guérie.

L'accident d'Alva attira l'attention de la colonie étrangère. Tous les Anglais et Américains des parages, condescendants, frustrés, pervers, indiscrets et qui s'ennuyaient, eurent une excuse pour pénétrer dans notre intimité, se rendre compte de la manière dont nous vivions, examiner de près la Blanche qui osait cohabiter avec un nègre, lequel la rossait en guise de récompense, et voir aussi ce nègre qui rouait sa maîtresse de coups. Certains supputaient aussi s'il valait la peine de risquer une coucherie. Mais d'autres compatissaient sincèrement : Catalina, par exemple, qui aimait bien Alva; les gars, qui appartenaient à une minorité décriée; l'artiste espagnol local, Roch Minué et sa femme, dont nous avions fait la connaissance peu auparavant.

Roch Minué vivait dans une vieille maison en pierre de taille, à l'extrémité de l'esplanade. Il disposait d'une vaste terrasse en face de la baie, si bien située qu'on la voyait de partout aux environs. Par beau temps, c'est-à-dire de mars à octobre, il peignait les bateaux de pêche ou bien il pénétrait à l'intérieur des terres et dessinait à l'encre de Chine de vieilles maisons espagnoles, des puits et des moulins à vent. J'ai toujours été convaincu qu'il aurait pu faire mieux s'il l'avait souhaité. Mais il n'avait d'autre ambition qu'assurer sa subsistance.

Lorsqu'il apprit que nous arrivions à fin de bail et que nous ne voulions pas rester au Puerto durant l'été où la ville est envahie par les touristes allemands et américains, il offrit de nous trouver une maison à Deya, village de Majorque qu'il préférait entre tous. Les recherches que nous avions entreprises par l'intermédiaire des facteurs, selon la méthode préconisée par Catalina, nous décevaient; j'acceptai donc sa proposition. Il prit langue avec son ami Gaspar Sabater, directeur d'école et juge de paix de Deya, qui suggéra un logement appartenant à un certain Pedro Canales. Roch Minué ne nous cacha pas que nous regretterions peut-être le confort de chez Catalina mais que nous serions assez à l'écart de la grande route et nous aurions un petit jardin paisible où je pourrais travailler. Je traitai pour six cents pesetas par mois, sans visiter. Minué s'occupa du transport de nos bagages.

Déménager encore nous faisait horreur. Depuis que nous vivions ensemble nous avions déjà changé quatre fois d'adresse. Mais la colonie étrangère du Puerto nous entraînait dans une vie trop fiévreuse et nous étions heureux de la quitter. J'étais d'ailleurs habitué à errer ainsi. Hormis durant mes sept années et demie de prison, je n'avais cessé de déménager aux États-Unis, d'abord parce que mon père allait d'un collège noir à l'autre, d'un bout à l'autre du Sud; ensuite, avec Jean, nous n'avions gagné notre vie qu'en nous déplaçant aussi souvent que des gamins jouant à chat perché. Même en prison, d'ailleurs, j'étais passé d'une compagnie à l'autre, d'un quartier à l'autre, d'un dortoir à une cellule et vice versa, du bâtiment principal à la ferme pénitentiaire et, dans cette ferme, d'une affectation à l'autre, du bâtiment des prisonniers exempts de travail aux cellules disciplinaires et au mitard. Je ne le savais pas encore en ce temps-là mais je ne devais cesser de déménager, toujours à un cheveu du dernier degré de la misère, à tel point que le changement perpétuel fut le seul élément constant de mon existence.

Roch Minué ne nous avait d'ailleurs pas trompés au sujet de Deya. Ce village m'émut plus que toutes les agglomérations grandes ou petites que j'avais connues jusqu'alors et que j'ai connues depuis. Vieille, très vieille ville, sans aucun hôtel, construite à l'origine sur un rocher qui se dresse, abrupt, au-dessus de la vallée et dépasse en hauteur les collines avoisinantes, elle s'étend sur un promontoire nu où se trouvent l'église et le cimetière, puis sur une pente raide de trois cents mètres jusqu'à une étroite vallée bordée d'oliveraies en terrasses descendant vers une anse où la mer s'étale jusqu'à l'horizon. Les collines qui l'entourent sont faites de pierre rose. Du milieu de l'après-midi jusqu'à dix heures du soir, les rayons du soleil s'y reflètent et le paysage donne l'impression d'un morceau de sucre blanc au fond d'un verre conique de vin rosé. Deya est une ville rose. Une grande hacienda s'étendait de la place du village jusqu'à la grande route qui va de Palma à Soller. Les citronniers de son verger fleurissaient à notre arrivée. De ma vie entière je n'avais rien connu de comparable à leur parfum aphrodisiaque, particulièrement perceptible au soleil levant et au clair de lune. Deya convient à ceux qui veulent faire la sieste et l'amour dans une chambre bien close aux heures les plus chaudes de la journée.

Nous y allâmes un samedi. Notre propriétaire, Pedro Canales, nous accueillit à la descente du car. Nous chargeâmes nos bagages sur une voiture à bras aux grandes roues pour les hisser au sommet de la colline. Notre nouvel intérieur nous déçut brutalement.

Comme bien des maisons espagnoles, celle où nous devions habiter était divisée au petit bonheur entre deux propriétaires. Notre part — celle qui appartenait à Pedro Canales — donnait sur la place où se trouvait la fontaine qui fournit l'eau potable aux habitants de Deya. Elle niche au pied de l'escalier de pierre qui conduit à la ville haute et à l'église. L'autre partie du bâtiment appartenait à Damien Caubet, un avocat de Palma. Elle ouvrait sur la grand-route et on ne la voyait pas de la place du village. Son propriétaire ne l'occupait qu'en fin de semaine et pendant les vacances.

Notre porte d'entrée se trouvait au fond d'une impasse ouvrant sur la place. On pénétrait d'abord dans un vestibule en couloir, meublé de deux rangées de chaises. Il conduisait directement dans la principale chambre à coucher. Malheureusement, cette chambre était enclavée dans l'autre partie de la maison et ses fenêtres donnaient aussi sur la grand-route. Cloisons si minces que nous entendions nos voisins des deux côtés de la pièce et les passants sur la route. Au début de la soirée, à l'heure de la promenade, cette pièce était aussi bruyante que la salle des pas perdus de la plus grande gare new-yorkaise.

Vers le fond de la maison on traversait plusieurs petites pièces aux usages indéterminés, pour arriver à une vaste cuisine d'un type primitif mais présentant cet avantage que lorsqu'on fermait la porte de derrière, il y régnait une obscurité complète, même en plein midi des jours les plus ensoleillés. Ses pavés semblaient avoir été arrachés d'une chaussée romaine. Hormis la porte, il y avait une petite ouverture : un créneau creusé dans le mur épais. Un évier presque plat, taillé dans un bloc de pierre brute, et deux potagers à charbon de bois, tels étaient les seuls aménagements de cette cuisine. Un puits se trouvait juste à côté de la porte qui ouvrait sur un petit jardin clos d'une palissade sur laquelle s'allongeait une treille. Y poussaient un amandier et un figuier. Les cabinets étaient situés dans la cave de l'appartement voisin. Pour s'y rendre il fallait traverser la cuisine et le jardin, puis suivre un étroit sentier le long du mur. Des bestioles innommables y grouillaient dans une puanteur et une saleté immondes. Faute de mieux, nous trouvâmes une espèce d'urne en terre cuite que nous posâmes tous les soirs sur le carrelage de la cuisine pour un usage nocturne auquel elle n'était pas destinée.

L'absence d'eau courante, de vidange, de salle de bains et de cabinets à l'intérieur effara Alva. Mais dès que Pedro Canales se retira après avoir déposé nos bagages, nous partîmes nous promener sur la route, en direction de Palma. Inconsciemment nous cherchions sans doute à nous évader. Nous dînâmes dans un petit restaurant, près de l'arrêt de l'autobus, et, avant de rentrer, nous nous arrêtâmes dans un magasin pour acheter des bougies et deux bouteilles d'eau-de-vie.

Déjà les jours allongeaient et il faisait chaud. Nous sortîmes des chaises dans le jardin et y restâmes à respirer le parfum des citronniers en fleur jusqu'à ce que l'obscurité libère dans notre imagination trop de petites bêtes visqueuses. Alors nous rentrâmes, fermâmes les portes à double tour ainsi que les volets. L'unique ampoule nue suspendue au plafond de notre chambre nous éblouit. Vers dix heures du soir, la lumière papillota et baissa lentement. Puis on ne vit plus que le filament rouge qui noircit peu à peu et s'éteignit complètement en nous laissant dans une obscurité d'Érèbe. Nous bûmes toute une bouteille d'eau-de-vie en nous la passant de l'un à l'autre.

Nous nous réveillâmes vers sept heures du matin. Le soleil était déjà haut et chaud. Nous ouvrîmes fenêtres et volets. Notre logement n'avait plus le même aspect. Il semblait plus gai et même habitable. Notre propriétaire arriva de bonne heure avec la quittance du premier mois de loyer, proprement dactylographiée à l'encre violette. Nous apprîmes ainsi notre adresse : Plaza del Porche. Solide gaillard au teint clair, aux yeux bleus, très fier de son anglais, Pedro Canales avait toute la vanité du petit propriétaire foncier espagnol. Alva se plaignit de l'absence de salle de bains. D'un sourire paternel, il nous exhiba ses dents d'émail blanc et dit tranquillement : « Vous pouvez aller vous baigner dans l'anse, à l'extrémité du village. Elle n'est qu'à trois kilomètres. »

C'était le dimanche matin et bientôt nous vîmes les gens du pays vêtus de noir monter vers l'église. Peu après, notre voisin, Damien Caubet, vint nous rendre visite. À première vue il me fit l'effet d'un Anglais ratatiné par la débine. Ce matin-là, il portait un veston usagé en lin blanc d'une propreté douteuse, une chemise bleue amidonnée, au col râpé, une cravate rouge décorée de fleurettes, un pantalon de flanelle grise enflé aux genoux et des souliers rouges très prisés à Majorque, aussi brillants que des miroirs. Il nous invita à prendre le thé le jour même chez Gaspar et Jeannette Sabater. Gaspar nous avait recommandés au propriétaire, mais nous ne le connaissions pas encore; il habitait chez son beau-père près de l'arrêt de l'autobus. Nous débouchâmes la seconde bouteille d'eau-de-vie en l'honneur de Damien qui passa presque toute la matinée chez nous.

Pour la première invitation par des Espagnols, je mis mon complet de gabardine beige avec chemise blanche, cravate noire et souliers en cuir de Cordoue à semelles de crêpe. Alva revêtit son ensemble rose : robe rose, collier et boucles d'oreilles en perles roses et souliers roses. Elle avait beaucoup bruni. Ce rose s'harmonisait à mon gré avec sa peau foncée, ses yeux marron, sa chevelure d'un brun tendant sur le noir, comme celle des plus jolies Espagnoles. Il me semblait qu'elle m'accordait un privilège insigne en me confiant, à moi exclusivement, le soin de veiller sur sa personne infiniment précieuse. Je me félicitais de cet honneur, mais l'importance de ma mission m'intimidait. Pour débarrasser ma chevelure crépue de la poussière qui s'y incruste, je l'avais frottée à l'huile d'olive et nous resplendissions.

Sabater habitait une maison à un étage que j'avais déjà remarquée au bas de la rue. Je n'eus guère le temps d'admirer l'intérieur car, à peine la bonne nous eut-elle ouvert la porte qu'une jolie femme aux cheveux noirs, au visage anguleux et subtil et au ventre gonflé par une proche maternité, arriva du jardin et se présenta sous le nom de Jeannette Sabater. Elle nous fit traverser la salle à manger pour nous conduire au jardin, isolé de la rue par une haie épaisse. S'y trouvait déjà une compagnie nombreuse : femmes aux robes de couleurs gaies, hommes en complets foncés. Assis sur des chaises de salle à manger à dossier droit, au siège rembourré, ils tenaient sur leurs genoux des petites assiettes à bord doré, sur lesquelles se trouvaient des tranches d'un gâteau piteux, vert et blanc, glacé au sucre. Ils buvaient soit du thé, soit de l'eau-de-vie.

Je fis enfin connaissance avec Sabater. Il portait un complet taillé à l'anglaise avec gilet mais ses souliers rouges en gâchaient l'effet. De haute taille, il prenait de l'embonpoint et ses cheveux commençaient à se clairsemer. Ses yeux foncés semblaient un peu exorbités derrière ses lunettes aux verres non cerclés. Il nous observa avec curiosité. Mais il joua le rôle de l'hôte affable, de l'homme de bonne volonté, heureux d'avoir rendu service à des amis de son ami artiste. Il souhaita, dans son meilleur anglais, que nous ayons trouvé notre nouveau logement à notre convenance. Alva se déclara satisfaite et le remercia. Damien nous offrit chaises, gâteau et thé.

Et voilà qu'un jeune Américain se précipite

vers nous avec enthousiasme comme s'il retrouvait enfin de vieux amis perdus de vue depuis longtemps. Il portait un complet de flanelle abondamment saupoudré de pellicules sur les épaules. Avant même qu'il eût ouvert la bouche, je devinai qu'il était originaire du sud des États-Unis, que ses parents étaient riches et qu'il était passé par l'université de l'Alabama ou par Ole Miss. Il se présenta sous le nom de Binum, nous appela ostensiblement Monsieur et Madame Himes et sollicita la permission de nous rendre visite.

Damien s'accroupit auprès de nous et Jeannette nous apporta des tranches du gâteau spongieux. Tout à coup j'entendis quelqu'un dire en anglais d'une voix ferme : « Non, merci. Non, non, je vous en prie. » Je me retournai et vis la carcasse osseuse d'un Anglais tout en angles. Sa chevelure en tête-de-loup, foncée et frisée, était à peine mouchetée de gris. Il avait la tête d'un boxeur. Sa chemise blanche n'était pas boutonnée à la gorge, son short kaki usagé exposait ses jambes blanches, presque glabres, et ses genoux cagneux. Il était assis presque négligemment sur une de ces inconfortables chaises à dossier droit. Remarquant que nous l'observions, il sourit et clama catégoriquement : « Je déteste les gâteaux. » C'est ainsi que nous fîmes connaissance avec Robert Graves. Depuis lors, chaque fois que je vois son nom dans un journal ou sur la couverture d'un livre, j'entends : « Je déteste les gâteaux ! » Je regrettai de ne pas avoir dit cela moi-même au lieu de rester embarrassé comme un nigaud avec ma tranche de pâtisserie gluante. Enfin je me contentai de l'envelopper dans la serviette de papier. Damien sourit d'un air indulgent.

Le couple le plus proche de nous se leva et prit congé. Une jeune femme aux yeux étincelants me sourit et me dit quelque chose en espagnol. Je ne compris pas, évidemment. Damien me recommanda : « Ne flirtez pas avec elle, c'est sa femme. » Cet échange de propos échappa à Alva parce qu'elle bavardait avec Robert Graves. J'avais déjà remarqué que sa robe rose réveillait la chienne qui sommeillait en elle.

Ce dimanche soir, en faisant l'amour avec Alva, je me mis à penser sérieusement à nos relations sexuelles. Auparavant elles m'inspiraient pour travailler à son livre. Mais depuis que je m'étais attelé à une tache personnelle, n'importe quelle autre femme aurait fait l'affaire. D'autre part, j'aimais encore Alva. Elle lisait mon manuscrit, page par page, au fur et à mesure de sa rédaction, mais ne participait pas à mon travail. Or, étant donné que la littérature est l'essence même de ma vie, nos relations subissaient une transformation subtile. Je n'aspirais qu'à lui rendre courage, à la rassurer mais il semblait qu'elle avait cessé d'attendre cela de moi. Des membres de sa propre race lui auraient donné tout ce qu'elle pouvait souhaiter de matériel. Cette nuit-là, sans doute à cause de son aparté avec Robert Graves, il me vint soudain à l'esprit qu'Alva ne souhaitait plus qu'une chose : perdre son identité dans la nuit de la sensualité, sans se soucier de son passé, de ses besoins, de son avenir, de l'angoisse, de l'orgueil et du sens des responsabilités qui engendrent inquiétudes et déceptions.

Quand j'étais auprès d'elle, des milliers d'idées

me passaient par la tête au sujet de tout ce qui existe sous le soleil, à une seule exception près : je pensais rarement et peut-être jamais que j'étais opprimé parce que Noir. J'en avais assez fait dans ma vie pour qu'il y eût d'autres raisons de me haïr et je n'avais pas fini d'en faire. Tout en écrivant *La Fin d'un primitif*, telle était mon idée fixe : je vais leur lancer ce livre à la face et ils ne me pardonneront pas. Si étrange que cela soit, Alva n'a jamais compté parmi ces « ils ». Je m'apitoyais sur elle parce qu'elle avait abandonné sa place dans son monde de Blancs pour vivre avec moi.

Mais les lampions de la fête finissent par s'éteindre et il vient un lundi matin. Longtemps auparavant, quand je publiais dans le magazine *Esquire*, j'avais écrit une nouvelle : *Il vient toujours un lundi matin*. Elle n'avait jamais paru. Trop affligeante, sans doute.

Ceux qui n'ont pas vécu dans un pays à mouches ne peuvent imaginer à quel point elles sont capables d'obscurcir l'existence. Pour y parer nous suspendîmes dans la cuisine du papier tue-mouches, mais il y en avait tant que leur nombre ne diminua pas sensiblement et que dès lors elles s'engluèrent dans les cheveux d'Alva. Nous installâmes notre réchaud dans le jardin et prîmes tous nos repas dehors. Les mouches volaient aussi nombreuses autour de nous, mais nous avions au moins la place pour gesticuler afin de les chasser.

Bientôt la routine quotidienne me fit tout oublier. Je me levais à cinq heures du matin et préparais du café avant le lever du soleil, puis je me mettais à écrire sur la table de la cuisine.

Quand les cultivateurs passaient en fredonnant quelques pieds au-dessous de la limite de notre jardin, j'étais déjà en train de dactylographier joyeusement *La Fin d'un primitif*. J'avais une bonne provision de tranquillisant qui m'isolait du monde extérieur, si bien que j'avais à peine conscience des passants, des mouches, des bruits lointains de la rue et ne percevais que la douce odeur sensuelle, presque enivrante des fleurs de citronniers et la splendeur du jour naissant. Aux heures les plus chaudes de la journée, j'écrivais à l'ombre d'un figuier — bien que, d'après les indigènes, ce fût une imprudence mortelle — jusqu'à ce que l'effet du tranquillisant s'effaçât.

Je travaillais lentement en savourant chaque mot que je dactylographiais. Parfois je mettais une heure pour modeler une seule phrase à mon gré et de temps en temps je m'appuyais à mon dossier et riais comme un fou tant j'étais satisfait d'une tournure. Écrire ce livre me donnait des joies aussi aiguës que celles de l'amour physique. C'était la première fois de ma vie que ma tâche me donnait autant de bonheur. Jusqu'alors, j'avais toujours peiné sous la contrainte des nécessités.

Pour une fois je faisais ce que je voulais sans me laisser influencer par les réactions que je prêtais d'avance aux éditeurs, à leurs lecteurs, aux critiques, aux libraires et aux acheteurs de livres. J'en arrivais à n'être plus rien d'autre qu'un écrivain. Aurais-je pu écrire ainsi si j'avais été un auteur à succès et même si j'avais vécu dans un logement plus confortable ? En tout cas, on ne peut travailler dans de telles conditions que pendant un temps très limité. Avouons même qu'on n'écrit alors que pour échapper à ces conditions.

Binum nous rendit visite dès la première semaine et nous persuada d'aller prendre un verre chez lui. Il habitait au rez-de-chaussée d'une *casa* juchée sur le côté le plus escarpé de la route conduisant à Soller, au-delà du domaine de Robert Graves. Femme âgée, de nationalité indéterminable, sa propriétaire se fardait d'une manière inconsidérée. Elle teignait au henné sa longue chevelure emmêlée et portait des robes dont je ne me rappelle que les couleurs trop vives. Elle exhibait d'une manière presque obscène ses épaules ridées et émaciées ainsi que ses seins desséchés. Elle habitait au-dessus du logement de Binum et le nourrissait quand il consentait à manger, ce qui n'était pas fréquent. En papillonnant autour de nous, elle se plaignait de tout et n'avait en réalité d'autre souci que d'attirer l'attention.

Nous ne jetâmes qu'un bref coup d'œil dans le salon de Binum; sa machine à écrire trônait sur la table; le sol était jonché de bouteilles de vin vides ainsi que de pages dactylographiées non numérotées. Sa logeuse nous dit d'un air réprobateur que, lorsqu'il avait fini de taper chaque feuillet, il l'arrachait à la machine et le jetait pardessus son épaule. Je me demande encore comment il espérait reconstituer la continuité de son œuvre fragmentée en tant de pages sans numéro. Plus tard j'appris que Robert Graves avait écrit le scénario d'un film sur la guerre de Sécession en se servant de Binum comme modèle de son personnage principal; mais cela se passa longtemps après que j'eus quitté Majorque. Sa logeuse nous servit du vin amer à bon marché. Elle nous confia qu'elle était peintre et nous montra quelques-unes de ses œuvres. Toutes avaient un thème religieux. Y figurait un Christ pornographique peint en couleurs suggérant qu'elle ne savait pas ce qu'elle faisait.

À la fin de la semaine nous avions acquis la conviction qu'il n'y avait pas de vivres comestibles à Deya. Jeannette Sabater nous apprit que bien des habitants de la ville allaient faire leur marché à Palma. Un autocar partait de bonne heure tous les matins, arrivait à Palma à dix heures et n'en repartait qu'à trois heures de l'après-midi, ce qui donnait le temps d'aller emplir les paniers au marché central et de déjeuner.

Nous fîmes notre premier aller et retour un samedi. Nous achetâmes une langue de bœuf et deux rôtis de porc. Comme nous n'avions pas de réfrigérateur, je salai la langue et un des rôtis dans un pot de terre cuite que nous trouvâmes dans la resserre et nous mangeâmes l'autre rôti le soir même.

Damien vint nous chercher de bonne heure le dimanche pour nous emmener à la petite anse située à l'extrémité de la gorge profonde qui s'étendait depuis le promontoire de l'église jusqu'à la mer. L'eau y était très claire. On voyait les rochers par transparence au fond. Plusieurs émergeaient suffisamment au-dessus du niveau de la mer pour servir de plongeoirs. Nous passâmes une journée agréable, à l'ombre, dans le hangar à bateaux au-dessus duquel s'étendait la terrasse d'un petit restaurant. Nous admirâmes le décor puis, après déjeuner, nous prîmes un bain de mer. Plus tard dans l'après-midi nombre de bourgeois de Deya et de Palma vinrent s'allonger sur la plage de galets après la sieste, ou patauger au bord de l'eau. Nous en avions déjà vu quelques-uns au thé chez Sabater le dimanche précédent.

Dès lors nous allâmes souvent à la *cala* de bonne heure le matin pour n'en revenir que tard le soir, au clair de lune, dans le parfum enivrant des citronniers. Nous nous déshabillions dans cette maison chaude, obscure, invraisemblable, et nous faisions l'amour. Il serait impossible de trouver un logement aussi primitif et des couchers de soleil aussi enchanteurs. Ni les montagnes roses, ni les nuages de mouches dans la ville poussiéreuse ne pouvaient être vrais. Seul mon livre l'était.

Nous avions mangé le rôti salé en temps voulu mais, quand je tirai la langue de la saumure, elle était gâtée. Je la fis quand même bouillir, ce qui attira toutes les mouches de Deya, et je l'offris aux chats en espérant qu'ils auraient la colique une nuit ou deux, ce qui nous épargnerait le tintamarre nocturne de leurs miaulements, de leurs combats, de leurs amours et de l'obstination avec laquelle ils s'acharnaient à essayer de pénétrer chez nous, ce qui me réveillait en sursaut car je croyais avoir affaire à des cambrioleurs. Le stratagème ne réussit pas. Ils dévorèrent la viande pourrie avec délices et firent encore plus de bruit pendant plusieurs nuits.

Le mois suivant nous allâmes chez Robert Graves. Il était seul avec son secrétaire qui vivait avec sa propre famille dans une petite maison neuve, au portail du domaine. Le bâtiment principal était vaste et confortable. Les fenêtres de la façade ouvraient en direction de la mer qu'on voyait au loin et celles de derrière, sur les montagnes avoisinantes. Un mur couvert de rosiers grimpants en pleine floraison isolait le parc de la route. Derrière la maison, vignes, citronniers, dattiers et avocatiers poussaient dans le verger auprès du potager. En renvoyant son secrétaire chez lui, il nous dit avec humour : « C'est lui qui écrit tous mes livres. » Pendant la conversation qui suivit, Graves nous révéla que *I, Claudius* n'était pas un roman historique quoi qu'en aient dit la plupart des critiques et qu'il avait eu l'intention d'écrire une histoire banale des temps présents. Après quelques verres nous nous sentîmes un peu gais. Alva se mit à parler à voix basse en allemand avec notre hôte.

Ce soir-là éclata une première querelle entre Alva et moi. Elle ne fut pas grave. Je lui fis seulement remarquer que si elle s'entendait aussi aisément avec des hommes de sa propre race, elle n'avait pas besoin de moi.

« Tu n'espères quand même pas que je vais me retrancher du monde ? dit-elle.

— Pourquoi pas ? Tu en as envie », répondis-je.

Nous nous couchâmes sans rien dire, de mauvaise humeur. Le lendemain, dès qu'elle parla de Robert Graves, je lui dis : « Tu peux penser à lui tant qu'il te plaira, mais je ne veux plus entendre son nom. »

En juillet j'eus une première altercation avec mon propriétaire Pedro Canales. Une famille espagnole de Palma vint passer ses vacances dans l'appartement au-dessus de nos cabinets. Le jour où elle arriva, je me trouvais sur le siège quand une trappe s'ouvrit au-dessus de moi et un paquet d'ordures me tomba sur la tête. Je vis alors quelqu'un qui balayait avec application le plancher de rez-de-chaussée et envoyait les balayures dans mes cabinets. Je braillai des injures en anglais et la trappe se referma aussitôt.

Le señor Canales vint le jour même toucher son loyer. Je lui expliquai ce qui s'était passé. Nullement ému, il m'expliqua qu'il ne possédait qu'une moitié des cabinets et que l'autre servait de dépôt d'ordures au voisin. Je lui présentai alors un ultimatum : ou bien il mettrait d'autres cabinets à notre disposition, ou bien je ne paierais pas. Il voulut exiger le paiement en vertu du contrat que j'avais signé. Je refusai. Il me menaça de me priver d'électricité. Je lui répondis que s'il coupait le courant, je lui couperais le cou. Il partit indigné mais revint le soir avec une échelle et s'engagea dans l'impasse le long de laquelle les fils électriques allaient de la rue à la maison. Je saisis un grand couteau de cuisine et sortis en courant à travers le jardin. « Si vous appuyez cette échelle au mur de ma maison, je vous tranche la gorge ! » déclarai-je. Quelques habitants du village s'assemblèrent autour de nous, l'air grave. Canales approcha du mur et je m'approchai de lui. Personne d'autre ne bougea. Au bout d'un moment, Canales emporta son échelle dans la rue et clama, le poing tendu, qu'il s'adresserait à la garde civile.

Plus tard dans la soirée le *comandante* du poste local de la garde civile vint nous voir. C'était un gentil jeune homme aux longues moustaches noires et au teint frais qui parlait assez bien le français. Poli, presque timide, il semblait gêné par son uniforme et par le gros pistolet noir accroché à son ceinturon. Alva lui expliqua ce qui s'était passé. Je le conduisis aux cabinets pour être sûr qu'il comprenait bien de quoi il s'agissait. Il rassura Alva et lui demanda de me dire de ne rien payer à Canales qui devrait porter plainte auprès du quartier général de la garde civile à Palma.

Alors Canales s'adressa à Gaspar Sabater qui avait traité la location pour mon compte. Sabater vint nous dire que je lui faisais du tort car, si je ne payais pas, c'est lui qui serait obligé de le faire puisqu'il était juge de paix, directeur de l'école et notable de la ville. Comme d'habitude, Alva servait d'interprète. « Eh bien, ça va, dis-je. Que ce notable paie s'il en a envie mais qu'il ne compte pas sur moi. » J'ignore comment Alva traduisit cela mais ils eurent une longue discussion en français au bout de laquelle Sabater me fit demander si je paierais au cas où Canales ferait construire un mur entre le dépôt d'ordures du voisin et nos cabinets. « Je paierai quand le mur sera construit et pas avant. » Le lendemain, la femme du *comandante* vint à son tour rassurer Alva. Française de naissance, elle s'appelait Carmen et son mari Pedro Tous. Comme Jeannette Sabater elle était enceinte de sept mois et on se demandait autour d'elles quel bébé naîtrait le premier. Jeannette aussi vint nous voir et nous recommanda de ne pas prêter attention à son mari qui se laissait intimider par Canales.

Le jour qui suivit la visite de Jeannette, des maçons vinrent construire un mur pour couper en deux nos cabinets. Mais cet incident avait divisé la population en deux camps : les partisans de Canales et ceux qui prenaient parti pour nous.

Damien écarta toute l'affaire d'un geste négligent de la main. Canales n'était qu'un rien du tout, Sabater un âne, Pedro Tous un bon garçon mais seulement caporal. Pourquoi se faire du souci ? Le souci fait vieillir.

Pendant cette querelle je terminai mon roman et l'envoyai à World Publishers, à New York. Le manuscrit revint aussitôt. La lettre que j'adressai peu après à Malartic confirme mes souvenirs.

Deya
Majorque. Espagne.
24 juillet 1954

Cher Yves,

Je crois que les éditeurs du monde entier perdent la tête. Les lunes de cette année leur sont peut-être défavorables. Je sais que mes éditeurs américains sont fous; ils ont refusé le livre qu'Alva et moi avons écrit ensemble et maintenant ils refusent celui-ci. Or tous deux sont plus intéressants au point de vue commercial que La Troisième Génération. *En Angleterre il se produit un nettoyage dans l'industrie de l'édition. Dans mon prochain livre, j'étudierai cette question.*

Je vous envoie le manuscrit sous pli séparé et recommandé. Je l'ai revu et corrigé. Je le trouve bien meilleur que je ne l'avais cru. C'est peut-être mon meilleur livre et je dirais même que je le préfère aux autres. Ce qui me plaît, c'est sa brièveté : deux cent cinquante et un feuillets. Une petite charge de dynamite.

Non, je n'ai pas tué Alva. Mon imagination m'a suffi pour écrire la scène du meurtre. Elle survit donc. J'ai jugé préférable de la conserver pour la faire cuire et la manger si la situation devient plus critique, plutôt que de la gâcher en qualité de sujet d'expérience pour rédiger l'épisode de l'assassinat.

Et que devient Yvonne ? Je remarque que vous ne parlez pas d'elle dans votre lettre. J'en conclus donc qu'au cours de vos démêlés avec les éditeurs vous l'avez jetée par la fenêtre sur la tête de l'un d'eux. Hélas ! voilà à quoi nous conduit notre profession.

Je me proposais de passer le mois d'août dans la colonie de Daniel Guérin à La Ciotat. Mais je n'ai même pas assez d'argent en ce moment pour quitter Majorque. Si ça continue, Alva et moi n'aurons plus qu'à choisir nos places au cimetière derrière l'église.

Rappelez-moi au souvenir de Nadeau et demandez-lui s'il a quelques exemplaires de La Croisade de Lee Gordon. *J'aimerais en avoir trois sous la main pour essayer de la faire publier en Espagne. J'en suis arrivé à conclure que votre traduction vaut mieux que l'original et aussi les Espagnols lisent plus facilement le français que l'anglais.*

Notre meilleure amitié à Yvonne. Alva a presque entièrement dactylographié mon livre et elle dit que, s'il lui fallait recommencer, elle en mourrait à coup sûr.

Affectueusement
A Dieu nous nous en remettons[1]
(Et nous avons foutument raison).

Peu après, vers la fin de juillet, le propriétaire

1. Devise figurant sur les pièces de monnaie américaines. *(N.d.T.)*

de la compagnie d'autocars ranima la guerre des Gogues. Il possédait les deux cars qui faisaient chaque jour l'aller et retour de Deya et de Valdemosa à Palma, ainsi qu'un vaste garage abritant d'autres cars délabrés, des voitures à l'état de relique et diverses ferrailles du même genre. La grande maison de bois contiguë au garage abritait sa famille : un véritable clan. C'est là qu'on réservait ses places pour l'autocar et que se trouvait la salle d'attente. Ce self-made-man était probablement le plus riche citoyen du cru. Il conduisait toujours personnellement l'autocar Deya-Palma, généralement assisté par son jeune fils de quelque quinze ans.

Alva et moi nous nous asseyions toujours sur les sièges avant, juste derrière lui. Un matin, il se retourna et parla en français à Alva. Il nous reprochait de nous être mal conduits envers Canales qui nous avait traités avec bonté, avait transporté notre malle et nos bagages du terminus jusque chez nous, avait toujours dit du bien de nous... et voilà que nous braquions tout le gratin de Deya contre lui ; c'était de l'ingratitude.

Cette histoire datait déjà d'un certain temps. Canales avait fait construire un mur aux cabinets, je l'avais payé et n'avais pas envie de discuter avec le chauffeur d'autocar d'une question qui ne le regardait pas. Nous allâmes donc nous asseoir sur une autre banquette. Arrivés à Palma nous fîmes nos achats au marché central, déposâmes nos emplettes au terminus comme d'habitude et allâmes déjeuner avec Damien, son épouse et sa mère. De retour au terminus, nous vîmes les sacs et les filets à provision sur le toit du car et embarquâmes avec les autres passagers.

Quand on déchargea les bagages à Deya, le nôtre n'y était pas. Nous attendions encore notre sac à provisions au pied de l'autocar, avec les autres passagers, quand le fils du chauffeur descendit du toit et s'en alla. Entouré par plusieurs de ses fils et de ses employés, le chauffeur était à proximité. Je lui dis en anglais que nous attendions notre sac. Il me demanda en anglais si nous avions un reçu. Je lui dis qu'on ne nous en avait jamais donné ni demandé et qu'à notre connaissance aucun autre voyageur n'avait remis de reçu en échange de son colis. « Oui, ça se passe comme ça avec les gens qui me plaisent, dit-il. Mais vous, il vous faudra un reçu. » Alors seulement je compris qu'il me tendait un piège et que tous les autres étaient au courant. Je m'efforçai de garder mon calme. Alva dit quelque chose en français au fils du chauffeur qui ricana une réponse en espagnol. Je demandai ce qu'il avait dit. Elle répondit : « Il m'a traitée de menteuse. » J'essayai de le gifler, il esquiva et rompit. Tous les autres restèrent figés et prirent subitement l'expression de gravité propre aux Majorquins quand une tragédie est imminente. Livide, Alva me tira par le bras. Quelques femmes sortirent de chez elles. Alors, je pris peur.

Je conduisis Alva à la maison voisine, celle de Gaspar Sabater. La bonne qui répondit à notre coup de sonnette dit en espagnol que ses patrons n'étaient là ni l'un ni l'autre. En gravissant la colline, je jetai un coup d'œil derrière moi. Tous les hommes étaient rassemblés sur la chaussée autour du chauffeur de l'autocar, comme s'ils complotaient.

Au lieu de nous rendre directement chez nous,

nous prîmes un raccourci pour passer d'abord chez Pedro Tous. Il était sorti et sa femme Carmen nous reçut. Notre histoire la bouleversa. Elle envoya un gamin du voisinage au *puesto* pour demander à son mari de rentrer sur-le-champ. Carmen lui raconta ce qui nous arrivait. Elle était visiblement indignée. Pedro prit une expression d'homme préoccupé. Je compris son embarras. Contrairement à notre propriétaire, Canales, le chauffeur de l'autocar était un grand personnage à Deya. Probablement avait-il l'oreille des autorités supérieures de la garde civile. Toutefois Pedro nous dit de retourner chez nous et de ne pas nous inquiéter. En arrivant à proximité de notre logis, nous remarquâmes un garde civil en armes à chaque extrémité de la place.

Nous nous enfermâmes à clé et ne sortîmes plus. Par la suite nous apprîmes que Pedro était descendu enjoindre au propriétaire du car de nous remettre notre sac. L'autre avait prétendu que nous n'avions pas de bagages en embarquant et que nous cherchions des histoires. Alors Pedro l'avait sommé d'aller chercher nos victuailles là où elles se trouvaient et de ne pas revenir à Deya s'il ne les avait pas.

À dix heures du soir, peu après l'extinction des lumières, nous entendîmes frapper timidement à la porte de l'impasse. Je m'armai d'un couteau de cuisine et me rendis au portail du jardin. Le fils du chauffeur était là avec deux camarades. Il avait notre sac de vivres. Je lui fis signe de venir vers moi. Il faisait nuit et il avait peur, comme moi. Il approcha craintivement et me passa le sac à provisions par-dessus la palissade.

Canales nous demanda de déguerpir fin juillet. Nous en avions bien l'intention mais ne nous étions pas encore préoccupés de trouver un point de chute. Tout écrivain doit nécessairement être optimiste et j'avais attendu que notre situation financière s'améliore. Mais le chauffeur du car nous interdisait désormais l'accès de son véhicule et nous étions prisonniers à Deya. En outre, nos visas valables pour six mois n'allaient pas tarder à expirer. Damien ne vint pas cette semaine-là. Robert Graves était à Londres. La poste était lente. Or, le temps pressait.

Heureusement Carmen Tous remarqua le désarroi d'Alva, la cuisina et cette fois encore Pedro nous sauva la mise. Une de ses cousines, mariée, avait une chambre disponible à Terreno, faubourg de Palma, et nous la céderait volontiers. Mais elle passait ses vacances dans une autre partie de l'île et ne reviendrait chez elle qu'en septembre. Il nous faudrait donc nous débrouiller pendant le mois d'août. Cependant, le mari de cette cousine, Antonio, était encore à Terreno pour veiller sur le chien du ménage et leur fille aînée, Magdalena, faisait la navette entre ses mère et père.

Nous acceptâmes cette solution avec joie bien qu'il nous fût impossible de visiter, faute de moyen de transport pour aller à Palma. Pedro voulut mettre de nouveau l'homme de l'autocar au pied du mur mais le propriétaire de la *vaquería* où Alva se fournissait à l'occasion apprit, comme tous les autres habitants de la ville, que l'autocar nous était interdit. Un camion lui apportait régulièrement de la marchandise de Palma. Il promit à Alva de s'arranger pour que le chauffeur emporte nos affaires à son retour. Tout s'arrangea le jour même. On devait nous prendre chez nous à six heures du matin, le 1er août.

Le 27 juillet je reçus une lettre d'Yves. Plein d'enthousiasme pour *La Fin d'un primitif*, il se proposait de le présenter à Maurice Nadeau, directeur de la collection dans laquelle avait paru *La Croisade de Lee Gordon*. Mais il craignait qu'il n'y eût pas grand monde dans les maisons d'édition parisiennes avant septembre, voire octobre.

J'eus quarante-cinq ans le 29 juillet. J'en paraissais dix de moins et j'avais le physique d'un boxeur. Au soleil, je prenais la teinte du bronze neuf. Mon sourire creusait deux petites fossettes dans mes joues et de menues rides de joie rayonnaient à l'extrémité de mes yeux marron aux longs cils. J'avais les épaules larges et les hanches étroites. Alva répétait qu'elle enviait mes jambes. Doué d'une vitalité presque illimitée, j'étais, dans l'ensemble, un homme attrayant.

Alva avait pris du poids et son corps fluet s'arrondissait aux bons endroits. Ses seins s'étaient épanouis. Elle n'avait plus du tout l'air hagard et accablé du temps où je l'avais rencontrée, mais elle semblait désormais anxieuse. Notre situation désespérée nous rapprochait. Nous n'échappions à la crainte que par l'oubli dans l'amour physique.

Ce matin-là je m'éveillai plein d'une passion exubérante pour Alva. Nous devions quitter Deya deux jours plus tard pour cohabiter avec des étrangers. Ce serait la première fois. En dépit de tous nos ennuis, de nos déceptions et parfois de notre désespoir, le monde extérieur n'avait pas atteint notre amour ni notre vie intime. Nous étions au moins parvenus à rester invulnérables à la curiosité. Or maintenant, nous y serions exposés et cela nous effrayait. Serrés l'un contre l'autre, nous redoutions de quitter notre lit.

Mais il fallut bien nous lever et faire face à cette journée. Il s'agissait de préparer nos bagages. J'avais aussi quelques lettres à écrire pour signaler mon changement d'adresse à mes relations. Alva devait donner de ses nouvelles à ses filles, à Kerkrade, ainsi qu'à sa tante et son oncle, à Philadelphie. Bizarrerie : je ne me rappelle pas les noms de ses filles.

En fin d'après-midi, quand nous eûmes terminé, Robert Graves vint nous voir. Il semblait inquiet et même bouleversé. Nous le reçûmes au jardin. N'étant pas à Deya, il n'avait rien su de nos difficultés sinon il serait intervenu. Il offrit de nous prêter sa Land Rover pour déménager et regretta que nous n'ayons pas pris contact avec son secrétaire. Enfin, nous fîmes dévier la conversation en plaisantant sur nos malheurs. Alva énuméra les défauts de notre logement. Quand elle lui dit que de l'eau s'infiltrait à travers le carrelage de notre chambre à coucher, il s'exclama, stupéfait : « Mais c'est la maison du Jésus-qui-Saigne ! Vous n'étiez donc pas au courant ? »

Apparemment tous les habitants de Deya, sauf nous, connaissaient la légende de cette maison, imprégnée du sang de Jésus-Christ. Les plus dévots la considéraient comme un sanctuaire. Alva s'exclama : « Ainsi, pendant tout ce temps-là nous avons pataugé dans le sang et nous ne le savions même pas ! » D'après Graves des ingénieurs étaient venus de Palma pour étudier ce phénomène et en avaient conclu qu'un égout, datant du temps où les Romains occupaient les Baléares, passait sous la maison.

Le lendemain matin à six heures, quand le chauffeur du camion vint prendre nos bagages, le propriétaire de la *vaquería* apparut au volant de sa petite auto pour nous conduire plus confortablement à notre nouveau logis. J'étais affligé. Quitter Deya me désolait. Il était si beau ce village rose et parfumé ! Malgré nos mésaventures nous y avions connu des moments de bonheur. Or il n'y a guère d'endroits où j'aie été heureux au cours de ma vie et je ne les ai jamais quittés sans chagrin. Je redoutais l'avenir. Je craignais qu'il me rende incapable de protéger Alva et de la rendre heureuse.

4

En casa de D. Antonio Sureda, Plaza de San Catleret N° 9, Terreno, telle était notre nouvelle adresse, à quelque huit cents mètres au sud-ouest de la plaza Gomila, du même côté que la périlleuse artère Calvo Sotelo — aux pavés déchaussés, aux profonds nids-de-poule, aux rails de tramway interrompus de-ci de-là, aux autobus archi-bondés — qui conduit au centre de Palma. La plaza San Catleret était très antérieure aux hôtels de touristes alignés sur le Paseo Maritimo et l'avenue ou boulevard Calvo Sotelo. Elle datait du temps où Majorque appartenait aux Majorquins. En réalité ce n'était qu'un terrain vague, sans pavés ni végétation, couvert de poussière cuite au soleil, pareil à une arène de corrida pour amateurs, comme on en trouve dans les villages les plus reculés. On y accédait par un escalier de ciment partant de l'avenue. Les façades de pierre nue, blanchies à la chaux, les petites fenêtres garnies de barreaux, les solides portails de chêne et la poussière rouge donnaient à cette « place » l'aspect d'une cour de prison où l'on fusille les condamnés. Des chèvres, attachées à des piquets, et des bourricots, attelés à des petites voitures, somnolaient les pieds dans des rigoles bourbeuses; des essaims de papillons voltigeaient sur des taches de vomi desséché devant les bistrots où des beatniks, assis au soleil, buvaient à se rendre malades du vin à deux pesetas.

Le numéro neuf apparaissait au-dessus d'une énorme porte cochère à deux battants, dans l'un desquels était ménagée une plus petite à l'usage des piétons. Au-delà, au fond de la place, se dressait le mur blanchi à la chaux d'une maison à un étage. Pas de fenêtres au rez-de-chaussée qui ouvrait sur le numéro neuf. Mais une autre entrée, peinte en vert, le sept, donnait accès à l'étage.

Une très belle jeune Espagnole répondit à notre coup de sonnette. Elle ouvrit la petite porte donnant accès à une allée dallée, ombragée par une treille épaisse. Cette jeune fille n'était autre que Magdalena, l'aînée d'Antonio Sureda et de sa femme Maria, cousine de Pedros Tous. Elle avait vingt et un ans.

Un chien aboya furieusement. Inquiet je regardai autour de moi. Magdalena sourit et m'assura que l'animal était enchaîné dans la cuisine. En quittant l'abri de la treille, nous fûmes éblouis par une véritable émeute de couleurs sous un soleil flamboyant. Un jardin de fleurs s'étendait jusqu'à un mur de pierre qui le séparait d'une autre rue. Abominablement négligé, il prenait un aspect tropical. Toutes les pièces du rez-de-chaussée ouvraient de ce côté. Magdalena nous conduisit à la dernière, qui donnait accès à notre logement. De notre porte nous jouissions d'un panorama à couper le souffle : le soleil étincelait sur la rade, sur les murs blancs de la vieille ville et sur les vitraux de la cathédrale, de l'autre côté de la baie.

Puis Magdalena nous conduisit à la cuisine où le chien était enchaîné à la cuisinière. Les fenêtres de la salle à manger contiguë donnaient sur le grand jardin. Ces deux pièces étaient à notre disposition bien que situées au rez-de-chaussée. Elles nous plurent. Nos bagages arrivèrent. Nous nous installâmes. Peu après Antonio arriva de son premier emploi. En général il travaillait de six heures du matin à deux heures de l'après-midi en qualité d'ingénieur dans une usine d'aviation d'un faubourg de Palma; puis de deux heures à minuit, au restaurant de sa sœur, situé dans la vieille ville. Il circulait sur une énorme Harley Davidson de 250 centimètres cubes.

Trapu, taillé en force, les muscles saillants, la chevelure se clairsemant, il avait toujours les yeux striés de rouge des gens qui ne dorment pas assez. Je n'ai jamais pu distinguer leur couleur car je n'ai jamais vu cet homme au repos et détendu. Il avait perdu l'épargne de sa vie en spéculant sur de vieux camions américains qu'il avait achetés pour les remettre en état afin de les vendre à la garde civile. Mais l'affaire avait échoué et il ne lui restait que de la ferraille. Il avait à sa charge une femme malade, trois filles et une fille adoptive. Toutes jolies et très vives, elles aspiraient au mariage.

Antonio remarqua immédiatement qu'Alva avait peur du chien, aussi le conduisit-il à l'extrémité du jardin pour l'enchaîner au tronc d'un olivier. Il comptait sur cet animal pour protéger sa femme et ses filles, mais lui seul s'en faisait obéir et il n'était pas souvent chez lui. C'était une énorme brute de la hauteur d'un danois mais plus lourd, plus puissant, à la poitrine plus large. Il avait un pelage pommelé, semé de taches noires et les yeux aussi rouges que ceux d'Antonio mais dénués d'expression. Il se jetait sur tout ce qui bougeait auprès de lui et le détruisait. La nuit on l'attachait à la lourde cuisinière fonctionnant au bois et au charbon et on fermait toutes les portes à clé. Mais je suis certain que s'il avait pris la mouche il aurait traversé n'importe laquelle de ces portes en traînant la cuisinière derrière lui. Dans la journée, quand il était enchaîné à un tronc d'olivier, au-delà de notre porte, il fallait passer très près de lui quand nous entrions et sortions. Chaque fois les cris de cet idiot me donnaient une telle secousse que la bile me montait à la bouche. Alva s'efforçait de passer subrepticement mais il la voyait toujours et menait un tel tapage qu'elle osait à peine sortir.

La maison dans son ensemble était charmante et, durant le premier mois, nous y vécûmes presque seuls. Cependant je ne crois pas qu'Alva y ait jamais été heureuse, parce qu'elle avait le cœur en peine. Depuis que nous nous étions trouvés au bout de notre rouleau à Deya, je constatai de nouveau un certain éloignement de sa part. Avec l'énergie du désespoir je lançai des S.O.S. dans toutes les directions pour avoir de quoi quitter Palma avant le retour de Mme Sureda et de ses trois autres filles. Ce fut en vain.

Alva me paraissait tellement déprimée que je n'osais pas la laisser seule par crainte qu'elle se suicide.

Pour moi, c'était un échec. J'avais échoué comme étudiant, comme voleur, comme écrivain et j'échouais comme amant. J'avais échoué avec ma femme noire aux États-Unis et voilà que j'échouais avec ma maîtresse blanche en Europe.

Pendant cette période qui me laisse un souvenir terrible, je ne pus lui offrir d'autre réconfort que l'amour physique. Le sexe est-il l'ultime moyen du Noir auprès d'une Blanche ? Je me le demandais et ne voulais pas y croire. Alva refusait aussi d'admettre un échec. Elle s'était enfuie avec moi en dépit de ses traditions et de sa race ; elle avait quitté mari et enfants et ne voulait pas retourner vers eux en pénitente vaincue.

Nous travaillâmes sur nos manuscrits comme s'ils nous offraient notre dernière chance de salut. C'était d'ailleurs le cas. Nous retapâmes *The Golden Chalice* et *La Fin d'un primitif* en nous relayant à la machine jusqu'à épuisement. Maurice Nadeau refusa *La Fin d'un primitif*, surtout parce qu'il était incapable de comprendre le texte, pensai-je. Selon lui, ce roman était trop sadique pour les Français. Ce prétexte me hérissa. J'eus envie de lui rappeler que le marquis de Sade, à qui la plupart des langues du monde doivent le mot sadique, était français, mais je ne pus rédiger ma lettre en français et Alva refusait énergiquement de m'aider à écrire des injures à mes éditeurs.

La sixième flotte de la marine des États-Unis mouilla dans la baie de Palma durant quelques jours. La nuit, les navires illuminés rutilaient sur les vagues comme des arbres de Noël flottants. Chez nous, au sommet de la colline de Terreno, nous étions aux premières loges pour assister au spectacle. Je suppose que cela aggravait la nostalgie d'Alva et je me gardais de la conduire en ville.

Nous restâmes donc claustrés jusqu'au départ de la flotte.

Maria était revenue avec ses filles. Toute la famille s'efforçait de nous être agréable. Je ne me rappelle pas avoir connu d'autres parents d'Antonio que sa sœur; nous allions parfois manger à son restaurant et c'est par pure politesse que nous avalions sa cuisine espagnole trop huileuse. D'autre part Maria avait de nombreux parents dans le voisinage et nous les voyions de temps en temps à la maison. Nous impressionna surtout le père de Maria, grand-père des filles, autrefois charpentier attitré de l'arène tauromachique de Palma, mais passé dans l'honorariat quand nous le connûmes.

Toujours vêtu de bleus de travail délavés et rapiécés aux genoux, sa peau jaune et desséchée semblait, elle aussi, ravaudée de taches brunes. Il n'avait qu'une seule dent noirâtre dans sa bouche souillée de nicotine et sur son crâne chauve poussait un étrange regain de duvet gris. Tous les soirs il apportait le journal pour que Maria ou Antonio le lui lisent et il s'arrêtait toujours pour plaisanter avec Alva si elle se trouvait dans la cuisine en train de préparer notre dîner.

« Pourquoi buvez-vous tant de vin? lui demandait-il, par exemple.

— Parce que ça me fait du bien, répondait-elle.

— Est-ce que ça vous nourrit, comme si vous mangiez?

— Non, mais le vin me rend gaie et, quand j'en bois, je n'ai pas faim.

— Eh bien, je vais essayer. »

Il tomba malade et tout le monde craignit qu'il mourût. Quand Alva le revit, il semblait encore plus fragile. Il lui confia que le sort lui accordait un petit rabiot d'existence (*una propina de vida*).

C'est après cette maladie qu'il s'acheta un dentier : engin épouvantable d'un blanc de porcelaine, dont l'usage lui était très pénible. Alva avait servi d'assistante à son mari dentiste et à l'ami de son mari qui était allé s'établir aux États-Unis. Elle conseilla au vieillard un type de prothèse dont les dents semblent naturelles, et si bien moulé sur les gencives qu'on n'en souffre pas. Quand il eut cet appareil en bouche, il fut aussi gai qu'un pinson ; il avait peine à croire à ce miracle. Ses nouvelles dents semblaient vraies et il mangeait sans en être gêné. « Si j'avais su qu'il existait de pareilles merveilles, il y a longtemps que j'en porterais », disait-il.

Il nous procura des billets gratuits pour une corrida et nous y allâmes par un beau dimanche d'été. Assis en plein soleil j'assistai donc à ma première, dernière et unique course de taureaux. Elle m'impressionna profondément. N'importe quel genre de cérémonie solennelle m'émeut, qu'il s'agisse d'une grand-messe catholique, d'un enterrement baptiste au Mississippi ou du défilé des toreros dans l'arène de Palma. La musique, les toreros, les spectateurs en sueur, le soleil chaud et brillant, tout me bouleversa. J'avais lu *Mort dans l'après-midi* d'Hemingway et depuis l'incendie du lundi de Pâques 1930 à la centrale de l'Ohio où j'avais échappé de si près à la mort, tout spectacle qui me rappelle ma qualité de mortel m'émeut.

Alva aussi fut impressionnée. La course de taureaux, ou plutôt l'exécution du fauve, a une puissante influence aphrodisiaque sur certaines femmes. Alva portait son ensemble rose ce jour-là et je crois que la corrida lui fit de l'effet. Dans le petit tramway qui nous ramenait chez nous, elle flirta subrepticement avec un jeune Allemand — un beau garçon, ma foi — et je m'en aperçus. Cette nuit-là elle m'entraîna dans des amours épuisantes puis elle eut une crise de larmes hystérique et il me fut impossible de la consoler.

La voir pleurer ainsi, avec un tel désespoir, me désola. À partir de ce moment-là je fus obsédé par le désir de la renvoyer saine et sauve chez sa tante à Philadelphie. Assurer son retour à la vie normale devint un besoin impérieux. J'aurais menti, triché, volé, tué pour y parvenir. Je me rappelai les liasses de billets de dix mille francs amoncelées autour du lit de Pop, le trafiquant de marché noir qui vivait dans un immeuble des Champs-Élysées, et j'échafaudai un fantasme au cours duquel je ramenais Alva à Paris où nous nous trouvions sans argent; j'allais chez Pop avec une valise vide, l'étranglais, bourrais ma valise de grosses coupures et achetais un billet d'avion pour l'Amérique afin d'y renvoyer Alva. Je la conduisais à Orly et juste avant qu'elle franchisse le portillon pour gravir l'échelle de coupée, je l'embrassais en lui disant : « Sois heureuse, Alva. Vis en sécurité. » Quand je faisais demi-tour, deux Français en complet foncé, le bord du chapeau rabattu sur les yeux, m'encadraient et me prenaient chacun par un bras. L'un d'eux me parlait en français et je comprenais aussitôt qu'ils appartenaient à la Sûreté. « Et je n'ai même pas appris la langue de ce pays ! » me dis-je amèrement.

La famille Sureda fut très bonne pour nous. Les

filles se conduisaient fort bien, à la manière des jeunes catholiques espagnoles, et se montraient très obligeantes. Elles croyaient à l'Église catholique, au mariage et à la maternité. C'étaient de doux animaux femelles, charmants et dociles. Il me sembla que la plus jeune rappelait à Alva sa fille préférée et que celle de dix-neuf ans se comportait comme son aînée. Les robes, les bijoux, particulièrement les perles roses et les manières américaines d'Alva les émerveillaient. Le vestiaire d'été qu'elle avait apporté de Kerkrade et des États-Unis était très fourni mais complètement démodé. Toutefois, les filles d'Antonio, très préoccupées de toilettes pour la chasse au mari, y voyaient un signe d'opulence et le croyaient conforme au dernier cri de la mode américaine. Elles étaient toutes très belles mais la cadette l'emportait sur ses sœurs. Elle avait de grands yeux limpides et la grâce éthérée qu'on attribue généralement à la Dame aux Camélias.

Tout autour de l'arbre auquel le molosse était attaché, le sol était jonché d'os énormes qu'Antonio apportait du restaurant de sa sœur. Ce spectacle évoquait les fosses dans lesquelles on livrait aux lions les martyrs chrétiens. Un soir Antonio libéra son fauve, lui ordonna de se coucher et posa le pied sur la tête de la bête, sans doute pour nous prouver sa docilité. Quant à moi, cela ne me prouva rien du tout car j'avais vu avec quelle prestesse il avait estourbi un des faucons de chasse qu'élevait le locataire du premier étage. Cet oiseau s'était évadé et était descendu vers le chien pour inventorier sa réserve d'os. Forcené, le fauve lui avait fait son affaire en un clin d'œil. À cet instant-là Maria et ses filles étaient assises devant la maison, s'affairant à d'interminables travaux de crochet auxquels les jeunes Espagnoles consacrent leur vie, depuis la naissance jusqu'au mariage. Toutes les *señoras* et *señoritas* des environs étaient à leurs fenêtres. Quand le chien bondit sur l'oiseau, les demoiselles Sureda se levèrent d'un bond, coururent vers lui et le frappèrent à coups de chaises. Toutes les femmes qui étaient aux fenêtres braillèrent à l'unisson. J'en eus le cerveau disloqué et mes cheveux se dressèrent comme de la limaille de fer sous l'effet d'un aimant. Quant au chien, les coups le laissèrent indifférent. Il avala le faucon avec les os et les plumes en grognant et en bavant d'une manière hideuse.

Alva écrivait souvent à sa tante à Philadelphie et tous les jours à ses enfants. Elle recevait de leurs nouvelles de temps en temps. Elle leur envoya un exemplaire de *La Troisième Génération* pour leur montrer qu'elle ne s'était pas enfuie avec un clochard, mais elles n'en furent guère impressionnées, je crois, car les lettres qu'Alva reçut par la suite ne la rassérénèrent pas.

La fin de la saison arriva brusquement. La mer prit une teinte d'un gris sinistre et tous les touristes élégants s'en allèrent. Alors arrivèrent les Allemands qui semblent prendre leurs vacances après le départ des autres, peut-être par honte d'avoir perdu la guerre. Ils réagissaient contre cette humiliation en braillant, en exhibant des vêtements loqueteux, en se soûlant et en se conduisant avec une insolence délibérée : aussi mal que les Américains blancs accusent les Américains noirs de se conduire. Alva les détestait, en partie sans doute parce qu'ils avaient eu trop d'influence sur son mari pendant la guerre et sur sa vie à elle par voie de conséquence.

Aux premières pluies, quand la mer devint d'un rouge bourbeux, et que la cathédrale disparut de notre vue, j'endossai mon imperméable et mon chapeau de plastique pour m'asseoir sur la margelle du puits désaffecté dans notre petit jardin. C'était absurde et je n'en tirai aucune satisfaction. Nous avions cessé de travailler et notre machine à écrire restait silencieuse.

Puis je reçus un recueil de nouvelles que Donald Friede, directeur littéraire de World, avait choisies parmi toutes celles que je lui avais soumises. J'avais déjà reçu une avance de huit cents dollars pour ces nouvelles qui devaient paraître sous le titre de *Black Boogie Woogie*. Quand je relus ces textes dans mon ambiance d'isolement et de chagrin, ils me déplurent. En considérant que World avait refusé *La Fin d'un primitif* et *The Golden Chalice* d'une part, et souhaitait publier ces broutilles, d'autre part, je pris ces nouvelles en grippe, les enveloppai un beau matin, les emportai à la baie et les jetai à la mer.

Quand je dis à Alva ce que j'avais fait, elle en fut stupéfaite. C'est à cet instant qu'elle perdit vraiment confiance en moi. Jusqu'alors elle m'avait toujours considéré comme un « homme complet » selon ses propres termes. Et voilà que, tout à coup, elle constatait combien j'étais loin d'être tellement « complet ». Sans doute prit-elle peur aussi car, peu après, elle alla solliciter un emploi à l'agence de l'American Export Line de Palma. Elle espérait gagner de quoi retourner aux États-Unis. Je n'appris ce détail que beaucoup plus tard mais, dès ce moment-là, je constatai un changement net de son attitude à mon égard.

Je me rappelle une conversation que nous eûmes un après-midi de pluie, alors que nous étions allongés sur notre lit et que nous buvions du vin à bon marché pour passer le temps.

« Tu veux me quitter, lui dis-je.

— Tu le souhaites ?

— Tu es méchante.

— Et toi, donc ? demanda-t-elle.

— Je ne suis pas méchant, lui dis-je lentement, comme si j'évaluais mes propres sentiments pour lui répondre. J'ai la même impression qu'à l'instant où le juge me condamna à vingt ans de prison. Je ne suis ni très choqué, ni très indigné, mais je trouve ça étrange, c'est tout.

— Tu as l'avantage d'avoir fait de la prison et pas moi, dit-elle. Mais admets que j'ai le droit d'être amère. Tout bien pesé, je ne souhaite pas te quitter. »

Elle avait pris Palma en horreur, tout Palma, son décor, son odeur. Nous dépensions nos derniers sous et je n'espérais aucune autre rentrée. Et puis un beau jour, il ne nous resta plus rien, pas même les trois pesetas que coûtait une bouteille de vin. Impossible d'emprunter dix ou vingt pesetas à ceux que nous connaissions. Au taux officiel, le dollar en valait quarante-deux. On ne peut guère demander vingt-cinq ou cinquante *cents* à des amis, en tout cas pas à ceux que nous avions à Palma. Ils n'auraient pas compris que nous étions totalement à sec. Nous aurions peut-être pu solliciter un emprunt de cinq mille ou dix mille pesetas auprès d'Antonio ou de Damien. Mais Antonio avait besoin de tout ce qu'il gagnait et Damien n'en avait peut-être pas autant sous la main, ce qui l'aurait obligé à s'adresser à son tour à sa mère, et sa femme aurait très mal pris ça.

Bref, nous étions retombés à zéro. La première fois où nous nous étions trouvés dans cette situation ensemble, c'était à Londres et j'avais mis au clou la bague de fiançailles d'Alva. Depuis j'avais pu la dégager et il ne nous restait pas d'autre ressource. Mais nous n'avions pas vu d'enseigne de prêteur sur gage à Majorque. Les trois boules d'or légendaires y semblaient inconnues, sinon j'aurais essayé d'emprunter aussi sur la machine à écrire et mes vêtements.

Alors je pensai à M. Short. Billy Haygood m'avait parlé de lui dans la lettre qu'il m'avait envoyée à Arcachon. À notre arrivée à Majorque, j'étais allé le voir à son bureau pour lui demander l'adresse de Bill aux États-Unis. Nous étions souvent passés devant chez lui quand nous allions aux Viajes Marsans où nous recevions notre courrier. Mais je me rappelais à peine cet homme. Toutefois il me revint que, d'après King, il avançait volontiers de l'argent à ses amis contre des chèques à toucher aux États-Unis. King m'avait dit que si je me trouvais à court Short me dépannerait sûrement.

Hélas ! je n'avais pas un sou dans une banque américaine. Mais lorsque j'étais allé voir Bill au Vermont l'hiver précédant mon départ des États-Unis, j'avais ouvert un compte à la Merchants National Bank de Burlington. On m'avait donné un livret sur lequel ne figurait qu'une écriture : le dépôt initial de mille deux cent cinquante dollars. Depuis lors j'avais épuisé ce crédit mais je n'avais pas rendu mon livret. Au moment où je préparais mes bagages à New York, j'y avais mis ce livret sans trop m'en rendre compte mais probablement poussé par l'instinct de conservation. Dans les circonstances où je me trouvais à Palma, je fus fort heureux de le retrouver.

Je ne dis pas à Alva ce que je me proposais de faire et lui parlai seulement d'emprunter sur sa bague de fiançailles. Je lui demandai de mettre sa belle robe rose, j'endossai mon complet de gabardine beige, mis mon livret dans ma poche et nous partîmes. Nous n'avions même pas une peseta pour nous payer le tramway. Il nous fallut donc aller à pied jusqu'à l'avenue Maura où se trouvait le bureau de M. Short. Je n'oublierai jamais cet après-midi-là. Il me semblait que la fin du monde allait se produire d'un instant à l'autre.

« Je déteste cette ville et je la détesterai toujours, me dit Alva.

— Nous ne tarderons pas à la quitter », lui répondis-je.

Je la laissai au soleil, à la terrasse d'un café, parce que je ne voulais pas courir le risque de subir une humiliation en sa présence. Un résidu de touristes à l'air moisi et maussades, soit sans logis soit sans le sou pour repartir, occupait quelques tables. Un garçon accourut. Je commandai un vermouth pour Alva et un Pernod pour moi. J'en bus une gorgée, sans même m'asseoir.

« Ne reste pas trop longtemps, dit Alva. Je suis mal à l'aise à cette terrasse avec cette robe.

— J'en ai pour quelques minutes. »

Je poursuivis mon chemin sur l'Avenida Maura, jusqu'à un magasin dont l'enseigne aux couleurs fanées indiquait SHORT & SON — ENTREPRISES. Des planches gondolées par le temps, le soleil et la pluie, autrefois peintes en vert, encadraient la vitrine qu'une épaisse couche de poussière grise rendait opaque. Un morceau de carton — selon toute évidence le couvercle d'une boîte de chaussures — pendait à une ficelle, de l'autre côté de la porte. Le mot OUVERT à l'encre rouge s'y lisait à peine. Je pris une profonde inspiration et entrai dans une ancienne boutique encombrée de bagages, sans doute confiés à la garde de M. Short par des voyageurs en partance, puis oubliés ou abandonnés, voire tombés en déshérence à la mort lointaine de leurs propriétaires. Un tableau encore vaguement noir était accroché à un des murs. Des cartes jaunies par les ans fixées avec des punaises offraient les articles les plus divers à vendre ou à échanger : *Chien boxer, beau pedigree, parfait animal d'appartement... Costume de ski nautique, presque neuf... Réchaud Primus, bon état, brûleurs manquent...*

Je me frayai un chemin à travers ces reliefs d'existences inconnues, jusqu'à la porte du fond. Tout était recouvert d'une couche de poussière grise et je pris garde de ne pas en récolter sur mon beau complet. Des reliques aussi hétéroclites que les bagages de la boutique encombraient cette seconde pièce : oiseaux empaillés posés sur la tablette poussiéreuse d'une cheminée qui ne servait plus à rien ; sabres rouillés, capes aux couleurs fanées, chapeaux rongés par les mites, lances tordues, muletas tachées de sang, banderillas desséchées, tous ces souvenirs de corridas étaient uniformément enrobés de la même poussière grise. Un mouton empaillé à la laine rouge occupait un coin ; un ancien pressoir à olives, un autre.

L'homme assis derrière le bureau jonché de paperasses avait l'aspect d'une relique lui aussi. La faible lumière d'un globe couvert de chiures de mouches, accroché au plafond, tombait à travers la poussière sur une tête grisonnante au milieu de laquelle s'étendait une espèce de tonsure de cuir jaunâtre. Au-dessous, un visage large à la peau d'un blanc sale, tachetée de brun et saupoudrée de petits boutons. Au milieu, un grand nez rouge piqueté de pores dilatés. M. Short portait une chemise en coton bleu marine, une cravate jaune, un gilet de cuir noir et blanc et une veste de tweed kaki usagé. Pendant un instant il me sembla qu'il était empaillé lui aussi.

Il leva brusquement la tête et me regarda de ses yeux d'un bleu nébuleux, oblitérés par la cataracte. « Qu'est-ce que c'est? demanda-t-il avec un fort accent cockney.

— Voilà de quoi il s'agit : Je suis à court et...

— Non. Pas vous. Court, c'est moi[1]. »

Je compris aussitôt qu'il ne ratait jamais l'occasion de faire cette plaisanterie et je ris comme l'exigeaient les circonstances. « Pardon, vous, vous êtes *monsieur* Short et moi je suis tout simplement à court. »

M. Short se carra confortablement dans son fauteuil pivotant et enfonça ses pouces dans ses goussets. Son ventre gonflé pointa en avant. « Que puis-je faire pour vous? »

J'avais préparé mon entrée en matière. « Mon ami Dave King qui habite à Puerto de Pollensa m'a dit que si jamais je me trouvais... heu... démuni...

— Est-ce que Dave a trouvé un acheteur pour son bateau? » demanda M. Short en me coupant la parole.

1. Jeu de mots : *short* signifie à la fois *court* et *à court*.

J'en restai muet pendant un instant fugace. Je n'avais jamais entendu parler de ce bateau mais je craignis d'éveiller les soupçons de Short en l'avouant. « Je crois qu'un Américain l'a acheté », répondis-je. C'était la solution la plus simple. On trouve toujours un Américain pour acheter n'importe quoi. « La dernière fois que je l'ai vu il m'a dit qu'il s'en était débarrassé.

— Heureux de l'apprendre. C'est moi qui le lui ai vendu et je n'aurais pas voulu qu'il lui reste sur les bras. Que désirez-vous ?

— Eh bien, comme je vous l'ai dit, je suis... » Je me repris. « King m'a dit que vous pourriez me prêter de l'argent. » Je tirai de ma poche la bague d'Alva. « Je voudrais emprunter cent dollars sur ce bijou qui appartient à ma femme. » Je posai la bague sur le bureau.

M. Short ne la regarda même pas. « Non. Je ne prête jamais sur gage mais il m'arrive de rendre service à des amis. »

Je me demandai s'il disait cela pour se couvrir au cas où une loi quelconque aurait réprimé l'usure en Espagne ou bien s'il disait vrai. « Savez-vous s'il existe des agences de prêt en ville ?

— Je crois qu'il y a un mont-de-piété officiel quelque part, dit-il lentement comme s'il faisait appel à ses souvenirs. Dans la vieille ville... Plaza Cuartera... c'est tout ce que je me rappelle. »

Je me demandai s'il était temps de tirer mon livret de banque de ma poche.

« Mais je ne sais pas s'il est encore là-bas, continua-t-il, toujours aussi lentement. Il y a si longtemps... c'était avant la guerre.

— Ça ne fait même pas dix ans », lui dis-je.

Il hésita, perplexe, ricana puis me dit : « La guerre des gens d'ici. Je vis à Majorque depuis trente-sept ans. On m'a renvoyé en Angleterre pendant cette guerre civile. Quant aux autres conflagrations, je ne les ai connues que par ouï-dire. »

Peu m'importait le temps qu'il avait passé à Majorque et ce qu'il savait des guerres locales ou mondiales. Je me demandais comment aborder la question du chèque et je regrettais d'avoir exhibé la bague. « Ma foi, lui dis-je comme si je m'apprêtais à partir — mais je n'en avais nullement l'intention —, il ne me reste plus qu'à vous remercier.

— On ne vous prêtera rien sur ce bijou, ajouta Short.

— Je ne suis tout de même pas un indigent, j'ai de l'argent à la banque aux États-Unis. Malheureusement il faut quinze jours pour toucher un chèque ici et j'ai quelques dettes pressantes.

— Avez-vous votre livret de compte ? demanda-t-il.

— Oui, mais je n'ai plus de chèque.

— Combien vous faut-il ?

— Cent... » Je regrettai aussitôt de ne pas avoir demandé plus et j'ajoutai : « ... cinquante.

— Je pourrai sans doute vous tirer d'affaire.

— Mais je n'ai pas de chèque.

— Ça ne fait rien, j'en ai en blanc. Ce ne sont pas les chèques qui me manquent, mais l'argent. » Il tira un carnet du tiroir de son bureau et le jeta devant moi. « Indiquez : payable à E.C. Short », dit-il.

J'expirai profondément. Cet homme venait d'échapper à un grave danger. Je me penchai en avant, ouvris le carnet de chèques sur le bureau poussiéreux et Short me tendit un porte-plume.

« Asseyez-vous », dit-il, en désignant une chaise à dossier droit, au siège canné couvert de poussière.

Je la considérai avec dégoût et dis : « Non, merci. » Tout en écrivant lettre à lettre le nom de la banque en capitales d'imprimerie, je me disais que le chèque ne reviendrait impayé que dans dix jours. J'aurais alors quitté l'Espagne et sans doute la justice française ne se soucierait pas d'une plainte venant de Majorque. En tout cas, quand j'aurais un peu d'argent, j'enverrais un mandat à ce Short. J'inscrivis le montant, le nom du bénéficiaire, signai, détachai le chèque du carnet et le tins par un coin pour lui laisser le temps de sécher.

M. Short s'en saisit, le posa à l'envers sur son buvard poussiéreux, mit ses lunettes cerclées d'écaille et l'examina.

« Chester Himes. C'est bien votre nom ?

— Oui. » Je plongeai la main dans ma poche intérieure pour en tirer mon passeport. Short me fit signe que c'était inutile.

« Voulez-vous me montrer votre livret de compte », dit-il au bout d'un moment.

Je le lui tendis en me rappelant que j'avais dépensé les derniers de mes mille deux cent cinquante dollars pour payer mes impôts sur le revenu au printemps 1953 alors que j'avais à peine de revenus. Short ouvrit le livret et s'arrêta à l'unique écriture. « Vous n'avez effectué aucun retrait ? dit-il d'un ton qui me parut soupçonneux.

— Non, parce que je n'ai jamais eu besoin d'argent depuis lors.

— Puis-je vous demander quelle est votre profession, monsieur Himes ?

— Écrivain. »

Il parut satisfait. « Il y a une petite commission, dit-il.

— Évidemment », répondis-je.

Il plongea la main dans un tiroir et en tira une liasse de billets de cinq mille pesetas. Sans doute n'avait-il jamais vu d'écrivain américain aussi pauvre que moi. À la vue de l'argent j'éprouvai un soulagement prodigieux et refusai de penser à ce que j'aurais fait s'il n'avait pas accepté mon chèque. Nous étions seuls dans cette pièce. Il n'y avait personne dans la boutique. La saison touristique était terminée, il faisait mauvais temps. Personne ne m'aurait dérangé. À quelques pas de là Alva était assise à une terrasse sans un *centavo* dans son sac.

Plus tard cet épisode me servit dans un roman : j'étranglai le vieillard et le volai. Le rêve éveillé au cours duquel j'étranglai Pop, le trafiquant de marché noir parisien pour le dépouiller, se mêla au souvenir de Short. Finalement quand j'utilisai ces réminiscences j'étranglai successivement trois personnes afin de rassembler assez d'argent pour renvoyer Alva chez elle saine et sauve.

Quand je m'assis auprès d'Alva au café, elle me demanda : « Tu as de l'argent ?

— Oui, répondis-je. Dès que j'aurai payé les consommations nous irons chez Cook. Nous quittons l'île demain matin. »

Elle m'interrogea du regard. Je lui rendis sa bague et la peur apparut dans ses yeux.

« J'ai fait un chèque.

— Ah ! » souffla-t-elle. Je vis qu'elle ne comprenait pas, mais ne lui expliquai rien.

Je la conduisis le long de la même avenue afin d'aller réserver notre passage sur le bateau pour Barcelone. L'employé de l'agence me dit qu'il était trop tard. J'insistai. Il téléphona à la Compãnía Transmediterránea. On lui répondit que nous devrions nous contenter de billets de pont, c'est-à-dire que nous n'aurions pas de cabine et qu'en cas de pluie et de mauvais temps il nous faudrait rester dans la salle commune ou sur le pont pendant les douze heures de traversée. L'employé me dit qu'il enverrait quelqu'un chercher nos billets au bureau de la ligne maritime sur le Muelle, que ça prendrait quelques heures et qu'il nous faudrait revenir à neuf heures et demie. Je lui répondis que nous avions trop à faire et que nous ne pourrions pas revenir aussi tard. En apprenant que nous habitions à Terreno, il me promit de nous envoyer les billets avant dix heures du soir.

Nous retournâmes chez nous, payâmes notre dû et nous mîmes à faire nos bagages. Un départ aussi subit et inattendu plongea la famille Sureda dans le désarroi. Maria envoya une de ses filles téléphoner à Antonio au restaurant. Il accourut, vint nous voir dans notre chambre et nous demanda si nous avions eu des ennuis avec les autorités. Carmen avait dû leur raconter nos démêlés avec Pedro Canales à Deya et il craignait sans doute que je me sois accroché avec quelqu'un à Palma. Alva me servit d'interprète comme d'habitude. Je le rassurai en lui disant qu'un éditeur français nous avait écrit et qu'il nous fallait aller le voir sur-le-champ. Alors toute la famille parut soulagée mais regretta notre départ.

Cet événement surexcitait tellement les jeunes

filles que leur agitation dans notre chambre nous empêcha presque de faire nos bagages. Elles ne prêtèrent guère attention à mes affaires mais observèrent avec envie toutes celles d'Alva : lingerie, tailleurs, robes, bas, chaussures, articles de toilette. À dix heures nos billets n'étaient pas là. Antonio me prit sur sa motocyclette pour me conduire chez Cook. L'agence était fermée. Il nous fallut passer par un couloir et frapper à la porte de derrière. On nous assura que les billets étaient partis depuis une heure et on nous recommanda d'être au Muelle, le lendemain matin, dès six heures trente. Au retour je demandai à Antonio de s'arrêter à une station de taxis près de la Plaza Gomila afin de m'entendre avec un chauffeur pour le lendemain matin. Antonio traduisit en majorquin, se tourna vers moi et déclara : « Okay. »

Cependant les filles étaient tombées dans une frénésie de chiffons. Elles essayaient les vêtements d'Alva. C'est à peine si elles remarquèrent mon retour. Elles circulaient en tous sens dans la chambre, absolument nues, en répandant une odeur de musc excitante. Alva leur donna une robe à chacune. Elle en possédait beaucoup qu'elle ne devait jamais porter. Elle donna aussi à Maria un tailleur de shantung gris que sa tante lui avait envoyé autrefois de Philadelphie à Kerkrade en la croyant sans doute enceinte de quadruplés car il était trop ample, même pour Maria. Tant de chair jeune grouillait autour de moi qu'il m'était difficile de penser à ce que je faisais.

Le messager apparut à minuit avec nos billets, ivre et cherchant querelle. Antonio s'en débarrassa promptement. La nudité des jeunes femmes qui m'entouraient m'avait fait oublier le temps qui passait. Quand elles virent que je les admirais, elles me sourirent comme si je leur faisais un compliment. La présence d'Alva dans la chambre devait sans doute à leurs yeux autoriser ces libertés.

Le lendemain matin Antonio m'aida à jucher ma malle et les autres bagages sur le toit du taxi et fila aussitôt à son travail. Nous embrassâmes Maria et toutes les filles, puis nous quittâmes Majorque, cap sur la villa Madiana à Arcachon.

5

Yves nous avait dit que nous pourrions disposer de sa maison à notre gré sauf en juillet et août. Notre départ précipité ne nous donna pas le temps de lui annoncer notre arrivée. Nous partîmes tout simplement de Barcelone pour Bordeaux et de là pour Arcachon où nous arrivâmes en fin d'après-midi, fatigués et sales, avec quelque neuf cents pesetas soit huit mille francs de l'époque. Nous n'avions pas dormi depuis trois jours.

Quand un taxi aussi bringuebalant que l'année précédente s'arrêta devant la villa Madiana nous y trouvâmes une inconnue en train d'arroser le jardin. Tous les voisins se précipitèrent dans la rue pour nous saluer, mais l'inconnue annonça à Alva que son mari avait acheté la villa et qu'ils venaient de s'y installer.

Nous voilà au milieu de la rue, avec tous nos biens terrestres sur le toit d'un taxi, sans refuge pour la nuit et sans assez d'argent pour nous en assurer un. Je demandai au chauffeur de nous conduire à l'hôtel Saint-Louis, le plus chic que possédait le docteur Thé, à l'autre extrémité de la ville. Le docteur me connaissait suffisamment et me logerait même sans argent, me disais-je.

Peut-être n'avais-je jamais su que la « saison » ne dure que de Pâques à fin septembre à Arcachon, peut-être l'avais-je oublié. Toujours est-il que l'hôtel Saint-Louis était fermé. Le jardinier nous indiqua que l'autre pension du docteur était encore ouverte et nous donna l'adresse. Nouveau sujet d'inquiétude : si nous restions trop longtemps dans le taxi, je n'aurais plus de quoi le payer.

C'est Jacques Thé, le fils du docteur, qui gérait cette seconde pension de famille, mais il était sorti quand nous arrivâmes. La femme de chambre nous dit que la pension n'allait pas tarder à fermer et qu'ils n'acceptaient plus de clients. Je demandai à Alva d'appeler le docteur au téléphone chez lui pour lui expliquer la situation dans laquelle nous mettait la vente de la villa Madiana, mais lui recommandai de ne pas parler de notre dénuement. Le docteur Thé lui dit que cette pension restait ouverte jusqu'au départ d'un médecin espagnol et de sa famille, que nous pourrions y loger en attendant et qu'à ce moment-là nous aurions eu le temps de prendre d'autres dispositions.

Nous nous installâmes et restâmes neuf jours dans cette pension de famille pour trois mille anciens francs par jour, service compris. La première semaine, le docteur Thé et son élégante épouse y prirent le repas du soir et nous mangeâmes à merveille. Mais, quand ils partirent en vacances en Espagne, la qualité baissa. Nous vîmes rarement Jacques.

Après une bonne nuit de sommeil nous nous

affairâmes à prendre des dispositions pour survivre. J'écrivis à Yves pour lui annoncer ma proche arrivée à Paris et lui demander d'exiger une décision immédiate au sujet de *La Fin d'un primitif* qu'il avait présenté à un éditeur de ses amis. De son côté, Alva écrivit à sa tante de Philadelphie pour lui demander de l'argent. Il fit exceptionnellement froid en ce début d'octobre et il nous fallut déterrer nos vêtements d'hiver. Mon gros pardessus gris me tombait presque jusqu'aux chevilles mais semblait encore neuf. Alva avait laissé son manteau de fourrure à Kerkrade et n'en avait qu'un en mohair gris, sans boutons, que je lui avais offert à Londres. Il ne me semblait guère chaud. Toutefois, elle ne s'en plaignait pas.

Le docteur Thé était déjà parti quand Alva reçut la réponse de sa tante qui lui envoyait cinquante dollars. Insuffisant dans ces circonstances. Je décidai d'aller lever des fonds à Paris. Jacques Thé avait quitté Arcachon, lui aussi, en laissant la garde de la pension à une gouvernante. Je lui donnai congé pour le dixième jour de notre présence à midi et lui demandai ma note qui s'élevait à vingt-sept mille anciens francs soixante. Je lui donnai un chèque de soixante dix-sept dollars trente-sept. C'est elle qui me fournit le chèque en blanc, mais elle n'y comprenait rien. Comme elle ne pouvait en référer à personne, elle l'accepta parce qu'elle nous savait en relations avec le Dr Thé. Il nous fallut laisser ma grande malle à la pension parce que j'aurais dû payer quinze dollars d'excédent de bagages et je ne voulais pas l'avoir sur les bras en arrivant à Paris.

Je ne comprends pas pourquoi au lieu d'aller d'Arcachon à Paris par Bordeaux, nous changeâmes de train à Toulouse en pleine nuit après avoir attendu pendant des heures sur un quai désert et glacial. Est-ce que nous nous croyions poursuivis et cherchions à brouiller les pistes? Cet itinéraire insensé ne s'explique pas. Pourtant je suis sûr de mes souvenirs.

Nous arrivâmes à Paris vers sept heures, par un matin froid et brumeux. Aucun propriétaire d'hôtel à bon marché de la rive gauche ne consentit à se lever pour accueillir un client. Faute de mieux nous décidâmes de marcher pendant une ou deux heures pour ne pas mourir de froid. Nous partîmes de l'hôtel Michelet où nous avions logé auparavant, traversâmes le jardin du Luxembourg où les gardiens étaient encore à l'abri dans leur guérite, descendîmes la rue Bonaparte, traversâmes Saint-Germain-des-Prés désert et débouchâmes sur le quai Malaquais. Nous traversâmes la Seine sur le pont du Carrousel et arrivâmes sur la place du même nom, en face du Louvre. Pendant notre longue marche je portais nos deux lourdes valises, celle d'Alva et la mienne en cuir de cheval que j'avais toujours maintenue en bon état pour assurer mon prestige. Alva portait ma machine à écrire, son gros sac à main et sa vieille petite Hermès qui n'allait pas tarder à rendre l'âme. Arrivée place du Carrousel, Alva en était presque au même point que sa machine. Nous nous assîmes sur un banc de pierre, dans la brume froide. La visibilité était si réduite que nous distinguions à peine la statue équestre au sommet du petit arc de triomphe.

À neuf heures, nous repartîmes vers le quartier Latin en quête d'un gîte. L'hôtel Welcome, en face de l'Odéon, fréquenté par de jeunes Américains blancs, donna le ton : on n'y logeait pas de Noirs parce que ça déplaisait aux autres clients. Dans les huit hôtels suivants on refusa de nous loger parce que je suis noir. La majorité des propriétaires avoua sans équivoque le motif. Plus tard, bien des Français à qui j'en parlai refusèrent de me croire. Quelques-uns me déclarèrent que j'aurais pu m'adresser à un gardien de la paix pour mettre les hôteliers au pied du mur. D'autres suggérèrent que j'avais mal compris parce que je ne sais pas le français. Je me fiais à la parole d'Alva et je crois encore qu'elle traduisait correctement. Des années plus tard, d'ailleurs, bon nombre d'Africains dénoncèrent la discrimination raciale qui régnait au quartier Latin parce que les propriétaires d'hôtels à bon marché craignaient d'irriter leurs clients américains blancs. Ce matin-là, j'étais trop las et écœuré pour faire un esclandre comme je l'aurais fait en temps normal.

À l'hôtel Jeanne d'Arc, rue de Buci, je montai seul au bureau situé au premier étage, parce que Alva était trop fatiguée. Le propriétaire me déclara que son établissement était complet. Quand je rejoignis Alva sur le trottoir, elle eut une inspiration. Elle monta sur-le-champ demander une chambre pour deux personnes. Ignorant évidemment que nous étions ensemble, on lui montra plusieurs chambres. Elle en loua une au troisième étage, pour quatre cent cinquante francs par jour.

En me voyant monter un moment plus tard avec nos bagages, le propriétaire devint écarlate, mais il était trop tard et il fut assez sage pour se taire à ce moment-là. Pourtant quand Alva redescendit en me laissant seul dans la chambre, il l'interpella sur un ton extrêmement injurieux. Lorsque je l'appris, je descendis lui demander des explications. Il feignit de ne pas comprendre de quoi je lui parlais. Sa femme tournait autour de nous en levant les bras au ciel avec une indignation affectée.

Alva avait payé deux semaines d'avance et il ne nous restait plus rien. Je me rendis au café-tabac Old Navy, sur le boulevard Saint-Germain, dans l'espoir de rencontrer quelqu'un de connaissance. J'entrai en conversation avec un grand Nigérien cynique qui me révéla l'existence du Crédit municipal. Il n'avait jamais eu affaire personnellement qu'à celui de la place Clichy, deux stations de métro au-delà de la place Pigalle. Je remontai chez nous, pris la bague d'Alva qui avait coûté, disait-elle, cent cinquante dollars et ma vieille Remington portative, puis je descendis au métro Odéon.

Le Crédit municipal de la place Clichy m'offrit dix mille anciens francs sur la bague (vingt dollars). C'était le montant maximum de ses prêts. J'acceptai. On ne me demanda pas de justifier la possession de ce bijou. Quant à ma machine à écrire, je ne pouvais la donner en gage qu'à un bureau spécialisé du Crédit municipal situé rue des Francs-Bourgeois, une station de métro au-delà de l'Hôtel de Ville. Jusqu'alors je n'avais jamais été capable de m'entretenir en français avec qui que ce soit mais, ce matin-là, je compris tout ce qu'on me disait, et mes interlocuteurs me comprenaient aussi bien.

J'emportai donc ma machine à écrire au siège central du Crédit municipal. Là, on me fit remplir un formulaire sur lequel j'indiquai le numéro de mon passeport, mon adresse aux États-Unis, les noms et adresses de mes parents encore vivants. Je subis un interrogatoire sommaire dans un bureau particulier — celui du directeur, me sembla-t-il — et on me prêta cinq mille anciens francs (dix dollars) sur ma machine. En fin de compte je m'étais assuré un pécule de trente dollars : peu de chose, bien sûr, mais de quoi nous sustenter pendant quelque temps.

Dès que je fus libre de mes mouvements, je téléphonai à Yves. Il avait abandonné son pigeonnier de la rue du Montparnasse et acheté un vaste appartement 46, rue Lamartine. « L'affaire du siècle ! » disait-il. Il avait remis le manuscrit de *La Fin d'un primitif* à un éditeur qui mettait sur pied un club de livres et n'avait pas encore pris de décision au sujet de mon roman.

Il me sembla que si mon livre l'intéressait, il aurait déjà décidé de son sort. Je me rendis donc à l'adresse que m'indiqua Yves : rue du Four à Saint-Germain-des-Prés et constatai que ce club de livres était une librairie où l'on vendait aussi des disques. Il y avait un bureau d'édition en arrière-boutique.

Mon arrivée inopinée provoqua une telle panique que tout le monde s'éclipsa. Je m'assis dans le magasin avec Alva. Une jeune femme, que je crus sourde et muette, était enfermée dans la cage vitrée de la caisse. Il me sembla être tombé sur un de ces éditeurs marrons pullulant alors à Paris et qui disparaissaient du jour au lendemain. Je me demandais si on n'avait pas déjà imprimé mon livre sans ma permission. Nous attendîmes deux, trois heures, peut-être plus. Ma colère montait de minute en minute. La jeune personne enfermée dans la cage de verre ne voulait pas nous voir. Alva lui demanda si elle était seule dans cette maison d'édition-librairie-magasin de disques. Elle haussa les épaules sans répondre. Quand vint l'heure de la fermeture, elle mit son manteau et s'en alla. Nous restâmes seuls.

Un instant plus tard, deux individus qui avaient l'air coupable émergèrent presque subrepticement de l'arrière-boutique. L'un d'eux avait mon manuscrit à la main. Je demandai pourquoi on m'avait fait attendre si longtemps. Un de ces réprouvés haussa les épaules et dit : « Pas compris. » Alva répéta ma question, l'autre nous dit que l'éditeur lui avait donné pour consigne de rendre le manuscrit sans plus d'explication. Nous retournâmes à notre hôtel. J'étais tellement furieux que ma tête était sur le point d'éclater.

Le lendemain, en désespoir de cause, Alva alla demander un emploi de secrétaire à l'ambassade des États-Unis. On lui remit le formulaire que j'ai conservé et on lui dit de revenir au bout d'une semaine si elle satisfaisait à toutes les exigences.

> À L'INTENTION DES : DEMANDEURS D'EMPLOI AMÉRICAINS
> DU : SERVICE DU PERSONNEL.
> L'ambassade des E.-U. à Paris n'embauche pas de citoyens américains. Tous les emplois de cette nature sont accordés à Washington. Néanmoins l'ambassade peut soumettre à Washington les demandes d'emploi de ceux qui répondent aux exigences suivantes :
> 1. — Âge, de 21 à 25 ans.
> 2. — Nationalité américaine depuis au moins cinq ans.

3. — Être prêt à accepter une place dans n'importe quel service n'importe où. Ceux qui ne sont disponibles que pour certains postes en certains lieux déterminés ne sont pas pris en considération.
4. — Les femmes mariées si leur époux est citoyen américain.
5. — Examen médical selon les mêmes normes que ceux de l'armée et de la marine.

Si le postulant remplit toutes ces conditions il peut déposer une demande d'emploi (disponible au comptoir de la réception) et l'envoyer par la poste à l'ambassade, à l'attention du service du personnel. (Seules les demandes d'emploi reçues par la poste sont prises en considération, celles qui sont déposées personnellement ne sont pas acceptées.) Le service du personnel étudiera chaque demande d'emploi et fera connaître sa décision au postulant. Si la requête est acceptable le postulant sera invité à se rendre au service du personnel pour y rédiger une demande définitive qui sera soumise à Washington. Le postulant fera alors l'objet d'un examen de sécurité et d'aptitudes qui implique un délai d'au moins six mois et, ensuite seulement, un emploi pourra lui être confié.

De nouveau je me tournai vers Yves pour qu'il me trouve un éditeur. Je le trouvai dans une débine qui valait la mienne. Fin mai, une expédition britannique dirigée par le colonel Hunt avait gravi le mont Everest. La presse du monde entier avait mené grand tapage sur cet exploit et les éditeurs de rivaliser pour sortir au plus tôt un livre à ce sujet.

Yves et les éditions du Scorpion gagnèrent la course haut la main. Leur *Tensing de l'Everest* parut dès le mois de septembre. Mais, dans la direction de l'Himalaya, Yves n'avait pas dépassé Berne où il avait eu un entretien avec le sherpa Tensing qui avait atteint le toit du monde avec Edmund Hilary. Pour écrire son livre en quatre semaines, il avait compilé tout ce qu'il avait pu rassembler sur le Népal, l'Himalaya, les expéditions précédentes à l'Everest et les dépêches sur la dernière.

Comble d'imprudence, son éditeur publia le livre sous une couverture ressemblant trop à une photo couverte par le copyright. Aussitôt les éditeurs anglais et français de Sir John Hunt, le *Times* de Londres, *Le Figaro* de Paris, la Société royale de géographie convergèrent sur le Scorpion et obtinrent la mise sous séquestre de son livre en attendant jugement. Dès lors plus rien ne les pressait et c'étaient les défendeurs qui faisaient des pieds et des mains pour hâter le cours de la justice. Il leur fallut deux ans pour obtenir le droit de publier leur texte sous une autre couverture. Le tapage était passé, le livre se vendit médiocrement.

C'est pourquoi Yves s'était trouvé obligé de vendre la villa Madiana à Arcachon. Mais malgré leurs difficultés nous trouvâmes Yves et Yvonne dans l'heureux état d'esprit avec lequel les Français acceptent toutes les calamités de l'existence : guerres, faillites, révolutions, mort et impôts. Il excusa son ami éditeur qui s'était conduit d'une manière aussi bizarre avec *La Fin d'un primitif* et me conseilla de proposer mon livre à Gallimard. Il téléphona sur-le-champ à M. Mascolo à qui nous allâmes porter le manuscrit le jour même.

Depuis que j'avais rompu avec Margot Johnson je n'avais plus d'agent littéraire aux États-Unis. Mes relations d'affaires avec Ellen Wright s'étaient terminées peu après l'arrivée d'Alva à Paris. J'envoyai un exemplaire de *La Fin d'un primitif* à Victor Weybright de la New American Library. Je lui exposai le pétrin dans lequel je me trouvais et lui demandai une décision rapide.

Grâce à une annonce du *New York Herald*, Alva trouva un travail temporaire de correctrice. Il s'agissait de lire moyennant cent cinquante francs par heure les épreuves d'un ouvrage technique traduit du français en anglais. Je lui conseillai de dire à son employeur qu'à New York elle avait gagné huit dollars de l'heure en qualité de correctrice et ne pouvait accepter moins. Intimidé, son employeur présomptif offrit un compromis : quatre cents francs, en lui affirmant qu'il n'avait jamais donné autant pour un tel travail. Ni lui ni nous n'en fûmes satisfaits. En outre le patron se dit que pour un salaire aussi exorbitant il avait droit à un supplément. Cela m'obligea à accompagner Alva à son travail et à aller l'y chercher chaque soir. Corvée insupportable.

Enfin, un beau matin, je reçus un contrat en nombreuses pages de NAL pour *La Fin d'un primitif*. L'éditeur achetait tous les droits sur les ouvrages reliés, brochés, tant pour les États-Unis que pour l'étranger et m'offrait un à-valoir de mille dollars. Je signai le contrat et l'envoyai par avion en demandant un mandat télégraphique.

Dès que j'eus reçu les mille dollars tout se passa avec une vitesse incroyable. J'écrivis au Dr Thé et lui payai ma dette et je me rendis aux Holland-American Lines, place de l'Opéra, pour acheter à l'intention d'Alva une place de deuxième classe sur un paquebot. Elle ne voulait plus partir en arguant que tout irait bien désormais puisque nous avions assez d'argent pour nous retourner. Je l'assurai qu'il ne s'agissait pas d'une séparation, que je l'envoyais en Amérique vendre notre livre *The Golden Chalice* et que je comptais sur elle.

Je nous revois côte à côte sur un quai de la gare Saint-Lazare. Alva détournait la tête pour que les autres ne voient pas ses larmes. Quand le chef du train maritime siffla et que nous entendîmes crier « Tout le monde en voiture ! » j'étreignis Alva, ce qui parut la briser car il me fallut la hisser dans le train. Elle resta debout devant la portière ouverte, dangereusement penchée, et agita follement la main d'un air désespéré jusqu'à ce que le train s'engage dans une courbe. Ses larmes l'empêchaient sans doute de me voir.

Je traversai la rue, entrai dans un bistrot et bus un ou deux cognacs. Tout à coup, je constatai que je pleurais comme un gosse. Des larmes coulaient sur mes joues. Les clients appuyés au comptoir tournèrent la tête pour me regarder. Je m'essuyai les yeux et m'efforçai de reprendre mon calme en me morigénant. Je suis trop émotif. J'éprouve des sentiments trop intenses. Je hais trop violemment, j'aime avec trop d'exaltation, je m'apitoie d'une manière trop inconsidérée et je souffre avec trop d'acuité. « Nous autres, Américains noirs, c'est ce que nous appelons l'âme », me dis-je avec dérision.

J'avais renvoyé Alva chez elle saine et sauve. Ça aussi c'était de l'âme. Mais au fond de mon cœur je considérais cet exploit comme la seule réussite valable de mon existence. Depuis mes démêlés avec Pedro Canales à Deya, telle était mon ambition suprême : renvoyer Alva chez elle.

Et moi ? me demandai-je. Où trouverai-je la sécurité ?

Ma vie d'absurdité

LIVRE PREMIER

1

Albert Camus a dit que le racisme est absurde. Le racisme exprime en effet l'absurdité du raciste qui engendre l'absurdité chez sa victime. L'absurdité de la victime intensifie celle du raciste et ainsi de suite à l'infini. J'en offre personnellement un exemple. Quand j'écrivais *La Fin d'un primitif*, je croyais frapper un coup vigoureux contre le préjugé de race. Je me voyais guerrier héroïque au combat pour les droits des Noirs américains. Le seul fait d'écrire ce livre me paraissait déjà une victoire.

Puis quand je relus mon ouvrage, j'eus conscience d'avoir commis une absurdité. Je m'étais cru brave et les gens avec lesquels j'étais en contact me taxaient sans doute d'intrépidité inconsidérée. J'espérais qu'Alva serait fière de moi parce que les femmes aiment les vainqueurs. Je m'efforçais de discerner partout le moindre indice de préjugé racial pour le combattre immédiatement. Ce n'était que présomption absurde.

Je me demande pourquoi je faisais tant de choses qui plus tard m'ont paru absurdes. Il m'arriva notamment de remarquer la mention

« 10e mille » sur la couverture d'un exemplaire de *S'il braille, lâche-le* que je venais d'acheter chez A. M. Je compris qu'on avait imprimé dix mille exemplaires de mon roman. Or l'éditeur m'avait payé à la signature du contrat un à-valoir de 34 500 francs couvrant les droits d'auteur sur un premier tirage de mille volumes seulement. Puisqu'il en avait fait imprimer dix mille, il me devait neuf fois plus, soit plus de 300 000 francs qui m'auraient été fort utiles.

Encore une absurdité ! En réalité A. M. n'avait pas fait imprimer dix mille mais douze mille exemplaires mais n'en avait vendu que deux mille. À l'appui de cette allégation, le chef comptable me présenta un relevé de compte établi à la hâte et dans lequel je repérai immédiatement plusieurs erreurs, notamment de date.

Par égard pour Mme A. B. qui avait accepté de me servir d'interprète, je m'abstins de brailler comme un forcené et de briser les vitrines du bureau dans lequel je me trouvais.

Ma démarche ne fut pas vaine car Albin Michel ayant vendu deux mille volumes il me revenait mes droits d'auteur sur mille exemplaires, soit 31 650 francs.

Je partis pour Londres, fou de rage, et le soir même de mon arrivée la plus belle fille du monde entra dans ma chambre d'hôtel pour me demander de mesurer mon pied. Les absurdités se succédaient les unes aux autres. J'étais responsable évidemment de beaucoup d'entre elles mais certainement pas de celle-là. Cette adorable blonde aux yeux de lumière m'expliqua qu'élève d'une école de pédicure elle devait mouler un pied pour un examen et souhaitait donc prendre les dimensions du mien. J'y consentis. Quand elle eut fini, je l'invitai à prendre un verre avec moi mais le propriétaire de l'hôtel n'aimait pas qu'elle pénètre dans les chambres d'hommes, me dit-elle en s'esbignant.

Je fis plus ample connaissance avec elle le lendemain au rez-de-chaussée, dans le vestibule. Elle s'appelait Simi. Fille d'une Indienne de l'Inde et d'un père écossais, cultivateur au Kenya, elle y avait passé son enfance et son adolescence. Puis ses parents étaient morts, sans doute lors du soulèvement des Mau-Mau. Une bourse lui permettait d'apprendre la chiropodie à Londres. Cette ambition me parut bien mince pour une jeune femme aussi belle et séduisante : teint de crème fraîche, yeux clairs d'un bleu profond, abondante chevelure blonde et frisée, corps agile et voluptueux... vigoureux aussi hélas ! car j'essayai par la suite de la violer à plusieurs reprises mais n'y parvins pas. Elle ne m'en tint pas rigueur et avait, me semble-t-il, pitié de moi parce que j'étais noir, malheureux et triste.

La profondeur de ma tristesse m'apparut lorsque je reçus un paquet de lettres d'Alva. Elle les avait écrites à bord du bateau pendant la traversée. Elles contenaient surtout des protestations d'amour qui me bouleversèrent. Elle se demandait aussi ce que je devenais à Paris et si j'avais de quoi manger. Puis arrivèrent les lettres de New York me racontant ses démarches auprès des éditeurs pour publier *Le Calice d'or*. Elle espérait encore mais je doutais déjà.

Simi venait me voir dans ma chambre malgré le propriétaire. Elle sentait que je n'étais pas heureux et s'efforçait de me remonter le moral.

Sa situation ne manquait pas d'analogie avec la mienne. Bien des Indiens riches, jeunes ou vieux, follement épris d'elle, lui faisaient la cour mais aucun ne voulait l'épouser parce que son sang écossais la rendait impure pour ces brahmanistes. Ils offraient donc de l'entretenir en qualité de maîtresse mais elle le refusait. Paradoxalement feu son père écossais qu'elle avait adoré lui rendait la vie impossible. Je lui offris de l'épouser. Elle sourit, et c'est tout.

Nous nous entendions à merveille et elle me réconfortait. Derrière un rideau dans un coin de ma chambre il y avait un réchaud et un buffet. J'y préparais mes repas. Elle déjeunait de temps en temps avec moi. Infailliblement je m'efforçais de la séduire, mais elle était trop forte physiquement. Le propriétaire nous entendait batailler mais il n'est jamais intervenu. C'était un ancien ami du père de Simi. Il la portait aux nues et ne s'inquiétait pas trop car il savait qu'elle ne s'intéressait à moi que par compassion.

Les lettres quotidiennes d'Alva me faisaient souvent pleurer. Une nuit Simi arriva en trombe dans ma chambre, effrayée parce que mes gémissements avaient semé la panique dans tout l'hôtel. Le propriétaire avait même téléphoné à la police. Simi était encore dans ma chambre quand deux inspecteurs en civil arrivèrent. Nous les entendîmes chuchoter avec l'hôtelier, sa femme et leur fille. Puis l'hôtelier monta dans ma chambre et demanda à Simi de les rejoindre. J'ouvris ma porte et me penchai à la balustrade de l'escalier. Un inspecteur leva les yeux, nos regards se croisèrent. Je retournai me coucher.

Je m'attendais à voir apparaître d'un instant à

l'autre les policiers qui m'auraient emmené au poste. Simi vint me rassurer. Ils étaient partis mais ils reviendraient et me boucleraient si je provoquais encore du désordre à l'hôtel. « Vous êtes trop bonne, lui dis-je. Je ne suis qu'un voyou bon à rien.

— Pas du tout, répondit-elle en me caressant la joue. Vous êtes malade et vous souffrez. »

Par la suite, j'évitai le propriétaire, sa femme et sa fille. La bonne qui faisait le ménage de ma chambre tremblait en y entrant et je m'éclipsais aussitôt. Cet incident m'effrayait. Je m'efforçais de me reprendre, sortis plus souvent, allai au cinéma, fis de longues promenades, errai la nuit à Soho et autour de Piccadilly Circus. Je passai un dimanche chez Phyllis et Karl et je rendis visite à George Padmore, l'essayiste marxiste et historien de l'Afrique. C'est lui qui avait obtenu du ministère de l'Intérieur britannique le permis grâce auquel Richard Wright s'était rendu au Ghana. La conversation roula surtout sur *Black Power*, livre qu'il avait écrit à la suite de ce voyage.

Padmore en pensait du bien mais il craignait que ce livre ne plût pas aux Africains parce que Dick y exprimait un point de vue américain, inaccessible sans doute à la mentalité africaine. Je défendis mon ami Wright passionnément, mais sans présenter sincèrement mon opinion. Je devinais sans avoir lu *Black Power* que Dick avait commis une erreur. En quittant les États-Unis, il était devenu plus américain que jamais. Alors qu'au pays, il laissait le souvenir de *Black Boy*, à Paris, on voyait en lui un homme riche et il l'était. Il s'adaptait parfaitement à la vie bourgeoise bien que, de sa naissance à sa mort, il s'identifiât au fond de son cœur avec le pauvre et l'opprimé. Homme de gauche par nature il était tenu à l'écart par les intellectuels de gauche français qui ne lui pardonnaient pas d'avoir critiqué violemment le parti communiste par sa contribution à *The God That Failed*. Déraciné, Dick n'avait dans la civilisation occidentale que le choix entre le marxisme et le catholicisme, or n'ayant jamais été catholique, il avait rompu avec le marxisme.

D'après ses lettres, il me semblait qu'Alva passait son temps à dactylographier les exemplaires du *Calice d'or*, à correspondre avec les éditeurs, à se faire du mauvais sang à mon sujet. Elle travaillait comme réceptionniste chez un médecin de Philadelphie pour quarante-huit dollars par semaine de quatre journées de huit heures et s'épuisait littéralement à vivre d'aussi peu tout en s'efforçant de vendre notre roman. Je suis certain qu'elle en espérait beaucoup, autant pour moi que pour elle.

J'en eus assez. Un soir je m'assis dans ma chambre devant ma machine à écrire et m'appliquai à rédiger une lettre de rupture définitive. Certes l'idée que cette femme se tuait à la tâche autant pour moi que pour elle y était pour beaucoup. Mais toutes sortes de soupçons, de doutes, de ressentiments s'insinuaient dans mon esprit parce qu'elle était retournée dans son monde de Blancs.

Je réservai une cabine sur le vieux *Samaria* de la Cunard qui partait pour New York le 15 janvier. Simi se leva et s'habilla en pleine obscurité, à six heures du matin, pour me dire au revoir. Il faisait un temps glacial. Elle m'aida à porter mes bagages au taxi et m'offrit de me conduire à la gare. Je refusai. Elle m'embrassa. Nous ne nous sommes jamais revus.

Le paquebot était presque désert. J'eus donc une cabine pour moi tout seul. Tant mieux car il n'y avait pas d'autre Noir à bord. Cette traversée contrastait tristement avec mon voyage sur l'*Île-de-France* en 1953. Je m'engageai alors dans une nouvelle phase de ma vie, sinon avec enthousiasme, certainement avec espoir et surtout avec la joie que donne l'évasion. Trois ans après je retournais à ma prison, sans le sou, furieux, vaincu.

J'avais trop aimé Alva et je voulais la chasser de ma mémoire, tout au moins ne plus penser à elle avec un chagrin aussi cuisant. Une femme m'offrit une diversion. C'était une solide gaillarde aux cheveux noirs, raides comme ceux d'une Esquimaude, au teint légèrement hâlé et aux yeux bleus magnifiques. Je ne me rappelle que son prénom : Jack. Née dans l'ouest des États-Unis, elle y était restée jusqu'à sa majorité puis avait passé quelque temps à Greenwich Village. Écœurée par la vie qu'elle y menait, elle s'était embarquée comme matelot sur un cargo norvégien. Après cinq ans de navigation, elle avait épousé le patron du bord : un Norvégien qui vivait aux États-Unis. Pour une raison que Jack ne m'a jamais indiquée, il l'avait envoyée passer deux ans chez ses parents en Norvège. Elle le rejoignait en Nouvelle-Écosse et devait débarquer à Halifax.

J'aurais volontiers profité de ses bontés. Malheureusement je constatai que j'étais impuissant. Elle ne m'en tint pas rigueur, elle non plus. Je la persuadai presque de m'accompagner jusqu'à New York. Elle refusa. Je me suis souvent demandé quel cours aurait pris mon existence si elle avait accepté. Je la vois encore descendre sur la passerelle vers une ville qui me semblait dure, lugubre, glaciale et infiniment pauvre. Je ne l'ai jamais revue, elle non plus.

Elle avait à peine disparu qu'on apporta le courrier à bord. Il y avait une lettre d'Alva pour moi. Apparemment, elle ne tenait aucun compte de mon désir de rupture. « ... Je n'irai pas t'accueillir à New York... Je t'enverrai un chèque à l'Albert Hotel. Tu ne seras donc pas tout à fait démuni à ton arrivée ni dépaysé : tu connais New York et tu as des amis là-bas... »

Des amis ? Je n'en avais aucun. Ni noir, ni blanc. Je n'appartenais à rien, ni groupe, ni classe et je ne croyais plus à rien. J'étais non-conformiste mais je ne pouvais pas être révolutionnaire parce que je ne voyais aucune révolution en vue. J'étais anticapitaliste mais pas procommuniste. Je détestais les États-Unis mais je n'aimais pas l'U.R.S.S. ni aucun autre pays au monde. J'étais un raté de retour dans sa patrie où l'on n'adore que le succès. À ma place d'autres se seraient sans doute suicidés ou y auraient pensé. Voilà longtemps que, au bagne, j'avais décidé de vivre longtemps pour nuire aux Blancs, tout en acceptant leur assistance dans toute la mesure du possible afin de prolonger mon existence. À ce moment-là en tout cas, je n'attendais rien de personne.

Ce qui me frappa le plus à mon retour, ce fut la grossièreté de tout le monde : fonctionnaires de la douane, porteurs noirs, chauffeurs de taxi, blancs et noirs, juifs et gentils. Ce manque de politesse ne dénotait ni hostilité ni ressentiment. C'était une affaire de mœurs : une espèce de grossièreté dogmatique mêlée d'imbécillité. Les employés de l'Albert Hotel laissèrent pendant deux jours ma malle-armoire sur le trottoir où je l'avais débarquée du taxi. Elle se couvrit de cinq centimètres de neige. J'offris deux dollars à qui consentirait à la transporter jusqu'à ma chambre au rez-de-chaussée. Personne n'accepta. Je finis par me procurer une voiture à bras. Alors, un des garçons de l'hôtel m'aida à la hisser sur la carriole et la poussa.

Alva me rendit visite. Elle se faisait passer pour mon épouse. Nous étions à New York. Ce mariage mixte ne suscita aucune réflexion, pas même un battement de paupières. J'avais déjà touché son chèque de cent dollars et j'en avais grand besoin. La première avance sur *La Fin d'un primitif* ne m'en avait rapporté que mille à titre de premier à-valoir. Alva et moi aurions dû parler d'éditeurs, d'agents littéraires comme des écrivains sérieux. Mais je découvris auprès d'elle que je n'étais plus impuissant et nous fîmes l'amour. Je constatais alors que j'avais deux obsessions : la sexualité et les lettres. J'écrivais par profession et par ambition. Je faisais l'amour parce que cette occupation me faisait oublier mes frustrations. Mais je n'étais homme qu'avec Alva.

Elle revint me voir la semaine suivante. Tout recommença comme la première fois. J'avais quitté le rez-de-chaussée pour emménager dans une chambre au dernier étage qui me coûtait dix dollars par semaine et n'en valait pas plus. Elle était éclairée par une lucarne couverte d'une épaisse couche de poussière et une fenêtre donnant sur un toit goudronné. Les radiateurs chauffaient tellement que la carpette tombait en poussière. J'y répandais plusieurs seaux d'eau par jour pour pouvoir respirer. Il en résulta que je pris froid. Alva me trouva au lit. Elle alla m'acheter un réchaud électrique, quelques ustensiles, des boîtes de jus d'orange et des vivres. Elle passa deux nuits auprès de moi.

Ce fut la dernière fois où nous eûmes du plaisir. Ensuite il ne fut plus question que du *Calice d'or*, de corrections, de révisions, de la possibilité de toucher tel ou tel éditeur, tel ou tel agent, de nos espoirs, de nos déceptions, de son divorce dont la procédure n'en finissait pas, de mes démêlés avec NAL qui censurait *La Fin d'un primitif*. Alva ne passait que les week-ends avec moi. Pendant toute la semaine, nous échangions des lettres quotidiennes. Nous en vînmes à nous faire des reproches, à exprimer des soupçons, de la jalousie, à aller de malentendu en malentendu. À l'un comme à l'autre, il nous arrivait de regretter ce que nous avions écrit aussitôt la lettre postée et nous en écrivions une nouvelle pour expliquer, préciser ou nous excuser. Mais l'autre avait déjà reçu la première et y répondait du tac au tac. En recevant la seconde, on répondait de nouveau et ainsi de suite à n'en plus finir. Toute cette correspondance représentait plusieurs milliers de pages : au moins six fois notre manuscrit de cinq cents feuillets. Nous faisions encore l'amour aux week-ends. Mais c'était presque par habitude.

Ma femme apprit que j'étais à New York à l'Albert Hotel et vint me voir plusieurs fois. Nous étions totalement séparés et nous avions déjà pensé à divorcer mais n'en avions les moyens, ni l'un ni l'autre. Je ne vis aucune raison de cacher à Alva que je revoyais Jean. J'eus tort car elle en fut jalouse et cela réveilla chez elle des souvenirs fâcheux. Elle m'écrivit par exemple : « Quand mon mari est venu à Paris, tu prétendais que je devais lui accorder dix minutes, pas plus. Pourtant tu passes des heures dans une chambre d'hôtel avec ta femme. Je pourrais te demander comment elle a appris ta présence à New York et ton adresse. Qu'a-t-elle dit à la réception ? Qu'elle est Mme Himes. C'est ainsi qu'elle figure dans l'annuaire du téléphone. Alors de quoi ai-je l'air quand je me présente sous le même nom ? » Elle me soupçonnait aussi d'avoir revu Vandi.

Elle se trompait. Pourtant j'avais laissé chez Vandi l'album des coupures de presse sur *S'il braille, lâche-le* et *La Croisade solitaire*, ainsi que l'argenterie héritée de ma mère et deux ou trois couvertures. Bien après qu'Alva me reprocha d'avoir renoué avec elle, je téléphonai à son bureau pour lui demander si je pouvais passer à son appartement reprendre mes affaires. Elle voulut savoir depuis quand j'étais de retour, pourquoi je ne lui avais pas encore donné signe de vie et conclut : « Zut alors, j'ai tellement envie de passer un moment avec toi, mais *il* sera là pour le week-end... » Cet aveu m'évita de lui dire que je ne tenais pas à la revoir. Elle ne le soupçonna évidemment pas, sûre d'elle et de son charme jusqu'à l'insolence, elle n'aurait jamais supposé qu'un homme pût lui préférer sa femme ou sa maîtresse. « Téléphone-moi vers le milieu de la semaine prochaine, reprit-elle, tu dîneras chez moi, je serai libre. »

Quand je l'appelai le mercredi, il me sembla que la standardiste avait le hoquet. Puis j'entendis une autre voix : « Ici la secrétaire de Mme Haygood.

— Pourrais-je lui parler? »

Long silence. Enfin la secrétaire reprit : « Qui est à l'appareil? »

Je faillis lui répondre comme d'habitude « ça ne vous regarde pas ». Mais je tenais à récupérer mon service de presse et je n'éprouvais plus le sentiment subconscient de culpabilité de tous les Noirs lorsqu'ils téléphonent à une Blanche sur le lieu de son travail. Je lui donnai donc tout simplement mon nom.

Je l'entendis chuchoter pendant un long moment puis elle me dit enfin : « Mme Haygood est morte. »

Il me vint tout de suite à l'esprit que c'était une plaisanterie de Vandi dans le genre de : je suis morte pour toi, autrement dit je ne veux plus t'aimer, je ne veux plus te voir. « Ça va! assez de sottises... »

Je n'eus pas le temps de terminer ma phrase que la secrétaire me dit : « Elle est décédée hier après-midi chez elle. »

Je compris aussitôt qu'elle disait la vérité. Un goût de bile me vint à la bouche et je pensai exactement comme à la mort de Kriss dans *La Fin d'un primitif :* « Pardonne-lui, Seigneur, c'était une bonne fille... » et (comme Jesse aussi) j'éclatai en sanglots dans la cabine téléphonique de l'hôtel.

Vandi avait à peu près trente-neuf ans quand elle mourut. Elle était encore d'une beauté exceptionnelle et paraissait en parfaite santé. Elle n'avait jamais porté de soutien-gorge. La veille, elle avait abandonné son travail vers le milieu de l'après-midi parce qu'elle ne se sentait pas bien. Arrivée chez elle, elle avait entrepris de faire du ménage mais, prise de malaise, elle s'était couchée tout habillée sur son lit et avait téléphoné à son médecin. Comme d'habitude lorsqu'elle attendait quelqu'un, elle avait laissé la porte de son appartement ouverte. Arrivé peu après, le médecin l'avait trouvée morte.

Alva croisa ma femme dans le couloir de mon hôtel. Il lui suffit d'un coup d'œil pour l'identifier bien qu'elle ne l'eût encore jamais vue. Jean était très belle. Peut-être Alva pensa-t-elle que toute belle femme noire sortant de chez moi ne pouvait être que mon épouse. Elle m'accusa immédiatement d'entretenir des relations suivies avec elle depuis mon retour. Je ne me rappelle pas les détails de la conversation mais je sais que je pris ses propos d'autant plus mal que j'étais absolument sincère.

À cette même époque j'étais surtout préoccupé par NAL qui voulait supprimer tous les passages de mon livre pouvant donner lieu à controverse. C'était absurde car le roman tout entier était discutable et je l'avais écrit dans ce but. Pendant ces démêlés je cherchai un éditeur de livres reliés. Je m'adressai à Doubleday et à Dial Press. Le premier refusa, je ne me rappelle plus pourquoi. Silberman, chez Dial, me suggéra d'écrire plutôt un roman dont « Maud » (un personnage secondaire de *La Fin d'un primitif*) aurait été l'héroïne.

À ce moment-là je refusai mais l'idée fit son chemin et c'est ainsi que j'écrivis plus tard *Pinktoes* qui parut en français sous le titre de *Mamy Mason*. Millen Brand, directeur littéraire de Crown Publishers, lut également *La Fin d'un primitif* et voulut le faire éditer mais le directeur commercial s'y opposa. En désespoir de cause je laissai NAL publier l'édition originale en livre de poche.

J'eus la chance de vendre à Berkeley Books le droit de faire paraître *S'il braille, lâche-le* en édition populaire moyennant un premier à-valoir de mille dollars à la publication, dans le courant de l'été (1955).

2

Un soir mon vieil ami Carl Van Vechten m'invita à dîner dans un restaurant de Harlem. J'y découvris que j'aimais encore les Noirs et que je me trouvais parfaitement à l'aise parmi eux. Leur humour m'enchanta. Les jeunes Noires m'émoustillèrent. Il me sembla que j'aurais pu rester dans ce quartier jusqu'à la fin de mes jours et que j'aurais été heureux de ne pas retourner dans le monde des Blancs.

À peu près à la même époque je fis un rêve étrange dans lequel je composai une chanson que je n'ai jamais entendue nulle part, ni avant ni après : je suivais une rue poussiéreuse dans un infime petit village du Mexique ; une jeune femme vêtue de loques noires marchait devant moi en berçant un enfant nu ; elle chantait d'une voix exquise :

Le soleil est chaud
Le ciel est bleu
Joli petit bébé
Tout pour toi.

Je ne voyais pas son visage mais je savais qu'elle était belle. Sa chanson comportait de nombreux couplets. Le plus extraordinaire c'est que cette Mexicaine en loques chantait en anglais. Elle marchait d'un pas léger. On aurait même cru qu'elle dansait tout en berçant son nourrisson au rythme de son pas et de la musique.

Je n'ai jamais entendu personne parler d'un rêve où quelqu'un chante, surtout pas aussi joyeusement. Or à cette époque je n'avais aucune raison de me réjouir. À tout hasard je considérai ce songe comme un présage annonçant une période de bonheur.

Depuis plusieurs semaines Alva avait envie de revoir ses filles. Elle partit pour l'Europe le 27 juillet. Je ne l'accompagnai pas au port parce que sa tante et son oncle étaient venus de Philadelphie avec elle. Peu m'importait d'ailleurs, parce que, pour moi, elle était déjà partie.

Le surlendemain Van Vechten m'envoya deux bouteilles de vodka pour mon quarante-sixième anniversaire. Je les bus toutes les deux en une seule nuit dans ma chambre d'hôtel en méditant sur le cours de mon existence. Le lendemain matin j'eus une gueule de bois assortie à la longue suite de mes déceptions et je décidai de faire imprimer *La Fin d'un primitif* dont je gardais les épreuves depuis trop longtemps. Dès le premier coup d'œil, je filai chez NAL pour demander mon manuscrit. On me le refusa. Je repartis chez moi avec les épreuves braillant que je ne signerais pas le bon à tirer avant d'avoir comparé mon texte avec celui qui revenait de l'imprimerie. Dans le courant de la journée un commissionnaire m'apporta le manuscrit.

Cinq personnes employant des crayons de couleurs différentes avaient trafiqué honteusement mon roman. Des centaines de modifications mesquines sans intérêt ou stupides le défiguraient. Ce n'était pas ma première expérience de ce genre. J'en conclus qu'il n'existe pas d'individus plus prétentieux, ignorants et infantiles que les cadres de maisons d'édition chargés de revoir les manuscrits. Dès qu'ils ont une page entre les mains il leur faut en changer le style et le sens, quel que soit l'auteur, qu'il s'agisse de l'*Iliade*, de la Bible, des *Frères Karamazov*, voire de la Constitution des États-Unis.

Étant donné qu'il n'y avait pas d'inscriptions en vert j'employai cette couleur pour restaurer mon texte puis il me fallut retourner chez NAL et défendre mon œuvre phrase par phrase, presque mot à mot. En fin de compte le texte qui parut aux États-Unis n'est qu'une version édulcorée de celui qui avait servi à la traduction en français.

L'été toucha à sa fin. Berkeley aurait dû me payer les mille dollars qu'il me devait pour la réédition à bon marché de *S'il braille, lâche-le*. Mais le directeur littéraire m'annonça que la sortie du livre était retardée et que la maison ne pouvait m'avancer mon à-valoir. Tous les éditeurs de livres de poche, dit-il, étaient en difficulté et plusieurs allaient faire faillite. Je lui répétai que leurs difficultés ne pouvaient être pires que les miennes. S'ensuivit un échange de répliques acerbes et nous nous séparâmes en mauvais termes.

Alva me manquait. Il me fallait une femme pour noyer mes soucis. Je rêvais aussi de devenir un quidam qui passerait dans la vie sans se faire remarquer ni détester. C'est à cet instant-là que je fis réellement connaissance avec Harlem : sa géographie, le genre de vie de ses habitants, ses truands, ses vices, son argot et ses absurdités. J'acquis toutes ces connaissances sans y prendre garde. Peut-être m'ont-elles sauvé la vie plus tard car elles me permirent d'écrire les romans qui parurent dans la Série Noire aux Éditions Gallimard en France. Je fréquentais assidûment les prostituées. Auprès d'elles je retrouvais toute ma virilité. Elles me faisaient oublier mes tourments : le racisme, l'injustice, les inégalités.

Mais ce n'étaient que courtes trêves. Seul dans ma chambre au dernier étage de l'Albert Hotel, j'étais aussi loin de la civilisation que si j'avais vécu au sommet de l'Himalaya; c'est à peine si, de temps en temps, j'entendais le bruit d'une beuverie dans une chambre voisine. Je feuilletais les journaux et constatais la montée de la conscience de race chez mes frères de couleur. L'arrêt de la Cour Suprême interdisant toute ségrégation dans les écoles publiques donnait de l'élan au mouvement pour les droits civiques. J'avais aussi largement le temps de méditer sur mon sort d'animal pensant noir, méprisé, bref de paria.

À tout instant des manifestations de racisme me mettaient hors de moi : chauffeur de taxi blanc refusant de conduire les citoyens noirs à Harlem; restaurants blancs du Village où l'on refusait de servir les Noirs tout simplement en feignant de ne pas les voir; maisons d'édition blanches limitant la publication d'ouvrages écrits par les Noirs. De jour en jour, je perdais espoir de plus en plus et j'avais envie de retourner en Europe.

Vint comme toujours le moment où il me fallut m'inscrire au bureau de placement de Chambers Street — le marché aux esclaves — pour décrocher un menu boulot d'un jour ici, deux jours ailleurs, comme plongeur, homme de peine, gardien de nuit en remplacement d'un malade ou d'un ivrogne. Horn & Hardat, qui possédaient cent huit bars automatiques à New York et dans les environs, m'embauchèrent comme homme de peine suppléant, c'est-à-dire que j'allais d'un bar à l'autre pour laver les carrelages et astiquer les chromes.

Au bout d'un mois, on m'affecta définitivement à un casse-croûte situé au coin de la 37e Rue et de la Cinquième Avenue. C'était la succursale la plus chic de Horn & Hardat. Il me semblait que les surfaces d'acier chromé se développaient sur des centaines de kilomètres carrés ; ce qui me donnait fort à faire de dix heures du soir à six heures du matin.

J'étais nourri. Il m'arriva de boire jusqu'à trois litres de jus d'orange et de gober deux douzaines d'œufs en une seule nuit en plus des deux repas que nous prenions à l'arrivée et avant de partir. Tous les restes du réfrigérateur étaient à notre disposition. Parfois nous faisions frire poulets et steaks. Cet emploi me donna plus tard le décor de *Run Man Run* qui parut en français sous le titre de *Dare-dare*. Excellent polisseur de chromes, j'étais aussi extrêmement désagréable, querelleur, rouspéteur. Je protestais pour la moindre erreur sur le bulletin de paye, le favoritisme, l'attitude des serveuses blanches. Une nuit, le gérant exaspéré par mes gueuleries s'exclama : « Je ne peux rien faire pour vous si vous vous conduisez comme ça. » Je lui répondis en braillant : « Si vous ne pouvez rien faire pour moi pourquoi me parlez-vous ? » Dès lors il n'entra plus la nuit pendant que nous travaillions. Il garait sa voiture le long du trottoir d'en face et nous surveillait à travers les vitrines. On me tolérait parce que j'étais encore assez vigoureux pour travailler « comme un Blanc ».

Pendant que je gagnais ainsi ma vie, je perdis tout contact avec mes amis et relations. Il s'agissait seulement de survivre jusqu'au jour où je pourrais quitter les États-Unis. Pour cela, il me fallait toucher l'à-valoir promis par Berkeley Books. Je ne cessais de harceler Byrnes. Alva m'écrivait de temps en temps. Elle passait ses vacances avec ses quatre filles et son mari à la mer en Belgique.

Enfin, exaspéré par Byrnes, je m'adressai au service de l'assistance judiciaire. Le jeune avocat qui me fut assigné téléphona à Berkeley Books pour demander quand on me paierait. Byrnes lui répondit que l'argent était à ma disposition. Si j'avais eu une arme ce jour-là sur moi on m'aurait condamné pour assassinat.

J'allais chercher mon chèque que me remit la réceptionniste, je l'encaissai dans une banque voisine, me rendis à l'American Express acheter des chèques de voyage, réservai mon passage en seconde classe pour la France sur le paquebot *Ryndam* des Holland-American Lines et j'allai toucher ma dernière paie au bureau du personnel de Horn & Hardat. Cette même nuit je pris congé de mes camarades de travail qui m'offrirent un dernier repas avec eux : quatre œufs crus, une glace au café d'un litre, deux steaks bleus, des épinards à la crème, des pommes de terre bouillies et une boîte de pêches au sirop. Pendant que nous mangions au sous-sol, un détective blanc ivre descendit en titubant l'escalier et nous accusa d'avoir volé sa voiture. Il brandissait un pistolet. Cet incident me servit de thème pour mon roman *Dare-dare*. Je lui montrai le passeport que j'avais fait renouveler peu avant et ça le calma. Sans doute crut-il qu'un négro muni d'un passeport devait être en relation avec le gouvernement fédéral. Je retournai à mon hôtel, bus une demi-bouteille de whisky à bon marché et me couchai.

Le lendemain, je renouvelai ma garde-robe chez des fripiers du Bronx. Puis j'allai au bureau de The New American Library pour y prendre quelques exemplaires de *The Primitive*. Je me revois clairement prendre l'ascenseur les deux bras encombrés de vêtements neufs et d'occasion et entrer dans le bureau des jeunes « éditeurs » en braillant : « Je vous ai eus hein ? tas de salauds ! » En ressortant, je donnai tête baissée dans Alfred A. Knopf qui aidait sa femme, Blanche, à monter dans un taxi. Ils feignirent de ne pas me reconnaître et j'en fis autant.

Vers neuf heures du soir, une semaine plus tard, un chauffeur de taxi consentit à me transporter avec mes malles jusqu'à Hoboken d'où le *Ryndam* partait à minuit. Je me rappelle avoir franchi la passerelle juste avant qu'on la hisse à bord. En voyant s'éloigner les lumières de mon pays natal, je me réjouis d'avoir rompu avec Alva, abandonné tout espoir au sujet du *Calice d'or* et d'avoir largué toutes les amarres me liant aux États-Unis.

3

J'arrivai à Paris le 26 décembre. Il ne me restait plus que deux cents dollars en traveller's checks. J'avais besoin de femmes. Ma suralimentation chez Horn & Hardat m'avait gonflé à bloc. Je passai les premiers jours dans un hôtel proche de la gare Saint-Lazare où je reçus d'innombrables prostituées et consommai encore plus de bouteilles de Pernod. Puis je m'installai à l'hôtel Royer-Collard, rue Royer-Collard, près de la gare du Luxembourg et établis mon quartier général à la terrasse du café Au Départ, à l'angle de la rue Gay-Lussac et du boulevard Saint-Michel. C'est là que je m'attelai à l'ouvrage que James Silberman, de Dial Press, m'avait conseillé d'écrire. Il parut plus tard chez Plon sous le titre de *Mamie Mason* et chez Olympia Press à Paris aussi sous celui de *Pinktoes*. J'écrivais. La mort de Vandi m'affectait plus que je ne l'aurais cru et il m'était difficile de maintenir mon récit sur une note comique.

Mme Brierre m'accompagna chez Plon pour discuter le contrat d'édition en français de *La Troisième Génération* dans la collection Feux Croisés. On m'offrit une avance de cinquante mille francs de l'époque. Je refusai. Charles Orengo, le directeur littéraire, se déclara prêt à doubler ce montant mais il lui fallait pour cela l'approbation du directeur général absent jusqu'au 15 janvier. Le soir même je levai une fille sur le boulevard Saint-Michel : étudiante ou prostituée; il était difficile de distinguer entre les unes et les autres. Elle m'aida à passer la nuit.

Peu après, je partageai mon temps entre Au Départ et le Tournon, rendez-vous de mes frères de couleur. Ma vie s'engagea dans un morne trantran. Le matin, aussitôt levé, j'allai prendre café et croissants Au Départ. Je restais à la terrasse jusque vers midi à travailler et à regarder passer les femmes. Il m'arrivait parfois d'en lever une, de lui offrir à déjeuner au restaurant chinois en face de mon hôtel puis de l'amener dans ma chambre pour y passer l'après-midi.

J'ai connu à Paris à cette époque la plus grande variété de femmes : américaines, européennes, asiatiques, africaines, sud-américaines. Elles m'accordaient volontiers un moment ou une nuit parce que j'étais assez beau garçon et plein d'énergie. Mais aucune ne voulut une liaison durable avec un Noir aussi minable que moi. Peut-être aussi mon teint trop clair ne leur convenait-il pas. Bon nombre d'entre elles étaient étudiantes et n'avaient pas la moitié de mon âge. Nous communiquions par signes. Il y avait parmi elles quelques nymphomanes. Mais pour la plupart — surtout les Suédoises, Danoises, Hollandaises et Allemandes — elles étaient surtout curieuses d'expérimenter les qualités sexuelles tant vantées des Noirs américains.

Je n'ai pas connu de Noires. La plupart d'entre

elles étaient africaines. Il y en avait de fort désirables et même d'extrêmement belles mais je n'en ai rencontré aucune qui parlât mon langage. Les Africaines anglophones vivaient à Londres. Les francophones étaient mariées à des aristocrates de leur pays ou bien réservées à de riches connaisseurs français.

Les Noires américaines étaient soit des touristes qui dédaignaient les Américains sans le sou comme moi, soit les épouses de Noirs assez fortunés ou encore maîtresses, voire épouses, de Blancs. Il y avait aussi parmi elles des chanteuses, danseuses, figurantes de music-hall et même étudiantes, qui aspiraient toutes à une union, légale ou non, avec un Blanc. Hormis les épouses noires de grands musiciens ou autres Noirs riches ou importants, les Américaines noires ne s'intéressaient jamais à leurs compatriotes de couleur.

Je n'ai connu qu'une seule Noire « libre de tout engagement ». Elle dansait avec une troupe de mangeurs de feu africains dans une boîte de nuit du boulevard Montparnasse. Intelligente, dénuée de toute prétention, exceptionnellement belle, elle m'attirait. Mais j'étais trop fauché pour lui faire la cour. « Vous ne savez même pas si je suis lesbienne ou non », me dit-elle un jour, taquine et provocante. Force me fut de rompre aussi gentiment que possible, en lui disant que j'étais sérieusement épris d'une maîtresse blanche assez jalouse pour lui faire des ennuis. Sans doute me crut-elle car je ne la revis plus.

La plupart des Noirs américains qui avaient connu Alva croyaient que je la cachais, soit dans une maison de rendez-vous, soit dans quelque bureau américain qui lui interdisait de fréquenter les Noirs. Personne ne croyait la vérité. Je ne vois pas d'ailleurs pourquoi j'aurais fait des cachotteries. Tous les Américains noirs vivant alors à Paris avaient une femme blanche et parfois deux, trois, voire plus, la plupart françaises, mais pas toutes. Certains se faisaient entretenir totalement ou partiellement. L'un d'eux eut même des ennuis avec la justice pour proxénétisme. Parmi eux j'en ai connu plusieurs qui avaient *des* enfants avec leurs maîtresses.

Je passais presque toutes mes soirées au Tournon et je me liai avec Ollie Harrington, le dessinateur du *Pittsburgh Courier*, très apprécié par les Blanches du quartier Latin, bien qu'il fût marié à une octavonne de nationalité britannique. Les propriétaires de ce bistrot raffolaient de lui parce qu'il attirait et divertissait les clients par ses plaisanteries et ses pitreries. Malgré mes abus de boisson, j'avais alors l'esprit fort alerte et je lui servais de faire-valoir. À part ça je menais une vie grotesque. En chassant l'Amérique de mon esprit, je m'anéantissais moi-même.

Cela ne m'empêchait pas de réfléchir... évidemment à la littérature noire. Jusqu'alors mes frères de couleur n'avaient guère écrit que des œuvres de protestation. Cela coïncide d'ailleurs avec le fait que les Américains blancs ne nous appréciaient que « saignants ». J'avais envie de briser ce carcan imposé à mes confrères. Je sentais que l'Américain noir devait se présenter en individu qui n'est pas seulement la victime du racisme car nous ne sommes pas *que* des victimes : des individus comme il n'y en a pas d'autres au monde, drôles mais pas clownesques, solennels bien que manquant de sérieux, frustrés mais en souffrant moins qu'on ne le croirait, très « portés sur la chose », mais rarement prostitués dans l'acception habituelle du mot. Nous sommes surtout prodigieusement épris de la vie autant que de nous-mêmes. Bref, nous sommes absurdes.

Je méditais aussi sur le vocabulaire. Je me rappelle avoir passé plus d'une journée d'ébriété à méditer sur le mot *fuck* rigoureusement censuré en ce temps-là. On le remplaçait généralement par « faire l'amour » qui ne signifie pourtant pas la même chose. Que reprochait-on donc à ce « foutre » ? L'acte qu'il désigne est pourtant nécessaire à la perpétuation de l'espèce humaine. S'il est censuré dans les lettres c'est sans doute parce que personne ne doit avouer à autrui qu'il fout, de même qu'il chie. Ce dernier mot pourtant est moins censuré que le premier. Il faudrait une règle claire. Éliminer tous les mots désignant une fonction de l'organisme tels que puer, suer, cracher, roter, péter, chier, foutre. Pourquoi s'en prendre à un seul? Eh bien! dans mon état de demi-ébriété j'ai peut-être trouvé la clef du problème : les Américains ne toléraient pas le mot *fuck* parce que foutre est agréable.

Aux réunions du Tournon le comportement de mes frères de couleur me paraissait souvent piteux, mais jamais les farces d'Ollie auxquelles je participais souvent. Au cours de ce printemps-là, notre café devint célèbre dans toute l'Europe parmi les Noirs d'Amérique et parmi bien des Blanches de Paris. Il y en avait toujours un certain nombre qui attendaient pour accompagner Ollie chez lui parce que les Blanches aiment les pitres noirs surtout quand ils sont vraiment drôles et c'était le cas d'Ollie. Chaque soir, chacune s'efforçait de rester la dernière.

Je n'avais alors écrit que soixante-huit feuillets de *Pinktoes*. NAL m'avait annoncé que *The Primitive* était totalement dédaigné par la presse américaine. Je m'y attendais. L'édition française, sous son titre original, *La Fin d'un primitif*, n'allait pas tarder à paraître. Jean-Paul Sartre avait demandé les bonnes feuilles pour choisir un passage à publier dans *Les Temps Modernes*. Malheureusement je ne sais s'il trouva tout bon ou pas assez bon mais il ne parvint pas à choisir les pages qui lui convenaient.

Essayer de gagner sa vie en écrivant dans un pays étranger n'est pas facile. Plon m'avait enfin consenti une avance de 150 000 francs de l'époque pour *La Troisième Génération* en français. Au moment où je les touchai, il ne me restait plus un sou.

N'étant pas d'humeur à faire de *Mamie Mason* un livre comique je m'attelai à un autre roman qui parut plus tard sous le titre d'*Une affaire de viol*. Enfin NAL m'envoya quelques exemplaires du *Primitif*. J'en avais commandé cinquante. Je les distribuai sans lésiner au Tournon. Ils firent sensation. Quelques jours plus tard un jeune Américain qui travaillait pour l'édition française du *Reader's Digest* m'avisa à la terrasse du Monaco, jeta vivement un coup d'œil sur *L'Express* qu'il portait sous le bras, m'aborda et me montra ma photo au-dessus d'une critique de *La Fin d'un primitif*, intitulée *Sexualité et Bouffonnerie*. Cet hommage de la presse française impressionna beaucoup les habitués du Tournon. Je devins une célébrité du quartier. Bien des Blanches anglophones prirent contact avec moi dans le seul but de me dire que la traduction était mauvaise, farcie de vulgarités inutiles, que Malartic en avait fait une histoire sadique et invraisemblable parce que le mâle noir Jesse ne pouvait pas avoir tué l'héroïne blanche Kriss.

C'est à peu près à cette époque-là que Bertel invita plusieurs habitués du Tournon à un grand dîner qu'il donnait pour pendre la crémaillère dans son nouvel appartement de la place d'Italie. Chacun devait y aller avec son amie du moment. Je n'en avais pas. Il insista pour que j'amène Alva qu'il croyait, comme la plupart de mes amis, cachée dans quelque coin mystérieux de Paris. Je me mis donc en quête d'une cavalière pour ce dîner. Je ne connaissais que des prostituées dont je ne savais même pas le nom.

Nous étions assez nombreux au Tournon. Comme d'habitude plusieurs femmes assistaient aux pitreries de nos amis. Je remarquai parmi elles une gamine sans grand attrait assise à l'écart qui nous regardait intensément. Il me sembla qu'elle s'efforçait de comprendre ce que nous disions et qui devait être drôle parce que nous riions. Il me sembla que je ne l'avais encore jamais vue mais obéissant à une impulsion soudaine je lui criai : « Tiens ! C'est toi que j'invite ! »

Elle avait une grande bouche, un visage qui paraissait sale parce que sa peau dénotait une mauvaise santé. Ses cheveux blond foncé étaient réunis sur la nuque en queue de cheval. C'était l'été. Elle portait une robe noire sans manches beaucoup trop grande pour elle. Il n'y avait guère que ça de féminin chez elle. Je ne sais à quel indice je devinai qu'elle n'était pas française.

L'un de nous qui m'avait entendu ricana grassement et dit : « Tu veux l'enfiler, hein ?

— Non, je veux qu'elle m'accompagne chez Bertel.

— D'accord », dit cette nénette inconnue avec l'accent d'une pédale du fin fond du Mississipi. Je regrettai aussitôt ma lubie mais je ne pus m'empêcher de tendre la main pour lui tapoter les fesses. Elle sourit d'un air imbécile. Dieu du ciel qu'est-ce que j'ai fait ? pensai-je.

Je remarquai que tous les frères et toutes les sœurs d'âme échangeaient des regards perplexes. Mais cela ne dura pas. En un rien de temps, tous se tournèrent vers cette fille. On aurait cru une harde de sangliers qui repèrent une laie en chaleur. Personne ne saura jamais combien de Blanches furent violées par des Noirs à Paris en ce temps-là. La police refusait de prendre leurs plaintes au sérieux, estimant sans doute que la victime s'était placée elle-même dans une situation qui la compromettait.

La plupart de mes frères et sœurs de couleur vivant à Paris étaient des gens intelligents, instruits et talentueux. Il y avait quelques salopards, évidemment, et certains espionnaient même pour le F.B.I. ou la C.I.A. Mais ils avaient presque tous un emploi avouable dans quelque bureau américain ou bien gagnaient leur vie comme musicien, chanteur, soldat. Il y avait aussi des putains et des maquereaux, plus de pédérastes que de lesbiennes peut-être parce que les hommes étaient en majorité. En tout cas, les hétérosexuels l'emportaient largement parce que le marché était ouvert et il était extrêmement facile de trouver chaussure à son pied. Il fallait donc que je fusse idiot ou ivre pour m'encombrer de ce laideron.

Quand je la revis le lendemain elle portait un

jean bleu délavé et un tee-shirt à rayures. Je ne la reconnus pas. C'était à la terrasse du Tournon à la fin de l'après-midi. Je venais de me lever et je prenais un petit déjeuner de Pernod.

« Salut ! Comment va ? dit-elle d'un ton traînant avec son affreux accent du sud des États-Unis.

— Bonjour. Comment ça va? lui dis-je en essayant d'ajuster mon regard troublé par l'alcool.

— Vous étiez bourré, hier soir?

— À n'en pas douter.

— Vous m'avez invitée à dîner.

— Eh bien d'accord. Allons-y. »

Je perçus le choc d'un brusque silence et constatai qu'on nous regardait de toutes les tables de la terrasse. C'étaient des habitués. Je connaissais, au moins vaguement, les visages. Il y avait notamment une Israélienne à la peau couleur d'olive, d'une maturité succulente à laquelle j'avais souvent pensé. Mais j'étais le seul Noir présent. Les autres avaient dû s'éclipser.

La fille m'adressa une fois de plus son sourire d'idiote. Pourquoi me déplaisait-il tant? Parce qu'elle avait de mauvaises dents? Non. Je me demandai pourquoi ce sourire lui donnait une physionomie aussi stupide.

« Je savais que vous l'auriez oublié. C'est pourquoi je vous le rappelle.

— Oublié quoi ?

— Vous m'avez invitée à vous accompagner chez Bertel, à dîner dimanche soir. »

J'y voyais déjà un peu plus clair. Je scrutai ses traits un à un. Ma foi, quand elle ne souriait pas, elle n'était pas tellement mal : nez mince, à peine trop long; grande bouche. Malheureusement sa coiffure en queue de cheval lui donnait un air ahuri. Sa peau n'avait pas encore hâlé et de vilains boutons noirs y apparaissaient trop nettement. Elle semblait quand même bien jeune pour traînailler dans des cafés surtout dans le genre du Tournon.

Elle soutint mon regard avec un air de défi. « Je suis une fille, si c'est ça que vous vous demandez.

— Comment vous appelez-vous ?

— Marlène.

— Marlène Dietrich ? Comment se fait-il que vous parliez comme un soldat vicieux du fin fond du Mississipi ?

— Parce que j'ai appris l'américain en écoutant les soldats qui baisent mes copines. »

J'avoue qu'elle me choqua. Je suis capable d'écrire ce mot pour un public nombreux mais je ne l'ai jamais prononcé dans une conversation avec quelques personnes, surtout s'il y a des femmes dans l'assistance. De la part d'une gamine à queue de cheval, il paraissait particulièrement sale et obscène. Mais j'affectai le sourire indulgent d'un vieux truand et lui demandai : « Et pas toi ?

— Qu'est-ce que vous en pensez ?

— Il n'y a pas de fumée sans feu. »

Comprenant qu'elle m'avait choqué, elle insista : « Il y a toujours des G.I. qui viennent enfiler ma camarade de chambre : Hetty.

— Je croyais qu'elle avait un ami attitré.

— Ralph ? Il la baise toujours sur la table... » La gaieté rendait son accent encore plus prononcé. « Une fois il l'a enfilée la tête en bas. Il l'a lâchée. Elle a failli se briser la nuque. »

On aurait entendu voler une mouche. Je perdais mon calme. « Elle baise aussi avec des soldats ? » C'est tout juste si ce mot ne me resta pas accroché dans la gorge.

« Elle baise avec tout le monde. Elle aime ça.

— Et toi tu regardes ?

— Non, j'entends. »

J'avais sûrement une expression réprobatrice. Nous étions tous stupéfaits. J'en étais convaincu sans regarder autour de moi. Voilà une petite fille qui révélait, comme cela, en plein vent, les vices les plus secrets de l'humanité. Selon toute évidence, elle le faisait exprès.

« Une nuit, deux G.I. ont frappé à la porte. L'un braillait : "C'est moi et Charlie." Comme j'étais seule, je n'ai pas ouvert la porte mais j'ai demandé : "Qu'est-ce que vous voulez ?" L'un d'eux répondit : "On veut grimper Bertha." J'ai dit qu'elle n'était pas là. "Ça fait rien mignonne, c'est toi qu'on baisera. D'après ta voix, tu dois être une fille." »

Elle riait, franchement amusée, comme un enfant réjoui de faire une farce.

« Vous essayez de me choquer ? » lui dis-je furieux.

Elle feignit la stupéfaction. « Qu'est-ce que vous reprochez au mot *fuck* ? Vos frères disent toujours *motherfuck* et c'est bien pire.

— Ça va, vous avez gagné. Alors nous avons rendez-vous pour demain soir ?

— Pour dîner chez Bertel.

— D'accord. Venez donc dans ma chambre ce soir. Vous savez où j'habite ?

— Bien sûr.

— Vous êtes certaine de savoir à qui vous parlez ? Vous ne me confondez pas avec un autre ?

— Évidemment non, tout le monde vous connaît et parle de vous.

— Qu'est-ce qu'on dit de moi ?

— Que vous avez honte.

— Honte de quoi ? »

Elle prit un air rusé comme si elle savait qu'elle dépassait la mesure. « On dit que vous avez honte de sa taille. »

J'entendis une femme ricaner à une autre table : un petit rire nerveux dans un océan de silence horrifié... Puis la rage m'aveugla et j'en tremblai. Ces ordures, pensai-je ; ces crapules noires, ces machines à forniquer, ces Noirs sophistiqués ne pensent qu'au cul des Blanches et à la taille de leur trique. Puis j'éclatai de rire et je bafouillai : « On a peut-être raison, peut-être. Viens t'en rendre compte.

— Je n'ai pas faim à ce point-là », dit-elle, l'air méprisant.

Je me levai pour l'envoyer dinguer d'une claque au milieu de la rue mais j'étais tellement ivre que je retombai sur ma chaise.

Le soir même, Marlène vint me voir dans ma chambre avec une belle fille dodue à peu près de son âge, pour me dire qu'elle m'attendrait le lendemain à cinq heures de l'après-midi Au Départ. C'était un samedi soir très chaud. Leurs chemisiers largement ouverts révélaient leurs seins.

Je venais de réviser un passage olé olé de *Mamie Mason* et je me demandais si je devais le montrer à Marlène, puis je m'en abstins.

« Voici Uta, ma meilleure amie, dit Marlène.

— Bonjour », répondis-je en lui serrant la main. Je la regardai droit dans les yeux pour ne pas voir ses seins d'une blancheur de lait. Mais elle devinait évidemment qu'ils m'intéressaient. C'était une gamine très intéressante dont la chevelure bouclée tombait en cascades de chaque côté de son visage aux lèvres charnues. « Asseyez-vous toutes les deux et prenons un verre, leur dis-je.

— Nous ne sommes pas assez bêtes », dit Marlène en souriant.

À cet instant ma voisine de chambre, extasiée, se mit à brailler :

« Ilmebaiseilmebaiseilmebaise.

— Qu'est-ce qu'elle dit ? demanda Uta en tendant l'oreille.

— Faut-il lui dire ? » demandai-je à Marlène.

Elle serra les lèvres comme si elle réfléchissait et conclut : « Non.

— Ilmebaiseilmebaiseilmebaise, reprit la voix passionnée de l'autre côté du mur.

— Il a plus de chance que moi, murmurai-je.

— C'est en quelle langue ? demanda Uta, agacée.

— Lui, c'est un Africain.

— Je ne sais pas l'africain, dit Uta.

— Vous l'apprendrez », répondis-je.

Marlène eut son sourire idiot et sa camarade comprit. Ses lèvres s'entrouvrirent, révélant de jolies dents de perles et son regard fondit. Par sympathie ? pitié ? désir ? simple sensualité animale ? Il me sembla percevoir le goût salé de la sueur entre ses cuisses blanches.

Puis l'Africain éclata en grognements comme un porc affolé parmi les truies. Sans doute annonçait-il quelque chose d'important.

Uta rougit. Peut-être comprenait-elle mieux l'africain que le français. Son émotion me plut.

Elle ne rougissait pas comme un homard bouilli, à la manière de la plupart des Américaines en de telles circonstances. Elle paraissait seulement amusée par une bonne plaisanterie.

« D'où êtes-vous ? » demandai-je.

Cette question étonna Uta. Marlène dit sèchement : « D'Allemagne, andouille ! Nous venons de la même ville.

— Comment diable aurais-je pu savoir que tu es allemande ! » m'exclamai-je outré.

Elles n'en crurent pas leurs oreilles. « Pauvre idiot », dit Marlène en secouant la tête.

En sortant Uta me serra la main. Marlène se retourna et m'embrassa. Ses lèvres sèches comme du papier hygiénique n'avaient rien de prometteur. Je vidai ce qu'il me restait de pastis dans mon verre à dents et je bus en espérant que cela m'endormirait.

Mon arrivée en compagnie de Marlène le lendemain soir déplut à mes frères d'âme. Elle portait un tailleur rouge emprunté à une amie trop maigre, ce qui n'arrangeait rien. Sa présence était une insulte. Mais amis avaient espéré que j'amènerais mon Américaine blanche à cheveux gris. Je n'aurais pas fait pire en amenant une Noire. Tout compte fait ils avaient raison de réprouver cette petite Allemande inutilisable parmi eux au cours d'une soirée de pendaison de crémaillère où ils déploieraient tous leurs talents à l'usage de Blanches méritant considération.

Tous les convives avaient en effet des cavalières blanches : une Anglaise qui écrivait dans des magazines féminins de luxe ; l'épouse d'un éminent professeur d'une des plus vénérables universités américaines ; une autre journaliste réputée; une dame couverte de diamants, enfin une Française, Monique, nouvelle maîtresse de Bertel.

Elle avait bonne mine ma Marlène dans cet aréopage féminin! J'avais commis une grave erreur. Qui nourrirait et réconforterait les Noirs d'Amérique expatriés lorsqu'ils seraient sans le sou? qui les soignerait quand ils seraient malades, si un frère de couleur s'acoquinait avec une Blanche incapable de lui rendre ces services? Ils nous accueillirent dans un silence réprobateur. Pour détendre l'atmosphère j'énonçai joyeusement : « Marlène et moi allons fonder une famille nombreuse. Nous allons nous y mettre... »

La maîtresse de Bertel ne me laissa pas aller plus loin. « Pas avant dîner, mon cher Chess, pas avant dîner », dit-elle.

Ollie me regardait d'un mauvais œil, et j'ai toujours été très sensible aux regards. Je me sentis menacé. Mais j'avais pris mes précautions. Je portais, glissée dans ma manche, une clef anglaise que je pouvais faire tomber aisément dans ma main, j'avais toujours un couteau à cran d'arrêt dans ma poche.

Par bonheur mes frères d'âme ne furent pas assez indignés pour engager le combat. Ils s'en prirent à Marlène... « Où avez-vous dégotté ce tailleur? Vous êtes toujours en cheville avec votre pédale? De quoi vivez-vous au juste? Comment s'appelle la fille avec qui vous vivez? Elle est toujours à la disposition des G.I.?... » Le visage de Marlène devint aussi rouge que son tailleur trop étroit et elle resta de cette couleur pendant tout le repas en offrant à la ronde son sourire d'idiote.

Enfin je leur dis : « Laissez-la tranquille. Elle n'est pas des nôtres. » Cela signifiait que ce n'était pas une Américaine blanche frustrée et qu'elle ne pouvait comprendre toutes les nuances de notre logique. Cette intervention lui déplut et elle resta muette jusqu'à la fin de la soirée.

Sur le trottoir devant la porte, Ollie demanda à la ronde qui voulait retourner au quartier Latin dans sa voiture. Elle s'assit aussitôt auprès de lui. Sans la regarder il dit : « Chester et toi sur la banquette arrière. » Bertel se glissa auprès de lui avec sa chienne boxer et l'amie attitrée d'Ollie à l'avant. Arrivés au coin de la rue Gay-Lussac et du boulevard Saint-Michel, je demandai à Ollie de s'arrêter. Il gara sa voiture au coin de la rue Soufflot. Je débarquai. Bertel fit de même. Mais Marlène resta dans la voiture. « Tu descends, toi aussi, lui dit Ollie.

— Non », répondit-elle avec un sourire plus idiot que jamais.

Une charge de dynamite éclata dans ma tête. « Descends, nom de Dieu ! m'exclamai-je. Cesse de faire la mijaurée ! » Je la saisis par le bras et la jetai sur le trottoir. Elle atterrit sur le derrière, les jambes écartées, ce qui révélait le petit triangle d'un panty noir. Je ressentis un choc derrière ma braguette. Bertel aida Marlène à se relever. Ollie embraya et s'éloigna sans se retourner. Marlène avait rougi. Elle souriait. J'avais pourtant envie d'elle.

« Amusez-vous bien, dit Bertel qui descendit le boulevard Saint-Michel avec sa chienne.

— Viens, dis-je à Marlène en la prenant par le bras pour l'amener à mon hôtel.

— Je rentre chez moi », répondit-elle en pivotant sur elle-même.

Je l'accompagnai. Un instant plus tard, nous

voilà langue à langue dans une encoignure de porte à côté de l'hôtel de Scandinavie. Elle ne voulut pas me laisser monter dans sa chambre parce qu'elle avait promis à ses camarades de ne pas rentrer cette nuit-là. Il s'agissait d'une Hollandaise et d'une Suédoise, Bertha et Olga, qu'il ne fallait pas confondre avec ses amies dont je connaissais un échantillon : Uta. La distinction entre ses amies et ses camarades de chambre lui importait beaucoup. Elles occupaient des alvéoles distincts dans son esprit. Elle savait tout au sujet de ses camarades de logement qui ne pouvaient avoir de secrets pour elle mais ne les considérait pas comme des amies. Dans le cas contraire, elle m'aurait peut-être permis de monter chez elle. Les deux autres se livraient peut-être à une orgie avec des soldats américains. C'est pourquoi nous restions sur le trottoir, enlacés, dans une encoignure de porte.

Tout à coup Marlène s'écarta de moi et dit : « Il est temps de rentrer chez toi. Tu ne me baiseras pas cette nuit. »

Avez-vous jamais vu à la télévision ou au cinéma éclater une bombe à hydrogène ? C'est exactement ce qui se passa dans ma tête. « Petite salope, je te jette par terre et je te baise sur le trottoir, lui dis-je.

— Chiche », répondit-elle.

Alors je me pliai en deux de rire. J'étouffai, j'en pleurai. Il me sembla que je tombais en morceaux, que mes os se séparaient les uns des autres à chaque jointure.

« Qu'est-ce qui te prend ? demanda-t-elle, inquiète.

— Tu me la coupes ! bafouillai-je en essuyant mes larmes. Tu m'enchantes, ma poulette.

— Eh bien tant mieux », dit-elle en refermant la porte de l'hôtel derrière elle.

4

Il vient toujours un lundi matin. Je le savais. Mais les lundis ne sont pas toujours aussi merdiques. Il y en a où l'on se demande ce qu'on fait sur terre. Et puis j'avais la gueule de bois. Mais pas comme un brave connard d'Américain bien pensant, normal et intelligible. Mes lendemains de beuveries me rendaient furieux, vulgaire, agressif. Le fil de mes pensées m'échappait. Impossible de fixer mon attention sur quoi que ce fût.

Avec le recul du temps, je me demande si je revis Marlène le lendemain, une semaine ou un mois plus tard. Je vivais dans une telle hébétude que rien ne marquait profondément mon esprit.

Mais voilà que tout à coup je me vois assis en face d'elle dans un restaurant grec. Elle a choisi une place qui lui permet de surveiller la porte. Je trempe la mie de mon pain dans l'huile incolore que les Grecs emploient pour faire leur salade de tomate. Elle mange une pâte blanche de poisson haché qui empeste l'ail.

En général je prenais mes repas dans ma chambre d'hôtel et je les préparais moi-même.

J'aime cuisiner. J'aimais aussi faire mes achats dans l'étroite rue Mouffetard, de bonne heure le matin parmi les demoiselles ensommeillées qui trottent vers leur travail ou Dieu sait vers quoi, parmi les ménagères en robe de chambre râpée et chaussons usés qui répandent l'odeur d'alcali de la femme récemment baisée, choisir poulet, melon, discuter avec le marchand des quatre saisons dans le peu de français que j'avais appris.

Marlène regardait trop fixement la porte. « Qui attends-tu ? lui demandai-je.

— Personne.

— Alors pourquoi es-tu tournée vers la porte ?

— Si mon attitude ne te plaît pas, tu peux t'en aller.

— Je ne m'en vais pas, j'attends pour te baiser.

— Va te faire foutre. »

Notre voisin français leva la tête et regarda alternativement Marlène et moi. Elle portait de grandes boucles d'oreilles en matière plastique en croissant de lune. Il avait à peu près mon âge et la physionomie des hommes qui s'intéressent aux putains. Je devinai aussitôt ce qu'il pensait de nous.

« Tu emploies trop ce mot pour une fille qui le fait si peu, dis-je à Marlène.

— Qu'est-ce que tu en sais ? répondit-elle avec un sourire taquin, moins déconcertant que son rictus d'idiote.

— Ne ricane pas comme ça quand j'ai envie de te baiser.

— Quand ça arrivera tu seras trop vieux pour y prendre du plaisir », dit-elle.

Le Français leva la tête pour la regarder droit dans les yeux.

« Occupez-vous donc de ce qui vous regarde », lui dis-je en anglais. Il soutint mon regard un bref instant et dès lors nous ignora. « Presse-toi et allons-nous-en, dis-je à Marlène.

— Va devant si tu es pressé. »

Je m'éteignis littéralement. Je ne tombai pas de ma chaise. Ça, j'en suis sûr. Mais je perdis conscience.

Et puis je me retrouve dans le jardin du Luxembourg derrière l'École des mines en compagnie d'un Français chauve. Il m'explique pourquoi il a éliminé de sa colonie d'artistes quelques-uns de mes frères d'âme. Peu m'importe d'ailleurs. Je n'ai aucune confiance dans les institutions de ce genre, qui suggèrent une idée de travail à la chaîne que j'avais trop pratiqué dans ma jeunesse. Je ne pouvais pas le dire à ce brave philanthrope parce que je tenais à profiter de sa générosité.

« Vous vivrez donc chez moi parce que ma femme et ma fille sont absentes et que je suis obligé de rester à Paris. Ma gouvernante vous servira vos repas. Buvez-vous du vin ?

— Du vin ? » Cette question me stupéfia. Je me retins de brailler : Le plus possible ! et je répondis : « Oui, de temps en temps.

— Je vous demande ça parce que bien des Américains sont abstinents.

— Je vis depuis assez longtemps en France pour avoir adopté les usages français », lui dis-je. Je n'avais jamais connu aucun Américain qui n'en bût pas abondamment en France.

« Eh bien, c'est d'accord alors. »

Tant mieux. Ce cher Daniel Guérin devait être heureux d'avoir accompli sa bonne action de la journée. Quant à moi je n'avais même pas les douze mille francs du billet de chemin de fer pour La Ciotat.

Est-ce ce soir-là ou le lendemain que Marlène vint dans ma chambre? Je ne m'en souviens pas et ça m'ennuie. J'aimerais savoir ce que j'ai fait de mes journées et de mes nuits en ce temps-là. J'étais allongé sur mon lit défoncé, dans ma chambre crasseuse, vêtu d'un pyjama sale, lorsqu'elle frappa à ma porte. Dès son entrée elle parut étonnée et se conduisit comme si elle ne savait pas quoi faire. Qu'est-ce qui lui donnait cette attitude? Peut-être ma tenue lui paraissait-elle obscène. Je l'invitai à s'asseoir. Elle resta au pied de mon lit, faisant reposer le poids de son corps tantôt sur une jambe, tantôt sur l'autre. « Il faut que je m'en aille, dit-elle.

— Tu viens d'arriver. Pourquoi es-tu venue alors? »

Elle m'offrit son sourire taquin que je préférais à son rictus d'idiote. « Je voulais te voir dans ton habitat naturel.

— Eh bien regarde-moi. Viens ici et embrasse-moi.

— Boutonne ton pyjama.

— Elle est plus grosse que tu ne le croyais?

— De cette taille-là on les jette à la poubelle, dans mon pays, répondit-elle, gênée quand même.

— Tu es vierge?

— Seulement innocente.

— C'est pour ça que tu ne veux pas m'embrasser?

— Non. Parce que tu n'es pas habillé.

— Tu veux que je m'habille pour te baiser? Combien de fois as-tu fait l'amour tout habillée?

— Pas souvent.
— Et toute nue ?
— Souvent.
— À demi vêtue ?
— Hum !... Quelquefois.
— Tu es une petite professionnelle ? »

Elle serra les lèvres pour réfléchir et répondit enfin : « Non. Je suis plutôt une amatrice affairée.
— Combien as-tu eu d'hommes ?
— Seize.
— Rien que seize ?
— Je suis encore jeune.
— Et tu tiens tes comptes en ordre ?
— Bien sûr.
— Pourquoi ? Pour raconter plus tard tes aventures à ton mari ?
— Non je ne lui dirai rien. Mais leur souvenir me consolera quand je serai vieille. »

Je réalisai tout à coup qu'elle se moquait de moi et m'étonnai d'en être outré. « Déshabille-toi », lui dis-je méchamment en m'apprêtant à me lever pour la jeter sur le lit et la violer... si j'y parvenais.

Je fus choqué quand elle se dévêtit comme une gamine qui va prendre un bain. Elle me parut jeune et belle. Il est vrai que toute chair ferme, juvénile et blanche m'aurait semblé attrayante. De l'endroit où je me trouvais je ne voyais pas les vertèbres qui pointaient sur son dos ni ses fesses qui évoquaient déjà les hanches de la grosse Bertha qu'elle deviendrait avec l'âge. À mes yeux de vieil alcoolique, elle était désirable parce que j'avais vu trop de corps mûrs de femmes blanches plus ou moins déséquilibrées. Ses seins fermes pointaient sur une cage thoracique maigre et osseuse de gamin. Un seul défaut grave et étrange pour une fille de cet âge : les rides profondes sur la gorge.

Elle me repoussa pour s'allonger sur le lit. Je m'agenouillai pour retirer mon pyjama. Elle en profita pour considérer mon outil d'un œil critique.

« Satisfaite ? lui demandai-je.

— Ça fera l'affaire. »

Décidément elle se payait ma tête cette petite garce. Je la pénétrai brutalement. « Oh ! Oh ! Oh ! » dit-elle machinalement comme une poupée qui dit « Maman » quand on lui appuie sur le ventre. Ça me rendit encore plus furieux. Je la besognai en espérant la défoncer. J'aurais voulu avoir une trique grosse comme un poteau télégraphique. Elle soutenait mon regard de ses grands yeux dénués d'expression.

Au bout d'un moment, elle se mit en mouvement avec autant de passion que si elle faisait des exercices de gymnastique suédoise sous la direction enthousiaste d'une vieille fille : Fesse gauche, fesse droite, tournez à droite, tournez à gauche, mes enfants. Tournez à droite, tournez à gauche, toujours le derrière en mouvement, relevez le pubis, tournez toujours autour du mât de cocagne, mes enfants, fesse gauche, fesse droite, un, deux, trois quatre, maintenez la cadence. Tournez, levez, tordez, baisez ! On aurait cru une athlète en compétition. Mon rôle se limitait à peu de chose. Je n'étais que le propriétaire du mât de cocagne.

Enfin elle grinça des dents. Je l'observais comme un homme désarmé surveille un chien dangereux. Quand elle serra les mâchoires, ses mouvements perdirent leur précision mécanique et leur rythme s'accorda avec le mien. J'arrivai à mes fins. Sa mâchoire resta crispée.

« Meilleur que tu l'espérais ? lui dis-je au bout d'un moment.

— Désormais tu peux cesser de boire, dit-elle en me regardant avec une gravité puérile.

— Qu'est-ce que ça veut dire ? » demandai-je vexé.

Une expression de panique apparut sur son visage et elle échappa à mon étreinte avec une souplesse de chat. « Il faut que je m'en aille ! » couina-t-elle en se levant et elle se vêtit aussi vite qu'un pompier au signal d'alerte.

Je ne pensai même pas à dissimuler ma nudité tant j'étais étonné. « Où vas-tu ?

— Je l'aime !

— Tu l'aimes, répétai-je stupidement. Tu aurais dû y penser avant. » Elle hocha la tête et ouvrit la porte. « Rappelle-moi à son bon souvenir, repris-je. Tu lui diras que tu m'a prêté ton cul ?

— Il s'en ficherait, dit-elle d'un ton qui me parut affligé en s'appuyant au montant de la porte.

— Qui est-ce ? » lui demandai-je.

Elle sursauta d'étonnement. « Tu ne sais pas ? » Je secouai la tête. Elle ne me crut pas. « Tout le monde le sait. C'est ton meilleur ami : Ollie. » Elle s'éclipsa.

J'eus tant à faire pour me procurer les douze mille francs du trajet jusqu'à La Ciotat que je ne pensai guère à Marlène ni à Ollie. Mais elle revint chaque soir coucher avec moi. Elle ne cessait d'évoquer Ollie. D'abord je m'ingéniai à changer de sujet de conversation mais je finis par lui demander : « Pourquoi viens-tu ici ? si tu l'aimes tellement.

— Parce qu'il a d'autres femmes.

— En effet, lui dis-je. Une Suédoise m'a dit qu'il les nourrit bien et les baise encore mieux.

— Tu sais qu'il m'a aussi mise en cloque.

— Comment le saurais-je ?

— Il a voulu que je fasse passer le lardon. Je lui ai cédé. J'ai eu tort, je le regrette.

— Tu tenais à avoir un enfant de lui ?

— Évidemment. »

Elle m'amusait autant qu'elle m'exaspérait. Je comprenais pourquoi elle aimait Ollie. Toutes l'aimaient. Il avait beaucoup de charme. Il aurait fait une grande vedette de cinéma s'il avait été blanc. Je n'en voulais donc pas à Marlène d'être amoureuse de lui mais, quand même, quand elle gigotait sous moi avec une précision de bonne élève et qu'elle grinçait des dents en pensant à Ollie, elle m'agaçait.

Ses histoires me divertissaient aussi. Indignée parce qu'il refusait de l'épouser (même s'il l'avait désiré, il ne l'aurait pas pu parce qu'il était déjà marié), elle s'était fiancée à un jeune Français ambivalent qui fréquentait le Tournon. Je savais de qui il s'agissait. Je l'avais vu épris tantôt d'un homme, tantôt d'une femme. Marlène me dit qu'il était fidèle aux unes pendant un mois et aux autres pendant le mois suivant.

« Il mène une vie palpitante, lui dis-je. Qu'est-ce qu'il fait avec toi ?

— Il me lit ses poèmes pornographiques.

— Ils sont bons ?

— Non, trop obscènes.

— Pourquoi le supportes-tu ?
— Parce que c'est un acteur célèbre.
— C'est pour ça que tu t'es fiancée avec lui ?
— Non. Il me fascine tant il est répugnant. Quand il ne me lit pas ses poèmes cochons il me raconte ce qu'il fait avec ses amis. Un jour le personnage principal de la pièce qu'il jouait l'enfila puis s'en alla voir sa maîtresse. La femme de ce gugusse alla au théâtre accuser mon fiancé d'avoir séduit son mari et il dut la baiser dans sa loge pour la faire taire bien qu'elle lui déplût. »

Elle me racontait ces histoires dégoûtantes un après-midi où nous étions seuls dans ma chambre. Il me prit soudain envie de faire l'amour mais elle refusa. Je me levai d'un bond. Elle fonça vers la porte. Je la ceinturai pour la jeter sur le lit. Elle me donna un coup de coude au foie. Je la serrai contre moi de toutes mes forces pour la paralyser. Elle me donna un coup de talon aiguille à l'aine. Je répondis d'un coup de genou dans les fesses. Elle passa une main derrière elle et tira sur ma chemise en essayant d'atteindre mes testicules. Au bout d'un moment ma voisine *ilmebaiseilmebaiseilmebaise* eut le culot de cogner sur le mur. Tout à coup Marlène se détendit et dit : « Ça va. Tu peux me baiser si tu veux, mais tu me le paieras. » Je la lâchai. Elle se déshabilla illico et s'allongea sur le dos. Je plongeai en elle.

Il me sembla que l'extase au cours de laquelle elle grinçait les dents dura plus longtemps que d'habitude. Après un instant de repos je me levai pour m'asseoir tout nu devant ma machine afin d'écrire pour la postérité : « Désormais il importe seulement de continuer à penser l'inconcevable, à écrire ce qui ne peut être imprimé et ainsi pourrai-je peut-être défoncer la barrière des races, qui nous étouffe, nous, les nègres. »

Je retournai au lit, me penchai au-dessus de Marlène et regardai au fond de ses yeux haineux. Au bout d'un moment son regard s'adoucit, ses lèvres s'entrouvrirent, elle passa ses bras nus autour de mon cou et m'attira sur elle avec une tendresse douloureuse.

« À te conduire comme ça avec moi tu verras qu'un de ces jours je te ferai du mal », dit-elle.

5

Ellen Wright me prêta cinq mille francs et le Crédit municipal de la rue des Francs-Bourgeois neuf mille sur mes trois meilleurs complets, mon manteau, ma valise en cuir de poulain et mon épingle à cravate en or. Je juchai ma grande malle-armoire sur le toit d'un taxi pour la confier à Malartic, rue Lamartine. J'empaquetai mon réchaud, mes ustensiles de cuisine et mes couverts — tout ce qui avait servi à Alva — et les portai chez Ollie Harrington, rue de Seine, pour qu'il les conserve jusqu'à mon retour.

En fin d'après-midi, je rejoignis Marlène au Tournon. Les quelques frères d'âme qui se trouvaient à la terrasse s'éclipsèrent à mon arrivée. Je m'assis auprès de Marlène et remarquai au bout d'un moment que tous les autres habitués nous observaient. Envie, jalousie, sympathie, qu'en sais-je ? Décidément, nous devenions célèbres dans le quartier parce que j'avais piqué la copine de mon meilleur ami, Ollie, et il avait pourtant besoin de cette jeunesse pour se maintenir en forme, lui qui soulageait tant de dames âgées. Alors tous ces vieux réfugiés des quatre coins du monde et ces jeunes étudiants français s'attendaient à un scandale, peut-être une bagarre de Noirs au sujet d'une Blanche. Je remarquai plusieurs frères de couleur qui changèrent de trottoir et poursuivirent leur chemin alors que d'ordinaire ils finissaient l'après-midi au Tournon.

Marlène consentit volontiers à m'accompagner à ma chambre qui, après le départ de ma malle et de tous mes ustensiles, prenait l'aspect anonyme et crapuleux propre à toutes les turnes d'hôtels à bon marché du quartier Latin. Cette nuit-là Marlène entreprit de m'enseigner comment il convient de faire l'amour avec une jeune femme. Je crois avoir suivi honorablement ses instructions. Nous passâmes la journée suivante ensemble. Elle m'accompagna à la gare de Lyon où j'achetai mon billet pour le train qui partait le lendemain matin à sept heures et vingt-neuf minutes. Je me rappelle avoir éprouvé une sensation d'euphorie inouïe en quittant la gare et en allant à pied jusqu'à la place de la Bastille. « Passe la nuit avec moi, dis-je à Marlène.

— Pour quoi faire ?

— L'amour, évidemment. Nous nous quittons peut-être pour longtemps. »

Le lendemain alors que je me brossais les dents, elle me dit, à califourchon sur le bidet : « Tu m'as baisée cinq fois depuis hier après-midi. Tu n'es pas fatigué ?

— Et toi ?

— Non, je vais fort bien.

— Tu viens à la gare ?

— D'accord. Il est d'ailleurs trop tôt pour que je retourne à ma chambre. »

Sous la pâle lumière de l'aurore, elle avait l'air

défait, le visage luisant, ses boutons plus accentués. Je remarquai pour la première fois qu'elle avait des pieds longs et étroits. Elle me conduisit jusque devant la portière de mon wagon. Je déposai ma valise et ma machine à écrire à ma place. Quand je la rejoignis sur le quai, elle me demanda : « Tu ne m'oublieras pas ? »

Je la regardai au fond des yeux. Ils n'exprimaient rien d'intelligible. « Je pourrais te demander la même chose, lui dis-je.

— Non, je ne t'oublierai pas.

— Merci.

— De quoi ?

— Pour la nuit dernière, pour tout.

— Tu n'as pas à m'en remercier. Ça m'a plu. »

Un coup de sifflet strident retentit. J'étreignis Marlène. Elle s'accrocha à moi en un geste de désespoir et me rendit mes baisers. Quand je sautai sur le marchepied du wagon, elle me glissa une enveloppe dans la main. Puis elle agita un mouchoir jusqu'à ce que le train disparût dans une courbe.

Assis dans mon compartiment, j'ouvris l'enveloppe où je m'attendais à trouver une lettre. Elle contenait une photo de Marlène en robe de soirée noire, les cheveux coiffés en chignon, les bras nus et le visage retouché pour lui donner une grâce d'actrice de cinéma. « Avec mon amour, Marlène. » J'avoue en avoir été touché.

Quand je relevai les yeux, je surpris un couple de Français entre deux âges qui m'observait, intrigué, avec la curiosité désintéressée des visiteurs de jardins zoologiques.

6

La secrétaire de M. Guérin ne parvint pas à croire qu'un Noir vivant en France n'avait pas pris la peine d'apprendre la langue du pays afin d'exprimer son désir aux dames. Elle était d'ailleurs fort appétissante avec le hâle de la Méditerrannée et sa tenue très légère. La femme du jardinier qui préparait mes repas et me les servait paraissait trouver anormal que je dispose d'une grande maison à moi tout seul sans y recevoir quelques-unes des petites belles faciles qui grouillaient autour du port de La Ciotat. Elles auraient admis l'une et l'autre que je me livre tous les soirs à des orgies.

Je me sentais même un peu coupable de ne pas me montrer à la hauteur de la réputation du mâle noir. Je posai donc la photo de Marlène sur le bureau de M. Guérin qui me servait pour travailler. Lorsque je surpris la secrétaire en train d'y jeter un coup d'œil, je lui dis : « Ma fiancée. Une comtessa. » Sans doute me crut-elle. En France il y a tant d'immigrés qu'il est impossible de discerner ce qu'est une jeune femme : putain, héritière, membre d'une famille royale, voire les trois à la fois.

À force de voir la photo de Marlène tous les jours, j'en vins à la considérer effectivement comme ma fiancée et je l'embellis dans mon imagination.

Vers la fin de mon séjour à La Ciotat je reçus un chèque de quarante-huit dollars d'un de mes éditeurs américains. Je l'endossai et l'envoyai à Marlène pour qu'elle le fasse toucher par Pops, le trafiquant de marché noir des Champs-Élysées, qu'elle paie une semaine d'hôtel pour nous deux et conserve le reste jusqu'à mon retour. La secrétaire de Guérin m'avait annoncé qu'elle avait ordre de payer mon billet de chemin de fer quand je partirais.

Si modiques que paraissent aujourd'hui ces 24 000 francs, ils me remettaient à flot. Quand je vis Marlène sur le quai de la gare de Lyon, je ne reconnus pas celle à laquelle j'avais rêvé à La Ciotat. Elle s'était fait teindre les cheveux en un blond invraisemblable, cher à cette époque aux putains des Halles. En queue de cheval, cela paraissait encore plus obscène. Elle avait la peau grasse et des boutons plus apparents que lorsque je l'avais quittée. En sortant de la gare je lui demandai ce qu'elle avait fait de mon argent.

« J'ai pris une chambre pour une semaine, ce qui m'a coûté quatre mille et j'ai confié le reste à Colette.

— Colette ?

— Mais oui, mon amie qui habite le 16ᵉ arrondissement.

— Pourquoi lui as-tu donné cet argent ?

— Parce que je ne voulais le garder ni sur moi ni dans la chambre. Elle te le rendra.

— J'espère bien. Où est notre chambre ?

— Rue Mazarine, mais nous ne pouvons pas nous y installer avant midi.

— Je vais quand même déposer mes affaires au bureau de l'hôtel et nous irons ensuite chercher mes vingt mille francs.

— Quinze mille.

— Comment ? lui demandai-je, l'air menaçant en déposant ma valise sur le trottoir.

— J'en ai dépensé cinq mille parce que j'avais besoin de souliers. »

Je regardai ses chaussures neuves. Depuis que j'étais séparé de ma femme, sept ans plus tôt, je n'avais rien offert à aucune autre, hormis un repas de temps en temps. Et ce premier cadeau, elle se l'était fait elle-même, sans me consulter. « Non mais, sérieusement, tu t'es acheté ces godasses avec mon pognon ?

— Je suis ta nana, non ? »

Je la considérai pendant un long moment : une petite Allemande maigrelette, à la peau malsaine, au rictus d'idiote, aux cheveux teints d'une couleur impossible, qui pendaient sur sa nuque osseuse d'une manière lamentable. Dieu du ciel, pensai-je, c'est ça ma nana ! « Eh bien oui, sans doute, tu dois avoir raison », murmurai-je.

C'est ainsi que recommença notre idylle : expérience fort différente de celles que j'avais vécues auprès d'Américaines blanches qui savaient quels risques elles couraient et les responsabilités qu'elles prenaient en fréquentant un Noir.

Je ne revis pas Daniel Guérin que j'aurais dû remercier. Je n'avais pas terminé *Mamie Mason* et ce que j'avais déjà écrit devait être dactylographié de nouveau. C'est pourquoi je ne repris pas contact avec Mme Annie Brierre non plus. D'ailleurs, ni lui ni elle n'auraient approuvé ma liaison avec une petite greluche allemande.

Quant à Marlène, elle suivait quatre soirées par semaine des cours d'art dramatique au théâtre du Vieux Colombier et en revenait rarement avant la fin de la nuit. Je la soupçonnais de revoir Ollie, mais je n'en avais aucune preuve et n'en cherchais pas non plus. J'attendais un prétexte pour rompre.

Je continuais à passer mes soirées au Tournon mais, comme avant mon séjour à La Ciotat, mes frères d'âme me battaient froid parce que je m'étais mis en ménage avec l'amie d'un d'entre nous dont je ne voulais d'ailleurs pas, ni lui non plus, semblait-il. Les Blancs m'évitaient aussi. Je constatai au bout d'un certain temps que Marlène me rejoignait à ce café uniquement pour avoir l'occasion de rencontrer Ollie. Or, dès qu'il nous voyait approcher l'un ou l'autre, il s'éclipsait.

Une seule jeune femme consentait à bavarder avec moi : une Suédoise qui faisait la manche aux terrasses des cafés. Elle m'offrit de me prêter de l'argent. Je n'acceptai pas. Il est vrai que la mendicité n'était pas sa seule ressource. Son père était, disait-on, le propriétaire d'un grand journal de Stockholm. Quand je me liai d'amitié avec elle, elle vivait avec Walter Coleman, le peintre que j'avais connu quelques années plus tôt, alors qu'il était en cheville avec une Texane rouquine. Mon amie, Torun, s'était mariée plusieurs fois et avait eu trois enfants chacun d'un père différent. J'aimais beaucoup Walter mais je tombai amoureux de sa femme.

Pendant mon absence le Tournon était devenu célèbre dans toute l'Europe comme rendez-vous interracial. Jamais des Noirs n'avaient trouvé ailleurs à leur disposition autant de Blanches de toutes tailles, aspects et nationalités. Elles étaient si nombreuses qu'il n'y avait pas lieu d'être jaloux à leur sujet. Pourtant leur présence parvint à briser la solidarité de race. Mes frères d'âme se battirent entre eux à leur sujet. Certains en épousèrent même, bien qu'ils fussent déjà mariés. Que devinrent ces unions ? Bertel avait quitté sa Française de la place d'Italie pour habiter dans le même hôtel qu'Ollie, rue Cujas, où vivaient également Walter et Torun.

La police française ne tracassait pas les Noirs américains qui se déchaînaient parmi les étrangères mais protégeait les Françaises lorsqu'elles portaient plainte. En général on expulsait le négro. Quand Aubrey Pankey disparut, le bruit courut qu'il avait été conduit à la frontière en raison de ses relations coupables avec une Française. De toute façon, bien lui en prit parce qu'il devint directeur d'un conservatoire de musique en Allemagne orientale et épousa une riche veuve allemande. Aux dernières nouvelles connues de lui, sa femme était morte en lui laissant une fortune respectable.

Pendant mon absence, Ollie eut une première bagarre avec Dick Gibson, frère d'âme qui passait pour agent de la C.I.A. Ollie accusait Dick de refuser de lui rendre le logement qu'il lui avait prêté. Gibson prit mal cette accusation et lui sauta dessus à la terrasse du Tournon. Gibson était marié à une Anglaise très liée à la femme également anglaise d'Ollie. Je soupçonne que leur histoire d'appartement couvrait une affaire de femmes.

Le second round eut lieu rue de Seine, devant l'appartement où Ollie était allé récupérer son tourne-disques. Gibson le surprit et voulut le lui faire rendre. Ollie le rossa si sérieusement qu'il fut arrêté. Mais quand les policiers eurent interrogé les deux épouses, ils le relâchèrent.

Nous ne passâmes qu'une semaine rue Mazarine, Marlène et moi, puis nous emménageâmes à l'hôtel Jeanne d'Arc rue de Buci, au-dessus du marché en plein vent. Il faisait chaud. Nous vivions les fenêtres ouvertes. Marlène passait des heures assise sur le rebord d'une fenêtre en culotte et soutien-gorge, à peigner ses cheveux d'une couleur à vomir. Je m'aérais à la fenêtre voisine en feignant de ne pas la connaître. Pendant toute la semaine il me fallut supporter les hommes des maisons d'en face et les passants même qui l'interpellaient en la prenant sans doute pour une prostituée craintive. Certains agitaient même des billets de banque. Ça l'amusait. Des exhibitions de ce genre m'inspiraient des doutes au sujet de notre avenir commun. Je me demandai avec quelle invraisemblable goton je m'étais mis en ménage.

Quand Marlène était à son école ou Dieu sait où ? je passais mon temps à la terrasse du Tournon avec Walter et Torun qui s'était mise à fabriquer des bijoux de fantaisie pour une boutique du boulevard Saint-Germain. Dès le début elle avait remporté un vif succès. Elle apportait toujours avec elle son dernier-né et Walter pérorait sur la guerre d'Algérie et sur la manière dont ses frères communistes l'avaient caché pendant l'année où la police française le recherchait pour l'expulser. Torun et moi nous regardions dans les yeux, enivrés de désir.

Enfin je vins à bout de *Mamie Mason*. Restait à faire mettre au propre le manuscrit. Je pensai alors à Cathy, l'épouse de Charles Holland que je n'avais pas revu depuis le temps où je vivais avec Alva. Je ne lui dis pas que nous étions séparés et ne lui parlai pas non plus de Marlène. Il s'intéressait trop aux femmes et j'avais déjà assez de soucis.

J'avais fait connaissance avec lui à Los Angeles en 1940. Nous nous étions fréquentés jusqu'à son départ pour New York en 1944. Puis je l'avais rejoint là-bas au moment où il épousait Cathy. Enfin il était parti pour l'Europe en 1946 ou 47 avec le chef d'orchestre noir Dean Dixon qui, par la suite, prit la direction de l'orchestre symphonique de la radio de Francfort. Charles aussi était en bonne voie et je m'en réjouis.

Ni Cathy ni Charles ne venaient jamais au quartier Latin. Je leur rendis donc visite dans un faubourg dont j'ai oublié le nom à l'est de Paris. Cathy promit de taper mon manuscrit en un mois.

Richard Wright m'évitait. Quand il m'apercevait à la terrasse du Tournon, il passait son chemin. Il arriva pourtant une fois qu'il s'y trouvait déjà lorsque j'arrivai avec Marlène et deux de ses amies allemandes. Nous nous assîmes auprès de lui et il ne put nous échapper. Peu après, Marlène et ses amies s'en allèrent et Dick me dit l'air dégoûté : « Ces filles-là, c'est des rien du tout. Elles ne devraient même pas être vivantes. »

La colère m'aveugla. Je me levai d'un bond et m'en allai précipitamment en pensant : négro à mentalité de nazi !

J'appris qu'il avait adapté une vieille pièce de théâtre française pour en faire un spectacle moderne de caractère nettement noir intitulé *Daddy Goodness*. On la jouait au théâtre du centre culturel américain dirigé par Ruddy Aggray et elle faisait salle comble tous les soirs. Le propriétaire et cuisinier d'un restaurant noir américain de la rue Manuel, Leroy Haines, jouait le rôle principal, ce qui lui valut une bonne notoriété et il eut par la suite plusieurs rôles dans des films.

C'est vers cette époque que la directrice du service des passeports à l'ambassade des États-Unis eut vent de relations interraciales autour du Tournon. Elle se mit à confisquer tous les passeports qui lui tombaient sous la main. Au bout de quelque temps, le scandale éclata et le secrétaire d'État la rappela aux États-Unis.

De l'hôtel Jeanne d'Arc, nous transportâmes nos pénates à l'hôtel Rachou, rue Gît-le-Cœur, qui devint par la suite un célèbre repaire de beatniks. Les propriétaires, un vieux couple de provinciaux, nourrissaient un respect émerveillé pour les écrivains et les artistes ainsi qu'une sympathie sincère pour toute jeune femme qui leur consacrait son corps. Monsieur Rachou, une véritable montagne humaine, jouait tous les rôles, femme de chambre, concierge, porteur, avec une patience silencieuse inimaginable. Rien ne l'affectait, pas même les clients qui souillaient leurs draps, peignaient les planchers et les murs, déféquaient sur l'escalier ou ne payaient pas leur loyer. Cependant Mme Rachou, aimable petite vieille aux cheveux gris, visiblement ancienne belle de son village, tenait le petit bistrot au rez-de-chaussée, enregistrait les clients à l'arrivée, présentait les factures et nourrissait son homme.

Comme dans la plupart des hôtels à bon marché du quartier, il était permis de cuisiner dans les chambres. Dans la nôtre il y avait un réchaud à gaz sur une coiffeuse à table de marbre et une grande armoire qui pouvait contenir tous nos vêtements — d'autant plus facilement que la plus grande partie des miens était encore au clou.

Nos premières semaines rue Gît-le-Cœur furent celles d'un dur combat pour survivre. Marlène vendit ses beaux livres reliés : des classiques français (Molière, Balzac, Racine, Voltaire) que lui avaient donnés ses amants parisiens et des classiques allemands (Goethe, Schiller, etc.), cadeaux de son père, propriétaire d'une grande librairie et galerie d'art. Je portai au Crédit municipal ma machine à écrire, dernier bien qui valût quelque chose.

Nous nous nourrissions de pâtée pour les chiens avec beaucoup d'ail pour en couvrir l'odeur, de pommes de terre bouillies, de pain rassis, de tout ce qui coûtait le moins cher, voire rien du tout.

Notre crainte tournait à la panique. Pour l'oublier nous faisions l'amour. J'étais encore capable de ressentir et de penser et je récapitulais tous les événements qui m'amenaient à cette passe. J'avais besoin d'amis, d'aliments, de sommeil et d'espoir. Je m'efforçais d'enterrer ambition, ressentiment, pitié, vexations anciennes et craintes de l'avenir dans le sexe d'une petite Allemande blond cendré. Je ne perdais pourtant pas la raison. Je restais un animal pensant, tenaillé par les regrets et la faim, indigné par la vie mais éprouvant quand même un désir passionné de vivre.

M'accoutumer à une jeune femme d'une race et d'une culture différentes des miennes n'était pas facile. Sans doute éprouvait-elle la même difficulté mais à un moindre degré parce qu'elle avait déjà l'expérience de frères d'âme d'un âge avancé, au moins Ollie. Comme chacun le sait, la femme est plus résistante que l'homme à n'importe quel âge. L'inégalité devient formidable entre une jeune femme et un homme deux fois plus âgé qu'elle. Si j'avais des réveils pénibles, c'est parce que nous avions passé de trop bonnes nuits. S'il lui arrivait de se réveiller toute fraîche ou hébétée cela ne dépendait jamais de ce qui se passait entre nous. Et puis nous ne mangions pas de la même façon. Elle raffolait de la chair à saucisse crue qu'elle prenait avec ses doigts dans le papier du charcutier. J'en avais envie de vomir. Mais elle ne supportait pas que je mette trop de beurre sur mon pain... quand nous en avions. Il lui suffisait de voir le beurre pour ne plus pouvoir manger le pain. Pourtant il lui arrivait d'en prendre avec ses doigts et de l'avaler comme un bonbon.

À la réflexion j'en vins à croire que ses bizarreries étaient dues au fait qu'elle était allemande et jeune. Longtemps plus tard j'appris que toutes les jeunes Allemandes arrivées à l'adolescence aussitôt après la guerre n'agissaient pas ainsi. Je reste pourtant convaincu que si elle rejetait toutes les règles admises c'était parce qu'elle était née en Allemagne au moment où Hitler accédait au pouvoir et que sa puberté avait coïncidé avec la défaite du nazisme. Cela constituait un lien entre nous. Moi aussi j'étais insolent parce que noir, descendant d'esclaves, vivant dans une société blanche où l'on me considérait comme guère plus qu'un singe. Elle était insolente parce qu'elle était allemande vivant à Paris après la guerre.

D'une conversation à l'autre, je parvins à reconstituer à peu près la vie qu'elle avait menée à Paris. D'abord elle s'était efforcée de pénétrer partout où elle en avait envie, à force d'audace et en dépit de sa maladresse. Elle se poussait en avant, partout où elle le pouvait, blonde, allemande, affamée, en attente d'un homme, aspirant à être aimée, prête à tout faire, tout subir — railleries, injures, mauvais traitements — pour être admise dans la vie de la cité.

Elle me raconta comment elle avait fait connaissance avec un célèbre acteur de la Comédie-Française et de l'écran. Elle avait dix-sept ans lorsqu'il était devenu son premier amant français. Sa classe du Vieux Colombier avait assisté à une répétition à la Comédie-Française. Elle s'était tellement avancée qu'elle avait atteint la scène. Deux actrices la chassaient lorsque cet homme était intervenu. Parce qu'elle était jeune, facile, fille des vaincus, ce groupe d'acteurs l'avait adoptée comme mascotte.

Quand je fis connaissance avec elle, Marlène suivait ces cours depuis quatre ans. Même pendant les classes on ne lui avait pas permis de monter sur scène jusqu'à ce qu'elle sût parler assez couramment le français dans toutes ses nuances. Elle s'était liée avec divers étudiants français, avait eu plusieurs amants successifs et s'était ainsi ménagé une existence parisienne, telle qu'elle la concevait.

C'était son goût de la bravade, dû à un complexe d'infériorité, qui l'avait poussée dans les bras d'un de mes frères d'âme, ce qui avait modifié le cours de sa vie. Elle m'entraîna dans son monde d'étudiants français, en s'attendant évidemment à des réflexions désagréables mais prête à y répondre vertement. Elle me présenta à Gérard Philipe et Jeanne Moreau pour qui elle avait travaillé comme gouvernante. Ma présence auprès d'elle ahurissait ces jeunes gens, peu habitués à fréquenter des Noirs. Marlène me rappelait alors ces starlettes qui cherchent à se faire remarquer en promenant en laisse un gorille apprivoisé.

Je devais apprendre plus tard que les Allemandes sont d'un courage extraordinaire en ce qui concerne leurs hommes : courage qui leur monte directement du ventre. Quand elles donnent leur corps, l'âme y va en prime automatiquement. Si elles aiment être aimées par un homme elles sont capables de mourir pour lui. La couleur importe peu. Mais elles tiennent à ce qu'il leur appartienne totalement et refusent de le partager. J'appris aussi qu'elle m'avait menti en me racontant qu'Ollie l'avait engrossée. Sans doute l'avait-elle souhaité mais ce n'était pas arrivé. J'étais en ce temps-là sujet à des accès de jalousie. Je la soupçonnais de continuer à voir Ollie lorsqu'elle prétendait suivre ses cours. Je menaçais de l'étrangler et je me conduisais en digne frère d'Othello. J'aurais même pu lui faire du mal mais elle s'en est chargée elle-même.

Elle ne fut pas reçue à son examen qu'elle subit au théâtre du Vieux Colombier. L'épreuve consistait à jouer le rôle d'Antigone. Les jurés appartenaient presque tous à la Comédie-Française. Ils avaient compté parmi ses amis et certains même ses amants mais ils feignaient de ne plus la connaître. Elle apprit à ses dépens ce qu'il en coûte de vivre avec un nègre.

Ce soir-là je la trouvai désemparée et je l'emmenai dîner au restaurant grec. En arrivant nous nous trouvâmes face à face avec Ollie qui me salua assez cordialement mais ne daigna même pas s'apercevoir de la présence de Marlène. Plus tard, au lit, je l'entendis pleurer et je vociférai, hors de moi : « Lève-toi, habille-toi et fous le camp. Ne reviens jamais. Je ne veux pas d'une traînée qui regrette un autre homme. »

Elle ne bougea pas. Au bout d'un moment, je lui secouai l'épaule en répétant : « Va-t'en ! » Elle bredouilla quelque chose d'inintelligible. J'allumai la lumière et la vis pliée en chien de fusil, livide, l'air hagard. Je jetai aussitôt un coup d'œil à mon flacon de somnifères. Il était vide. Le cinquième amendement à la Constitution des États-Unis m'autorise à taire les idées qui se succédèrent alors dans mon esprit.

J'eus le temps de l'accompagner jusqu'à la plus proche station de taxi pour la conduire à l'hôpital américain avec mes tout derniers sous. J'attendis une longue heure dans le vestibule obscur et sinistre. Enfin la surveillante de nuit vint me dire que Marlène survivrait. Elle avait l'air outragée.

La plupart des gens du quartier Latin qui apprirent l'incident estimèrent que Marlène avait simulé pour se rendre intéressante. Tel fut notamment l'avis de Torun. Peut-être avait-elle raison mais je crois que Marlène était surtout désemparée : elle aimait encore Ollie mais je lui appartenais.

Peu après son retour de l'hôpital elle reçut une lettre de son père. Je la vois encore debout devant la fenêtre en train de la lire. J'étais devant le réchaud à gaz. Le café coulait. Nous nous étions levés tard. La chambre empestait la fornication. « Papa veut que je retourne à la maison », me dit-elle.

Je ne compris pas immédiatement parce que j'étais hébété. Puis cette phrase me fit l'effet d'un choc à l'estomac. Je me retins de lui demander ce que je devenais dans cette affaire, et répondis : « Ça ne m'étonne pas. Si j'étais ton père, j'en ferais autant.

— Il ne sait pas quelle vie je mène à Paris. Mais étant donné que mes cours sont terminés, il estime que je dois me mettre au travail.

— Ah... Tu ne vas donc plus à ton école ? »

Elle devina que j'étais repris de soupçons et me répondit en prenant un air innocent : « Il sait que j'ai échoué à mon examen. C'est tout. Et il se demande comment je vis.

— Qu'est-ce qu'il veut que tu fasses comme travail ?

— Un de ses amis est bien placé dans une compagnie d'aviation allemande à Düsseldorf et pourrait me trouver une place d'hôtesse.

— Il faut de l'argent pour voyager.

— Il m'en envoie. »

Je versai du café dans deux bols et nous nous assîmes côte à côte au bord du lit. « Tu veux venir avec moi ? me demanda-t-elle.

— À Düsseldorf ?

— Chez mes parents.

— En quelle qualité ?

— De fiancé. Tu l'es ?

— Ça se pourrait... Ça se pourrait. » Au bout d'un moment j'ajoutai : « Il faudra que j'aille chercher mon pardessus au clou. »

Marlène passa la journée à empaqueter tout ce qu'elle possédait dans sa grande valise de carton. J'allai chercher mon manteau rue des Francs-Bourgeois et je m'arrangeai pour conserver notre chambre en notre absence. Notre départ stupéfia M. et Mme Rachou. Ils se demandaient visiblement comment Marlène avait le toupet de m'emmener chez elle en Allemagne. Mais ils se gardèrent de nous interroger et nous souhaitèrent *bon voyage* avec sincérité et sans doute aussi beaucoup de scepticisme.

Pourquoi ai-je accompagné Marlène ? J'avais sans doute des raisons à cela. Sans doute voulus-je surtout me prouver à moi-même que j'en étais capable.

7

Le lendemain matin très tôt, les rues de Paris me parurent mystérieusement désertes. Marlène portait une des robes qu'elle avait apportées naguère d'Allemagne et je la reconnaissais à peine. Je n'avais jamais quitté Paris dans la direction de l'est. Dès que je montai dans le wagon de troisième classe portant l'inscription BRUXELLES AACHEN DÜSSELDORF, les voyageurs engoncés dans leurs pardessus me parurent sinistres et hostiles. Pourtant personne ne nous regardait.

Quand nous eûmes franchi la frontière belge, une vieille bonne femme aux yeux bleu clair se pencha vers Marlène pour lui parler en allemand en nous regardant à tour de rôle. Sans doute l'interrogea-t-elle à mon sujet car Marlène me dit : « Elle veut savoir si tu es mon père.

— Réponds-lui que je suis l'amant de sa fille. » À en juger à l'expression de la vieille idiote, Marlène traduisit exactement.

Presque tous les voyageurs descendirent à Bruxelles. Le soleil brillait. Il me sembla sottement que le climat est plus clément en Belgique qu'en France. Comme nous étions seuls dans le wagon, je demandai à Marlène : « Crois-tu que ton père te rossera ?

— Sûrement pas. Ce que je fais ne l'étonne jamais.

— Il se contentera de me jeter à la porte ?

— Pas du tout. C'est un hypocrite. Il t'accueillera comme le fils prodigue.

— Et ta mère ?

— Elle me déteste mais elle sera charmante avec toi. Elle l'est toujours avec mes amis.

— Et si tu décrochais ce boulot qu'on te promet à Düsseldorf ?

— Je pourrais t'entretenir », répondit-elle.

Beaucoup plus tard, après avoir traversé Aix-la-Chapelle, le train passa sur un pont enjambant un fleuve. « Nous sommes presque arrivés, dit Marlène. Voilà le Rhin. »

Dès le premier coup d'œil sur Düsseldorf, je compris que l'Allemagne ne ressemblait à rien de ce que je connaissais : ni aux États-Unis (et Dieu sait si j'y avais vécu dans des villes diverses), ni à la France, ni à l'Angleterre, ni à l'Espagne. Marlène me conduisit au buffet de la gare. On nous servit du café à une table immense couverte d'une nappe blanche. Notre présence ne suscita pas la moindre curiosité. Garçons et clients se comportèrent comme s'ils voyaient chaque jour des couples aussi disparates que le nôtre. Au lieu de m'en réjouir, j'en fus vexé.

Marlène elle-même se transforma. Lorsqu'elle dit « Herr Ober » au garçon vêtu de noir qui paraissait costumé pour une opérette, il me sembla entendre une formule de respect, et lorsqu'elle dit « Bitte Fräulein » à la marchande de cigarettes, cette locution me parut extrêmement gracieuse.

Quand Marlène me quitta pour aller voir l'ami de son père, je descendis au bistrot en sous-sol : encore un autre monde. Les ivrognes somnolaient sur leurs bras croisés sur la table ou bien échangeaient des confidences larmoyantes. De temps en temps, deux d'entre eux se levaient, se battaient avec des gestes mous, en proie à une rage insensée, et tombaient sur le plancher. Deux agents de police pas rasés qui paraissaient avoir dormi dans leur uniforme montaient la garde auprès de la porte pour maintenir un semblant d'ordre. Je restai là pendant un long moment à regarder les Allemands boire. Tout d'un coup je fus ivre, plus ivre que jamais et je pris peur. Qu'adviendrait-il de moi si on me surprenait seul, sans le sou, dans ce sous-sol qui empestait la bière et la sueur, ivre parmi des gens que j'accusais de toutes les brutalités et atrocités imaginables ? Pourrais-je rester éveillé jusqu'au retour de Marlène ? Qu'arriverait-il si je m'endormais ou si elle m'abandonnait ? Pourquoi reviendrait-elle ? Comment retournerais-je à Paris ? Qui savait que j'étais parti pour l'Allemagne ? Qui s'en souciait ? Pourquoi étais-je venu ? Depuis la traversée du Rhin, je n'avais pas vu un seul visage foncé. Qu'importait d'ailleurs puisque les Allemands considéraient les Noirs comme des animaux ? Les Allemands ou les nazis ? Existait-il une différence entre eux ? Comment distinguer un Allemand d'un nazi ? Qu'était Marlène ? Elle était née sous le régime nazi. On lui avait donc enseigné dès son enfance que les Noirs sont des animaux. Où donc avais-je lu ou bien entendu dire que les Allemandes s'unissent volontiers aux grands anthropoïdes ?

Mais voilà qu'elle posait la main sur mon épaule. Je relevai la tête. Mon regard dut lui déplaire car elle me demanda, indignée : « Qu'est-ce qui t'arrive ?

— Je suis soûl, avouai-je en ricanant comme un idiot.

— À la bière ?

— C'est de la bière, ça ? demandai-je en montrant mon verre.

— Tu ne feras jamais un bon Allemand, dit-elle sévèrement. Lève-toi et viens. Notre train part dans quelques minutes. »

Le trajet dura une heure, ce qui me donna le temps de me remettre avant d'arriver à Lichtenfeld. Je me sentais coupable et j'avais honte. Ça me rendit hargneux. « Tu as peur que tes parents me voient dans cet état ? dis-je à Marlène.

— Ça leur ferait peut-être plaisir, au contraire.

— Si je te fais honte, c'est bien fait pour toi. Tu m'as assez ridiculisé à Paris quand tu couchais avec tout le monde !

— Ce n'est pas vrai. Je t'ai été fidèle.

— Parce que tu ne pouvais pas faire autrement.

— Vraiment ? »

Les autres voyageurs comprirent que nous nous querellions. Ils nous considérèrent d'un air dégoûté. Je les défiai du regard. La nuit était tombée quand nous arrivâmes à Lichtenfeld. Personne ne nous attendait à la gare. Marlène me laissa dans la pénombre d'une salle d'attente pour aller téléphoner. Elle revint presque aussitôt. « Viens, nous prendrons un taxi », dit-elle.

Je soupçonnai qu'elle n'avait pas parlé de mon arrivée et lui demandai : « Qu'est-ce qu'a dit ton père à mon sujet ?

— Il veut que tu viennes d'abord à la maison et ensuite tu coucheras à l'hôtel.

— Il doit être ravi.

— Ne t'inquiète pas. Il ne fait jamais de scène. »

Le taxi nous déposa derrière un bâtiment de bois sans étage qui s'étendait sur tout un pâté de maisons. Derrière l'immense vitrine on voyait des livres de toutes sortes : des grands, des petits, pour enfants, pour adultes; presque tous en allemand mais quelques-uns en d'autres langues.

« C'est la librairie de mon père, dit Marlène. Il l'a construite après la guerre. Tout le quartier était détruit. La galerie d'art est à l'intérieur.

— Mais nom de Dieu! Pourquoi t'accroches-tu à moi? lui demandai-je, furieux.

— Parce que je t'aime », dit-elle.

J'en eus une crispation d'estomac et il me vint un goût de bile dans la bouche. Une grande fille brune jaillit d'une porte à l'extrémité de la vitrine et fonça sur nous en criant : « Marlène! » Les deux sœurs s'embrassèrent et échangèrent quelques phrases en allemand. Puis Marlène me la présenta : « Ma sœur, Ursula.

— Venez avec nous », dit-elle en ramassant la valise de Marlène. Elle nous fit faire le tour de la librairie. Nous arrivâmes à un petit jardin à la française au fond duquel se dressait une maison de quatre étages.

Herr Doktor Kurt Rolf Behrens était un petit bonhomme à barbiche blanche avec une couronne de cheveux également blancs autour de la tête. Il avait le visage rose et lisse d'un enfant anglais et les yeux d'un bleu lumineux. À première vue il me parut irréel, synthétique, comme l'image du père dans un dessin à l'usage des enfants. Il venait d'arriver du magasin.

Clémentine, son épouse, me donna l'impression d'être plus grande bien qu'elle fût exactement de la même taille. C'était une belle femme au visage allongé, à la bouche sensuelle, aux lèvres aussi charnues que celles d'une Noire. Elle portait les cheveux coupés court. Son opulente poitrine gonflait son tailleur de tweed. Elle avait de jolies jambes. « Comment allez-vous ? » me demanda-t-elle en français.

Force me fut d'avouer que je ne connaissais pas cette langue. Son mari m'adressa quelques mots de bienvenue en allemand. Marlène traduisit. Je m'attendais à tout sauf à être accueilli avec tant d'amabilité. Les parents de Marlène ne paraissaient surpris ni par mon âge ni par ma race. Ils semblaient ne se soucier que de me mettre à l'aise. Ils ne pouvaient m'adresser la parole que par le truchement de Marlène, ce qui les gênait visiblement parce qu'ils ne se fiaient pas à elle qui paraissait heureuse de jouer un rôle exceptionnel et d'avoir fait une bonne farce à ses parents.

Les Behrens ne buvaient que du xérès. Je m'en contentai. Puis Marlène me conduisit à la salle à manger pour nous restaurer. Il y avait un piano dans cette pièce. « Qui joue de la musique dans ta famille ? demandai-je.

— Tout le monde : ma mère, le piano ; mon père, la basse ; Ursula, le violon, et Gisela, le violoncelle.

— Et toi ?

— La flûte.

— Je ne t'ai jamais entendue jouer.

— Parce que j'avais laissé mon instrument ici la dernière fois que je suis venue. »

Ursula nous apporta un plateau de sandwiches, du saumon fumé, des filets de harengs et de minces tartines de pain noir. Marlène réclama des pommes de terre bouillies et Ursula me demanda si je désirais des œufs durs. Puis elle alla chercher de la bière. Elle s'assit auprès de nous et nous observa tranquillement sans malveillance.

Elle me demanda si je me plaisais à Paris, quel genre de livres j'écrivais. Elle entretint la conversation. Je constatai que ça rendait Marlène jalouse. Pour l'agacer je ne prêtai attention qu'à sa sœur. Ce n'était pas une belle fille mais son air de santé et de vivacité la rendait sympathique. Il n'y avait pas la moindre ressemblance entre elles.

Quand nous retournâmes au salon, les deux plus jeunes enfants étaient arrivés. Gisela ressemblait à sa mère; Nicholas, à son père. Il me sembla que les parents avaient raté leurs deux premières épreuves avant de réussir les autres. Les présentations faites, le docteur Behrens envoya tout le monde au lit sauf Marlène. Il n'y avait ni radio ni télévision dans la maison. Marlène m'offrit de monter un tourne-disques du magasin. Je refusai en arguant de ma fatigue. Le père chargea Marlène de me conduire à mon hôtel et je pris congé de la famille.

Le quartier était absolument désert, le pavé d'une propreté limpide, l'éclairage discret. Par comparaison à la France tout me parut incroyablement fonctionnel. Mais où étaient les gens? Sans doute s'affairaient-ils au lit à accroître la population en prévision de la prochaine guerre.

Le lendemain matin la famille m'accueillit aussi bien que la veille au soir. Cette fois encore tout le monde ne se souciait que de me mettre à l'aise. Je me demandai combien de temps durerait cette comédie. Enfin on nous laissa seuls Marlène et moi parce que toute la famille allait à la messe.

« Il n'y a pas un lit quelque part ? demandai-je.

— Mon père s'y attend mais je lui refuserai cette satisfaction.

— Pourquoi ?

— Par amour-propre.

— Allons nous promener alors ?

— D'accord. »

Il faisait beau ce dimanche matin mais il n'y avait toujours personne dans les rues. La petite ville me parut étonnamment prospère et même prétentieuse. Tous les bâtiments étaient neufs. Pendant la guerre on fabriquait fusils et obus à Lichtenfeld qui avait donc été totalement détruite. « C'est une des villes les plus bourgeoises d'Allemagne, me dit Marlène. Sans moi il n'y aurait jamais eu de scandale ici. »

Je ne répondis pas.

« Tu as l'air gêné, reprit-elle.

— Pourquoi le serais-je ? Je ne connais personne ici et rien ne m'a jamais embarrassé dans ma vie. » Elle ricana. « Efface ce rictus d'idiote.

— Et tu prétends que tu n'es pas gêné ?

— Mais nous voilà revenus à ta librairie ! » m'exclamai-je. Nous y arrivions, en effet, mais par l'autre extrémité de la vitrine. M. Behrens nous aperçut et nous fit signe de la main. Ursula ouvrit la porte. Le père s'approcha de nous, rayonnant de cordialité. Il me fit demander par Marlène si Lichtenfeld me plaisait et m'expliqua qu'Ursula et lui étaient en train de faire l'inventaire de la vitrine. Il en vint bientôt évidemment aux questions inévitables : quel genre de livre écrivais-je et m'avait-on publié en Allemagne ?

« Mon premier roman a paru dans à peu près toutes les langues du monde mais pas en allemand. Je me demande pourquoi.

— Parce que chez nous l'édition renaît à peine, dit le docteur Behrens. Elle était pratiquement morte du temps de Hitler. »

Cet aveu m'étonna un peu et je dis à tout hasard : « Bien d'autres choses aussi sans doute ?

— C'est hélas vrai.

— Teniez-vous votre librairie pendant la guerre ? »

Il s'étonna à son tour. « Oh non ! dit-il. Évidemment pas. Personne n'achetait de livres. »

Marlène intervint : « Père était mobilisé. »

Décidément nous allions d'étonnement en étonnement car M. Behrens n'avait rien de martial. Je nourrissais d'ailleurs en ce temps-là des idées fort confuses et je supposais même que seuls les nazis avaient combattu dans l'armée allemande pendant la Seconde Guerre mondiale.

Marlène poursuivit : « Père a passé presque toute la guerre dans les forces d'occupation en France. C'est mère et moi qui avons souffert.

— Je suis née en 1939, dit Ursula, et Gisela en 1943 au temps où les bombardements battaient leur plein. »

M. Behrens en revint au commerce de la librairie. « Les Allemands recommencent à acheter des livres, dit-il. Mais c'est moins pour les lire que pour remplir les étagères de leurs maisons neuves. Ils les achètent au mètre. Ceux qui ont le plus de discernement choisissent tant de volumes de biographies, tant d'histoire, tant de Schiller, tant de Goethe, mais pas beaucoup de nouveautés. Cette guerre n'a pas suscité un nouveau *À l'ouest rien de nouveau* pour remettre les libraires sur pied. »

Le téléphone sonna. Frau Behrens nous appelait à déjeuner. Après une soupe aux lentilles on nous servit un plat de crudités et de poissonnaille pareil à celui que nous avions pris Marlène et moi la veille au soir. Ensuite la mère s'assit au piano et les autres prirent chacun leur instrument pour jouer du Bach. J'entendis enfin Marlène jouer de la flûte. Seul Nicholas ne pratiquait aucun instrument. Il resta à table avec moi en souriant. L'assistance, c'était nous deux. Ursula nous servit une bouteille de bière à chacun.

Réfractaire à la musique classique, j'écoutai poliment les vieux et les jeunes Behrens. Mon ennui fut si visible que Frau Behrens s'en aperçut et cessa de jouer. Marlène s'assit auprès de moi. Les autres s'éclipsèrent. « Ma mère fait la sieste tous les après-midi, dit-elle.

— Et ton père ?

— Pas toujours mais parfois le dimanche.

— Et si nous allions nous coucher ? »

Elle m'offrit son sourire d'idiote.

« Que font ton frère et tes sœurs ? demandai-je.

— Ils vont voir des amis. Passons au salon, nous serons plus à l'aise qu'ici. »

Je m'assis sur le bord du canapé avec un verre de whisky à la main. Marlène me quitta en disant qu'elle avait un mot à dire à sa mère. À son retour elle me déclara que son père voulait me parler. « D'accord », répondis-je comprenant que le moment fatidique était arrivé.

Marlène se pencha à la balustrade du palier et appela : « *Vater!* »

Le docteur Behrens arriva presque aussitôt et tira un fauteuil pour prendre place en face de moi. Marlène s'assit sur le bord du canapé. Le bonhomme avait l'air dans ses petits souliers. L'ennuyait visiblement d'être obligé de parler par l'intermédiaire de sa fille. Écartant tout préambule et même l'essentiel — mes moyens d'existence, mes intentions —, il souligna immédiatement notre différence d'âge puis m'expliqua que Marlène avait vécu une enfance tragique : elle avait grandi pendant la guerre, sans père, avec une mère qui ne pouvait guère s'occuper d'elle, souvent privée de nourriture et sans abri ; elle avait souffert des privations que même moi, l'homme d'une race opprimée, je n'avais jamais connues. Elle avait été malade, avait eu faim, était mal élevée, n'avait acquis aucune moralité sous Hitler. Elle était encore trop jeune pour avoir l'expérience de la vie et ne savait pas ce que signifiait une existence heureuse. Selon toute évidence, elle n'était mûre ni physiquement, ni sexuellement, ni intellectuellement.

Faire traduire tout cela par Marlène le gênait et il rougissait de plus en plus. Moi aussi sans doute. J'avais surtout pitié de Marlène. Il me semblait pourtant qu'elle traduisait littéralement les propos de son père qui avait sûrement de la peine pour elle, lui aussi.

Il me demanda mon âge. Je le lui dis. Il secoua les épaules et me demanda si j'étais divorcé. À mon tour de hausser les épaules. Il s'excusa de me poser tant de questions et de paraître indiscret. Mais il était bien obligé de défendre l'avenir de sa fille. Elle lui avait dit qu'elle m'aimait, qu'elle souhaitait m'épouser et il n'avait pas pu l'en dissuader. Marlène traduisait toujours.

« Je n'ai aucun moyen de vous séparer, dit-il en substance. Mais vous n'êtes évidemment pas faits l'un pour l'autre. Vous appartenez à deux races différentes. Vos passés diffèrent du tout au tout. Il n'y a vraiment aucun rapport entre vous deux. Ce mariage serait une tragédie pour Marlène et pour vous aussi, sans doute. Je ne me soucie pas seulement de ma fille mais de vous aussi parce que vous êtes un homme sympathique. Toutefois considérez que vous appartenez à ma génération et à celle de ma femme. C'est nous que vous devriez considérer comme des amis. Nous le sommes d'ailleurs. Mais ma fille!... Ses projets nous font peur. »

Faisant appel à ma raison, il nous demandait d'attendre un an avant de nous engager définitivement. Si l'amour de Marlène était assez vif, cette séparation ne nous nuirait pas. Elle m'aimerait même encore plus et serait fière de la confiance que je lui aurais accordée. Quant à moi, si mes sentiments ne résistaient pas à un an de séparation, c'est parce que sa fille m'importait moins que je ne le croyais.

En outre Marlène était malade, me dit-il. Je scrutai le visage de mon amie. Son père surprit mon regard et dit : « Elle doit aller à l'hôpital.

— Pourquoi ? »

Behrens attendit que sa fille traduisît. Elle s'en abstint et me dit de son propre chef : « J'ai quelque chose qui ne va pas au vagin.

— Quelque chose qui ne va pas ? Qu'est-ce que ça veut dire ?

— Des démangeaisons et puis ça me brûle parfois à l'intérieur. »

Elle avait l'air obstinée, stupide, coupable. Elle mentait.

« *Was? Was?* » demanda le père, l'air soupçonneux. Marlène lui répondit en allemand. Ils échangèrent quelques mots puis elle s'adressa à moi : « Mon père veut savoir si tu consens, oui ou non, à une séparation d'un an.

— Et tu resterais ici?

— Oui.

— Alors dis-lui oui, m'écriai-je. Reste. Va te faire foutre! » Je me levai, sortis du salon, pris mon pardessus dans le placard du rez-de-chaussée et quittai la maison par la porte de derrière. Je retournai à mon hôtel quand Marlène me rattrapa et me saisit par le bras.

« Père veut savoir si tu as besoin d'argent, dit-elle.

— Quel rôle joues-tu dans cette farce? Pourquoi m'obliger à écouter les conneries de ton père?

— J'espérais que tu lui tiendrais tête, dit-elle. Mais tu m'as trahie.

— Trahie? Vous avez ourdi cette conversation à l'avance. Tu savais ce qu'il allait me demander et tu as inventé cette maladie imaginaire.

— Non. Je suis vraiment malade.

— Tu aurais pu te faire soigner à l'hôpital américain.

— Je n'avais encore rien à ce moment-là.

— Si c'est vrai, ça m'a l'air d'une maladie vénérienne.

— Comment l'aurais-je attrapée?

— En tout cas pas avec moi.

— Je me demande pourquoi je t'aime, dit-elle. Tu es tellement soupçonneux et tu ne me défends jamais. »

Elle passa l'après-midi dans ma chambre à l'hôtel et, le soir venu, elle me persuada d'aller dîner chez ses parents. Ils m'accueillirent aussi cordialement qu'auparavant. Ils tenaient à ce que j'aie assez à manger, s'inquiétèrent du confort de ma chambre, et me demandèrent si je supportais le climat de Lichtenfeld.

Après dîner, M. Behrens me demanda par l'intermédiaire de Marlène si j'avais besoin d'argent. Avant de répondre, je soutins le regard de ses yeux d'un bleu plein d'innocence et le remerciai. J'avais de quoi retourner à Paris. Il me demanda alors quand je m'en irais. Marlène répondit à ma place sans traduire et m'indiqua ensuite que mon train partait à neuf heures le lendemain matin.

Quand je retournai prendre mon petit déjeuner, Marlène était seule. Il faisait froid. Un crachin abaissait la visibilité au-dessous du désespoir. Mais Marlène était tout à fait à son affaire. Elle préparait du café avec la compétence joyeuse de la bonne *Hausfrau*. C'est seulement sur le quai de la gare que ses yeux s'embuèrent. Elle glissa une enveloppe dans la poche de mon pardessus et se jeta dans mes bras. Je l'étreignis sans enthousiasme parce que je lui en voulais de s'être débarrassée de moi si aisément. Pourtant quand je la regardai dans les yeux, leur expression m'intrigua. « Ne m'oublie pas, Chess », dit-elle.

8

Le voyage du retour me laisse un souvenir lamentable. Encore une illusion perdue. J'avais aussi conscience de m'être conduit d'une manière absurde et d'avoir été roulé par une sotte gamine. À la réflexion, je me dis que Marlène espérait une confrontation entre son père et moi et que je l'avais déçue. Auparavant elle avait sans doute espéré aussi une bagarre entre Ollie et moi à son sujet. Par la suite je ne fus plus jamais aussi tendre avec elle.

Mon retour sans elle n'étonna pas M. et Mme Rachou. Ils m'avaient gardé ma chambre. Une bénédiction. Leur hôtel était proche du marché de la rue de Buci. Je pouvais cuisiner et manger à n'importe quelle heure du jour et de la nuit. M. Rachou ne faisait le ménage que lorsque j'étais sorti.

Je buvais comme un trou. Aussitôt levé je sifflais un litre du vin rouge du plus fort degré d'alcool que j'avais pu trouver la veille. Ça me tombait dans l'estomac comme une pierre glacée. Le choc ne durait guère que cinq minutes mais m'assurait une espèce de vague stupidité qui me permettait d'affronter la journée sans trop souffrir des « flèches d'une fortune cruelle ».

Je mangeais aussi énormément : des haricots en boîte, de la charcuterie à bon marché, des œufs frits, du pain.

Ma seule occupation consistait à chercher de l'argent. Plon m'avait acheté *La Troisième Génération* mais le livre n'avait pas encore paru et je ne pouvais donc espérer plus que mes deux cent cinquante dollars d'à-valoir. Gallimard avait publié *La Fin d'un primitif* mais NAL avait l'exclusivité des droits pour le monde entier. Néanmoins j'allai quêter chez ces deux éditeurs en sachant d'avance qu'ils ne me donneraient rien. Enfin j'allai voir Yves Malartic afin qu'il m'aide à trouver un éditeur pour le roman que j'avais terminé chez M. Guérin à La Ciotat : *Mamie Mason*. Cathy n'en avait encore tapé qu'une centaine de pages. Elle expliquait son retard en prétextant qu'elle avait été malade. Je crois plutôt que le texte lui avait déplu. J'offris ce début à la librairie Plon en ne donnant à M. Orengo que deux jours pour prendre une décision. Il me répondit qu'il lui faudrait plus longtemps. Je repris immédiatement mon manuscrit pour le porter chez Gallimard.

Bien m'en prit. Je poireautais dans un vestibule quand Marcel Duhamel passa auprès de moi. Il revint sur ses pas et m'interrogea. Il dirigeait alors une collection de romans policiers à grand succès : la Série Noire. C'est lui qui avait traduit mon premier roman : *S'il braille, lâche-le*. Il me demanda tout de go si je consentirais à écrire pour lui.

« Si j'en étais capable, je le ferais sûrement, lui dis-je. Mais en ce moment je ne peux rien faire parce que je n'ai pas un sou.

— Lisez donc un ou deux bouquins de ma collection. Ça vous donnera une idée de ce que je publie.

— Je ne sais pas le français.

— Tant mieux. Lisez Peter Cheyney, Raymond Chandler, Dashiel Hammett. Celui-là, il faut vraiment le lire. C'est le plus grand romancier que j'aie jamais connu.

— Il écrit des romans policiers ?

— Toutes sortes de romans.

— Que dirait-on en France si on vous entendait parler comme ça d'un romancier étranger ? »

Marcel ricana, me prit par le bras et me conduisit vers un coin de la pièce. Peut-être craignait-il en effet qu'on l'entende parler. « Prenez n'importe quel sujet. Commencez par de l'action. Quelqu'un fait quelque chose. Un homme tend la main pour ouvrir une porte. La lumière l'éblouit. Un cadavre est allongé par terre. Notre homme se retourne et dans le fond du vestibule... De l'action, toujours de l'action, comme au cinéma. Ce que pensent les personnages nous nous en foutons. C'est ce qu'ils font qui nous intéresse. Faites agir vos bonshommes d'une scène à l'autre. Ne vous souciez pas trop de l'intrigue. Tout s'expliquera à la fin. Donnez-moi deux cent vingt pages dactylographiées.

— Je ne suis pas capable d'écrire comme cela », lui dis-je, en proie à un trac étrange. Il me semblait même qu'il me menait en bateau comme le père de Marlène.

« Mais si, vous le pouvez. Écrivez comme dans le roman que j'ai traduit. Des phrases brèves, claires, de l'action. C'est le style qui convient parfaitement à mes histoires de brigands.

— Je n'ai même pas de papier.

— Il vous faut de l'argent. Cinquante mille francs, ça fera l'affaire ? » Il plongea la main dans sa poche et sortit une liasse de billets.

Je pris ce qu'il me donnait. « J'essaierai », lui dis-je.

Il me tapota l'épaule. « Quand vous aurez une centaine de pages, venez me voir.

— Il me faudra une avance.

— Je vous donnerai mille dollars. »

J'en fus pétrifié. Il me fallut un moment pour reprendre mon souffle. « D'accord », lui dis-je. Il me sembla que je me prostituais ou que je me laissais posséder.

Et me voilà dans ma chambre de la rue Gît-le-Cœur, devant une feuille de papier blanc, en train de rêver aux mille dollars que Duhamel m'a promis. Je restais confusément sous l'impression d'être victime d'une escroquerie. C'était trop beau. Mes soupçons me rappelèrent une histoire que m'avait racontée Walter Coleman :

Trois hommes arrivent dans une ville. L'un d'eux a tout du cave et raconte qu'il connaît quelqu'un capable de métamorphoser les billets de banque. Personne ne le croit évidemment. Mais le chimiste du trio apparaît à son tour et fait une démonstration. Il enroule un billet de $ 10 dans des feuilles de papier chimique, les met dans le four d'une cuisinière banale et les laisse chauffer pendant quelques minutes. Quand il les en retire, les billets de $ 10 sont transformés en coupures de $ 100. Alors il se trouve évidemment un nigaud pour rassembler tous les billets de $ 10 sur lesquels il peut mettre la main et les confier au savant homme qui ne demande d'ailleurs pas grand-chose : dix pour cent seulement ! Et le racoleur se contente de cinq pour cent. Le jour venu, le savant rassemble son monde dans une cuisine devant un fourneau à gaz. Il permet au cave d'amener des témoins qui le protégeront. Le savant enveloppe les billets dans du papier sulfurisé et les place soigneusement sur le gril, dans le four. Le cave surveille chacun de ses gestes. Le racoleur ne fait rien, il reste adossé à la porte. Quand tout l'argent est dans le four, le savant allume le gaz et va à l'évier se laver les mains. À ce moment-là le four éclate, une épaisse fumée envahit la cuisine. Le troisième homme entre en trombe, un gros pistolet à la main. Une étoile d'or est épinglée sur sa poitrine. « Enfin je vous tiens ! Vous êtes tous en état d'arrestation » Profitant du désordre, le savant et le racoleur s'éclipsent. Il ne reste plus que le faux policier et le cave qui crie son innocence et prétend avoir été circonvenu par les autres. Le flic est inexorable. Le cave offre de l'argent. L'affaire devrait s'arranger puisque les vrais coupables se sont enfuis. Alors le flic accepte le bakchich et laisse filer le cave en lui disant sévèrement : « Rappelle-toi que le crime ne paie pas. » Il rafle les billets qui sont dans le four et les trois complices vont recommencer dans une autre ville.

Cette histoire me paraissait bonne et parfaitement vraisemblable. Il fallait l'étoffer et fabriquer des personnages. J'imaginai deux jumeaux : un bon couillon, tout ce qu'il y a de plus réglo, homme de peine et chauffeur dans une entreprise de pompes funèbres, amoureux d'une beauté jaunâtre qu'il a envie d'épouser. L'autre, dont le premier a honte, mendie dans les rues, travesti en nonne, et vend clandestinement des billets d'aller sans retour pour le paradis. Mes deux lascars sont gras, petits, très noirs. Dans leur pays natal, au sud des États-Unis, on les appelait les jumeaux de la poudre d'or. L'honnête connard se fait posséder par mes escrocs. Il y perd toutes ses économies et tout ce qu'il a pu emprunter. Pour se libérer du flic, il vole son patron. Sa belle nana file avec les escrocs. Le four tout neuf de sa logeuse est hors d'usage. Ne sachant où donner de la tête il va pleurer sur le gilet de son frère dévoyé.

Je développai mon histoire sur quatre-vingts pages et ne sus plus comment me tirer de la suite. J'avais dépensé les cinquante mille francs de Marcel Duhamel. Marlène m'écrivait tous les jours pour me demander de lui envoyer de l'argent. Dans ses dernières lettres elle me parlait abondamment d'un gentleman farmer qui avait perdu un bras à la guerre et qui lui faisait la cour. J'avais envie de la revoir. J'avais besoin de femmes. Depuis mon retour, je n'avais revu que Torun. Je vivais enfermé dans ma chambre comme un ermite.

En désespoir de cause, je portai mes quatre-vingts pages à Duhamel sans trop espérer qu'il me donnerait une avance. Il soumit mon manuscrit à Minnie Danzas qui le parcourut rapidement. Tout lui parut plausible : l'histoire, les personnages. Qu'il existât aux États-Unis des gens capables de « gonfler » les billets de banque ne l'étonnait nullement. Elle savait pourtant combien il est difficile de gonfler l'argent surtout quand on en a besoin. Elle donna une opinion favorable. Marcel lut mes quatre-vingts pages et s'enthousiasma.

« Ajoutez-y cent vingt pages et l'affaire est faite, dit-il.

— Vous croyez que je dois introduire la police dans cette histoire, demandai-je en m'efforçant d'avoir l'air intelligent.

— Il n'est pas de roman policier sans police. Allez-y. Mais maintenez la cadence. Ne laissez pas trop parler vos personnages sauf si le dialogue sert à la narration, comme chez Hammett. Ne décrivez rien. C'est vos bonshommes qui voient ce que vous voulez montrer. Restez en dehors du coup.

— D'accord. »

Marcel me tapota le dos. « Lisez donc *Le Faucon maltais*.

— Il me faudra encore de l'argent.

— Cent cinquante mille, ça va?

— D'accord.

— Je vous donnerai une avance de quatre cent mille en tout. »

Dans ce temps-là, le dollar valait trois cent cinquante francs au taux officiel mais au marché noir on le payait cinq cents. Je signai un contrat de quatre cent mille francs pour un livre encore sans titre. Marcel me donna un bon que je portai au caissier. Je retrouvai Duhamel dans le vestibule et nous partîmes à pied en direction de chez lui. En passant devant le café de Flore, il m'offrit de boire un verre. J'acceptai. Me sentant riche je commandai un whisky, boisson de prestige en ce temps-là à Paris.

De retour dans ma chambre, la poche pleine d'argent, j'entrepris de relire mon vieil exemplaire broché de *Sanctuaire* en espérant que Faulkner me rendrait courage. Ses romans m'avaient toujours paru absurdes. Si celui-là ne réveillait pas mon imagination, j'étais foutu. Mais c'est surtout la conscience d'échapper à la dèche qui me sauva.

J'écrivis à Marlène et partis pour le Tournon en quête d'une femme. Il y en avait une demi-douzaine au moins qui attendaient Ollie en faisant tourner nerveusement leur cuillère dans leur tasse de café. Elles échangeaient des regards furtifs et empoisonnés qui les trahissaient. Je m'assis à l'écart et bus une bière au cognac. J'avais de l'argent. Je pouvais m'offrir cela. J'en étais à ma douzième consommation quand une grosse Suédoise négligée à la chevelure grasse et répugnante se laissa tomber sur la banquette à côté de moi en voyant que j'étais soûl. C'est elle qui avait emmené Walter en Suède où il avait fait connaissance avec Torun.

« Qu'est-ce que tu fais ? demanda-t-elle.

— Pourquoi ? demandai-je.

— Pour les femmes. »

J'ajustai péniblement mon regard sur son visage huileux. « Toi ? demandai-je.

— Viens. Je te reconduis chez toi, dit-elle en m'aidant à me lever. Marlène ne devrait pas t'abandonner dans des états pareils. »

Il faisait nuit, heureusement car personne ne me vit tituber dans les rues aux côtés de cette gorgone. Je me rappelle avoir gravi un escalier, être entré dans une pièce et m'être déshabillé péniblement. Et puis plus rien...

Des coups frappés à la porte me réveillèrent. Quelqu'un me demanda : « Qu'est-ce que c'est, Chess ? » Je vis alors la tête de la méduse sur l'oreiller à côté de moi. On frappa de nouveau. Je tirai le drap sur la tête de ma compagne, me levai et ouvris la porte. C'était M. Rachou avec le releveur du compteur à gaz. Quand elle entendit des voix d'hommes, ma partenaire dressa la tête. Mes visiteurs firent semblant de ne pas la voir et s'en allèrent. J'étais outré mais elle m'attira contre ses gros seins.

Nous restâmes ensemble pendant deux jours et deux nuits. Elle connaissait tous les restaurants du quartier et je me laissai piloter. Elle me conduisit d'abord à un russe quelque part dans une petite rue en haut du boulevard Saint-Michel. Tout le monde la connaissait... intimement me sembla-t-il.

En fin de compte, elle n'était pas tellement répugnante, mais seulement trop mûre, négligée, vulgaire. Dès le premier repas, l'agrément et l'intelligence de sa conversation m'étonnèrent. J'étais loin de Marlène : immature, sous-développée et souvent d'une idiotie choquante. Je la regrettais moins. Si son père ne m'avait possédé aussi habilement je l'aurais peut-être oubliée. Mais il m'avait lancé un défi et désormais il y avait un compte à régler entre ce vieux zigue et moi. Marlène n'était plus que notre victime. Faire l'amour avec Brigitte (je l'appellerai ainsi désormais) dans le lit de Marlène me donnait des remords, et je trouvais ce scrupule absurde. Cela ne m'empêchait pas d'être heureux avec Brigitte et elle s'en réjouissait elle-même. Notre bonheur était contagieux et les autres (presque tous des Russes blancs, je crois) considéraient avec sympathie ce qu'ils prenaient pour l'épanouissement d'une idylle entre gens d'âge mûr. Elle n'était d'ailleurs pas tellement âgée mais elle le paraissait, sans doute en raison de sa tenue négligée qui accentuait sa maturité. Au bout de deux jours nous nous séparâmes. Elle me remercia et pour me récompenser, elle me dit : « Ne te laisse plus aller à la mélancolie, Chess chéri. Quand tu te sentiras trop seul, viens me voir. Inutile de prendre rendez-vous : ma porte n'est jamais fermée à clef. »

Ce détail m'émerveillait. C'est seulement à Paris qu'une femme comme elle n'a pas à se barricader dans sa chambre. Dans des pays puritains comme l'Angleterre et les E.-U., les pieux dingues considèrent comme œuvre pie d'aller les massacrer à domicile. Le temps passé avec elle m'avait fait du bien. J'étais plus détendu, j'avais l'esprit plus vif et, tout à coup, je trouvai le moyen de terminer mon roman en bifurquant sur une escroquerie classique aux États-Unis, celle de « la mine d'or abandonnée ». La belle fille à peau jaune, dont mon cave était amoureux, conserverait dans sa chambre une malle pleine de minerai d'or et se garderait de l'ébruiter jusqu'à ce qu'elle fût définitivement divorcée de son époux resté dans le Sud.

Il m'arrivait de passer des heures de jubilation dans ma chambre en écrivant cette histoire abracadabrante. Mais elle était destinée aux Français qui croient tout ce qu'on leur raconte au sujet des Américains, blancs ou noirs, pourvu que ce soit assez malveillant. Il ne me vint pas un instant à l'esprit que j'écrivais une absurdité. Mais était-ce tellement absurde ? Réalisme et niaiserie se mélangent si étroitement dans la vie des Noirs américains qu'il est impossible de s'y retrouver.

Marlène ne m'écrivait plus. J'avais abandonné l'espoir de la faire revenir. Je la croyais amoureuse de son manchot. De temps en temps, j'allais voir Brigitte. Je fréquentais Walter et Torun. Me croyant seul, ce brave ami me conseillait de chercher une autre amie. Un jour où nous étions ensemble à la terrasse d'un café, place Saint-André-des-Arts, il insista à ce sujet. Je lui dis tout d'un coup que la nièce du patron de ce bistrot était venue un soir dans ma chambre et s'était couchée dans mon lit sans dire un mot. Je ne voulais pas avouer à Walter que je fréquentais son ancienne maîtresse. Il se trouve qu'à ce moment-là, la barmaid nous sourit et j'imaginai ce mensonge sur-le-champ. Il fallait aussi que Walter me crût engagé avec une femme parce qu'il m'aurait soupçonné d'avoir une intrigue avec Torun dont il était très jaloux. Et puis raconter des histoires, c'est mon métier. Je n'ai donc jamais honte de mentir.

Croyant que je regrettais Marlène, Walter et Torun venaient souvent me voir dans ma chambre. Pendant des heures je leur racontais ma vie, les difficultés que j'avais eues aux États-Unis, mes ennuis avec les éditeurs et encore plus l'hostilité de tous les groupes d'opinion américains envers mes livres. Rien ne m'a plus blessé dans ma vie que cette hostilité et je m'échauffais quand j'en parlais. Torun méditait et m'écoutait alors en me regardant intensément. J'avais l'impression qu'elle retenait son souffle. Mais je me demande encore si elle me comprenait. Je ne suis pas sûr de m'être compris moi-même. Comprendre exige un minimum de logique. Quand j'exprimais cette rancœur, c'est la passion qui m'emportait et je n'étais probablement pas très clair.

Souvent Walter s'allongeait sur mon lit, s'endormait et ronflait. Sans m'en soucier je continuais à pérorer en analysant toutes les nuances de mon malheur, d'une manière très masochiste. Peut-être est-ce pour cela que Torun s'intéressait à moi : elle aurait voulu me consoler.

Enfin je parvins à emmancher l'une à l'autre les deux intrigues successives de mon roman et la rédaction se poursuivit à une vitesse d'avalanche. J'y travaillai toute la journée de Noël en mangeant du poulet bouilli au riz que j'avais cuit moi-même, et en sirotant lentement un litre de rhum. J'écrivis encore pendant la dernière nuit de l'année en pensant qu'il n'y aurait pas de distribution de courrier le lendemain. J'aurais voulu recevoir un mot de Marlène. Je la soupçonnais d'infidélité, ça me torturait et j'avais envie d'elle malgré moi. Je ne pouvais pas dormir et aucune autre femme ne m'attirait.

Pendant tout le temps où j'écrivis mon livre je me refusai à admettre qu'il s'agissait d'un roman policier. J'étais en effet incapable d'imaginer une énigme. J'écrivais donc plutôt un récit d'action. En réalité je m'engageais sans doute sur une nouvelle voie littéraire. Presque tous les écrivains noirs n'avaient écrit jusqu'alors que des œuvres de protestation dans lesquelles ils se montraient victimes du racisme. Avec ce roman, je montrais que les criminels noirs sont tout aussi cruels et redoutables que les racistes blancs. Je le savais parfaitement parce que j'étais un ancien criminel moi-même. C'est à peine si mes personnages se montraient plus absurdes que je ne l'avais été.

En écrivant *Mamie Mason*, je croyais donner une suite logique à *La Fin d'un primitif*. Je me trompais. Sa véritable suite, ce fut *La Reine des pommes*. Sans l'assistance financière et les conseils de Duhamel je n'aurais peut-être plus jamais écrit.

Je l'achevai le 18 janvier. Marlène n'était toujours pas de retour. À cette époque on expulsait mes frères d'âme à tour de bras. Grâce à un certificat de domicile de M. Rachou, je pus renouveler ma carte de séjour en qualité de résident temporaire pour six mois. Je ne voulais pas quitter Paris à un moment où j'espérais publier un livre à succès. J'écrivis une brève sommation à Marlène : reviens maintenant ou jamais. Je l'envoyai en recommandé avec accusé de réception.

Le 22 janvier, Duhamel me donna un bon de caisse de deux cent mille francs bien qu'il fallût encore remanier mon récit.

9

Comme toujours lorsque j'étais en fonds, je renouvelai ma garde-robe dans un magasin chic du boulevard des Capucines. J'y entrai d'abord pour acheter une chemise mais, de fil en aiguille, je fis l'acquisition d'un veston, d'un pantalon, d'un complet puis je passai dans un autre magasin où je m'offris de grosses chaussures anglaises d'un jaune criard. Je redescendis vers le quartier Latin fier comme Artaban. J'étais devenu écrivain français et j'envoyais les États-Unis au diable.

Le matin du 25 janvier je reçus une lettre de Marlène. Elle ne parlait que de son manchot barbu. Il possédait une traction-avant Citroën : la seule voiture qu'il pût conduire d'une seule main. C'était Superman ! Il avait parcouru en trois heures les quatre cents kilomètres séparant Lichtenfeld de Francfort. C'était un nabab aussi : sa cuisinière préparait à merveille le gibier fraîchement tué dans son pavillon de chasse. Lire cela me donnait des accès de rage meurtrière et voilà que la porte s'ouvre. Marlène est là.

« Mon Dieu ! Que tu es maigre ! » m'exclamai-je.

Elle était quand même reconnaissable à son

sourire d'idiote. Elle s'appuyait au montant de la porte qu'elle n'avait pas fermée, l'air affamé, ahurie, crasseuse dans un vieil imperméable couvrant Dieu sait quelle espèce de robe. « J'ai fait la grève de la faim.

— Tu n'avais qu'à venir. J'ai de l'argent désormais.

— Papa me l'interdisait.

— Comment se fait-il que tu sois là.

— Je me suis enfuie.

— Il fallait m'écrire au moins.

— Je ne voulais pas t'inquiéter. »

Je me laissai tomber lourdement sur la chaise la plus proche et me pris la tête à deux mains.

« Tu ne m'embrasses pas ? » demanda-t-elle.

Je me levai, traversai la chambre et la pris dans mes bras. Corps mince et fragile ; lèvres sèches et gercées ; un bleu à la mâchoire inférieure. Elle se cramponna à moi avec l'énergie du désespoir, le visage levé vers le mien. À cet instant je pensai qu'elle en avait fait autant avec son barbu manchot et avec bien d'autres, que ses parents devaient être au courant et l'y encourager. Elle avait laissé ses cheveux reprendre leur couleur naturelle : blond foncé ou châtain clair. Ils lui tombaient jusqu'aux épaules et ça valait mieux que sa queue de cheval.

Nous passâmes la journée au lit pour refaire connaissance. Avant de monter, elle avait parlé aux Rachou qui lui avaient raconté tous les détails de ma vie pendant son absence. Non, pas une seule femme n'était entrée dans ma chambre. Seul un Américain peut s'abstenir ainsi ! Ils m'avaient entendu taper à la machine nuit et jour. J'avais fait mon marché et préparé mes repas tout seul. J'étais un brave homme, sérieux, laborieux, « très beau ». Ils ne me trouvaient qu'un seul défaut : j'étais un peu vieux. Mais (haussement d'épaules à la française) elle seule pouvait juger si c'était vraiment un défaut.

Les Rachou venaient d'embaucher une femme de chambre. Quand elle nous trouva au lit, elle nous accorda un répit en disant : « Je ferai d'abord la chambre de Jésus-Christ.

— Qui est Jésus-Christ, me demanda Marlène.

— Un peintre suisse qui habite la chambre d'à côté. »

Ce Jésus-Christ fut le premier beatnik de l'hôtel Rachou qui devint célèbre dans le monde entier parmi ces barbus crasseux. Ses cheveux lui tombaient jusqu'à la ceinture comme sa barbe et ses moustaches. Il se lavait rarement, portait une longue robe flottante, les pieds nus, même au cœur de l'hiver et il puait la chèvre. Comme il n'avait pas de quoi se payer des toiles, il peignait ses horreurs sur le plancher, les murs, et même le plafond de sa chambre. M. Rachou n'y voyait pas d'inconvénient. Il espérait que l'odeur de la peinture ferait fuir les punaises.

Marlène n'avait pas apporté grand-chose dans sa fuite. Le lendemain je lui achetai sur le boulevard Saint-Michel deux robes, des chaussures, des bas et un manteau en imitation de poil de chameau, genre sport chic. Un peu plus tard, alors que nous déjeunions dans un self-service, un chasseur lui chuchota quelque chose à l'oreille. Elle allait se lever pour le suivre. Je lui demandai où elle allait.

« Il veut me parler au sous-sol, répondit-elle. Je le connais depuis plus longtemps que toi. Il fréquentait le Kentucky Club où j'étais danseuse.

— Dis-lui de fiche le camp sinon je lui casse les dents. » Il comprit et s'éclipsa. J'ajoutai : « Si jamais tu quittes la table où tu manges avec moi, n'y reviens plus.

— Je ne devrais connaître personne alors, dit-elle les larmes aux yeux. Tu voudrais que je sois née d'hier.

— C'est ça. » Nos voisins nous regardaient comme d'habitude. En retournant chez nous nous rencontrâmes Walter en compagnie d'une petite traînée. Gêné, il raconta qu'il revenait de mon hôtel pour m'inviter à une partie que Torun et lui offraient le lendemain soir en l'honneur d'un couple martiniquais. Je lui en voulus de tromper Torun que tous les frères d'âme respectaient parce qu'elle était sa compagne. Au fond j'avais tort. Respecter l'honneur d'un frère d'âme est absurde parce que les frères d'âme n'ont pas d'honneur.

Un instant plus tard Marlène fit cette réflexion : « Il a du culot de courir après des putes, lui qui a une aussi belle femme.

— Et toi... avec ton manchot barbu.

— Ce n'était pas mon amant mais un ami de papa. Je n'ai d'ailleurs jamais été seule avec lui.

— Tu espères que je te croirai ? Tu ne parlais que de lui dans tes lettres.

— Pour te rendre jaloux. Tu m'avais abandonnée.

— C'est toi et ton vieux qui m'avez mis à la porte.

— Tu t'es laissé blouser par ce vieux coquin. Je t'avais pourtant dit qu'il est un hypocrite.

— Est-ce qu'il pourrait te faire ramener chez toi par la police ?

— Non. Je suis majeure.
— Depuis quand?
— Avant-hier.
— C'est ça qui t'a rendue si courageuse?
— Non. De toute façon mon père n'aurait pas voulu faire un scandale. »
En posant nos achats sur le lit je dis à Marlène : « Considère ça comme tes cadeaux d'anniversaire.
— Tu pourrais me faire un vrai cadeau si tu voulais.
— Quoi?
— Une bague. »
Je m'imaginais que les bagues de femmes coûtent des centaines de dollars. « Je ne suis pas assez riche.
— Je connais une boutique où on en trouve pour cinq cents francs : un dollar.
— En matière plastique?
— Non, en métal qui ressemble à de l'argent. C'est de l'argent africain. Elles sont faites en Algérie.
— Je peux t'offrir ça. Quand?
— Tout de suite. Je veux la porter demain chez Torun. On les trouve rue du Bac. Tu n'as pas besoin de venir.
— J'y vais », dis-je, pris de soupçon.
Elle s'en rendit compte et s'exclama : « Tu te méfierais de ta jeune épouse jusque devant l'autel, à l'église! »
Des bagues de toutes tailles s'amoncelaient sur un plateau dans la vitrine d'une boutique de nouveautés. Elle en choisit une et me dit l'air ravi : « Elle me plaît.
— Elle te donne l'air respectable?

— Tu te moques de tout », dit-elle dépitée, les larmes aux yeux.

Ce soir-là, après s'être lavée des pieds à la tête avec son éponge, dans le bidet, elle se vêtit de tout ce que je lui avais acheté la veille. Avec sa coupe de cheveux allemande, ses vêtements parisiens, son alliance algérienne, on l'aurait prise pour l'héroïne de *La Putain respectueuse.*

Nous prîmes un taxi place Saint-André-des-Arts. Quand nous nous engageâmes dans la rue de Tournon, Marlène me demanda : « Tu permets que je m'arrête une minute ? J'ai quelque chose à dire à la patronne.

— D'accord. » Je croyais qu'elle voulait faire savoir à tout le monde son retour à Paris, qu'elle vivait avec moi et qu'elle avait l'air d'être mariée. À son retour, elle exultait.

« Mais qu'est-ce qui s'est passé ? demandai-je.

— Je suis entrée et j'ai demandé si Ollie était là. Si tu avais vu tout le monde sursauter.

— Comment ? Qu'est-ce que tu as fait ? » Je n'en croyais pas mes oreilles.

« J'ai demandé si Ollie était là, comme si je le cherchais.

— Pourquoi ?

— Pour rigoler. »

Le taxi avait dépassé la rue du Montparnasse. J'étais hors de moi. « Alors tu es à peine de retour à Paris et tu cours déjà après cet enfant de salaud ?

— Je ne lui cours pas après.

— Pendant que j'attends dans le taxi, comme un con !

— Je n'y prêtais pas d'importance. Je savais seulement qu'il s'inquiéterait.

— Avec les vêtements que je viens de t'offrir!

— Pour trois malheureuses bricoles que tu m'as achetées!

— Msieur! Msieur! attendez! » Le chauffeur ralentit et tourna la tête, inquiet.

« Quoi?

— C'est bien ici.

— Bien! »

Le chauffeur gara son taxi le long du trottoir. Je payai. « Descends! dis-je à Marlène.

— Non.

— Descends! » J'avais l'air tellement méchant qu'elle obéit. « Déshabille-toi! » Un couple entre deux âges se retourna, ahuri.

« Tu es fou! » dit Marlène, effrayée.

Je lui donnai un coup de poing du gauche à l'estomac et du droit à la bouche, ce qui l'envoya dinguer contre la vitrine d'un marchand de chaussures. « Monsieur! Monsieur! » s'écria le bonhomme. « Appelle la police! » glapit la bonne femme. D'autres passants s'étaient arrêtés à quelques pas de nous. Marlène riposta d'un coup de sac à la tête. « Tu es fou. » Je lui donnai un coup de poing à la figure et elle saigna du nez. J'ajoutai un coup de pied à l'estomac. J'aperçus vaguement la tête d'un agent de police au coin de la rue Vandamme. Il s'éclipsa. Marlène s'enfuit vers le boulevard Edgar-Quinet. Je remarquai alors l'attroupement autour de nous. Je partis dans la direction opposée à celle qu'avait prise Marlène. Elle se lança à mes trousses. « Attends-moi, Chess! Attends-moi!

— Va te faire foutre! Va-t'en rejoindre Ollie!

— Moi aussi je pourrais être jalouse parce que tu as couché avec ce gros sac de graisse de Brigitte.

— Je ne suis pas jaloux mais je ne veux pas que tu me rendes ridicule. »

Elle me rattrapa. Son manteau neuf était taché de sang. Elle avait les lèvres tuméfiées, un gros bleu du nez à l'oreille. Nous entrâmes dans le bistrot le plus proche. Le regard des clients se porta alternativement de Marlène à moi. La femme du patron, qui tenait la caisse, conduisit Marlène à sa salle de bains personnelle et lui porta ensuite une serviette avec une salière. Je restai au bar où je bus une bière à la pression avec du cognac. Le patron rinçait les verres sans me regarder.

Marlène effaça les taches de son manteau avec du sel et de l'eau froide. Elle se lava, se peigna. Mais son nez et ses lèvres restaient enflés. Quand nous arrivâmes chez Walter la maison était bondée de frères d'âme avec leurs Blanches. La première chambre à coucher servait de vestiaire. Pia, la fille de Torun, y dorlotait Ira : le bébé que Torun avait eu de Walter. Dès qu'on nous entendit entrer, tout le monde accourut et s'arrêta net en voyant le visage de Marlène. C'était la première fois que je l'amenais chez des frères d'âme depuis le dîner chez Bertel. Mes vêtements neufs me donnaient de l'assurance, mes gros souliers anglais, l'impression d'être plus grand, plus solide et j'étais prêt à tenir tête à l'univers entier. Dans la cuisine Walter préparait des haricots rouges avec un jambonneau. Il y mit tant de piments que tous ceux qui en mangèrent eurent la bouche en feu. Dès qu'il en eut l'occasion, il me demanda à demi-voix : « Qu'est-ce qu'elle a fait ?

— Rien, répondis-je. Je veux seulement m'assurer qu'elle se tiendra tranquille. »

Si elle parla à Ollie ce soir-là, je ne le vis pas. Je

crois même que personne ne lui adressa la parole. Je l'avais quittée aussitôt entré et je ne la revis plus jusqu'au moment de repartir. Elle passa sans doute toute la soirée avec Pia, dix ans, dans la première chambre à coucher où elle l'aida à fabriquer des poupées de chiffon. Je dansai avec deux ou trois Blanches mais mes souliers étaient trop lourds et ce n'était ni le temps ni le lieu pour piétiner les plates-bandes des amis.

J'eus assez de succès de soir-là. Tout le monde savait que j'écrivais pour une célèbre collection de romans policiers jusqu'alors strictement réservée aux Blancs. Marcel Duhamel ne m'avait pas seulement tiré de la dèche, il avait aussi brisé la frontière des races à la Série Noire avec moi. Je jouissais donc de la célébrité dont bénéficie tout frère d'âme qui perce la ligne de couleur dans n'importe quel domaine.

La soirée terminée, nous allâmes à pied jusqu'au boulevard Montparnasse et nous prîmes un taxi devant le Dôme. « Excuse-moi, dis-je à Marlène.

— Tu ne devrais pas être tellement jaloux. Il n'y a vraiment pas de quoi. »

Une succession d'incidents me fournit le sujet d'un second roman d'action. Marlène reçut une lettre de son père qui lui enjoignait de retourner dans sa famille. Puis elle alla chez Colette chercher son poste de radio et ne revint que très tard. J'avais relu *Sanctuaire* de Faulkner. Le retard de Marlène m'exaspéra. Je me mis à ma table de travail et résumai mon prochain roman. Je le portai chez Duhamel dès le lendemain pour avoir une avance. Cette histoire démarrait sur une anecdote cocasse qu'Ollie avait racontée au Tournon, longtemps auparavant : aux dernières heures de la nuit, au cours d'une veillée funèbre, un homme tombe d'une fenêtre dans un panier de pain de mie américain et s'en tire indemne. L'idée plut à Duhamel. L'intrigue était des plus banales. J'y introduisis les deux détectives que j'avais imaginés en écrivant *La Reine des pommes :* Grave Digger et Coffin Ed : Fossoyeur et Ed Cercueil. « Quel titre lui donnez-vous ? demanda Marcel.

— Le Jaloux ne gagne jamais. »

Il me regarda droit dans les yeux, sourit et me tapota l'épaule comme d'habitude. « Cette fois je vous donnerai quatre cent vingt-cinq mille francs. La moitié tout de suite.

— Bravo.

— Et puis, dites donc, que veut dire : *A Five Cornered Square ?*

— Rien du tout. Un carré est tellement carré qu'il a cinq angles. »

Marcel éclata de rire. Minnie Danzas releva la tête. « En argot, un type comme votre cave s'appelle *La Reine des pommes*. »

Voilà d'où vint le titre de mon premier roman de la Série Noire.

10

Je terminai mon *Jaloux* le 1er mai. Duhamel signa un contrat et me donna le reste de l'à-valoir, le 3 mai. Dès la semaine suivante je lui présentai l'esquisse d'un autre roman et il me donna la moitié de l'à-valoir habituel en ce temps-là à la Série Noire. À la même époque, il vendit à Fawcett les droits sur *La Reine des pommes* et ne prit pas de commission. Je me trouvai donc posséder deux millions de francs. J'eus envie d'une voiture. Seuls Wright et Harrington en avaient une parmi les habitués du Tournon.

Marlène me conseilla la coccinelle Volkswagen : frais d'entretien négligeables, consommation minime, durée illimitée. Une neuve m'aurait coûté dans les sept cent cinquante mille francs, j'en cherchai une d'occasion. Il se trouve par hasard que Pops, le trafiquant de marché noir des Champs-Élysées, en connaissait une à vendre, celle de Beatrice Taylor, riche héritière américaine qui se l'était fait livrer à Nice en 1952 par le concessionnaire new-yorkais de Volkswagen ! Cette particularité aurait dû me mettre la puce à l'oreille. Il faut en effet être folle pour faire venir de cinq mille kilomètres une voiture fabriquée à moins de mille kilomètres. Mais Marlène tenait à une Volkswagen et, d'après les dires de Pops, celle-là ne serait pas chère. Il me conseilla d'offrir cent mille francs.

Je me renseignai sur le prix des Volkswagen de 1952 immatriculées en France. Elles valaient quatre cent cinquante mille francs.

Je pris contact avec la demoiselle Taylor et, prévoyant quelques marchandages, je lui proposai soixante-quinze mille francs. Elle accepta sur-le-champ. C'était trop beau. J'aurais dû réfléchir. Pis encore, à plusieurs reprises Mlle Taylor parla de sa « minable petite bagnole ». Peut-être avait-elle honte de nous la vendre. Elle était très jolie. C'est peut-être ce qui troubla mon jugement.

Dès le marché conclu en paroles, j'eus deux maîtresses : Marlène et ma coccinelle.

Il fallut d'abord faire dédouaner la voiture que la demoiselle Taylor avait importée en qualité de touriste et qui portait un numéro d'immatriculation provisoire. Je n'étais pas considéré comme touriste puisque j'avais une carte de séjour. Avant même de la faire dédouaner, Mlle Taylor devait demander à l'Office des changes l'autorisation d'importer l'auto. Or ce sont en général les importateurs et les membres du corps diplomatique qui demandent de telles permissions. Les fonctionnaires de l'Office des douanes nous mirent en garde contre des difficultés, d'autant plus que la voiture aurait dû être dédouanée depuis plusieurs années. Pour commencer, l'administration infligea une amende de vingt mille francs à Miss Taylor. Les formalités traînèrent pendant deux mois. Ma belle héritière avait pensé à vendre son auto pour retourner aux États-Unis. Elle remit plusieurs fois son départ et m'offrit à plusieurs reprises de me rendre mes soixante-quinze mille francs. Il me fallut faire intervenir des amis de Marcel Duhamel et même de Gaston Gallimard. Entre-temps je fis connaissance avec la précieuse coccinelle. C'était une décapotable grise, très vieillie : émail terni par le soleil et la pluie, chromes attaqués par la rouille, capote mal ravaudée, tapis de plancher à moitié pourri, pneus assez usagés. Mais Mlle Taylor m'assura que la batterie était neuve. Le compteur indiquait quelque cinquante-deux mille kilomètres. Lorsque j'en eus fini avec les douanes et Miss Taylor, avec l'Office des changes, il me fallut une carte grise. Pour l'obtenir, l'aval de l'Office des mines était nécessaire, ce qui prit un mois de plus. Cet Office exigea l'installation de clignotants et une modification des phares.

Lorsque j'eus tout payé, ma voiture me revenait à peu près à deux cent mille francs, auxquels s'ajoutèrent les trente-deux mille francs de prime d'assurance, et ce n'était pas fini. Je possédais un permis de conduire de l'État de New York, valable seulement pour les touristes. En qualité de résident, il me fallait un permis français. Je passai l'examen. Enfin je pris la route un soir pour essayer ma voiture aux environs de Paris. Au bout de trente kilomètres le moteur était tellement chaud que je craignis un incendie et les freins fonctionnaient mal. Dès le lendemain matin je conduisis donc ma voiture chez le concessionnaire Volkswagen de Neuilly. Dès le premier examen le chef mécanicien m'annonça que le carburateur, l'allumage et les freins étaient à revoir.

À son retour de Lichtenfeld, en janvier, Marlène m'avait apporté le nom d'un agent littéraire de Stuttgart : Herr Maxwell Geisenheyer. Nous avions correspondu depuis lors. Ma voiture en état, je lui écrivis que j'allais le voir. Nous annonçâmes aux Rachou que nous quittions notre chambre et nous partîmes pour Stuttgart de bonne heure le 1er juillet, assez tôt pour que la circulation ne fût pas trop intense.

À sept heures du matin nous avions parcouru quelque cent cinquante kilomètres quand j'entendis un choc comme si une pierre heurtait le plancher de la voiture. Puis la roue avant gauche se mit à osciller. Je crus que le pneu était crevé et freinai lentement. Mais je vis alors cette roue s'envoler devant l'auto, suivie par un essaim de boulons. Elle franchit un fossé et roula entre les arbres d'une forêt.

J'avais choisi une route secondaire pour ne pas être gêné par la circulation. Il n'y circulait même rien du tout. Marlène partit à pied pour le plus proche village situé à six kilomètres : trop petite agglomération pour que s'y trouvât un mécanicien. Mais elle fit de l'auto-stop pour atteindre le village suivant dont elle revint avec un mécanicien qui avait entretenu la voiture d'un général allemand en qualité de prisonnier de guerre. Il débloqua l'essieu à coups de burin et de maillet pendant que nous cherchions la roue dans le sous-bois, ce qui nous prit une bonne demi-heure. Puis le mécanicien la remit en place en prélevant un boulon sur chacune des trois autres roues.

J'en eus pour mille huit cents francs. Une centaine de kilomètres plus loin la roue était si chaude que je m'arrêtai au premier garage. Toute une famille de mécaniciens — le père, la mère, le fils, la fille — se précipita sur la roue. Je vis au premier coup d'œil que ces bouseux n'y comprenaient rien mais ils m'auraient lynché si j'étais intervenu. Ils dévissèrent la roue, la remirent en place, me demandèrent sept cent cinquante francs que je payai volontiers pour leur échapper. Au carrefour suivant j'avisai un garage Citroën où je laissai ma voiture pendant que Marlène et moi allions déjeuner au restaurant. À notre retour la roue était en place, j'en eus pour sept cents francs. Tout alla bien jusqu'à Strasbourg où nous passâmes la frontière pour dîner et coucher dans un village, vingt kilomètres plus loin. Cette fois encore je remarquai combien Marlène changeait dès qu'elle arrivait dans son pays. Le lendemain matin après avoir pris un énorme petit déjeuner à l'allemande, nous partîmes pour Stuttgart. Il me restait à peu près un million de francs en poche.

11

J'avais une voiture allemande immatriculée en France et un permis de conduire français, une maîtresse allemande et un éditeur français ; j'étais maître de moi-même, alors que mes frères d'âme — Richard Wright, William Gardner Smith, Ollie Harrington et ce phénomène de James Baldwin — dépendaient encore des États-Unis.

J'arrivai donc à Stuttgart en pleine euphorie et pris aussitôt contact avec Herr Geisenheyer à qui je racontai d'abord les soucis que me donnait ma Volkswagen. Partisan fanatique de cette marque, il téléphona à tous les concessionnaires de la ville. C'est le sept ou huitième qui consentit à s'occuper de ma coccinelle.

Inutile de préciser que Marlène me servait d'interprète. Elle était ravie de se trouver à Stuttgart, peut-être parce que l'agent littéraire s'intéressait à elle. Par la suite je constatai que tous les Allemands prenaient avec elle un ton d'intimité bon enfant. Sans doute la considéraient-ils comme une fille facile parce qu'elle vivait avec un Noir.

On travailla sur mon auto pendant trois jours.

Herr Geisenheyer nous invita plusieurs fois à dîner et nous parcourûmes la ville. Tard un soir, je dis à Marlène : « Si les tracas étaient de l'argent, je serais millionnaire. » Je ne suis pas l'auteur de cette trouvaille : titre d'un vieux blues que chantait jadis Bessie Smith. Marlène se serra contre moi et j'ajoutai en lui caressant les cheveux : « Voilà le titre de mon prochain roman : *Si les ennuis étaient de l'argent.* »

Le lendemain je réglai mes affaires avec l'agent littéraire, c'est-à-dire que je lui remis un exemplaire de *S'il braille, lâche-le, La Croisade solitaire, La Troisième génération* en anglais et *La Fin d'un primitif* en français. J'aurais voulu mettre immédiatement le cap sur Hambourg mais Marlène insista pour que nous passions à Lichtenfeld voir son père. Je la soupçonnais depuis longtemps d'éprouver un amour excessif pour Herr Behrens. À ce moment-là, je réalisai qu'elle tenait surtout à gagner son estime. C'est pourquoi elle voulait m'exhiber, montrer que j'avais du succès, que j'étais sérieux, que j'écrivais des livres, que j'avais des contrats avec des éditeurs, que je possédais une voiture, donc que j'étais un parti convenable. Des détails comme ceux-là m'attendrissaient presque aux larmes.

À cent kilomètres de Stuttgart, il sortit de la fumée de l'arrière de la voiture (où se trouve le moteur). Je m'arrêtai devant une auberge routière pour laisser refroidir. À Stuttgart on m'avait changé le moteur, ce qui m'avait coûté soixante-quinze mille francs. Il était garanti pour trois mois. Peu m'importait donc qu'il brûlât.

Nous repartîmes à petite vitesse. La famille de Marlène nous accueillit avec autant d'amabilité que la première fois. On me logea même dans une chambre à l'étage au-dessus de celui des filles. Herr Behrens me fit dire par Marlène que si je continuais de venir ainsi avec sa fille il serait obligé d'annoncer que nous étions mariés. Elle jubila, son père rougit, je ne répondis rien du tout. J'étais parfaitement à l'aise.

Le lendemain matin j'allai au garage Volkswagen présenter mon bulletin de garantie et demandai un examen immédiat parce que le moteur chauffait trop. Cette fois encore Marlène parla au mécano comme s'il était son amant. Peut-être hommes et femmes allemands se parlent-ils toujours ainsi. Le mécanicien prit une demi-heure et me demanda vingt-neuf marks cinquante pour son travail. Il avait changé, dit-il, le refroidisseur d'huile.

Nous retournâmes déjeuner chez les Behrens et elle leur annonça que nous allions au Danemark voir un de mes amis et que nous y resterions à peu près trois mois : le temps d'écrire un roman. Les Behrens parurent soulagés à la perspective d'un départ aussi proche. Je leur précisai que mon ami était baron, le baron Palas Rosencrantz que j'avais connu aux États-Unis. Le père eut l'air incrédule. La mère parut me croire.

Nous partîmes après déjeuner et je roulai jusqu'à minuit. En ce temps-là l'autoroute n'allait que jusqu'à Hambourg. Je bifurquai donc sur Flensbourg, à la frontière du Jutland, où nous passâmes la nuit. Marlène était aux anges à l'idée de traverser l'Allemagne en voiture. Ses parents n'en possédaient pas et ne savaient même pas conduire, ce qui était rare dès cette époque chez les Allemands. Elle devait se prendre pour une aventurière fonçant vers l'inconnu en compagnie d'un Américain noir deux fois plus âgé qu'elle. Quant à moi j'avais hâte de m'installer à Copenhague ou dans les environs ; je comptais y vivre pour peu et travailler en paix. C'est dans cet état d'esprit que nous arrivâmes à Copenhague.

Mon ami Rosencrantz habitait un vaste appartement au premier étage d'un énorme ensemble immobilier bâti autour d'un jardin à la française. Il nous accueillit comme s'il nous attendait. Je ne lui avais pourtant pas annoncé notre arrivée.

Pendant qu'il préparait du café, une jolie Américaine noire, Mabel, nous rejoignit au salon en peignoir de soie. Il se trouve que je l'avais connue à Paris, peu après mon retour de New York. Institutrice d'un patelin quelconque de l'État de New York, elle passait au Danemark ses vacances sabbatiques. Je lui présentai Marlène comme ma femme. Je crus comprendre qu'Inès Rosencrantz, alors en voyage, consentait à ce que Mabel partageât le lit de son époux. En revenant il lui jeta un coup d'œil réprobateur quand il la vit avec nous et elle s'éclipsa.

Mon ami Palas, Timme pour les amis, venait de perdre son père dont il nous parla pendant que nous buvions son café. Ce père avait écrit des romans à l'eau de rose qui se vendaient comme des petits pains au Danemark mais il ne laissait pas d'héritage à son fils. Pour conserver son titre de baron, Timme aurait dû payer un droit plus élevé que ne lui permettaient ses moyens. La traduction en danois de *S'il braille, lâche-le* avait paru en 1947. Timme ne l'avait pas lue mais il m'assura que son ami Hermann, ancien éditeur, m'en procurerait facilement un exemplaire. Hermann était l'époux de Mattie Peters, l'une des trois célèbres Peter Sisters. Je ne les avais jamais vues qu'à la télévision ou au cinéma.

Dès le lendemain nous fîmes la tournée des agences de location et nous louâmes meublée une agréable maisonnette d'un étage où nous emménageâmes le surlendemain. Entre-temps Mattie Peters donna une réception en notre honneur. Y assistèrent plusieurs nièces de Timme avec leurs maris et une sœur de Mattie : Anne, qui arrivait de Genève. Elle était désormais trop grosse pour la scène et le petit écran.

Aussitôt installés dans notre nouvelle maison à Hoersholm je me mis au travail et je pénétrai d'emblée dans un monde de ma création. Je croyais aux histoires que j'écrivais. J'en étais ému et troublé mais je restais constamment maître de mes personnages, alors que dans le monde réel où je vis, je suis toujours soumis à d'innombrables contraintes et vicissitudes.

J'écrivais avec plaisir. Je voyais réellement chaque scène et j'entendais parler mes personnages. Toutes leurs idées étaient celles que j'aurais eues dans leur situation. J'étais capable de me glisser dans leur peau à tous : mes détectives, mes gangsters adolescents, les putains, toute la multitude noire de Harlem.

Il m'arriva souvent de penser en ce temps-là combien Marlène menait avec moi une vie précaire et saugrenue. De temps en temps je me livrais à des actes imprévisibles. Il arriva par exemple qu'un jour Marlène acheta un poulet congelé. Fier de mes talents culinaires je me chargeai de le faire rôtir. Il sortit du four tellement dur et élastique que nous ne parvînmes pas à le couper. Quand je le jetais sur le carrelage il rebondissait comme un ballon de football. Je le remis au four espérant le rendre croustillant. Au lieu de se carboniser il devint encore plus dur. Je le fis bouillir pendant trois jours. L'extérieur devint pâteux mais l'intérieur continua à résister au couteau. Il rebondissait toujours comme un ballon. Extrêmement vexé, je le jetai à la boîte à ordures. Le lendemain matin je vis un chien s'enfuir, les dents coincées dans la chair de ce maudit poulet.

Une autre fois j'allai seul chez le coiffeur. Je m'expliquai mal évidemment; peut-être ce merlan voulut-il me jouer un mauvais tour. En tout cas il me tondit un large sillon au milieu du crâne. Je payai, retournai chez moi et me rasai toute la tête. « Tu as l'air d'un bagnard », dit Marlène lorsqu'elle me revit. Loin de perdre ma virilité comme Samson, cet incident me rendit au contraire plus passionné. Je me demande encore pourquoi.

Nous invitâmes quelques amis : Mattie Peters, Mabel et son mari, quelques Danois, Rosencrantz et ses nièces qui d'ailleurs vivaient près de chez nous à Hoersholm. Nous bûmes énormément de punch. En un rien de temps Mattie et Mabel organisèrent une partie de passe anglaise. Le punch m'éteignit complètement. De toute cette soirée je me rappelle seulement que Mabel me demanda de lui acheter quelques chèques de voyage puis s'éclipsa avec un Danois. Une nièce de Timme nous raccompagna ainsi que Mattie.

Ma voiture était encore en panne. Le lendemain j'écrivis à la direction des usines Volkswagen pour me plaindre de ma coccinelle. Je racontai tous mes malheurs depuis la première sortie dans la banlieue de Paris. Une riche veuve, avide d'hommes, nous invita à dîner. Je me soûlai hideusement, me rendis ridicule, partis furieux contre tout le monde, fis une scène à Marlène qui éclata en sanglots. Je me remis au travail dès le lendemain.

Je dois avouer que pendant les cinq ans où j'écrivis les six premières histoires de brigands pour la Série Noire, je parcourus l'Europe en quête d'un endroit qui me conviendrait. On m'aida beaucoup. Je ne m'en rendis compte que par la suite. Marlène me fut indispensable mais ma jalousie nous rendait aussi malheureux l'un que l'autre. Je ne fus jamais à l'aise nulle part, en grande partie parce que je fus incapable d'apprendre la langue des pays où nous habitions et aussi parce que je détestais tous les Blancs. Je vivais sans aimer personne, ni Blancs ni Noirs, avec une jeune femme que je soupçonnais tout le temps d'infidélité. Mais j'avais le cerveau en ébullition; j'écrivais comme les oiseaux chantent. Les mots me venaient immédiatement. J'avais en tête la totalité de ce que j'avais écrit et de ce qui restait à écrire. Je conduisais toujours en état d'ivresse et je me rafraîchissais au cognac, de même quand j'écrivais. Mais j'étais paresseux et ne travaillais que lorsque l'argent se faisait rare.

Le 7 août 1957 je reçus une réponse du directeur des usines Volkswagen, m'indiquant que la Skandinavisk Motor Co. de Copenhague prendrait contact avec moi. Le 12 août, cette Motor Co. m'écrivit pour me demander de prendre rendez-vous par téléphone. J'obtempérai. Après inspection de ma voiture on rechemisa deux cylindres et remplaça quatre pistons gratuitement.

Je terminai *Si les tracas étaient de l'argent* vers la mi-septembre. Il me fallait reprendre contact avec Duhamel. Je ne voyais plus personne autour de moi : ni Mattie Peters, ni Timme Rosencrantz, ni ses nièces, ni la riche veuve, ni aucun Danois dont j'avais fait connaissance.

Quand je pense à cette époque, il me semble qu'hormis mon travail d'écrivain, je n'eus que deux préoccupations : faire l'amour avec Marlène, ce qui devait l'ennuyer la plupart du temps, et maintenir ma coccinelle en état de marche.

Le lecteur pensera peut-être que cette petite tire d'occasion occupe trop de place dans mon autobiographie. Elle me passionnait. Mon père enseigna la mécanique automobile au collège Alcorn de 1917 à 1918, quand j'avais huit et neuf ans, longtemps avant qu'on fabriquât des Volkswagen, et j'ai appris à conduire dès cet âge-là. Ma coccinelle me lançait un défi. Je tenais absolument à la faire marcher. Je n'écrivais que lorsqu'elle m'en laissait le temps.

Après avoir rendu sa maison au propriétaire nous quittâmes Hoersholm de bonne heure un matin sous une véritable tempête. Le vent arracha la capote de l'auto. Je conduisis pourtant avec joie sous la pluie, soûl au schnaps. Ma voiture roulait !

Au retour nous nous arrêtâmes chez les parents de Marlène. Je fis réviser ma voiture par le concessionnaire Volkswagen de Lichtenfeld. Le remplacement de la capote me coûta trente-cinq mille francs.

La mère de Marlène, Clémentine, fut encore plus aimable que d'habitude. Elle donna une réception en notre honneur dans la galerie d'art au rez-de-chaussée et la salle des disques au sous-sol. Elle prit de nombreuses photos de Marlène et moi. Plus que jamais elle m'attira. Si mes souvenirs sont bons, nous ne vîmes le docteur Behrens qu'à notre arrivée et lorsque nous prîmes congé, trois jours plus tard.

Arrivés à Paris, vers la fin de septembre, nous retournâmes tout droit rue Gît-le-Cœur. Pendant notre absence, M. Rachou était mort. Il venait d'acheter une D.S. d'occasion et le dimanche après-midi il était allé chercher des amis à Saint-Germain-en-Laye. Au retour une auto avait télescopé la sienne à un carrefour. Marlène resta longtemps auprès de Mme Rachou pour la consoler mais elle était inconsolable. Belle de son village, elle avait épousé ce grand diable taciturne qui avait consacré sa vie à la rendre heureuse. En mourant il la laissait riche mais extrêmement malheureuse.

Pendant que Marlène berçait le chagrin de Mme Rachou, j'allai chez Gallimard remettre le manuscrit de mon roman. Duhamel n'était pas là. C'est donc Minnie Danzas qui me reçut. Bien qu'elle parlât parfaitement l'anglais, elle ne me disait jamais grand-chose. J'avais l'impression qu'elle me cachait un secret.

Pendant la semaine qui suivit, j'appris que *La Reine des pommes* avait un succès inattendu avant de paraître. On en parlait partout. Duhamel hésitait encore à lancer ce roman. Il savait que les lecteurs habituels de la Série Noire étaient pour la plupart des racistes ignares habitués aux célèbres auteurs de romans policiers blancs : Peter Cheyney, Dashiell Hammett, Raymond Chandler. Quant aux intellectuels, ils me reprocheraient, pensait Marcel, d'écrire un livre contraire à la tradition établie par Richard Wright d'après laquelle le Noir américain ne peut être qu'une victime et la France, sa terre d'asile, quoi qu'il lui arrive lorsqu'il y vit. À ce moment-là j'ignorais les inquiétudes de Duhamel. Je ne savais pas non plus quelles jaquettes Jean Cocteau, Jean Giono, Jean Cau avaient écrites pour mon roman. Elles étaient tellement élogieuses que Duhamel n'osait pas les publier. Plus tard seulement j'appris tout cela et je compris qu'il avait traité l'affaire magistralement.

À son retour il me signa un contrat pour mon dernier roman sur lequel il me donna une avance et il régla tous mes comptes. Il ne s'étendit pas sur le retard au lancement de *La Reine des pommes* déjà imprimé, présenté à de nombreux critiques mais pas mis sur le marché. Il me demanda si j'avais un projet en tête. Je lui avouai que je pensais vaguement à un roman policier dont l'action se passerait en Espagne. Cela ne lui plut guère et il me conseilla de m'en tenir à mes histoires de Harlem. Je promis d'y réfléchir et il m'invita à dîner avec mon amie parce que sa femme avait envie de me connaître. Je savais que lui-même était intrigué par Marlène avec qui il s'était entretenu plusieurs fois au téléphone. Je lui demandai si je pourrais profiter de cette occasion pour lui faire connaître un frère d'âme et sa femme. Je pensais à Walter et Torun. Il accepta très volontiers et se dit prêt à inviter tous mes amis. Je lui conseillai le restaurant Haynes & Gaby, rue Manuel, où nous ferions un repas afro-américain. Il accepta encore mais en disant qu'il connaissait fort bien cette nourriture parce qu'il avait fréquenté les restaurants de Harlem.

J'invitai Walter. Il accepta à condition qu'Ollie vînt aussi. Je le soupçonnai de souhaiter que cet ami suscite ma jalousie au sujet de Marlène mais je consentis.

Nous étions donc six. On nous donna la table d'honneur. Ollie se conduisit parfaitement bien au grand regret de Walter. Leroy et Gaby furent enchantés de faire connaissance avec Marcel et Germaine Duhamel. Leroy est un personnage exceptionnel : un titan noir de quelque cent vingt kilos, aux biceps plus gros que mon cou. Il se disait diplômé de l'université Columbia et ancien capitaine de l'armée américaine en Allemagne. Dès le premier contact, il ensorcela Duhamel par ses histoires et ses souvenirs. En ce temps-là Mezz Mezzrow fréquentait assidûment le restaurant de la rue Manuel. Il connaissait les Duhamel depuis longtemps. Bref tout le monde fit des épates pour retenir l'attention de mon éditeur, personnage considérable en France.

Marlène s'était assise à côté de Germaine qui ne parlait pas anglais. Ollie lui adressa à peine la parole. En peu de temps Walter et Ollie accaparèrent Duhamel. Ollie ne parlait pas français et il ne pouvait donc s'entretenir avec Germaine, aussi raconta-t-il quelques bonnes histoires de Harlem dont je me servis par la suite dans mes romans et je me demande si Duhamel les reconnut. Peut-être pas, car ce soir-là il s'intéressa plus à Walter qui pérorait sur les procédés de peinture sur soie.

Me sentant tenu à l'écart, je fus pris d'une crise de rage, me levai et me mis à brailler en argot de Harlem. Mes ennuis de voiture y étaient peut-être pour quelque chose. Duhamel ne fut nullement impressionné. Germaine parut ne pas remarquer ce qui se passait. Ollie était gêné. Walter prit une expression amusée, suggérant qu'il avait prévu mon éclat. Mezzrow s'approcha de notre table comme s'il voulait protéger ses amis des assauts d'un forcené. Leroy me posa paternellement une main sur l'épaule et me fit rasseoir. S'il avait insisté, ma chaise et moi serions passés à travers le plancher. Mais je n'en fus pas vexé car il s'y prit si habilement que personne ne remarqua son intervention.

Le lendemain Duhamel me téléphona pour me demander de passer le voir. Je me rendis immédiatement à son bureau. Il pensait alors à publier des romans de sa Série Noire en bandes dessinées et comptait embaucher Walter. Il me sembla que mon ami ne ferait pas l'affaire mais je me gardai bien de le lui dire. Je le soupçonnais de vivre aux crochets de Torun et la seule de ses œuvres que j'avais vue était la décoration d'un bar, rue Mazarine. Enfin Marcel me demanda de lui envoyer Walter. Je fis immédiatement la commission et je ne revis plus mes amis jusqu'à la veille ou l'avant-veille de mon départ pour l'Espagne avec Marlène.

En réponse à ma deuxième lettre de réclamation, les usines Volkswagen m'indiquèrent qu'un certain monsieur Slotosch, ingénieur du service après-vente, se trouvait chez leur concessionnaire de Neuilly, procéderait à l'examen de ma voiture et prendrait toutes les mesures nécessaires. Entre-temps j'eus un accident place de l'Opéra, le 19 septembre. Je transmis le *constat* à ma compagnie d'assurances et conduisis ma voiture à Neuilly. Herr Slotosch fit une quinzaine de kilomètres au bois de Boulogne avec ma voiture, mesura la consommation d'essence et m'assura que désormais le moteur ne me donnerait plus aucun ennui.

La Librairie Plon qui avait publié *La Troisième Génération* l'année précédente apprit que j'étais à Paris et m'invita aux cérémonies fêtant la publication du deux centième roman de sa collection Feux Croisés. Cet éditeur comptait sur moi parce que ses autres auteurs américains, notamment Merle Miller et Tennessee Williams, n'étaient pas à Paris.

Les festivités durèrent trois jours. La première eut lieu chez M. Maurice Bourdel, président-directeur général qui vivait dans un grand appartement sous le dôme de sa maison d'édition, rue Garancière. J'y allai avec Marlène que je présentai comme ma femme. Peut-être avons-nous rencontré ce jour-là tous les écrivains célèbres vivant à Paris mais je me rappelle seulement Rebecca West parce que j'avais lu quelques-uns de ses livres, Kazantzakis parce qu'un film tiré d'un de ses romans avait alors beaucoup de succès à Paris et Mme Lisboa épouse d'un milliardaire portugais et auteur d'un best-seller de la collection Feux Croisés. Je m'étais mis sur mon trente et un : chemise blanche à rayures bleues, complet bleu marine, cravate rouge à rayures grises. Mais je n'engageai la conversation avec personne. Ceux qui voulaient me parler devaient faire le premier pas et s'adresser à moi en anglais. Seule Rebecca West prit cette peine. Je lui dis que je partais pour Majorque, afin d'écrire un roman. « Personne n'a jamais écrit aux Baléares », me dit-elle.

Marlène fut plus à l'aise que moi à cette réception. Elle se lia instantanément avec Mme Kazantzakis. Beaucoup plus jeune que son mari, elle me fit l'impression d'être issue d'une famille pauvre. C'est d'ailleurs ce qu'elle avoua à Marlène. Elles passèrent tout l'après-midi ensemble. Je regrettai d'avoir accepté cette invitation. En fin de compte je n'en tirai qu'une seule satisfaction. Tous les habitués du Tournon étaient au courant et en furent tellement jaloux qu'ils abandonnèrent notre café favori pendant la semaine.

Dick avait acheté une ferme à la campagne et y séjournait à ce moment-là. Je ne l'avais guère vu depuis son retour du Ghana. Son livre, *Black Power*, n'avait pas grand succès. Les Africains n'aimaient pas ce qu'il avait écrit au sujet de leur genre de vie et de leurs coutumes mais ils le raillaient sans le maudire. Dick n'avait pas publié de livre dans la collection Feux Croisés et il m'enviait. Il savait aussi que je vivais avec Marlène qui ne lui plaisait pas.

Quelques jours plus tard mes frères d'âme rallièrent leur rendez-vous habituel au Tournon. Je n'avais pas revu Walter depuis que je l'avais envoyé chez Duhamel mais on parlait beaucoup de lui. On racontait qu'il était sur la voie de la fortune et qu'il employait les meilleurs artistes blancs du quartier Latin. Cette idée me paraissait extravagante car Duhamel n'aurait pu, me semble-t-il, faire les frais d'une entreprise à aussi grande échelle.

Le lendemain de la réception chez Plon, c'est Mme Lisboa qui invita les auteurs de la collection Feux Croisés chez elle, avenue Foch. La somptuosité de son appartement m'étouffa et je m'éclipsai au bout de quelques minutes. Marlène en fut dépitée.

Le troisième raout eut lieu dans la grande salle de l'Alliance française, boulevard Raspail. Dès notre arrivée Mme Annie Brierre, qui avait fait publier *La Troisième Génération* chez Plon et en avait écrit la préface, nous prit en main. Je ne l'avais pas vue depuis que Marlène était entrée dans ma vie. Force me fut de la présenter comme ma femme. À cet instant je me rappelai la réflexion qu'elle m'avait faite en me quittant lors de notre premier entretien chez elle au sujet des malheureux Noirs américains qui se liaient à Paris avec « des femmes de la pire espèce ». Elle n'en fut pas moins fort amène avec Marlène que je laissai en sa compagnie lorsque je montai sur le podium.

Six auteurs s'y assirent, trois de chaque côté du P.-D.G. Maurice Bourdel. Les photographes de presse firent de nombreux instantanés et de jolies jeunes femmes très décolletées posèrent un microphone devant chacun de nous. Mme Lisboa parla la première ; je ne compris évidemment pas un mot. Puis ce fut le tour de Kazantzakis. Comme il était presque aveugle et en très mauvaise santé, un jeune homme lut son discours. Vint ensuite un écrivain espagnol, Gironella, auteur d'un livre qui n'avait pas paru dans son pays bien qu'il eût un grand succès en Amérique. Je ne compris rien à ce qu'il disait, souris quand les autres souriaient et applaudis de même. Je ne me rappelle plus qui fut le quatrième orateur. Rebecca West parla la cinquième et moi le dernier. Je me contentai de lire une page dactylographiée en anglais vantant les accomplissements de Plon et de M. Bourdel. Je recueillis quelques rares applaudissements sans conviction, notamment ceux de Marlène que je distinguai dans l'assistance auprès de Mme Brierre. Les discours terminés, les journalistes se précipitèrent sur les écrivains pour les interviewer séparément. Je parvins à m'éclipser, pris congé de Mme Brierre et m'en allai avec Marlène vers le boulevard Montparnasse.

Aucun journal de Paris ne cita mon nom dans le compte rendu de cette cérémonie, pas même le *New York Herald*. Mais la semaine suivante *Les Lettres françaises* me consacrèrent un article sans citer les noms des autres participants à la cérémonie.

Le lendemain, un dimanche, nous étions assis au Sélect, boulevard Montparnasse, lorsque apparurent Walter et Torun avec un couple de Français. Walter fêtait son grand succès en qualité de dessinateur en chef de la Série Noire. Il me confia : « J'ai commandé une Alfa Romeo bleu ciel. Cinq artistes travaillent pour moi. » Nous partîmes le lendemain pour l'Espagne.

12

Ce séjour à Majorque fut encore une absurdité. Rebecca West avait dit vrai : « Personne n'écrit à Majorque. » Nous n'avions pas encore quitté la France que ma maudite Volkswagen me lâcha. Encore une bielle coulée ! J'arrivai péniblement au garage Monopole de Perpignan. J'obtins du directeur qu'il appelle Herr Slotosch pour lui signaler cette nouvelle calamité. Ce dernier enjoignit au concessionnaire d'accorder toute son attention à ma voiture, de démonter le moteur immédiatement, de remplacer toutes les pièces défectueuses aux frais des usines Volkswagen. Puis il présenta ses excuses à Marlène par téléphone, ce qui donna encore des idées de grandeur à cette gamine.

Nous passâmes la fin de l'après-midi, la nuit et la journée du lendemain à Perpignan, arrivâmes à Barcelone le surlendemain et prîmes aussitôt le ferry-boat pour Majorque.

Avant de quitter Paris j'avais dit à Duhamel que je me proposais d'écrire un livre intitulé *La Robe rose*. Je lui écrivis que je changeais de titre en : *Il plut pendant cinq jours*. C'était encore un vers d'une chanson de Mamie Smith : « ... il plut pendant cinq jours et il y eut du grabuge cette nuit-là sur les basses terres. » Cette idée plut à Duhamel qui me promit une avance. Il n'attendait pourtant pas grand-chose d'une histoire au sujet d'Alva qui se déroulerait en Espagne. Encore une absurdité. En 1954, quand je vivais à Majorque avec Alva j'avais écrit un livre au sujet de Vandi ; de retour sur la même île avec Marlène, je voulais écrire un livre au sujet d'Alva. Le plus cocasse c'est que Marlène s'y trompa : elle se prit pour mon inspiratrice et mon héroïne.

La seule chose importante que nous fîmes à Palma ce fut d'acheter un chiot : un setter roux, à une certaine baronne Nancy Green dont Marlène fit connaissance en débarquant. Puis nous partîmes pour Puerto de Pollensa où j'avais vécu avec Alva. Nous y prîmes un appartement au premier étage avec vue sur la baie. Il faisait beau. Je repris contact avec Roch Minué et sa femme. Tous deux parlaient français et prirent gentiment Marlène sous leurs ailes. Pendant notre séjour, il exposa au cercle des Beaux-Arts de Palma et je me demande encore pourquoi je n'allai pas à son exposition. Il continuait à peindre les mêmes marines, les mêmes bateaux échoués sur la baie et les mêmes paysages ensoleillés. Sa femme apprit à Marlène comment préparer les calmars et je lui en serai éternellement reconnaissant.

Nous rencontrâmes Damien Corbet dans une rue de Palma. Je lui présentai Marlène comme ma nouvelle épouse. Ce fut le coup de foudre. Il nous conduisit immédiatement chez lui pour nous présenter à sa femme à laquelle Marlène déplut. Mais ça n'empêcha pas Damien de nous courir après et de se rendre ridicule. Que tant d'hommes âgés lui fissent la cour enchantait Marlène. Cela m'amusait et j'oubliais que j'étais moi-même un homme âgé. Quand je m'en rendis compte je redevins jaloux.

Au début de décembre il fit très froid. Je me rappelle que nous avons passé presque tout notre temps à chercher les moyens de nous réchauffer. Nous parcourions les plages des environs en voiture et entassions du bois d'épaves sur le siège arrière. Nous emmenions toujours notre petit chien Mickey avec nous. Il nous quittait pour poursuivre les chèvres sur les collines. Sans doute les prenait-il pour des chiens. Il fallut le tenir en laisse parce qu'il y avait aussi des moutons et les chiens bergers l'auraient égorgé. Nous achetâmes du bois. Il était très cher, mouillé et même bourbeux. Par bonheur Roch Minué nous en procura du meilleur. Je m'efforçai d'écrire, mais en vain.

Je retrouve le double d'une lettre que j'écrivis à Carl Van Vechten, le 19 décembre 1957, et je me demande encore pourquoi je lui mentis : « Excusez-moi, je vous prie, de ne pas vous avoir encore parlé de ma femme. Nous nous sommes mariés en décembre de l'année dernière dans son pays. Elle est allemande. Son père, Herr Doktor Behrens, possède une librairie-galerie d'art à Lichtenfeld, en Westphalie. Ses parents sont des gens charmants et exceptionnellement sympathiques... » Après avoir longuement vanté toute la famille Behrens, y compris les deux filles et le garçon, je lui racontai tout ce qui m'était arrivé depuis ma dernière lettre en insistant comme toujours sur mes démêlés avec mes éditeurs. Je me réjouissais de ne plus avoir besoin de ceux d'Amérique depuis que je publiais directement dans la Série Noire des éditions Gallimard. Enfin je lui exposai le thème d'un livre auquel je pensais et dont tous les éditeurs américains avaient refusé le projet.

Il s'intitulait *Un cas de viol*. C'était l'histoire de six Noirs américains et d'une Américaine blanche, vivant tous à Paris. L'un de mes personnages a eu une liaison avec cette femme. Ils se sont séparés sans rancune et voilà qu'un dimanche elle lui rend visite dans sa chambre d'hôtel. Alors qu'elle s'y trouve, quatre amis y arrivent pour jouer au poker comme tous les dimanches. Cette femme étant présente, ils s'abstiennent de jouer et se contentent de bavarder. Tous se montrent courtois et diserts. Elle s'amuse. Ils boivent du whisky et elle du xérès.

Il se trouve que celui qui habite la chambre se livre à des expériences sur la cantharidine. Il cherche la proportion exacte que l'on peut mélanger au xérès sans danger, pour obtenir un aphrodisiaque inoffensif. Mais il ne l'a pas encore trouvée et il y a dans la pièce une bouteille de xérès contenant une dose mortelle de ce poison.

Par erreur, la femme prend cette bouteille et se sert. Elle éprouve en un instant les brûlures atroces que provoque ce poison, arrache ses vêtements et veut se précipiter par la fenêtre. Les cinq hommes l'en empêchent. Les voisins d'en face voient la lutte, constatent qu'il s'agit de plusieurs Noirs et d'une femme. Ils appellent la police. La femme meurt. On arrête les cinq Noirs.

Le narrateur du roman serait un sixième Noir, écrivain américain expatrié. Il entreprend de démontrer que lorsqu'on accuse des Noirs d'avoir violé une Blanche, il s'agit toujours d'une manœuvre politique. Il ne démontre rien d'ailleurs. Mais au cours de ses recherches il se rend compte des manigances de certains politiciens qui se servent de lui. Cela l'amène à réfléchir sur sa vie et sur la tâche qu'il a entreprise.

Les biographies des cinq Noirs, l'étude de leur caractère et les raisons pour lesquelles ils se sont tous trouvés dans cette même chambre à ce même instant fatidique constituent l'essentiel du roman.

Ce livre, j'ai fini par l'écrire, plus tard, et il a paru à Paris sous le titre *Une affaire de viol*.

Lors d'un voyage à Palma nous fîmes connaissance avec un jeune Américain blanc qui surveillait les entrepôts où la marine américaine conservait outils, munitions et explosifs. Elle s'était chargée de faire sauter le sommet de Puig Mayor, le plus haut sommet de Majorque, pour y installer un radar géant à l'intention de l'O.T.A.N. Malgré son âge, ce jeune homme, Hill, était un alcoolique invétéré. Il sifflait une bouteille d'eau-de-vie à son réveil et continuait à en boire toute la journée mais il n'avait jamais l'air ivre et paraissait toujours de bonne humeur. C'est lui qui nous aborda dans la rue en disant qu'il avait déjà fait connaissance avec moi sur le boulevard Montparnasse.

Il était marié avec une très belle Espagnole, sœur d'un officier. Marlène s'entendit fort bien avec cette femme mais elle était fascinée par Hill. Je ne tardai pas à en prendre ombrage. J'en vins même à l'accuser d'infidélité, ce qui était absurde car ce malheureux poivrot n'était même pas capable de satisfaire sa jeune épouse.

Avant de partir pour Lichtenfeld afin d'y fêter

Noël, nous achetâmes à bon marché à Palma des cadeaux qui coûtaient un prix fou en Allemagne : mouchoirs pour Clémentine, mules pour M. Behrens, pâtes d'amande en abondance pour les enfants. Ma voiture marchait enfin. Je conduisis toute la nuit, toute la journée, toute la nuit suivante en ne m'arrêtant que de temps en temps au bord de la route pour un petit somme. Nous arrivâmes l'après-midi de Noël. Je me couchai immédiatement. Nous ne fêtâmes la Noël que le lendemain. Comme d'habitude tout le monde fut charmant avec moi. Heureusement personne ne parla de jouer de la musique.

Le 27 décembre je me rendis à Wolfsburg pour répéter mes doléances à la direction des usines Volkswagen. Aucun directeur n'était là. Je parvins quand même à trouver un cadre des services après-vente, Herr von Mikolsky, qui me demanda d'amener ma voiture le lendemain matin à sept heures.

Nicholas tint absolument à nous accompagner le lendemain à Wolfsburg. Le père y consentit s'il promettait d'être docile et de se tenir tranquille. On me demanda de laisser ma voiture jusqu'après déjeuner. Nous allâmes au restaurant. Nicholas en fut enchanté. À deux heures, la voiture n'était pas prête, Herr von Mikolsky avait l'air bizarre. Il me demanda de lui accorder encore une ou deux heures. Nous ralliâmes un groupe de touristes qui visitaient l'énorme usine puis nous retournâmes au service après-vente. Notre voiture n'était toujours pas prête. Nous attendîmes longtemps dans un vestibule. Nicholas se glissa dans l'usine pour voir ce qu'on faisait à mon auto. À son retour il dit : « Tout le moteur marche mal. » Je m'en doutais depuis longtemps.

La nuit tombait. C'était le dernier jour de travail avant le congé du jour de l'An. Vous vîmes des ouvriers s'en aller chez eux. Nous attendions toujours. Une petite équipe restait pour nous après l'heure.

Enfin, longtemps après sept heures, Herr von Mikolsky vint annoncer que la voiture était prête et qu'on y avait posé un autre moteur tout neuf. Il permit à Marlène de téléphoner chez elle. Notre retard inquiétait sa famille. Le coup de téléphone la rassura.

Nous arrivâmes à Lichtenfeld après minuit. Le lendemain je rappelai à Marlène que nous avions rendez-vous avec Hill et sa femme pour le réveillon du jour de l'An. Nous partîmes donc pour l'Espagne le soir du 29 décembre.

Pendant notre absence il avait neigé. Tout Majorque était peint en blanc. Je pris une cuite mémorable chez Hill. Marlène eut peur de me laisser conduire sous la neige dans cet état et voulut passer la nuit chez nos amis. Je m'y opposai, l'emmitouflai dans la voiture et partis pour Puerto de Pollensa. Il s'en fallut de peu que je n'écrase un garde civil qui s'était dressé au milieu de la route pour m'arrêter, je ne sus jamais pourquoi. Après ça je restai trois jours au lit.

Dès que je fus capable d'écrire j'envoyai une lettre à Duhamel pour lui demander une avance. Il était alors impossible d'envoyer de l'argent hors de France. Il fallut donc que j'aille chercher à la poste de Perpignan une lettre contenant un chèque de cent mille francs. Ce fut un exploit : trajet en voiture jusqu'à Palma, en avion jusqu'à Barcelone, en taxi de l'aéroport jusqu'à la gare, en train jusqu'à Perpignan. Je passai la nuit à l'hôtel dans cette ville et déjeunai de bonne heure pour arriver à la poste dès l'ouverture, prendre ma lettre, toucher mon chèque, retourner à la gare et prendre l'express pour Barcelone qui partait à 9 heures et 7 minutes. Je fis plusieurs fois cet aller et retour.

La première je restai à Palma pour donner une leçon à Marlène. Pourquoi ? J'étais jaloux tout simplement. Roch Minué alla me chercher à Palma et devina que j'étais descendu dans un hôtel allemand. Il m'y retrouva et me persuada de rentrer chez moi. Je retrouvai Marlène en larmes. Elle m'assura qu'elle m'adorait et qu'elle m'avait toujours été fidèle. Mme Minué vint chez nous pour m'assurer la même chose et me fit remarquer que j'avais vécu à Puerto de Pollensa moins de trois ans auparavant avec une autre femme. J'en fus outré mais je finis par pardonner à Marlène la faute qu'elle n'avait sans doute pas commise.

Elle m'avoua alors que par malice elle avait caché tous mes contrats d'édition dans le coffre du compteur à gaz qui se trouvait au grenier. Quand je les récupérai, les rats en avaient dévoré une bonne partie. Il ne restait presque plus rien de mon traité avec Fawcett. Sans doute parce qu'il était en bon papier américain.

En janvier, Marlène eut une crise d'appendicite. Damien Corbet s'arrangea pour qu'elle subisse un examen à l'hôpital de Palma qui ne traitait pas les touristes. Elle télégraphia à son père qui lui répondit de se faire opérer et qu'il en ferait les frais. Damien nous aida à choisir une clinique. J'assistai à l'opération et je partageai la chambre de Marlène. On permit même à Mickey de nous tenir compagnie. Quand Marlène put retourner à Puerto de Pollensa, il nous fallut quitter notre appartement. J'étais presque complètement à sec et je n'avais pas le temps de me procurer de l'argent. Par bonheur avant d'entrer à l'hôpital Marlène avait rencontré une de ses amies allemandes, mariée à un Espagnol et qui habitait une grande ferme dont les propriétaires prenaient de longues vacances aux États-Unis. Ils nous offrirent de nous loger. Nous acceptâmes.

Il s'agissait en réalité d'un domaine avec une vaste maison de maîtres et plusieurs habitations réservées aux valets qui cultivaient la terre et soignaient le bétail. Nous nous entendîmes fort bien avec le jeune ménage hispano-allemand. Il n'avait pas de voiture. Je le promenai dans les environs. Ainsi se termina notre séjour à Majorque. Il ne m'avait rien apporté sinon une aggravation de ma jalousie absurde. Je n'avais rien fait, rien écrit, rien appris, sinon à cuisiner calmars et poulpes. Nous avions souffert du froid. J'étais dégoûté des Baléares et de Marlène. Mais je ne savais pas comment m'en débarrasser. Je ne pouvais pas l'abandonner parce que j'estimais avoir des responsabilités envers elle. Sans doute avais-je seulement voulu l'arracher à son père et elle ne m'intéressait plus depuis que j'avais gagné. Ma seule joie c'était Mickey. Et puis j'avais un moteur neuf à ma Volkswagen !

Nous franchîmes la frontière le 25 avril 1958, Mickey tapi sous une couverture aux pieds de Marlène. Aujourd'hui encore je ne sais pas s'il était utile de le passer ainsi en contrebande. Mais nous étions fiers de cet exploit. C'était d'ailleurs la seule chose dont nous pouvions nous enorgueillir.

13

Il n'y avait plus de chambre libre à l'hôtel de la rue Gît-le-Cœur. À tout hasard nous nous installâmes momentanément au coin de la rue Saint-André-des-Arts et je téléphonai à Marcel Duhamel.

En apprenant que je n'apportais pas un nouveau roman il fut extrêmement déçu mais ne perdit pas confiance. Il me conseilla d'écrire une histoire dans laquelle ne figureraient pas mes deux détectives mais dont les personnages seraient toujours des Noirs. J'allai chez Plon, signer enfin un contrat pour *Mamie Mason*, et touchai une avance de cent cinquante mille francs.

Je retournai voir Duhamel et lui dis que j'avais envie d'aller vivre sur la Côte d'Azur mais qu'il me fallait de l'argent. Il m'avança la moitié de l'à-valoir sur mon prochain livre et me conseilla de passer par Vence pour voir son ami Serge Ramel. Il téléphona à deux jeunes photographes de *Paris-Match* qui devaient écrire un article à mon sujet. Ces jeunes gens nous emmenèrent d'abord au Drugstore des Champs-Élysées et me photographièrent devant le stand du livre de poche. Le lendemain ils nous invitèrent chez Leroy Haynes, rue Manuel. Duhamel me conseilla de ne pas laisser Leroy accaparer leur attention.

Avant notre départ, Duhamel me demanda encore de m'arrêter à Manosque pour prendre contact avec Jean Giono qui avait écrit une bonne formule publicitaire pour *La Reine des pommes*. J'avais envie d'aller dans les environs d'Antibes parce que Walter et Torun y passaient leurs étés. Mais je fis quand même connaissance en route avec Jean Giono, homme très agréable qui nous invita à prendre le thé. J'eus alors conscience d'être entré dans un monde nouveau, sans aucun rapport avec celui de Majorque, aux habitants plus vivants, plus intelligents. Et puis je n'étais plus le touriste, l'inconnu, ou presque, qui ne restera pas longtemps. J'étais un personnage, presque une personnalité.

Suivant les conseils de Duhamel, nous passâmes par les gorges du Verdon et prîmes un déjeuner dans une ville sympathique. Un peu plus tard, un poids lourd arracha mon aile arrière droite, celle qui m'avait coûté peu auparavant douze mille francs. L'assurance me remboursa la réparation plusieurs mois plus tard. Enfin nous arrivâmes à Vence, où nous trouvâmes Serge Ramel en train de jouer aux boules près de la gare, et il nous procura un logement dans un camp de touristes dirigé par un Français devenu végétarien après son mariage avec une Hindoue; leur chien ne se nourrissait que de millet. Nous n'y restâmes que quelques jours avant de nous installer plus confortablement dans l'appartement en demi-sous-sol d'un lieutenant-colonel en retraite, au quartier Saint-Michel à Vence, près de deux sanatoriums construits en l'honneur de D.H. Lawrence, mort dans les parages. Je me mis aussitôt au travail. Pendant plusieurs mois nous menâmes une vie idéale en parcourant toute la Côte d'Azur dans ma petite voiture qui marchait enfin. Tout était à notre portée : la mer, les montagnes, le beau temps chaud, les nuits fraîches. La vie était belle.

Nous allâmes en Allemagne. Les parents de Marlène nous accueillirent toujours aussi bien mais le père répéta qu'il annoncerait notre mariage pour éviter le scandale. Notre voyage avait surtout pour but de discuter avec le directeur de la Buchergilde Gutenberg qui envisageait de publier une traduction en allemand de *La Troisième Génération* dont les droits étaient détenus par Ullstein qui publiait alors mes romans policiers.

À notre retour à Vence, Duhamel nous invita à dîner et me montra enfin le premier exemplaire broché de *La Reine des pommes*, ainsi que des bandes de Jean Cocteau, Jean Giono et Jean Cau. Giono avait écrit : « Je vous donne tout Hemingway, Dos Passos et Fitzgerald pour ce Chester Himes. » Je n'étais pas tout à fait libéré des États-Unis car je pensai aussitôt à l'effet de cette phrase sur les Américains. Ils ne tolèreraient pas qu'un écrivain noir reçoive de tels éloges, sauf s'il écrivait des ouvrages de protestation. Ils chercheraient à se venger... Mais peu m'importait désormais car je n'avais plus besoin d'eux.

La semaine suivante j'allai à Paris pour recevoir le Grand Prix du roman policier attribué à *La Reine des pommes*. Je me rappelle avoir dîné entre deux starlettes. L'une mangeait des huîtres avec ses doigts sales et l'autre frottait ses seins presque nus contre mon épaule. Un journaliste du *Canard enchaîné* me dit entre autres que parmi les gommeux des éditions Gallimard, Duhamel était « un canard à trois pattes ». Mes deux reporters de *Paris-Match* m'emmenèrent à leur bureau pour m'interviewer et étudier avec eux l'article auquel ils disaient travailler depuis notre première rencontre.

Plusieurs photographes de *Nice-Matin* nous attendaient devant chez nous lorsque nous arrivâmes à Vence. Ils prirent une centaine d'instantanés, puis cédèrent la place à un rédacteur. La semaine suivante Duhamel me demanda de retourner à Paris pour être photographié en compagnie de Jean Giono dans son bureau. Pendant l'opération Claude Gallimard et sa femme attendirent dans la pièce voisine. Ensuite un vétéran du magazine *Time*, Geoffrey Blunden, apparut pour interviewer Jean Giono qui lui répéta : « Je donne tout Hemingway, Dos Passos et Fitzgerald pour ce Chester Himes. » *Time* ne publia évidemment pas cela mais un article intitulé *Amidst Alien Corn* au sujet d'une colonie d'Américains noirs à Paris y parut à la page 23 du numéro daté 27 novembre 1958, illustré par des photos de Richard Wright, Jean Giono et moi. Tyrone Power mourut et *Paris-Match* n'eut plus la place de publier l'article qu'il devait me consacrer.

Je n'en étais pas moins un personnage, surtout à Vence. On me comparait volontiers à Richard Wright. Mais les Français ne savaient pas exactement comment me classer parce que je ne m'en prenais pas aux Américains blancs puisque je décrivais l'extrême absurdité des Noirs de mon pays. Ils me lisaient donc à titre de divertissement : rien n'est plus amusant qu'un nègre absurde.

Paris-Match ne me déçut donc pas trop car j'avais largement de quoi faire. J'écrivis deux livres à Vence. J'aidai aussi le colonel et sa sœur (soixante-dix et quatre-vingts ans) dans la maison. Je promenai Mickey. Serge Ramel me fit faire connaissance avec des centaines de gens, notamment Albert Simonin, auteur de *Touchez pas au grisbi*. Jean Giono cherchait à persuader Gaston Gallimard de retirer *La Reine des pommes* de la Série Noire pour la publier dans la collection Du Monde Entier. Je n'y tenais guère car Duhamel payait de plus fortes avances et c'est surtout l'argent qui m'intéressait. Le même mois je parlai à plusieurs reprises à la radio. On m'invita à retourner à Paris pour être interviewé une fois de plus par des journalistes de *Paris-Match* et aussi de *L'Express*. Je travaillais sur un autre roman et ma voiture était hors d'usage à la suite d'un accident. Je refusai donc.

La mère de Marlène nous rendit visite à peu près au moment où ma coccinelle fut réparée. Clémentine était un peu plus jeune que moi et elle m'attirait mais Marlène ne nous perdait pas de vue. Elle était d'ailleurs charmante avec sa mère. Leurs relations évoluèrent si bien qu'au bout d'un moment elles me parurent tout à fait d'accord en toute chose et je les soupçonnai de comploter contre moi.

Je fus convoqué au tribunal de simple police pour y répondre des crimes de Mickey. Un cultivateur l'accusait d'avoir tué dix lapins, six poulets, d'innombrables pigeons. Il réclamait cinquante mille francs. Marlène m'accompagna évidemment. Le fermier amena Mickey attaché par une corde. Le commissaire me le rendit et demanda à voir les victimes. Mon adversaire avoua qu'il les avait mangées sinon elles auraient pourri. J'écopai quand même d'une amende et j'en eus pour cinquante mille francs de dommages et intérêts.

Vers la même époque j'eus une crise cardiaque et le docteur vint me voir à trois heures du matin. Clémentine espérait sans doute que je claquerais. Le médecin prit des dispositions pour que je subisse un électrocardiogramme et me conseilla de me reposer. Il me demanda l'âge de ma femme et, quand il l'apprit, il haussa les épaules sans rien dire.

Peu après j'eus l'impression que Clémentine insistait auprès de Marlène pour qu'elle retourne en Allemagne et reprenne des études utiles. J'attribuai son attitude à une jalousie peut-être inconsciente. Elle aurait volontiers couché avec moi si elle avait pu échapper à la surveillance de sa fille. Cette situation m'exaspérait. Un jour, à table, je me mis à brailler : « Va-t'en ! Pars aujourd'hui même ! Tout de suite ! » Sa mère me considéra d'un air désolé. Je me levai et quittai la table. « Je m'en irai en même temps que maman », dit Marlène.

Elles avaient manigancé cela à l'avance. Je ne me rappelle plus ce qui avait provoqué ma colère mais je suis sûr d'avoir été dupé. J'eus vaguement envie de rejoindre Clémentine dans sa chambre et de coucher avec elle sans explication. Mais je ne le fis pas. Je n'ai jamais fait mon devoir envers les femmes. Je descendis au jardin couper une branche de mimosa pour donner une correction à Mickey qui rentrait trop tard. Je m'y pris si bien qu'une branchette me cingla la figure et me blessa à l'œil. Marlène me conduisit chez un médecin qui me banda les yeux et je restai à peu près aveugle pendant une semaine. Marlène m'annonça alors que sa mère s'en allait le lendemain : dernier jour du mois.

« Eh bien je m'en vais, moi aussi, lui dis-je.

— Tu n'y vois pas clair.

— J'irai jusqu'à La Ciotat et je resterai chez Guérin jusqu'à ma guérison.

— Tu ne peux pas conduire.

— Toi non plus.

— Si, en restant en première vitesse. »

De bonne heure le lendemain matin nous conduisîmes Clémentine à la gare puis Marlène empaqueta mes manuscrits, mes livres, tout ce que nous possédions et l'entassa dans notre minable petite tire. Elle me conduisit sur la route côtière par Cannes, Saint-Raphaël, Sainte-Maxime, Hyères, Toulon, Bandol jusqu'à La Ciotat. Partis vers dix heures du matin, nous arrivâmes à huit heures et demie du soir. Guérin n'était pas là mais sa secrétaire envoya le jardinier nous conduire à la colonie d'artistes. Marlène resta avec moi cette nuit-là. Je la conduisis à la gare le lendemain. J'avais oublié de lui donner de l'argent. Au moment où le train se mettait en mouvement je lui jetai par la fenêtre de son wagon cent mille francs de l'époque. Puis le jardinier me ramena dans son camion et je m'installai dans une chambre à un seul lit.

Mickey profita de son séjour dans cette colonie d'artistes pour s'associer avec le gros chien-loup du jardinier et ils massacrèrent à eux deux toutes les belles poules Leghorn de Guérin. Quand le jardinier constata ce désastre il tomba à genoux et pleura. À mon arrivée je trouvai Mickey assis tranquillement sur son derrière avec une plume blanche au coin de la gueule. Quatre jours plus tard, j'allai chez un ophtalmologue qui me permit de conduire en portant des lunettes noires. Je refis mes bagages, pris congé de la secrétaire de Guérin et filai droit sur Paris. J'y arrivai à quatre heures du matin, allai frapper à la porte de Lesley et lui demandai de me laisser dormir sur le canapé de son salon. Elle y consentit.

Je constatai dès le lendemain que j'étais aussi célèbre à Paris qu'à Vence. Après avoir déjeuné avec Ollie à Saint-Germain-des-Prés, je passai devant Les Deux Magots et le Flore. Tous les gens qui étaient à la terrasse me regardèrent passer, quelques-uns se levèrent pour me serrer la main. Un jeune homme se présenta sous le nom de William Klein. Photographe de mode, il se lançait dans le cinéma. Son chien accueillit mal Mickey. Klein me dit que cet animal avait des difficultés sexuelles : il était trop grand pour les petites chiennes et trop petit pour les grandes. Ollie éclata de rire et prétexta d'un rendez-vous pour s'éclipser. Les malheurs du chien de Klein devaient lui avoir rappelé quelque chose. Ce jeune homme me conduisit à la librairie La Hune. Plusieurs personnes achetèrent *La Reine des pommes* et me demandèrent une dédicace. Je fis connaissance avec Nappy : Napoléon Bonaparte Murat qui voulut me faire écrire le scénario de *Zazie dans le métro*. Je lui avouai que je n'avais pas lu ce best-seller, et pour cause : je ne lis pas en français.

Je pris une chambre à l'hôtel Welcome, rue des Saints-Pères, et je me rendis le soir même chez Lesley, 5, rue Grégoire-de-Tours, pour l'inviter à dîner. Elle choisit le Falstaff, restaurant-bar du genre anglais, au coin des rue et boulevard Montparnasse. Elle connaissait beaucoup de monde, particulièrement des gens du *New York Herald Tribune* où elle travaillait. Belle, élégante, elle plaisait. Je me demandai pourquoi je m'étais acoquiné avec Marlène. Après le repas elle me conduisit chez des amis qui recevaient ce soir-là des artistes. Tout le monde avait entendu parler de moi.

Dès lors j'invitai Lesley quand elle était libre et elle s'intéressa à mon bien-être. Mickey nous accompagnait toujours. Il nous arriva souvent de l'oublier sous la dernière table à laquelle nous nous étions assis. Nous allâmes aussi ensemble au Tournon dont elle connaissait bien des clients. Je téléphonai chez Gallimard un après-midi. Duhamel était de retour et me cherchait. J'allai à son bureau et lui soumis l'esquisse d'un nouveau roman ainsi que quelques chapitres. Mon projet lui plut, il signa un contrat et me donna une avance de cinq mille nouveaux francs. J'étais riche ! Je téléphonai aussi à la librairie Plon pour demander ce qu'il advenait de *Mamie Mason*. Orengo absent, personne n'était au courant.

Ollie s'en allait alors à Moscou prendre contact avec la célèbre revue humoristique *Crocodile*. Il me prêta son appartement. Je quittai l'hôtel Welcome dont presque tous les clients étaient des Américains blancs. Je fêtai l'événement en cuisinant un repas afro-américain pour Lesley.

Je retrouve le rapport que j'adressai à cette époque à ma compagnie d'assurances : « Samedi 9 mai 1959, à 5 heures du matin, je roulais sur le boulevard Saint-Germain en direction de la gare d'Austerlitz. Le jour se levait. L'éclairage urbain était encore allumé. On y voyait parfaitement clair. Au carrefour de la place Maubert, les feux orange clignotaient à l'entrée de toutes les artères. Je fis clignoter mon feu de code et vérifiai si aucun véhicule ne venait de la droite. Trouvant le champ libre je m'engageai sur la place Maubert. Une camionnette (B sur le schéma) arriva à pleine vitesse sur ma gauche et heurta ma voiture (A) au milieu de la place. Au dernier instant, j'obliquai vivement sur la droite. La camionnette ne ralentit pas et ne fit rien pour éviter la collision. Les commerçants qui installaient leur étal pour le marché assistèrent à l'accident et téléphonèrent à la police. »

C'est ainsi que finit ma coccinelle. Portières défoncées, vitres brisées, roues bloquées, elle était hors d'usage. Je m'en tirai sans autres dommages que quelques égratignures par éclats de verre. Mickey était indemne et ne fut même pas effrayé.

S'ensuivirent de longs démêlés entre mon assurance et celle du chauffeur de la camionnette. L'expert jugea ma voiture irréparable. On me la paya quelques semaines plus tard au prix de l'Argus : deux cent vingt mille anciens francs.

Ollie revint de Moscou. Lesley me mit en rapport avec un reporter du *New York Herald Tribune* qui avait un petit appartement à louer boulevard Brune. À cette époque elle écrivait dans ce journal une chronique de conseils aux acheteurs. Elle m'engagea à acheter une Hillman d'occasion, qui appartenait à un de ses amis. Cette voiture me permit de partir pour Hambourg. En pensant à ce temps-là je constate que la fin de ma liaison avec Marlène coïncide à peu près avec la mort de ma Volkswagen. L'achat d'une voiture anglaise eut lieu à peu près au début de mes relations avec Lesley avec qui je vis encore aujourd'hui.

En traversant l'Allemagne je me débrouillai pour trouver Marlène dans la pension de famille qu'elle habitait et je l'emmenai avec moi à Hambourg. Nous y passâmes quelque temps chez Herr Georg Ramseger, directeur littéraire du journal *Die Welt*, qui nous abandonna son logement pendant ses vacances.

Au cours de ce séjour je fus pris de vives douleurs à l'estomac. Un médecin que les Behrens avaient conseillé par téléphone à Marlène me fit examiner aux rayons X dans toutes les positions imaginables et me montra ensuite des photos de mon estomac. On y voyait des petits boutons : des ulcères. Il m'ordonna de passer une semaine au lit. C'était impossible car Herr Ramseger pouvait revenir d'un jour à l'autre et je devais regagner Paris. Le médecin me conseilla de prendre le train. Je n'allais pas abandonner ma voiture. Il m'ordonna une solution de bismuth et quelques autres médicaments et me conseilla de ne consommer en voyage que des petits-beurre et des bananes sans oublier de prendre une dose de bismuth toutes les heures. Ensuite je devais rester au lit et ne manger que du filet mignon, du veau, du riz, des haricots bouillis et sans sel. Marlène décida de rentrer à Paris avec moi pour voir comment je me débrouillais sans elle et aussi pour s'entretenir avec ses futurs employeurs.

Dès mon retour je m'attelai à *Imbroglio Negro*.

Deux journalistes de *Paris-Match* — Christian Millau et Serge Bourge — prirent contact avec moi pour me demander d'écrire un scénario à l'intention de Louis Dolivet, directeur des studios Grey Films. Il me semble que tout le monde cherchait à tirer parti de tout ce que j'avais appris sur Harlem et cela m'amusait. J'imaginai aussitôt une histoire cocasse : un prédicateur noir descend la Septième avenue sur un cheval blanc, des fanatiques l'enlèvent et l'obligent à accomplir un miracle. Ça ne ressemblait pas du tout à mes romans de la Série Noire mais j'étais convaincu que personne ne s'en rendrait compte. Bourge ne savait pas l'anglais, Christian un peu, sa femme bien et Louis Dolivet de manière passable. Nous parvînmes donc à nous entendre. J'écrivis à la hâte un scénario d'une cinquantaine de pages. Il plut à Louis Dolivet qui ne s'engagea pourtant pas sans avoir obtenu l'approbation de son commanditaire dont il ne nous révéla pas le nom. C'était, paraît-il, un homme qui avait toujours réussi ce qu'il avait entrepris. Nous devions le rencontrer le mardi suivant. Il nous signerait sûrement des contrats et nous paierait des à-valoir. Je refusai d'attendre. Dolivet m'avança cinq cents nouveaux francs.

Millau et Bourge furent plus patients que moi et quelque temps plus tard ils s'en allèrent écrire en Suisse une « continuité » d'après mon scénario. Avant de partir ils m'invitèrent chez Millau avec Lesley. J'avais abandonné mon régime depuis quelques semaines.

Un peu plus tard nous dînâmes de nouveau avec Serge Millau et Bourge qui revenaient de Suisse, mission accomplie. Le repas terminé nous passâmes dans une pièce voisine pour danser. Lesley leur enseigna le charleston. Les voisins tapèrent sur les tuyaux du chauffage central. Je répondis en frappant le plafond avec un balai. J'étais ivre. La plupart des invités s'en allant, j'annonçai : « Je vais au Mars Club », ouvris la porte et dévalai l'escalier à plat ventre. Tout le monde sortit effaré. Je me relevai, titubai jusqu'à ma Hillman, me mis au volant et braillai : « Qui vient au Mars Club ? »

Par pitié, Lesley monta auprès de moi. Tous les autres s'efforcèrent de m'empêcher de partir et lui déconseillèrent de m'accompagner. Mais je démarrai et tournai au premier carrefour sur les chapeaux de roues. Sans doute étais-je furieux parce qu'il me semblait que les Français m'avaient traité comme un négro. À peu près à un kilomètre de mon point de départ je compris l'origine du bruit qui m'accompagnait : je raclais toutes les voitures garées du côté droit de la chaussée. Il y avait de quoi réveiller un mort. Le lendemain Lesley me dit qu'elle avait plusieurs fois fait tourner le volant pour éviter une collision. Finalement je n'allai pas au Mars Club et rentrai chez moi. Ma Hillman était dans un état épouvantable.

Mon humeur avait changé. J'en voulais à tout le monde : aux Américains qui avaient toujours maltraité mes livres, aux Anglais qui les lisaient mais qui ne les comprenaient pas. À mon retour de Hambourg au mois d'août j'appris qu'un rédacteur du *New York Times de Paris* me cherchait. En septembre je lus l'article qu'il avait écrit dans la *New York Times Book Revue*. Dès le début j'en fus outré. Voici le début : « Himes est un petit homme à petite moustache et gros chien, auteur de livres aussi peu connus que *The Primitive, Cast the First Stone, If He hollers, Let him Go* et *The Third Generation*. Il écrit actuellement des romans policiers pour la Série Noire française. »

Ça tombait mal, une semaine avant l'ouverture de la foire du livre à Francfort. La *New York Times Book Revue* y serait en vue et ça ne faciliterait sûrement pas l'édition de mes ouvrages en allemand. En fin de compte, je n'étais pas tout à fait libéré des États-Unis !

Je peinai encore sur *Imbroglio Negro* et j'avais du mal à maintenir le climat d'absurdité. Je travaillai aussi à un scénario pour Lazareff. Je craignais le retour de Marlène.

LIVRE II

1

Marlène reparut aux environs de Noël. Je ne sais pas si elle devait commencer à travailler immédiatement, en tout cas ses employeurs n'étaient pas en mesure de lui fournir la chambre qu'ils lui avaient promise. Je fus donc bien obligé de la loger. Nous nous disputions chaque jour. Je n'avais l'occasion de rencontrer Lesley que lorsque je promenais mon chien le matin. Marlène me soupçonnait.

Un jour elle me dit qu'elle allait voir des amis dans le XVIe. Je téléphonai aussitôt au *Herald* rue de Berry, pour prendre rendez-vous avec Lesley. J'avais déjà franchi la porte vitrée du journal quand Marlène surgit devant moi, me donna un coup de sac à main à la figure et brisa mes lunettes. Machinalement je l'envoyai au tapis. Elle se releva d'un bond et courut vers les Champs-Élysées. Je la poursuivis à coups de pied dans les fesses. J'étais fou de rage. Elle fit demi-tour pour me tenir tête. Au lieu de prolonger le combat je retournai au *Herald Tribune*. Quelqu'un me donna mes lunettes brisées. Je hélai un taxi. Marlène me rejoignit et recommença à me taper sur la tête. Elle se calma quand même suffisamment pour que je la fasse monter dans ma Hillman et je m'éloignai du journal. Puis j'arrêtai ma voiture et m'éclipsai en espérant sauter dans un taxi avant que Marlène ne me rattrape. Je n'y parvins pas. Voyant cette furie me sauter dessus, le chauffeur de taxi démarra à toute vitesse. L'idée de conduire ma voiture sans lunettes jusque chez moi m'effrayait mais il n'y avait pas d'autre solution.

Dans toute cette bagarre je n'avais même pas aperçu Lesley mais elle avait assisté au spectacle à travers la vitrine. Quand nous arrivâmes chez moi le téléphone sonnait. Marlène se précipita pour décrocher. Je lui arrachai le combiné des mains et la giflai. Elle fonça vers la salle de bains et se coupa les veines des deux poignets avec une lame de rasoir de sûreté.

Ce fut un des pires moments de ma vie. Je formai le numéro de police-secours, donnai mon nom et mon adresse sans plus d'explication, rassemblai des serviettes propres et m'efforçai d'arrêter le flux de sang. Mais Marlène se remit à cogner. La concierge amena six agents de police devant ma porte et frappa. J'ouvris et les fis entrer. L'un tint les deux bras de Marlène pendant que l'autre lui pansait les poignets. Les quatre autres parcoururent l'appartement en regardant dans tous les coins. Ils ne dirent rien à Marlène ni à moi. Mais ils l'enveloppèrent dans une sortie de bain et l'emportèrent. La concierge les suivit.

Désemparé, je téléphonai à Christian Millau et lui racontai ce qui s'était passé. Il arriva immédiatement chez moi et nous allâmes au service de l'Hôtel-Dieu qui est sous le contrôle de la police. Je ne sais pas ce que raconta Christian mais on me confia Marlène sans me poser de question ni me demander de décharge. Nous partîmes aussitôt pour l'hôpital américain dans la Jaguar de Christian.

Marlène était auprès de mon ami sur le siège avant et moi derrière. Quand je lui posai la main sur l'épaule elle se mit à hurler. Je me tins tranquille. Elle parla sans arrêt à Christian Millau qui parut de plus en plus embarrassé en l'écoutant.

Je fis admettre Marlène en la présentant comme mon épouse. Je crois que l'hôpital devait rendre compte chaque jour à la police de la présence de Marlène et de son état. Je ne la revis que dans le cabinet d'un psychiatre à Vincennes. Je ne sais pas comment elle atterrit là mais je crois qu'elle communiquait avec son père. Ce serait pourquoi un pasteur luthérien de Paris me rendit visite chez moi deux ou trois jours plus tard. Je lui promis de ne pas chercher à revoir Marlène. Le jour même pourtant on me convoqua chez le psychiatre de Vincennes et, sans savoir exactement ce que je faisais, je signai un document en vertu duquel Marlène était hospitalisée dans une maison de santé de Nogent-sur-Marne. Les mœurs des Français à ce sujet m'étonnent. Le Herr Doktor Behrens se serait volontiers occupé d'elle. Mais j'étais là. Marlène vivait avec moi. On me considérait donc comme responsable de son sort.

À la maison de santé on lui permit de m'écrire. Elle m'envoya parfois deux ou trois lettres par jour. Je lui rendis visite et lui apportai ce qu'elle me demandait. Elle en avait d'ailleurs besoin.

Seul le psychiatre m'adressa la parole. J'allai la voir aussi souvent qu'on me le permit.

Elle subit un traitement par électrochoc et m'écrivit tout ce qui se passait ou plutôt tout ce qu'elle se rappelait. J'ai encore ses lettres. Elles sont pitoyables. Elle me disait qu'elle n'avait pas eu l'intention de se tuer et elle espérait que nous pourrions reprendre la vie commune sans que rien soit changé. Il aurait fallu avoir le cœur bien dur pour la décevoir.

Je terminai *All Shot Up* et signai un contrat pour un autre roman sans préciser le titre. J'appris que Plon avait envoyé le manuscrit de *Mamie Mason* à Gallimard. Il n'en voulait plus parce que j'écrivais pour la Série Noire. En ce temps-là la guerre d'Algérie battait son plein. Les préjugés de race atteignaient en France leur point culminant. Je n'en souffris guère parce que j'étais un phénomène tout à fait exceptionnel : le seul écrivain français qui ne savait pas le français. Tout le monde espérait m'exploiter à bon marché. C'était aussi le cas de Marlène qui ne s'en rendait probablement pas compte : elle espérait me réduire à l'esclavage parce que j'étais incapable de me débrouiller tout seul dans la vie.

Son père m'écrivit : « Les dernières nouvelles de Paris me déçoivent gravement. Marlène nous a écrit au sujet de vos visites. Le pasteur Dahlkotter nous parle aussi de ces visites et de vos projets : Marlène vous accompagnerait aux États-Unis pour y passer sa convalescence ! Étant donné qu'elle est en maison de santé, ce n'est certainement pas elle qui est allée à votre rencontre. Vous êtes donc le seul responsable de vos relations.

Certes elle désirait vous revoir mais vous auriez pu et dû vous abstenir de lui rendre visite. Vous auriez surtout dû vous abstenir de susciter des espoirs. La seule chose que vous aviez à faire, c'était de vous en tenir à votre promesse au pasteur Dahlkotter.

« Vous pouvez sûrement trouver un moyen de faire comprendre à Marlène qu'une séparation s'impose. Les circonstances s'y prêtent. Marlène ira passer sa convalescence dans le sud de la France, mais seule. Vous, Chess, vous irez aux États-Unis, mais seul, vous aussi. J'estime que susciter de nouveaux espoirs chez Marlène serait une cruauté parce que vous ne pourrez les exaucer. Mon enfant ne peut vous accompagner sur le chemin de votre vie parce que vous ne tarderiez pas à aspirer à la liberté ce qui provoquerait une nouvelle crise qui ne se terminerait pas aussi favorablement que celle-ci paraît le faire. J'appartiens à la même génération que vous et j'ai donc le droit de vous dire que vous agiriez en homme irresponsable et même immoral si vous ne vous absteniez pas de tout acte qui pourrait rendre ma fille malheureuse. Au fond votre liaison est un malentendu, un cas d'affection mal interprétée. Vous ne pouvez pas ne pas vous en rendre compte car vous êtes un homme intelligent, doué de discernement. Vous savez donc qu'un jour vous quitterez Marlène, peut-être par la volonté divine, peut-être aussi par souci de préserver votre liberté. Que restera-t-il alors de ma fille : une créature désespérée, dégoûtée de la vie et vous en seriez moralement responsable.

« L'heure est venue de faire ce que vous devez faire et dont Marlène vous sera reconnaissante un jour quand elle aura surmonté le dépit d'avoir été trahie. Elle y parviendra parce qu'elle est encore assez jeune. Tout dépend de vous et de vous seul, Chester. Vous pouvez vous retirer de la vie de Marlène, vous éclipser en la privant de toute possibilité de reprendre contact avec vous. Ce sera peut-être pénible au début, mais, croyez-moi, c'est la seule issue, si vous désirez agir humainement. J'espère que vous vous en rendez compte.

« Mes sentiments les plus amicaux
Kurt Behrens. »

Voici ma réponse :

« Cher Kurt,
« Le malheur de Marlène c'est que vous n'avez jamais été bon pour elle. Moi non plus d'ailleurs. Peut-être est-elle blessée mais il lui incombe, à elle, de faire ce qui doit être fait et alors finalement elle se remettra. Il vous est arrivé de dire à Marlène que son Chester est l'homme à l'esprit le plus confus que vous ayez jamais connu. Vous le rappelez-vous ? Elle me l'a dit. Alors si j'ai l'esprit tellement confus comment pourrais-je savoir ce que je dois faire ? Que dois-je faire, Kurt ? Laisser mourir votre fille ? D'ailleurs comment pourriez-vous espérer que nous soyons d'accord ?

« Mes sentiments les plus amicaux
Chester Himes. »

J'écrivis à Marlène pour lui dire que le pasteur Dahlkotter prendrait des dispositions pour la faire admettre dans une maison de convalescence en Allemagne et qu'ensuite elle pourrait revenir auprès de moi. Cependant je m'attelai à un nouveau roman *Be Calm* qui parut dans la Série Noire sous le titre de : *Ne nous énervons pas*. Il s'agit d'une histoire de brigands qui ont perdu un stock de drogue valant trois millions de dollars. Il parut plus tard aux États-Unis sous le nom de *The Heat's On* et on en fit encore plus tard un film : *Come back Charleston Blue*.

En ce temps-là mes livres paraissaient aux États-Unis en éditions populaires. Hélas ! les éditeurs américains ne les payaient pas plus cher que la Série Noire, et surtout ils trafiquaient tellement le texte qu'il perdait toute signification. Les Français ne savaient peut-être pas que j'écrivais des absurdités mais ils trouvaient mes livres exceptionnels, violents, drôles et reconnaissaient leur valeur. Pour les Américains j'étais un négro expatrié et je ne pouvais donc rien faire de bon. Ils n'auraient surtout jamais imaginé que je menais alors une vie encore plus absurde que les personnages de mes romans. Mon métier ne me donnait d'ailleurs aucune difficulté. J'écrivais aisément au fil de la plume. Bien des réflexions méprisantes d'Américains me sont revenues mais il s'agissait toujours de Blancs, jamais de Noirs. J'ai appris que Richard Wright envisageait lui aussi d'écrire des romans policiers dont les personnages auraient été noirs. Mais il avait peur de sa propre imagination. D'ailleurs dans ses autres œuvres, les personnages absurdes sont toujours des Blancs.

Lesley profita de l'absence de Marlène et je la fréquentai assidûment. Nous promenions Mickey, nous allions souvent voir de ses amis à la campagne. J'achetai une Fiat de 1934 entièrement remise à neuf. Je m'amusais à la conduire à toute vitesse dans les rues de Paris et de banlieue. Elle filait aussi vite que ma Hillman. C'était une décapotable. Une nuit, alors qu'elle était garée rue Grégoire-de-Tours, en face de chez Lesley, des vandales déchiquetèrent la capote. En ce temps-là, Mickey et le chat siamois de Lesley, Griot, avaient conclu une trêve.

J'appris que Marlène revenait à Paris et louai aussitôt une maison pour un mois à Cagnes-sur-Mer. Nous partîmes dans la petite Fiat qui n'avait plus de capote, Griot sur les genoux de Lesley et Mickey sur le siège arrière.

Walter et Torun venaient de déménager mais sans quitter Biot. Le frère de Walter, Hemmet, vivait au Haut-de-Cagnes. Il nous présenta à notre propriétaire. Nous étions à peine installés que je reçus une lettre d'un éditeur italien qui s'intéressait à *La Reine des pommes* et me demandait d'aller le voir à Milan. On n'avait pas encore présenté à Paris *La Dolce Vita*. Nous décidâmes d'aller voir ce film en même temps que l'éditeur. Nous confiâmes Griot et Mickey à Hemmet, allâmes à Nice dans la Fiat et y prîmes le train pour passer deux jours en Italie.

À mon retour je trouvai une lettre de Christian Millau. Il m'annonçait que notre projet de film se heurtait à des difficultés. Tout paraissait arrangé quand tout à coup Lazareff avait changé d'avis. Dolivet comptait le ramener à de meilleurs sentiments. Peut-être Dolivet aurait-il assez d'argent quand le film de Fellini passerait en France au début de l'année. De toute façon les prises de vues à Harlem étaient remises à plus tard, peut-être à septembre.

Ce brave Christian s'était occupé aussi de *Mamie Mason*. Orengo avait cherché le manuscrit pendant des mois chez Plon et avait finalement découvert qu'il était passé chez Gallimard, où on ne le retrouvait pas non plus.

À notre retour à Paris, je m'installai chez Lesley. Lorsque Marlène avait perdu la tête par jalousie, Lesley n'était pas ma maîtresse. Nous sortions ensemble, sa compagnie me plaisait mais nous n'étions que des amis. Au sujet de *Mamie Mason* j'écrivis à Suzanne Blum, avocate diplômée de l'université Columbia, belle-fille de Léon Blum, et lui demandai d'instrumenter contre Plon.

Marlène revint à Paris le 1er mars. Mon déménagement l'étonna. Enfin elle retrouva ma Hillman grâce à laquelle elle obtint mon numéro de téléphone. Elle habitait boulevard Malesherbes une chambre que lui accordait la société pour laquelle elle aurait dû travailler lorsqu'elle avait été hospitalisée. Elle m'appela chez Lesley, laquelle lui répondit que j'étais parti pour le Midi et qu'elle ne savait pas mon adresse. Dès que je l'appris, je mis mes bagages dans la Hillman et filai sur Biot pour me réfugier chez Walter et Torun. Tout le monde parut enchanté de me revoir, les parents et les trois enfants : Pia, quinze ans, née d'un autre mariage, Ira et Ina enfants de Walter.

Torun avait appris que Marlène s'était tranché les veines des poignets. Elle n'était pas plus indulgente que trois ans plus tôt et n'avait aucune pitié pour ce genre de chantage. Je passai le printemps auprès de ces amis en poussant de temps en temps quelque pointe sur Paris afin de revoir Lesley. Je menais une vie agréable et ne travaillais pas. À la fin juin je décidai que je ne pouvais pas fuir éternellement Marlène. Elle avait écrit plusieurs fois à Torun qui avait eu envie de lui répondre vertement mais Walter l'en avait empêchée. Puis les employeurs de Marlène la congédièrent et elle retourna à Hambourg. Je lui écrivis pour lui donner rendez-vous à Munich afin de l'emmener à Kitzbühel. Elle accepta aussitôt. Nous trouvâmes un logement à Hahnenhof chez un gigantesque Autrichien entre deux âges, marié à une jeune femme délicieuse. Ils nous nourrirent abondamment, firent le ménage de notre chambre et nous laissèrent en paix. Nous ne sortîmes jamais le soir. En deux mois je terminai *Ne nous énervons pas*.

Comme nous l'avions entendu Marlène et moi, je retournai à Paris où cette fois encore je trouvai une lettre de Christian Millau. Entre-temps il était devenu rédacteur en chef d'un des journaux de Pierre Lazareff : *Paris-Presse l'Intransigeant* et il était en bonne voie.

Millau avait obtenu de Lester Granger, directeur de la National Urban League, l'autorisation de tourner des scènes de notre film à un célèbre bal noir de New York. Il ne perdait donc pas courage et Dolivet non plus, me disait-il. L'affaire a d'ailleurs échoué. Christian Millau quitta *Paris-Presse* et s'associa avec un certain Gault pour écrire des guides gastronomiques. Ils sont devenus riches et célèbres.

Je retrouve encore le double d'une lettre que j'adressai à Carl Van Vechten. Je lui annonce que je suis séparé de mon épouse, fiancé à une Anglaise douée du sens de l'humour et que je me propose d'aller au sud de l'Italie, d'y écrire un roman et de passer ensuite en Afrique. Rien de tout cela n'est arrivé.

Nous partîmes pour le Midi. Mais nous possédions deux voitures, ce qui compliquait les choses. Nous mîmes une annonce dans le *New York Herald Tribune* pour trouver quelqu'un qui en conduirait une jusqu'à Turin, que nous croyions sur la route de Rome. Je fis installer sur le toit de ma Hillman un ventilateur pareil à ceux des camions de transport de viande afin d'assurer assez d'air au chat de Lesley et à mon chien. Les candidats ne manquèrent pas, nous choisîmes un jeune Américain qui portait un énorme chapeau de feutre noir. Nous lui confiâmes la Hillman et, comme aux voyages précédents, Lesley prit le chat sur ses genoux, le chien à ses pieds, à côté de moi dans la Fiat. La remise en état de la Hillman venait de me coûter soixante-dix mille anciens francs. Notre convoyeur trouva moyen de faire chauffer le moteur et klaxonna pour nous faire arrêter. Un nuage de fumée sortait de son radiateur. Il fallut attendre qu'il refroidisse pour y remettre de l'eau. Peu avant Valence, le même phénomène se reproduisit. Nous décidâmes d'y passer la nuit. Je laissai Lesley à l'hôtel et me mis en quête d'un garage pour faire réparer la Hillman. L'homme au chapeau noir m'emprunta de l'argent et disparut. De retour à l'hôtel j'emmenai Lesley dîner et puis nous nous couchâmes de bonne heure. Soudain on frappa à coups de poing à notre porte. J'ouvris. Notre ami au chapeau noir entra en titubant. Je vis qu'un homme le suivait. J'eus tout juste le temps de fermer la porte et de mettre le verrou.

« Qu'est-ce qui se passe ? demandai-je.

— Rien, haleta notre jeune homme. Il n'aime pas les Américains, c'est tout. »

Je crus qu'il avait reçu un coup de couteau, mais il avait seulement peur. Lesley tremblait de tous ses membres. Je sortis sur le palier, mon couteau à la main et ne vis personne. Je descendis et braillai en anglais dans le vestibule : « Tu ferais mieux de t'en aller ! » J'espérais alerter l'hôtelier. L'agresseur avait disparu et personne ne s'intéressa à nous. J'envoyai notre ami à sa chambre à l'étage au-dessus, m'enfermai et me remis au lit. Le lendemain à Nice, notre convoyeur nous annonça qu'il avait rencontré des amis, qu'il abandonnait et voulait être payé. Nous trouvâmes un vieux garage crasseux pour notre Fiat et partîmes le lendemain en Hillman pour l'Italie.

Nous prîmes largement notre temps pour visiter Rome. Le lendemain nous dînâmes à Naples et nous eûmes le temps de gagner Salerne où nous trouvâmes un hôtel qui ne nous parut pas trop somptueux. Le gros propriétaire au visage huileux nous conduisit au septième étage en vantant le confort de son établissement, il nous assurait notamment que nous pourrions prendre autant de bains que nous le désirerions. Lesley en était ravie. Je me mis aussitôt en quête d'un garage pour y laisser notre voiture. À mon retour, le patron avait cédé sa place à un jeune Italien qui ne savait pas un mot d'anglais. Je trouvai Lesley assise au bord du lit en robe de chambre, les larmes aux yeux, tant elle était exaspérée. « Qu'est-ce qui se passe ? lui demandai-je.

— Il n'y a pas d'eau. »

Je descendis aussitôt au bureau et vociférai

comme un forcené. Le patron m'entendit et revint au bureau. Je le menaçai de m'adresser au premier agent de police que je verrais. Il ne parut pas trop ému. Alors je parlai du consul des États-Unis. Il prit peur, réveilla tout son personnel et nous fit monter des brocs d'eau. Il m'expliqua que la nuit, la pression ne suffisait pas pour alimenter les robinets au-delà du deuxième étage. Étant donné que les Américains ne se couchent jamais avant minuit il n'avait pas imaginé que nous aurions envie d'un bain à cette heure-là.

Cet hôtelier ne nous tint pas rigueur car le lendemain il nous procura pour un prix honnête un appartement au premier étage d'une maison située au bord de la mer dans un village voisin. Nous y reçûmes la visite du curé. Je le retins à dîner et préparai moi-même un plat de calmars, de poulpes avec une sauce au vin et de patates douces que je fis caraméliser. Il fallut raccompagner le prêtre jusque chez lui en passant par la plage. Trop ivre, il ne voulait pas que ses paroissiens le voient. Le lendemain matin je lui donnai quatre mille lires. Sa sœur nous invita à déjeuner au presbytère et nous reçut dans une extraordinaire robe de velours rouge.

Nous retournâmes à Rome où j'espérais recevoir à l'American Express un chèque d'un de mes éditeurs américains. Je n'y trouvai qu'une lettre de Suzanne Blum. Elle avait réglé mon affaire avec Plon moyennant mille francs en un chèque qu'elle avait déjà entre ses mains et mille à la réception du manuscrit. Elle n'avait pas envoyé le premier chèque parce qu'elle n'était pas sûre de mon adresse. S'ensuivit une navette endiablée entre l'Italie et la France. J'allai d'abord voir

Duhamel qui me donna de l'argent, dormis quelques heures dans la voiture à la sortie de Paris, fonçai sur Rome, dormis un jour et demi, nourris les animaux, retournai en France, renversai un motocycliste qui faisait le clown sur la route, franchis une ligne jaune dans une rue déserte et fus interpellé par un agent de police, regagnai la France où nous nous arrêtâmes à Biot pour voir Walter et Torun. Lesley qui m'avait accompagné au cours de ces navettes s'entendit fort bien avec mes amis et avec les enfants. J'y passai assez longtemps pour y recevoir une avance sur un livre dont je n'avais pas encore écrit une ligne.

J'accomplissais d'ailleurs ma tâche sans enthousiasme mais j'avais encore plusieurs histoires à écrire et il fallait que je persévère dans le genre qui me nourrissait et assurait ma réputation jusqu'à ce que je trouve quelque chose de mieux ou bien que je pose ma plume, épuisé.

Nous louâmes une maison au pied d'une colline, à Saint-Tropez. Pour la première fois de sa vie, Griot put enfin gambader dans un jardin. Chaque soir il recevait tous les chats du quartier sous un arbre. On aurait cru qu'il présidait une réunion de prières. Puis Mickey sortait en trombe de la maison et nos deux chers enfants chassaient tous leurs invités de notre domaine.

2

Le 29 ou le 30 novembre notre propriétaire nous dit à onze heures du matin que la radio venait d'annoncer la mort d'un écrivain américain noir : Richard Wright. Ce fut un choc. Je ne savais pas Dick gravement malade. Dès midi nous étions en route. Nous descendîmes à un petit hôtel près du boulevard Saint-Germain. Je me rendis au Tournon et j'appris qu'Ellen faisait incinérer Dick et ne prévoyait aucun service funéraire, au grand étonnement de nos amis. Ollie en particulier était abattu.

Dick l'avait appelé au téléphone la nuit de sa mort. Depuis un bon moment, Dick se croyait persécuté par Richard Gibson, le frère d'âme qui s'était battu avec Ollie Harrington en 1956, et avait travaillé comme secrétaire d'une revue communiste algérienne de langue française. Dick téléphonait souvent en pleine nuit à ses amis : Guérin, Sartre, Diop, Ollie et bien d'autres. Il leur parlait pendant des heures.

Ollie et moi nous rendîmes en délégation chez Ellen. Elle nous dit qu'elle avait déjà prévu une incinération discrète, à laquelle n'assisteraient que les amis les plus intimes et qu'elle ne publierait rien dans la presse.

« Mais Dick était le plus grand écrivain noir du monde, lui dis-je. On ne peut pas le faire disparaître ainsi à la sauvette.

— Tout est prêt, Chester. Il est trop tard pour modifier mes dispositions.

— Parle-lui, Ollie. »

Ellen répéta qu'il était trop tard pour publier le lieu et l'heure de l'incinération dans les journaux. Enfin elle promit de téléphoner à tous les amis qu'elle pourrait atteindre. Il se trouve qu'elle était à Londres la nuit où son mari était mort et qu'elle ne savait plus avec qui il était fâché ou en bons termes à ce moment-là. Elle prévint tout le monde. Il en résulta que nombre des assistants étaient des Africains dont Dick s'était séparé. Diop, le secrétaire de *Présence africaine*, prononça la principale allocution.

La cérémonie fut atroce. On plaça le cercueil sur un petit chariot qui disparut lentement sous la chaire. Il accéléra brusquement et atteignit le four dans un tintamarre du diable. Puis le corps de Dick fut consumé par les flammes pendant que ses ennemis prononçaient ses louanges.

Avec Lesley, je raccompagnai Ollie jusqu'à son appartement à Ivry. Il y trouva un télégramme de la revue *Ebony* qui lui demandait un article sur Dick : longueur et prix à sa discrétion. Ollie déclara qu'il serait incapable de l'écrire et qu'il ne savait pas combien demander. Je lui promis de l'aider et lui conseillai de réclamer cinq mille dollars. Je restai tard pour l'aider à rédiger l'esquisse de son article. Lesley prépara le repas sur un réchaud que quelqu'un avait donné à Ollie. Nous allâmes nous coucher à l'hôtel et partîmes dès le lendemain pour Saint-Tropez. Je ne me rappelle pas avoir vu d'écrivains américains à l'enterrement de Dick, ni William Gardner Smith, ni James Jones, ni aucun habitué du Tournon. Plus tard le bruit courut qu'une mystérieuse agente de la C.I.A. s'était glissée dans la chambre à coucher de Richard Wright après minuit et l'avait empoisonné. Mais nous étions déjà partis quand on raconta cela à Saint-Germain-des-Prés.

Nous allâmes chez Walter et Torun pour la Noël. La maison nous parut vide et fermée à clef. Je gravis pourtant les marches du perron. Toujours aucun bruit. J'essayai d'ouvrir la porte pour vérifier s'ils n'auraient pas oublié de la fermer. Alors j'entendis brailler. Nous tombions en pleine scène de ménage. Torun faisait ses bagages pour aller à Stockholm dans sa nouvelle D.S. avec ses enfants, Pia, Ira et Ina. Elle emportait une dinde rôtie, des tartes et tout le repas. Cependant Walter préparait son propre dîner et il avait aussi une dinde au four. La querelle avait commencé sur la manière de préparer ce volatile. Quant à lui, il farcissait la sienne avec deux douzaines d'huîtres, une boîte de biscuits secs, six bouteilles de châteauneuf-du-pape, une bouteille de Pernod et une bouteille de scotch. Torun et les enfants embarquèrent dans la D.S. et s'en allèrent. Walter feignit de ne pas les voir. Jusqu'alors personne ne nous avait invités à entrer. Walter s'en aperçut et nous retint à dîner. Lesley digéra mal ce repas, elle en fut affreusement malade et dut s'allonger pendant deux heures sur un canapé. Cependant Walter me racontait des histoires de plus en plus ahurissantes. Je me souviens notamment d'une phrase : « J'avais douze ans quand je compris que je faisais déjà des enfants à mes petites copines. » Nous retournâmes à Saint-Tropez au lever du jour et l'après-midi même nous étions au sommet d'une colline à ramasser du bois mort pour faire du feu.

Au début de mars, je conduisis Lesley à Paris et fis immédiatement demi-tour pour retourner à Saint-Tropez. Je m'arrêtai à Biot chez Walter et Torun que je n'avais pas vus depuis la Noël. C'était au milieu du mois de mars. Ils préparaient l'exposition des portraits de Billie Holliday que Walter peignait depuis son mariage avec Torun. Ils avaient loué une galerie à Paris, rue Guénégaud, et le vernissage devait avoir lieu le 24 mars. Je décidai de ne pas y aller, sans doute étais-je jaloux. J'étais aussi vexé parce que Walter ne m'avait pas demandé d'écrire quelque chose à ce sujet.

En ce temps-là, j'étais complètement dégoûté de tout le monde et surtout de moi-même. Les Noirs du monde entier, sauf les Africains, méprisaient mes œuvres. Dick était mort, certes, mais il n'avait jamais prononcé une parole aimable au sujet de mes romans de la Série Noire. Ollie, simple dessinateur humoristique du *Pittsburgh Courier*, passait pour un grand artiste. En France il n'y avait guère que les étudiants qui me lisaient, ainsi que quelques vieux intellectuels. Seuls Giono et Cocteau faisaient exception. Cependant j'étais fauché, tenu à l'index par tout le monde, surtout les éditeurs américains, dédaigné par les éditeurs anglais, à peine grignoté par ceux d'Allemagne, respecté par les Français, presque gratuitement.

Je revis maître Suzanne Blum qui me remit les mille francs de Plon, en garda autant pour ses services et me dit que Plon me donnerait les derniers mille francs de l'à-valoir si je lui remettais le manuscrit de *Mamie Mason* dans les dix-huit mois. Ce manuscrit je ne l'avais plus. À force d'y réfléchir je me rappelai qu'un exemplaire se trouvait à la bibliothèque des livres rares et manuscrits de l'université Yale. J'envoyai un ami le réclamer en mon nom et il me l'expédia. Dès que je le reçus, je louai une chambre dans le dix-neuvième arrondissement près du parc des Buttes-Chaumont. Personne ne sut où j'étais. J'écrivis à Marlène pour lui demander de me rejoindre à Paris afin de recopier le manuscrit.

Elle constata aussitôt que j'étais fauché et me rappela que Ruth Liepman pourrait sans doute m'assurer un contrat avec Ullstein, éditeur de livres de poche à Francfort. J'écrivis à Ruth dont je n'avais plus entendu parler depuis l'année précédente, elle prit contact avec Ullstein qui offrit de publier *La Reine des pommes* devenu célèbre en Europe, moyennant une avance de 3 500 marks pour la première édition, et 4 500 pour chaque tirage suivant. De nouveau je me sentis riche.

Maurice Girodias qui publiait des livres pornos apprit que j'étais à Paris et parvint même à me débusquer. Un beau matin il me téléphona pour me demander de lui apporter le manuscrit de *Mamie Mason*. Or Plon en était déjà propriétaire. Il m'assura qu'il le lirait dans le courant de la nuit et me ferait une proposition dès le lendemain. Je cédai. Dans le délai convenu, il m'offrit une avance de mille dollars à condition que j'ajoute six scènes pornographiques.

Je fis taper le premier manuscrit, celui qu'avait acheté Plon, par Marlène et me mis au travail sur une seconde version. J'ajoutai tant de scènes hautes en couleur que je dus en retrancher les deux tiers. Ce livre parut sous le titre *Pinktoes*.

Girodias était un homme très agréable. Il publiait des auteurs de toutes nationalités dans sa collection The Travellers Companion (notamment la première édition de *Lolita*). Avant ou après, je ne me rappelle plus, je rencontrai au Tournon une femme qui prétendait avoir publié chez Girodias un best-seller intitulé *Cuisses blanches*. Mais je n'ai jamais lu ce livre. Cette consœur vantait avec une grande prolixité la virilité de son éditeur.

J'eus à cette époque plusieurs accidents de voiture et il me fallut quitter la rue Botzaris. Marlène écrivit au docteur Ramseger pour lui demander de nous prêter sa maison dans la banlieue de Hambourg pendant les vacances d'été. Je rencontrai aussi Ellen Wright rue Saint-Antoine et l'invitai à dîner à la Grande Séverine, le restaurant fréquenté par Girodias et qui se trouvait juste en face de sa maison d'édition. Girodias vint s'asseoir à notre table, on nous traita comme des rois et il ramassa la note. Plusieurs musiciens noirs vinrent présenter leurs condoléances à Ellen. Pleine d'enthousiasme Marlène invita Ellen et sa fille Rachel à passer l'été avec nous à Hambourg. Ramseger ne nous avait pourtant pas encore répondu. Il nous écrivit heureusement pour nous dire que sa maison serait libre à partir du 1er août. J'avais rencontré Herbert Hill dans le bureau de Girodias. Il était secrétaire aux affaires de travail de la N.A.A.C.P. et composait une anthologie : *Vingt années d'œuvres d'écrivains noirs postérieures à Un Enfant du pays.* Il nous demanda de lui céder un chapitre de *Pinktoes.* Girodias y consentait volontiers mais seulement après la publication du livre.

Pinktoes parut à Paris en anglais un an avant que Plon publiât *Mamie Mason.* Je n'ai jamais su qui était propriétaire du copyright. Entre-temps, Ellen et Rachel Wright, Marlène et son jeune frère étaient déjà arrivés chez le docteur Ramseger à Kleiner Flottbek. Je les y rejoignis et nos vacances commencèrent bien. Malheureusement, au bout de quinze jours, Ramseger eut un accident de voiture. Sa grande Opel fut complètement détruite. Obligé d'interrompre le périple qu'il avait prévu, il revint chez lui et il nous fallut tous déguerpir. Les Wright retournèrent à Paris où Ellen était en train d'acheter un appartement rue de Turenne. Marlène renvoya Nicholas chez ses parents et m'accompagna à Darmstadt, près de Francfort. Le docteur Knaus, P.-D.G. des éditions Ullstein, nous prêta son appartement pendant un moment. J'en profitai pour rendre visite à la Buchergilde Gutenberg à Francfort qui me consentit une petite avance. Knaus nous conseilla de passer le reste de nos vacances à Wiederstadt, dans la banlieue de Darmstadt. Peu après je reçus une lettre de Mary Dixon qui nous invitait à fêter la nomination de son mari Dean Dixon comme chef de l'orchestre symphonique de la radio de Francfort. Nous y allâmes. Je ne chercherai pas à énumérer tout ce que je bus. Je sais que je pris congé fort poliment de tout le monde et que je serrai la main de Marlène. Elle m'accompagna quand même à ma voiture. Nous partîmes sur des routes mal éclairées. D'une voix monotone elle m'accusait de mille méfaits, me reprochait ce que j'avais fait, ce que j'avais dit. J'arrêtai la voiture au bord du trottoir d'un village inconnu et lui dis : « Descends !

— Non. »

Je la poussai. Elle atterrit sur le trottoir. Je pris Mickey et partis à pied en quête d'un poste de police pour me faire héberger jusqu'à ce que je puisse reprendre le volant.

J'errais dans les rues quand un car de police s'arrêta auprès de moi. Deux agents aux uniformes fort élégants traversèrent la rue et me saisirent chacun par un bras. « Lâchez-moi, nazis ! » m'écriai-je. Ils s'écartèrent tous les deux de moi du même mouvement. Je partis avec mon chien jusqu'au car. Les agents ne me touchèrent plus et me conduisirent jusqu'au poste. Leur supérieur voulut me faire subir un alcootest. Je lui demandai de faire prévenir le consul des États-Unis en lui indiquant mon identité. Ils y consentirent de mauvais gré et furent tout péteux de voir apparaître le consul dans un minimum de temps. Je consentis enfin à l'alcootest et on me boucla dans une cellule en sous-sol avec Mickey.

Dès le début de la journée du lendemain Marlène téléphona au Dr Knaus qui me procura un avocat et envoya von Elwenstoek parler au juge en ma faveur. Ce von Elwenstoek avait mis au point l'édition allemande de trois de mes romans policiers. Je plaidai coupable et constatai la présence de quelques reporters dans la salle d'audience. Je ne compris rien au débat, évidemment. Le juge enjoignit au greffier de taper au verso de mon permis de conduire français cinq lignes qui m'interdisaient de prendre le volant en Allemagne pendant les neuf mois suivants.

Ce greffier conseilla à mon éditeur de nous faire raccompagner, Marlène et moi, à Wiederstadt. Le chauffeur du Dr Knaus eut l'amabilité de me conduire jusqu'à Sarrebrück où je pris un train pour la Côte d'Azur où j'allai raconter mes malheurs à Walter et Torun.

Torun me montra un article de *Time* sur les bijoux qu'elle façonnait et Walter me raconta ses démêlés au sujet d'une exposition de ses portraits de Billie Holliday dans une galerie de New York. J'appris que *Pinktoes* avait paru et se vendait à vingt-cinq francs. On en trouvait dans toutes les villes fréquentées par les touristes. Mon dernier roman de la Série Noire, *Ne nous énervons pas*, se vendait comme des petits pains. Torun me dit que Jean Cocteau avait écrit un article à la louange de ce livre.

Duhamel m'écrivit de sa maison de campagne pour m'inviter à déjeuner. Il habitait Mouans-Sartoux à quelque vingt-cinq kilomètres de Biot et vingt kilomètres au nord de Cannes. C'était un ensemble résidentiel entièrement neuf, très à la mode et très cher, à quelque distance de Castellaras, village très ancien mais réaménagé et doté de tout le confort moderne. De l'extérieur les maisons paraissaient rustiques. Elles étaient somptueuses à l'intérieur. Au sommet de ce village, l'architecte avait construit un château qui paraissait dater de trois cents ans. Chaque pierre, chaque vitrail, chaque poutre provenait d'anciens bâtiments. Comme à Castellaras, l'intérieur était d'un confort magnifique. Duhamel demanda à l'architecte de me faire visiter quelques maisons et ce château. « Quand croyez-vous que ce fut bâti ? me demanda-t-il.

— Quelques centaines d'années, répliquai-je.

— À peu près six ans, répondit l'architecte en souriant, pas vrai Marcel ? » J'en fus stupéfait.

Duhamel m'emmena chez lui. Je me demandai si le même architecte avait construit sa maison : trois chambres à coucher avec salle de bains particulière, une vaste salle commune dont l'immense baie donnait sur Castellaras, une salle à manger ouvrant sur une terrasse.

La porte du vestibule était couverte de plomb dans lequel étaient gravés les titres de tous les romans célèbres parus dans la Série Noire. Je les lus et quand j'arrivai à *La Reine des pommes*, mon cœur cessa de battre : j'avais l'impression que mon roman avait payé la maison de Marcel Duhamel.

La semaine suivante Duhamel m'écrivit que, d'après Gallimard, j'avais déjà touché deux mille dollars d'à-valoir sur mon prochain livre. Après avoir mis cette lettre à la poste il avait téléphoné à Lesley de ne pas me l'envoyer mais elle me l'avait déjà fait suivre. Au même moment mon agent de New York m'annonça que Avon abandonnait le projet de publier en anglais mes romans de la Série Noire parce que la directrice littéraire qui s'en occupait m'accusait de l'avoir traitée de raciste. Je me rappelai qu'elle ne voulait pas du titre *Five Cornered Square* que je souhaitais et voulait y substituer *A Rage in Harlem*. Je n'avais donc plus rien à attendre des États-Unis.

Un beau jour, vers le 13 octobre, je filai sur Paris pour toucher les soixante-quinze mille anciens francs que me devait une compagnie d'assurances. Lesley m'expliqua ce que lui avaient dit les comptables de Gallimard. J'allai quand même voir Duhamel qui m'avança 2 500 N.F. Ça valait mieux que rien. Mais j'étais constamment au seuil de la misère alors que les éditeurs faisaient fortune avec mes œuvres. James Hadley Chase vendait les siennes à bon prix pour le cinéma. Les producteurs français ne voulaient pas prendre le risque de faire des films avec les miennes. D'abord ils auraient coûté trop cher. D'autre part les films n'auraient peut-être pas coïncidé avec ce que les lecteurs français imaginaient en lisant mes romans.

Je retrouve une lettre de Ollie Harrington datée du lundi 3 août de cette année-là. Il m'y raconte entre autres une histoire amusante :

« Ollie Stewart est venu me voir hier soir avec Ruby Hurley et Lucille Black, deux nanas de la N.A.A.C.P. que tu connais, je crois. Lucille me déclara avec autorité qu'elle t'avait parlé trois semaines plus tôt dans le bureau de Henry Moon. Je n'en fus pas trop étonné parce que je l'avais vue boire cinq doubles martinis plus quelques scotches et pas mal de bière. Ça se passait vers minuit. Je l'assurai que tu n'étais certainement pas dans le bureau de Moon trois semaines auparavant. Elle ne me crut évidemment pas car quelques heures plus tard au Mars Club elle me demanda si tu travaillais toujours dans le bureau de Henry Moon. »

Peu après je m'installai à Mougins-Village. Je voulais écrire pour gagner de l'argent. Tous les auteurs de la Série Noire semblaient en gagner dans le cinéma. Je m'attelai donc à un scénario. Mais je manquais d'inspiration.

Je fis connaissance avec le propriétaire de l'Hôtel de France à Mougins-Village. Il me parla des célébrités qui fréquentaient son restaurant. Picasso et Jacqueline, Duhamel et Germaine, Jean Cocteau, les patrons de plusieurs bars de Cannes et bien d'autres gens que je ne connaissais pas. Bien des dames se mirent alors à ma disposition et je rencontrai plusieurs photographes de *Life* qui cherchaient à se glisser dans le château de Picasso. Chaque jour je constatai combien j'étais célèbre en France. Célèbre mais besogneux.

3

Duhamel m'invita à dîner. En arrivant chez lui, je le trouvai seul avec Germaine. « Nous allons à la plage bleue de Cannes, me dit-il, ça vous plaira. » Nous partîmes en voiture. Une grande Opel nous doubla sur la route. Marcel et Germaine saluèrent de la main. Assis sur le siège avant de l'autre voiture, Picasso leur répondit du même geste. L'Opel était conduite par une brune bien en chair et fort attrayante. Il y avait deux enfants à l'arrière.

« Vous savez qui c'est ? demanda Duhamel.

— Tout le monde connaît Picasso.

— Eh bien ! nous sommes ses invités.

— J'espère qu'il admettra mon chien.

— Il raffole des chiens. »

Nous suivîmes la grande Opel jusqu'au parking de la plage bleue. Aussitôt débarqués, je conduisis Mickey à la mer. Personne ne disait rien. J'allai aux cabines-vestiaires. Un employé m'en ouvrit une. À mon retour Mickey faisait des épates presque à l'horizon. Picasso nageait vigoureusement mais près du bord. Jacqueline était la meilleure nageuse. Duhamel et Germaine tenaient honnêtement sur l'eau. Je me contentai de faire trempette.

Je rappelai Mickey. Il revint docilement et se coucha au soleil. Duhamel lui servant d'interprète, Picasso m'indiqua qu'il faut toujours rincer un chien qui sort de l'eau salée et il s'en chargea lui-même avec mon Mickey.

Quand vint l'heure du repas, je constatai qu'une vingtaine d'Espagnols s'étaient joints à nous. Je ne me rappelle plus quel surnom ils donnaient à Picasso. Le menu consista surtout en poisson, poulet, paela, agneau et haricots verts. Ensuite Picasso dodelina de la tête pendant un moment. Je m'ennuyai. Puis il se leva, embarqua sa famille dans sa voiture et partit pour son château, suivi par sept ou huit automobiles. Je remarquai que son domaine était entouré par un haut grillage de fil de fer dont la charge électrique suffisait à paralyser un éventuel cambrioleur.

Picasso nous fit visiter sa galerie, son studio, et son atelier de céramique en sous-sol. Nous passâmes par plusieurs pièces aux volets clos. Puis, quand il ouvrit une autre porte on entendit des oh ! et des ah ! Il me fallut un certain temps pour ajuster mon regard sur la plus belle plaisanterie du maître. Il avait reproduit les tableaux les plus célèbres de l'histoire, en transformant les femmes en sirènes et en nymphes, les grands personnages en satyres, les prêtres en eunuques et en reines. C'était étourdissant. Je remarquai que Picasso jetait de temps en temps un coup d'œil dans ma direction pour voir comment je réagissais.

Plus tard, Duhamel me confia que Picasso pensait à dessiner une bande comique sur le thème *La Reine des pommes*. Il ne le fit jamais. C'est Melvin Van Peebles qui s'en chargea pour *Hara-Kiri* en 1965 avec l'aide de Paule Truffert, et les dessins étaient de Georges Wolinski.

Quelque temps plus tard, chez Walter et Torun, Marianne Greenwood me demanda de l'accompagner chez elle à Antibes. Elle vivait avec un jeune Italien qu'elle considérait comme un gangster et dont elle avait peur. J'acceptai. Ensuite elle vint me voir par l'autocar à Mougins-Village et me demanda de lui faire quitter « secrètement » Antibes, voire de la conduire à Paris, si je le pouvais. Elle estimait, à juste titre d'ailleurs, que son brigand n'oserait pas s'attaquer à moi. Le lendemain matin j'allai donc chercher ses bagages chez elle et la rejoignis à Avignon d'où nous partîmes pour Paris.

Marianne comptait toucher quelque argent sur son livre : *Picasso in Antibes*, pour me rembourser mes frais. Les choses ne tournèrent pas comme elle l'escomptait. Le fils de son éditeur britannique était bien à Paris mais il n'avait pas l'argent qu'il avait promis. De mon côté, je ne pus entrer en contact avec Lesley. Je repartis pour le Sud à trois heures du matin avec Mickey, le seul de nous trois qui eût mangé.

Peu avant d'atteindre Sens, je craignais de m'endormir et m'arrêtai à peu près une demi-heure au bord de la route. Je me réveillai ravigoté, traversai Sens et continuai mon chemin. Mais la fatigue revint. Cela m'inquiéta d'autant plus que des convois de camions roulaient vers Paris. Je succombai au sommeil. Ma voiture bifurqua vers la gauche. Un routier alluma ses phares et klaxonna. Je me réveillai, terrifié. Au lieu de revenir à droite, je braquai en plein sur la gauche et donnai dans un arbre.

En passant à travers le pare-brise, j'eus le temps de constater que le radiateur de ma voiture s'était enroulé autour du tronc d'arbre. Puis voilà Mickey qui apparaît avec une grosse bosse sur la tête. Je retournai péniblement à l'auto, tâtai le plancher en quête de ma torche électrique et fis des signaux pour appeler à l'aide.

Enfin plusieurs voitures stoppèrent. L'une repartit pour prévenir la police et envoyer une ambulance. Les agents déclarèrent tout de go que j'avais une chance sur mille de survivre. L'ambulance arriva peu après et me transporta à l'hôpital de Sens. Au moment de gravir les marches du perron je poussai un cri de douleur. Je me rappelle un médecin ou un infirmier au regard sévère qui m'appliqua du sparadrap sur la figure puis une nonne sortit et ordonna à quatre infirmières de me porter à mon lit.

Je ne savais pas ce qu'il était advenu de Mickey. Le lendemain, le propriétaire d'un restaurant routier proche de Sens et sa femme — Gil et Rolf — me rendirent visite. Ils me dirent qu'ils avaient recueilli mon chien et en prendraient soin jusqu'à ma guérison. Afin de me consoler ils me laissèrent plusieurs bouteilles de bon vin que je cachai dans ma table de nuit. À peine étaient-ils partis qu'une sœur fit rouler mon lit jusqu'à la salle d'examen.

Le médecin déclara que je n'avais subi aucune fracture et que je serais complètement remis à neuf dans quelques jours. L'infirmier me pansa le nez chaque jour. Je me plaignis de lui à la sœur qui s'en chargea.

La nouvelle de mon accident parut dans les journaux de Paris et les visiteurs d'affluer. Lesley passa la nuit chez une amie à Sens pour me voir avant de prendre son travail le lendemain. Cette amie déclara à la police que Lesley connaissait ma voiture immatriculée en TTX. Quand elle revint me voir les agents menacèrent de l'arrêter. Gil et Rolf me fournirent abondamment en alcools de qualité et je ne tardai pas à devenir le barman de l'hôpital.

Pierre-Dominique Gaisseau arriva avec un ami dès qu'il apprit l'accident. Il me cherchait depuis le mois de mai où il avait vu *A Raisin in the Sun* à un festival de films. Avec un de ses amis producteurs, il s'était mis en tête que je pourrais écrire un scénario bien meilleur. Gaisseau demanda au médecin s'il n'y avait pas moyen de me ramener à Paris. Le docteur convint qu'il n'avait pas fait de rapprochement entre le romancier Chester Himes et l'accidenté qu'on avait amené à l'hôpital en fin de nuit.

Constatant combien Gil et Rolf aimaient Mickey, je leur en fis cadeau, convaincu qu'il serait plus heureux chez eux qu'avec un vagabond comme moi. Finalement, c'est Ollie Harrington qui vint me chercher en début d'après-midi. Lesley habitait à l'hôtel Princess. Il n'était pas sûr que l'hôtelier me laisserait vivre avec elle. La police de Sens attendait que je sorte de l'hôpital pour statuer sur l'épave de ma Hillman mais le médecin me libéra sans la prévenir.

Ollie me laissa à l'hôtel Aviatic rue de Vaugirard. J'y restai quelques jours. J'avais encore quelque chose à toucher sur *Ne nous énervons pas. Pinktoes* se vendait bien dans toute l'Europe. J'étais en bons termes avec Girodias. Je lui téléphonai pour lui demander deux mille cinq cents nouveaux francs. Il me les apporta en espèces à l'hôtel et m'offrit de me faire livrer mes repas par La Grande Séverine.

Le lendemain matin, me sentant d'aplomb, je partis pour un bar proche de la gare Montparnasse. Mais je tombai dans la rue. Des passants me relevèrent, me mirent dans un taxi et dirent au chauffeur de me conduire à l'hôpital américain de Neuilly. Le médecin de service convoqua un ostéopathe dont j'ai oublié le nom. Ce spécialiste avait lu *La Reine des pommes* à la fin de ses études comme la plupart de ses camarades. L'examen aux rayons X révéla les fractures de mes trois dernières vertèbres remontant à ma chute dans une cage d'ascenseur à Cleveland. Malheureusement le mauvais matériel radiographique de l'hôpital de Sens n'avait pas permis de distinguer une infime fracture au bassin, presque invisible. J'en avais pour quinze jours de lit et pris une chambre particulière avec téléphone.

J'appelai Gaisseau et lui demandai de m'amener son ami le producteur. C'était un grand et beau jeune Juif, Arthur Cohn, patron d'une maison de production de films, siège social à Vaduz au Liechtenstein, et frère de Harry Cohn, P-D.G. de la Columbia Pictures. Tout comme Gaisseau, Cohn souhaitait faire un film dont j'écrirais le scénario. Le lendemain, René Lafitte qui comptait s'associer à Cohn dans cette entreprise me rendit visite, m'offrit un contrat à signer et posa douze mille nouveaux francs sur mon lit. Le pactole !

Les nouvelles voyagent vite car Marianne ne tarda pas à apprendre que j'étais riche et elle vint m'offrir de sous-louer son appartement d'Antibes pendant qu'elle irait au Guatemala prendre des photos pour un livre qu'un de ses concitoyens suédois écrivait sur l'United Fruit Company. Dès que je quittai l'hôpital, je pris le train pour Antibes afin de m'atteler au scénario de *Baby Sister*. Mes idées n'étaient pas encore précises. S'y mélangeaient des souvenirs de Faulkner, des mémoires d'anciens esclaves, d'un roman écrit par une Noire, de *Baby Doll* et de ce que j'avais vu à Harlem.

L'appartement me plut. Il dominait les remparts à peu près à deux carrefours du musée Picasso. Il se composait d'une chambre à coucher, d'une cuisine et d'une salle de bains, d'un grand studio d'où la vue s'étendait par temps clair jusqu'à l'Italie. Torun et Duhamel avaient habité dans les parages.

C'était l'hiver. Un gros radiateur électrique dégageait assez de chaleur. Je me laissai absorber par mon scénario pendant trois semaines. Puis quand j'écrivis la dernière ligne je me mis à pleurer. C'était l'histoire la plus triste que j'eusse lue. Je la portai à Paris pour qu'une employée de Duhamel la dactylographie au propre. Ses amis déclarèrent que c'était une tragédie grecque au visage noir : un père et deux fils morts, leur oraison funèbre prononcée par un prêtre bidon qui veut violer Baby Sister, laquelle s'échappe de l'église poursuivie par sa sœur aînée avec tous les membres de la communauté à leurs trousses.

Arthur Cohn emporta le manuscrit en Suisse, en fit imprimer cent exemplaires et les distribua en Angleterre à des professionnels du cinéma.

Je m'installai à l'hôtel Princess avec Lesley. Gaisseau m'emmena chez lui un jour pour me présenter à sa femme et aux deux ou trois enfants qui campaient dans la maison de leurs parents. Il n'avait encore rien touché et j'en restai à mes douze mille premiers nouveaux francs. On parlait de ma tragédie grecque à visage noir dans les milieux de cinéma. Gaisseau m'invita avec Lesley à toutes les réceptions de cinéastes. Je constatai que bien des gens refusaient de lui parler et se détournaient même à son approche.

J'appris qu'au festival où il avait présenté un documentaire sur la Nouvelle-Guinée il avait été hué et traité d'assassin. Au cours du tournage ses techniciens s'étaient perdus dans la brousse, disait-on. Deux hommes étaient morts de maladie; les lignes d'aviation françaises avaient refusé de les secourir et ils n'avaient dû leur salut qu'à un avion hollandais.

Après ce festival, Gaisseau avait, dit-on, emprunté assez d'argent à René Lafitte pour présenter ce film en Allemagne où un producteur américain, Joe Levine, l'avait acheté, baptisé *The Sky above, Mud below*. Au temps où j'étais à l'hôpital, il avait été retenu pour un Oscar. Mais Gaisseau n'avait pas encore récupéré l'argent perdu dans cette aventure.

À cette époque-là, en passant devant la librairie Gallimard, boulevard Raspail, j'avisai dans la vitrine un exemplaire de *La Reine des pommes*, différent de ceux que je connaissais. J'entrai. C'était un livre relié, illustré, édité par la Guilde du Livre à Lausanne. Personne, ni chez Gallimard, ni ailleurs, ne m'en avait parlé. Duhamel n'avoua pas être au courant de cette édition qui reste aujourd'hui encore un mystère pour moi.

René Lafitte était sans doute en contact avec

Arthur Cohn et, un beau jour, il offrit à Gaisseau de payer les chèques qu'il tirerait sur son compte en banque jusqu'à ce qu'il touche de l'argent sur notre projet.

L'argent avait la même influence sur Gaisseau que sur moi. Il nous offrit à Lesley et moi une tournée des grands-ducs. Nous partîmes dans sa vieille Dauphine et nous arrêtâmes d'abord dans la petite salle de l'Arlequin où une douzaine de strip-teaseuses défilèrent sur scène. À part nous, il n'y avait guère dans l'assistance que les filles qui regardaient, figées, l'air morne, leur camarade s'exhiber. De là nous allâmes chez Régine qui venait de découvrir le twist. Gaisseau bondit sur la piste, dansa avec une douzaine de filles et s'enfuit comme un lapin lorsqu'elles le serrèrent de trop près. De Pigalle on alla rue de Berry où des amis de Gaisseau recevaient au rez-de-chaussée en face du *New York Herald Tribune*. On but encore. Je me rappelle avoir sifflé un grand gobelet de scotch.

Avec son carnet de chèques tout neuf et de l'argent à son compte, Gaisseau avait envie de retrouver des vieux amis mais il ne savait où aller. Je suggérai le Blue Note où Bud Powell jouait du piano. Nous le trouvâmes d'ailleurs assis, inerte, à une table près de la porte d'entrée. Quand nous passâmes près de lui, il gémit : « Payez-moi une bière, payez-moi une bière.

— Plus tard », lui dis-je. Le trouver dans cet état me serra le cœur. Il était au bout de son rouleau. Pour qu'il n'achète plus boissons ni drogues, le patron ne le payait pas mais réglait ses notes d'épicerie, l'envoyait chercher dans sa voiture et le renvoyait chez lui de même, en donnant quelque argent à sa compagne pour qu'elle lui fasse la cuisine et le mette au lit. Une vie de chien.

Nous nous assîmes. Bud se traîna jusqu'au piano. Gaisseau en eut pour dix-huit nouveaux francs. De là on fila sur Saint-Germain-des-Prés. Gaisseau arrêta sa voiture rue du Four et on se mêla à la foule agglutinée devant la porte d'une boîte de nuit. Gaisseau joua du coude pour atteindre le judas et proclama son nom. Quelques personnes s'exclamèrent. Le gardien répondit : « Je ne vous connais pas. » Gaisseau eut alors une idée. Il me montra du doigt et dit : « Chester Himes. » La porte s'ouvrit immédiatement et une main nous attira à l'intérieur.

Décidément j'étais célèbre. Une jeune femme attira Gaisseau vers une table. Quelqu'un me dit : « Pst, Chester, un joint pour toi. » Je me retournai. Un Africain de bonne mine, que j'avais déjà remarqué parmi les cinéastes, me glissa une cigarette dans la main. « Fume-la aux gogues », dit-il.

Je suivis son conseil, mais n'aspirai que quelques bouffées qui me donnèrent des ailes. Je remarquai tout à coup que mon argot se démodait. J'usais dans mes romans d'un langage que personne ne parlait plus.

Quand je revins dans la salle, Gaisseau et Lesley traversaient la piste de danse en direction d'une table. Gaisseau me flaira sans discrétion quand je les rejoignis. Lesley servit le whisky dont il y avait une bouteille pleine à notre disposition. « Dansons », dis-je d'une voix pâteuse. Lesley dut me soutenir jusqu'à la piste. Au début on nous observa discrètement puis tous les regards se fixèrent sur nous. Gaisseau avait déjà vidé son verre et le remplissait de nouveau. Tout à coup, mes jambes fléchirent, j'eus à peine le temps d'atteindre la table et m'écriai : « Je ne tiens plus debout. »

Lesley fit preuve d'un courage admirable. Bien qu'ivre elle-même elle se leva et me remit sur pied. Gaisseau et elle me portèrent littéralement jusqu'à la sortie. J'avais les jambes en coton. Quelqu'un ouvrit la porte. Nous montâmes l'escalier. Il fallut encore me porter jusqu'à l'hôtel Princess où Gaisseau aida Lesley à me hisser jusqu'au deuxième étage puis il retourna à sa voiture et rentra chez lui.

Le lendemain il trouva son auto abandonnée au milieu de la chaussée, un essieu brisé. Dieu sait comment René Lafitte eut vent de notre virée. Toujours est-il qu'il téléphona à sa banque pour couper le crédit à Gaisseau.

Arthur Cohn revint de Londres plein d'enthousiasme. Tous ceux à qui il avait présenté mon scénario — experts, cinéastes, autres producteurs, metteurs en scène et banquiers — se disaient prêts à miser jusqu'à leur dernier sou sur le film. En février il m'offrit un contrat. En plus de la vente je devais toucher un salaire mensuel tant en France qu'aux États-Unis pendant le tournage. J'acceptai.

Lesley trouva un appartement rue de la Harpe. J'étais prêt à partir pour Antibes où je comptais attendre le retour de Cohn, parti pour les États-Unis. L'appartement n'était pas encore libre.

Cohn consulta les patrons des sept principaux studios américains. Tous déclarèrent que *Baby Sister* comportait trop de risques par rapport aux recettes possibles. Pendant son séjour, Cohn rafla l'Oscar destiné à Gaisseau pour le film *Sky above,*

Mud below. À vrai dire, personne ne connaissait le véritable auteur du film et Cohn avait fait inscrire son nom pour simplifier les formalités. Je lui avais conseillé de prendre contact avec Herbert Hill, secrétaire au travail de la N.A.A.C.P., s'il voulait embaucher une équipe de cinéastes noirs. Mais les sentiments de Hill envers moi avaient changé du tout au tout. Le chapitre de *Pinktoes* qu'il avait choisi pour son anthologie donnait lieu à controverse : bien des gens reconnaissaient mon héroïne : Molly Moon, épouse de mon cousin Henry Moon, rédacteur en chef de *The Crisis*, revue de la N.A.A.C.P. Finalement les dirigeants de la N.A.A.C.P. écrivirent une lettre collective à Cohn pour dénoncer mon scénario comme vil et indigne d'être présenté au public.

Dès que j'appris le retour de Cohn je regagnai Paris. J'appris d'abord que Dominique cherchait Arthur pour lui casser la figure au sujet de l'Oscar. Lesley s'était enfin installée rue de la Harpe et m'y accorda une place. Dominique vint me dire que Cohn voulait me voir chez Lafitte villa Madrid.

Je pris un taxi le lendemain matin pour y aller tout seul. Une bonne m'ouvrit la porte et j'entendis aussitôt des éclats de voix. J'entrai dans un salon et avisai aussitôt Cohn sur un balcon, l'Oscar à la main en train d'expliquer pourquoi il était gravé à son nom. Cependant Lafitte et un autre individu que je n'avais encore jamais vu retenaient Dominique Gaisseau, dans la pièce, une marche plus bas que le balcon. Dès que j'entrai dans la pièce, Cohn et Dominique se tournèrent vers moi pour me parler.

« Je ne sais pas ce qui s'est passé », déclarai-je à pleine voix.

Cohn entreprit alors de me raconter ses déceptions aux États-Unis mais Dominique ne pensait qu'à son Oscar. Enfin le quatrième homme s'en alla. Lafitte le suivit et je m'efforçais de tenir Gaisseau et Cohn à distance l'un de l'autre.

Enfin je m'éclipsai en espérant qu'ils ne s'entretueraient pas tout à fait et je retournai rue de la Harpe en me demandant s'il ne faudrait pas rembourser les douze mille nouveaux francs que j'avais touchés sur notre projet.

À peu près à cette époque, mon frère, Joseph S. Himes, professeur de sociologie, et sa femme Estelle passèrent par Paris à leur retour d'Helsinki où il avait enseigné pendant un an à l'université en vertu d'un échange Fulbright. Je les emmenai chez Plon où le directeur littéraire, Minnie Danzas et bien d'autres personnes que je n'avais encore jamais vues firent la haie pour leur serrer la main et leur dire que j'étais un grand écrivain.

Haines se mit à nous rendre visite fréquemment. Gaby l'avait quitté pour se mettre en ménage avec un homme plus jeune que lui. Il me raconta les difficultés que lui donnait sa petite ferme proche de Paris. Il n'y récoltait que des choux qu'il cuisinait avec du poisson séché qu'on lui cédait gratuitement aux Halles. Je lui donnai quelques pilules de somnifère pour lui remonter le moral. Au bout de quelques jours, il me demanda de lui prêter de l'argent en promettant de le rendre dès qu'il aurait vendu sa voiture. Je l'emmenai avec moi chez Gallimard. Duhamel me donna mille francs. Sans doute espérait-il que je lui apporterais un nouveau roman. J'en remis la moitié à Leroy. Il ne tarda pas à partir pour l'Allemagne où il ouvrit un restaurant afro-américain à Francfort.

Un beau jour, Dominique vint me dire que Pierre Lazareff voulait me voir afin de me confier le tournage à Harlem d'un documentaire pour son émission télévisée : *Cinq Colonnes à la une*. Je me rendis au journal *France-Soir* et vis d'abord Roger Féral, frère de Pierre Lazareff, qui me répéta ce que Gaisseau m'avait déjà dit. Je lui demandai immédiatement combien je toucherais. Il me promit le cachet maximum de l'O.R.T.F. pour un directeur de production mais n'en précisa pas le montant et me conseilla d'aller me renseigner quai Kennedy. J'y allai sur-le-champ, y vis Dominique et appris que le cachet le plus élevé était étonnamment faible. Je téléphonai à *France-Soir* et dis à une assistante de Lazareff que je n'irais pas à New York à ce prix-là. Elle promit d'en parler à son patron et me demanda de la rappeler le soir même en précisant son nom : Éliane Victor. Quand je la rappelai elle me dit que Lazareff ajouterait au cachet prévu deux mille cinq cents nouveaux francs de sa proche poche. L'argent serait à ma disposition dès le lendemain matin. Je n'allais évidemment pas laisser traîner cette somme dans les bureaux du journal !

Départ précipité, voyage sans accroc. À notre arrivée à New York, l'équipe de l'O.R.T.F. était arrivée de Porto Rico et nous attendait sur le trottoir devant l'hôtel avec tout son matériel. Quelque cinq mille badauds noirs s'étaient agglutinés, peut-être en espérant voir tourner un film. J'avais déjà esquissé approximativement ce que je voulais faire filmer : la banque noire de la 125e Rue, le salon de beauté de Rose Meta, le vieux temple de Daddy Grace, l'église des baptistes abyssiniens d'Adam Powell, l'extrémité supérieure de Central Park avec son lac où l'on se baigne l'été et où l'on patine l'hiver, les bars de clodos sur la 8e Avenue, bref les décors les plus typiques de Harlem. La librairie de Lewis Michaux en face du Theresa Hotel nous servit de quartier général. Malcolm X était en bons termes avec Michaux. Il vint nous voir et on l'interviewa au sujet de sa politique. Malheureusement nous n'avions pas d'interprète compétent et la pellicule fut gâchée. Comme tout le monde, j'avais, évidemment, entendu parler de Malcolm X mais je ne l'avais encore jamais rencontré. La méfiance du Blanc constituait l'essentiel de sa doctrine. Il n'eut pas de peine à me convaincre car cette méfiance est innée en moi. Le tournage nous prit quinze jours. Dans l'ensemble le film était bon.

J'avais apporté le manuscrit de *Baby Sister* dont je m'occupai pendant mon séjour. J'incitai Dominique à en vendre le copyright à Joe Levine. Il fit de son mieux, alla chaque jour au bureau de Levine, chercha à le convaincre, se mit au mieux avec ses deux secrétaires, fit la tournée de tous les périodiques et journaux, notamment *Look, Life, Cosmopolitan*. Sa photo parut sur la couverture de toutes ces revues. J'espérais que cette publicité lui permettrait de disposer de mon scénario.

Levine promit finalement d'en tirer un film à condition que Dominique lui présente un budget précis. Ni lui ni moi ne savions comment nous y prendre. Il s'adressa à une des secrétaires de Levine et lui demanda d'abord combien elle croyait que son patron pourrait engager dans cette opération. « Au moins un demi-million. Il vous suffit de faire un devis. » Mais elle ne savait pas mieux que nous comment s'y prendre. Parallèlement je m'occupai de recruter une équipe technique de Noirs. On m'assura que le syndicat m'en empêcherait.

Et puis, tout à coup, Dominique eut une dépression nerveuse. Le correspondant de l'O.R.T.F. à New York me téléphona pour que je l'aide à embarquer mon ami dans un avion pour Paris. Je n'avais toujours pas rencontré Joe Levine. J'ignorais comment prendre contact avec lui. Alors, dégoûté, je partis moi aussi.

Aussitôt de retour à Paris, je m'efforçai de revoir Gaisseau. Impossible de le joindre. Apparemment, il avait pris le maquis.

4

J'étais célèbre. Des milliers d'oisifs, d'ahuris, de bons à rien du quartier Latin convergeaient sur notre logement. L'O.R.T.F. montait notre film. J'en vis une première version de quarante-cinq minutes. Elle ne me plut pas.

Lazareff m'offrit mille dollars pour un reportage sur Harlem. Je décidai d'en écrire un qui contredirait le film. Je l'intitulai *Harlem : un cancer américain*. Je ne l'avais pas achevé quand on m'invita à une représentation privée de la version définitive du film. À la même séance, on passa *West Side Story* en première. Lazareff y assista avec bien des personnalités. Ce qu'on avait tiré de notre travail à Harlem me déplut tellement que je m'en allai sans rien dire à personne ni même prendre congé. Peut-être est-ce à cet instant que j'ai brisé ma carrière à Paris. On ne m'offrit plus d'autres occasions de gagner plus que de modestes à-valoir sur mes romans et si je restai un grand homme ce fut seulement chez les marginaux du quartier Latin.

Mon reportage terminé je le portai à *France-Soir* et le remis à Éliane Victor. Je ne lui cachai pas qu'il était férocement anti-américain. Elle en fut choquée mais me promit évidemment de le montrer à Lazareff. Ça se passait le 1er septembre. Je n'eus aucune nouvelle de cet article jusqu'au 20 octobre.

Entre-temps j'allai en Corse avec Lesley qui y passait ses vacances. On s'arrêta à Marseille pour voir Roger Luccioni, cardiologue bien connu et batteur d'une formation de jazz composée de jeunes médecins. J'avais fait connaissance avec lui chez Walter Coleman. Il nous invita à déjeuner avec quelques-uns de ses amis. Des reporters du journal communiste *La Marseillaise* assistèrent à ce repas et nous emmenèrent évidemment au bureau du journal pour nous photographier.

La Croisade de Lee Gordon, qui m'avait valu l'hostilité des communistes aux États-Unis, plaisait au contraire aux communistes français qui en réclamaient presque la paternité. J'eus l'honneur d'un article en première page de *La Marseillaise*. Le lendemain quand Lesley alla toucher des chèques de voyage dans une banque, le caissier lui dit : « Je vous connais, madame. Vous êtes l'épouse de Chester Himes, auteur de *La Croisade de Lee Gordon*.

— Qui vous a dit cela ?

— J'ai vu votre photo dans *La Marseillaise* de ce matin.

— Tiens, tiens ! vous lisez le journal communiste ? demanda Lesley.

— Il faut bien se tenir au courant de ce que mijote l'ennemi. »

Pendant notre absence, notre film sur Harlem passa à la télé dans *Cinq Colonnes à la une*.

D'innombrables journalistes sollicitèrent des interviews. *Candide* me demanda un article dans lequel je tirerais un parallèle entre la situation à Harlem et la guerre d'Algérie. J'eus l'imprudence de l'écrire. Plus tard, bien des gens me conseillèrent de quitter la France au moins pendant quelques mois parce que l'O.A.S. était à mes trousses. J'avais en effet comparé les membres de cette organisation terroriste aux racistes du Mississippi.

Je me contentai de descendre vers le sud et de passer quelque temps chez Walter et Torun. Elle se préparait à aller à New York pour une exposition de ses bijoux chez Georg Jensen sur la 5e Avenue. Lesley me rappela à Paris par téléphone parce qu'elle avait reçu un télégramme et une lettre d'Éliane Victor. Je pris immédiatement le train. Et voici la lettre que je trouvai rue de la Harpe :

« Cher Chester,

« Je suis vraiment déçue par l'échec de mes efforts pour faire paraître votre article sur Harlem. J'en ai parlé plusieurs fois à Pierre Lazareff. Il ne sait qu'en faire, ni dans quel journal publier cet excellent reportage. Alors... continuons à attendre.

« Éliane Victor. »

Exaspéré, je portai un exemplaire de mon texte à *Présence africaine* et j'en envoyai un autre à George Ramseger pour qu'il le publie dans *Die Welt* si ça lui convenait.

Dès cette époque-là j'envisageai d'écrire mon

autobiographie limitée au temps où j'avais vécu en Europe. Je la divisai en trois livres consacrés chacun à une femme : la première issue de l'aristocratie des États-Unis (Boston, Smith College, etc.), mariée, divorcée, trois filles; la deuxième, jeune Allemande immature, assez déséquilibrée; la troisième Anglaise, bonne famille, bon milieu, trente ans passés. Mais je prévoyais que ça ne plairait pas au public américain et que j'aurais du mal à le faire avaler à ses éditeurs.

En attendant de me lancer dans ce grand œuvre, j'allai chez Gallimard demander un nouveau contrat à Duhamel. Il m'en offrit un aussitôt, comportant une augmentation de deux mille cinq cents francs de l'à-valoir. Je ne l'avais pas encore signé quand je rencontrai Minnie Danzas qui me présenta à son patron Philippe Daudy. Ce dernier m'offrit immédiatement une avance de sept mille cinq cents nouveaux francs pour un roman policier. J'acceptai et conservai le contrat de Gallimard. S'ensuivirent des démêlés entre ces deux éditeurs. Au bout de quelques semaines, ils se mirent d'accord sur cette solution : mes livres paraîtraient alternativement chez l'un et chez l'autre.

C'est à cette époque que Lesley et moi dînâmes avec Nicole et Eddie Barclay qui nous emmena au milieu de la nuit manger la soupe à l'oignon aux Halles. Je viens de retrouver une photo qui fut prise au restaurant et je vois que je m'étais rasé la moustache. Je ne me reconnais pas. Lesley était en beauté.

Le 2 janvier, je pris l'avion pour New York afin de m'entendre avec un nouvel agent littéraire. J'espérais toucher assez d'argent pour aller ensuite au Mexique. Émile Cadoo, le photographe noir bien connu à Paris, m'avait demandé de prendre contact avec sa sœur Joyce. Je le fis dès mon arrivée. Elle me plut mais il n'en résulta rien. Elle enseignait à temps partiel dans une classe d'incorrigibles. Je me demandai comment elle parvenait à survivre parmi ces redoutables petits Noirs et Portoricains. Elle peignait aussi dans un studio au premier étage d'un immeuble de la 2e Avenue à plusieurs pâtés de maisons de chez elle. Elle m'y conduisit. J'y vis des toiles qui me parurent excellentes et des lithographies. Elle m'en donna une dont l'original avait été acheté par le gouverneur Rockefeller. Elle dessinait aussi des portraits en noir et blanc mais ce qui l'intéressait le plus c'était la création de bijoux, comme Torun.

Je pris contact avec divers agents littéraires, notamment Carl Brandt, et attribuai mes difficultés aux États-Unis au fait que bon nombre de mes œuvres avaient d'abord paru en France. D'après lui, c'était une crainte saugrenue. Nous nous entendîmes à merveille. Il me demanda seulement de lui donner un exemplaire de chacun de mes livres qui n'avaient pas paru aux États-Unis.

Cependant Marianne m'écrivait assidûment. Elle espérait que je la rejoindrais au Yucatan pour l'aider à payer son loyer. Un beau jour, sans rien dire à personne, je pris l'avion pour Merida. Je m'étais habillé un peu trop chaudement et je faillis crever de chaleur à mon arrivée. Les douaniers mexicains furent odieux. Ils me firent ouvrir ma valise, examinèrent ma machine à écrire et ricanèrent avec mépris quand je leur dis à quoi elle me servait.

Je pris un taxi sur l'aéroport. Le chauffeur voulut me conduire à Merida. J'eus du mal à faire entendre que je voulais aller directement à Sisal où j'arrivai en bras de chemise, déboutonné jusqu'à la ceinture. La nuit était pourtant tombée, c'était à la pleine lune. Je vis des centaines d'Indiens accroupis au bord de la route.

Trouver Mme Greenwood à Sisal fut facile. Tout le monde connaissait cette grande blonde, venue de l'extrême nord du monde pour écrire un livre. L'arrivée du taxi était un événement. Tous les habitants de Sisal étaient sortis de chez eux pour assister à ce miracle. Le tohu-bohu alerta Marianne qui me conduisit au long d'un sentier poudreux vers la plus grande maison de l'agglomération. « Fermez la porte », me dit-elle aussitôt entrés. La foule nous avait suivis, en effet. Marianne ajouta : « Il a fallu que je brandisse un pistolet pour empêcher un Romeo de ce patelin d'entrer chez moi et de me suivre de pièce en pièce. »

Nos relations ne furent pas très heureuses. Marianne était en panne dans la rédaction de son livre. Elle espérait que je l'aiderais. Quand elle me vit commencer mon roman dans ma chambre, elle fut déçue. Elle me donna à lire ce qu'elle avait déjà écrit. Je le fis par devoir mais ne manifestai pas d'enthousiasme.

Les gens de Sisal descendent des Mayas : d'assez beaux hommes. Dès le premier jour, tous ceux qui trouvèrent un prétexte pour nous rendre visite vinrent voir à quoi je ressemblais. Marianne offrit le café aux premiers, puis elle abandonna parce qu'ils étaient trop nombreux.

Les deux filles de la maison voisine faisaient le

ménage de Marianne et leur mère lui préparait ses repas : poisson grillé sur du charbon de bois, haricots noirs, galettes de maïs. Leur père ne faisait rien du tout. Leur frère qui avait à peu près dix-neuf ans possédait son propre bateau de pêche et c'est lui qui gagnait le pain quotidien de la famille.

Les habitants de Sisal ne vivaient que de la pêche. Deux camions réfrigérés arrivaient de Merida à l'heure de la marée, embarquaient le poisson et repartaient aussitôt. Les pêcheurs se contentaient de ce qui restait pour eux et pour leurs animaux. La vie de ces gens ne m'intéressait guère parce que je concentrais mon attention sur mon travail. Celle des gamines qui faisait ma chambre devait avoir douze ou treize ans mais elle était visiblement pubère. Il m'est arrivé d'avoir envie de la pousser sur le lit. Elle se serait sûrement laissé faire. Je m'en abstins pourtant parce que c'était une distraction inutile. J'avais sans doute un peu d'argent quand j'arrivai car c'est moi qui achetai le café, le sucre et la *pisa : tequila* de dernière qualité, fabriquée à Merida. Mon travail avançait assez bien. J'en avais envoyé une esquisse à Minnie Danzas en suggérant *Retour en Afrique* comme titre. Le thème m'était inspiré par un projet de transport des Américains noirs vers l'Afrique : une des idées les plus absurdes qu'on eût jamais fait gober à mes frères de couleur. Qui paierait le transport ? Qui les installerait là-bas ? Qui les protégerait ? Qui les nourrirait ? C'était un rêve de fumeur d'opium mais qui offrait de belles occasions aux escrocs. J'étais en train d'écrire quand un journal de New York publia un article au sujet de Blancs du sud des

États-Unis qui offraient aux Noirs du nord de les réinstaller dans le sud et les dépouillaient de leurs économies.

Quand l'argent commença à se faire rare, j'écrivis à Carl Brandt. Sa réponse me stupéfia. Il avait décidé de ne plus s'occuper de mes livres parce que tous les gens de l'édition aux États-Unis me considéraient comme un tricheur du seul fait que j'avais traité directement avec des éditeurs français.

J'écrivis à Ruth Liepman pour lui demander si elle ne pourrait m'obtenir une avance de deux mille cent marks sur n'importe lequel de mes ouvrages qui n'avait pas encore été publié en Allemagne. Elle ne me répondit pas. Je n'eus pas plus de succès auprès de Georg Ramseger.

J'arrivai à la fin de ma tâche. J'avais tout juste de quoi acheter du café mais étais obligé de me passer de *pisa*. Marianne et moi cessâmes de faire chambre à part. Dès qu'elle fut ma maîtresse, je devins jaloux et l'accusai de coucher avec tous les Indiens du quartier pour me rendre ridicule.

Une nuit je me réveillai en sentant des aiguilles me piquer le côté droit, de la tête aux pieds. Je me retournai sur le côté et me rendormis. Les piqûres devinrent de plus en plus douloureuses et je fis des cauchemars. Je me réveillai de nouveau et dis à Marianne qu'un scorpion m'avait piqué.

À cette heure de la nuit elle ne pouvait rien faire. Il n'y avait ni médecin ni voiture à Sisal. Je patientai. À la sensation de piqûre, succédèrent des tremblements.

Quand le jour se leva, je m'habillai et partis me promener au long de la plage. J'avançais d'un bon pas et me crus guéri. À mon retour j'eus à peine la force d'avancer. Par bonheur Marianne venait à ma rencontre et elle m'aida à regagner la maison. Nous n'avions même pas de quoi payer l'autocar pour atteindre Merida. Marianne en emprunta dans le voisinage et m'accompagna.

À Merida Marianne chercha le nom d'un médecin dans l'annuaire du téléphone et l'appela. Il lui dit de prendre un taxi pour arriver immédiatement chez lui. Nous étions tellement démunis qu'il nous fallut nous contenter d'un vieux fiacre et le trajet me sembla durer des heures. Le médecin nous attendait devant sa porte. Il parlait anglais. Je lui contai en détail ce que j'avais ressenti. Il prit ma tension artérielle, me demanda quelques précisions, diagnostiqua une stase au cerveau et m'envoya à l'hôpital. Je me gardai bien de lui dire que je n'avais pas de quoi payer ni l'hôpital ni ses soins. Il ne me demanda rien à ce sujet car sans doute croyait-il que tous les Américains sont riches. Il nous conduisit lui-même à un vaste centre hospitalier dont plusieurs bâtiments avaient besoin de réparations.

J'y passai quinze jours. Dès le premier j'envoyai des S.O.S. à tous ceux que je connaissais à New York et à Paris. Le médecin revint me voir avec un neurologue qui confirma le premier diagnostic. J'achevai le dernier chapitre de mon roman. Comme j'avais un double de mon manuscrit, je l'envoyai à Plon en demandant le reste de l'à-valoir.

Lesley m'écrivait. Je lui répondais régulièrement et me sentais coupable. Tout ce que je possédais était chez elle à Paris et je la trompais avec Marianne. Je lui écrivis pour lui dire que j'étais malade à l'hôpital et que j'avais besoin d'argent mais je n'espérais pas qu'elle m'en enverrait. Je reçus pourtant un chèque tiré sur une banque genevoise. Dès que j'en eus les moyens je regagnai New York. Je n'avais jamais eu l'intention de rester avec Marianne jusqu'à la fin de mes jours, même pas jusqu'à ce qu'elle eût terminé son livre, du moment que j'avais achevé le mien.

Je consultai un médecin de New York. Il confirma le diagnostic des Mexicains mais employa un autre mot que stase : attaque cérébrale, ce qui signifiait exactement la même chose mais m'effraya beaucoup plus. Il me conseilla d'aller à la consultation de l'Institut neurologique pour m'y faire examiner. J'y allai. On m'y garda. Je subis tous les tests imaginables notamment trois artériographies du cerveau et plusieurs ponctions lombaires. En fin de compte, j'avais la tête en assez bon état. Une cicatrice à la nuque intéressa particulièrement les médecins et ils repérèrent également quelques dégâts mineurs au cerveau.

Plusieurs personnes me rendirent visite, notamment un Français, Michel Fabre, qui faisait des recherches aux États-Unis pour une biographie de Richard Wright. Je ne me rappelle plus combien de temps je restai à cet institut neurologique. Le dernier jour, le médecin-chef me reçut dans son cabinet personnel. Il m'assura que je n'avais rien à craindre au sujet de mon cerveau mais que je devais prendre des médicaments pour réduire ma tension artérielle jusqu'à la fin de ma vie afin d'éviter une nouvelle attaque.

Je retournai à l'hôtel Albert. Un jour où j'étais seul dans ma chambre, Joyce Cadoo vint me voir. Nous étions en train de bavarder quand quelqu'un frappa à la porte. J'ouvris. Marianne Greenwood entra. Son agent littéraire new-yorkais lui avait consenti une nouvelle avance et elle était venue voir comment je me portais. Je la soupçonnai immédiatement de m'espionner comme si elle s'arrogeait le droit de veiller sur ma fidélité. Je me montrai tellement désagréable que Joyce s'éclipsa discrètement. Marianne me quitta peu après. Plus tard j'appris qu'elle fréquentait dès cette époque un grand Polonais blond. Peu m'importait, d'ailleurs. Je ne pris même pas la peine de revoir Carl Brandt. Les éditeurs américains m'avaient tellement vexé que je retournai à Paris.

5

Lesley fut heureuse de me revoir bien qu'elle n'eût pas eu l'occasion de s'ennuyer en mon absence. Elle avait presque complètement rénové l'appartement. Malheureusement notre Fiat était en mauvais état : vitres brisées, reste de la capote en lambeaux. La rue de la Harpe ne lui convenant pas, Lesley l'avait garée dans le 16ᵉ près de chez ses amis Davina et George. Elle avait aussi collectionné les contraventions pour stationnement illicite et souhaitait vendre cette voiture. Je m'y opposai parce que c'était un bijou dans la circulation parisienne en raison de sa nervosité et de sa maniabilité.

Dès mon retour les visiteurs affluèrent. Je me rappelle en particulier Melvin Van Peebles et Phil Lomax avec leurs amies ainsi qu'Émile Cadoo avec son ami. Je rencontrai aussi Gaït Froger, la jeune Française qui tenait la librairie anglaise de la rue de Seine. Elle me dit que *Pinktoes* était alors son best-seller.

Comme Lesley travaillait dans la journée et que je restais seul avec Griot, bien des gens vinrent solliciter mes faveurs : femmes et homosexuels,

Américains du Nord, du Sud, Français, Anglais. C'est à cette époque que Carlos Moore m'apporta un essai au sujet de Cuba dans lequel il accusait Castro de racisme. Selon lui, ce dictateur barbu détestait physiquement les Cubains noirs qui étaient éliminés de toutes les administrations. Mais quand une délégation d'Afrique visitait La Havane, on raflait des Noirs dans les rues pour les asseoir devant des tables, des machines à écrire ou à calculer dont ils ne savaient évidemment pas se servir. Carlos lui-même avait décroché un diplôme universitaire mais n'avait jamais eu un travail de col blanc dans son pays ni dans le domaine public, ni dans le domaine privé. On l'avait pourtant convoqué de temps en temps pour l'asseoir devant une machine à écrire quand des Africains parcouraient la ville.

Je lus l'essai de Carlos et le trouvai magnifique. J'étais certain qu'il disait vrai. J'avais grandi en Amérique, j'étais imbu depuis mon enfance d'une forte conscience de race. J'avais vu des métis de couleur claire traiter aussi durement que les Blancs leurs frères de couleur plus foncée, à l'école, au travail, dans les communautés religieuses et la vie sociale, partout. Carlos était noir et je le comprenais. C'est d'ailleurs sur ce thème que j'avais écrit *S'il braille, lâche-le.*

Une affaire de viol faisait sensation. À l'origine ce n'était que le synopsis d'un roman fleuve auquel je travaillais en 1956 à mon retour à Paris. Puis j'avais abandonné ce projet pour écrire *Mamie Mason* et ensuite j'avais retrouvé ce brouillon que j'avais à peine mis au point pour le donner à un petit éditeur qui sympathisait avec les Algériens. Il avait paru dans la collection Les

Yeux ouverts traduit par André Mathieu avec une postface de Christiane Rochefort.

Tout à fait au début, cette histoire gravitait autour de souvenirs d'une très tendre aventure d'amour que j'avais eue avec ma maîtresse blanche Alva Trent. Elle m'accompagnait chez des amis pour jouer au poker et buvait accidentellement du xérès contenant une dose mortelle de cantharidine. Certes il s'agissait bien d'un accident mais mes amis avaient vu ce qu'elle faisait et l'avaient laissée faire par racisme noir. Ils étaient coupables par omission. On les avait accusés et condamnés pour viol et meurtre. Un écrivain qui les connaissait entreprenait de prouver que toutes les accusations de viol de Blanches par des Noirs sont des crimes politiques et que le gouvernement lui-même est raciste. Quand le livre parut en 1963, la presse parisienne prétendit que j'accusais les Français de racisme. *France-Soir* publia en première page un article intitulé : « *Êtes-vous raciste, monsieur ?* » Les autres journaux lui emboîtèrent le pas.

Un beau jour Minnie Danzas téléphona au bureau de Lesley pour lui dire que le directeur littéraire de Plon était de retour et qu'il voulait me voir. J'y allai dès le lendemain matin. Minnie m'assura que tout le monde dans la maison avait lu *Retour en Afrique* et le jugeait excellent. Elle voulait que je fasse aussi connaissance avec son P.-D.G. Je le vis et lui déclarai que désormais je tenais à toucher mes droits d'auteur alors qu'ils ne m'avaient pas été réglés honnêtement pour mes ouvrages précédents. Ça ne lui plut pas. Je retournai voir Minnie et Philippe Daudy qui me parlèrent d'un rewriting complet, ce qui retarderait la publication.

Je descendis à Biot pour voir Torun qui rentrait de New York. Son exposition avait eu un succès fou. Elle avait même provoqué des embouteillages dans la 5e Avenue. On l'avait fêtée et admirée. Je n'en doutai pas car c'était une très belle femme et une artiste de talent. Elle était aussi allée à Harlem voir des amis de Walter et les avait invités à son exposition. Leur présence en trop grand nombre avait indigné les Blancs.

Le festival de Cannes battait son plein. J'allai tous les soirs avec Walter assister aux présentations. L'année précédente celle de *A Raisin in the Sun* avait bouleversé mon existence et, cette année-là, c'est la publication d'*Une affaire de viol* qui changeait mon image de marque dans la presse française. Je revis évidemment Christiane Rochefort qui était secrétaire générale du festival. Elle me plaisait beaucoup, je la trouvais courageuse d'avoir écrit la postface d'*Une affaire de viol*. Elle défendait les Noirs qu'elle jugeait victimes de la même discrimination que les femmes.

Quand je retournai à Paris, mon roman faisait encore des bulles. Trop de gens venaient nous voir. J'oubliai mes romans policiers, j'oubliai le film que j'avais tellement tenu à faire l'année précédente, j'oubliai le reportage que *Présence africaine* et *Die Welt* étaient en train de publier. Je ne pensais qu'aux vexations et injustices subies depuis que je vivais en Europe. Mais au moins j'étais connu, sans doute plus célèbre à Paris que n'importe quel Américain noir.

André Mathieu, qui avait traduit *Une affaire de viol*, travaillait alors à la radio française. Il m'invita à prononcer une allocution radiodiffusée. Je lui dis que je ne savais pas le français, il s'en étonna mais maintint son invitation, me conduisit dans une salle d'attente et me dit d'écrire n'importe quelle courte déclaration qu'il traduirait et prononcerait en mon nom. Il m'abandonna dans cette pièce. Peu après Clara Malraux y entra. Elle parut heureuse de me voir. Je l'avais déjà rencontrée quand Marlène étudiait l'art dramatique. Elle m'invita à prendre le thé chez elle sur-le-champ. Convaincu que je ne parviendrais pas à écrire quoi que ce fût et n'ayant aucune envie de gazouiller à la radio de Paris, je partis sans prévenir qui que ce fût et pris un taxi avec elle. Elle me parla de son ex-mari André Malraux, des rêves qu'ils avaient faits au début de leur union et puis de leur séparation. Le lendemain André Mathieu m'écrivit un mot pour me demander ce qui s'était passé. Je ne lui répondis pas.

À peu près à cette époque, un Français assez gros, petit, aux airs d'intellectuel, sonna à ma porte et se présenta sous le nom de Jacques Panijel. Il voulait tirer un film d'*Une affaire de viol*. J'arrêtai immédiatement ses explications en bredouillant que je ne comprenais pas le français. Il ne me crut pas et continua à pérorer. Je lui demandai d'attendre que ma femme revînt de son travail au magazine *Time*. Il s'assit en face de moi et attendit patiemment pendant une heure.

Quand Lesley arriva, il lui expliqua qu'il avait contribué au tournage d'*Octobre à Paris*, film sur la fureur des Pieds-Noirs contre les Algériens à la fin de la guerre d'Algérie. Ce film avait été saisi et détruit mais il était parvenu à en sauver une épreuve pour l'envoyer en Allemagne et il était convaincu que plus tard il pourrait le présenter en France. M. Panijel considérait *Une affaire de viol* comme le meilleur livre qu'il eût jamais lu sur le racisme.

Lesley lui demanda immédiatement ce que j'y gagnerais et il répondit du tac au tac : « La moitié du bénéfice » Pour tourner ce film il comptait sur une somme de soixante-dix mille nouveaux francs attribuée chaque année par un jury qui statuait sur scénario. Il connaissait personnellement plusieurs jurés et savait que cette année-là il n'y avait pas de projets de qualité.

Je répondis que j'étais d'accord mais que j'écrirais le scénario en anglais parce que je ne savais pas le français. Je tenais aussi à ce que la traduction fût faite par un Américain noir intelligent et capable de s'exprimer parfaitement en français. Il accepta et je lui proposai Émile Cadoo avec qui il travaillerait sous mes yeux. C'était encore une absurdité. Émile ne chercha pas à séduire Panijel mais dès les premières conversations il s'ingénia à transformer tous les protagonistes mâles de mon histoire en homosexuels. Je dus me débarrasser de lui et je m'adressai alors à Melvin Van Peebles qui m'assura parler parfaitement le français. Au bout d'une semaine, Panijel lui dit : « Votre français est tellement américain que je ne vous comprends pas. » Finalement c'est Lesley qui se chargea de la traduction et Panijel vint travailler aux heures où elle était libre. Il la comprenait très bien mais, à mon tour, je ne retrouvai plus mon livre dans son essai de scénario. Nous nous entendions quand même très bien.

Ellen Wright travaillait comme agent littéraire et quelques années auparavant je lui avais présenté un jeune mulâtre très clair, originaire du

Mississippi, auteur d'un roman autobiographique ou plutôt concernant ses parents. Quand son grand-père blanc avait su qui était le père du métis mis au monde par sa fille, il l'avait traqué et tué à coups de fusil. Il me fallut des années pour me rendre compte que cette histoire était tout simplement le thème d'un roman de Faulkner : *Lumière d'août*. Ellen le présenta à des éditeurs américains, anglais et français qui prirent des options et payèrent des avances. Elle écrivit une introduction dans laquelle elle comparait l'auteur à son mari, Richard Wright, au temps où il était jeune.

Tous les jeunes Noirs du quartier Latin avaient déjà découvert depuis longtemps que ce coquin était fils d'un ménage de médecins juifs et qu'il était né à Lyon. Il n'avait pas trompé qu'Ellen et moi mais bien des intellectuels français, notamment Jean-Paul Sartre qui avait publié un long article de lui au sujet des Noirs dans *Les Temps modernes*.

Le pot aux roses découvert, Ellen fut désemparée. Les éditeurs avaient cru l'auteur noir parce qu'elle le leur avait écrit. Je lui conseillai la solution la plus simple : avouer la vérité et faire ce qu'ils décideraient. Ils ne réclamèrent pas le remboursement des avances. Au cours des conversations que nous eûmes à ce sujet, Ellen m'indiqua que Marlène était mariée à un Juif nommé Schwarts et qu'elle vivait à Hollywood.

Haynes s'était remarié. Sa nouvelle épouse vint nous voir un après-midi. Elle nous dit qu'elle arrivait de Francfort et ne savait pas où était Leroy. J'eus envie de la prendre dans mes bras pour la consoler et peut-être aussi la mordre. Quand elle partit je la regardai s'éloigner au long de la rue, si menue, si fragile que je me demandai comment le titanique Leroy s'y prenait. Fort bien sans doute car ils eurent deux enfants qui portaient sa marque de fabrique. Avant la fin de la semaine Leroy vint me voir à son tour. Il me raconta que son associé l'avait littéralement ruiné à Francfort. Il était aussi fauché qu'à son départ de Paris.

Je restai en contact avec *Présence africaine*, assistai aux conférences de cette organisation, dédicaçai des livres et en reçus également, autographiés par leurs auteurs. J'étais obsédé par le contraste entre ma notoriété et mon impécuniosité. En ce temps-là Lesley travaillait avec une jeune Américaine qui cherchait à céder l'appartement qu'elle louait rue Bourbon-le-Château. Nous allâmes le voir, il nous plut et Lesley décida de le prendre. Comme je ne pouvais servir à rien pour le déménagement j'allai chez Plon toucher le reste de mon à-valoir sur *Retour en Afrique* et partis pour Nice. Leroy, Émile et plusieurs autres amis, hommes et femmes, transportèrent nos biens du quartier Latin à Saint-Germain-des-Prés. C'est évidemment Leroy qui se chargea des travaux les plus pénibles en raison de sa vigueur. En plus, il préparait les repas des déménageurs. À mon retour tout était installé.

Lesley couchait à l'étage supérieur dans un grand lit et moi sur un divan devant la cheminée où nous brûlions du charbon sur une grille. Dès les premiers jours je constatai que les punaises du clochard de l'appartement voisin traversaient la cloison. Je me construisis une ligne Maginot avec les divers insecticides que je trouvai et que je renouvelai tout le temps où nous vécûmes dans ce superbe septième-huitième étage sans ascenseur mais extrêmement agréable.

Quand *Retour en Afrique* parut on me demanda chez Plon de signer le service de presse. J'y passai deux jours à écrire des choses aimables à l'usage de gens que je ne connaissais pas, mais peu m'importait. Plon semblait prendre au sérieux le lancement de mon livre. Je n'y retournai pas le troisième jour. On m'envoya chercher en voiture.

Ce livre eut un grand succès de presse pour un roman policier mais fit moins de vagues qu'*Une affaire de viol* et *La Reine des pommes*. Je rappelai à Monsieur de Clermont-Tonnerre que je tenais à toucher intégralement mes droits d'auteur. Il m'assura que j'aurais mon dû. Je n'ai jamais reçu un sou de plus que mon à-valoir, ni jamais revu mon amie Minnie Danzas. Le commentaire de ce livre qui me toucha le plus fut une lettre de Jean Giono :

« Cher Chester Himes,

Merci pour ce *Retour en Afrique*. C'est excellent. J'aime énormément ce que vous écrivez et merci encore de penser à moi.

« À votre femme et à vous, de tout cœur.

« Jean Giono. »

6

Ce printemps-là nous reçûmes beaucoup. Leroy vint souvent et cuisina nos repas du dimanche. Il n'amena jamais sa frêle épouse. Vinrent aussi Art Simmons, pianiste de The Living Room ; un jeune homme dont le nom m'échappe à présent mais qui écrivait des chansons à grand succès ; John Taylor ; Carlos Moore, le Cubain ; Émile Cadoo qui n'était guère à sa place parmi nos relations ; des Américains de passage à Paris ; bien des femmes et jeunes filles. C'est chez nous que Melvin Van Peebles trouva sa voie. Un soir où il faisait le pitre en imitant son épouse américaine blanche je le trouvai exceptionnellement drôle. Le lendemain, deux rédacteurs du journal humoristique *Hara-Kiri* vinrent m'offrir de collaborer à leur hebdomadaire. Ça ne m'intéressait pas mais je leur recommandai Melvin qui fit l'affaire et devint célèbre à Paris.

Panijel vint me dire qu'il avait terminé le scénario d'*Une affaire de viol* et le présentait au jury. Il me revint que Larry Kestroff, le producteur new-yorkais, cherchait à tirer un film de *La Reine des pommes*. C'est à ce moment-là que nous vendîmes la Fiat à une Canadienne qui travaillait à la bibliothèque du Centre d'études américain, boulevard Raspail. Elle ne la paya pas et ne changea même pas de carte grise si bien que je reçus pendant longtemps ses contraventions.

À la fin du mois de mai, je fus gravement malade. Le docteur Thomas Hewes de l'hôpital américain vint à l'appartement. La grande pièce au tapis rouge vif et aux poutres apparentes l'émerveilla. Il me fit reprendre mon traitement tensioréducteur mais il fallut quand même m'hospitaliser la semaine suivante. Herbert Gentry et Lesley me descendirent marche à marche du septième étage jusqu'au taxi. Une semaine plus tard je rentrai chez moi mais dus longtemps me servir d'une canne pour marcher.

Je donnai une longue interview à *L'Arche*, considéré comme le journal officiel des Juifs français. J'y exposai pourquoi les Noirs des États-Unis commençaient à devenir hostiles aux Juifs. Ma photo parut en première page du numéro de juin de ce mensuel.

J'allai voir aux Champs-Élysées la Française fumeuse de cigares qui finançait, disait-on, le célèbre metteur en scène espagnol auteur de *Mort à Madrid*. Elle voulait que j'aille à Saint-Tropez collaborer quelque temps avec cet homme. Je lui répondis qu'elle n'avait pas les moyens de tourner un de mes livres. Elle prit cette réflexion très mal, me mit à la porte de son bureau mais n'en alla pas moins consulter les éditions Gallimard. Duhamel lui indiqua que le tournage aux États-Unis coûterait un million de dollars et ça la calma. Quelques années plus tard *Cotton comes to Harlem* coûta deux millions et demi de dollars.

Panijel monta chez nous suant, soufflant, toussant et me dit que le jury avait écarté le scénario d'*Une affaire de viol*. « Ils ont choisi le projet d'un sot.

— Les deux sots, c'est vous et moi », lui dis-je.

En juillet *Paris-Match* me demanda un reportage sur Harlem. Je proposai celui que j'avais déjà écrit pour Lazareff qui n'avait su qu'en faire. L'hebdo voulait quelque chose d'autre, de plus saisissant pour capter l'intérêt du public français, par exemple une longue biographie de Malcolm X, ses aventures passées, ses condamnations, ses histoires d'amour. Je répondis que je ne savais rien sur Malcolm X mais que j'écrirais une courte histoire de Harlem illustrée de photos anciennes et récentes. J'amenai John Taylor au bureau de *Paris-Match* et le présentai comme un photographe qui connaissait bien Harlem. Mes interlocuteurs chuchotèrent entre eux. John les entendit parler de deux mille dollars. Ça ne me suffisait pas. J'offris de rédiger un programme précis du travail que nous ferions, du temps qu'il nous prendrait, des droits que John et moi conserverions et de ceux que nous céderions à l'hebdomadaire. Je parlai de Harlem dans ses débuts lorsqu'il était situé dans le quartier qui devint plus tard « La cuisine de l'enfer », et expliquai pourquoi il s'était éloigné du centre de la ville. *Paris-Match* accepta. Aussitôt de retour chez moi je me mis au travail.

Je connaissais Harlem, j'y avais vécu, je m'étais imprégné de son atmosphère, je venais d'y passer quelques jours, j'avais souvent réfléchi à cette agglomération phénoménale, à son présent, son passé, son avenir possible. J'avais mon sujet au bout des doigts et rédigeais un plan en cinq points :

1. — COMMENT NAQUIT HARLEM : quand et pourquoi les Noirs y affluèrent... d'où venaient-ils... que faisaient-ils auparavant... dans quels secteurs de Manhattan vivaient-ils avant de s'installer à Harlem... comment se présentait Harlem avant leur venue... description topographique de Harlem aujourd'hui (avec plans si possible).

2. — QUI SONT SES HABITANTS : leurs occupations et leur genre de vie... leurs travaux et leurs loisirs... leur manger et leur dormir... leurs vertus et leurs vices... le prix élevé de la vie et plus élevé encore de la mort... (*Cette partie serait la plus longue : La vie des Harlémites.*)

3. — QU'EST-CE QU'ILS DÉSIRENT : ambitions et espérances (qui diffèrent les unes des autres) misère et foi... chagrins et joies... (ils devraient être tristes mais leur attitude s'exprime dans ce vers d'un vieux blues : *Je suis dans la panade depuis si longtemps que je ne m'en soucie plus*)... déceptions et frustrations.

4. — LA RÉVOLUTION DES ESPRITS : les milliers de prophètes, de panacées, de directions que prend la révolution... les dirigeants (déclarations et photographies des plus connus)... ce que pensent et éprouvent pères, mères et enfants... les émeutes de frustrations (révolution d'épithètes, pavés et gourdins) fantasmes et réalités (Malcolm X et les armes ; Elijah Muhammad et l'État noir ; Martin Luther King et la résistance passive, etc.). Il ne s'agit pas de savoir *comment* combattre mais *qui* et *quoi* combattre.

5. — L'AVENIR : l'instruction... perspectives d'une meilleure vie... les visages des enfants...

Je suggérai le titre : ANATOMIE D'UN GHETTO et offris de traiter toute autre question que désirerait *Paris-Match*. J'exigeais une pige de 25 000 N.F. — moitié payable d'avance — plus deux aller et retour Paris-New York et sept jours de frais de séjour à New York pour John Taylor et moi. Ces paiements ne couvriraient que la seule publication par *Paris-Match*, avec qui nous partagerions à parts égales le revenu des ventes de droits de reproduction, traduction et adaptation. Taylor se réservait en totalité les droits sur la publication de ses photos dans un livre.

J'envoyai projet et conditions au journal. Taylor et moi attendons toujours la réponse.

Carlos Moore, le Cubain, nous vantait l'Égypte sans en cacher les défauts. Il s'y était rendu après sa fuite de Cuba. On l'avait d'abord enfermé en cellule dans un troisième sous-sol, puis on l'avait relâché et il avait vécu à très bon marché dans un hôtel de première classe. Alléchés, nous mîmes Griot dans une pension assez chère pour nous paraître sûre, prîmes l'avion et arrivâmes au Caire à dix heures du soir.

Je cherchai un taxi mais un grand diable filiforme en fustanelle, boléro et casquette à galon doré s'empara de nos modestes bagages et nous assura que l'hôtel n'était qu'à un jet de pierre. Le trajet à travers une ville presque déserte me parut durer des heures et aboutit devant un hôtel dont la façade de marbre pouvait avoir été blanche un quart de siècle auparavant. Porteur, portier, chasseur nous rançonnèrent honteusement puis nous voilà dans une chambre vétuste, assortie d'une douche installée dans un long couloir crasseux. Mais il y avait un réfrigérateur dans la chambre et Lesley espéra y trouver une bouteille de champagne à la mode de Paris. Il ne contenait qu'un unique verre d'eau.

J'avais à peine éteint la lumière que les punaises nous assaillirent. Je rallumai ; elles disparurent mais des cafards grouillaient sur le plancher et un lézard pointa la tête d'une faille dans le plâtre du mur. Carlos nous avait parlé d'une police du tourisme. Lesley lui téléphona dès le réveil le lendemain matin. Trois agents arrivèrent pendant que nous déjeunions dans la salle à manger, envahirent notre chambre, en firent évacuer tout le mobilier, découvrirent les nids de punaises et de cafards, trouvèrent aussi la faille du mur où nichaient les lézards. L'hôtelier se répandit en excuses et nous offrit une autre chambre. Les policiers nous déconseillèrent de payer la première nuitée. On nous présenta d'abord une pièce immense servant à des conférences, meublée d'une grande table et de seize chaises avec un lit dans le fond et une salle de bains contiguë. À part cette monstruosité, il n'y avait que des chambres à un seul lit... Je fis porter nos bagages à la gare et pris des billets en classe de luxe pour Alexandrie.

Des nuées d'Arabes en burnous et turbans crasseux envahirent une quinzaine de wagons minables en passant pour la plupart par les fenêtres. Notre voiture était attelée directement derrière la motrice. Deux gamins y déposèrent nos bagages. La fraîcheur nous fit bonne impression. Le mobilier nous étonna : quelques tables aussi légères que des tables de bridge, des chaises à dossier droit, une épaisse moquette. Lesley avait mangé à midi une étrange salade de viande qui lui donnait la nausée. Le cabinet du wagon étant fermé, elle espéra pouvoir s'en servir quand le convoi roulerait.

Un bon moment après le départ, le contrôleur passa dans notre voiture. Lesley était au supplice. Il déclara que le cabinet était hors d'usage et qu'il n'en avait pas la clé mais que nous pouvions nous soulager sans scrupules sur la moquette. Par bonheur nous étions seuls dans ce wagon de luxe car Lesley vomit abondamment. Le contrôleur apporta des seaux d'eau et un balai. À chaque halte, il balaya la moquette et expédia tranquillement les ordures sur les quais.

Lesley arriva dans un état lamentable à Alexandrie. Là aussi l'hôtellerie égyptienne nous étonna. On nous donna un lit dans ce qui avait été le salon d'une suite. Lesley put prendre un bon bain chaud qui la réconforta. Puis ce fut encore l'assaut des punaises. Le lendemain la police du tourisme ne put nous offrir qu'un hôtel dans le désert parce que tous ceux de la ville étaient réquisitionnés pour un congrès d'émirs et autres souverains arabes. Nous acceptâmes mais... impossible d'y aller : notre hôtelier avait donné nos passeports à la police qui ne devait nous les rendre que le lendemain. Force nous fut d'aller au consulat demander des papiers provisoires. Chemin faisant, fidèle à mes habitudes, je perdis la clé de ma valise et dus en faire façonner une par un artisan incompétent. Enfin la camionnette de l'hôtel vint nous chercher. On nous installa dans un chalet au bord de la mer, sur une plage de sable blanc luisant au soleil. Nous y passâmes cinq jours à l'abri des punaises.

De retour au Caire, nous tentâmes notre chance au célèbre Sheperds mais on refusa de nous accueillir parce que nous n'étions pas mariés. Nous nous contentâmes d'un hôtel d'aspect ultramoderne, situé juste en face du Hilton, de l'autre côté du Nil. Les punaises nous y attendaient. L'intervention de la police du tourisme aboutit à un compromis : le patron nous logea gratuitement pendant trois jours et trois nuits ! Dès ce temps-là, les téléspectateurs égyptiens avaient le choix entre sept chaînes et nous passâmes trop de temps dans notre chambre.

Cela ne nous empêcha tout de même pas de visiter la ville et son prodigieux musée. C'était en septembre, le Nil montait. Nous vîmes d'énormes rats se répandre dans les rues à l'approche de la crue. Pour visiter la ville nous circulions en calèche. C'était plus lent et moins cher que les taxis. Enfin, après avoir fait de menus achats, nous prîmes l'avion pour Nice d'où un taxi nous conduisit à Biot.

Torun avait embauché cinq ou six ouvrières pour faire face à ses nombreuses commandes. Walter l'aidait en allant toucher les mandats à la poste. Ils nous gardèrent cinq ou six jours. Paris nous parut changé. On y flairait un ferment de désordres. Des chars d'assaut entouraient la chambre des députés pour parer à une attaque de l'O.A.S.

Retour en Afrique figurait sur la liste des best-sellers. Tous mes amis, blancs comme noirs, me croyaient riche. *Adam* me demanda une interview qui parut dans un numéro consacrant une large place au problème noir, sans doute pour éluder la question algérienne. John Taylor se surpassa pour la photo de la couverture. Mon portrait s'étala en couleurs dans tous les kiosques de Paris. J'étais devenu cover-boy.

Excellentes nouvelles des États-Unis. Divers éditeurs préparaient la réédition de *S'il braille, lâche-le*, *La Troisième Génération*, et la publication de *A Rage in Harlem* (*La Reine des pommes*), *Retour en Afrique*, *La Fin d'un primitif*. Un autre négociait les droits de *Pinktoes*. Ce n'était pas encore la fortune mais je prenais quelques enjambées d'avance sur la misère...

Melvin Van Peebles se débrouillait si bien à *Hara-Kiri* qu'il ne tarda pas à collaborer à *France-Observateur*. Plus tard, son adaptation de *La Reine des pommes* en bandes dessinées parut en feuilleton pendant onze mois (dessins de Wolinski) et me rapporta 3 000 N.F. Il travaillait à un scénario d'après *Une affaire de viol* mais je l'ignorais en ce temps-là.

À son retour de La Mecque, Malcolm X s'arrêta à Paris où bien des jeunes Noirs s'intéressaient à lui, certains avec adoration, d'autres par curiosité. Des Noires résidant depuis longtemps en France s'efforcèrent de le séduire. Bien des frères d'âme se vantaient de le surveiller pour le compte de la C. I. A. ! Carlos Moore l'amena chez nous, rue Bourbon-le-Château, et me laissa en tête à tête avec lui pendant qu'il parcourait le quartier afin de rallier ceux qui désiraient faire connaissance avec le prophète. Je m'étais déjà entretenu avec Malcolm pendant mon reportage pour *Cinq Colonnes à la une*. J'étais tout à fait d'accord avec lui sauf au point de vue religieux. Cette fois encore je le mis en garde contre l'islam. Les musulmans furent, en effet, les premiers qui pénétrèrent en Afrique pour y rafler des Noirs qu'ils vendirent aux trafiquants d'esclaves. Peu lui importait le passé, il voyait le salut des Noirs par l'islamisme.

Malcolm loua la salle de la Mutualité pour y donner une série de conférences. J'y assistai avec Lesley. La presse lui avait fait une bonne publicité. L'assistance était nombreuse. Je ne vis pas un seul policier. Il partit pour Londres en se proposant de revenir à Paris la semaine suivante. Mais la police française eut vent d'un complot contre lui : la C.I.A. aurait cherché à le faire assassiner. Elle lui refusa l'accès du territoire français. Il repartit pour les États-Unis et fut abattu quinze jours plus tard par un Noir à New York.

Il nous fallut rendre l'appartement de la rue Bourbon-le-Château à son propriétaire et Lesley en trouva un au deuxième étage d'un immeuble de la rue d'Assas, près du boulevard Saint-Michel.

À la même époque, Girodias m'envoya une lettre contenant l'esquisse d'un contrat entre lui et Stein & Day (éditeurs new-yorkais) qui offraient $ 7 000 pour les droits mondiaux de *Pinktoes*. Cette perspective me monta à la tête et j'allai consulter Me Suzanne Blum. Elle était absente. Je m'adressai à son assistante qui me conseilla de signer sur la ligne stipulant que je considérais la lettre comme un contrat. Sachant que la justice française interdisait à Girodias de publier, je crus qu'il n'avait pas non plus le droit de négocier des contrats d'édition. Je signai donc en m'imaginant que l'accord n'aurait pas de valeur légale.

La publication de *Pinktoes* était entachée d'irrégularité dès le début. En mars 1962, Girodias m'avait écrit que mon contrat avec Plon au sujet de *Mamie Mason* rendait nul et non avenu notre accord concernant *Pinktoes* qui était pratiquement le même roman. Je ne m'étais jamais soucié de tirer les choses au clair parce que je n'espérais rien des éditeurs américains.

L'imbroglio ne fit que se compliquer. Après avoir signé la lettre-contrat avec Girodias, je reçus une proposition de Putnam & Sons qui se fendait de $ 10 000 pour ce même *Pinktoes*. Le pactole ! J'acceptai. Le rêve s'évanouit presque aussitôt. Stein & Day engagea une action en justice contre Putnam. Le paiement de mes droits fut remis à l'issue du procès et je ne touchai rien du tout.

Lesley parvint à louer l'appartement qu'elle convoitait rue d'Assas. Comme lors de notre précédent déménagement, je quittai Paris pour la Côte d'Azur où je pris un studio meublé dans un grand immeuble presque désert, derrière l'hôtel Miramar sur la Croisette, à Cannes. Lesley essaya de recruter la même équipe d'amis que lors de notre emménagement rue Bourbon-le-Château mais n'y parvint pas. L'un avait quitté Paris, une autre était occupée par son propre mariage. Émile Cadoo se rendit invisible. Leroy et Melvin promirent leur aide mais firent défaut. Finalement ce fut un couple de Français qui tira Lesley d'affaires.

Pendant mon séjour sur la Côte, je fréquentais évidemment Walter et Torun. Le ménage se désunissait. Torun tenait à Walter. Il était décidé à la quitter pour vivre avec sa maîtresse blonde qui habitait à Nice où elle travaillait comme barmaid.

Mais il avait quand même besoin de Torun qui l'entretenait. Dans son désarroi, Torun passait des heures chez moi à me raconter ses malheurs. Elle me paraissait prête à m'accorder ses faveurs à tout instant. Je ne voulais pas tromper Lesley. Finalement cette situation devint tellement gênante que je quittai Cannes. L'élément déterminant de ma fuite fut le vol de la voiture de Torun devant chez moi. Je dus l'accompagner au commissariat de police et servir de témoin lorsqu'elle déposa sa plainte. Il y avait donc de fortes chances pour que Walter apprenne que nous nous voyions à son insu.

7

Les projets des éditeurs américains prenant forme, les avances m'arrivèrent l'une après l'autre et je me trouvai en possession d'un capital formidable : $ 10 000, soit environ cinq millions d'anciens francs. Je décidai d'acheter une voiture et mon choix se porta sur une Jaguar MK 10.

Affligée de varices, Lesley souffrait de plus en plus des jambes. Son médecin lui conseilla une opération. Mais c'était le début de l'été et elle préféra prendre ses vacances d'abord. Nous partîmes pour Athènes où nous prîmes un autre avion pour Rhodes. Vers le milieu du trajet la pression baissa dans la carlingue. Tous les passagers se mirent à haleter comme des poissons hors de l'eau. L'appareil fit demi-tour pour regagner son point de départ. Dès l'atterrissage on passa dans un autre avion qui décolla immédiatement pour Rhodes. Au cours de ce transfert Lesley oublia sa valise contenant passeport, articles de toilette, robe de nuit et peignoir. Elle ne les reçut que le lendemain à l'hôtel.

En parcourant la ville parmi d'autres touristes, je constatai combien nous étions élégants, Lesley et moi. Nous constituions un couple remarquable : un Noir et une blonde. À part cela, Rhodes ne me plut pas. Il y pleuvait dru. Nous partîmes pour la Crète que nous trouvâmes tout à fait à notre goût. Les fouilles du temple d'Héraclès surtout nous impressionnèrent. Nous nous liâmes d'amitié avec le propriétaire d'un restaurant qui nous loua sa voiture et nous parcourûmes la Crète de bout en bout : à peu près la longueur de Long Island. Nous apprîmes à manger à la grecque : agneau rôti, yaourt couvert de miel, vin au parfum de résine. Lesley acheta une couverture tissée à la main qui sert encore aujourd'hui de tapisserie dans notre chambre à coucher, et moi des boutons de manchettes en argent qui auraient duré éternellement si je ne les avais pas perdus. Tout compte fait ce furent des vacances agréables dont nous gardons un bon souvenir. J'avais aussi eu le temps de revoir les épreuves de *Cotton comes to Harlem*. Je les laissai sur la table du buffet de l'aéroport d'Athènes quand on appela les voyageurs pour Nice à embarquer. Plus tard Lesley mit en branle tous les correspondants de *Time & Life* au Proche-Orient pour les récupérer, ce fut en vain et je dus revoir un nouveau jeu d'épreuves.

Torun nous accueillit à Nice avec sa fille Ina. Walter et elle s'étaient séparés. Il avait appris notre arrivée et vint aussi à l'aéroport. Dès qu'elle l'aperçut, Torun se déchaîna contre lui et le menaça. Il reculait vers l'escalier lorsqu'elle bondit et lui donna un coup de pied au bas-ventre. Il riposta d'un direct à l'œil. Je parvins à entraîner Walter à l'écart et Lesley passa le reste de la journée à soigner l'œil de Torun.

En son absence, Lesley avait confié son chat siamois à une pension recommandée par son vétérinaire et qui le rendit dans un état piteux. Il ne lui restait que la peau et les os ; il n'avait plus la force de grimper sur une chaise. C'est à peine s'il marchait encore. Nous le remîmes d'aplomb à force de soins mais il resta jusqu'à la fin de ses jours excessivement sensible aux moindres variations de température qui le firent éternuer, pleurer, larmoyer et même baver.

Melvin Van Peebles décrocha le prix de 70 000 N.F. que Panijel et moi avions raté quelques années auparavant et un producteur tira de son scénario le film : *Histoire d'un billet de cinq francs*. Il passa dans quelques petites salles parisiennes mais n'eut guère de succès. Seuls quelques critiques qui se targuaient d'être dénués de tout préjugé racial lui furent à peu près favorables. Mais une scène où un G.I. noir étreint une Blanche leur faisait autant horreur qu'aux pires abrutis du sud des États-Unis. Ce film déplaisait tout autant aux Africains. Je n'ai jamais compris pourquoi. Néanmoins Melvin était en bonne voie car la plupart des jeunes Françaises défendirent son film. S'imaginer à la place de son héroïne dans les bras d'un costaud noir les excitait.

Bill Targ vint à Paris cet été-là et me dit qu'il épousait Roselyn Siegel de l'agence littéraire Franz J. Horsch. Le mariage eut lieu aux États-Unis peu après et la jeune Mme Targ vint à son tour à Paris. Je fis sa connaissance, l'invitai à dîner et me promenai avec elle plusieurs soirées de suite. Elle accepta de s'occuper de mes œuvres et je m'en félicite encore. Au temps où je vivais aux États-Unis j'avais eu trois agents littéraires successifs et je ne sais plus combien depuis que j'étais en Europe. Aucun ne m'avait convenu.

J'allai chercher à Londres ma Jaguar Saloon MK10, 1966, toute neuve. J'en eus pour à peu près 1 800 000 anciens francs. Elle n'avait qu'un défaut : sa puissance d'accélération étourdissante. En passant dans un village du nord de la France j'éraflai le flanc d'une Peugeot tout aussi neuve. Quand son propriétaire vit mon nom, il dit en souriant : « Chester Himes... vous êtes un gars de la bande à Duhamel. » Je n'ai plus entendu parler de cet accident, ni mon assurance non plus. Aussitôt arrivé à Paris je conduisis ma superbe auto dans un garage proche de notre domicile et l'y laissai bien à l'abri. Les amis qu'elle intriguait allèrent l'admirer sur place.

C'est donc en taxi que j'allai chercher Lesley à l'hôpital et la ramenai rue d'Assas. Des bandages enveloppaient ses jambes et je la crus estropiée à vie. Sans nous en rendre tout à fait compte et sans nous en parler, nous avions envie de quitter Paris depuis un certain temps. Je ne me rappelle plus lequel se décida à émettre cette idée; toujours est-il que nous tombâmes aussitôt d'accord.

Rosemary, qui vivait encore avec Melvin Van Peebles bien qu'il eût un enfant d'une autre femme, prit notre succession comme locataire de l'appartement. Je sortis ma Jaguar du garage et l'amenai sur le trottoir devant chez nous. Melvin et Gentry nous aidèrent à embarquer nos bagages : deux cantines pleines de livres, quatre valises de bonne taille, assez de vêtements et de linge en vrac pour bourrer l'énorme coffre de la voiture. Et puis ce fut le grand départ. Nous serrâmes la main de nos amis et de la concierge plus ivre que d'habitude et saluâmes à grands gestes tous les passants. J'embouquai le boulevard Saint-Michel, cap sur Copenhague.

La Jaguar plut à Griot qui passa la tête par la portière et face au vent comme il le faisait toujours en voyage, les oreilles rabattues. Lesley craignait qu'à l'arrivée en Allemagne ou au Danemark, les douaniers nous le prennent pour le mettre en quarantaine. Mais il neigeait trop pour qu'ils sortent de leur guérite afin d'inventorier les véhicules. Aux deux frontières, ils se contentèrent de mes déclarations traduites par Lesley. Peu après la seconde nous eûmes une émotion : une grosse Mercedes nous prit en chasse. Je roulais entre 110 et 115 kilomètres à l'heure, vitesse maximum autorisée pour les deux mille premiers kilomètres, pourtant la voiture des douaniers nous rattrapait. Ils regrettaient leur négligence ou bien l'un d'eux avait aperçu Griot juste à l'instant où nous démarrions. Je me garai sur la première aire de repos. La Mercedes nous y rejoignit... et nous vîmes deux grosses commères balayer vivement la neige pour étaler leur couverture de pique-nique.

À Copenhague, nous descendîmes chez Birgit Rasmussen, l'amie de Gentry. Je ne sais lequel de Lesley ou moi gaffa et lui apprit que son amant était marié et que son épouse légitime vivait à Stockholm avec leurs deux enfants. Je connaissais déjà Birgit qui avait publié autrefois une interview de moi dans le journal danois pour lequel elle travaillait. De chez elle Lesley téléphona aux agences de location de l'annuaire et un certain M. Rasmussen, nullement apparenté à notre amie, nous procura une maison à Holte, 30 kilomètres au nord de la capitale.

Nous nous y installâmes le dimanche suivant. C'était une agréable maison de brique jaune. Tout gravitait autour d'une admirable salle commune habilement agencée pour servir à la fois de salon, salle à manger et cuisine. Elle comportait un cabinet de toilette avec douche dernier cri, un vaste vestiaire, une grande chambre à coucher, deux plus petites et un atelier que je réclamai aussitôt pour en faire un cabinet de travail où je ne travaillai d'ailleurs pas.

Nous y passâmes trois mois heureux. Lesley découvrit que nous pouvions nous faire livrer à l'essai tout ce que nous voulions des magasins de Copenhague. Elle commanda successivement plusieurs machines à écrire, notamment une Olympia et une Olivetti. Gentry vint au Danemark passer quelque temps chez Birgit, alla à Stockholm voir sa femme et ses enfants, revint à Copenhague et s'invita chez nous avec deux couples d'amis. Au cours du dîner la conversation roula sur les arts et les artistes. Une question se posa : pourquoi le peintre peint-il, le chanteur chante-t-il, le compositeur compose-t-il, l'écrivain écrit-il ? Je déclarai à haute et intelligible voix : « J'écris pour de l'argent. » Birgit me condamna aussitôt. Sans doute parce que la cuisine de Lesley leur plaisait, les autres me tendirent la perche pour que je me rattrape. Je ne cédai pas. « J'écris pour le fric, c'est tout ! » affirmai-je énergiquement mais d'une voix pâteuse cette fois parce que l'irritation aggravait l'effet de l'alcool. « Tous les artistes veulent gagner leur vie, c'est évident, dit Gentry. Mais ce n'est pas leur mobile essentiel. » C'était pourtant sa seule raison de peindre. « Eh bien moi, je ne gagne pas de l'argent incidemment. Je n'ai pas d'autre raison d'écrire. » Ce fut la fin de la soirée. Tout le monde félicita Lesley pour le dîner. Je me souvins que Gentry avait amené ses amis dans un pauvre minibus de deux chevaux. Je les raccompagnai jusqu'à la porte et montrai fièrement ma Jaguar toute neuve en proclamant : « Oui, rien que pour de l'argent, pour m'acheter une voiture dont je n'ai pas honte. » Les amis de Gentry étaient des gens bien sympathiques mais je ne les revis plus jamais.

Larry Potter, l'ami de Nicole Toutain, mourut étouffé par l'asthme. C'était un des Américains noirs les plus populaires de Paris. Il paraît qu'on joua du coude devant l'église américaine lors de son enterrement mais personne ne m'invita à y assister. Cela me confirma que je ne plaisais pas à mes frères d'âme.

Peu avant la Noël, Torun vint nous voir avec son nouveau compagnon de vie, Charles, et les deux filles qu'elle avait eues de Walter. Elle avait acheté une ferme à Malmö où son père était architecte municipal. C'était un monument historique dont seul un artiste connu pouvait se rendre acquéreur. Nous avions présenté Charles à Torun au restaurant de Bouton d'Or, la femme de Bud Powell. Sachant que Torun avait un penchant pour les artistes, Bouton d'Or lui avait vanté le talent de Charles comme guitariste. Elle n'avait pas tardé à constater qu'il était incapable de jouer d'un instrument quelconque parce qu'il n'avait pas l'oreille musicale et ne distinguait même pas les notes les unes des autres. Mais ils étaient déjà unis !

À la fin de sa liaison avec Walter Coleman, Torun s'était enthousiasmée pour Ravi Shankar et sa philosophie. Elle ne manquait à aucun rite : la raga du matin, la raga de midi, la raga du soir, une raga pour toutes les heures et circonstances de la journée. Cette lubie, qui compensait peut-être sa frustration quand le ménage allait mal, avait contribué à la séparer de Walter parce qu'il avait horreur de ces sornettes et je ne le lui reproche pas.

Quant au remplaçant, Charles, elle eut beau lui acheter des guitares de première qualité, des méthodes et des partitions, son cas était désespéré. C'était un pauvre diable, incapable de concevoir rien d'original. Il ne comprenait que ce qu'il avait vu et touché. Encore l'interprétait-il de travers la plupart du temps.

Torun nous invita à passer la Noël dans sa ferme de Malmö. Nous y allâmes avec plaisir et je m'y ennuyai à mourir. Je regagnai avec joie notre petite maison de brique jaune. Pourtant il fit très froid et j'en fus malade. Billy Moore, ancien compositeur des Peters Sisters, m'avait recommandé le *rigshospitalet* où on l'avait soigné à son retour d'Allemagne de l'Est. J'y allai en consultation. Les médecins me firent subir tous les tests d'usage et ne prononcèrent pas de diagnostic précis. À la réflexion et en toute ignorance, il me semble que ce mal, dû sans doute au froid extrême, marqua le début de mon arthrite.

Nos trois mois de location touchèrent à leur fin et nous quittâmes le Danemark. Au moment d'engager ma voiture sur le ferry-boat, je songeai que cette fois je n'avais rien perdu ni oublié et je me demandai si ce n'était pas un signe de sénescence. À ce moment même, au lieu de prendre le ferry pour Travemünde — Allemagne occidentale — j'embarquai pour Warnemünde : Allemagne de l'Est ! Il n'en résulta d'ailleurs rien de grave. Après avoir parcouru une centaine de kilomètres de barrage militaire en barrage policier sur des routes semées d'ornières, je franchis la ligne de démarcation près de Lübeck. J'y fis laver ma Jaguar à grande eau et passer les chromes à la graisse parce que, au Danemarck, les routes sont salées l'hiver, ce qui provoque des corrosions désastreuses.

Puis nous fonçâmes vers le sud par Hambourg, Hanovre, Cassel, Francfort, Bâle, Genève, Lyon et Marseille et enfin La Ciotat. Je louai un appartement où j'eus presque aussi froid qu'en Scandinavie et nous passâmes le plus clair de notre temps à essayer de nous chauffer. Par bonheur l'agent de location qui nous avait fourni cette glacière nous parla de Daniel Guérin. Je pris contact avec lui par téléphone et l'invitai à dîner somptueusement. Il nous loua Rustique Olivette, la maison où Schwarz-Bart avait écrit *Le Dernier des Justes*, contiguë à celle où j'avais terminé *Mamie Mason*. Auparavant trois Français faisaient les frais de cette colonie d'artistes. Puis ils s'étaient séparés et Guérin restait propriétaire de Rustique Olivette qu'il souhaitait vendre. Nous voilà donc installés sous un climat convenable. Il était grand temps d'utiliser la machine neuve achetée à Copenhague. Je m'aménageai un cabinet de travail... et ne travaillai pas parce qu'à ce moment-là aucun sujet de roman ne m'enthousiasmait.

Au début de notre séjour à La Ciotat, je reçus la visite du jeune Lyonnais qui, se faisant passer pour un métis du Mississippi, avait calqué l'histoire de ses parents imaginaires sur un roman de Faulkner. Il ne jouait plus les nègres à peau blanche et se présentait honnêtement en intellectuel juif. Après une prise de contact amicale, il entreprit de préparer un couscous et y passa trois bonnes heures. Incidemment Lesley lui demanda comment il était venu de Paris. « Dans la voiture d'une jeune Anglaise qui m'emmène à Ibiza, répondit-il.

— Où est-elle ? demanda Lesley.

— Devant la porte, dans l'auto. »

Nous sortons tous les trois et trouvons en effet une ravissante jeune femme qui attendait dans une toute petite voiture au pare-chocs tordu. « Je lui avais dit que j'entrais vous demander de nous aider à rafistoler cet engin », dit-il. Nous les fîmes entrer, se laver, finir le couscous et déjeuner. Il passa l'après-midi à nous raconter des histoires juives. Son répertoire m'étonna car je ne connaissais pas toutes celles qu'il débita. Sa jeune compagne le prenait encore pour un Noir au teint blanc des États-Unis. Lesley eut du mal à l'en dissuader. Quant à lui, il ne se souciait pas de ce qu'elle croyait à son sujet.

Pour faire renouveler nos passeports, nous allâmes à Marseille et j'en profitai pour aller voir dans l'immeuble de Le Corbusier le cardiologue batteur de jazz Roger Luccioni. À quelque temps de là son père nous invita à passer une journée à

Bandol. Ce port m'attirait parce que je venais de lire la traduction en anglais d'*Un piège pour Cendrillon* de Sébastien Japrisot dont l'action se déroule précisément à Bandol.

Daniel Guérin revint sur la Côte, dans sa grande maison voisine de Rustique Olivette. Nous sortîmes pour dîner ensemble au restaurant presque tous les soirs. La vie me semblait belle, le printemps commençait à se manifester ; après des années de soucis, de dèche et de tracas, je me trouvais enfin à l'aise en France. Sans reprendre sérieusement le travail, je pensais de plus en plus à écrire mon autobiographie.

8

Le temps passa. Le cours Mirabeau d'Aix-en-Provence nous avait séduits. Nous y louâmes une chambre d'hôtel et fîmes la tournée des agences de location. Dès le lendemain un article à mon sujet parut dans un journal local. Dès lors on nous reconnut dans les agences et on se mit en quatre pour nous.

Je me demande si ce fut cet article, le chic dominateur de Lesley, ma Jaguar dernier cri, notre Griot trônant dedans qui détermina ce phénomène, mais le bruit courut à Aix que j'étais un nabab des lettres prêt à acheter un domaine princier dans les environs. Les agences se disputèrent notre clientèle et nous firent visiter des propriétés plus somptueuses les unes que les autres. Elles valaient au moins un million de nouveaux francs. Faute de meilleure distraction, nous les laissâmes à leurs illusions pendant quelques jours. Partout les propriétaires nous accueillaient comme des nigauds à plumer.

Puis je demandai à voir de simples fermes converties en résidences secondaires. Je pensais à la Rustique Olivette sans savoir ce que Daniel

Guérin en demandait. On nous envoya vers les Alpes visiter les ruines d'un château qui aurait appartenu au marquis de Sade. Ça ne nous convenait pas. Depuis que j'avais fixé une limite raisonnable, on ne nous offrait plus que des domaines à l'abandon aux bâtiments vétustes dont la remise en état nous aurait ruinés.

Pour mettre un terme à la comédie, je demandai une petite maison de campagne à louer pour un maximum de 2 500 N.F. par mois pendant un an. On m'en offrit immédiatement une exactement à ce prix. Nous y accueillirent deux érudits, un Français et une Anglaise qui se préparaient à aller enseigner aux États-Unis. Ils nous firent visiter le domaine et nous assurèrent que la propriétaire nous le louerait moins cher que n'en demandait l'agence. Cette dame habitait Paris avec son amant anglais ; son mari était aux États-Unis.

Je pris la route avec Lesley et notre cher Griot, toujours aussi ravi de voyager la tête offerte au vent et oreilles rabattues. J'allai voir la propriétaire au Marais et la trouvai dans une pièce d'une saleté incroyable où rampait un nourrisson. C'était l'enfant de l'amour. Je ne fis connaissance que beaucoup plus tard avec les deux adolescents qu'elle avait eus de son époux. Elle se montra fort accommodante et me loua sa maison pour cent mille francs par mois. Électricité et chauffage à notre charge. Elle me recommanda de toujours couper le courant au compteur en cas d'orage. Je lui versai un mois de loyer comme dépôt de garantie. Ses locataires lui téléphonèrent et elle leur demanda de nous remettre les clés. Nous repartîmes le lendemain pour Aix. Le couple anglo-français partit et nous eûmes la maison pour nous.

C'était la merveille des merveilles : une vieille ferme provençale aux murs de torchis d'une épaisseur d'un bon mètre, comportant de vastes pièces confortables : salle à manger; salon; cuisine agencée et meublée naguère par le mari américain; chauffage central au mazout correctement installé. À l'étage, trois grandes chambres à coucher et un immense studio avec balcon d'où la vue s'étendait sur une forêt rappelant les tableaux de Cézanne; un vaste sous-sol divisé en deux : d'une part la cave contenant des tonneaux d'au moins cinq cents litres chacun, d'autre part la chaudière du chauffage central. Les pièces principales du rez-de-chaussée se trouvaient toutes du même côté d'un couloir allant du jardin à la cour. La salle de bains et les toilettes étaient de l'autre côté. D'énormes noyers et ormes isolaient une grange à usage de garage et donnaient ombre et fraîcheur au jardin devant la maison. Rien ne manquait à la ferme : potager, verger, poulailler, cages à lapin. Bref de quoi vivre en autarcie si nous en avions envie.

Le métayer qui cultivait les terres du domaine monta, perché sur son tracteur, pour nous remettre les clés des communs et nous montra comment faire fonctionner la chaudière alimentant en eau chaude la cuisine et la salle de bains, puis s'en alla faucher du foin du côté du canal Émile-Zola.

J'habitais enfin la maison de mes rêves. Nous prîmes notre premier repas dans la cour et reçûmes la visite d'un chien à longue tête, poil duveteux sur le ventre et raide sur le dos. Il était affreusement sale et maigre mais son regard nous attendrit. Lesley lui donna à manger. Il dévora furieusement et s'en alla ensuite à travers champs en surveillant les oiseaux qui sillonnaient le ciel. Lesley le baptisa Toutou. Il revint nous voir souvent, nous fit l'honneur de partager notre vie et nous suscita des ennuis avec les cultivateurs des environs en pillant les poulaillers en compagnie d'un chien-loup du voisinage.

J'avais reçu récemment un chèque de 23 000 N.F. ainsi que les épreuves de *Run Man Run (Dare-dare)*. Les corriger fut ma première tâche. Puis, je m'isolai chaque jour pendant quelques heures dans le grand studio à l'étage et je m'efforçai d'écrire. Je devais d'ailleurs un roman à Duhamel. Mais l'inspiration me faisait entièrement défaut. Je doutai de ma vocation. Aimais-je trop mes aises pour être un véritable écrivain ? S'il me fallait retomber dans la dèche dont Duhamel m'avait tiré, la vie ne valait pas la peine d'être vécue. Je n'étais d'ailleurs pas vraiment paresseux. J'aimais jardiner, nager, transférer les meubles d'un coin à l'autre des pièces, selon les caprices de Lesley, fabriquer des caisses et même des tiroirs. Mais je n'aimais plus écrire. Ça ne suscitait plus le moindre enthousiasme chez moi. Auparavant, lorsqu'il m'arrivait de me rappeler une phrase de *S'il braille, lâche-le* ou de *La Reine des pommes*, j'éprouvais le même enchantement que lorsque je les écrivais. Mais c'était fini. Je préférais conduire ma Jaguar à deux cents à l'heure.

Je m'occupai autour de la maison. Je bêchai le jardin, ratissai les allées de gravier, ramassai du bois pour la cheminée, bien que Lesley s'en chargeât la plupart du temps, suivie pas à pas par Toutou. J'agençai un gril de barbecue dans un ancien abreuvoir à chevaux. Mais je n'écrivais pas.

Nous recevions beaucoup de visites. J'allai notamment chercher dans un vieil hôtel de Monte-Carlo Jay Clifford que je ramenai chez nous. À 79 ans, il était encore vif et bavard comme un gamin. Je l'avais connu dans l'entourage de Richard Wright au moment où de jeunes Algériens venaient de lui extorquer huit ou neuf mille dollars qu'il ramenait des États-Unis en prenant sa retraite d'inspecteur des douanes. Auparavant, il avait fait les beaux jours des entraîneuses du Lido. Ensuite une chanteuse américaine de retour de Stockholm lui avait encore escroqué un millier de dollars. Après sa mésaventure avec les Arabes, Jay avait quitté Paris en jurant de ne jamais y retourner et avait loué un appartement de trois pièces à Nice. Mais le correspondant de quelque hebdomadaire américain noir vint à Nice et s'installa chez Jay qui partit pour Monte-Carlo. Quelques jours plus tard, lorsque l'indésirable craqua une allumette pour allumer un réchaud au gaz de butane afin de chauffer son café, le mur de la cuisine s'envola et retomba dans la rue. Dès qu'il l'apprit, Jay revint de Monte-Carlo. Son ami était encore vivant mais à l'hôpital. « Je m'en tirerai », dit-il à Jay, et il lui demanda d'aller lui chercher du linge dans l'appartement ravagé. À son retour à l'hôpital, Jay trouva son ami mort. Il retourna à Monte-Carlo, loua une chambre avec salle de bains dans un vieil hôtel et passa son temps au casino sans jamais jouer. Il consacra le reste de sa vie à peaufiner l'intrigue d'un roman qu'il n'écrivit jamais.

Jay était d'ailleurs un conteur hors ligne mais ses histoires dataient toujours de deux, trois générations. Métis au teint à peine basané, comme le mien, chauve, il portait toujours des vêtements usagés, mettait trop de sel dans ses aliments, se cirait la moustache et appelait toujours Lesley « ma petite chérie ». Lorsqu'il passa quelque temps chez nous, nous dînions dans la grande salle à manger. Il nous ensorcelait avec ses anecdotes datant de la Première Guerre mondiale.

Je n'écrivais toujours pas. Je m'achetai une carabine et m'exerçai au tir. Nos plus proches voisins — à part le métayer et sa famille — étaient des Polonais. Je ne me rappelle pas la femme mais j'appris que le père, ancien professeur, écrivait une histoire de la Pologne et que ce travail le rendait fou. Ils avaient une ribambelle de gosses braillards à tête rasée. Quand je m'amusais à tirailler autour de la maison, ils me criaient de ne pas tuer les oiseaux. En quelle langue me disaient-ils cela ? Je n'en ai aucune idée aujourd'hui. Pourtant je suis certain de ce souvenir. De temps en temps, ils franchissaient la haie du verger pour nous voler des fruits. Je les chassais sans conviction. Notre propriétaire vint passer quelques jours chez nous avec son plus jeune enfant qu'elle eut le bon goût de laisser à Aix chez une amie. Elle nous autorisa à consommer les fruits du verger quoi qu'en pût dire le métayer et nous mit en garde contre nos voisins polonais qu'elle ne connaissait d'ailleurs pas.

Au début de notre séjour dans le Midi, je confiai plusieurs fois ma Jaguar au concessionnaire de cette marque à Marseille pour les vérifications habituelles des voitures en rodage. Un jour où j'y retournai, le concessionnaire avait changé. Je laissai l'auto et retournai à Aix par le train puis en taxi jusqu'à Venelles, l'agglomération la plus proche de notre paradis.

Il faisait encore beau et chaud mais je sentais venir l'hiver et pris mes précautions. J'achetai du bois, fis essayer le chauffage central par un fumiste, expérimentai les cheminées. Tout fonctionnait à souhait. De temps en temps Lesley téléphonait à Marseille pour savoir si la voiture était prête et le garagiste répondait qu'il n'avait pas encore terminé son travail. Ça m'agaçait d'autant plus que je n'avais rien remarqué d'anormal à ma voiture et ne l'avais conduite au concessionnaire que par précaution. Au bout d'une semaine, il répondit à Lesley que ma Jaguar ne marchait pas convenablement et qu'il avait de sérieuses réparations à y faire. Enfin à l'approche du Thanksgiving day (dernier jeudi de novembre) il annonça qu'elle était prête et que je pouvais aller la chercher le samedi matin. J'y allai et trouvai le garage fermé, sauf la porte conduisant au bureau. Le patron s'y trouvait avec un énorme chien-loup. Il dit à Lesley que la voiture était prête et qu'il ne me restait qu'à payer la « petite note ». Elle s'élevait à 5 000 N.F. Je refusai de payer et m'adressai à Luccioni qui me mit en rapport avec un jeune avocat. Ce dernier me rassura : mon garagiste avait mal réparé sa Lancia et avait mauvaise réputation. Le lendemain je me présentai chez le concessionnaire avec un huissier et il me rendit ma voiture sans rien réclamer. L'huissier me coûta 75 N.F.

Sur le chemin du retour, je sentis une odeur d'essence. Un mécanicien de Venelles constata qu'un conduit était mal assujetti au carburateur et répara. Je me demandai si mon escroc marseillais avait saboté ma voiture pour se venger de sa déconvenue et décidai d'aller la faire réviser chez le constructeur, à Coventry.

Nous laissâmes Toutou au refuge de la S.P.A. de Venelles et emmenâmes Griot jusqu'à Dieppe où Lesley trouva un vétérinaire qui consentit à le garder deux jours. À Coventry, on révisa ma Jaguar de fond en comble, on la lava et polit gratuitement. Le chef du service entretien m'assura qu'elle n'avait jamais été en panne.

De retour chez nous avec nos deux compagnons, nous eûmes l'impression de retrouver une terre promise. Nicole Toutain vint nous voir plusieurs fois : au début, de Nice parce que la maison de films pour laquelle elle travaillait s'y trouvait; plus tard, de Paris. Avant que l'hiver se manifestât, Jay revint aussi. Il nous raconta que lorsqu'il avait essayé de conduire une voiture pour la première fois, il était entré à pleine vitesse dans un cortège. La foule s'assemble autour des cadavres qui jonchent la chaussée. Jay s'attend à être lynché. Mais les processionnaires se regroupent et entonnent un cantique d'actions de grâces. Ce sont des quakers pour qui l'accident ne saurait être que la manifestation de la volonté divine. « Je n'ai plus jamais pris le volant, parce qu'on ne rencontre pas que des quakers sur les routes et dans les rues », concluait Jay.

Je m'efforçais d'écrire. J'avais commencé six ou sept romans policiers. Ils s'arrêtaient dès les premières pages. J'avais toujours un contrat en cours avec Duhamel. Mais je n'avais plus envie d'écrire des histoires de brigands, ni de Harlem, ni d'ailleurs, ni noirs ni blancs. Mais je ne connaissais que les Noirs. J'avais de si vagues idées sur les

Français que j'osais à peine en parler, encore moins écrire à leur sujet. En fin de compte, je ne connaissais guère que moi-même. Je n'allais ni au cinéma, ni au théâtre, je ne lisais ni les livres ni les journaux français. Je n'étais pas encore acclimaté en France et je ne vivais plus aux États-Unis depuis des années.

De temps en temps, faute de mieux, j'esquissais de courtes vignettes sur les Noirs chez eux ou à l'étranger; je notais mes pensées au jour le jour en espérant vaguement rassembler ces bricoles en un volume à publier plus tard. Mais même ce travail réduit au minimum m'ennuyait.

Je bricolais dans la maison et le jardin, en compagnie de Toutou et de Griot sans cesser de me rappeler que je devais reprendre le collier. Mes livres plaisaient aux Européens et aux Africains. Mais les Américains ne les aimaient pas parce que j'étais aussi peu indulgent envers les Noirs que les Blancs.

En décembre nous invitâmes Roger Luccioni avec des amis à lui. Lesley se surpassa comme d'habitude quand elle recevait. Ils partirent enchantés et les amis de Luccioni promirent de nous recevoir chez nous pour le jour de l'An. À la Noël, j'allai chercher Walter Coleman et sa femme polonaise à Nice. Il promit de préparer la dinde du dîner.

Au premier de l'An, vers trois heures de l'après-midi nous vîmes apparaître une grosse voiture dont un grand monsieur des plus distingués débarqua caisses et paniers de vivres et de champagne. Nous le prîmes à première vue pour un invité d'honneur des amis de Luccioni. Lesley et Nicole Toutain lui servirent de notre propre champagne à plusieurs reprises. Puis il s'empara de la cuisine et se coiffa d'une toque de chef. Les femmes et même Walter lui abandonnèrent le terrain. C'était le maître cuisinier d'un des traiteurs les plus renommés de Marseille.

Les autres invités arrivèrent les uns après les autres. La neige les avait retardés. On se mit à table après minuit. J'étais déjà agacé. Le repas fut somptueux mais je n'y pris guère d'intérêt. Walter Coleman dédaignait insolemment sa Polonaise. Les Françaises n'en avaient que pour moi. Quand le chef débarrassa la table, je m'éclipsai pour allumer le feu dans la cheminée du salon. Les invités chantaient en chœur des chansons françaises dans la pièce voisine. Ils me rejoignirent. On fit tourner des disques et on dansa. Je dansai avec la femme de Coleman que tout le monde traitait en paria. Puis je me reposai dans un fauteuil. Une jeune femme élégante s'assit sur mes orteils et gigota tellement du popotin que je me levai et montai me coucher sans prendre congé de personne. Le lendemain matin, je me levai de bonne heure. Tout le monde était parti, sauf Walter, sa femme et Nicole Toutain. Je reconduisis les Coleman à la gare d'Aix et Nicole prit la route pour Paris dans l'après-midi.

Puis la vie reprit son tran-tran habituel. Je n'écrivis pas plus que l'année précédente. Mais mon cas n'avait rien de désespéré. Putnam m'envoyait d'assez grosses sommes et surtout Samuel Goldwyn s'intéressait à mes romans policiers. Dès octobre il avait payé une option de $ 2 500 sur ceux où figurent mes deux détectives Fossoyeur et Cercueil. Au cas où il en ferait des films, il en paierait les droits à un prix croissant de $ 25 000 à 75 000. La fortune en perspective!

En mars, dès que le temps s'améliora, Charles amena Torun, Ira et Ina dans une voiture pleine de sacs de couchage, réchauds de camping et autres articles à l'usage de nomades. Charles avait abandonné l'espoir de devenir guitariste et s'ingéniait à façonner des bijoux en pierre pour rivaliser avec ceux de Torun. L'après-midi, ils se querellèrent sur la meilleure manière de se tenir à la verticale sur la tête. Chacun avait sa méthode. Torun essaya celle de Charles et, si elle ne se brisa pas le cou, elle se démit sans doute quelque vertèbre dorsale ou lombaire parce qu'elle ne parvint pas à se redresser complètement de plusieurs heures.

Ils s'amusèrent quand même tellement qu'ils revinrent quinze jours plus tard avec une sœur d'âme que Charles avait connue à Detroit, le fils de cette dernière (un adolescent gigantesque) et la fille exceptionnellement intelligente pour ses dix ans.

Professeur principal d'une école américaine, cette dame s'en allait enseigner au Brésil. Membre actif d'une organisation — mondiale disait-elle — baptisée SUBUD, elle y avait fait adhérer Charles et Torun qui y voyaient la solution de toutes les difficultés de l'univers et insista pour nous recruter. Nous n'en avions aucune envie mais Lesley les nourrit bien et ils partirent heureux. SUBUD ne fut pas inutile à Charles car il y trouva un emploi lorsqu'il retourna aux États-Unis où nous le retrouvâmes lorsque nous y allâmes avant la fin de l'année.

J'eus une rage de dents au mois d'avril et commis l'imprudence de consulter un praticien d'Aix qui m'arracha accidentellement une couronne s'étendant sur plusieurs dents de devant. S'ensuivit une longue hémorragie. Je retournai chez le dentiste le dimanche matin pour qu'il la fasse cesser. « Ah! mais je sais qui vous êtes, maintenant. Vous êtes monsieur Chester Himes! » s'exclama-t-il dès qu'il me revit. Telle était ma vie en France : les indigènes me traitaient en bougnoule jusqu'au moment où ils reconnaissaient en moi une célébrité. Alors ils s'efforçaient de réparer le mal qu'ils m'avaient fait.

Celui-là ne me paraissant pas à la hauteur, j'allai consulter le docteur Platt, à l'angle de Broadway et de la 82e Rue, New York. Il constata que ma denture était en mauvais état et que je ne pouvais espérer en conserver les restes. Ce dentiste était un philosophe et il m'expliqua que l'adoption d'une prothèse exige une adaptation mentale aussi difficile que l'accommodation physique. Je m'y résignai quand même, la nécessité l'emportant sur la vanité. Il m'arracha toutes les dents de devant et posa la prothèse sur mes gencives à vif.

J'étais descendu à l'hôtel Albert. Je dînai avec les Targ. Roselyn, qui était mon agente, me tint au courant de mes affaires et je constatai qu'elle s'en occupait assidûment. J'incitai Lesley à me rejoindre. Elle arriva durant la première semaine de juin, un mois après moi. Dès le premier matin je lui remis de l'argent pour qu'elle fasse des achats et j'étais en train de lui expliquer la valeur des billets et pièces américains quand Samuel Goldwyn frappa à ma porte. Lesley nous quitta et je passai plusieurs heures à discuter avec Goldwyn. Il avait fait traiter un de mes romans par un spécialiste de la télévision dont le travail ne me plaisait pas. Il m'offrit de m'en charger moi-même moyennant 750 dollars par semaine. « Plus les frais et le salaire d'une secrétaire », lui répondis-je. Il accepta et s'en alla. Cependant Lesley n'avait guère fait de folies. Dès le premier magasin, elle n'avait pas admis que la pièce de cinq *cents* valût moins que celle de dix, plus petite.

Fort de l'expérience que j'avais acquise en écrivant le scénario de *Baby Sister* dont personne n'avait rien fait, je m'attelai à rédiger celui de *Cotton comes to New York*. J'eus grand tort. Une amie de Joyce Cadoo me trouva une dactylo hors ligne qui passa tous les matins prendre ce que j'avais écrit la veille et m'apporter ce qu'elle avait elle-même tapé. Le travail avança vite.

Cependant je me livrai avec Lesley à une orgie d'achats. Je me croyais riche. Griot engraissa de deux kilos durant son séjour à l'hôtel Albert grâce aux bonnes pâtées américaines. Lesley raffolait de l'hôtel Albert. J'y avais pris un appartement avec chambre, salon et cuisine. L'amusaient surtout les graffiti des couloirs.

Mon scénario terminé, je l'envoyai à Samuel Goldwyn Jr, 1041, North Formosa Avenue, Los Angeles, 46, Californie. Par retour du courrier il en envoya le prix convenu à Roselyn et nous prîmes le premier avion.

À notre retour, il faisait une chaleur étouffante en Provence. La propriétaire nous amena bon nombre d'acheteurs éventuels pour son domaine et nous permit de rester après la fin de notre engagement de location jusqu'à ce que sa maison soit vendue. Nous partîmes quand même à la fin du mois de juin.

9

À tout hasard nous allâmes à Paris. D'abord une amie nous logea, puis Jan Ivarsson que nous avions connu en Suède nous prêta son appartement pendant ses vacances. Je n'avais pas d'habitation permanente à Paris comme Herbert Gentry et Ollie Harrington. C'est ce qui me tenait la plupart du temps à l'écart de la capitale.

Quand ils apprirent notre présence à Paris, bien des amis vinrent nous voir et aussi des gens que nous ne connaissions guère, notamment un jeune photographe hongrois qui se prit d'affection pour nous et ne nous quitta plus. Je ne puis oublier Marcel Muyal, musicien marocain, que j'avais connu à New York et qui jouait occasionnellement dans des formations de jazz à Paris. Avec quelques-uns de ses amis, il organisa un barbecue de minuit dans un bois voisin de Paris. Il savait sûrement faire rôtir un mouton à la broche et préparer le couscous, mais cette nuit-là il but trop et s'endormit dans le bois. Les convives, à peu près aussi ivres, se répandirent dans le bois en mastiquant de la viande crue. Nous savions à peu près où la fiesta devait avoir lieu et nous y allâmes vers minuit. Le bois était trop vaste et nous ne trouvâmes pas le point de rendez-vous.

Avant la fin de l'été j'écrivis à mon éditeur hollandais pour lui demander de nous trouver une maison à Amsterdam. Un de ses lecteurs nous répondit que le logement idéal pour nous venait d'être disponible dans un faubourg. Je lui télégraphiai de le retenir. Et nous voilà repartis.

Ne connaissant pas Amsterdam, je m'arrêtai prudemment dans une auberge routière avant d'y arriver. Le lendemain matin Lesley téléphona à Tiebosch — un des lecteurs de la maison — qui promit de venir nous chercher. Il n'était pas encore arrivé quand Charles Holland apparut avec sa maîtresse beaucoup plus jeune que lui, blonde et assez jolie. Comme nous connaissions sa femme, nous fûmes gênés et ne trouvâmes rien à dire. Il finit par envoyer la belle au bout du couloir pour nous expliquer les raisons de sa conduite. Lesley refusa de l'écouter et rejoignit la réprouvée. Alors Charles me tint le coude à n'en plus finir en m'exposant dans tous ses détails un drame idiot. Il avait commencé à prendre son épouse en grippe parce qu'elle ne l'avait pas écouté assez attentivement quand il lui indiquait comment il s'était blessé au pied ! Je parvins difficilement à nous débarrasser d'eux puis Tiebosch nous conduisit à la maison « idéale ». Elle nous convenait parfaitement, en effet, et à Griot aussi.

Charles et Cathy Holland vinrent prendre un verre chez nous avec la blonde. Ils semblaient s'entendre parfaitement. La maîtresse était irremplaçable parce qu'elle avait une voiture et savait conduire alors que les Holland n'avaient pas de permis ! Elle montra à Lesley qu'elle avait des verres de contact bleu, s'assortissant mieux à son teint que ses yeux marron.

Ces futilités ne m'intéressaient pas car j'étais pris par mon travail. Born, mon éditeur, envoya des reporters m'interviewer. L'un d'eux vint avec une fille à demi vêtue, qui empestait la fornication. Le 4 octobre je donnais une conférence de presse dans une salle proche de chez nous et ma photo parut dans tous les journaux et revues d'Amsterdam. Lesley fut la première à voir mon portrait sur le journal dont la marchande de poissons enveloppa ses achats. *Pinktoes* avait paru en Hollande sous le titre de *Zwart op wit op zwart* et se vendait comme des petits pains.

Je reçus une visite mémorable de Phil Lomax qui demanda à me parler en secret. J'acceptai, pas trop rassuré parce qu'il pesait dans les cent vingt-cinq kilos et mesurait un mètre quatre-vingt-quinze. Lesley nous laissa dans le salon dont j'avais fait mon cabinet de travail. Il tira mystérieusement de sous son manteau une liasse de feuillets qu'il me tendit d'un air honteux. « Il faut que je me confesse, mon vieux, me dit-il. J'ai utilisé des histoires qui me venaient de toi dans un article que j'ai signé de mon nom. » Je poussai un soupir de soulagement et ne pris pas la peine d'examiner le corps du délit. Je le rassurai et retirai le verrou de la porte pour laisser entrer Lesley qui n'en menait pas large dans le couloir.

Phil dîna avec nous ce soir-là et passa la nuit. Il me raconta une histoire ahurissante que j'utilisai plus tard dans *The Blind Man with a Pistol (L'Aveugle au pistolet)*.

Le 24 octobre, Sam Goldwyn m'écrivit que mon scénario ne lui convenait pas. « Mais j'espérais sans doute trop d'un premier essai », ajoutait-il. Néanmoins son enthousiasme pour le roman et le film à en tirer n'était pas atteint. Peu après Bill Targ m'annonça qu'un producteur demandait une option sur *Dare-dare*.

Presque au même moment Goldwyn m'offrit d'aller à Hollywood à ses frais afin de collaborer avec celui qu'il avait choisi pour refaire mon scénario. J'avais alors la tête pleine de *L'Aveugle au pistolet* dont les trois premiers chapitres étaient achevés. Je refusai donc de m'en laisser distraire. Comme pour m'en consoler, Gallimard me signala que *Le Provençal* voulait acheter le droit de publier *La Reine des pommes* en feuilleton. Je le vendis 3 500 N.F.

Mon *Aveugle* terminé, je l'envoyai à Targ qui avait publié mes trois derniers romans policiers.

Après nous être largement munis de vêtements d'hiver à Amsterdam, nous partîmes pour l'Espagne. D'abord je pris contact avec mon éditeur, les Ediciones Grijalbo, à Barcelone, bien que le siège social fût à Mexico. Puis je vis le señor Lifesis, agent littéraire. Il m'apprit que *Le Primitif* et *Pinktoes* étaient interdits en Espagne mais que *La Troisième Génération* échappait à la censure du régime franquiste.

Puis commença une errance entre Barcelone, Madrid, Alicante, Algésiras, Tanger, Gibraltar, tantôt en voiture, tantôt en ferry-boat. Mon état de nomade me pesait et j'aspirais à me stabiliser quelque part. Bien que l'hiver fût froid cette année-là et que les routes fussent encore abominables en Espagne, je considérai que c'était le pays à peu près le plus chaud de l'Europe occidentale et décidai d'y élire domicile de façon permanente. Nous avions loué une maison à Fuengirola. Je repérai deux annonces dans le *Sunday Times* de Londres offrant des terrains à bâtir sur la Costa blanca, auprès de Javea, village situé au bord de la mer. On y alla en passant par Almeria, Murcie et Alicante. Javea ne nous convint pas et nous allions repartir quand une demoiselle Maria Teresa nous révéla les merveilles du projet d'urbanisation de Pla del Mar, à Moraira. Les chantiers encore peu nombreux de cette agglomération à l'état embryonnaire nous firent bonne impression parce que l'infrastructure — rues pavées, adduction d'eau et d'électricité — semblait bien conçue et sérieusement exécutée. J'achetai deux lots contigus, débouchant chacun sur une rue différente.

De retour à Fuengirola je trouvai une lettre de Targ qui refusait mon *Aveugle au pistolet*. Déçu mais optimiste, j'expédiai immédiatement le manuscrit à sa femme qui m'écrivit la semaine suivante : « J'ai lu la moitié de votre livre. Je le trouve choquant, paillard, émouvant, passionnant. » Elle y voyait des imperfections mais me confiait qu'une histoire peut n'être pas parfaite et plaire au public.

L'hiver n'était pas fini. Malgré sa réputation, la côte orientale de l'Espagne n'a rien de paradisiaque par temps froid. Les maisons ne sont pas bâties pour les rigueurs d'un climat guère meilleur que celui du sud de la France. Nous nous remîmes en route pour aboutir à Sitges. Pourquoi Sitges ? Parce qu'il fallait bien s'arrêter quelque part en attendant qu'il fît assez chaud à Paris.

Au cours de mes pérégrinations, je me faisais adresser mon courrier poste restante, à la *lista de coreos*, comme disent les Espagnols. Roselyn Targ m'écrivit qu'elle avait achevé la lecture de *L'Aveugle au pistolet* et le soumettait aux éditeurs qui lui paraissaient aptes à l'acheter. D'autre part, elle travaillait Michael Laughlin pour lui faire racheter les options de Goldwyn.

Nous habitions un appartement au troisième étage d'un immeuble à peu près désert, sur l'Esplanade, autrement dit le front de mer. Pendant la semaine, Sitges végétait tristement. Les gens se calfeutraient chez eux. Il n'y avait personne sur l'Esplanade. Mais le dimanche la foule des habitants de Barcelone venus prendre l'air y grouillait. À la tombée de la nuit, tout le monde s'enfuyait.

Moi non plus je ne sortais guère de notre logement. Vers la fin de notre séjour, le propriétaire du restaurant situé au rez-de-chaussée de notre immeuble demanda à Lesley comment elle pouvait manger toutes les victuailles qu'il la voyait apporter chez nous chaque jour. Il ne m'avait jamais vu et croyait évidemment qu'elle vivait seule.

J'écrivis à Nicole Toutain pour lui demander à sous-louer son appartement. Elle accepta à un prix singulièrement avantageux : 250 N.F. par mois, plus les frais de gaz, eau, électricité. Elle terminait ainsi sa lettre : « La mort de Martin Luther King m'afflige. Je me demande ce qu'il va se passer aux États-Unis. » Incroyable mais vrai, l'avenir de mon pays natal m'importait moins qu'à Nicole. Je l'avais chassé de mon esprit et n'y voyais plus qu'un marché pour mes livres.

À ce point de vue, je n'avais pas à me plaindre. Roselyn Targ vendit mon *Aveugle* à William Morrow, en mars, pour les États-Unis et à Hodder & Stoughton pour l'Angleterre, en avril. Putnam avait cédé ses droits sur plusieurs de mes romans à Muller, et Panther Paperback les publia plus tard avec quelques-uns de mes autres titres vendus directement par Roselyn. Deux autres de mes livres parurent en édition à bon marché : *S'il braille, lâche-le* et *Pinktoes*.

Notre arrivée à Paris coïncida à peu près avec le début des désordres de rues. Mais Nicole habitait loin du quartier Latin, dans le seizième arrondissement, près de magasins abondamment fournis en bons vivres. Il faisait un temps radieux. Notre séjour fut agréable. Puis nous passâmes en Angleterre où je laissai ma voiture aux usines de Coventry pour assurer son parfait entretien. Les éditeurs qui venaient d'acheter les droits sur mes livres me livrèrent à leur service de publicité. Il en résulta interviews, conférences de presse, beuveries distinguées. Bill Targ se trouvait à Londres. Il craignait que Plon réclame une part des droits sur le film qui serait tiré de *Cotton comes to Harlem*. Dès mon retour à Paris je consultai le conseiller juridique des United Artists. Il m'indiqua que Me Suzanne Blum était l'avocat de Plon. Je lui dis qu'elle avait défendu mes intérêts dans un litige que j'avais eu avec ce même éditeur... Un tel renversement de clientèle étant interdit, je n'entendis plus parler de revendications que Plon aurait émises au sujet du film. Par prudence, je demandai pourtant à Marcel Duhamel une attestation d'abandon par Gallimard de tous droits sur les adaptations de mes œuvres publiées par cette maison. Si Plon ne me tracassa pas, il ne me paya pas non plus de droits sur mes romans qui pourtant devaient se vendre aussi bien en France que dans les autres pays d'Europe.

Les Targ arrivèrent peu après nous à Paris. Je les invitai à dîner chez Leroy Haynes qui nous donna la table d'honneur, légèrement surélevée. Roselyn repéra parmi les clients un homme qu'elle prit pour Michael Laughlin et siffla pour attirer son attention. Tous les regards convergèrent évidemment sur notre table. Roselyn capta l'attention de son bonhomme qui rougit comme une tomate. Elle insista et me montra du doigt en criant mon nom. L'autre rougit encore plus et secoua la tête pour exprimer son ahurissement. Leroy vint nous demander ce qui se passait. Roselyn le lui dit. Il alla demander au pauvre diable s'il était le producteur de cinéma Michael Laughlin. « Moi ?... Je suis coiffeur », répondit le faux Laughlin.

Le gouvernement ayant cédé aux étudiants qui avaient dépavé leur quartier, les salariés estimèrent que tout était permis et ce fut la plus grande grève générale que la France ait connue. Les Targ n'avaient aucun moyen de gagner Zurich où ils étaient attendus. Je les conduisis à Bruxelles à 180 à l'heure de moyenne. Ils m'en remercièrent dans plusieurs lettres par la suite.

Les bagarres atteignirent Saint-Germain-des-Prés et la police ravagea terrasses et vitrines du Flore ainsi que des Deux Magots. Ce fut trop pour nous, d'autant plus que Nicole revenait à Paris et qu'il fallait lui rendre son logement. Nous allâmes à Darmstadt. *Dare-dare* (alias *Run Man Run*) venait de paraître sous le titre allemand de *Lauf, Nigger, lauf,* chez Rohwolt qui avait repris les droits d'Ullstein, éditeur de *Fensterturz in Harlem*.

Rohwolt et mon ami Janhaus Jahn amenèrent des journalistes pour m'interviewer à mon hôtel. Comme partout où j'allais en ce temps-là ma photo parut en première page des journaux.

Darmstadt est une jolie ville où vivent de nombreux artistes. Je cherchai à m'y loger, au moins momentanément. Mais il n'y avait rien de libre. Nous retournâmes à Paris où le calme semblait revenu. Une annonce de journal nous assura un appartement rue Mouchotte dans un des grands immeubles bâtis le long des voies de la gare Montparnasse. Ce neuvième étage ne plut pas à Griot qui regrettait sans doute l'appartement de Nicole où il avait accès au jardin. Il passa tout son temps dans la pièce où je travaillais. Les trains le passionnaient.

J'achevai la première partie de mon autobiographie : quatre cent quarante-quatre pages et envisageai déjà une suite qui porterait l'ensemble à un millier de pages.

10

Au début de septembre nous retournâmes en Espagne et trouvâmes assez rapidement un appartement dans un quartier agréable mais affreusement froid. J'y passai tout mon temps devant le poste de télévision enveloppé dans ma peau de bique. Dès que Lesley repéra un meilleur logement, encore au neuvième étage d'un immeuble neuf, orienté plein sud, je me mis à écrire un roman au sujet d'une véritable révolution noire : *Le Plan B*. Mes deux détectives noirs se séparaient et Fossoyeur finissait par tuer Cercueil pour « la cause ». J'en rédigeai une esquisse et envoyai Lesley la faire photocopier.

Coïncidence curieuse, Samuel Goldwyn leva son option sur *Cotton comes to New York* et m'écrivit une longue lettre m'indiquant quel était son principal souci : il souhaitait que mes détectives se différencient plus l'un de l'autre pour que chacun fût un personnage plus complet.

La vente définitive de *Cotton* me rapportait $ 20 000. Nous filâmes sur Javea parler à José (Pépé) Ribes Pons, directeur-gérant de la société Toscamar, promotrice du lotissement, et à son entrepreneur Juan Soller Rossello. Il était temps de faire construire ! Après avoir étudié les plans pendant plusieurs jours, nous choisîmes une maison comportant trois chambres à coucher, une salle à manger, un salon, deux salles de bains, une grande terrasse orientée au sud et une plus petite à l'est. Nous y ajoutâmes un garage et je m'offris le luxe d'un cabinet de travail séparé du bâtiment principal, de vingt-cinq mètres carrés avec toilette, eau chaude et froide. Une cloison de verre coulissante remplaçait le mur orienté au sud avec vue sur la mer. Rien n'était encore définitivement décidé. Ribes et Soller vinrent fréquemment en discuter avec nous à Alicante. À chacune de leurs visites, nous ajoutions un cellier ici, un placard là, d'autres placards ailleurs, une cheminée avec des étagères de ciment de chaque côté. Dès la mise en route des travaux, c'est nous qui fîmes la navette entre Alicante et Moraira.

Le 20 janvier, Goldwyn m'écrivit pour rejeter quelques modifications au scénario que je lui avais suggérées et m'indiqua que Ossie Davis achevait de peaufiner la continuité. Même en plein hiver, nous avions chaud dans notre logement. Le concierge faisait marcher le chauffage central de trois heures de l'après-midi jusqu'à minuit et surtout le soleil entrait à flots dans la pièce principale. Cela me rappelait ma propriétaire fantomatique de Londres qui descendait fermer nos rideaux quand un mince rayon de soleil luisait loin au-dessus de notre sous-sol. Lesley prenait des leçons d'espagnol et je travaillais à mon *Plan B* qui s'orientait vers la catastrophe.

Je reçus une troisième lettre de Goldwyn m'annonçant qu'il confiait la mise en scène du film à Ossie Davis qui terminait son travail de préparation à Harlem sur les lieux que j'avais désignés.

John A. Williams, corédacteur en chef de la revue *Amistad*, vint m'interviewer. Nos conversations durèrent longtemps et il en tira soixante-cinq pages. Nous en vînmes forcément à parler du film en préparation et je lui racontai un détail dont je n'ai rien dit précédemment dans ce livre. J'avais conseillé à Goldwyn de confier la mise au point du scénario à un bon dramaturge noir. Goldwyn proclama son admiration pour LeRoi mais me dit qu'il était trop exigeant. En réalité LeRoi avait promis de remanier et refaire la continuité aussi longtemps et souvent que Goldwyn le désirerait et de toucher un second paiement quand le client serait totalement satisfait. Goldwyn avait refusé sous prétexte que tel n'était pas l'usage, ce qui était faux.

« *Williams :* Absolument faux.

« *Himes :* Il ne s'est pas entendu avec LeRoi parce que ce dernier voulait être payé précisément selon les usages de Hollywood.

« *Williams :* Comme les auteurs blancs.

« *Himes :* Et Goldwyn ne le voulait pas. Voilà tout. »

Je transcris cet échange de propos tel que le publia Williams. Samuel Goldwyn lut ce texte et m'en a toujours voulu depuis.

Ensuite Hoyt Fuller vint m'interviewer pour *Black World* de Johnson. Puis il fut temps de regagner Paris. Avant de quitter l'Espagne nous fîmes promettre à Juan Soller et à Pépé Ribes que notre maison serait construite et habitable lorsque nous reviendrions en septembre. Ils promirent. Nous partîmes confiants.

Arrivés à Paris le premier mai, on trouva Nicole Toutain démoralisée. Son amie, Nicole également, qui lui prêtait naguère la mini-voiture avec laquelle elle venait nous voir à Venelles, avait péri dans un accident d'auto. Elle s'était acheté une Simca neuve mais ça ne la consolait pas. Ce choc l'amenait à réfléchir sur sa vie et l'existence en général. Elle avait changé d'employeur et pensait à se lancer dans la publicité. Nous passâmes deux mois dans son appartement et partîmes pour l'Angleterre. Les services de publicité de mes éditeurs avaient organisé mon accueil. Il y avait tellement de monde devant l'hôtel où je descendis que dans la bousculade je laissai tomber un sac contenant une bouteille de whisky, ce qui donna de l'arôme à la bousculade. De ces interviews résultèrent des articles dans la presse de province et de Londres, notamment : *The Sunday Times*, *The Observer*, *Bookman*, *The Guardian*, *The Evening News*, et maints autres. Ces festivités de réclame se prolongèrent. *The Sunday Times Magazine* du 9 novembre m'attribua la paternité du mouvement Black Power. Mes livres s'étalaient dans toutes les vitrines de librairies sous des slogans en grosses lettres tels que : « Chester Himes : la nouveauté de la décennie dans le domaine du crime. »... « La plus grande découverte américaine en fait de roman policier depuis Chandler. »

Sur le chemin du retour nous récupérâmes Griot chez le vétérinaire de Calais qui le gardait en pension, car les chats ne sont admis en Angleterre qu'après quarantaine. Puis, à Paris, nous rassemblâmes nos biens épars un peu partout parce que nous comptions nous installer dans notre maison. Pour le transport, je fis ajuster une solide galerie sur le toit de ma Jaguar et empilai dessus tables, mobilier léger acheté jadis pour notre appartement de la rue de la Harpe, ustensiles de ménage d'acquisition récente. J'entassai, je bourrai deux malles de métal léger et les expédiai à Denia par petite vitesse. Les messageries que j'en chargeai m'assurèrent qu'elles arriveraient en trois mois. À tant me démener, je déplaçai une ou deux de mes vertèbres lombaires fêlées depuis mon adolescence. Voilà ce qu'il en coûte aux vieux oiseaux de bâtir tardivement leur nid.

Ma Jaguar ne retrouva plus jamais sa puissance après ce voyage, tant je l'avais surchargée. Il fallut rouler sur des routes inondées dans la région de Narbonne, puis sous des pluies diluviennes sur les mauvaises chaussées d'Espagne (les autoroutes n'existaient pas encore).

Une amère déception nous attendait au bout de nos épreuves : notre maison n'était pas encore habitable : pas de porte au garage, pas de radiateurs électriques, pas de volets devant la grande porte vitrée à deux battants, pas de clôture, donc impossible de laisser Griot sur place. On se précipite au bureau du lotissement pour demander un logement quelconque à louer. La garce qui nous reçut se révéla aussi raciste qu'un bouseux du sud des États-Unis. Elle n'avait pas de maison disponible. C'était faux. J'appris plus tard que neuf sur dix des bâtiments habitables étaient vacants. Lesley demanda alors si nous pourrions louer un appartement dans l'immeuble de rapport. Oui, il y en avait un, sans chauffage, à sept mille pesetas par mois.

« Mais en plein cœur d'Alicante j'ai un appartement avec chauffage central pour moins que ça, dit Lesley.

— Alors, retournez à Alicante », répondit la demoiselle Luisa.

Son adjoint nous offrit heureusement un logement à quatre mille pesetas par mois et nous permit d'entreposer notre chargement dans un des appartements libres au rez-de-chaussée du grand immeuble.

Avant la fin de cette journée on alla à Javea pour apprendre pourquoi la construction de notre maison était tellement en retard. La société Toscamar se réorganisait. Un señor Guilermo Bolufer Buiges dirigeait désormais la construction. L'entrepreneur Juan Soller cédait ses fonctions à un certain Vicente Soler, jeune homme qui ne m'inspirait aucune confiance. Est-ce parce qu'il avait les cheveux englués dans une pâte médicamenteuse jaune ? Pépé Ribes m'envoya à Bolufer qui m'envoya à ce nouveau Soler lequel m'assura que nos instructions étaient en bonne voie d'exécution. Avant de retourner à Moraira, Lesley demanda à Pépé si nos malles étaient arrivées. Il répondit non mais qu'il en ferait prendre livraison dès qu'elles seraient à Denia. À ce moment-là j'ignorais que le train n'atteignait plus cette agglomération.

Ainsi commença une attente de six longs mois. De la terrasse de notre appartement, au huitième étage celui-là, nous voyions les ouvriers traînailler autour de notre maison. Apparemment ils ne faisaient rien. Il nous arriva de descendre pour aller rôder sur le chantier. Leurs allées et venues ne nous parurent pas plus intelligibles de près que de loin. Alors nous remontions chez nous et nous boudions, écœurés. Je distribuais de larges pourboires à Moraira. Plus tard je compris que les gens de ce village n'avaient jamais vu de Noir. J'ai le teint plus clair que nombre d'entre eux. Ce sont tout simplement des ignorants.

Nous parcourûmes les environs pour compléter notre mobilier. Un jour, en sortant d'un restaurant que nous fréquentions à Altea, nous entrons dans une boutique de bric-à-brac en quête d'un bureau ancien pour mon cabinet de travail, et nous faisons connaissance avec la brocanteuse : une jeune Anglaise qui vivait depuis longtemps en Espagne où elle avait travaillé à La Corogne pour une entreprise de construction américaine. Elle s'appelait Paula Hemingway. Lorsqu'elle apprit nos ennuis, elle offrit de nous aider (pour un prix exagéré mais cela, je ne l'appris que plus tard).

Elle nous orienta tout d'abord sur un avocat qui pratiquait tant à Valence qu'à Altea, puis sur un notaire qui, jouant le rôle d'huissier, procéda à plusieurs constats, enfin sur un *aparejador* qui, en Espagne, remplace l'architecte à moindre prix. Ayant constitué notre dossier, nous demandâmes à Pépé Ortiz de réunir le señor Bolufer, l'entrepreneur Soler, l'avocat de la société immobilière, pour discuter avec Lesley, Paula Hemingway, notre avocat et moi. Forte des constats qu'elle avait fait dresser, Paula présenta nos doléances : d'abord le long retard, ensuite une liste de malfaçons graves. Nos interlocuteurs promirent d'y remédier. Peut-être cette conférence fut-elle efficace, toujours est-il que nous emménageâmes le dernier jour de février 1970.

La maison n'était pourtant pas achevée : fuites à la plomberie, portes mal ajustées, tous les inconvénients bien connus de ceux qui essuient les plâtres. Mais nos neuf radiateurs électriques nous chauffaient et le soleil entrait généreusement tant dans la maison que dans mon cabinet... quand il se montrait un tant soit peu. Nous avions dépensé une petite fortune pour nous meubler à peu près convenablement.

Dès avril il fut question d'un voyage en Allemagne à la demande d'un éditeur qui me ferait interviewer à loisir pour la télévision. Il s'agissait de présenter aux lecteurs un « portrait agrandi » de Chester Himes. C'est Roselyn Targ qui me transmit cette proposition. Je répondis que je préférais aller à la foire du livre à Nice à laquelle son mari et elle devaient assister également.

Les routes espagnoles s'étaient améliorées depuis notre retour de Paris. Nous ne nous chargeâmes pas de bagages trop volumineux pour laisser la place à ceux des Targ que je comptais ramener de Nice afin de leur montrer ma maison.

La foire de Nice (26 mai-2 juin 1970) nous laisse le souvenir d'un tourbillon de plaisirs et de satisfactions professionnelles. J'y fis connaissance avec de nombreux confrères et journalistes. *Nice-Matin* publia un long article sur Bill Targ et moi. L'auteur me voyait d'une élégance et d'une réserve de gentleman britannique et Bill, vêtu comme les personnages du *Parrain*, livre dont il négociait les droits avec les éditeurs de plusieurs pays. Je pilotai mes amis dans les environs, jusqu'à Aix-en-Provence et chez Duhamel d'où je leur fis apprécier le site de Castellaras. Nous dînions presque tous les soirs ensemble. Roselyn nous fit faire connaissance avec la femme de Harold Robbins qui nous fit visiter sa maison bâtie dans un faubourg de Cannes et son cruiser ancré dans le port.

Enfin nous voilà de bonne heure le matin devant le Negresco. Les Targ finissent leur petit déjeuner et paient leur note. Les deux grandes valises de Roselyn couvrent toute la galerie de ma voiture. C'est le départ. Nous ne sommes pas pressés, passons par Aix, Béziers, Narbonne, l'étang de Thau. Puis nous piquons sur l'Espagne avec étape à Gérone où nous quittons l'autoroute pour longer la côte. À Aigua Brava nous descendons dans un grand hôtel luxueux (*parador*) flambant neuf dominant la Méditerranée. Nous faisons un repas typiquement espagnol. Bill ne s'y risque qu'avec prudence et Roselyn s'en tient à du caviar russe avec des petits oignons hachés.

Le lendemain les dames font quelques achats à Barcelone. Nous déjeunons d'une paella fabuleuse sur la colline d'El Tibidabo, puis nous filons vers le sud et couchons à un autre *parador* à Peñiscola près de Castellon. À la fin du troisième jour nous arrivons chez nous entre six et sept heures du soir.

Le domaine de mes rêves me paraît petit, nu, minable, derrière sa palissade en fil de fer haute de deux mètres qui fait penser à un camp de détention. Bill annonce qu'il a tout ce qu'il faut pour préparer des Bloody Marys : vodka, bouillon kub, jus de tomate, sel de céleri, poivre, piment rouge. Il ne lui manque que de la glace. Lesley se précipite chez notre voisin d'en face : un curé retraité. Elle revient avec une cruche pleine de glaçons. Je n'ai jamais rien bu de meilleur que cet apéritif. Il ne nous soûle pas mais change la couleur de cette fin de journée.

Nous profitons des derniers rayons du soleil, assis tous les quatre en plein air. Des larmes coulent sur les joues de Roselyn et elle dit d'une petite voix mouillée : « Chester... Vous avez enfin votre maison, bien à vous... Je vous félicite tous les deux. » Et chacun d'essuyer une larme. En effet, après tant d'années de dèche et de tourment j'avais un toit sur la tête, à soixante et un ans.

Avec toutes mes inconséquences, mes contradictions, mes humiliations, mes échecs, ses tragédies, ses extases, ses absurdités, telle est ma vie : la troisième génération de Noirs émancipés de l'esclavage.

LE PRIX DE LA SOUFFRANCE 9

Livre premier 11
Livre II 159
Livre III 215

MA VIE D'ABSURDITÉ 347

Livre premier 349
Livre II 497

DU MÊME AUTEUR

Aux Éditions Gallimard

LA FIN D'UN PRIMITIF *(Folio, n° 718).*

IL PLEUT DES COUPS DURS. *Nouvelle édition en 1988 (Folio, n° 1923).*

LA REINE DES POMMES. *Nouvelle édition en 1987 (Folio, n° 1853).*

COUCHÉ DANS LE PAIN. *Nouvelle édition en 1987 (Folio, n° 1814).*

DARE-DARE. *Nouvelle édition en 1988 (Folio, n° 2004).*

TOUT POUR PLAIRE. *Nouvelle édition en 1987 (Folio, n° 1890).*

IMBROGLIO NEGRO. *Nouvelle édition en 1987 (Folio, n° 1803).*

NE NOUS ÉNERVONS PAS! *Nouvelle édition en 1987 (Folio, n° 1827).*

L'AVEUGLE AU PISTOLET *(Folio, n° 818).*

S'IL BRAILLE, LÂCHE-LE... *(Folio, n° 1618).*

LA TROISIÈME GÉNÉRATION *(Folio, n° 1740).*

REGRETS SANS REPENTIR.

Dans la Bibliothèque noire

LA REINE DES POMMES — IL PLEUT DES COUPS DURS — COUCHÉ DANS LE PAIN.

COLLECTION FOLIO

Dernières parutions

2831. François-Régis Bastide — *L'homme au désir d'amour lointain.*
2832. Thomas Bernhard — *L'origine.*
2833. Daniel Boulanger — *Les noces du merle.*
2834. Michel del Castillo — *Rue des Archives.*
2835. Pierre Drieu la Rochelle — *Une femme à sa fenêtre.*
2836. Joseph Kessel — *Dames de Californie.*
2837. Patrick Mosconi — *La nuit apache.*
2838. Marguerite Yourcenar — *Conte bleu.*
2839. Pascal Quignard — *Le sexe et l'effroi.*
2840. Guy de Maupassant — *L'Inutile Beauté.*
2841. Kôbô Abé — *Rendez-vous secret.*
2842. Nicolas Bouvier — *Le poisson-scorpion.*
2843. Patrick Chamoiseau — *Chemin-d'école.*
2844. Patrick Chamoiseau — *Antan d'enfance.*
2845. Philippe Djian — *Assassins.*
2846. Lawrence Durrell — *Le Carrousel sicilien.*
2847. Jean-Marie Laclavetine — *Le rouge et le blanc.*
2848. D.H. Lawrence — *Kangourou.*
2849. Francine Prose — *Les petits miracles.*
2850. Jean-Jacques Sempé — *Insondables mystères.*
2851. Béatrix Beck — *Des accommodements avec le ciel.*
2852. Herman Melville — *Moby Dick.*
2853. Jean-Claude Brisville — *Beaumarchais, l'insolent.*

2854. James Baldwin	*Face à l'homme blanc.*
2855. James Baldwin	*La prochaine fois, le feu.*
2856. W.-R. Burnett	*Rien dans les manches.*
2857. Michel Déon	*Un déjeuner de soleil.*
2858. Michel Déon	*Le jeune homme vert.*
2859. Philippe Le Guillou	*Le passage de l'Aulne.*
2860. Claude Brami	*Mon amie d'enfance.*
2861. Serge Brussolo	*La moisson d'hiver.*
2862. René de Ceccatty	*L'accompagnement.*
2863. Jerome Charyn	*Les filles de Maria.*
2864. Paule Constant	*La fille du Gobernator.*
2865. Didier Daeninckx	*Un château en Bohême.*
2866. Christian Giudicelli	*Quartiers d'Italie.*
2867. Isabelle Jarry	*L'archange perdu.*
2868. Marie Nimier	*La caresse.*
2869. Arto Paasilinna	*La forêt des renards pendus.*
2870. Jorge Semprun	*L'écriture ou la vie.*
2871. Tito Topin	*Piano barjo.*
2872. Michel Del Castillo	*Tanguy.*
2873. Huysmans	*En Route.*
2874. James M. Cain	*Le bluffeur.*
2875. Réjean Ducharme	*Va savoir.*
2876. Mathieu Lindon	*Champion du monde.*
2877. Robert Littell	*Le sphinx de Sibérie.*
2878. Claude Roy	*Les rencontres des jours 1992-1993.*
2879. Danièle Sallenave	*Les trois minutes du diable.*
2880. Philippe Sollers	*La Guerre du Goût.*
2881. Michel Tournier	*Le pied de la lettre.*
2882. Michel Tournier	*Le miroir des idées.*
2883. Andreï Makine	*Confession d'un porte-drapeau déchu.*
2884. Andreï Makine	*La fille d'un héros de l'Union soviétique.*
2885. Andreï Makine	*Au temps du fleuve Amour.*
2886. John Updike	*La Parfaite Épouse.*
2887. Daniel Defoe	*Robinson Crusoé.*
2888. Philippe Beaussant	*L'archéologue.*
2889. Pierre Bergounioux	*Miette.*
2890. Pierrette Fleutiaux	*Allons-nous être heureux ?*
2891. Remo Forlani	*La déglingue.*

2892. Joe Gores — *Inconnue au bataillon.*
2893. Félicien Marceau — *Les ingénus.*
2894. Ian McEwan — *Les chiens noirs.*
2895. Pierre Michon — *Vies minuscules.*
2896. Susan Minot — *La vie secrète de Lilian Eliot.*
2897. Orhan Pamuk — *Le livre noir.*
2898. William Styron — *Un matin de Virginie.*
2899. Claudine Vegh — *Je ne lui ai pas dit au revoir.*
2900. Robert Walser — *Le brigand.*
2901. Grimm — *Nouveaux contes.*
2902. Chrétien de Troyes — *Lancelot ou le chevalier de la charrette.*
2903. Herman Melville — *Bartleby, le scribe.*
2904. Jerome Charyn — *Isaac le mystérieux.*
2905. Guy Debord — *Commentaires sur la société du spectacle.*
2906. Guy Debord — *Potlatch* (1954-1957).
2907. Karen Blixen — *Les chevaux fantômes et autres contes.*
2908. Emmanuel Carrere — *La classe de neige.*
2909. James Crumley — *Un pour marquer la cadence.*
2910. Anne Cuneo — *Le trajet d'une rivière.*
2911. John Dos Passos — *L'initiation d'un homme : 1917.*
2912. Alexandre Jardin — *L'île des gauchers.*
2913. Jean Rolin — *Zones.*
2914. Jorge Semprun — *L'Algarabie.*
2915. Junichirô Tanizaki — *Le chat, son maître et ses deux maîtresses.*
2916. Bernard Tirtiaux — *Les sept couleurs du vent.*
2917. H.G. Wells — *L'île du docteur Moreau.*
2918. Alphonse Daudet — *Tartarin sur les Alpes.*

Composition Euronumérique
et impression Bussière Camedan Imprimeries
à Saint-Amand (Cher), le 14 janvier 1997.
Dépôt légal : janvier 1997.
Numéro d'imprimeur : 1/148.
ISBN 2-07-040184-7./Imprimé en France.

79562